【精编故事版】

中国文学简史

赵艳红 ◎ 编著

中国文史出版社

图书在版编目（CIP）数据

中国文学简史／赵艳红编著． - - 北京：中国文史
出版社，2021．1

ISBN 978 - 7 - 5205 - 2344 - 8

Ⅰ．①中… Ⅱ．①赵… Ⅲ．①中国文学 - 文学史
Ⅳ．①I209

中国版本图书馆 CIP 数据核字（2020）第 187535 号

责任编辑：蔡晓欧

出版发行：**中国文史出版社**

社　　　址：北京市海淀区西八里庄路 69 号院　　邮编：100142
电　　　话：010 - 81136606　81136602　81136603（发行部）
传　　　真：010 - 81136655
印　　　装：北京新华印刷有限公司
经　　　销：全国新华书店
开　　　本：720 × 1020　1/16
印　　　张：28.25　　　字数：723 千字
版　　　次：2021 年 1 月第 1 版
印　　　次：2021 年 1 月第 1 次印刷
定　　　价：88.00 元

中国文学简史　|　**目录** →□　　　Contents →

巍巍气象——隋唐五代文学 / 091

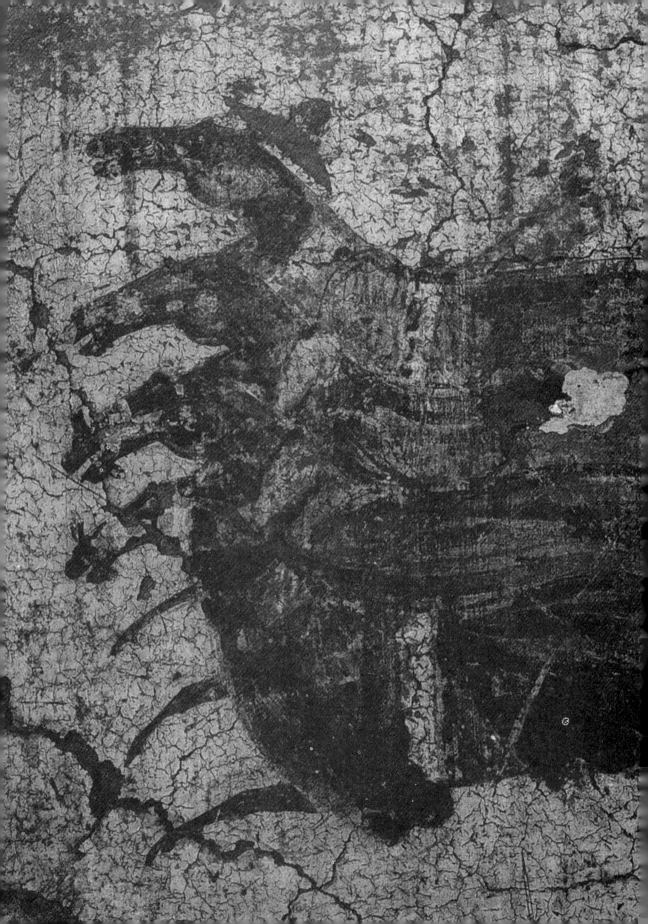

源远流长——

先秦两汉文学

———→ 最古老文字的出现，让文字成为传载文明的船舶。

———→ 远古的歌谣和神话凝结为先秦文学的精髓。十日并出，女娲补天，精卫填海……
古老的文化孕育着文明。

———→ 礼崩乐坏的时代，学术繁荣，散文勃兴，百家争鸣，儒家确立千年正统。

———→ 代表着周代文学成就的《诗经》，成为我国诗歌史上的第一座丰碑；伟大诗人屈
原，再攀中国诗歌创作的高峰；《诗经》《楚辞》揭开诗歌创作的两大源头，"风骚"
绝唱，光耀百代。

———→ 六王毕，四海一。《吕氏春秋》流芳至今；司马迁《史记》誉满今昔；汉乐府别出
心裁，"五言之冠冕"无人能敌。

———→ 秦时明月汉时关，悠久文化千年传。

在中国文学发展史上，先秦两汉文学占有极其重要的地位。今人用先秦泛指秦代以前，它大致包括远古时代、夏商周春秋时代、战国时代三个时期。

远古时期的歌谣和神话是先秦文学的精髓。原始歌谣已具备诗歌有节奏、有韵律的最基本特征。原始神话则用幻想的方式，表达人们对自然和社会的理解。散见于古文献中的神话很多，如十日并出、女娲补天、精卫填海、大禹治水、黄帝战蚩尤、共工怒触不周山等。

随着文字的发明创造，人们开始用文字的形式，把他们在长期实践中取得的经验、智慧和历史事件、口头创作等记录下来，并长远地流传。今天，我们能见到的最古老的文字是殷商甲骨卜辞。《尚书》中的殷、周文诰，《周易》中的某些卦爻辞，行文多用生动的比喻和象征的暗示，从中可以看出最初散文的样式。第一部诗歌总集《诗经》，是代表周代文学的重要成就，并成为我国诗歌史上的第一座丰碑。《诗经》记录了西周初年到春秋中叶500多年间的305篇作品。

战国时代是礼崩乐坏的时代，学术上的空前繁荣，带来文学上散文的兴起，并最终形成百家争鸣的局面。其中，最有影响的是儒、墨、道、农、阴阳、名、纵横等家，各家都有自己的代表人物和著作。现存的诸子著作中，《老子》《论语》《墨子》《孟子》《庄子》《荀子》《韩非子》等都以各自独特的表现手法和语言风格，成为我国古代文学的瑰宝。与此同时，历史散文也有了长足的进步。鲁国纪年史《春秋》是提纲式的历史大事记，而《左传》已发展为叙事详备的编年史巨著，并在叙事和写人方面取得了卓越的文学成就。《战国策》和《国语》皆为分国记载各国大事的史书，《战国策》善写策士的言谈和辞令，有较多关于人物个性的描写。中国第一位伟大诗人屈原的出现，促成了中国诗歌创作史上的一次高峰的来临，使200年来冷清寂寞的诗坛开始热闹起来。屈原的《离骚》成为浪漫主义新诗派的代表作品，与具有写实精神的《诗经》并驾齐驱。

先秦文学标志着中国文学的萌动时代和辉煌开端，诗歌、散文都取得了令人瞩目的成就。它又是中国文学的坚固基石，《诗经》《楚辞》是公认的我国诗歌创作的两大源头，"风骚"传统，延续百代。诸子散文和历史散文更是给人类的精神文化史和文学史提供了无尽的宝藏。先秦文学的影响，即使在今天，仍能让我们聆听到它充满沧桑韵味的悠长回响。

秦始皇统一六国后，在他钳制思想和摧残文化的统治方针下，文学上没有重要建树，唯有李斯的散文和吕不韦门客编著的《吕氏春秋》流芳至今。

在战国以来百家之学的影响下，汉初的哲学、社会思想开始活跃。散文和辞赋成为汉代文学史上的两大支柱，出现了一批著名的作家和作品，如贾谊的《吊屈原赋》、枚乘的《七发》、司马相如的《长门赋》等。汉大赋到司马相如手中，体制基本定型，并从此成为汉代主要的文学形式。除大赋以外，在两汉还有为数不多的抒情小赋，比如司马相如的《哀秦二世赋》、张衡的《归田赋》、赵壹的《刺世疾邪赋》、祢衡的《鹦鹉赋》等，它们开启了魏晋南北朝辞赋的先河。被鲁迅称为"史家之绝唱，无韵之《离骚》"的《史记》则代表着汉代文学的另外一个突出成就。《史记》是司马迁的一部伟大的历史著作，也是传记文学名著，它在我国的散文发展史上起着承前启后的作用。在《史记》的影响下，东汉产生了不少历史著作，班固的《汉书》就是其中杰出的代表。

汉代还出现了一种崭新的文学体裁——汉乐府。汉代乐府指音乐机关，乐即音乐，府即官府。汉武帝时，乐府扩充为大规模的专署，任务有二：其一，将文人歌功颂德的诗制成曲谱并借此演奏新的歌舞；其二，采集民歌。东汉的辞赋不如西汉的兴盛。东汉乐府继承西汉乐府的传统，继续采集民间声乐与歌谣。现存的汉乐府民歌大都是东汉的作品。它们以多样的形式和现实主义的方法，广泛而深刻地反映了东汉人民的苦难生活和思想感情。伟大的长篇叙事诗《孔雀东南飞》正是在活跃的民间故事、民间歌唱的基础上产生的。

●孔子圣迹图 清 焦秉贞
孔子席地而坐，神情恭肃；国王静坐红木椅上做侧耳聆听状。从画面推知，此图为孔子周游列国、游说诸王之场景。

被刘勰称为"五言之冠冕"的《古诗十九首》，代表了汉代文人五言诗的最高成就。它长于抒情，形成了质朴自然与文雅含蓄兼备的艺术风格，对后世的文人抒情诗产生深远的影响，并直接引导了以"三曹"和"建安七子"为杰出代表的建安文学高潮的到来。

●献书图

>>> 巫术崇拜

有人说，文学起源于原始时期的巫术。

原始人类在其实践行为中，常常受到来自自然界的挫折，为了自身的生存，便在其指导思想中产生了某种超自然力的观念。

巫术活动正是希望这种超自然力来影响和支配外在事物，防范异己力量的危害，以达到人们求福禳灾的目的。它反映了人类在幼年时期就希求获得改变、支配自然的能力。

虽然这种说法有一定的狭隘性，但在一定程度上说明了原始人类不仅遵从自然，也希望改造自然以获取收益。

拓展阅读：

人类起源
《进化论》[英]达尔文

◎关键词：起源 人类生产劳动 原始歌谣

中国文学何处来

在人类文学艺术发展史上，无论是中国还是外国，文学的产生一直是个有趣的话题。

古希腊的学者认为，艺术起源于人类对自然的模仿，这是人的一种本能。德国的席勒认为，人类在生活中受到很多束缚，希望在闲暇时体味到自由，于是就创造了游戏，文学就产生于游戏之中。我国古人认为，文学就是人类心灵的一种自然表现，是人类表达情感的工具。到了19世纪，有人认为文学起源于人类生产劳动，这种说法被越来越多的现代人接受。

中国文学源远流长，在人类还没有文字之前，就有了创作，可惜当时无法将之记录下来。关于这个问题，鲁迅说得很明白："我们的祖先——原始人，原是连话也不会说的，为了共同劳作必须发表意见，才渐渐地练出复杂的声音。假如那时大家抬木头，都觉得吃力了，却想不到发音。其中有一个叫道'杭育杭育'，那么这就是创作。……倘若用什么记号留存了下来，这就是文学。他当然就是作家，也就是文学家，是'杭育杭育'派。"尽管这样，那种只有声音没有意义的语句还算不上诗歌。

在中国古代的典籍中所记载的歌谣，传说产生于远古时期，比如《蜡辞》："土，反其宅！水，归其壑！昆虫，毋作！草木，归其泽！"意思说土壤返回自己的地方，水也回到自己的沟壑，各种虫子不要为害，草木都得到必要的润泽。这首歌谣据说出现于神农时代，但表达的意思这样完整，学术界认为原始人不可能达到这么高的水平，所以它可能是伪造的。古书中一些简单质朴的韵语，可以算是原始歌谣。如《吴越春秋》中有一首《弹歌》写道："断竹，续竹，飞土，逐肉。"它反映的是原始人用竹子制造弹弓和狩猎的过程，语言古朴，却有韵律，显然是十分古老的歌谣。

最早期的文学作品常常融合了诗歌、舞蹈和音乐。《吕氏春秋》记载，当时人们的艺术活动是三个人拿着牛尾，边唱歌边跳舞。我国少数民族鄂温克人，在20世纪40年代末还保持着原始社会的形态，他们总是一边唱歌一边跳舞，歌词的大意是："我唱得并不好，不要发笑！跳舞要使劲，把地上踏出坑来，唱啊，跳啊，直到全身出汗！"可惜，我们看不到他们优美豪迈的舞姿，听不到他们嘹亮的歌声，尽管这些歌词听起来过于简单，甚至令人感到有些可笑，但文学就是这样渐渐地从幼稚走向成熟的。

●伏羲女娲帛画

>>> 希腊神话

希腊神话是史前期的希腊人，对未被认识的自然力和社会力的幻想和虚构，其中包括天地的开辟、神明的产生和活动、人类的出现、英雄的伟大业绩等。

希腊神话中的神个性鲜明，没有禁欲主义因素，也很少有神秘主义色彩。

因此，希腊神话是希腊文学的土壤，对后来的欧洲文学也有着深远的影响。

拓展阅读：

女娲抟土造人
《封神演义》明·许仲琳

◎ 关键词：神 英雄 崇拜

神话开篇呈异彩

中国的孩子从小听到最多的就是女娲补天、后羿射日、大禹治水、精卫填海等脍炙人口的古代神话故事。

古代神话大多是表现远古人民对自然及社会现象的理解与想象的故事。远古时代的生产力水平很低，人们不能科学地解释自然现象，他们以贫乏的生活经验为基础，借助想象把自然力和客观世界拟人化。马克思说："任何神话都是用想象和借助想象以征服自然力，支配自然力，把自然力加以形象化。"远古的人们在自然力面前，显得十分无能。因此，他们就把自然界各种变化的动力都归于神的意志。他们认为，一切自然力都归之于神指挥、控制。于是在他们心目中，一切自然力都被他们的想象形象化、人格化了。随后，他们在实践活动中想象出许多英雄人物形象并在口头相互交流，逐渐形成了一个个神话故事，这就是神话的起源。所以说，神话是"通过人民的幻想用一种不自觉的艺术方式加工过的自然和社会形式本身"。

早在先秦古籍中，中国著名的古典神话便已得到记载，如《山海经》《左传》《国语》《楚辞》以及《吕氏春秋》等书中均有大量叙述。汉代及三国的《淮南子》《汉书》《吴越春秋》《三五历纪》，魏晋六朝的《搜神记》《述异记》等书中也都有许多古典神话的记录。其中，《山海经》保存的神话最为丰富，自古被称为"奇书"。流传广远的诸如女娲补天、夸父逐日、精卫填海、后羿射日、黄帝战蚩尤等都出自《山海经》。

马克思曾说："希腊神话不但是希腊艺术的宝库，而且是它的土壤。"就中国而言，古代神话也是文学艺术的源头。而富于想象力的神话更直接成为浪漫主义的开端。神话的浪漫主义精神、新奇奔放的幻想，启发了作家的想象力，为其提供了丰富的文学题材和艺术形象。例如，屈原就常常大量运用神话，创作了《九歌》《招魂》等充满了奇幻色彩的诗篇。现实使他失望，他便借助神话传说抒发悲愤，并幻想到神界去漫游。他御风乘龙，召唤群神，遨游太空，种种大胆的想象、夸张的渲染，使整部作品呈现出一种瑰丽挺拔的格调，这一切都得益于神话对丰富想象的启示。

总之，史学家从神话中发现其史学价值，而文学家则从中看出其文学价值。神话是人类文化的发源，成为后来的多门学科的源头。无论人类社会如何发展，神话都将在人类文化史上永远放射出夺目的光彩。神话启迪了人类的智慧，开拓了人类的思想疆域，并深深地影响了文学的创作与发展。

●上古初经八卦图

>>> 塔罗牌

塔罗牌是一种古老的占卜工具，风行在西方的中世纪。

它由22张图画牌（大阿尔克那）与56张数字牌（小阿尔克那）组合而成，共有78张，每张精致的纸牌都有它独特的图案和意义。

占卜的方法是以某种形式将牌排列好，然后再查看牌的所在位置及牌的象征内容来做判断。

在西方，塔罗牌有着同《周易》一样的地位，可以用来占卜命运或其他繁俗事务。

拓展阅读：

太极
《内经》
伏羲八卦
上帝创世说

◎ 关键词：占卜 星座 塔罗 命理

《周易》卦爻辞中的"文学"

虽然当下科学技术的发展日新月异，但作为中国古书的《周易》却始终吸引着全世界的注意。

传说周文王被拘禁的时候，根据伏羲八卦推演出一整套占筮的道理，并据此而写成了一本书，称作《周易》。《周易》在战国时代即被视为经典，此后一直列为群经之首，它在中国文学发展的历史上有一定的地位。《周易》并非是周文王的专著，它实际是由编撰人对零散的旧筮辞经过编排和加工，从而组织成的一部有中心、有层次的占筮专集。因此，它是一部有系统的散文著作。

在《周易》之中，通过8种符号的不同组合，可以形成64卦，每卦包括6爻。各卦及各爻都有解释的词句用以说明吉凶。这些词句称为卦爻辞，共计444段短文。从内容上看，多为商末周初的文字，涉及当时的爱情婚姻、畜牧打猎、出征战斗和宗教祭祀等，我们可以从中了解当时的社会面貌。《周易》中的卦爻辞不是占卜的原始记录，而是人们长期生活经验的总结，它用来作为卜筮之辞以占吉凶。

《周易》中的文字在流传中不断得到加工整理，表达上较为凝练生动。如《周易·中孚》六三："得敌，或鼓或罢，或泣或歌。"短短10个字把作战胜利后的情景描写得形象而又真实。又如《周易·中孚》九二："鸣鹤在阴，其子和之；我有好爵，吾与尔靡之。"用比兴手法写出自己愿与他人共享美好生活的感情，用字精练，音调和婉，艺术性颇高。如《周易·大过》九二、九五。

九二：枯杨生稊，老夫得其女妻，无不利。
九五：枯杨生华，老妇得其士夫，无咎无誉。

老夫少妻为"无不利"，老妇少夫则"无咎无誉"，不但揭示出当时人们对男女婚配的民俗心理习惯，而且以"枯杨生稊""枯杨生华"为比，形象生动，成为后世文人常用的典故。

易卦爻辞可算作是上古散文的发端。《周易》的卦辞与爻辞，大约写成于殷末周初，其中也保存了一些古代歌谣，应算是较早文献记载下来的了。卦爻辞的时代已经接近《诗经》中的早期作品，形态也相近了。

如今对《周易》的研究已是世界性的了，从占卜术到计算机原理、生命信息科学。《周易》受到了西方许多著名的科学家和数学家的推崇，他们以一种如获至宝般的心情从中汲取智慧，拓展研究。然而，它的文学价值也是它无穷魅力中不可磨灭的存在。

●《尚书》书影

>>> 焚书坑儒

秦始皇统一六国后为统治思想文化而采取的两项重大措施。

公元前213年，秦始皇采用李斯的建议下令"焚书"。《尚书》因藏于孔宅而免于浩劫。次年又发生了坑儒事件。

焚书坑儒暴露了秦政的暴虐以及当时社会矛盾的日益加剧和统治阶级内部的离心离德，其结果是加速了秦朝的灭亡。

拓展阅读：

盘庚迁殷
《进学解》宋·韩愈
《尚书传》汉·孔安国
《尚书正义》唐·孔颖达

◎ 关键词：古代文献 文化总集 文化浩劫 散文

最难读的散文——《尚书》

"尚书"的意思是上古之书。《尚书》是中国第一部汇编古代文献资料的散文总集，主要记载帝王的命令和言论。汉代以后，它成为儒家主要经典之一，故又称《书经》。作为政治历史文献，它集中地汇集了上古时代的统治思想和施政方术，总结了早期治国理民的粗略经验。

《尚书》包括"虞书""夏书""商书""周书"，从形式上看，有典、谟、诰、誓、训、命六类。它是尧舜至春秋时期各国君主、大臣的讲话和政令记录。自汉代以来有所谓今、古文《尚书》之分。今文《尚书》29篇，是秦始皇焚书后由汉初经师济南伏生保存并传授下来的，它用秦时文字隶书写成。古文《尚书》的出现晚于今文《尚书》，相传发现于孔子宅壁内，由孔安国所献。古文《尚书》用秦以前文字书写，较今文《尚书》多16篇，已证实皆为后人托古之作。

《尚书》记事跨越原始社会末期和夏、商、周三代，主要体现了从商代极端崇尚神权、一切以天命为准则的"天命神授"，到周代以德代天，但又不否定天的"敬天保民"观念的演变，并提出吸取前代兴亡教训及勤勉治国、任用贤人的政治主张。

由于年代的久远，《尚书》的语言看起来古拙而艰涩，因此，古人曾认为"周诰殷盘，佶屈聱牙"（韩愈语）。但是就其篇章结构、论述的语意层次而言，《尚书》是中国古代散文形成的一个标志。

《尚书》中有记叙、有描写，还有一些带有议论和抒情语气的句子，每篇都有相对完整的结构和明确的中心，文辞简约质朴，但也不乏一些生动的描写，如《尚书》中的"盘庚"篇。这是商祖盘庚迁都时对群臣和百姓的讲话，内容是说服臣民进行迁都并告诫臣民要听从命令，最后是顺利迁都后对臣民的安慰。文章目的明确，语言生动而富于感情色彩，并多次使用比喻手法，有些句子类似格言，流传很广。例如：

若网在纲，有条而不紊。若农服田力穑，乃亦有秋。
若火之燎原，不可向迩，其犹可扑灭？

这些比喻均使所讲道理形象化，增强了文章的生动性和感染力，有些至今还在人们口头流传。作为我国第一部散文集，《尚书》只是文学童年时代的作品，但其奠基意义不容忽视。自《尚书》问世以来，研究和注释的著作汗牛充栋，比较著名的有唐朝孔颖达的《尚书正义》、宋朝蔡沈的《书集传》、清朝孙星衍的《尚书今古文注疏》等。

●唐风图 南宋 马和之

>>> 《荷马史诗》

《荷马史诗》相传为古希腊盲诗人荷马所作。它是《伊利亚特》和《奥德赛》的合称，是古希腊文学中保存下来的最早作品。

作品通过两个故事，描述了古代希腊从民族社会过渡到奴隶制时期的社会史、风俗史。它在历史、地理、考古学和民俗学方面具有很高的价值。

两千多年来，西方人始终认为它是古代最伟大的史诗。

拓展阅读：

四言诗
献诗制度

◎ 关键词：音乐 歌赋 乐章

第一座文学丰碑——《诗经》

中国是一个诗的国度。伴随着中国历史的发展，中国的诗歌绵延不绝，蔚为大观。产生在两三千年之前的《诗经》成为诗歌发展史上的第一座丰碑。《诗经》是我国最早的一部诗歌总集，也是全世界最古老的诗集之一。它最初结集的动因，倒不是因为诗，而是由于乐——音乐。周代用"礼"来维系等级压迫制度和等级之间的尊严。它以礼、乐相配合治国，所谓"制礼作乐"。统治者十分重视音乐，朝廷设有乐官管理乐章。作为乐章的歌辞，诗依附于乐章而掌管在乐师手里，日积月累，渐渐具有了一定的规模。其间自然会有一些乐章的更迭，新的加入，旧的淘汰，但不妨碍诗歌总的趋势是日渐增多的。到了后来，"礼崩乐坏"，乐谱逐渐失传，只剩下了歌辞，这就是《诗经》的最初来源。所以，古代所称"六经"之一的《乐经》，倒成了空名，只有《诗经》流传了下来，"六经"也就只有"五经"了。

《诗经》共存305篇作品，其中6篇有篇目而没有诗。《诗经》中的作品，从大体可考的年代看，最早的创作于西周初年，最晚的产生于春秋中叶。它包括了从公元前11世纪起到公元前6世纪止的前后500年左右的诗歌。这500年间，包括了西周的成康盛世、宣王的中兴、西周末年的衰敝以及平王东迁后春秋动荡不安的年代。所有这些，在《诗经》的作品中都有所反映。

《诗经》中的作品，分编为"风""雅""颂"三类。一般认为，这是根据音乐性质所做的划分和编排，是比较可信的。"风"属于地方性音乐，即各诸侯国地区的乐歌，共收录了十五国风，即周南、召南、邶、鄘、卫、王、郑、齐、魏、唐、秦、陈、桧、曹、豳，其地域包括今天的陕西、山西、湖北、河南、河北、山东等省的全部或一部分。"风"中作品共160篇，大部分为民歌。"雅"是西周王朝所在地区的音乐，分"大雅""小雅"两部分，共105篇作品，大多以身处周王朝政治中心的朝廷士大夫的创作居多。"颂"是宗庙祭祀的舞乐，分"周颂""鲁颂""商颂"三部分，共40篇作品，基本上是歌颂祝祷之辞。

《诗经》在先秦称为《诗》，有时取其成数称"诗三百"，汉以后的儒家学派把它尊崇为儒家经典，称为《诗经》。乐与诗在周代就是贵族和士子的学习内容之一，自会有对于诗义的讲解世代相传。到了汉代，传《诗经》的有四家，即申培的《鲁诗》、辕固生的《齐诗》、韩婴的《韩诗》、毛亨的《毛诗》。经文小有差异，对诗篇的解说，差异却很大。后来，前三家陆续失传，只有《毛诗》完整地流传了下来。这就是我们今天见到的《诗经》。

　　《诗经》的内容非常丰富，它包括反映阶级压迫和剥削、繁重征役与徭役、劳动生活、爱情婚姻以及爱国思想等方面的诗。它反映的社会生活相当广泛，从西周到春秋中叶500年间的社会状况、政治状况、统治者和底层人民的生活状况以及当时的社会生产面貌、礼仪风俗等，无不得到形象的表现。所以，它不仅是优美的艺术品，还是形象的历史和重要的社会史料。

　　《诗经》在艺术上的特点大致可以归纳为以下几个方面。第一，运用"赋""比""兴"的手法。第二，辞章的沓合重叠。这主要是因为当时的诗就是歌，而歌起源于民间，为口头创作，辞章沓合便于记忆、吟唱，也适宜于反复抒情。第三，《诗经》的作品，尤其是其中的民歌，风格朴实自然。它们都是歌者心中诗情的自然倾吐，并用朴素的语言表现出来，情真景切，浑然天成，毫无吃力做作之感，也绝没有刻意雕镂的痕迹。第四，《诗经》的风格虽然是朴实的，却绝不单调呆板，而是显得丰富多彩。它有着多种多样的表现手段、艺术构思和体制形式。这是因为歌者都是实际生活的直接参与者和直接感受者，他们熟悉生活中的各种事物与情景，表现时又没有什么框框，只是把心中感受最深的东西歌唱出来，所以诗歌才像生活本身一样姿态万千。《诗经》的体制形式也是灵活多变的，篇无定章，章无定句，句无定字。它主要以四言为主，同时混杂一字到九字句，显得错落有致，挥洒自如。《诗经》中既有优美完整的四言体诗，也有韵味独具的杂言体诗。

　　《诗经》以其丰富的思想内容和高度的艺术成就，在中国以至世界文化史上都占有重要的地位。中国古代的诗人，都从不同程度上受到《诗经》的熏陶。

●豳风图 南宋 马和之

●老子像

>>> 小国寡民

"小国寡民"并不是要退回到原始社会,它只是表达了老子理想化的社会改造构想。

它是老子哲学在治国方略上的具体化,是本源的"道"的具体诠释。这一构想在深层理念上也体现出一种自然主义。无为则是实现这一构想的具体方法。

老子在他的治国思想中,表明了他对"无为而治"的向往。

拓展阅读:

老庄哲学
《抱朴子》晋·葛洪
《老子本义》清·魏源

◎ 关键词:无为 道 道德经

扑朔迷离的《老子》

儒家和道家是对中国古代文化影响最大最久的两个流派。儒家的创始人是孔子,道家的开山鼻祖是老子。有关老子的生平事迹十分模糊,只能知道一个大概的轮廓。据司马迁《史记·老子韩非列传》可知,老子姓李名耳,又称老聃,曾为周朝掌管图书档案的小官,大约与孔子同时而年龄稍长,据传孔子曾向他问礼。老子后来去周西行,过函谷关时,被关令尹竭力邀请著书五千言,后不知所终。所著之书就是《老子》。就此书整体风格来看,应为老子自述,后来又在战国初年经人整理成书,其中有些语句为后人所增补。今本《老子》81章,分"道经"和"德经"两篇,故此书又名《道德经》。

《老子》的思想以"道"为核心。老子认为,道是万物的本源,是从一切具体事物中抽象出来的普遍法则和规律。德是一切具体事物所含有的特性。老子认为道与德互相依存,他以此道与德的学说解释自然与社会的一切现象,探讨治理天下之术和处世方法。

老子从天地万物生成发展灭亡的自然现象出发,提出道法自然、天道无为的观点,并以此用之于社会人世,说明一切现象都因其自然而存在,不需要外来力量的干涉。因此在政治中也主张无为而治。

无为是老子政治理想的最高境界。"我无为而民自化,我好静而民自正,我无事而民自富,我无欲而民自朴"。(57章)无为则一切皆安,而有为则导致社会动乱。"民之难治,以其上之有为,是以难治。"(75章)"无为而无不为,取天下常以无事,及其有事,不足以取天下"。(48章)

老子不满当时的暴虐统治,因此,他主张清静无为。无为可使天下无争,可见老子的无为实是一种最高层次的有为。这就是老子为统治者开出的治世良方。

在无为的基础上,他进一步提出了"小国寡民"的社会理想,在一定程度上反映出处于战乱中的民众,要求和平宁静生活的愿望,但其实质却是保守退缩思想的表现。他甚至主张"使民无知无欲"和"绝圣弃智",这在社会历史中是消极的表现。老子重辩证思考,他从天地万物变化发展的情况,总结出正反事物的对立及其相互转化的关系,如"祸兮,福之所倚;福兮,祸之所伏"(58章)。这是继《周易》之后辩证法的又一次光辉闪现。

韵散相间,语言简洁流畅,语句平和,较少感情色彩,将哲理寓于普通景物或事理之中,是《老子》的特点。其中如"天之道其犹张弓欤。高

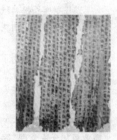

●老子授经图

春秋时期的老子，后来被道教徒神化，奉为教主。图中为老子在松树下坐在榻上授经的场面。

●1973年湖南长沙马王堆3号墓出土的帛书《老子》。

者抑之，下者举之。有余者损之，不足者补之。天之道，损有余而补不足。人之道，则不然，损不足以奉有余"（77章）。他以射箭为例，将天道与人道的差别形象地表达了出来。《老子》的语言通俗生动，又极其凝练，可以说是句句精妙。如"金玉满堂，莫之能守；富贵而骄，自遗其咎。功遂身退，天之道也"（9章）"天网恢恢，疏而不失"（73章）犹如格言警句，即使在今天，仍是人们奉守的信条。

●龙纹玉合璧 战国

>>> 尊王攘夷

尊王攘夷原是春秋时代的词汇，指周天子讨伐外侵的未开化民族。

齐桓公执政时为了更好地巩固自己的统治，适时实行"尊王攘夷"政策，便以诸侯长的身份，挟天子以伐不服。这样一来，不仅使其霸业更加合法合理，同时也保护了中原经济和文化的发展。

孔子的儒家思想非常推崇这种观念。《春秋》中对这种政策有鲜明的思想倾向。

拓展阅读：

春秋三传
齐鲁大地
《曹刿论战》春秋·左丘明

◎关键词：儒学 五经 春秋笔法

使乱臣贼子害怕的《春秋》

从春秋战国时代起，《春秋》就是贵族子弟日常学习的课本，汉代更成为封建教育的经典"五经"之一。司马迁在《史记·太史公自序》中说："有国者不可以不知《春秋》，……为人臣者不可以不知《春秋》，……《春秋》者，礼义之大宗也。"

《春秋》是我国第一部编年体的历史提纲。

关于《春秋》的产生，《汉书·艺文志》记载："古之王者，世有史官，君举必书，……左史记言，右史记事，事为《春秋》，言为《尚书》，帝王靡不用之。"而《孟子·滕文公下》则说道，因"世道衰微，邪说暴行有作，臣弑其君者有之，子弑其父者有之。孔子惧，作《春秋》"。但经过客观地考察发现，孔子不可能作《春秋》，因为早在孔子成年以前就已经有《春秋》了，只能说孔子及其弟子对它做了一定的删改，修正了其中的谬误，提炼了文字，使它最终成为一部典范的编年史著作。

《春秋》是鲁国的纪年史。这部书以时间为序，记载了从鲁隐公元年（前722年）至鲁哀公十四年（前481年）共242年间的各国大事。《春秋》中记载的国家重要的祭典、盟会，国君的嗣立、丧葬，各诸侯间的交往、互访，以及数百次大大小小的战争和其他军事行动等，重在考察政治的成败得失，总结兴亡治乱的教训，传播作者尊王攘夷、正名定分的思想倾向。《春秋》的记事形式，多以某年某月某日于某地、某人发生某事的格式来记写，言简而意赅，条陈清晰，记录不同的事件有不同的语言和体例。全书都是按照表格形式，以自然时间的顺序逐年、逐月、逐日地依次记下去，总计约有16500余字。

《春秋》的语言简练，用词谨严，历来为人们所称道。它含义极为深远，遣词造句十分审慎，字里行间常寓褒贬、别善恶，这便是所谓的"春秋笔法"或"微言大义"，或称为"一字褒贬"。如《春秋·隐公元年》记载："夏五月，郑伯克段于鄢。"《左传·隐公元年》在解释此条时言："段不弟，故不言弟，如二君，故曰克；称郑伯，讥失教也；谓之郑志，不言出奔，难之也。"此即所谓"一字之中寓褒贬"。

《春秋》记事极简，为历史大事的纲要，但是简而有法，记事完整而次序明晰，语言凝练含蓄。它从《尚书》语言的"佶屈聱牙"变而为明白晓畅。

《春秋》的产生，标志着我国散文艺术水平的提高，标志着我国历史散文又迈上了一个新的台阶。

●孔子像

>>> **百花齐放，百家争鸣**

"百家争鸣"指战国时期的各种学术流派如儒、法、墨、道、名、兵、农、纵横、阴阳等家，为宣传自己的主张纷纷著书立说，互相争辩。

1956年4月28日，毛泽东在中共中央政治局扩大会议上正式提出"百花齐放，百家争鸣"的方针，即"双百"方针。它是中国共产党领导文学艺术、科学研究工作的基本方针。

拓展阅读：

私学兴起
亚里士多德
三月不知肉味（典故）

◎ 关键词：儒家 仁爱 中庸

半部《论语》治天下

赵普是宋朝有名的政治家，他曾辅佐赵匡胤策划陈桥兵变，并在赵匡胤夺取政权后出任朝廷宰相。宋太祖多次采纳他的建议，太宗时又两次为相，他虽然是治世能臣，但平生所读仅《论语》而已。宋太宗曾就此事询问他，赵普直言以告："臣平生所知，诚不出此，昔以其半辅太祖定天下，今欲以其半辅陛下致太平。"这个典故反映出《论语》一书的重要价值。《论语》思想内涵之丰富、论理之精辟，对封建社会政治思想的形成具有深远的影响。

《论语》是一部记录孔子及其弟子言行的典籍。今传《论语》共20章，内容涉及政治、哲学、教育、文学、处世等方面，由战国初年孔子弟子及再传弟子等编纂而成。

《论语》所记孔子的思想核心是"仁"。由"仁"即"爱人"，孔子提出"己所不欲，勿施于人""己欲立而立人，己欲达而达人"等所谓的"忠恕"之道。

在政治上，他反对横征暴敛，认为统治都应"节用而爱人，使民以时"，对当时的政策提出改良建议。他还强调"礼"的作用，提出"克己复礼"以挽救当时礼崩乐坏的社会。孔子"仁"的概念是从以家庭出发的尊卑长幼、贵贱亲疏的有差别的爱而提出的。而这个"爱"体现在孝、悌、忠、信的封建礼教以及"君君臣臣，父父子子"的统治秩序上，其最终目的还是为封建统治者服务的。

《论语》主要记载孔子的言论，有议政论道之语，有循循善诱之语，有评文论艺之语，有人生事理之语。虽然往往只是片言只语，却文辞简古，含蓄隽永，富有哲理意味，令人回味无穷。

另外，《论语》中的一些片段，仅仅是通过对话和行动就展现了人物的个性和精神风貌。如对孔子的描绘，就是通过言语、行动、神态等多方面展现其形象的。

《论语》以其深厚的思想和积极的入世精神，影响了古往今来无数的知识分子，其中的学说经过历代儒生的阐释成为封建时代的主流思想。可以说，《论语》奠定了整个中国传统文化的基础。

总之，《论语》一书记事生动自然，记言简洁隽永，形成了特有的平缓迂徐的风格。它所开创的语录体形式，不仅影响到同时代稍后的其他诸子，而且对后世文学也有较大影响。汉代扬雄的《法言》、隋代王通的《中说》、宋代朱熹的《朱子语录》以及明清的语录体著作中，都可见到《论语》的影子。

● 《墨子》书影

>>> 《墨攻》

《墨攻》于2006年11月上映，主演刘德华、王志文、范冰冰等。

《墨攻》讲述两千多年前，诸国纷争，群雄争霸，赵国为争霸而攻打燕国，燕奋起自救的故事。

墨家的核心思想在《墨攻》中被反复提到，其"兼爱"的本意是"天下兼相爱则治，交相恶则乱"。

拓展阅读：

巢湖毛鱼
木牛流马
《非攻》鲁迅
墨子守城破云梯

◎ 关键词：兼爱 非攻 墨家

反对战争的《墨子》

墨子，姓墨，名翟，大约生活在孔子之后、孟子之前。他摒弃儒家繁文缛节的礼仪，一改厚葬风气，提倡节用，并最终创立墨家学说。为了实现自己的政治主张，他与弟子到处奔走，四处宣传，并带领墨家门徒身体力行。

《墨子》一书，记载了墨子言论及墨家学派的学说，为墨家的经典著作。《汉书·艺文志》载有71篇，今有53篇道藏本和63篇四库全书本传世，但其内容较为驳杂，其中"尚贤""尚同""节用""节葬""非乐""非命""天志""明鬼""兼爱""非攻"十篇最集中地体现了墨子的思想。墨子主张"兼爱""非攻"，代表的是小生产者的利益，反映出乱世中人民的要求和愿望。兼爱是指人与人之间要相互亲爱，主张天下所有的人"兼相爱，交相利"。非攻是指反对攻伐他国。他认为，攻人之国是亏人以自利，是不仁不义的行为。在社会矛盾尖锐、兼并战争频繁的时代，墨子却希望统治者"兼爱""非攻"，这是根本行不通的。

质朴尚实、不重文采、逻辑性很强是《墨子》之文最明显的特色。《墨子》的文章善于以具体事例进行说理，由小及大，由近及远，层层推进，从具体问题的论争到概括性的辩难，具有强大的说服力，开创了我国论说文的先河。如《非攻》篇，欲说明战争之不义，先以"入人园圃，窃其桃李""入人栏厩，取人牛马"为例，说明何为"不义"，进而推及"攻人之国"才是最大的不义，条理清晰，论证有力。

《墨子》认为言论不能脱离实际生活，而要参之以历史、现实中的广泛事例，并验之于人民的现实生活。因此，文章要讲究"三表法"。"非命上"提出，文章立论应有三方面的依据：一是"本之于古者圣王之事"，二是"下察百姓耳目之实"，三是"发以为刑政以观其中国家百姓人民之利"。由此出发，墨子文章旁征博引，层层推进，最后归纳出论点。在论述问题时主题明确，针对性极强，并善用具体事例和生动的比喻来说明事理。文章内容充实，说理透彻，有很强的现实意义。

《墨子》在论说文发展史上起着承前启后的重要作用。它在《论语》语录体的基础上有了进一步发展，能围绕一个中心论题展开论述，并可以连缀成一篇完整的论文。

墨子一派，在当时影响很大，与儒家并称显学，这一派弟子众多，组织严密，纪律严格，其主张行事带有浓厚的军事和宗教色彩。墨家学派自秦汉以后逐渐衰微。

●孟子像

>>> 始作俑者

一次孟子和梁惠王谈论治国之道。

孟子说："大王衣食无忧，可老百姓却面有饥色，饿死者无数。这是当权者在带领着野兽来吃人啊！当权者带着野兽来吃人，怎么能当好老百姓的父母官呢？孔子曾说过，首先开始用俑（古时陪同死人下葬的木偶或土偶）的人，他是断子绝孙、没有后代的吧！您看，用人形的土偶来殉葬尚且不可，又怎么可以让老百姓活活地饿死呢？"

拓展阅读：

孟母断机
一曝十寒（典故）
五十步笑百步（典故）

◎ 关键词：仁政 王道 民贵君轻

开豪放派先河的《孟子》

孟子（前372—前289年），名轲，邹（今山东邹县）人，先秦第二位儒学大师，受业于孔子嫡孙子思。古人习惯称孔子为"至圣"，称孟子为"亚圣"。孟子为人正直凛然，胸中充满"舍我其谁"的"大丈夫"气概。他身处乱世却热心救世，虽屡屡碰壁，但意志坚定。他对社会、对人生，始终充满信心和热情。孟子从42岁开始周游列国，他意气风发，放言无忌，但其政见始终不被统治者采用。立德、立功不成，他晚年带着对社会理想的不懈追求，与弟子万章等人一道立言，将半生游说经历写成《孟子》七篇。

《孟子》反映了儒学大师孟子对儒家学说的继承和发展，表现了孟子的思想和理论。千百年后，人们仍能清晰地感受到孟子的个性、情感和精神，看到一个大思想家的鲜活形象。这正是《孟子》具有无穷魅力的重要原因之一。

孟子继承孔子"仁"的学说，并把它应用到政治生活中去。他还对孔子学说进行发展，提出"仁政"概念，要求统治者推行省刑薄赋的王道之治，使百姓能够安居乐业。孟子认为，只有在"治民之产"的基础上对老百姓施以教化，才可以称王天下。孟子生于战国中期列国纷争之时，他的"王道""仁政""民贵君轻"等主张代表了人民的利益和要求，有其进步意义。但当时的社会趋势是在战争中趋向整合，各诸侯国之间为了称霸天下，展开军事政治的殊死较量，故孟子学说被认为是迂阔不合实用，以至于他四处碰壁。

孟子对儒家思想的另一贡献是其"性善"论，并以此作为他的"王道""仁政"学说的哲学依据。他认为人性本善，人皆有恻隐、羞恶、辞让、是非之心。

《孟子》中的文章大多雄辩滔滔，感情充沛，词锋犀利而富于鼓动性，往往以气势取胜。他善于抓住问题的要害，在辩论中取得主动权，然后步步深入，引诱对方进入圈套，使对方就范。在论辩时孟子还多用排比或对比增强气势，并融入强烈的感情，富于战斗性和鼓动性。

《孟子》的语言明白晓畅，平实浅近，又精练准确。它继承和发展了《论语》《左传》《国语》等开创的新的书面语言形式，形成一种精练简约、深入浅出的语言风格。后来统治了我国两千多年的标准书面语，在《孟子》那里已经成熟了。

总之，《孟子》风格华赡富丽，清畅流利，气势如虹，展示了孟子爱憎分明、情感激烈、率直自信、胸怀高远的非凡气概，颇有战国策士之风，但有时又流于浮夸和诡辩。

源远流长——先秦两汉文学

●原始瓷壶 战国

>>> 骊姬夜哭

公元前672年，晋献公攻打骊戎，灭其君而抢其女，立为夫人，称为骊姬。

骊姬因其美艳不可方物而宠冠后宫，骊姬想把自己生的儿子奚齐立为太子，以便将来继任为国君，于是设下阴谋，将太子申生骗到她宫里吃饭，却向晋献公哭诉说，太子对她不恭。晋献公信以为真，将太子驱逐出宫。申生身背恶名，无法洗雪，自缢而死。

拓展阅读：
卫巫监谤
重耳退避三舍
卧薪尝胆（典故）

◎ 关键词：记言 说教 劝谏

左丘失明著《国语》

司马迁曾言"左丘失明，厥有国语"。其中，"左丘"是左丘明的代称。左丘明为鲁国史官，大约与孔子同时代。"左丘失明"后，将口传的历史与口耳相传的"语"辑集成册。

《国语》是我国现存最早的国别体史书，全书共21卷，分别记载从西周末年至春秋时期周王朝及其诸侯国鲁、齐、晋、郑、楚、吴、越八国史事，起于周穆王，终于鲁悼公（约前1000—前440年）。《国语》重在记言，与《左传》重在叙事完全不同。《国语》通过记述各国君臣之间的言论反映出当时的社会面貌和各国矛盾。《国语》的记言有总结经验以资借鉴的意图，说教意味较浓，内容芜杂，前后不一。如有的记言中表现了重民轻神、崇德尚礼的思想，有的记言却宣扬天道鬼神和因果报应。

《国语》在写作上的主要特色是长于记言。人物的言论、对话在每一个相对独立的故事中都是最主要的部分。言为事而发，事为言之辅，寓教训于言论之中。如《周语》"邵公谏厉王弭谤"中，其中邵公曰："防民之口，甚于防川。川壅而溃，伤人必多，民亦如之。是故为川者决之使导，为民者宣之使言。"这句话以浅近的比喻说明深刻的道理，是为政者的座右铭。《国语》中还有些文章记言详明丰富，一些谏对之辞尤为出色。如"鲁语"中的"里革论君之过""季文子相宣成"，"楚语"中"灵王为章华之台"等篇的语言也都很确切地表现了人物的思想。

《国语》虽然记言多于记事，但《国语》没有单纯的议论文或语录，而是将一系列大小故事穿插其中，表现出叙事技巧和情节构思上的特点，有时也能写出鲜明生动的人物形象。如"晋语"中的重耳、骊姬、子犯，"吴语"中的夫差，"越语"中的勾践等，形象都较为生动。《国语》对历史事件因果关系的叙述，不及《左传》普遍、完整。但《国语》也有情节生动曲折、极富戏剧性的叙事，如"晋语"前四卷写晋献公诸子争位的故事，献公宠妃骊姬的阴谋，太子申生的被谗冤死，公子重耳的流亡等，都写得波澜起伏，精彩纷呈，反映了《国语》叙事的成就。

《国语》在艺术成就上虽不如《左传》，但它作为记言史书，语言质朴简省、精练简明，保存了许多春秋时代流行于社会之中的口语、俗语和政治用语，富于生活气息，比起前期的《尚书》《春秋》，在语言上更富表现力。《国语》体现了反对专制和腐败的进步政治观，具有浓重的民本思想和很强的伦理倾向。书中记录的驳杂丰富的内容又为后人研究先秦时期的历史提供了重要的依据。

● 《春秋》中记载哈雷彗星的书页

>>> 郑伯克段于鄢

郑庄公的母亲武姜，偏爱自己的小儿子共叔段，总想立他为太子。庄公当上郑国国君后，她便要求把京这个地方赐给共叔段做封地。共叔段封京后，扩大私邑，据京叛郑，要偷袭郑国国都，还联络武姜做内应。庄公得知后，命令公子吕率领200辆战车去攻打京邑。共叔段败，逃到鄢（今河南鄢西北），庄公又率兵追击，大胜。

郑伯克段于鄢的故事始见于《春秋》，在《左传》中也有记载。

拓展阅读：

礼崩乐坏
掘地见母（典故）

◎ 关键词：历史散文 天道 鬼神

文采斐然的《左传》

《左传》原名《左氏春秋》，西汉以后称《春秋左氏传》，简称《左传》。它与公羊高的《春秋公羊传》、谷梁赤的《春秋谷梁传》并称"春秋三传"。"春秋三传"都是解释《春秋》的著作。

汉代以前《春秋》《左传》各有单行本流传于世，到了晋代，杜预将经传合为一书并为之注解，即《春秋经传集解》，后来成为隋唐盛行的《左传》的本子而流传开来。《公羊传》《谷梁传》渐渐湮灭无踪，不为人所知。

司马迁的《史记》记载："鲁君子左丘明惧弟子人人异端，各安其意，失其真，因孔子史记具论其语，成《左氏春秋》。"由此可知，《左传》的作者当为"鲁君子"左丘明。

左丘明出身于鲁国贵族，是一个有丰富历史文化知识的瞽史，与孔子同时或稍早。《左传》的大部分史料出自左丘明的传诵，后由战国初期熟悉历史的人或左丘明的后代以《春秋》为纲，兼采其他史料编撰成书。

《左传》是我国第一部记事详尽的编年体史书。它全面记载了鲁隐公元年（前722年）至鲁哀公（前467年）250多年间各诸侯国的政治、军事和外交方面的活动和言论。如王室衰微、诸侯争霸、列国兼并、武装暴动及统治集团内部的争权夺利、腐朽残暴、君臣相争等无不记载，涉及天道、鬼神、灾祥、卜筮、占梦等事。

《左传》既是一部有很高价值的史书，也是优秀的散文集。其文学成就历来为人称道。它上承《尚书》《春秋》之开端，下启《战国策》、《史记》之宏大。无论叙事、语言、写人都达到了当时的最高水平，标志着历史散文进入了一个新阶段。

《左传》叙事、写人艺术之高超，行文辞令之美，前人多有称道。刘大櫆的《论文偶记》称赞道："《左氏》情韵并美，文采明耀。"

《左传》保存了大量珍贵的史料，它的编年体例和叙事记言的独创性、艺术性，对我国古代历史和古代文学的影响巨大。

作为先秦史家记事文的《左氏春秋》是先秦文学的一种体式，并且是这种体式的最高典范和成就。它以春秋时期两百多年的历史发展为背景，塑造、再现了一批极富个性、精神跃然纸上的人物。它非常注重细节描写，有比较完整、曲折的故事情节。作者还善于根据人物的个性，利用悬念来设计故事，而且章法谨饬有度，字句精严。

●荀况像

>>> 开源节流

《荀子·富国》:"百姓时和,事业得叙者,货之源也;等赋府库者,货之流也。故明主必谨养其和,节其流,开其源,而时斟酌焉,潢然使天下必有余,而上不忧不足。"后用"开源节流"比喻在财政上增加收入,节省开支。

拓展阅读:

青出于蓝而胜于蓝(成语)
赴汤蹈火(成语)

◎ 关键词:新儒学 性恶 说理文

集百家之大成的《荀子》

荀子,名况,字卿,战国末期赵国人,约生活于公元前298年至公元前238年间,曾在齐稷下学宫讲学,因不得志而去了楚国,春申君任其为兰陵令。秦昭王时,荀子还到过秦国。楚春申君死后,荀子便居住在兰陵授徒著书,死后葬于兰陵。其弟子以韩非、李斯最为有名。

《荀子》是荀子及其门徒的一部论文集,今存32篇,其中大部分为荀子自著,内容包括哲学、政治、经济、历史、军事、文学等各方面。荀子是先秦儒家学说的集大成者,在儒学史上占有重要地位。荀子学说是为了适应当时社会统一的趋势,融合包括法家在内的各家思想并加以改造而建立起来的一种新儒学。其中,对先秦诸子百家学术有所批评。《韩非子·显学》将其列为儒家八派之一。

作为孔子学说的正宗传人,孟子继承了孔子的仁义学说,荀子则继承了孔子的礼乐学说,孟、荀各执一端以立论。孟子关注内在之仁,主张性善,荀子则关注外在之礼,主张性恶;孟子重义轻利,荀子重义不轻利;孟子取法先王,荀子兼法后王;孟子尊尚王道,荀子兼尚霸道。荀子别于孔孟之处,首先在于他对天人关系的新见解。他打破"生死有命,富贵在天"的老观念,提出了"制天命而用之"这一具有唯物思想的观点。他认为天只是自然的存在,与人间的吉凶祸福没有直接关系,应注重人的主观能动性。因此,他反对孟子的性善论,宣扬性恶论,重视后天学习和教育的影响。

荀子在政治上主张"隆礼尊贤而王,重法爱民而霸"(《荀子·强国》)。他提出"法后王"的政治主张,虽与孟子的"尊先王"表面上恰好对立,但荀子所谓的后,乃专指后于尧舜禹汤的周之文王、武王,因前后因果、制度相近,故而法之。

荀子特别强调论辩的重要性,认为"君子必辩"(《荀子·非相》)。荀子之文思理严整,论证全面,为说明观点,层层论述,反复推详,一篇中首尾一贯,一气呵成。因其整体理论系统严密,各篇之间颇有照应,故而全文细密严谨,恢宏博大,风格浑厚。

《荀子》运用许多日常生活中常见的事物作为比喻,深入浅出,生动巧妙地把抽象的道理具体化、形象化,使深奥的理论浅显易懂。《荀子》中大量运用排比句法,又以韵语描写、抒情,增强了气势,调整了音节,更富于说服力和感染力。

●庄子像

>>> 庄周梦蝶

庄周有一次做梦，梦见自己变成了一只蝴蝶，悠闲自在地飞来飞去，很是得意。突然醒来，发现自己原来是庄周。不过，人生本来都是梦，梦与梦之间变幻无终，所以弄不清楚到底是庄周梦见自己变成了蝴蝶，还是蝴蝶梦见自己变成了庄周。

庄子由此认为，不管是庄周梦见自己变成了蝴蝶，还是蝴蝶梦见自己变成了庄周，蝴蝶与庄周毕竟是不一样的，它们之间的转化也就是物与物之间的转化，是一种"物化"。他据此提出了"齐物论"。

拓展阅读：

庄子借粮

鱼之乐（典故）

相濡以沫（典故）

◎ 关键词：出世 坐忘 齐物论

天下第一奇书——《庄子》

庄子（约前369—前286年），名周，宋国蒙（今河南商丘一带）人，与梁惠王、孟子为同时代人。庄子曾做过漆园吏，一生穷困，但鄙夷富贵，拒入仕途。庄子是道家学派的代表人物，至魏晋时与老子并称，唐时道教兴盛，封庄子为"南华真人"，因此《庄子》一书又称《南华真经》。《庄子》在《汉书·艺文志》中著录有52篇，现存33篇，分内、外、杂篇三部分，其中内篇7，外篇15，杂篇11。内篇为庄周自著，外、杂篇则是庄子门人及后学所作，但大体都反映了庄子的思想。

庄子崇尚自然，宣扬无为，追求绝对自由的人生，他继承了老子的思想而又有很大的发展。如果说老子是以"无为"而达"有为"，是以退为进的入世哲学，那么，庄子则是主张完全放弃"有为"，认为人应完全听命于自然，放弃一切努力而归于原初的混沌状态。

这是一种出世的哲学。他所谓的至德之世是"同与禽兽居"的洪荒时代，他将老子的"小国寡民""绝圣弃智"的社会理想推向极端。

"道"也是庄子哲学的基础和最高范畴。它既是关于世界起源和本质的观念，又是至人的认识境界。庄子的人生就是体悟"道"的人生。"天地与我并生，而万物与我为一"（《齐物论》），精神上冲出渺小的个体，短暂的生命融入宇宙万物之间，翱翔于"无何有之乡"（《逍遥游》），穿越时空的局限，进入无古今、无死生，超越感知的"坐忘"境界（《大宗师》）。庄子的悟道人生，实为一种艺术的人生，与艺术家所达到的精神状态有相通之处。他所表现的这种哲学思想的形式具有明显的文学特质。

《庄子》在先秦诸子之文中高标傲世，别具一格，代表了这一时期散文艺术的最高成就。即使在整个中国文学史上，《庄子》依然是最璀璨的明星之一。鲁迅先生在《汉文学史纲》中评价其"汪洋辟阖，仪态万方，晚周诸子之作，莫能先也"。的确，《庄子》文情跌宕，意境深远，变幻莫测，恣肆汪洋，构思超绝尘外，形象诡谲奇特，意境奇妙迷离，文辞横空出世，充满了诱人的浪漫色彩。

《庄子》在中国文学史上影响深远。它所表现的摆脱精神束缚的热烈渴望和超尘绝世、甘贫肆志，不与统治者合流的高尚志趣，影响了一代又一代志士仁人，使他们在社会黑暗时能保持高洁的情操。如司马迁、阮籍、嵇康、李白、苏轼、蒲松龄、曹雪芹等都深受其影响。但《庄子》中安时处顺、物我齐一的消极思想，也往往成为后代不得志者，用以逃避现实进行自我安慰的麻醉剂。《庄子》一书善用艺术形象来阐明哲学道理，语言夸张、独特，全文充满了雄奇的想象，使后世文人受用不尽。

●鲁仲连像

>>> 苏秦刺股

苏秦是洛阳人，学合纵与连横的策略。为劝说秦王，他写了十多个建议都没被采纳，最后钱都用完了，悲惨而归。

到了家，他的妻子不为他缝纫，他的嫂子不为他做饭，他的父母亲也不认他这个儿子。苏秦叹了口气，说："都是我的错啊！"

而后苏秦发誓要勤奋读书。每当读书困倦的时候，他就拿锥子刺自己的大腿，血流到了脚。后来他联合了齐、楚、燕、赵、魏、韩反抗秦国，然后佩了六国的相印。

拓展阅读：

亡羊补牢（典故）
狡兔三窟（典故）
内助之贤（典故）
一鸣惊人（典故）

◎ 关键词：纵横家 合纵 游说

纵横捭阖的《战国策》

《战国策》共33卷，主要记载了谋臣策士游说诸侯和进行谋议论辩时的政治主张、斗争策略，杂记东周、西周、秦、齐、楚、赵、魏、韩、燕、宋、卫、中山诸国军政大事。时代上接春秋，下迄秦并六国。其中文章作者大多是战国后期的纵横家，也可能有若干篇章是秦汉间人所作。最后，由西汉刘向编校整理成书，定名为《战国策》。

《战国策》与《春秋》《左传》《国语》主要反映儒家思想不同，它表现了纵横家的思想，反映了纵横家的人生观。战国时的形势，比起春秋时有很大不同。各诸侯国经过激烈的兼并战争，已主要合并为七个较大的国家。在趋向统一的大历史趋势下，七国之间一方面在战场上展开了生死存亡的军事较量，一方面还要通过外交取得政治优势。一些谋臣策士便提出自己的政治主张或斗争策略，游说各路诸侯，乘机活跃于政治舞台。

与孔孟游说诸侯时以仁义道德为主旨相反，《战国策》的谋臣策士多以现实利益作为自己游说的中心，这些人没有自己固定的政治主张，随时而变，巧舌如簧，迎合君主的霸权欲望，从中猎取高官厚禄。他们本人也多是唯利是图、看重现实成败之辈。如朝秦暮楚的苏秦，原主张连横，因说秦王不成才转而对六国宣传合纵。别人批评他不讲信义，苏秦却反驳说，自己离开老母出侍人君，就是为了谋取进身之道，而那些讲究信义沽名天下如尾生、伯夷、曾参之流，其行固为"天下之高行"，但那却是"自覆之术"，非进取之道。将现实利害关系摆在儒家的仁义道德之上，这正是《战国策》及其所记载的谋士们所体现出的时代精神风貌。至于书中正直忠义如鲁仲连，侠肝义胆如荆轲，不顾危难敢于抗暴如唐雎等，人数很少，无法反映《战国策》的整体思想动态。

《战国策》打破了编年体例，以人物的游说活动为记叙的中心来统率事件，塑造了一大批各种等级、各种职业、各个年龄层次的人物形象。上自国君，下至平民；老近百龄，少方十余；王孙公子，谋士说客，文臣武将，宠姬幸臣，无不刻画备至。所写人物形态各异，个性昭然，尤其是一系列"士"的形象，更是写得栩栩如生，光彩照人。纵横之士如张仪，勇毅之士如聂政，高节之士如颜斶等，都个性鲜明，具有一定的典型意义，代表了不同类型的"士"。《战国策》即使在描绘同类人物形象时，也注意同中求异，以展现其不同的精神面貌。如苏秦、张仪、公孙衍同属说士。但苏秦出身贫贱，为了改善生存条件敢于蔑视传统等级制度。作者主要突出他为了理想百折不挠的精神。对于张仪，则突出其诡计多端、反复无常的狡诈性格。描写公孙衍时则通过他与张仪、史举、田文等人的钩心斗角来展现其老谋深算、善于弄权的特征。

《战国策》还以波澜起伏的情节、个性化的言行、传神的形态和细节来塑造人物。作者不满足于平铺直叙，有意追求行文的奇特惊人。如《燕策三》记燕太子使荆轲刺秦王，其中田光为了保守秘密而自杀，樊於期自刎献头以图报仇，易水送别，秦廷献图行刺等情节，出人意料，慷慨悲壮，于紧张激烈的矛盾冲突中，人物性格得以生动展现。在《战国策》中人物个性化的言行十分突出。如《秦策一》中，苏秦落魄而归后的喟叹，荣归故里时的感慨，其家人前倨后恭的言行等，都反映了人物的内心世界和性格特征。而对苏秦归来时"嬴滕履跷，负书担橐，形容枯槁，面目犁（黧）黑，状有归（愧）色"的外貌神情描写，勾画细致，极为传神。

●人物御龙图 战国

《战国策》在语言艺术上的空前成功，是其文学成就的重要方面。其中策士游说诸侯之词，大臣讽刺君主之词，以及不同意见的辩难，都反映出春秋时期从容不迫的使者辞令，已演化为议论纵横的游说之词。其文章艺术风格，前人概括为"辩丽横肆"，铺张扬厉，气势纵横，可以说是《战国策》说辞的主要特色。《战国策》是当时时代特征的体现，标志着先秦叙事散文语言的运用达到了新水平。

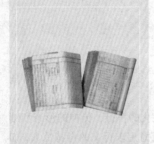

● 《韩非子》书影

>>> **中央集权制**

中国自秦始皇建立统一的中央集权封建制国家以后，两千多年来一直沿袭这一制度，直到中华人民共和国成立。

秦始皇统一中国后，为了加强统治，实行中央集权制。在中央设"三公"，以丞相、太尉、御史大夫分掌全国之政务、军事及监察；三公之下设"九卿"，负责政府各部门工作。在地方上，秦始皇废封建、置郡县，分天下为36郡（后增至40郡），郡置郡守、郡尉和监郡史，由中央直接任命。每郡又辖若干县，县下尚有其他基层组织。

拓展阅读：

妹喜
禅让制

◎ 关键词：法家 李斯 中央集权

集法家之大成的韩非子

韩非（约前280—前233年），战国末期韩国贵族，与李斯同受学于荀卿，他虽然口吃却长于写作。韩非见韩国国力衰弱曾多次上书韩王，主张修明法制、富国强兵。但是，"韩王不能用"。韩非退而著书，成书十余万言。秦王嬴政读了韩非的书后赞赏备至，发兵攻韩，索要韩非。韩王因事情紧急，便派韩非前往秦国。韩非因才学受到秦王的欣赏，却引起同学李斯的嫉妒。李斯自知才学不如韩非，他虽为秦国重臣，却担心韩非强于自己，于是向秦王进谗言并将韩非治罪下狱。李斯随即派人送去毒药，逼韩非自尽。待秦王后悔，派人赦免韩非时，已经太迟了。

《韩非子》是一部政治哲学论文集，共55篇，多为韩非自著，是先秦法家的代表作。从春秋时期郑子产作"刑书"，到战国时期魏国李悝作《法经》、商鞅著《商君》，诸多法家人物的思想，经韩非得以综合、提炼和升华。

韩非的政治主张就是一个"法"字。他认为必须实行严刑峻法，明确全社会应遵守的法令。

为了维护君主的专制集权，除了"法"，还要有"术"和"势"。韩非所谓的"术"，是指君主驾驭和控制群臣下属的权术和手段，其中最主要的是知人善用，做到人尽其才。但同时也包括许多隐蔽的手段，以保证国君可以把一切权力集中在自己手里。所谓"势"，是指君主的权势地位。韩非认为必须"重势"，国君才能牢牢地掌握政权。如果"尧是匹夫，不能治三家；桀为天子，则可乱天下"，这就是势的作用。国君"抱法处势"，国家便得以治理。韩非建立的"法""术""势"一体的法家理论体系，主张集权力于君主一身，以中央集权的专制制度来统治国家。他的这种主张对我国两千年来的封建社会影响巨大。

韩非不相信人可以经教育感化而为善，只相信赏罚分明。他反对儒家的仁政和德政，坚持认为应以严刑峻法治理国家与人民，并构筑了一整套极端专制主义的方法和理论。

韩非轻视文饰，重视功用。他的文章很有特色，论证精密周详、条理分明、深刻明切、词锋犀利，既有很强的逻辑性，又有强烈的批判精神，显示出峭拔严峻的风格。

此外，韩文还大量运用寓言故事和历史传说，巧设譬喻，使文章更具有生动性和说服力。如"买椟还珠""郑人买履"等寓言和"扁鹊说病""美人掩鼻"等故事，构思奇巧，洞察幽微，讽刺辛辣，至今仍在流传。

《韩非子》标志着先秦论说文发展的高峰，即使后世的理论文章也难以在凌厉深刻的穿透性方面与之比肩。

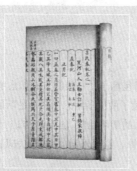

●《吕氏春秋》书影

>>> 奇货可居

吕不韦常往来于各地做买卖。一次他在邯郸碰到了在赵国做人质的秦国公子异人（后来的子楚），吕不韦从商人角度看到子楚身上的价值，认为他是值得投资的"货物"，于是大力加以扶持。后来子楚当上国君，吕不韦如愿以偿，不仅享受着10万户的纳税，还当上了丞相，赚取了无法估量的名和利。

"奇货可居"指把稀有的货物储存起来，等待高价卖出。常比喻凭借某种专长或独占的东西作为资本，等待时机，以谋取名利地位。

拓展阅读：

战国四君子
盗亦有道（典故）
刻舟求剑（典故）

◎ 关键词：杂家 食客 仲父

千金一字的《吕氏春秋》

《吕氏春秋》又名《吕览》，是战国时期秦相吕不韦集合三千门客编写而成。全书共20余万言，分为八览、六论、十二纪，包话天地万物古今之事，号称"吕氏春秋"。《吕氏春秋》以儒、道家思想为基础，兼及名、法、农、阴阳诸家之学说，集合了中国汉代以前政治、军事、哲学、谋略思想的大成。《吕氏春秋》写成之际，吕不韦命人张贴在咸阳的城门上，说若有人能改书中的一个字，赏金一千，结果无一人能改。一字千金，即由此而来。

吕不韦本是"阳翟大贾"，"往来贩贱卖贵，家累千金"。不过，他觉得商人利不过百倍，不如立国定主，则其利无穷。他去邯郸做生意的时候，遇见在赵国做人质的秦昭襄王之孙异人，认为"奇货可居"，于是便资助千金，并将一个已有身孕的邯郸姬献给异人。邯郸姬生下一子取名"政"，这就是后来的秦始皇嬴政。嬴政即位时年纪很小，朝廷大权多操纵在吕不韦手中，吕不韦被尊为相国，号称"仲父"。吕不韦在位十年间，攻取了赵、魏、燕国的大片土地，为秦朝统一中国奠定了坚实的基础，又编纂《吕氏春秋》，为秦兼并六国、统一天下做理论和舆论准备。后来，嬴政当权，吕不韦因罪免职，忧惧自杀。

《吕氏春秋》综合百家九流，融合各家思想，内容庞杂，被《汉书·艺文志》列为"杂"家。吕不韦编纂此书，是为行将统一的封建王朝提供思想统治的理论体系，它在秦朝未被采用，但对于汉代的政治和思想却有重大的影响。

《吕氏春秋》全书体例一致，结构完整，组织严密，语言生动，在文学上有较大的成就。其中一个最突出的成就，是创作了丰富多彩的寓言故事，用寓言故事来说理。全书中的寓言故事共有200多则，大都是化用中国古代的神话传说和民间故事而来，在中国寓言史上具有相当重要的地位。

《吕氏春秋》在寓言的创作和运用上独具特色，往往是先提出论点，然后再引述一至几个寓言来进行论证。如《当务》篇先提出"辨""信""勇""法"四者不当产生的危害，然后连用"盗亦有道""楚亦有道""楚有直躬者""齐人之勇""太史据法"五则寓言来说明道理。

善用比喻是《吕氏春秋》的一大特色，有的通篇都由比喻组成，文字简短，取义贴切。如《荡兵》篇说兵"譬之若水火然，得良药则活人，得恶药则杀人"，从而说明义兵是天下的良药，不能弃而不用。

●屈原像

>>> 寒食节的由来

寒食节是中国农历清明节前、中、后这三天。古人从这一天起，三天不生火做饭，所以叫寒食。

相传当年重耳周游列国时，一天，他挨饿难熬，介子推割下自己大腿上的肉给他吃。后来重耳当了国王，去找躲在深山中的介子推。重耳遍寻不到，便下令放火烧山，想以此逼出介子推，但最后发现介子推与介母被烧死。重耳十分后悔，便规定每年此时不得生火，一切吃冷食，称为寒食节。

拓展阅读：

易卜生
《屈原》郭沫若
《楚辞》西汉·刘向

◎ 关键词：理想 浪漫主义 放逐

惊采绝艳话《离骚》

每年农历五月初五是端午节，江南一带用包粽子、划船的方式纪念我国文学史上第一个伟大的诗人屈原。这一延续了两千多年的风俗，足以证明战国时代的诗人屈原在我们中华民族历史上的崇高地位。屈原，大约生于公元前340年，卒于公元前277年，名平，字原，楚国丹阳（今湖北秭归）人。作为诗人，他最有名的作品是《离骚》。

战国后期七国争雄，在当时"横则秦帝，纵则楚王"的政治形势下，屈原以清醒的政治头脑极力主张怀王举贤任能，富国强兵。但上官大夫在怀王面前进谗，屈原被免去左徒之职，转任三闾大夫。此后，楚国国况日下，先是秦使张仪入楚，贿赂靳尚和怀王宠妃郑袖等人。靳尚和郑袖怂恿怀王破坏了楚齐联盟。随后，在秦楚战争中，孤立无援的楚国在丹阳、蓝田战役中相继大败，丧失了汉中之地。怀王的内政外交陷入困境。屈原在怀王二十五年左右，被流放到汉北一带，这是他第一次被放逐。怀王三十年，秦人引诱楚怀王在武关盟会。结果，楚怀王被囚，三年后死于秦。顷襄王继位，屈原又遭到令尹子兰和上官大夫的诋毁。大约顷襄王十三年，屈原再次被流放到沅、湘一带。清苦的流放生活，使屈原颜色憔悴，形容枯槁，不尽的孤寂愁苦之感如长江大河一样迸发，中国古典诗歌史上空前绝后的鸿篇巨制——《离骚》就是在这样的状态下谱写完成的。司马迁说："屈原之作《离骚》，盖自怨生也。"诗人何其芳在《屈原和他的作品》中说："《离骚》的出现，在中国文学的历史上，它结束了一个旧的时代，又开辟了一个新的时代。"

《离骚》是中国文学史上杰出的抒情长诗。全诗373句，2400余字，以宏伟的气魄和瑰丽的想象描述了自己的身世、理想、遭遇、人格等，抒发了自己遭谗被害的苦闷与矛盾，表现了其对美政理想的热烈追求，对祖国的深挚热爱，对高洁人格的培养，以及与邪恶势力决不妥协的斗争意志和甘愿殉国的崇高精神。

《离骚》的内容大致分为两部分。从篇首到"岂余心之可惩"为前半部分，是对以往经历的回顾，多描述现实的情况，如诗人的身世、抱负、政治理想与斗争等；后半部分主要以幻想的形式，表现诗人对现实的彷徨苦闷与对未来的探索追求。诗人在理智上是坚定而明确的，但在感情上却感到迷惘和痛苦。《离骚》后半部分大量借助神话材料，以幻想的形式展示了他内心深处的活动。

《离骚》成功地塑造了一个忧国忧民的爱国者的高大形象，是屈原用生命铸成的一曲悲歌。它使诗人本身成为我国文学史上一位不朽的爱国诗人典型，对后世产生了深远的影响。诗从现实叙述入手，反复剖析美政理想与现实政治的矛盾，然后诗人怀着痛苦不堪的心情进入缥缈恍惚的虚幻世界，在上下求索中追寻矛盾解决的方案。全诗贯穿着诗人坚持理想和决不屈服的顽强斗争精神，现实的叙述和幻想的驰骋又相互交织，在幻想中仍能透出现实的影子，使诗篇充满浪漫主义的精神实质。这是《离骚》一文最重要的艺术成就。

《离骚》吸取并发展了《诗经》的比兴手法，使比兴手法的运用与所要表现的内容更完美地融合为一体，使事物有了一定的象征意义。如诗人以求偶比喻君臣遇合，以媒比喻慕贤者，以香花、香草比喻贤才美德，以众女妒美比喻群小嫉贤等，这些比兴形象互相联系，使人从不同方面了解了诗人的政治处境和政治追求，而且还使得诗篇词采粲然，并形成一种寄托遥远、耐人寻味的意境。

●屈原故里

《离骚》以楚地民歌为基础并吸取散文句式，发展了《诗经》的四言句式，创造出一种自由活泼又富于表现复杂情感内容的新诗体。《离骚》基本上四句一章，以六言为主，长短相间，整齐中又有变化。它又吸收楚国乐歌和方言，多用虚字如羌、搴、扈、謇、纷、傺等，形成了"楚辞体"的独特风貌，被鲁迅先生誉为"逸响伟辞，卓绝一世"（《汉文学史纲要》）。

源远流长——先秦两汉文学

◎关键词：赋 九辩 抒情

"悲秋"才子——宋玉

巫山神女

●《高唐赋》中的巫山神女

>>> 巫山十二峰

坐落于巫山县东部的长江两岸，江南江北各有6峰，各距县城10～30公里。

江北六峰有：登龙、圣泉、朝云、望霞（神女）、松峦、集仙，均一一可见；江南六峰的净坛、起云、上升隐于岸边山后，只有飞凤、翠屏、聚鹤可见。十二诸峰绮丽如画，姿态万千，擅奇天下。

"放舟下巫峡，心在十二峰"，这两句古诗词道出人们对十二峰的倾慕之情。

拓展阅读：

《高唐赋》战国·宋玉
《神女赋》战国·宋玉
《江妃赋》南朝·谢灵运

中国古代有许多描写秋物、秋声、秋气的诗句，然而最早集中描写秋色、抒写悲秋之情的是宋玉。宋玉是屈原之后最重要的楚辞作家。司马迁《史记·屈原列传》中云："屈原既死之后，楚有宋玉、唐勒、景差之徒，皆好辞而以赋见称；然皆祖屈原之从容辞令，而终莫敢直谏。"宋玉是这些楚辞作家中唯一有确切作品传世且较有影响的作家。他的作品在《汉书·艺文志》中著录为16篇，最有名的一篇是《九辩》。

《九辩》如《九章》一样，都是楚地的古乐曲名。"九"泛指"多"意，"辩"通"遍"，一遍为一阕，九辩即指多乐章的乐曲。宋玉之作大多沿用古曲之名而发为新制，以抒发落魄文人不得志的哀愁和不平，揭露等级社会对人才的压抑以及表明自己洁身自好的情操。《九辩》一文中，以开篇描写秋色的部分最为出色：

悲哉，秋之为气也！萧瑟兮，草木摇落而变衰。憭慄兮，若在远行。登山临水兮，送将归。泬寥兮，天高而气清，寂寥兮，收潦而水清，憯凄增欷兮，薄寒之中人，怆怳懭悢兮，去故而就新。坎廪兮，贫士失职而志不平。廓落兮，羁旅而无友生。惆怅兮而私自怜。燕翩翩其辞归兮，蝉寂漠而无声。雁廱廱而南游兮，鹍鸡啁哳而悲鸣。独申旦而不寐兮，哀蟋蟀之宵征。时亹亹而过中

兮，蹇淹留而无成。

诗中刻画了秋景的种种凄凉寂寞，诗人善于选择特定景物以抒写幽怨哀伤之情，风声、鸟声、落叶声、穷士之感叹声交织一片，在环境的渲染中更加衬托出阴暗时代被压抑者的心理，具有很强的感染力。《九辩》的语言更趋散文化，全诗句式多变，长短交错，"兮"字在句中位置的不同变换，使文章节奏相当自由灵活。与屈原作品相比，诗中又多用双声、叠韵、叠字等修辞手法，十分注重语言的修饰和考究之美。

刘勰将宋玉与屈原并称为"屈宋逸步，莫之能追"（《文心雕龙·辨骚》）。中国文学史上影响深远的"悲秋"主题，实由此发端。鲁迅《汉文学史纲》谓："《九辩》……虽驰神遥想，不如《离骚》，而凄怨之情实为独绝。"《九辩》显然继承了《离骚》的抒情传统，把个人的身世之悲和对国家命运的关怀联系在一起，形成悲愤深沉的风格特征。与屈原的思想境界相比，宋玉自然难与并肩，但后世也不乏仰慕者。杜甫《咏怀古迹》中有这样的诗句："摇落深知宋玉悲，风流儒雅亦吾师。怅望千秋一洒泪，萧条异代不同时。"《九辩》是继屈原《离骚》之后的一篇抒情诗杰作，人们多以屈、宋并称，足见宋玉在文学史上的地位。

源远流长——先秦两汉文学

●秦始皇像

>>> 阿房宫

秦始皇在统一中国的大业中，每征服一国，便在京城咸阳北坂仿照其国宫殿重新建造，称为"六国宫殿"。公元前212年，即秦始皇统一中原后的第九年，他征发70万刑徒，在西周沣镐附近兴建阿房宫前殿，"阿房"意即"近旁"，是指离咸阳近的意思。谁知，前殿尚未竣工，秦始皇便死去。他死后，秦二世继续营建。

项羽入关后，纵火焚烧了阿房宫及所有附属建筑。故唐杜牧在《阿房宫赋》中有"楚人一炬，可怜焦土"。

拓展阅读：

沙丘之谋
秦始皇陵
《碧奴》苏童

◎ 关键词：奏议 客卿 荀况

秦代文学唯李斯

秦始皇建立了我国历史上第一个大一统的封建王朝，他废除分封制，设立郡县，建立新的官制，制定秦律，统一文字和度量衡等，大刀阔斧地推行了一系列的改革措施。正如《史记·秦始皇本纪》所言：（其）平定天下，海内为郡县，法令由一统，自上古以来未尝有，五帝所不及。但秦王朝的统治非常残暴。为了巩固统治，秦始皇制定严刑酷法，销毁天下兵器以削弱人民的反抗力量。他造宫殿、修长城，骄奢无度，劳民伤财，依赖武功而轻视文治。秦在思想文化上采取残暴的统治政策，如焚书坑儒，导致秦文学均已亡佚不传，所以鲁迅说："由现存而言，秦之文章，李斯一人而已。"

由于秦王朝实行严刑酷法和钳制思想、摧残文化的政策，加之国运短暂，所以秦代文学来不及形成具有时代特色的风貌，显得较为凋零，真正算作文学家的只有李斯一人。

李斯年轻时曾与韩非同为荀况的学生，学习帝王之术，后来辅佐秦始皇统一中国建立秦朝。据说，他在乡里做小吏的时候，看见茅厕里的老鼠吃的是脏东西，经常提心吊胆地怕碰见人或狗，而谷仓里的老鼠吃的是成堆的粮食，住的房子又大又宽，还不用担心人和狗来打搅。于是他叹息道："人之贤不肖譬如鼠矣，在所自处耳！"在这种仓中鼠的哲学支配下，他努力地安排自己，西入秦国，投靠了秦相吕不韦，向秦王进献吞并六国的计谋，受到赏识，成为秦客卿，后又拜为秦相，所进建议多被始皇采纳。其代表作《谏逐客书》就是他作为秦客卿时所作。

《谏逐客书》是李斯的一篇奏议。当时（秦王嬴政十年）因为有韩人深入秦国进行离间活动，所以秦宗室大臣决议驱逐一切客卿，李斯本人也在被逐之列。为此，他奋然上书，写下了《谏逐客书》。文中从一统天下的远大政治目标出发，说服秦王不要驱逐他国有才之士。全文采用铺陈排比、正反论证的手法，结构紧凑，说服力强，具有战国纵横家之文的风采。如论留客之利"臣闻地广者粟多，国大者人众，兵强则士勇。是以太山不让土壤，故能成其大；河海不择细流，故能就其深；王者不却众庶，故能明其法。是以地无四方，民无异国，四时充美，鬼神降福，此五帝三王之所以无敌也"。雄心勃勃的始皇帝看到这篇立志高远、气势恢宏的奏议，深以为然，于是立刻取消了逐客令。

李斯传世散文还有《论督责书》《言赵高书》《狱中上书》三篇，但成就均不及《谏逐客书》。李斯还作有一些碑铭文，从内容上看，都是歌功颂德之言，对后代碑铭文有一定影响。

源远流长——先秦两汉文学

◎ 关键词：大赋 小赋 讽喻

汉赋渊源与流变

●长乐未央瓦当 西汉

>>> 中华文明

楚辞是在楚国民歌的基础上经过加工、提炼而发展起来的，有着浓郁的地方特色。

由于地理、语言环境的差异，楚国一带自古就有它独特的地方音乐，古称南风、南音；也有它独特的土风歌谣。楚国历史悠久，楚地巫风盛行，楚地民歌中充满了原始的宗教气氛，楚人以歌舞娱神，使神话大量保存，诗歌音乐也迅速获得了发展。这就使得楚辞具有楚国特有的音调音韵，同时具有深厚的浪漫主义色彩和浓厚的巫文化色彩。

楚辞是与中原文化交相辉映的楚文化的重要组成部分。

拓展阅读：
《楚辞》屈原
《水调歌头·泛湘江》
宋·张孝祥

赋是汉代富有特征性的文学形式。汉大赋是汉代文学之大宗。经过汉代作家的创造，赋成为我国古代文学重要体裁之一，历代都不乏作者。王国维在《宋元戏曲考》中说道："凡一代有一代之文学，楚之骚，汉之赋，六朝之骈语，唐之诗，宋之词，元之曲，皆所谓一代之文学，而后世莫能继焉者也。"随着时代的发展，在其他文体影响下，赋的形制也不断发生变化，如魏晋六朝时出现俳赋，也称骈赋，唐宋时又先后出现律赋与文赋。

汉赋从楚辞中脱胎而出，并逐步完备了自己独特的体制。汉赋的初期大体接近于楚辞形式的骚体赋，贾谊的《鵩鸟赋》便是其中的代表。它全用楚辞体句式，采用作者与鵩鸟对答的结构，内容也不是楚辞类的抒情，而是借鵩鸟入室一事，剖说自己的以老庄思想为基础的对待生死、祸福、名利的人生态度，用道家的自然主义思想排解怀才不遇、遭受排挤的苦闷。《鵩鸟赋》反映了初期汉赋在形态上的特点。稍后的枚乘的《七发》表现了初期汉赋向汉代散体大赋的过渡。其结构也是采取主客问答的形式，假托楚太子有病，吴客去探视，用七件事启发太子，最后终于以"要言妙道"治愈了太子的病。赋文使用散文化的长短不等、错落相间的短句，完全摆脱了楚辞体句式。更重要的是它完全以体物为主，大段描写音乐饮食、骏马名骑、宫苑池观、游猎观涛等，与《楚辞·招魂》之铺陈物色一脉相承。

汉武帝以后，散体大赋开始定型，并达到全盛期。整个两汉大赋的代表作家与作品有司马相如的《子虚赋》《上林赋》，扬雄的《甘泉赋》《羽猎赋》，班固的《两都赋》，张衡的《二京赋》等。这些大赋往往采取虚设人物对话的形式结构成篇，赋文的主要内容是由人物夸说所赋事物的大段独白构成。如《子虚赋》和《上林赋》，由假托的楚之子虚先生、齐之乌有先生和代表天子一边的亡是公三人之间的对话组成。子虚先生夸说楚国云梦之大、楚王田猎之盛和乌有先生夸说齐国土地之广，物产之富构成《子虚赋》。亡是公听了两人对话，于是陈说天子上林苑射猎的壮观远胜齐楚，构成《上林赋》。另外，汉大赋常常以体物为重点，力求对所赋事物做详尽的铺排描写，使别人难以超越。如《子虚赋》描写楚之云梦泽，从其山、其土、其石到其东南西北，一一写到，极尽描摹之能事。它对每一类事物的描写，也尽量加以罗列，有时同一偏旁的字一堆便是一二十个。所以司马相如说赋是"合纂组以成文"（《西京杂记》引）。因此形成大赋的基本风格：堆砌辞藻，排比典故，文字艰深，形式呆板。虽华美壮观,却缺乏文学所特有的生命活力和情感张力。

汉赋的用意是进行讽喻,所以在赋的末尾总是归之于正。如《上林赋》归结到汉天子悔悟,"此太奢侈","乃解酒罢猎",并转而崇尚仁义诗书,而楚、齐之子虚乌有先生也都拜受"以诸侯之细,而乐万乘之侈"的批评。但由于赋文绝大部分是铺陈豪侈,加上讽喻尾巴,所以劝谏的力量也就微不足道了。

汉代的散体大赋运用了丰富的词汇,锤炼辞藻,描写生动。它摹写都城、宫苑、游猎、建筑等,虽然是反映统治者的生活,娱乐统治阶级,但客观上反映了汉帝国的强盛富庶及其宏伟气象。

散体大赋反映生活具有局限性,所以从东汉中后期开始出现抒情小赋,如司马相如的《哀秦二世赋》、张衡的《归田赋》、赵壹的《刺世疾邪赋》等,直接开启了魏晋南北朝辞赋的先河。

汉赋是我国文学从自发向自觉发展过程中关键的一环。它较早脱离了此前文学不同程度地依附于音乐、舞蹈或与历史、哲学、宗教融为一体的状况,成为中国文学史上以文字为唯一载体的纯文学体裁。

●乘驾云车·周游八极 汉画像石
●人物·人面树 汉画像石
●车骑·楼阁人物 汉画像石

●贾谊像

>>> 不问苍生问鬼神

李商隐和王安石各有一首《贾生》，是咏史之作中的奇葩，两人虽都咏贾生，以古写今，但两者着眼点不同，笔法相异。

李商隐《贾生》：宣室求贤访逐臣，贾生才调更无伦。可怜夜半虚前席，不问苍生问鬼神。

王安石《贾生》：一时谋议略施行，谁道君王薄贾生？爵位自高言尽废，古来何啻万公卿！

前者欲抑先扬，以古讽今，笔锋犀利而含蓄；后者褒贬分明，对比强烈。

拓展阅读：

屈原放逐
《登楼赋》汉·王粲
《贾生》宋·朱淑真

◎关键词：屈原 怀才不遇 黄老思想

短命奇才——贾谊

"及至秦王，续六世之余烈，振长策而御宇内，吞二周而亡诸侯，履至尊而制六合，执敲以鞭笞天下，威震四海"。这是汉初奇才贾谊《过秦论》中的语句，感情充沛如同悬崖飞瀑，一倾而出，不可阻挡。贾谊才气纵横，在年轻时便为人所称道。如《史记》载，贾谊18岁时，即"以能诵诗属书闻于郡中"。汉朝廷尉吴公把贾谊召到自己门下，后来又把他推荐给了汉文帝，"言贾生年少，颇通诸子百家之书。文帝如为博士"。在朝廷中他最年少，每当诏令颁下，诸多老臣都无所措辞，而贾谊却对答如流，道出他人心中所有而未能说出的内容。因此朝中老臣纷纷说他的坏话，文帝便把他贬谪为长沙王太傅。后来，贾谊被任命为梁怀王太傅。因怀王坠马而死，贾谊心中自责，"自伤为傅无状，哭泣岁余，亦死"。死时年仅30岁。

贾谊以其雄辩的气势、充溢的政论卓立文坛，同时其情理深致的赋作也独步一时。文帝四年，他被贬为长沙王太傅，路过湘水，遍历屈原放逐所经之地及所投的汨罗江。想到了屈原的不幸遭遇，他心潮起伏，悲感交集，思古幽情不禁大发，于是写下了著名的《吊屈原赋》。这篇赋写得哀怨异常，情辞真切。把卷展读，仿佛感到贾谊就在身边诉说着他自身的悲怨。他用凄楚犀利的笔触描写昔日楚国暗无天日、黑白颠倒的境况。作品中写道："彼寻常之汙渎兮，岂能容夫吞舟之巨鱼？"作者认为，节操高尚、才能超凡、而不为社会所容是造成屈原悲剧的根本原因。名义上是写屈原，但是，处处都在写他自己，是借屈原而发泄自己胸中的郁闷不平之气，是借屈原而表达自己不甘寂寞的豪宕之志。《吊屈原赋》是汉初文坛的重要作品，是以骚体写成的抒怀之作。

《鵩鸟赋》是作者谪居长沙时的一篇赋作。有一只鵩鸟飞入其宅，他认为是不祥之兆，于是写下了《鵩鸟赋》，借鵩鸟入屋幻化出与鵩鸟的对话，表达了荣辱祸福不足忧喜的消极思想。作品在抒发对人生、社会的感慨时，表现出鲜明的道家倾向，是汉初黄老思想在其赋作中的反映。此外，贾谊的《旱云赋》形式上趋向散体化，还未出现大量的铺陈和华丽的辞藻，与汉大赋较为接近，可说是由辞向赋转变时期的作品。

●辎车驰骋 汉画像砖

>>> 文挚治病

传说战国时代的齐闵王患了忧郁症，请宁国名医文挚来诊治。

文挚详细诊断后对太子说："齐王的病只有用激怒的方法来治疗才能好，但如果我激怒了齐王，他肯定要把我杀死的。"太子恳求道："只要能治好父王的病，我和母后一定保证你的生命安全。"

文挚当即与齐王约好看病的时间，结果连约三次，三次失约。齐王非常恼怒，痛骂不止。过了几天文挚突然来了，礼不行，鞋不脱就到齐王的床铺上问疾看病，并用粗话激怒齐王。齐王起身大骂文挚，一怒一骂，郁闷一泻，忧郁症好了。

拓展阅读：

心理疗法
指马为虎（典故）

◎ 关键词：安逸享乐 治国安邦 讽喻

劝诫膏粱子弟的《七发》

《七发》是西汉辞赋家枚乘的一篇讽谕性作品。"《七发》者，说七事以启发太子也"（《文选》卷 34）。这是劝诫膏粱子弟的一篇成功之作。

楚国太子重病在身，任何药物都没有效果。吴国客人前往诊病，察言观色，知道太子致病的根源是"久耽安乐，日夜无极""纵耳目之欲，次支体之安逸，伤血脉之和"，并由此断定他得的一定是精神委靡症。如果不能及时治疗，后果不堪设想。于是，吴客郑重指出，此病不是通常的"燕石针刺"所能医治，即使是良医扁鹊也无可奈何。只有依靠"博闻强识"的世之君子的"要方妙道"，才能"变度易意"。只有改变太子的生活方式和环境，改变太子的志趣爱好，才能治好此病。然后，吴客分别陈述七件事，一步步地启发劝导太子，竟然使太子心颜开张，面露喜色，病也为之好转。当讲完全部事理后，太子竟然能"据几而起"，霍然病愈。以上便是枚乘代表作《七发》的主要内容。

枚乘借《七发》奉劝贵族子弟放弃安逸的享乐生活，振作精神，关心各家学派的安邦治国之策。文章假托楚太子有疾，吴客前往探病。吴客认为太子的病是由享乐的生活引起的，非药石针灸所能治。接下去分述音乐、饮食、车马、游观及牧猎、观涛六事以启发太子，并认为后两者虽属逸乐，但"邪中有正"，可驱散怠惰的习惯，起到"发蒙解惑"的功效。太子闻之虽精神有所起色，但仍不能"起而观之"。于是吴客揭示出第七种事，说要给太子进方术之士并"论天下之精微，理万物之是非"，让太子听"天下要言妙道"，此时太子"涣乎若一听圣人辩士之言，涩然汗出，霍然病已"。赋中用大量篇幅细致地描绘贵族的享乐生活，并表现出明显的讽喻和劝诫，具有一定的积极意义。

铺陈夸张、藻饰华丽是本文在艺术上的最主要特色。刘勰曾说："枚乘摛艳，首制《七发》，腴辞云构，夸丽风骇。"但文章在夸张铺陈中并没有雕琢堆砌，而是形象鲜明，语言活泼，为后世文人效法颇多。

《七发》虽未以赋名篇，但从体制上看，却堪称是汉大赋正式形成的第一篇作品，在赋的发展史上有重要的地位。它铺陈的描写、散文的句法、问答的形式、富丽的语词以及曲终奏雅的讽谏等，都奠定了汉大赋的基本体制，促进了汉大赋的发展。后代作家竞相效仿其结构形式而作文，以致《文选》在赋体之外，特定"七"体。这些作品有傅毅的《七激》、张衡的《七辩》、曹植的《七启》、王粲的《七释》等。

●候风地动仪

>>> 地动仪

公元132年，张衡发明了世界上第一架测量地震的仪器——地动仪。

地动仪是用青铜制造的，仪器内部竖着一根铜柱，周围有八个杠杆连接外面。外面有八条龙，分别朝着八个方向，每条龙的嘴里各含着一粒小铜球。哪个方向发生地震，柱子就倒向哪个方向，触动杠杆，那个方向的龙嘴就张开，吐出铜球，落在下面仰首张嘴的小铜蛤蟆口中。

张衡的地动仪比欧洲制造的类似仪器，早了1700多年。

拓展阅读：

浑天仪
张衡环形山

◎ 关键词：短小精悍 张衡 归隐

忘忧馆里谈诗赋

梁孝王刘武是窦太后的小儿子，深得宠幸。他因参与平定吴楚七国之乱有大功而受重赏，深为朝廷赏识，被封在天下膏腴之地。

梁孝王有一个忘忧馆，是一个文人聚集的场所。一天，梁孝王招集文士作赋，枚乘先作《柳赋》："忘忧馆，垂条之木。枝逶迤而含紫，叶萋萋而吐绿。出入风云，去来羽族。既上下而好音，亦黄衣而绛足……"路乔如作《鹤赋》："白鸟朱冠，鼓翼池干。举修距而躍躍……"邹阳作《酒赋》："清者为酒，浊者为醴；清者圣明，浊者顽以……"羊胜作《屏风赋》。这几篇赋都很短，咏物抒情，与汉代流行的铺陈排比的大赋风格迥异，它们悄悄引导了汉代赋体的转变。

以铺叙颂扬为主的汉大赋从内容到形式开始发生转向，由单纯重视对外物的铺张描绘的长篇巨制，逐渐蜕变为在对客观物象的描绘中抒写内心情绪、短小精悍的抒情小赋，使汉赋重获生机。

东汉抒情小赋最具代表性的作家是张衡。

张衡，字平子，南阳西鄂（今河南南阳）人，我国历史上著名的科学家和文学家。他多年来主持天文、地理、气象的观测和研究，并有天文著作《浑天仪图注》和《灵宪》。张衡年轻之时善于作文，后又进入太学学习。他通五经，贯六艺，才高于世却无骄纵之意，为人淡泊宁静，不嗜名利。他官至侍中，因正直敢言，被排挤出朝，出任河间相，任内政绩斐然。张衡生活于东汉帝国由盛转衰之际，目睹朝政昏暗却无力改变，心情郁闷至极。这使他的思想中常出现避害全身、归隐田园的倾向。

张衡的赋作有《两京赋》《南都赋》《应问》《思玄赋》《归田赋》等。其中最为经典的赋作当推《两京赋》。《两京赋》综合学习了前代赋家的艺术成就，在描绘京都风貌，寄寓讽喻之道及写作手法上都表现出集大成的倾向，成为京都大赋的"长篇之极轨"。之后，张衡的创作转向为以述志抒情为主。顺帝永和三年（138年），张衡创作出著名的抒情小赋《归田赋》，昭示了汉赋的新变，并由此奠定了他的大家地位。

张衡之后，赵壹的《刺世疾邪赋》，祢衡的《鹦鹉赋》，王粲的《登楼赋》，阮籍的《猕猴赋》，陶渊明的《闲情赋》等，朴素平易的文风与忘忧馆的赋体创作，特别是与张衡的《归田赋》一脉相承。由此看来，当年梁孝王的忘忧馆实在是引领了汉魏六朝抒情诗的风尚。

●厅堂人物 汉画像石

>>> 《凤求凰》

千百年来，一曲《凤求凰》将司马相如和卓文君的爱情故事传唱至今。

2003年央视将这段经典爱情故事改编为电视剧《凤求凰》搬上荧屏。这是国内第一次将司马相如和卓文君的故事拍成电视剧。

卓文君——一个公孙王侯的贵族小姐，敢于跳出豪门庭院，与落魄的才子到穷家破舍里，两人以卖酒为生，这是何等的浪漫。而在丈夫官场得意，萌生休妻纳妾之意时，才华横溢的卓文君以一首《白头吟》表达了自己的忠贞痴情，挽回了背弃的丈夫。

拓展阅读：

《白头吟》汉·卓文君
《怨歌行》汉·班婕妤
《行宫》唐·元稹

◎ 关键词：宫怨 失宠 长门赋

长门一赋值千金

汉武帝刘彻娶长公主的女儿陈阿娇为妻，并立其为皇后。陈皇后失宠后，居住在长门宫，整日愁闷悲思，无以解忧。她听说司马相如擅长作赋，于是送去黄金百斤，托他写文章给皇帝求情。于是，司马相如写下著名的《长门赋》献给汉武帝，武帝颇为感动。结果，陈皇后再次得到了汉武帝的宠爱。

受到历代文学家称赞的成功之作《长门赋》，是以一个受到冷遇的嫔妃的口吻写成的。君主许诺朝往而暮来，可是天色将晚，还不见临幸。她独自徘徊，登上兰台遥望其行踪，却只见浮云四塞，天日窈冥。雷声震响，都让她以为是君主的车辇。《长门赋》别出心裁地将离宫内外的景物同人物的情感有机地结合在一起，以景寄情，在赋中独具特色。而作品后部尤为感人，作品中的女主人公在确信君主不会临幸之后，感到更加孤独。她抚雅琴以寄愁思，听到的人也悲伤流泪；睡梦中君主在自己身旁，醒来后空无一人。

《长门赋》通过反映后妃宫女的不幸遭遇，从而开启了后代"宫怨"一类题材的先河。它本身也多少反映了历代文人的不幸境遇。就如同宫女后妃一样，历代文人其实不过就是统治者手中的工具而已。

司马相如是汉大赋的代表作家，在赋的发展史上占有重要地位。他的赋作综合以前各赋家的特色而又有所创新，如手法铺张，结构宏伟，大量连词、对偶、排句造成词采的富丽，劝百讽一以及主客问答的形式等，为汉大赋创建了成熟的形式。而铺陈手法的多侧面、全方位、时空交错等则是司马相如综合创新的体现，为后世赋家广开门路。他的《子虚赋》和《上林赋》代表着汉大赋的最高成就。后来描写田猎巡游、宫殿苑囿的大赋，都追步相如而难以逾越。鲁迅在《汉文学史纲要》中曾称赞司马相如的赋"不师故辙，自摅妙才，广博闳丽，卓绝汉代"。

司马相如留存下来的其他赋作，均为骚体赋。《哀秦二世赋》有感秦二世"拸持身不谨兮，亡国失执。信谗不寤兮，宗庙灭绝"而作。《大人赋》是为讽谏武帝好神仙之术所作，但由于其手法过于含蓄，反而使武帝读后大悦，"飘飘有凌云气游天地之间意"。《美人赋》模仿《登徒子好色赋》，字句秀美，意境轻灵。司马相如奠定了散体赋的体制，是西汉时期重要的赋作家。同时，他也是一位美学大家。他能够充分掌握辞赋创作的审美规律，将辞赋创作和自己的美学思想完美地结合，使两者得到了有机的统一。如此，司马相如的赋作达到了一种当时文人根本无法企及的高度。

● 司马迁像

>>> 张艺谋《英雄》

中国著名导演张艺谋于2002年拍摄的电影《英雄》，讲述的是一个刺客刺杀秦王的故事。

影片中的大侠无名（李连杰饰）和残剑（梁朝伟饰），在知道了秦始皇一统天下的大志后，为了天下苍生的安宁，都最终放弃了刺杀机会，表现了对历史趋势的尊重和为民献身的精神。

荆轲的失败不是他个人的失败，而是因为统一大势无可避免。自他之后，纷乱的中国开始走向统一。

拓展阅读：

金屋藏娇（典故）

运筹帷幄（典故）

明修栈道，暗度陈仓（典故）

◎ 关键词：宫刑 太史令 历史散文

史家之绝唱，无韵之《离骚》——《史记》

西汉王朝到武帝时期达到鼎盛，文学创作也出现空前繁荣的局面，政论散文和辞赋都得到长足发展。由司马迁撰写的《史记》标志着历史散文也迎来了一个新的里程碑。

司马迁（前145—？），字子长，生于夏阳龙门（今陕西韩城）。司马迁的父亲司马谈（？—前110），曾任太史令，知识广博，对诸子百家学说有深入系统的研究。司马迁在史官家庭中长大，从小受到良好的文化熏陶。据《太史公自序》记载："年十岁则诵古文。"他后来担任太史令，产生了为书的作者立传的冲动。司马迁的父亲曾任太史令，他把修史作为自己神圣的使命，可惜壮志未酬便与世长辞。死时拉着司马迁的手泣不成声："余死，汝必为太史。为太史，无忘吾所欲论著矣。"司马迁俯首流涕，向父亲表示："小子不敏，请悉论先人所次旧闻，弗敢阙。"（《太史公自序》）司马迁从此下定修史的决心。三年后，司马迁继任太史令。太初元年（前104年），他在参与制定太初历以后，就开始了《太史公书》也就是《史记》的写作。天汉三年（前98年），李陵战败投降匈奴，司马迁因向汉武帝解释事情原委而被捕入狱，并处以宫刑，在形体和精神上给他造成极大的创伤。出狱后，司马迁任中书令，他忍辱含垢，继续写作《史记》。至征和二年（前91年），他在写给任安的信中称："仆窃不逊，近自托于无能之辞，网罗天下放失旧闻，考之行事，稽其成败兴坏之理，凡百三十篇。"（《汉书·司马迁传》）《史记》一书的写作至此已经基本完成，从太初元年（前104年）正式开始写作算起，前后经历了14年。

《史记》是我国第一部纪传体通史。它以人物为中心，记载了从传说中的黄帝到汉武帝太初年间约3000年的历史，共130篇，52万多字，分12本纪、10表、8书、30世家、70列传。"本纪"叙述历代最高统治者的政绩；"表"是各个历史时期的简单大事记；"书"是记载个别事件始末的文献，其中分别叙述天文、历法、水利、经济、文化、艺术等方面的发展和现状；"世家"主要叙述贵族侯王的历史；"列传"则是各种不同类型、不同阶层人物的传记。司马迁遍采历史古籍，创造出五种体例相配合以记史的法则，被后世史家奉若圭臬，并依例施行。

鲁迅曾以"史家之绝唱，无韵之《离骚》"（《汉文学史纲要》）来评价《史记》。可见，《史记》不但是一部伟大的历史著作，还是一部不朽的文学名著。《史记》的文章，广泛吸收先秦诸子散文及诗骚的优点并加以发展，无论叙事、写人、记言成就都高于前代，形成了自己独特的风格，对后世的散文、小说、戏剧产生了深广的影响。

《史记》塑造了许多光辉的人物形象，如荆轲、聂政、项羽、刘邦、韩信等。其中许多曲折动人的故事千百年来成为后世小说家的素材，其人物性格塑造、人物对话、细节描绘、情节安排等方面也启发着后世作家们的创作。《史记》中的一些人物形象和故事，还为劳动人民耳熟能详，从而深刻地影响了民俗心理。连大诗人李白在诗歌中都不止一次地赞美《史记》中的游侠之士，希望能像他们那样为国为民做一番事业。

《史记》在《左传》《战国策》的基础上进一步发展，写人记事集中完整，故事性强，结构严谨，语言平易简洁，生动传神，把我国历史散文推向了一个空前的高峰。它不但对历史散文有直接影响，而且对后世唐宋八大家的古文及明清散文意义也很重大。唐宋古文家在反对形式主义和艰涩文风时，都曾标举《史记》为典范。明清"唐宋派"的归有光对《史记》无比推崇和喜爱，开创了五色圈点《史记》之法。后世有成就的古文家的创作也无不受到《史记》的熏陶。

《史记》"其文直，其事核，不虚美，不隐恶"（班固言）的严肃态度和刚正不阿的精神，不仅为后世进步史学家所激赏，也成为后世正直的文学家创作的典范。

●《史记》书影 清代版

● 宴饮·建鼓 汉画像石

>>> 《古歌》

　　秋风萧萧愁杀人。出亦愁，入亦愁。座中何人，谁不怀忧？令我白头。胡地多飙风，树木何修修。离家日趋远，衣带日趋缓。心思不能言，肠中车轮转。

　　这是一首有代表性的汉乐府民歌，诗歌用质朴的语言抒写了浓重的思乡之情。

◎ 关键词：乐歌 乐章 现实主义

汉代的乐府和乐府诗

　　"乐府"一词，秦和汉初作为乐府官职名，其职责是制作乐曲以供统治者祭祀、朝会等大事时使用。汉武帝崇礼尚乐，并设立专门音乐机构，称为乐府。其职能一方面是组织专门人才制词谱曲并演习排练，供朝廷大事之需；另一方面是派人到各地采集民间乐歌，以丰富朝廷乐章和了解各地民情。

　　汉乐府民歌直接来自大江南北，范围几乎遍及全国。其"感于哀乐，缘事而发"的特点，使它能真实而广泛地反映汉代社会的现实生活和人民的爱憎感情，其内容精彩纷呈，表现出很高的思想性和艺术性。从流传下来数量不多的乐府民歌中，我们能够看到两汉王朝形形色色的社会现象，听到当时劳动人民热切的呼声，可以说汉乐府民歌是汉代社会的一面镜子。

　　继《诗经》《楚辞》之后，汉代乐府民歌是我国诗歌发展史上的又一个重要阶段。它在思想上继承了《诗经》现实主义的优良传统，真实地反映了当时的现实生活。独具特色的汉乐府民歌最突出的文学成就表现在它高超的叙事技巧上，即使是抒情之作也常常带有叙事成分。

　　从长篇《孔雀东南飞》到小诗《公无渡河》的许多叙事诗大都以事为主，即事见义，相当明确地表达出主题思想。它们或者是一个完整曲折的故事，或者截取一个生活片段，或者吟咏历史，或者歌唱草木禽兽，但其中总是叙议结合处置圆滑。在这些叙事中所运用的写作技巧，如人物对话和独白、心理描写和细节刻画、语言的朴素生动等，成为后世诗歌的丰富养料。汉乐府的抒情诗较多地吸取了《诗经》《楚辞》之中的比兴手法，比喻贴切，引人联想，委婉曲折，含蓄有味。

　　汉乐府民歌标志着我国叙事诗进入了一个更趋成熟的发展阶段。它奠定了中国古代叙事诗的基础，后来的叙事诗大多是在汉乐府民歌的基础上发展起来的。它所形成的优良传统，一直延续了千年不绝。

拓展阅读：

《江南》（汉乐府民歌）
《陌上桑》（汉乐府民歌）

● 人物龙凤图
图中是一位姿态优美的女子，两手前伸，合掌施礼。她的头上左前方一龙一凤在搏斗。这幅画巧妙地将幻想与现实交织起来，充分表明了战国时期的艺术已经突破了浓厚神秘的气氛，从而进入表现现实的新境界。

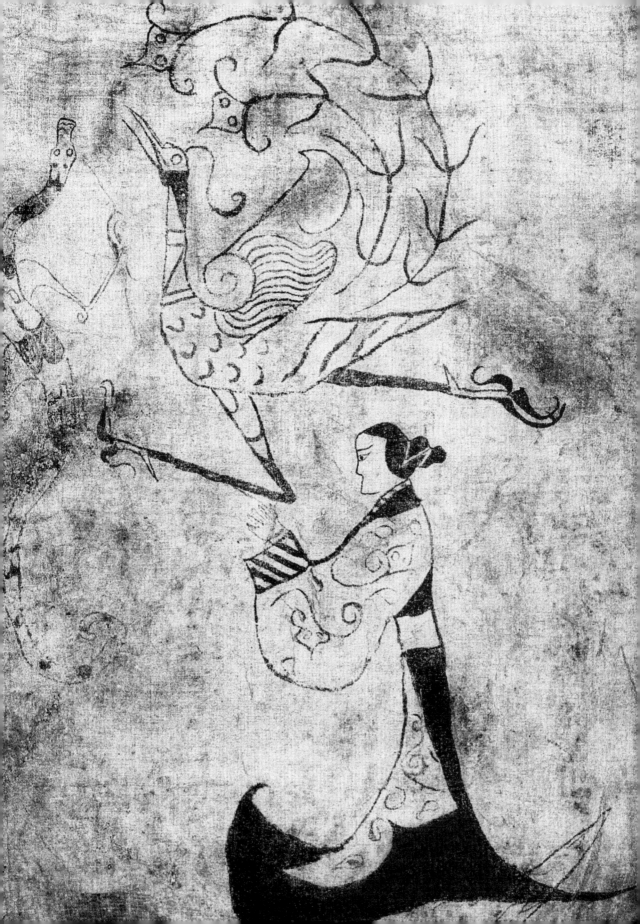

源远流长——先秦两汉文学

◎ 关键词：爱情 悲剧

哀婉动人的乐府诗《孔雀东南飞》

●仕女图 明

>>> 莎士比亚《罗密欧与朱丽叶》

《罗密欧与朱丽叶》是莎士比亚戏剧中最出名的爱情悲剧。

贵族青年罗密欧与朱丽叶一见钟情，互相爱慕。但因两个家族是封建世仇不得相爱结合，于是两人在修道院长老劳伦斯的帮助下秘密举行婚礼。

后朱丽叶的家族强迫她嫁给帕里斯，她拒不从命，在劳伦斯的帮助下，饮下药酒，以假死对抗。罗密欧误以为爱人已死，便以死殉情。朱丽叶醒来后，见罗密欧已死也自杀殉情。

拓展阅读：

《梁祝》（电影）
《钗头凤》宋·陆游
《钗头凤》宋·唐婉

汉乐府中的《孔雀东南飞》是我国文学史上第一首长篇叙事诗，它为我们讲述了一个哀婉动人的爱情故事。其中"孔雀东南飞，五里一徘徊"这句诗，容易使人联想到梁山伯与祝英台的凄美传说，也许还会想到陆游与唐婉的爱情悲剧。有情人不能成眷属，但是在理想的天国中，他们还是不放弃自己刻骨铭心的追求，或成比翼鸟，或为连理枝。

《孔雀东南飞》取材于东汉献帝年间发生在庐江郡（今属安徽省）的一桩婚姻悲剧。故事叙述汉末建安年间，美丽贤惠的刘兰芝，与焦仲卿结婚后互敬互爱，感情深挚。但是偏执顽固的焦母却百般挑剔，并威逼焦仲卿将她驱逐。焦仲卿迫于母命，无奈只得劝说兰芝暂避娘家，日后再设法接她回来。分手时两人盟誓，永不相负。谁知兰芝回娘家后，趋炎附势的哥哥逼她嫁给太守的儿子。焦仲卿闻讯赶来，两人约定"黄泉下相见"。在太守儿子迎亲的那天，两人双双殉情而死。诗的结尾以极其感人的笔调渲染了两人死后的悲壮氛围：墓地有松柏梧桐，浓荫覆盖，林中一对鸳鸯相向而鸣，似乎是他们精魂所化，象征着两人的爱情永久不渝。像梁山伯与祝英台故事中化作双飞蝶一样，将这悲剧的题材处理成爱与生命的胜利。

《孔雀东南飞》原名《焦仲卿妻》，最早见于徐陵所编《玉台新咏》，全诗共340多句，1700多字，故事完整，语言朴素，人物性格鲜明，结构紧凑完整，结尾运用了浪漫主义手法，是汉乐府叙事诗发展的高峰，也是我国文学史上现实主义诗歌发展中的重要标志。

成功地塑造了几个鲜明的人物形象是《孔雀东南飞》最大的艺术成就。首先，作者以无限同情的笔触从各方面来刻画刘兰芝这一正面人物，写她聪明能干，美丽大方，突出她当机立断、永不屈服的倔强性格，使她成为古典文学中光辉的妇女形象之一。其次，对另一正面人物焦仲卿的描绘也颇为真实。他性格比较软弱，但他是非分明，忠于爱情，始终站在兰芝一边，并不顾母亲的孤单和"不孝有三，无后为大"的"罪名"，走上以死殉情、彻底反抗的道路。反面人物焦母和刘兄，作者虽寥寥几笔，但其狰狞可恶的面目已跃然纸上。这些反面人物也都是从现实生活中概括出来的，同样具有高度的典型性。

影响深远的《孔雀东南飞》还不断地被改编为各种剧本，受到了人民群众的喜爱。

●东汉史学家班固

>>> 不入虎穴，焉得虎子

东汉时，班超出使西域，首先到达鄯善国。起初国王对他十分敬重，但后来忽然变得怠慢起来。班超召集同来的36个人商讨国王态度转变的原因。原来是北方匈奴也派人来笼络国王，使他踌躇不知顺从哪一边。

班超迅速决定夜攻匈奴，并对持反对意见的同伴说"不入虎穴，焉得虎子"。

这天夜里，班超就和他同去的36个同伴，冲入匈奴人住所，奋力死战，用少数人手战胜了多数的匈奴人，达到了预期目的。

拓展阅读：

苏武牧羊
曲突徙薪（成语）

◎ 关键词：班彪 班昭 史记

出身于修史世家的班固

班固出身于一个修史世家。他的父亲班彪是一位著名的学者，西汉末年，扬雄、王充等都曾登门求教。

西汉末、东汉初年，班彪对于司马迁的《史记》"崇黄老而薄五经""经仁义而羞贫贱""贱守节而贵俗功"等颇有不满之处。于是，"乃继采前史遗事，傍贯异闻，作《后传》数十篇"。另外，班彪续撰《后传》的一个重要原因是想续补《史记》未备的历史。班固23岁那年，父亲班彪去世。班固回到家乡，因其父"所续前史未详，乃潜精研思，欲就其业"。《后传》是对《史记》的续写，因此不能独立成书，但它却成为班固著《汉书》的重要基础。至汉章帝建初七年，前后经历了20多年的时间，班固基本完成了《汉书》的写作。可惜"八表"及《汉书·天文志》尚有部分未能完成，班固就死去了。班固的妹妹班昭为了结父兄遗愿继续补写，始成完璧。《汉书》最终定稿之人实际上是班昭，而《汉书》的完成，则凝聚了班家三人的心血。

班固编撰的《汉书》是我国第一部纪传体断代史，是继《史记》以后出现的又一部史传文学典范之作。历史上经常把司马迁和班固并列，将《史记》和《汉书》对举。《汉书》在体制上承袭《史记》，只改"书"为"志"，取消"世家"，并入"列传"。它有12本纪、10表、8书、30世家、70列传，共130篇，叙述自汉高祖元年至王莽四年共229年的断代历史。

《史记》最精彩的篇章是楚汉相争和西汉初期的人物传记，而《汉书》的精华则在于通过对各类人物的生动记叙，全面地展现了西汉盛世的繁荣景象和那个时代的精神风貌。《史记》所写的是秦汉之际的杰出人物在形势未定之下逐鹿天下、建功立业的故事，其中最引人注目的是战将和谋士。而《汉书》所写的西汉盛世人物是在四海已定、天下一统的环境中成长起来的，其中固然不乏武将和谋士，但更多的是法律之士和经师儒生。他们的经历虽然缺少传奇色彩，但许多人的遭遇却是富有戏剧性的。他们有的起于刍牧，有的擢于奴仆，但通过贤良文学对策等途径进入仕途，其中有许多逸闻逸事。《史记》具有浓郁的悲剧色彩，是大量悲剧人物的传记。《汉书》中悲剧人物的数量不如《史记》中的那样众多，但《李广苏建传》中李陵和苏武的传记，却和《史记》的许多名篇一样，写得酣畅淋漓，悲剧气氛很重。与《史记》荡气回肠、纵横排荡的笔法不同，《汉书》则中规中矩，行文谨严有法，从而形成和《史记》迥然有别的风格。

● 正在读书的王充

>>> 过目成诵

王充少年时就失去了父亲，家境贫寒，后到京城太学学习，师从大史学家班彪。

因无钱买书，王充经常到街头的书铺上翻阅，一本书从头到尾只看一遍，就能熟记于心。就这样，他博通了诸子百家。

王充的"一见辄诵忆"，就是"过目成诵"的出处。他的"过目成诵"和天赋相关，但更重要的是后天的刻苦学习和训练。

后来，人们用"过目成诵"这个成语，来形容一个人的记忆力特别强。

拓展阅读：

风云际会（典故）

"十二生肖"的由来

《后汉书·王充传》南朝·范晔

◎ 关键词：论衡 批判 唯物主义

叛逆者——王充

东汉一代，今文派经学和谶纬之学盛行，占据文坛的仍旧是西汉以来那种歌功颂德的辞赋，整个学术文化领域充斥着愚妄和迷信。东汉初年的王充对这个死气沉沉的时代，进行了深刻而有力的批判。

王充，字仲任，会稽上虞（今浙江上虞）人。家以农桑为业，是一个"细族孤门"，曾"受业太学，师事扶风班彪。好博览而不守章句。家贫无书，常游洛阳市肆，阅所卖书，一见辄能诵忆，遂博通众流百家之言"。他年轻的时候做过几任小官，在县里做功曹，在都里做尉府。由于他的愤世嫉俗、忧国忧民的思想性格使然，他经常遭到别人的陷害，几次被贬谪。这种从政经历，让他看透了当时社会的黑暗，他满腔怨愤地写下了皇皇巨著《论衡》。

《论衡》是我国思想史上一部重要著作，共85篇。王充用三个字来概括即"疾虚妄"，批判一切虚妄之言，求得道理之实。最典型的是他对东汉流行甚盛的"谶纬"之说的猛烈批判。所谓谶纬，又叫"图谶"，也叫"谶"，或者叫"纬"，是与经相对而言的。有经文，故也有纬书，它们大多托名黄帝或者周公所作，或者是某一位帝王做梦看见了至圣先师，醒来后就叫人记录下来。从战国到秦汉，许多帝王都非常相信它，并从中找出只言片语，用以证明他们称帝称王，乃是上天的旨意，不可动摇。

东汉刘秀起兵的时候，就用这种办法迷惑了许多人。刘秀称帝后，干脆下令让所有的士子都读这类书。他自己很用心地读纬书，有一次读得出神，受了凉，竟至昏倒。刘秀看到谶纬之书中有一句"孙咸征狄"，恰巧他手下有人叫"孙咸"，于是马上登坛拜将，封孙咸为"平狄将军"。诸如此类的事，在东汉一代非常之多。对此，王充提出截然相反的看法，认为人与万物一样，都是"自生"的，而不是天地有意识地创造出来的，至于帝王将相，与常人没有什么不同。他极力批判了当时统治者所提倡的对于天道神权命运的迷信。

王充重视文章的实用价值，要求文章的内容与形式要统一，主张书面语和口语要一致。他的这种革新精神给当时思想混乱的社会吹来了强劲的清风。

王充进步的文学观点与当时文坛上模拟因袭的不良倾向，形成了鲜明的对照，并对后世产生了积极的影响，是十分值得重视的文学批评理论遗产。

●昭明太子像

◎ 关键词：感伤 人生易逝 游子怀乡

意悲而远的《古诗十九首》

在我国最早的文学总集《昭明文选》中，收录了一组东汉后期出现的诗，编者因不知道这组诗的作者，就笼统地管它们叫作《古诗十九首》。尽管作者不详，但是其惊人的艺术成就，却令人由衷地赞叹。钟嵘的《诗品》把这组诗列为篇首，认为其"文温而丽，意悲而远，惊心动魄，可谓一字千金"。

《古诗十九首》的作者不是同一个人，所以它们反映的思想感情也是很复杂的。大体说来，其中有热衷写仕宦的，如"今日良宴会""西北有高楼""回车驾言迈"三首。有写游子思归的，如"去者日以疏""明月何皎皎"及"行行重行行"、"青青河畔草""冉冉孤生竹""凛凛岁云暮""孟冬寒气至""客从远方来"八首。有写人生无常、及时行乐的，如"青青陵上柏""东城高且长""驱车上东门""生年不满百"四首。有写朋友交情冷漠的，如"明月皎夜光"一首。此外还有主题不明确的。如"涉江采芙蓉"和"庭中有奇树"二首，可能是指夫妇，也可能是指朋友。表面上是思妇之辞的"冉冉孤生竹"一首很可能别有寄托。"迢迢牵牛星"一首，表面上是咏物的诗，实际上也是借牛女双星比男女离别之情。

《古诗十九首》的思想感情虽然复杂，但有一个共同的特征，那就是对人生易逝、节序如流的感伤和忧虑。如"今日良宴会"云："人生寄一世，奄忽若飚尘；何不策高足，先据要路津？""回车驾言迈"云："人生非金石，岂能长寿考？奄忽随物化，荣名以为宝。"这些都是失意人士正当社会大动乱的前夕，对于现实生活和内心要求矛盾、苦闷的反映。

《古诗十九首》的作者通过对闺人怨别、游子怀乡、宦海无成、追求享乐等内容的描写，表达了浓厚的感伤情绪。这些无名的诗人通过高超的艺术技巧和动人的艺术魅力，将大家司空见惯的内容表现得缠绵悱恻、哀怨动人。全部古诗十九首大多是用平易浅近、极其自然的语言抒写出深厚含蓄的感情，而且多由描写自然景物而造成一种凄凉的气氛，并运用叠字构成一种声音之美，传达难言之情。

《古诗十九首》的作者都是中下层文人，他们接受了民歌在艺术方面的影响，同时又消隐了它的战斗精神。他们有着较高的文化素养，在某些表现方法上，同时也接受了《诗经》《楚辞》的优良传统，因而造成一种独特的艺术风格，成为我国文学史上早期抒情诗的典范。可以说，五言诗达到成熟阶段的标志是具有高度艺术成就的《古诗十九首》。

◎ 关键词：博学 遭遇 蔡琰

乱世哀歌《悲愤诗》

● 蔡琰像

>>> 《汉宫秋》

全名《破幽梦孤雁汉宫秋》，是元代马致远作的杂剧剧本，写西汉元帝受匈奴威胁，被迫送爱妃王昭君出塞和亲的故事。

剧本着重刻画将相的怯懦自私，对元帝则予以同情，描写他同昭君分离时的痛苦，最后以元帝思念昭君入梦，醒后听到孤雁哀鸣为结。剧本后半部描写汉元帝悲哀苦闷心境的曲词，历来为文学评论家所称颂。

拓展阅读：

黄巾军起义
董卓火烧洛阳
《曹操与蔡文姬》（电视剧）

蔡琰，字文姬，大约生于灵帝熹平（前178—前172年）年间。一生的遭遇非常不幸的她是蔡邕之女，自幼有很好的文化教养，史载她"博学有才辩，又妙于音律"，是与"建安七子"相颉颃并以才华著称的一位女作家。她幼年之时跟随父亲度过了一段亡命流离的生活，后来嫁给河东卫仲道，未几又遭夫亡。在汉末董卓大乱中，她被胡骑掳获，流落于南匈奴（今山西地方）。在南匈奴，她滞留了12年，嫁给南匈奴的左贤王，生了两个孩子。她后来被曹操用金璧赎回，又嫁给陈留董祀。正是这样的文化教养和不幸遭遇，使她写下了杰出的诗篇。

五言《悲愤诗》、骚体《悲愤诗》和《胡笳十八拍》是三篇流传下来题为蔡琰的作品。

五言《悲愤诗》长达540字，是建安文坛上的一篇杰作。像这样的长篇叙事诗，是此前文人诗歌中所没有的。全诗共分三段，第一段写董卓作乱，自己被俘，以及俘房们所受的虐待，以叙事为主，夹以抒情。第二段写胡地生活及被赎归时与子女分别时的苦况。第三段写回乡后的生活。这两段是以抒情为主，夹以叙事。这首诗生动地描写了诗人在汉末军阀混战中的悲惨遭遇。

在滞留胡中的漫长岁月中，她无时不为思念亲人乡土的感情所煎熬，"感时念父母，哀叹无穷已"。幸而得以归国了，却又要和亲生的子女离别。待她回到家后，等着她的是一片废墟。她虽然"托命于新人"，但是"流离成鄙贱，常恐复捐废"。在残酷的礼教统治下，有了像她这样遭遇的人是为人所不齿的，无可奈何，她只有"怀忧终年岁"了。

这首诗的中心虽然是写诗人自身的遭遇，但它却通过一个人的不幸遭遇，反映了汉末动乱中广大人民特别是妇女的共同命运，同时也控诉了军阀混战的罪恶。如她的《悲愤诗》之二中所云：

> 家既迎兮当归宁，临长路兮捐所生。
> 儿呼母兮啼失声，我掩耳兮不忍听。
> 追持我兮走茕茕，顿复起兮毁颜形。

《悲愤诗》深受汉乐府叙事诗的影响，可以和《孔雀东南飞》比美。诗人善于通过细节描写，具体生动地表现各种场面和人物的内心活动，使人如临其境，如见其人。它在我国现实主义诗歌发展史上有着重要的地位。唐代伟大的现实主义诗人杜甫的《北征》等诗明显受到了它的影响。

源远流长——先秦两汉文学

◎ 关键词：伍子胥 复仇 志怪

吴越争霸谈春秋

●美女西施

>>> 西施

西施，名夷光，春秋战国时期出生于浙江诸暨苎萝村。她天生丽质，光彩照人。当时越国称臣于吴国，越王勾践卧薪尝胆，谋划复国。在国难当头之际，西施忍辱负重，以身许国，与郑旦一起由越王勾践献给吴王夫差，成为吴王最宠爱的妃子。她们两人把吴王迷惑得众叛亲离，无心国事，为勾践的东山再起起了掩护的作用。后吴国终被勾践所灭。传说吴被灭后，西施与范蠡泛舟五湖，不知所终。

西施与杨贵妃、王昭君、貂蝉为中国古代四大美女，其中西施居首，是美的化身和代名字。

拓展阅读：

《搜神记》晋·干宝
《三国演义》明·罗贯中

司马迁的《史记》"吴太伯世家""楚世家""越王勾践世家""伍子胥列传"中，记述了令人难忘的越王勾践卧薪尝胆的故事，但是太过拘于事实。东汉时，赵晔著了一部主要叙述吴越争霸故事的历史小说《吴越春秋》，其中前五卷以吴为主，后五卷以越为主。

《吴越春秋》在体例上兼有编年体和纪传体史书的特点，是历史演义小说的雏形。全书以吴越争霸和吴越两国兴衰的历史为主要线索。在吴国，以伍子胥复仇为主线，把描写吴国历史的五篇传记贯穿起来；而在越国，则以越王勾践复国为纲目，勾勒了一幅清晰的历史画面。这样，《吴越春秋》的叙事就比《史记》更有连贯性、更完整，人们由此对吴越历史也有了一个集中而系统的把握。

《吴越春秋》的许多故事在正史中都有记载，但作者把它们写入书中时不是原封不动地袭用，而是依据传说发挥想象，增加了许多生动的细节。比如，对于伍子胥奔亡过程中的渡江、乞食二事，《史记·伍子胥列传》总共用了100余字加以叙述，其中乞食一事尤为简略。到了《吴越春秋》中，这两件事所占篇幅则已长达六七百字。其中渡江一节增加了躲避侦探、渔父唱歌、芦中待餐的情节，乞食一节出现击绵女形象，并对她的身世节操加以详细交代。在《史记·伍子胥列传》中，渔父和击绵女的结局如何，司马迁没有点明；而在《吴越春秋》中，这两个人为了保守机密相继自杀，同时击绵女也是为了保全自己的节操。《吴越春秋》对伍子胥奔亡一事的叙述不但文字量大增，情节复杂，而且险象环生，扣人心弦，更富有小说的特征和魅力，并且给人以真实感，产生震撼人心的力量。

《吴越春秋》是在正史的基础上演绎而成，许多故事具有浓郁的浪漫色彩。其中许多人物和事件在历史上确实存在，有其现实基础，但它又吸收了许多神话传说和民间故事，最终导致了它的荒诞离奇。所以，《吴越春秋》实在是开创了志怪小说的先河。

《吴越春秋》注重人物形象的刻画和外貌的描写，书中的几位主要人物如伍子胥、范蠡、勾践等人都写得很成功，个性非常突出，对后代小说的人物形象刻画也产生了很大的影响。

乱世风流——

魏晋南北朝文学

—— 分裂动荡，政权更替，太平突现，风云又起，跌宕社会，骤变思想。

—— "建安风骨"慷慨悲凉，"建安文学"纵横文坛。文学批评风气渐盛；"正始文学"悄然涌现；老庄思想得到大力提倡。

—— 两晋时期，士族阶级垄断文化。清谈玄理风气盛行，玄言诗统治文坛，陶渊明令空虚的东晋文坛旧貌换新颜。

—— 魏晋动荡，小说创作初具规模。《搜神记》灵鬼多；《世说新语》集逸事小说之大成，艺术上成就独特。

—— 南朝，文学批评空前繁荣。南朝民歌，短小、活泼，齐、梁诗体巨变；梁、陈渐兴宫体诗，浮艳绮靡，贵族文学走向堕落。

—— 北朝民歌豪放刚健，成就卓然。

从东汉末年天下大乱到隋代全国统一，中国社会处于一个政权频繁更替、饥荒瘟疫盛行和战争肆虐的时代。这就是充满了分裂和动荡的魏晋南北朝时期。

　　东汉末年，社会的巨大变动使这一时期的文人在精神上摆脱了很多禁锢，名、法、兵、纵横等家思想出现了不同程度的发展。在这一历史背景下，以魏国为主的"建安文学"，以崭新的面貌纵横于文坛。魏国统治者曹氏父子都爱好文学，并喜欢招揽文士。这一时期，出现了著名的建安文人"三曹"和"七子"。他们直接继承汉乐府民歌的现实主义传统，形成了悲凉慷慨的"建安风骨"。建安时期，文学批评风气渐盛，曹丕提出的"文以气为主"，代表了建安文学抒情化、个性化的共同倾向。所有这些，都标志着这一时期文学发展的重大变化。

　　建安文学之后，文坛上又出现了以阮籍和嵇康为代表的"正始文学"。他们大力提倡老庄思想，但作品中对黑暗现实的不满与反抗，却基本上继承了"建安风骨"。

　　两晋时期，士族阶级不仅垄断了政治和经济，也垄断了文化。在他们的把持下，文学脱离了"建安风骨"的传统，很少反映社会现实。他们为了掩盖内容的空虚，刻意追求形式的华美，把文学推上了形式主义的死胡同。到了太康时期，形式主义更是迅速发展。以陆机、潘岳为代表的一些诗人的创作，不是机械地模古，便是内容贫乏。但是，西晋社会的现实矛盾也促使少数诗人面向现实，出身寒微的太康诗人左思以富有浪漫主义色彩的诗歌，抨击了腐朽的门阀制度，继承了"建安风骨"的传统。西晋末年，由于清谈玄理风气的盛行，玄言诗统治文坛。直到杰出诗人陶渊明的出现，才为空虚的东晋文坛带来了富有现实内容的创作。

　　到了魏晋时期，我国小说的创作已经初具规模。这一时期，社会动荡不安，人民流离失所，很容易接受宗教迷信思想的影响，很多记录灵鬼怪异的小说就是在这样的情形之下出现的。干宝的《搜神记》是其中的佼佼者。魏晋逸事小说的集大成之作是刘宋初年出现的《世说新语》，其在艺术上取得了独特的成就。

　　南朝文学以形式短小、清新活泼的南朝民歌为主，表现了人民对美好爱情生活的追求和对封建礼教束缚的反抗。南朝文人诗歌从宋初开始，由玄言转向山水。宋代出身寒微的鲍照继承和发扬了汉乐府的传统精神，猛烈地抨击门阀制度，并表现了士族文学所少见的爱国思想和较广泛的社会内容。他的七言和杂言乐府，改进了七言诗的形式，扩大了七言诗的影响，对七言诗的发展有重要贡献。齐、梁时代是我国诗体发生重要变化的时期。沈约提出"四声八病"之说，创造了"永明体"，为律诗的形成奠定了基础，开创了我国"近体诗"发展的时代。"永明体"作家中，谢朓工于描写山水，成就较高。

诗歌发展到了梁、陈时代，宫体诗渐兴。梁简文帝萧纲、徐陵等都是当时著名的宫体诗人。宫体诗是宫廷荒淫生活的反映，诗风浮艳绮靡，贵族文学开始堕落。这一时期唯有江淹等人的创作成就较高。南朝的文学批评获得了空前的繁荣。魏晋时期，出现了曹丕的《典论》、陆机的《文赋》等。到了南朝，刘勰、钟嵘继承前人文学批评的成果，创作了《文心雕龙》和《诗品》两部文学批评巨著，把文学研究推到了一个新的阶段。

北朝文学最有成就的部分是酷似汉乐府的民歌。它具有豪放刚健的独特风格，并相当广泛地反映了北方的社会现实和北方人民悲惨的命运，突出地表现了北方民族的精神面貌。杰出的女英雄赞歌《木兰诗》便是其中的代表作。

处在混乱板荡的魏晋南北朝时期的文人，丢掉了汉人诗歌中的浑厚质朴，而代之以清谈玄远的情致和隽永的风韵，让人神往不已。

●九色鹿本生壁画
魏晋南北朝时期，自印度传入的佛教在中国大为兴盛，影响深远。随着佛教的传播与发展，它逐渐与中国文化主体相融合。丰富多彩的佛教文化极大地推动了中国雕塑艺术的发展，艺术形式也由简朴明直发展为精巧浑熟。

乱世风流——魏晋南北朝文学

●魏武帝曹操像

>>> 少康造酒

　　中国的酒已经有几千年的历史。

　　曹操曾有诗言："何以解忧，唯有杜康。"这里的"杜康"其实就是少康。

　　相传少康早年流落民间，长期的小民生活使他积累了丰富的劳动经验。他用黏高粱米为原料，经高温发酵酿造出甘甜的秣酒，正所谓"少康造秣酒"。

　　少康造酒说明夏代的农业生产已经有了很大程度的提高。

拓展阅读：

杨修吃酥（典故）
望梅止渴（典故）
割发待首（典故）

◎ 关键词：壮志　胸怀　抱负

文坛雄杰——曹操

　　曹操，字孟德，少时任侠放荡，好权术，喜"刑名之学"，是东汉末年杰出的政治家、军事家和文学家。他年轻时曾被当时名士许劭评为"治世之能臣，乱世之奸雄"。曾随袁绍讨伐董卓，后迎献帝迁都许昌，自任大将军和丞相，"挟天子以令诸侯"，成为北方的实际统治者。

　　曹操多才多艺，于戎马倥偬之余，不忘吟咏，创作了不少风格雄奇的诗歌。王沈在《魏书》中说他"文武并施，御军三十余年，手不舍书，昼则讲武策，夜则思经传，登高必赋，及造新诗，被之管弦，皆成乐章"。曹操的诗现存20余首，其内容和写作方法都与汉乐府"感于哀乐，缘事而发"（《汉书·艺文志》）的精神一脉相承，因此都是乐府诗。其中一部分诗反映了汉末战乱的现实和人民遭受的苦难，如《蒿里行》写的是初平元年（190年）关东义军联合讨伐董卓的历史事件：

　　关东有义士，兴兵讨群凶。初期会盟津，乃心在咸阳。军合力不齐，踌躇而雁行。势利使人争，嗣还自相戕。淮南弟称号，刻玺于北方。铠甲生虮虱，万姓以死亡。白骨露于野，千里无鸡鸣。生民百遗一，念之断人肠。

　　诗歌如实地描写了义军由聚而散的情形，对袁绍等将领各怀私心、畏缩不前进行了揭露和批判。由于反映现实深刻真实，这些诗歌被后人称为"汉末实录，真史实也"（钟惺《古诗归》卷七）。

　　曹操逐鹿中原，向往成就"一匡天下"的霸业，在他的诗篇中他充分抒写了这种雄心抱负。他的名篇《短歌行》就充分地表达了诗人求贤若渴的心情以及统一天下的壮志。

　　曹操的散文在文风趋于骈化的时代，却能独树一帜，尤其难能可贵。他的散文大多是令、表、书、奏一类的实用文体，求实致用，不尚文采。

　　曹操丝毫不掩饰自己的思想，包括自己的私欲都向人和盘托出，一反儒家礼让矫饰之弊，使人得见其真性情、真面目。其文语言简明质朴，颇可见出其清峻通脱的风格。另外，他的《求贤令》《求逸才令》等文，也都具有这种特点，所以鲁迅称他为"改造文章的祖师"。

　　曹操是建安文坛的领袖，他以自己的创作开风气之先，影响了一代文风。而他对文学的倡导，则为建安文学的繁荣和发展做出了贡献。同时，曹操还将天下英才悉集帐下，为他们提供了施展文学才华的机会。这些文人与曹氏父子共同开创了"建安文学"的繁荣局面。

乱世风流——魏晋南北朝文学

◎关键词：抒情化 个性化 爱情 离愁别恨

公子·帝王·诗人——曹丕

●魏文帝曹丕像

>>> 魏文帝与葡萄酒

魏文帝曹丕喜欢喝葡萄酒，而且还把自己对葡萄和葡萄酒的喜爱以及见解写进诏书，告之群臣。

他在《诏群医》中写道，"三世长者知被服，五世长者知饮食。此言被服饮食，非长者不别也。……中国珍果甚多，且复为说葡萄。当其朱夏涉秋，尚有余暑，醉酒宿醒，掩露而食。甘而不饴，酸而不脆，冷而不寒，味长汁多，除烦解渴。又酿以为酒，甘于鞠蘖，善醉而易醒。道之固已流涎咽唾，况亲食之耶。他方之果，宁有匹之者"。

拓展阅读：

司马懿
曹丕称帝
九品官人法

曹丕，字子桓，曹操次子。曹操死后，袭位魏王，后来又代汉称帝，做了七年皇帝，世称魏文帝。曹丕生活的主要时期是在赤壁之战奠定了天下三分的局势之后。在相对安定的环境里，他过着公子、王太子和帝王的安逸生活。因此，他的文学创作反映的内容是远不及曹操丰富的。

曹丕今存诗40余首，其诗清婉，文辞典丽，明显地表现了建安诗歌渐开"骋词之风""益尚华靡"的发展趋势。清人沈德潜评价道："子桓诗有文士气，一变乃父悲壮之习矣。要其便娟婉约，能移人情。"（沈德潜《古诗源》）曹丕诗深受汉末文人诗的影响，描写精细，语言清丽自然，标志着建安文人的创作开始向抒情化、个性化进一步迈进。他的诗多半是描写爱情和离愁别恨的。最能代表曹丕诗歌特色的是那些情致深远的游子思妇之辞。例如，《杂诗》第二首：

西北有浮云，亭亭如车盖。惜哉时不遇，适与飘风会。吹我东南行，行行至吴会。吴会非我乡，安得久留滞。弃置勿复陈，客子常畏人。

此诗在叹息游子命运的同时，又隐含了人生如浮云、漂泊无依靠的感慨，其内涵高于一般游子思乡之叹。王夫之称赞此诗文思飘忽，有如"风回云合，缭空吹远"。曹丕

还常在诗歌中为思妇、弃妇代为致辞，以细腻的笔触抒写她们的怅惘之情，将世道乱离、风俗哀怨的时代气氛融入思远怀人的低吟之中。《燕歌行》第一首尤为著名。

《燕歌行》描写了一个女子在不眠的秋夜思念远在他乡的丈夫的情形。其诗句句用韵，音节和谐，情致流转，写景抒情细腻委婉流畅，是一首缠绵悱恻、凄婉动人的抒情诗。《燕歌行》是我国现存的第一首成熟的七言诗，对后代歌行体诗（歌行体是古代诗歌的一种体裁）的发展产生了重大的影响。

曹丕也比较擅长散文，并著有《典论》一书，可惜大部分篇章都已散失或残缺不全，较完整的只有《自叙》和《论文》两篇。《自叙》善于叙事，《论文》则提出一些卓越的见解。《典论》是中国古典文学史上第一篇文学批评专著，首开文学批评风气之先河。

曹丕的一些诗酒风月之作如《善哉行》《芙蓉池作诗》《孟津诗》等，反映了建安诗人在关注社会人生的同时对任气使才、狂放磊落的精神生活的追求。既悲乱离，述志向，又借诗酒风流另拓文学的写作方向，构成了此时期"文的自觉"的基本内涵。这类诗，词采华美，风格清绮，体现出"诗赋欲丽"的特点。由曹丕的诗开始，魏晋以来的文学开始出现唯美的倾向。

乱世风流——魏晋南北朝文学

●洛神

>>> 洛神宓妃的传说

宓妃原是伏羲氏的女儿，因迷恋洛河美丽景色，降临人间，加入到洛河边上的有洛氏当中，并教会有洛氏百姓结网捕鱼、狩猎等技巧。

河伯贪恋宓妃的美貌，将宓妃押入水府深宫，宓妃终日郁郁寡欢。后来后羿和宓妃合力制伏了河伯，并从此在洛阳居住下来。天帝为表彰他们，封后羿为宗布神、宓妃为洛神。

感于洛神的故事，曹植曾写有《洛神赋》。他以浪漫主义的手法，通过梦幻的境界，描写人神之间的真挚爱情，但终因"人神殊道"无从结合而惆怅分离。

拓展阅读：
《水煮三国》成君忆
《三国志》晋·陈寿
《无题·飒飒秋风》唐·李商隐

◎ 关键词：白马篇 五言诗 七步诗

才高八斗的曹植

曹植，字子建，曹操的第三子。曹植的一首《七步诗》历代口耳相传，家喻户晓。据《世说新语》记载，魏文帝曹丕让他弟弟曹植在七步之内作出一首诗，如果作不出来就处死。于是，曹植应声而作："煮豆燃豆萁，豆在釜中泣。本是同根生，相煎何太急！"曹丕听罢，不禁面露羞惭之色。谢灵运曾赞赏曹植道："天下才有一石，曹子建独占八斗，我得一斗，天下共分一斗。"

曹植天资聪颖，才思敏捷，深得曹操喜爱，但他恃才傲物，任性不羁，终于失宠。曹操病逝后，曹丕继任魏王，曹植备受猜忌迫害，一再遭贬。曹睿继位后，曹植曾多次上书请求任用，但处境并未改变。后来他抑郁而死，年仅41岁。曹植在政治上是一位悲剧人物，然而政治上的失意却促成了他在诗歌创作上的卓越成就。

他的创作经历以曹丕称帝为界，可分为前后两个时期。前期多歌唱理想和抱负，充满积极进取精神。"戮力上国，流惠下民，建永世之业，流金石之功"（《与杨德祖书》）是他一生的追求。《白马篇》是其代表作：

白马饰金羁，连翩西北驰。借问谁家子，幽并游侠儿。少小去乡邑，扬声沙漠垂。宿昔秉良弓，楛矢何参差。控弦破左的，右发摧月支。仰手接飞猱，俯身散马蹄。狡捷过猴猿，勇剽若豹螭。边城多警急，虏骑数迁移。羽檄从北来，厉马登高堤。长驱蹈匈奴，左顾陵鲜卑。弃身锋刃端，性命安可怀？父母且不顾，何言子与妻？名编壮士籍，不得中顾私。捐躯赴国难，视死忽如归。

这首诗表现了幽并一带的游侠少年高超的武艺和为国立功、视死如归的爱国精神。这个少年的形象，艺术地体现了曹植的永世理想，也凝聚了建安时期的时代精神。

曹植后期的诗歌，主要是表达理想和现实之间的矛盾所激起的悲愤之情。《杂诗》《野田黄雀行》《赠白马王彪》等都是这时期的佳作。《野田黄雀行》是写一个侠义的少年斩断罗网，拯救一只黄雀的故事。诗中借黄雀来比喻自己和友人的处境，以少年的侠义形象，寄托了诗人的理想和反抗精神。《赠白马王彪》是最能代表曹植后期创作特色的诗。全诗通过对兄弟之间生离死别的咏叹，淋漓尽致地抒发了诗人的悲苦愤激之情，同时也暴露了统治阶级内部骨肉相残的情形。这首诗使用章章蝉联的顶真修辞手法，在抒情中又穿插叙事、写景，或直抒胸臆、或比兴烘托，形成了一种"沉郁顿挫，淋漓悲壮"（方东树《昭昧詹言》）的艺术风格。

曹植是建安文学中成就最高的诗人，在文学史上占有重要的地位。他使五言诗从民间走上文人诗苑，为五言诗的发展奠定了基础。曹植是第一位大力写作五言诗的文人。他的五言诗脱胎于汉乐府，把以叙事为主的乐府诗歌转向以抒情为主的五言诗。无论是写志叙事，咏史抒怀，赠答钱别，都注入了诗人强烈的个性和感情，并能够用五言形式完整地表现出来，这也是对汉乐府的创造和发展。他现存诗歌90余首，其中有60多首是五言诗。

他的诗歌，既体现了《诗经》"哀而不伤"的庄雅，又蕴含着《楚辞》窈窈深邃的奇谲；既继承了汉乐府反映现实的笔力，又保留了《古诗十九

●东晋画家顾恺之根据曹植的《洛神赋》而创作的《洛神赋图》。

首》温丽悲远的情调。他的具有独特风格的五言诗创作，完成了乐府民歌向文人诗的转变。"这是一个时代的事业，却通过了曹植才获得完成"。

曹植，这个屹立于建安诗坛巅峰的诗人，承前启后，光耀数世。

乱世风流——魏晋南北朝文学

●彩绘弹琴陶俑 东汉

>>> 蔡邕倒屣

　　王粲自幼聪慧有才名，很受大学者蔡邕的赏识。

　　一次，少年王粲去拜见蔡邕。当时蔡府正宾客满座，蔡邕听说王粲来了，"急忙"倒屣迎之"。众人以为何等人物驾临，一看却是个身材矮小、年少稚气的小孩，满座皆惊诧不已。

　　蔡邕向众人介绍说："此王公孙也，有异才，吾不如也。吾家书籍文章，尽当与之。"

　　后果然送了几车书给王粲。蔡邕的器重使王粲的神童之名更加闻名于当世。

拓展阅读：

蔡邕救琴
《王粲登楼》元·郑光祖

◎ 关键词：从军诗 建安七子 建功立业

七子之冠——王粲

　　建安时期，作家辈出，群星灿烂。曹丕的《典论·论文》中称孔融、陈琳、王粲、徐干、阮瑀、应玚、刘桢七人为"七子"。七子并驾齐驱，驰骋于文坛，被后世称为"建安七子"。

　　建安七子亲身经历了汉末动乱，又有建功立业的抱负，他们的作品具有建安文学共同的特征。王粲无疑是他们之中文学成就最高的一位。刘勰在《文心雕龙》中说王粲："其诗赋，则七子之冠冕乎！"钟嵘的《诗品》也将王粲诗列为上品。

　　王粲，字仲宣，山阳高平（今山东邹县）人，出生于诗礼世家。长安战乱，17岁的王粲往荆州避难，依附刘表15年未被重用，后来归降曹操，官至侍中。

　　王粲的文学活动以他建安13年归附曹氏为界标，大体上可划分为前后两个时期。前期，他主要在荆州过着流亡生活，亲历过战乱灾祸，又长期得不到施展抱负的机会，忧国忧民之情与怀才不遇之愤纠结在一起，使他的文学作品笼罩着一层悲愤怨悱的情调。后期，他在曹操幕中，北方广大地区已经实现统一的形势鼓舞了他，激起了他建功立业的信心，所以，他的创作基调又转变为激奋昂扬。

　　王粲今存诗20余首，以《七哀诗》三首流传最广，也最能代表其诗歌风貌。

　　在滞留荆州之时，王粲登当阳城楼所写的《登楼赋》是他赋中的名篇，也是当时脍炙人口的抒情小赋。《登楼赋》是建安时期抒情小赋的代表作，可与曹植的《洛神赋》相媲美。

　　归曹后，王粲比较重要的作品是《从军诗》五首，主要描写诗人几次随曹操出征的感受。诗歌再现了汉末战乱后农村田园荒芜、满目疮痍的景象，歌颂了曹操的英明神武，同时也表达了自己追随曹操为国效力的意愿。

　　王粲还有一些在邺下时期与曹丕、曹植兄弟及其他文人唱和的作品，如《公宴诗》等。这些作品虽然是"怜风月，狎池苑"之作，但在诗歌题材的开拓、诗歌技巧的探索等方面，都有积极的意义。

　　心忧家国的王粲的诗歌作品，大多为汉末社会的实录，体现了建安风骨慷慨悲壮的风格，尤为打动人心。

乱世风流——魏晋南北朝文学

●魏晋名士阮籍

>>> 刘伶与酒

有一次，刘伶想喝酒，要求妻子拿酒，妻子哭着把酒洒在地上，又摔破了酒瓶子，涕泪纵横地劝他戒酒。

刘伶回答说："好呀！可是我必须在神明前发誓，才能戒得掉。就烦你准备酒肉祭神吧。"他的妻子信以为真，听从了他的吩咐。于是刘伶把酒肉供在神桌前，跪下来祝告说："天生刘伶，以酒为名；一饮一斛，五斗解醒。妇人之言，慎不可听。"说完，取过酒肉，结果又喝得大醉了。

拓展阅读：
《大人先生传》三国魏·阮籍
《阮籍不拘礼法》唐·房玄龄等

◎ 关键词：济世 咏怀诗 抗争

穷途失路，大哭而返的阮籍

阮籍，字嗣宗，陈留尉氏（今河南开封）人，阮瑀之子，青年时期"好读书"，"有济世志"，为"竹林七贤"之一。

阮籍的眼睛能上下左右翻转，现出青眼或白眼，对钦敬之人即现青眼，对媚上虚伪的礼俗之士，则以白眼相视。这就是阮籍著名的"青白眼"。由于当时司马氏与曹氏两大集团矛盾加剧，政治环境十分险恶，他只能醉酒佯狂，遗落世事。他内心充满痛苦，既不甘心随波逐流，又不能够振翅高飞，于是就崇尚老庄，纵酒昏睡，放荡不羁。他行为怪诞无常，有时独自一人驾车出行，不择路径，随意而行，没有车迹不能前行了，便痛哭一场，而后返回。这一切怪异的行径，正说明他的内心深处充满了矛盾和痛苦，他的纵酒放荡实际上是一种无奈的选择。

阮籍的作品集也称《阮步兵集》，因司马昭当政时，他任过步兵校尉，故世称阮步兵。阮籍的《咏怀诗》82首，把现实生活中无处发泄的愤懑和苦恼，用诗歌的形式倾泻出来，真实地抒写了诗人寂寞和愤懑的复杂心情。这些诗或隐晦寓志，或托物寓情，抒发了强烈的忧生忧世之感，展现了魏晋一代知识分子痛苦、抗争、忧闷、绝望的心路历程和诗人深沉的人生哀思。其诗或者写时光飞逝、人生无常，如"悬车在西南，羲和将欲倾。流光耀四海，忽忽至夕冥。朝为咸池晖，濛汜受其荣"（其十八）。或者写树木花草由繁华转为憔悴，比喻世事的反复，如"嘉树下成蹊，东园桃与李。秋风吹飞藿，零落从此始。繁华有憔悴，堂上生荆棘"（其三）。或者写鸟兽虫鱼对自身命运之无奈，如"孤鸟""寒鸟""孤鸿""禽兽"等意象经常出现在诗中，特别是春生秋死的蟋蟀、蟪蛄，成为诗人反复歌咏的对象（如其十四、其二十四、其七十一）。或者直接慨叹人生的各种深创巨痛，如少年之忽成丑老（如其四、其五、其六十五），功名富贵之难保（如其十三、其五十三、其五十九），或写苦闷、孤独的情绪，"夜中不能寐，起坐弹鸣琴。薄帷鉴明月，清风吹我襟。孤鸿号外野，翔鸟鸣北林。徘徊将何见？忧思独伤心"。

阮籍的诗继承了《诗经·国风》、《离骚》和《古诗十九首》以及建安诗人的传统，抒感慨、发议论、写理想，虽非一时一地所作，但却是其政治感慨的记录，开创了中国文学史上政治抒情组诗的先河。同时，阮籍也极大地推动了五言诗的再一次发展。左思的《咏史》、陶渊明的《饮酒》、庾信的《拟咏怀》、陈子昂的《感遇》、李白的《古风》都曾受到他的影响。

◎ 关键词：老庄 广陵散 疾恶如仇

刑场抚琴的嵇康

●嵇康像

>>> 拜访嵇康

嵇康后来家道清贫，常与向秀在树荫下打铁谋生，贵公子钟会颇有才辨，但嵇康却瞧不起他的为人。

一日，钟会前来拜访，嵇康没理睬他，只是低头干活，钟会待了良久，怏怏欲离，这时嵇康发话了："何所闻而来？何所见而去？"钟会没好气地答道："闻所闻而来，见所见而去。"说完就拂袖而去。后来钟会深恨嵇康，常在司马昭面前说他的坏话。

拓展阅读：

嵇康打铁
《嵇康集》鲁迅
《与山巨源绝交书》
三国魏·嵇康

嵇康，字叔夜，谯郡（今安徽宿州）人。少孤家贫，勤奋好学。崇尚老庄哲学，任意而为，放荡不羁。嵇康最擅长弹琴，常作曲目来弹，尤以擅长弹奏《广陵散》而闻名。据说，"早年之时，嵇康曾游于洛西，暮宿华阳亭。夜半，有客造访，共谈音律，授《广陵散》一曲，声调绝伦，并嘱咐嵇康不可传人"。这使得绝响《广陵散》颇具传奇色彩。

司马氏集团为篡夺曹魏政权，提倡儒家的"名教"，"以孝治天下"，常以不孝的罪名加害异己。嵇康痛恨这种虚伪的名教，提出"越名教而任自然"的主张，这直接妨碍了司马氏的统治，最终被司马氏杀害。嵇康行刑时，有太学生三千人请求拜他为师，没有被允许。嵇康在刑场上向监斩官要了张琴，手挥五弦，神态自若，弹了一首《广陵散》。弹完之后，长叹一声："《广陵散》于今绝矣！"然后慷慨引颈就戮。一代名士倒在屠刀下！

嵇康存诗60余首，有四言、五言、六言，其中以四言诗成就最高。他的代表作品是《幽愤诗》和《赠秀才入军十八首》。

嵇康在狱中所写的《幽愤诗》，自述身世、志趣和耿直的性格，并因感情真挚而为人所称道。这首诗，作者以自叙的方式，从襁褓写起，直叙至眼前，叙述当中又间有抒情，一唱三叹，感慨颇深，愤怒之情溢于言表。同时，诗人还一再用典，以表明心志。在这首诗中，诗人敢怒敢言，情真词切，将内心之中郁积许久的感情倾吐而出。《赠秀才入军十八首》是送哥哥嵇喜从军的作品。诗中或写军旅之事，或抒写内心感受，有的激情亢奋，有的意境高远。总之，嵇康的诗歌风格清俊，言简意赅，意象鲜明，意境高远。其四言诗是继曹操之后的成功之作。

嵇康的散文成就远在诗歌之上。他的散文洋洋洒洒，篇幅很长。他还善于写驳难文章，反复论辩，思辨性很强。其代表作《与山巨源绝交书》所显示出来的鲜明强烈的个性意识与自由精神，在魏晋文学中也是最有典型意义的。这封信是嵇康写给朋友山涛的，因对山涛举荐他做官极为反感，所以要与他断绝情。其实，嵇康与山涛的友谊非同寻常，当他被处以极刑时，还把孩子托付给山涛照料。其文自然有不满山涛的地方，但更多的是借题发挥来抒发他愤世嫉俗的情怀，表明自己的志趣和政治见解。这篇文章完整地反映了嵇康疾恶如仇、中正自守的品格与个性。明李贽在《焚书》中说："此书实峻绝可畏，千载之下，犹可想见其人。"

● 画隐居十六观（之一）明 陈洪绶
本图所画为隐士生活中的十六件事之一。作者借画写意，寄托幽情。
画中人物造型略有夸张，衣纹细劲流畅，富有装饰味。全画创意新
颖，构图简洁，设色淡雅，近似白描，为陈氏人物故事画精作。

●五百强盗放逐深山 西魏

>>> 《禹贡》

《禹贡》为《尚书》中的一篇。书中假托大禹治水的时候，把中国东部按自然条件划分为九州。同时分别叙述每州的山脉、河流、薮泽、土壤、物产、交通、田赋、民族等情况。

它在划分九州的基础上，萌生了显示自然区划的思想；同时它还用区域对比的方法，反映各州的不同地理景观和地带性的特点，以及对九州的土壤进行了分类。

《禹贡》对于当时以黄河为中心的水系网络记述得井然有序，提供了古河道情况的宝贵历史资料。

拓展阅读：

长江三峡
《水经注疏》清·杨守敬
《徐霞客游记》明·徐霞客

◎ 关键词：山川景物 自然风光 水经注体

山水散文的荟萃——《水经注》

郦道元，字善长，范阳汲鹿（今河北汲县）人。《水经注》是郦道元对魏晋时代的《水经》一书所作的注释。他以《水经》为纲，做了20倍于原书的补充和发展。他的注释，实际上是一部描写精细的著作。他博采了汉魏以来许多山川土风、历史掌故的文献，并根据自己的调查记录，叙述了大小1000多条水道的源流经历，以及沿岸的山川景物和故事传说。此书是中国6世纪以前地理学著作的集大成者，是历史地理学、水文地理学、经济地理学、考古学、水利学等方面的重要文献。

《水经注》形象地描绘了中国各地美丽的山川景物、自然风光，是魏晋南北朝山水散文中的佳作。"江水注""巫峡"一节、"夷水注""佷山北溪"一节，都是自古传诵的名篇。"佷山北溪"记载：

夷水又经宜都北，东入大江，有泾渭之比。亦谓之佷山北溪。水所经皆石山，略无土岸。其水虚映，俯视游鱼，如乘空也，浅处多五色石，冬夏激素飞清，傍多茂木空岫，静夜听之，恒有清响。百鸟翔禽，哀鸟相和。巡颓浪者，不觉疲而忘归矣。

本节中，山水木石，飞禽游鱼，写得有声有色。特别是借游鱼"乘空"的错觉来写水之清澄，明写鱼，暗写水，虚实相兼，尤为高妙。其写山水如此隽永传神，"山水有灵，亦将惊知己于千古矣"。

"江水注"中"黄牛滩"一节，写"如人负刀牵牛，人黑牛黄，成就分明"的岩石，写"三朝三暮，黄牛如故"的江水迂回的形势，也非常朴素生动。"滱水注"中"阳城淀"一节，写农村儿童乘舟采菱的生活，"长歌阳春，爱深绿水。掇拾者不言疲，谣歌者自流响"，又别有一番田园水乡的劳动生活气氛。这些虽然都是片段的文字，但可以看出书中所写的景物是妙趣横生的。他的散文，或用白描，或施彩笔，在简洁生动的文字中兼有骈文修辞精细的特色。例如写水的清澈，便有"漏石分沙""渊无潜甲""俯视游鱼，类若乘空""下见底石，如樗蒲矣"等各种不同的形容，的确是"片语只字，妙绝古今"！

《水经注》深深影响了唐代柳宗元、宋代苏轼等人的山水散文。清代刘熙载在《艺概》中说"郦道元叙山水，峻洁层深，奄有《楚辞·山鬼》《楚辞·招隐士》的胜境。柳柳州游记，此其先导耶"。苏轼在《寄周安孺茶诗》中说"今我乐何深，水经亦屡读"。后人曾纷纷效法郦道元山水游记的写法，以至于逐渐形成了一种所谓的"水经注体"。

●对书俑 西晋

>>> 诸葛亮《出师表》

文学史上，臣属给皇帝的奏议，以情真意切、感人至深而出名的是诸葛亮的《出师表》和李密的《陈情表》。

《出师表》作于建兴五年（227年），是诸葛亮出师北伐曹魏之前向蜀汉后主刘禅所上的奏疏。分析了天下三分中蜀国的危急形势，劝勉后主以完成兴复汉室的大业为务，并表明自己对蜀汉的耿耿忠心，体现了一个杰出政治家励精图治、奋勇进取的精神和忠恳勤恪、贤明正派的性格特征。

拓展阅读：

瓦岗起义
《谏逐客书》秦·李斯
《陈情表》西晋·李密

◎ 关键词：亲情 孝 陈情表

一篇《陈情表》成就李密

百行孝为先；德又以孝为本。李密向来以孝闻名天下，其清风素范，高山景行，令后世仰慕。他的《陈情表》，真情流露，更是成为千古传诵的名文。

李密生于蜀汉后主刘禅时代，父亲早亡，4岁时母亲何氏为舅父所逼，被迫改嫁。李密从此由祖母刘氏抚养长大，祖孙相依为命，感情很深。祖母抚养李密，尽心竭力；李密孝敬祖母，知寒知暖。年幼的李密渐渐以孝行闻名乡里。祖母有了疾病，李密在一旁精心伺候，常常在哭泣中睡去。晋武帝泰始五年，李密被征召为太子洗马。李密以祖母需要奉养为由，上书晋武帝，陈述自己的苦衷，写下了名垂千载的《陈情表》。他在表中详细陈述了自己与祖母刘氏相依为命的生活处境，以及祖母多病，无人奉养，不能奉诏出仕的苦衷：

但以刘日薄西山，气息奄奄，人命危浅，朝不虑夕。臣无祖母，无以至今日；祖母无臣，无以终余年。祖孙二人，更相为命，是以区区不能废远。

表中行文骈中有散，情意凄婉动人。晋武帝阅后感动不已，赐给李密奴婢两人及赡养费用。此表胜在一个"情"字，文中祖孙之情贯注字里行间。《古文观止》评价说，作者历叙亲情，都是如实写出，没有一字一句的夸饰，这种至情真言自然会凄恻动人。文中语言简练，文笔流畅，融直情于叙事，因真情而议理，祖孙之情，好似从肺腑中流出，丝毫没有斧凿之痕。在结构上，逻辑严密，层层推进，秩序井然。文章的语言尤具特色，如"茕茕孑立，形影相吊""日薄西山，气息奄奄""人命危浅，朝不虑夕"都形象而生动，词意真切，传为千古名句，很多转为成语。明朝胡应麟将李密《陈情表》与刘伶的《酒德颂》、陶渊明的《桃花源记》并称为"第一文章"。

李密一生，为官不显，政无大成，但《陈情表》孤篇横绝于世，已足以使他名列散文大家之林。

●蒸馍·烙饼 魏晋墓壁砖画

●牧马 魏晋墓壁砖画

乱世风流——魏晋南北朝文学

● 青瓷灯盏 西晋

>>> 冯唐易老

汉文帝时,冯唐是一位大臣,他当初以孝悌而闻名,拜为中郎署。由于他为人正直无私,敢于进谏,处处遭到排挤,直到年老,还只是个郎官。

后来,匈奴入侵汉朝,汉文帝下令征召平匈奴的将军。冯唐向汉文帝推荐了魏尚。魏尚不负众望,击退了匈奴,冯唐也因此而升为车都尉。汉景帝即位后,冯唐又被罢官。汉武帝时,匈奴又来侵犯,汉武帝又广征贤良,有人推举冯唐,可是冯唐已经90多岁了,他心有余而力不足,再也不能出来任职了。

拓展阅读:

左思风力
《招隐诗》西晋·左思
《世说新语》南朝·刘义庆

◎ 关键词:咏史 寒士 怀才不遇

"洛阳纸贵"说左思

左思,字太冲,临淄(今山东淄博)人,其家世代学儒。

左思年轻的时候,先后学习过书法、鼓琴,都没有学成,而且相貌丑陋,说话口吃。他的父亲对他很失望,有一次,竟当着他的面,对自己的朋友说"左思所知晓和理解的东西,还不如我年轻时"。左思感到非常惭愧,于是发愤学习,广泛涉猎各种文化典籍。到20岁时,他已是博学善写,文才出众,并以辞藻壮丽而小有名气了。左思的妹妹左芬因品貌出众、才学过人,被晋武帝选召入宫,左思也就随全家来到京城洛阳,并被授予秘书郎一职。

两汉魏晋时期,用赋的形式描写都城的宏伟富丽成为一种风尚。左思其貌不扬,但文采斐然,辞藻壮丽,也想做这方面的尝试。当他读过东汉班固写的《两都赋》和张衡写的《两京赋》之后,很佩服文中的宏大气魄、华丽文辞,但也看出了其中虚而不实、大而无当的弊病。他决心依据事实和历史的发展,写一篇《三都赋》,把三国时的魏都邺城、蜀都成都、吴都南京写入赋中。

左思为了使《三都赋》笔笔有着落、有根据,他开始收集大量的历史、地理、物产和风俗人情的资料。收集好后,他闭门谢客,开始苦写。当时的著名文学家陆机也曾起过写《三都赋》的念头,当他听

说名不见经传的左思写《三都赋》时,就挖苦道:"不知天高地厚的小子,竟想超过班固、张衡,太自不量力了!"他还给弟弟陆云写信说:"京城里有位狂妄的家伙要写《三都赋》,我看他写成的东西只配给我盖酒坛子!"左思知道后不仅没有气馁,反而更加激励了他的意志。他废寝忘食,精益求精地写作了十年之后终于成书。

由于左思地位卑下,《三都赋》并没有引起世人的重视。左思却对自己的作品很有信心,请著名文学家张华品评。张华看后,大加赞赏。当时有名大儒皇甫谧看后,慨叹不已,连连称赞,欣然为之作序。这样一来,《三都赋》声名鹊起,身价陡增,许多文人学士争相赏阅,富豪之家纷纷传写,以致洛阳纸价也跟着昂贵起来。原来千文的纸一下子涨到两千文、三千文,后来竟倾销一空,不少人只好到外地买纸,抄写这篇千古名赋。

《三都赋》虽名震京都,但真正奠定左思文学地位的,却是其《咏史》诗八首。以"咏史"为诗题,始于东汉的班固。左思的咏史诗在前人的基础上又有一定的创新。左思《咏史》诗的内容主要是写寒士之不平及对士族的蔑视与抗争。西晋时,士族把持朝政,庶族寒士很难进入政权中心,"上品无寒门,下品无势族"。左思出身寒微,虽然为文

"辞藻壮丽",却无进身之阶。直到左思的妹妹被晋武帝纳为美人后,他才被任命为秘书郎,但毕竟出身寒门,所以没有被重用。

在门阀制度的重压下,壮志难酬的他写了《咏史》诗八首,表达了对门阀制度的不满及对豪门的蔑视,并肯定寒士自身的价值和慨叹寒士生活的困顿。如其二:

> 郁郁涧底松,离离山上苗,以彼径寸茎,荫此百尺条。世胄蹑高位,英俊沉下僚。地势使之然,由来非一朝。金张藉旧业,七叶珥汉貂。冯公岂不伟,白首不见招。

这首诗开头四句运用比举手法,其中的苍松与小苗,使人联想到位卑而才高的寒士与位高而才下的士族。"世胄蹑高位"以下四句,诗人的不平之情终于迸发出来,世胄无才却占据高位,寒士有才却沉迹下僚,这是由来已久的门阀制度造成的。最后四句借用西汉历史上凭借祖业而七世显贵的金、张两家族,与有奇才而终生不得重用的冯唐做对比,进一步表达对这种不合理社会现象的不满。

《咏史》诗具有豪迈高亢的情调和劲挺矫健的笔力,笔墨间流宕着英风豪气。最能表现这种左思气概的是第五首:

> 皓天舒白日,灵景耀神州。列宅紫官里,飞宇若云浮。峨峨高门内,蔼蔼皆王侯。自非攀龙客,何为欻来游?被褐出阊阖,高步追许由。振衣千仞冈,濯足万里流。

全诗意境开阔,虽是写归隐,但没有通常归隐之作那种言不由衷的矫情和哀怨,既态度坚决,又语气乐观,带着对权贵豪门的蔑视和厌恶。这首诗先写宫廷和王侯宅第之豪华,接下来用"自非攀龙客,何为欻来游"表示了对功名富贵极度的鄙弃。他说自己只愿做一位像许由那样的高士。此诗末尾"振衣千仞冈,濯足万里流"二句,是这组诗中的最强音。

左思的《咏史》八首,开创了咏史诗借咏史以咏怀的新路,成为后世诗人效法的范例,这是他对中国诗歌史的独特贡献。

左思以其词采壮丽、情调高亢的诗歌,成为西晋太康年间成就最高的作家。他的诗作继承了建安风骨的优良传统,具有强烈的现实主义精神和浪漫主义气息,无怪乎钟嵘在《诗品》中称之为"左思风力"。

乱世风流——魏晋南北朝文学

● 青瓷奏乐俑 西晋

>>> **太康体**

太康体之名始于宋朝严羽《沧浪诗话·诗体》。

太康前后是西晋文坛上比较繁荣的时期，众多的作家都有不少传世之作。

太康诗歌一般以陆机、潘岳为代表。他们的诗歌比较注重艺术形式的追求，讲究辞藻华美和对偶工整。诗歌的技巧虽更臻精美，但有时过分追求形式，往往失于雕琢，流于拙滞，笔力平弱。

总之"采缛于正始，力柔于建安，或析文以为妙，或流靡以自妍"是这一时期诗人的总风格。

拓展阅读：

《沈园二首》宋·陆游
《江城子·十年生死两茫茫》
宋·苏轼

◎ 关键词：太康 哀诔 二十四友

才貌双全的潘岳

潘岳，字安仁，荥阳中牟（今河南中牟）人。在中国古代众多的诗人群体中，他可称得上是才貌双全的一位。他在风流场上春风得意，在文学艺苑中也是出类拔萃。

西晋初年，晋武帝采取了一些进步措施，使太康年间出现了小康局面，文坛上随之出现了很多的作家，有"三张"（张载、张协、张亢）、"二陆"（陆机、陆云）、"两潘"（潘岳、潘尼）、"一左"（左思）之称。惠帝时，贾谧专权，当时文人多投其门下，潘岳、石崇、左思、陆机、陆云、刘琨诸人皆在其中，有"二十四友"之称，潘岳是他们中的领袖人物。

潘岳从小天资聪明，很早就有才名，但仕宦不得意，仅做过一些小官。永康元年，赵王司马伦废贾后，诛贾谧，中书令诬陷潘岳、石崇、欧阳建等人阴谋参与了"八王之乱"。元康元年，潘岳被赵王司马伦杀害。

潘岳与陆机齐名，他的诗与陆机一样缺乏深厚的内容，其艺术表现的特点是词采华艳，铺叙过多，平缓繁冗而缺乏含蓄。不过他的诗中常有真挚感情的流露，比陆诗要高一筹，特别是他的名作《悼亡诗》三首。

《悼亡诗》写于元康九年的秋天，当时他的妻子已经去世一年。在诗中，他感叹自己沉浸在永恒的哀伤中，竟然不觉冰雪消融，春风吹拂。风云变换，时光流逝也难以平息自己对亡妻的哀念，却反而更加忧思深长。诗人望庐思人，睹物伤情，"帏屏无仿佛，翰墨有余迹。流芳未及歇，遗挂犹在壁"。其中物是人非的悲痛写得十分真切感人。这三首《悼亡诗》写景抒情，由物及人，通过一系列日常事物行为的描写，表现出真挚深厚的伉俪之情。它们层次分明，笔触细腻，具有缠绵悱恻、委曲深婉的特色。后人写哀念亡妻的诗也都用"悼亡"为题，是受了他的影响。

潘岳又"善为哀诔之文"。他的《怀旧赋》《寡妇赋》《哀永逝文》等都以善叙哀情著称。如《哀永逝文》说："昔同涂兮今异世，忆旧欢兮增新悲。谓原隰兮无畔，谓川流兮无岸。望山兮寥廓，临水兮浩汗。视天日兮苍茫，面邑里兮萧散。匪外物兮或改，固欢哀兮情换。"写丧失了亲人之后，觉得周围一切都变得空旷萧条，表现哀情曲折而深入。

陆机、潘岳诸人在诗歌技巧方面进行了多方面的努力，形成了与汉魏古诗不同的艺术风貌：繁缛。"繁缛"，本指繁密而华茂，后用以比喻文采过人。分而言之，繁，指描写繁复、详尽，不避烦琐；缛，指色彩华丽。追求华辞丽藻、描写繁复详尽及大量运用排偶，是陆机、潘岳等太康诗风"繁缛"特征的主要表现。

乱世风流——魏晋南北朝文学

● 黑瓷鸡首壶 西晋

>>> 石崇与王恺斗富

石崇生活奢侈，与王恺竞相争豪。

王恺家中洗锅用饴糖水，石崇就命令自家厨房用蜡烛烧饭。王恺在自家门前的大路两旁，夹道40里，用紫丝编成屏障。石崇用更贵重的彩缎铺设了50里屏障。晋武帝把宫里收藏的一株两尺多高的珊瑚树赐给王恺，石崇看了便用铁如意把珊瑚树打碎，王恺气极，石崇说："不足多恨，今还卿。"于是让手下人将自己的所有珊瑚都取来，有高三四尺者六七株，每株都大于王恺的珊瑚树，看得王恺心乱如麻。

拓展阅读：

急不相弃
郗太傅招婿
管宁割席（典故）

◎ 关键词：逸事 士族 自然

逸事小说的集大成者——《世说新语》

魏晋士大夫喜好清谈，讲究言行举止，并喜欢品评人物。有人把一些知名人物的言行逸事汇集起来编成了逸事小说。其中，刘义庆编撰的《世说新语》是这类魏晋逸事小说的代表作品。

《世说新语》主要是记录汉末至东晋的士族阶层人物的逸闻逸事，全书按内容分类记事，计有德行、言语、政事、文学等36篇，比较清楚地反映了士族阶级的精神面貌与生活方式。

《世说新语》的大部分篇幅是描写"魏晋风度""名士风流"，描述士族名士有意玩弄风度、风流自赏的情态。他们崇尚"自然"，主张适意而行，不受任何拘束。如"任诞篇"记："王子猷居山阴，逢夜雪，忽忆剡县戴安道，即时登舟往访，经宿始至，及门而返，人问其故，王曰，'吾本乘兴而行，兴尽而返，何必见戴'。"同篇又记载刘伶纵酒放达，甚至在室中脱衣裸体，有人看见，讥笑他。他却说："我以天地为栋宇，屋室为裈衣，诸君何为入我裈中？"

《世说新语》对一些豪门士族穷奢极欲的生活也有所披露。如"汰侈篇"记载，王武子为了吃到肥美的猪肉，竟然用人乳喂猪。更骇人听闻的是，石崇每次宴请宾客，常令美人劝酒，客饮不尽，却斩美人。一次，大将军王敦故意不饮以观其变，"已斩三人，颜色如故，尚不肯饮"。当丞相王导责备王敦时，他却说："自杀家人，何预卿事！"意思是说他杀他自家的人，关你什么事！石崇的凶暴，王敦的残忍，都令人吃惊。

《世说新语》还记载和称颂了一些好人好事。"言语篇"中"新亭对泣"一章表现了一些名士的爱国思想：

过江诸人每至美日，辄相邀新亭，借卉饮宴。周侯中坐而叹曰："风景不殊，正自有河山之异。"皆相视流泪。唯王丞相愀然变色曰："当共戮力王室，克复神州，何至作楚囚相对！"

在当时的士族中，能够对北方国土沦陷发发感慨，并表示恢复的心愿，已是很难得的了。"自新篇"写周处勇于改过为民除害的故事。"德行篇"记管宁割席的故事，仅仅61个字，却有情节，有动作，十分紧凑精彩，耐人寻味。

《世说新语》是记叙逸闻隽语的笔记小说的先驱，也是后来小品文的典范，其中有许多故事或成为诗文中的典故，或成为戏剧家、小说家创作的素材，影响直到今日不绝。

●泼墨仙人图

>>> 鲁迅《铸剑》

《铸剑》作于1927年4月3日，鲁迅自认为"确是写得较为认真"的一篇。《铸剑》是一篇言必有据、随意点染的"没有将古人写得更死"的充满现代精神的小说。

小说原题《眉间尺》，收入《故事新编》时改题为《铸剑》。这样做是为了更好地突出小说的中心意象:剑。

小说讲述了一个刚满16岁的优柔寡断的少年——眉间尺，在母亲的教育和"黑色人"宴之敖者的帮助下完成报仇大业的故事。小说突出表现了鲁迅反抗现实，意欲铲除人间不平的新的复仇思想。

拓展阅读:

《天仙配》(戏曲)
《博物志》晋·张华

◎ 关键词：神话 小说 怪异

志怪小说《搜神记》

魏晋南北朝时期出现了大批小说作品，按内容可分为志怪小说和志人小说两类。《世说新语》是志人小说的代表作，《搜神记》则是魏晋南北朝志怪小说的最高成就。《搜神记》中记录的一大批古代神话传说、奇闻逸事，内容丰富生动，情节曲折离奇，具有很高的艺术价值。

干宝，字令升，河南新蔡人，是《搜神记》的作者。其祖父干统曾为三国时期吴国将军，父亲干莹也曾做过县丞。干宝幼年时，父亲就去世了。年轻时的干宝聪明好学，刻苦勤奋，曾编修过《晋纪》。因记事简明扼要，直书历史而又有所讽谏，他得到了一致肯定，被人称赞为"良史"。《搜神记》是干宝花费了20年时间的呕心沥血之作。《搜神记》的内容，一是"承于前载"，但并不都是照旧抄录，有些在文字上做了加工；二是"采访近世之事"，出于作者手笔。其中大部分只是简略记录各种神仙、方术、灵异等荒诞怪异的故事。它保存的不少优秀的神话传说和民间故事如"李寄斩蛇""东海孝妇""董永""吴王小女"等，对后代文学有较大影响。

"东海孝妇"叙述一个孝妇蒙冤被杀，精诚感天，死时颈血依据她的誓言顺着旗杆爬行而上，死后郡中三年没有下雨。关汉卿的名作《窦娥冤》即以此为蓝本。"董永"叙述董永家贫，父亲死后，为了埋葬父亲，他卖身为奴，天帝派织女下凡当他的妻子，帮他织缣百匹还债，而后织女离去。《天仙配》的故事由此演变而来。前者控诉了官吏的昏庸残暴，后者又表现了穷人对美好生活的向往。"吴王小女"是一个生死相恋的故事:吴王夫差的小女与韩重相爱，因父亲反对，气结而死。她的鬼魂与韩重同居三日，完成了夫妇之礼。故事的情调悲凉凄婉，紫玉的形象写得很美。"李寄斩蛇"具有强烈的斗争精神，故事大意是写闽中庸岭有巨蛇为怪，官府只好每年招募一名童女献祭，李寄自愿应募，以她的机智和勇敢杀死大蛇。事后，李寄对以前被蛇所吃的九个女子的骷髅说:"汝曹怯弱，为蛇所害，甚可哀愍！"故事歌颂了人们英勇斗争以求生存的精神。

另外两个最有代表性的故事是"韩凭夫妇"和"干将莫邪"。"韩凭夫妇"写宋康王见韩凭妻子何氏美丽，于是夺为己有，并且强迫韩凭去服苦役，逼得韩凭自杀身亡。何氏暗地里用草药腐蚀衣裳，趁和宋康王登青陵台之机，纵身跳下，身边跟随的人急切间拉扯她的衣裳，但朽烂的布服经不起后拉，何氏坠楼而死。她在衣带上留下遗言，要求与韩凭合葬。康王不允，说:"你们夫妻恩爱不断，如果能够叫坟墓合拢的话，我就不再阻

●干将莫邪炼剑图 清 任颐

拦。"不料，两坟之上各长出一棵大树，"屈体相就，根交于下，枝错于上"。大树上又有一对鸳鸯栖息于上，"交颈悲鸣，音声感人"。这个故事控诉了统治者的残暴，歌颂了韩凭夫妇对爱情的忠贞。"干将莫邪"写的是一对铸剑技艺很高的夫妻干将和莫邪，奉命为楚王铸剑，三年方才铸得雌、雄二剑，但却误了楚王的工期。干将仍然携雌剑去见楚王，但干将、莫邪还是被楚王所杀。楚王还要斩草除根，想要杀死他们的儿子赤。赤为了逃避楚王追捕，逃入深山，并得到雄剑。赤在山中遇到一名侠客，侠客答应替他报仇，赤当即自刎，双手把头颅和雄剑送给了侠客。侠客将赤的头献给楚王。赤的头被放在沸水中烧煮，三天三夜不烂。侠客骗楚王去观看，乘机砍下他的头颅，自己也当即自杀。他们三个人的头都烂了，不能识别，也不能分开，大臣们只好将汤肉分成三份埋葬，称为"三王墓"。这个故事表现了人民对于残暴统治者的强烈的复仇精神。文中写干将和莫邪之子以双手持头与剑交予"客"，写他的头在锅中跃出，犹"瞋目大怒"，不但想象奇特，更激射出震撼人心的力量。

乱世风流——魏晋南北朝文学

●晋元帝司马睿

>>> 黄老之学

中国战国时的哲学、政治思想流派。

黄老之学始于战国，盛于西汉，假托黄帝和老子的思想，实际上是结合了道家和法家思想，并兼采阴阳、儒、墨等诸家观点而成。

在社会政治领域，黄老之学强调"道生法"，主张"是非有分，以法断之，虚静谨听，以法为符"。

东汉时黄老之学与谶纬迷信相结合，演变为自然长生之道，对原始道教的形成产生了一定影响。

拓展阅读：

佛理诗

《丧哀诗》东晋·孙绰

《竹扇诗》东晋·许询

《天台山赋》东晋·孙绰

◎ 关键词：清谈 玄理 老庄

清谈异响玄言诗

中国文学史上所谓的"玄言诗"是指产生于东晋中期，并在作品中间大量敷陈玄学义理，以致造成其内容与当时流行的清谈混同不分的诗歌。

在那股创作潮流之中，东晋玄谈引发出来的消极结果一度笼罩诗坛，但是又明显带有后续力不足之症候。这反映了当时士流力图将玄理简单地移植到诗歌里面的一次不成功的尝试。

东晋玄言诗一方面是魏晋玄学及清谈之风兴盛的结果，另一方面也与东晋政局及由此而形成的士人心态有关。

318年，司马睿在建康即位，建立了东晋王朝。此时北方五胡交战，兵连祸结，并时时觊觎江南。东晋王朝建立之初，曾数次北伐，但均以失败告终。北方既不可恢复，江南又山清水秀，南渡士人就在此安居下来，时人把是否善于谈玄作为分别士人雅俗的标准，这助长了清谈之风的盛行，连带着诗歌创作也严重脱离社会现实，只以阐释老庄和佛教哲理作为主要内容。东晋历史上两位最重要的宰相王导和谢安，都善于谈玄，处理朝政也务在清静。这种心态对东晋文人影响很大。玄言诗便

是在这种心态下，混合了老庄玄理与山水之美的产物。

这种屡为后人诟病的玄言诗风，大兴于东晋玄学清谈的高潮当中，前后风靡了六七十年。许询、孙绰和支遁是其中最有代表性的诗人。玄言诗着重表现玄理，题材褊狭，但并非绝不旁及其他方面的内容。它们时而兼包某些自然景物描摹，从中宣泄诗人的遗世情思，因此，被个别研究者认为是山水田园诗发生、形成过程中"一个关键的逻辑环节"。

东晋玄言诗的特点，钟嵘说的最是恰当不过："永嘉时，贵黄老，稍尚虚谈，于时篇什，理过其辞，淡乎寡味。爰及江表，微波尚传，孙绰、许询、桓、庾诸公诗，皆平典似道德论，建安风力尽矣。"从现存玄言诗来看的确淡乎寡味，缺乏形象。玄言诗历来被视为失败的文学实践。

东晋玄言诗本身的艺术价值并不高，但它对后世的影响却相当深远。谢灵运的山水诗，白居易诸人的说理诗，宋明理学家之诗，都或多或少受其熏染。玄言诗在东晋百年间占据主导地位，是中国文学史上不可忽视的一环。

● 王羲之像

>>> 王羲之书换白鹅

一天清早，王羲之和儿子王献之乘一叶扁舟游历绍兴山水，忽见岸边有一群白鹅，一副摇摇摆摆、磨磨蹭蹭的样子。

王羲之看得出神，不觉对这群白鹅动了爱慕之情，便想把它们买回家去。王羲之询问附近的道士，希望道士能把这群鹅卖给他。道士说："倘若右军大人想要，就请代我书写一部道家养生修炼的《道德经》吧！"王羲之求鹅心切，欣然答应了道士提出的条件。

拓展阅读：

入木三分
《墨池记》北宋·曾巩
《书黄子思诗集后》北宋·苏轼

◎ 关键词：书法 宴饮 兰亭集序

美酒清诗兰亭会

流传千古的兰亭之会，其中的主角之一是东晋名士王羲之。王羲之，字逸少，他是中国著名的书法家，并有较深的文学造诣，但文名被书名所掩，不大为人所重。

为人洒脱的王羲之，其书法也"飘若浮云，矫若惊龙"，望之令人顿生尘外之想。传说，太尉郗鉴有意在王家诸郎中择婿，这一天，特意派门生到王家去相亲，看看哪一个王家少年可做女婿。门人回来后，向郗鉴报告："王家诸郎听说择婿，个个故作姿态。唯有一人，袒腹高卧于东床，若无其事。"郗鉴一听，当即拍板，就让这个东床而坐的袒腹之人做女婿。这人就是王羲之，后人将女婿叫"东床快婿"。

王羲之不仅书法为世所重，还颇负文名。那次兰亭集会使他的书法与文学结下了不解之缘。

兰亭，初时并不是一个亭子，而是一个地名，位于会稽郡山阴县（今浙江省绍兴市）。会稽山阴一带风景佳美，远有山色空濛，波光渺渺，近有茂林修竹，虫鸟依依，是山水清幽、优雅秀丽的所在，极适于在此谈玄论道，放浪形骸。

故此，晋穆帝永和九年，即353年农历三月初三，王羲之便在这里举行风雅集会，参加者有大司徒谢安，豫州刺史谢万，永嘉太守孙绰，尚书仆射王彬之，龙骧将军袁峤之，北中郎将郗昙，以及王羲之和他的两个儿子王凝之、王献之等共计42人。他们尽情地在春江之畔嬉戏宴饮，把酒杯放到弯曲环绕的小水渠里，让它随波逐流，酒杯在谁的面前停下，谁就饮下这杯酒。这种喝酒时所玩耍的游戏称为"曲水流觞"。这些文人雅士流觞饮酒，对景赋诗，文思泉涌，诗情勃发，并作诗为记，这便是兰亭会。会上每人都有诗作，辑为一集，最后由王羲之"画龙点睛"，当场笔走龙蛇作序一篇，这就是《兰亭集序》。

《兰亭集序》是篇文简而意深的散文，历代传诵。序文先写盛会的时间和缘由，接着从山水竹树之胜、流觞赋诗之趣、良辰美景之乐三个方面写盛会之难得，最后笔锋一转，由相聚相知而想到盛事不常。

全文文笔清新疏朗，结构紧凑，由眼前盛会之乐，引出他日散离之忧，进而揭示人生"终期于尽"的深悲。

本文的书法则成了中国书法史上有名的书法字帖，自古以来都以《兰亭集序》为"天下第一行书"。他的行书精研体势，广采众长，被誉为"天质自然，丰神盖代""铁书银钩，冠绝古今"。这位东晋著名的大书法家王羲之也被后人称为"书圣"。

乱世风流——魏晋南北朝文学

● 一代名相谢安

>>> 杜甫《望岳》

岱宗夫如何？
齐鲁青未了。
造化钟神秀，
阴阳割昏晓。
荡胸生层云，
决眦入归鸟。
会当凌绝顶，
一览众山小。

唐玄宗开元二十四年（736年），25岁的杜甫赴长安参加贡举考试，结果落榜，于是就在齐赵一带（今河南、河北、山东等地）四处漫游，《望岳》大约就写于这一年。"会当凌绝顶，一览众山小"表达了作者积极进取的人生态度。

拓展阅读：

缇萦救父
荀灌女搬兵解围
《荀灌娘》（京剧）

◎ 关键词：才智 泰山 身世

咏絮才女谢道韫

东晋后期，支撑朝廷半壁江山并在当政时期打败了符坚百万大军的一代名相是谢安。一次，谢安家族聚会，天骤降大雪，谢安兴起，问他的儿子和侄子："白雪纷纷何所似？"侄儿谢朗答："散盐空中差可拟。"侄女谢道韫答："未若柳絮因风起。"一时举座惊服。撒盐固可见雪花之白，散雪之景，然而比喻成了轻盈的柳絮，便突出了雪花轻坠的美丽。淡淡的一句，摹形拟色写景都是十分的妥帖，入妙传神。更可罕者，白雪纷纷是严寒的冬景，风中柳絮，拟合的是一派清新美丽的春景，美景之中所蕴含的春的希望更美。这一比拟，语味之深，意境之美，几乎使后人无可超越。谢道韫成为著名的才女，"咏絮才"也成为一代才女的代称。

然而，一代才女，竟逃不过"气象尔何物，遂令我屡迁"的命运。在东晋两大家族王、谢的三次联姻中，她嫁给了王羲之的第二个儿子江州刺史王凝之为妻。相传谢道韫归宁时，神情总显忧郁，叔父谢安颇为不解。谢门一家，谢安、谢尚都可谓一时俊彦，谢万却简傲虚放，而谢道韫则巾帼不让须眉。谢道韫和王凝之才有高低，互相不匹配，所以她宁静地待在王氏门中，只偶尔显露一下才智。《世说新语》记载她的丈夫王凝之的弟弟王献之雅擅风流，善谈玄理，有时与名士辩论，"或至词屈"。谢道韫知道后，便去为王献之解围，以青绫布障施设屏前，自坐帷中，侃侃而谈。一场辩论，从日中谈到日落，辩客词穷，拜服而去。

相传谢道韫有诗文多篇，可惜大多没能流传于世。我们可从《泰山吟》中了解到她的诗文雅致：

峨峨东岳高，秀极冲青天。
岩中间虚宇，寂寞幽以玄。
非工复非匠，云构发自然。
器象尔何物，遂令我屡迁。
逝将宅斯宇，可以尽天年。

这首《泰山吟》是谢道韫晚年所作，虽不及她的咏雪句著名，也能从中想见其文才气度。诗中饱含了作者面对巍巍东岳时的无比景仰之情，也触发了自己的身世之感。虽自身屡遭迁谪流离，作者却并不曾借此哀叹自己的身世，相反诗人表达的是置身山川广宇，乐享天津，将有限之生命融化于无限之美景的胸臆。我国古代名媛诗作，多以阴柔见长，以婉转细腻见胜，而谢道韫的这首《泰山吟》，却充满阳刚之气，大笔挥洒，气度非凡。

乱世风流——魏晋南北朝文学

●陶渊明像

>>> 马斯·莫尔《乌托邦》

莫尔在书中描绘了构想的理想国家——乌托邦。

经济上实行生产资料和全部产品的公有，按需分配；政治上实行普遍平等和民主的原则，所有领导成员均由选举产生；文化上每个人都有受教育的权利；对外实行和平睦邻政策，反对战争。

莫尔构想的理想社会缺乏科学根据，未能找到改变旧社会和实现新社会的社会力量和社会途径。但作为第一部空想社会主义著作，对以后空想社会主义的发展乃至科学社会主义的产生，都起了重要作用。

拓展阅读：

乌托邦社会主义
《戏赠郑溧阳》唐·李白

◎ 关键词：官僚 隐士 田园

不为五斗米折腰的陶渊明

纵情山水、喜好田园的大文学家陶渊明，曾做过彭泽县令。有一天，郡里派了一名督邮到彭泽视察。县里的小吏听到这个消息，连忙向陶渊明报告。陶渊明正在内室里吟诗，一听到督邮来了，十分扫兴，只好勉强放下诗卷，准备跟小吏一起去见督邮。小吏一看他身上穿的还是便服，吃惊地说："督邮来了，您该换上官服，束上带子去拜见才好，怎么能穿着便服去呢！"陶渊明一听，叹了口气说："我岂能为五斗米折腰！"说着，他也不去见督邮，索性把身上的印绶解下来交给小吏，辞官不干了。

陶渊明，又名潜，字元亮，号五柳先生，浔阳柴桑（今江西九江附近）人。陶渊明生活在晋宋易代十分复杂的政治环境之中。他少年时代就志趣高远，博闻强识。青年时期，他更胸怀治国平天下的宏大志向。晋孝武帝太元十八年，29岁的他做了江州祭酒，后辞官归乡。后来，又到荆州刺史桓玄的府上做了一名幕僚，第二年又辞去了。晋安帝元兴三年，陶渊明接受了刘裕的聘请，做了镇军参军，不久又做了江州刺史建威将军刘敬宣的参军。随着刘敬宣的离职，陶渊明又重归故里。同年秋天，出任彭泽县令，在任仅80余日，又辞职了，从此，再未涉足官场半步。

辞彭泽令，是陶渊明一生前后两个时期的分界线。此前，他不断在官僚与隐士这两种社会角色中做选择，隐居时想出仕，出仕时想归隐，心情很矛盾。此后，他坚定了隐居的决心，一直过着隐居躬耕的生活。在后期他并非没有再度出仕的机会，但是他拒绝了。南朝刘宋末年，他曾被召任"著作佐郎"，但他坚决拒绝。到了晚年，他贫病交加，宋文帝元嘉四年他写了一篇《自祭文》，文章最后说："人生实难，死如之何？呜呼哀哉！"这成为了他的绝笔。

陶渊明诗作中重要的是田园诗。他的田园诗通过描写田园景物的恬美、田园生活的简朴，表现了自己悠然自得的心境。其中《饮酒》一诗是颇受赞许的名篇。

陶渊明在文学史上的地位和影响，有赖于他的散文和辞赋，其重要之处甚至不下于他的诗歌。其中，《五柳先生传》、《桃花源记》和《归去来兮辞》最见其性情和思想，也最著名。《归去来兮辞》是一篇脱离仕途回归田园的宣言。

由于他平淡自然的风格与当时崇尚的华丽文风不合，他的文学创作并没有得到高度的评价，而仅以隐士之名著称于时。后来，经过苏轼等人的介绍，"田园诗人"陶渊明才真正确立了他在文学史上的崇高地位。这地位一直保持到今天，并使他获得了世界性的声誉。

乱世风流——魏晋南北朝文学

●谢灵运像

>>> "颜谢"

南朝宋诗人颜延之和谢灵运的并称。

《宋书·颜延之传》："延之与陈郡谢灵运，俱以词采齐名，自潘岳、陆机之后，文莫及也，江左称颜谢焉。"

颜、谢是元嘉诗风的代表诗人。他们模山范水，在追求辞藻的华丽和对偶工整上下功夫。所不同的是谢诗能以人工达到自然，有一些山水景物的描写清新自然，"如初发芙蓉，自然可爱"；颜诗则一味铺锦列绣，堆砌典故，以致"殆同书抄"。

南朝梁代钟嵘认为"谢客（灵运）为元嘉之雄，颜延之为辅"。

拓展阅读：

颜延之贵子
投札于地（典故）

◎ 关键词：自然景色 玄言 新体诗

元嘉之雄谢灵运

谢灵运，祖籍陈郡阳夏（今河南太康附近），世居会稽（今浙江绍兴）。祖父谢玄曾在淝水之战中立下赫赫战功。谢玄非常疼爱这个灵秀漂亮的小孙子，把他视为掌上明珠。谢玄曾高兴地对人说："我生下了一个不肖的儿子，可是他却给我生下了一个好孙子。"因为谢灵运的父亲天性迟钝，挂了个秘书郎的官职，整天闲置在家，很早就去世了。谢灵运天资聪颖，读书勤奋。他读的书多而广，诗文写得非常出色，文笔奔放，辞藻丰茂。他的诗在江南一带广为流传，许多人争相抄诵。他与大诗人颜延之同为江南第一流文学家。他曾高傲地说："天下才有一石，曹子建独占八斗，我得一斗，天下共分一半。"

18岁就袭封康乐公的谢灵运热衷政治权势。但到了刘宋时代，谢家的特权地位受到威胁。他的政治欲望不能得到满足，心怀愤恨，因此，在永初三年做永嘉太守以后，就肆意遨游山水，民间听讼，不复关怀。后来更干脆辞官回会稽，大建别墅，凿山浚湖，经常领着僮仆门生几百人到处探奇访胜，排遣政治上的不满情绪。晚年做临川内史，因谋反被收押，最后在广州被杀。谢灵运是我国文学史上一位著名的"山水诗人"，他开创了山水诗进入诗坛的先例，被称为山水派的祖师。

谢灵运的山水诗，绝大部分是他做永嘉太守以后写的。在这些诗里，他用富丽精工的语言描绘了永嘉、会稽、彭蠡湖等地的自然景色。例如《石壁精舍还湖中作》：

昏旦变气候，山水含清晖。清晖能娱人，游子憺忘归。出谷日尚早，入舟阳已微。林壑敛暝色，云霞收夕霏。芰荷迭映蔚，蒲稗相因依。披拂趋南径，愉悦偃东扉。虑澹物自轻，意惬理无违。寄言摄生客，试用此道推。

这首诗很像一篇清丽简短的山水游记，主要写他从石壁精舍回来，傍晚在湖中泛舟时所看到的景色。语言精雕细刻而能出于自然。"林壑""云霞"两句写薄暮景色，观察入微，深为李白所赞赏。

谢灵运还有许多吟咏景色的美丽佳句，如《悲哉行》中"灼灼桃悦色，飞飞燕弄声。檐上云结阴，涧下风吹清"，写日月朦胧的传神佳句"眷西谓初月，顾东疑落日"，《登江中孤屿》中"云日相辉映，空水共澄鲜"和《游南亭》中的"时竟夕澄霁，云归日西驰，密林含余清，远峰隐半规（太阳）"等。

有一年冬天，谢灵运因生病而多日没有走出房间。当他病愈之后外出散步，才发现室外已是春意融融。他顿生灵感，马上提笔写下了《登池上楼》一诗。诗中最有名的一句是："池塘生春草，园柳变鸣禽。"谢灵运颇为自得，说这是天上的神灵助我，因为我并没有费心思去想这句诗。又比如："野旷沙岸净，天高秋月明"（《初去郡》）、"明月照积雪，朔风劲且哀"（《岁暮》）等，"如初发芙蓉，自然可爱"。另一些佳句如："白云抱幽石，绿筱媚清涟"（《过始宁墅》）、"春晚绿野秀，岩高白云屯"（《入彭蠡湖口》）等，则出于精心的雕琢，表现了他"极貌写物""穷力追新"的艺术技巧。谢灵运还仿效民歌的形式写山水诗，在他写的一些乐府诗中吟咏山水的佳句有："郁郁河边树，青青野田草""连峰竞千仞，背流各百里""习习和风起，采采彤云飞"等。

谢灵运在政治和生活上没有高尚的理想，他失意时的游山玩水，只是在声色犬马之外寻求感官上的满足，并以此掩饰他对权位的热衷。因此，他的山水诗虽然能够描绘一些外界景物，却很难见出他内心的思想感情。他总是借一些玄言佛理的词句来装点门面掩饰自己的真实思想，所以，他的山水诗多数不能做到情景交融和风格完整。但是，他把自己目击的水光山色、朝霞夕霏用诗句描绘出来，却给当时的诗坛带来了新鲜的气息，大大改变了东晋以来"理过其辞，淡乎寡味"的诗风，给人耳目一新的感觉。但同时，他的诗在艺术上也有明显的缺点：玄言辞句多，辞藻堆砌多，往往有句无篇，结构多半用"叙事——写景——说理"这种章法，令人读起来也感到很单调。

谢灵运扭转了玄言诗风，是开创山水诗派的第一人。自他之后，南朝的谢朓、何逊，唐朝的孟浩然、王维等许多山水诗人相继以优美的山水诗篇丰富了诗歌的园地。作为一个全力雕章琢句的诗人，他也为齐梁以后的新体诗打下了一定的基础。

●北魏石刻画像（之一）

●北魏石刻画像（之二）

●青瓷莲花灯台 南朝

>>> 鲍照读书台

　　位于湖南黄冈太平向宕村东冲山明月峰，海拔900米，面积15平方米，人称鲍照读书台。

　　读书台坐北朝南。台南端有阴刻30厘米见方的"读书台"三字和石砚；台东侧有石亭，现已倒塌，其柱有浮雕蟠龙图案；台后侧有高约5米、宽约7米的沉积岩石6块，状若书本陈列案旁；左后侧即明月峰顶，传为当年鲍照踱步远眺处。

　　康熙年间，清代翰林学士金德嘉特题诗一首："山鸡啼彻九天闻，万仞芙蓉五色云。台下青青书带草，至今人识鲍参军。"

拓展阅读：

《行路难》唐·李白
《东武吟》南朝宋·鲍照
《行路难·缚虎手》北宋·贺铸

◎ 关键词：门阀 愤世嫉俗 乐府

孤直鲍照《行路难》

　　鲍照，字明远，东海（今江苏涟水县北）人，南朝宋文学家。他出身寒微，年轻时便很有文学才华，20多岁时，为了谋求官职，去谒见临川王刘义庆，献诗言志，获得赏识，被任为国侍郎。以后又陆续做过秣陵令、永嘉令、临海王刘子顼参军。孝武帝死后，明帝杀前废帝刘子业自立，刘子顼响应了晋安王刘子勋反对明帝的斗争。后来刘子勋战败被赐死，鲍照也被乱军所杀。世人因此称他为鲍参军。

　　在门阀特权盛行的时代，出身微贱的鲍照，一生受尽了歧视和打击，这种遭遇使他清醒地认识到当时社会的腐朽。鲍照的人生道路，是向着士族门阀制度抗争的，同时又是郁郁不得志和悲剧性的。他的性格和人生欲望都非常强烈，毫不掩饰自己对富贵荣华、及时享乐、建功立业等种种目标的追求，并且认为以自己的才华理应得到这一切。他不顾一切地要以自己的才能实现个人的价值，却又受到社会现实的压制和世俗偏见的阻碍。因此，他心中激起翻江倒海般的波澜，在诗文创作中便表现出愤世嫉俗的深沉忧愤。这是鲍照的作品何以形成其独特风格的心理原因。

　　鲍照的乐府诗，辞藻华美，风格俊逸，继承和发扬了汉乐府的优秀传统。其七言乐府诗，为之后的七言歌行奠定了基础。这类作品中杰出的代表作就是著名的《拟行路难》18首。这18首抒情诗奇特瑰丽，音节错综，艺术上很有独创性，对唐代诗人李白、岑参等颇有影响。如：

　　泻水置平地，各自东西南北流。人生亦有命，安能行叹复坐愁！酌酒以自宽，举杯断绝歌《路难》。心非木石岂无感，吞声踯躅不敢言！

　　对案不能食，拔剑击柱长叹息。丈夫生世会几时，安能蹀躞垂羽翼？弃置罢官去，还家自休息。朝出与亲辞，暮还在亲侧。弄儿床前戏，看妇机中织。自古圣贤尽贫贱，何况我辈孤且直！

　　两首诗感情充沛而强烈，均是写贫士失遇的苦闷，但充满抗争的精神。诗中的句式长短不齐，富于变化。感情、形象、音节完美地结合起来，形成雄恣、奔放的风格。

　　在鲍照以前，只有整齐的七言诗。虽然这种诗体到了曹丕的《燕歌行》已经相当成熟，但一则作者寥落，二则其形式仍是每句押韵，节奏单一，不够流转变化。所以，鲍照既是第一个致力于七言诗创作的诗人，又是杂言式七言歌行的开创者。

●带盖青瓷莲花尊 南朝

>>> 竟陵八友

南朝齐竟陵王萧子良门下的八个文学家。

萧子良雅好文学，广纳名士，一时文人都云集门下。"八友"为最负盛名者。

《梁书·武帝本纪》："竟陵王子良开西邸招文学，高祖（梁武帝）与沈约、谢朓、王融、萧琛、范云、任昉、陆倕等并游焉，号曰八友。"

"八友"大都是永明体作家或受永明体影响较深的诗人。他们作诗都注重词采，兼具形式、声韵节奏之美。其中，沈约声誉最高，谢朓的诗歌艺术成就最大。

拓展阅读：

沈郎腰瘦（典故）
《伤谢朓》南朝·沈约

◎ 关键词：竟陵八友 声律论 倡导者 新体诗

沈约与"四声八病"

沈约，字休文，吴兴武康（今浙江德清武康镇）人。他生于官宦之家，父亲沈璞在刘宋元嘉年间的皇族帝位争夺中被杀。沈约潜逃得命，后来遇到赦免。沈约自幼流离，孤苦无助，但他笃志好学，刻苦攻读，博通群籍。萧衍篡齐时，他参与决策大计，为佐命之臣，建梁后封侯，官至尚书令。由于沈约政治地位高，加上本人深于世故，所以，他成为当时公认的文坛领袖。

沈约并不算很杰出的诗人。胡应麟在《诗薮》中说他"诸作材力有余，风神全乏"，意思是说沈诗富于学识素养，但感人的东西却不多。总体而论，这批评是中肯的。但并不能说他没有好作品。沈约是梁代留存诗篇最多的作者之一，如《伤谢朓》和《别范安成》均是真情流露之作。后者如下：

生平少年日，分手易前期。及尔同衰暮，非复别离时。
勿言一樽酒，明日难重持。梦中不识路，何以慰相思。

范安成即范岫，齐代为安成内史。此诗前四句言年少时视离别为寻常事，及至衰暮，来日无多，则恐一别之后，再见为难，将少年时的分离同如今暮年时的分离相对比，蕴涵了深沉浓郁的感伤之情。后四句则情意深长，令人感动。全诗语言浅显平易，但情感表达得真挚、深沉而又委婉，在艺术技巧上具有独创性。沈德潜评此诗："一片真气流出，句句转，字字厚，去'十九首'不远。"

沈约，作为齐永明时代"竟陵八友"的首要人物，是声律论的主要倡导者和"新体诗"的主要实践者之一。齐、梁之际，汉语音韵学已经有了相当的发展。沈约根据同时代的人周颙发现的平、上、去、入四声用于诗的格律，归纳出比较完整的诗歌声律论，要求在诗歌中使用高低、轻重不同的字音互相间隔运用，使音节错综和谐，即后世所说的调和平仄。同时，他还提出了"八病说"，即平头、上尾、蜂腰、鹤膝、大韵、小韵、旁纽、正纽等八种声律上的毛病。

沈约等人将四声的区别同传统的诗赋音韵知识相结合，研究诗句中声、韵、调的配合，并规定了一套五言诗应避免的声律上的毛病，合理地调配运用诗歌的音节，是完全符合诗歌的发展需要的。但永明体对声律的苛细要求，却会给诗歌创作带来一些弊病。

四声的发现和永明体的产生，使诗人具有了掌握和运用声律的自觉意识，对于增加诗歌艺术形式的美感、增强诗歌的艺术效果是有积极意义的。

● 青瓷烛台 南朝

>>> 谢朓

　　北望楼位于安徽省宣城市区中心。

　　谢朓在郡治之北的陵阳峰上自建一室，取名高斋，作为理事起居之所。唐初，宣城人为怀念谢朓，于"高斋"旧址，新建一楼，因楼位于郡治之北，取名"北楼"，又因该楼建成时，敬亭山已经扬名，登楼可眺望敬亭山，故又称为"北望楼"。

　　唐代李白曾多次来宣城，登此楼凭吊，赋诗抒怀。李白的《秋季登宣城谢朓北楼》诗脍炙人口，千古传唱。由于李白之诗广为传颂，故该楼又被称为"谢公楼""谢朓楼"。

拓展阅读：

《怀故人》南朝齐·谢朓
《宣州谢朓饯别校书叔云》
唐·李白

◎ 关键词：竟陵八友 山水诗 永明体

永明之雄——谢朓

　　谢朓，字玄晖，陈郡阳夏（今河南太康）人。其父谢纬官至散骑侍郎，其母为宋文帝之女长城公主。谢朓家世清贵，少年好学，青年时代便以文学知名，颇得随王萧子隆、竟陵王萧子良的赏识。他曾参与竟陵王萧子良西邸的文学活动，是"竟陵八友"最重要的成员。永明十一年，谢朓因遭受谗言被召回京师后，开始陷入困境。虽然，他的官职不断提高，从宣城太守做到尚书吏部郎，但由于他的家族和个人的声誉，从萧鸾（明帝）篡政，到始安王萧遥光阴谋废掉东昏侯自立，都曾拉拢他作为自己的羽翼，使他深感危险。终于，他因为有意泄露了萧遥光的阴谋，被诬陷下狱而死，年仅36岁。

　　谢朓对山水诗的发展和对新诗体的探索是他最突出的贡献。他继承了谢灵运山水诗细致、清新的特点，但又不同于谢灵运那种对山水景物做客观描摹的手法。他通过对山水景物的描写来抒发情感意趣，既避免了"大谢"诗的晦涩、平板及情景割裂之弊，又摆脱了玄言的成分，形成一种清新流丽的风格。如他的名作《晚登三山还望京邑》：

　　灞涘望长安，河阳视京县。白日丽飞甍，参差皆可见。馀霞散成绮，澄江静如练。喧鸟覆春州，杂英满芳甸。去矣方滞淫，怀哉罢欢宴。佳期怅何许，泪下如流霰。有情知望乡，谁能鬒不变？

　　诗人以自然流畅的语言，将眼前变化多端、清丽多姿的自然景观与自己的思乡之情自然融合，显得深婉含蓄，具有很强的艺术感染力。谢朓的《之宣城郡出新林浦向板桥》也是一篇上乘之作：

　　江路西南永，归流东北骛。天际识归舟，云中辨江树。旅思倦摇摇，孤游昔已屡。既欢怀禄情，复协沧洲趣。嚣尘自兹隔，赏心于此遇。虽无玄豹姿，终隐南山雾。

　　诗中以归流、归舟与旅思、孤游之间的相互映衬，突出地表达了诗人的倦旅之思和幽居之想。其语言之清新、构思之含蓄、意境之浑融，无不给人留下了深刻的印象。

　　谢朓曾说："好诗圆美流转如弹丸。"他的诗歌创作就体现了这一审美观念。"圆美流转"主要是指语言的清新流畅与声韵的铿锵婉转。谢朓是"永明体"的积极参与者，他将讲究平仄四声的永明声律运用于诗歌创作之中，因此，他的诗音调和谐，读起来朗朗上口，好听悦耳。如其《游东田》：

戚戚苦无惊，携手共行乐。寻云陟累榭，随山望菌阁。远树暖阡阡，生烟纷漠漠。鱼戏新荷动，鸟散馀花落。不对芳春酒，还望青山郭。

此诗情景相生，错落有致，语言清新晓畅而又富于思致，音韵铿锵而又富于变化，尤其是"戚戚"、"阡阡"、"漠漠"等双音词的运用，更增强了形象性和音韵美。流动的音声之美同诗中充满动态美的山水景色相配合，使画面更加细腻秀美、清丽自然，给人以身临其境之感。诗中蕴涵的深长细微的诗思与情致，使人"觉笔墨之中，笔墨之外，别有一段深情妙理"，让人们在无尽回味中神往不已。

●谢朓的山水诗深深地影响了以后的文人画。上两图分别为明朝沈周的《落花诗意图》和文徵明的《东园图》。

谢朓同谢灵运一样，也是一位善于熔裁警句的好手。他笔下的警句对仗工整，和谐流畅，清新隽永，体现了"新体诗"的特点。如"馀霞散成绮，澄江静如练""大江流日夜，客心悲未央""天际识归舟，云中辨江树"等都是警绝之句。另外，"朔风吹飞雨，萧条江上来"（《观朝雨》）、"寒城一以眺，平楚正苍然"（《宣城郡内登望》）、"苍翠望寒山，峥嵘瞰平陆"（《冬日晚郡事隙》）、"馀雪映青山，寒雾开白日。暖暖江村见，离离海树出"（《高斋视事》）、"窗中列远岫，庭际俯乔林。日出众鸟散，山暝孤猿吟"（《郡内高斋闲望答吕法曹》）等，好像一幅幅萧疏淡远的水墨画，素雅高致而又思味隽永。

乱世风流——魏晋南北朝文学

●山中行旅 壁画 五代

>>> 《神笔马良》

我国的经典童话，是童话作家洪汛涛的作品。

故事讲述善良的马良用神笔为百姓造福，而想发财的财主和县官为得到神笔不择手段。聪明的马良凭借画笔与百姓的帮助，一次又一次地使他们的企图落空，并最终把贪心的县官淹没在大海中。

1980年，童话《神笔马良》获全国第二次少年儿童文艺创作评奖一等奖。

拓展阅读：

江淹梦笔
《伤仲永》宋·王安石

◎关键词：梦笔生花 别赋 恨赋

江郎才尽话江淹

江淹，字文通，他的父亲做过县令，在江淹13岁时死去。因此，江淹从小家境贫寒，与母亲相依为命。为了生活，他不得不上山砍柴供养母亲。他爱好文学，又勤奋刻苦，青年时代便已颇具才名。

南朝宋建平王刘景素很欣赏江淹的才华，于是便给江淹写信，希望江淹能够做他的幕僚。此后，江淹去拜访刘景素，两人谈得十分投机。不久，刘景素就提拔江淹做了南兖州的官。之后不久，有个叫郭彦文的县令犯了罪，诬告江淹接受过他的贿赂。于是，江、郭二人一起被抓到州府的监狱中。江淹问心无愧，在狱中给刘景素写了一封情辞恳切的长信，信中慷慨陈词，抒发内心委屈之情。刘景素看了这封措辞精美绝伦的信后，十分感动，立刻派人把江淹从狱中放了出来。出狱后，江淹又考中了南徐州的第一名秀才，从此，才子江淹的名气就更大了。

自从当官以来，江淹辗转于诸王幕府，仕途上并不得志。在他被权贵贬黜到浦城来当县官时，相传有一天，他漫步浦城郊外，歇宿在一小山上。睡梦中，梦见神人给他一支闪着五彩的神笔，自此文思如涌，成了一代文章魁首，当地人称为"梦笔生花"。萧道成辅佐宋顺帝治理国政时，听闻江淹之才，召为尚书驾部郎、骠骑参军事。不久，荆州刺史沈攸之作乱，萧道成问计于江淹："天下纷纷若是，君谓何如？"江淹道："昔项强而刘弱，袁众而曹寡，羽卒受一剑之辱，绍终为奔北之虏，此所谓'在德不在鼎'，公何疑哉。"萧道成说："请再说得具体一些。"江淹说："公雄武有奇略，一胜也；宽容而仁恕，二胜也；贤能毕力，三胜也；民望所归，四

●敦煌莫高窟中的北周时期商旅图壁画

胜也；奉天子而伐叛逆，五胜也。彼志锐而器小，一败也；有威无恩，二败也；士卒解体，三败也；缙绅不怀，四败也；悬兵数千里而无同恶相济，五败也。虽豺狼十万，而终为我获焉。"萧道成闻言大喜，心悦诚服。这时所有军书表记，都出于江淹之手。萧道成（齐高祖）执政后建立齐朝，他更受到赏识，逐渐显达。到萧衍建立梁朝以后，拜江淹为光禄大夫，后又封其为醴陵侯，并赐封地。晚年的江淹，才思渐退。传说有一天晚上，他梦见一个自称是郭璞（晋代文学家）的人对他说道："我有一支五色彩笔留在你处已多年，请归还给我吧！"于是，江淹从怀中取出七色彩笔，还给了那人。自此以后，他写的文章就日见失色。时人谓之"江郎才尽"。

江淹还是南朝著名的赋家，他的文学声誉，主要来自《恨赋》和《别赋》这两篇名作。二赋的写作，与江淹早年的遭遇有极大关系。但他并没有直接抒写自己具体生活经历中的感情，而是从自身的体验推衍开来，将遗恨与别离视为人类的普遍遭遇，再通过一一举例或分门别类的方法具体描摹。他善于用精丽的语言、移情的笔法，描绘出各种特定场合中的环境气氛，衬托各类人物的遗恨之情、离别之悲，全文充满了悲伤的情调，具有很强的感染力。

江淹的《别赋》尤为出色。《别赋》其实只是《恨赋》的延展，因为"恨"的内容太广泛，无法在一篇短赋中写得恰到好处、淋漓尽致。"别"实际上是"恨"的一种，较容易把握。文中先从行者与居者两面总述别离之悲，然后分写各类人物、各种情形的别离，以其在人们生活中的普遍性，达到反复渲染的目的。写侠士以死报恩、与家人诀别的景象"沥泣共诀，抆血相视，驱征马而不顾，见行尘之时起"，有慷慨悲壮之气；写宦游者之妇的四季相思"春宫闼此青苔色，秋帐含兹明月光。夏簟清兮昼不暮，冬釭凝兮夜何长"，有缠绵不尽之哀；写情人之别，则充满了诗意的伤感：

> 下有芳药之诗，佳人之歌，桑中卫女，上官陈娥。春草碧色，春水绿波，送君南浦，伤如之何！至乃秋露如珠，秋月如珪，明月白露，光阴往来。与子之别，思心徘徊。

《恨赋》和《别赋》既反映了作者对于人生的伤感，客观上也反映了南朝社会的时代之伤。同时，作者又把这种伤感作为一种艺术的美来追求，这也是南朝文学的普遍现象之一。

◎ 关键词：写作指南 文学 美学 儒学

与"红学"相媲美的"龙学"

知道"红学"的人很多，但知道"龙学"的人并不多。其实"龙学"也是中国古代文学研究的一门学问，它以刘勰的《文心雕龙》为主要研究对象。"龙学"与"红学"被并称为20世纪中国古代文学研究领域中的两门显学。

刘勰，字彦和，东莞莒（今山东莒县）人，世居京口。少时家贫，但勤奋好学，他在京口一代遍访名师，奋发求知。大约20岁时，离开京口到了钟山定林寺，十余年间，帮助僧人僧祐整理了大量的佛经，因而精通佛典，浸染日深。同时，他受儒家思想影响也很深。他的《文心雕龙》以儒家思想为主，偶有佛教词语。

成书于齐代的《文心雕龙》原是一本写作指南，而不是文学概论。书名的意思，"文心"谓"为文之用心"，"雕龙"取战国时驺奭因长于口辩而被称为"雕龙奭"典故，指研讨精细如雕龙纹。合起来，"文心雕龙"等于是"文章写作精义"。讨论的对象，是广义的文章，但偏重于文学。书的本意虽是写作指导，但立论从文章写作的一系列基本原则出发，广泛涉及各种问题，结构严谨，论述周详，具有深刻的理论性质。它的系统性和完整性是前所未有的。

《文心雕龙》共50篇，包括总论、文体论、创作论、批评论4个主要部分。总论5篇，主要论"文之枢纽"，是全书理论的基础；文体论20篇，每篇分论一种或两三种文体，对主要文体都做到"原始以表末，释名以章义，选文以定篇，敷理以举统"；创作论19篇，分论创作过程、作家个性风格、文质关系、写作技巧、文辞声律等问题；批评论5篇，从不同角度对过去时代的文风、作家的成就提出批评，并对批评方法做了专门探讨；最后一篇《序志》说明自己的创作目的和全书的部署意图。这部著作虽然分为四个方面，但其理论观点首尾一贯，各部分之间又互相照应，可谓体大精思，在中国古代文学批评著作中是空前绝后的。正如作者在《附会篇》中所说："众理虽繁，而无倒置之乖；群言虽多，而无棼丝之乱。"

刘勰的《文心雕龙》是我国现存最早的自成体系的文学批评专著。近百年来，经过几代学者的不懈努力，《文心雕龙》的研究取得了辉煌的成就，出版专著230余种，发表文章3000余篇，形成一门令国内外瞩目的"龙学"。众多国学大师与"龙学"的结缘，更加说明了《文心雕龙》拥有持久而强大的生命力。

● 云冈石窟中的露天大佛 北魏

>>> 曹丕《典论》

《典论》是中国古典文学史上第一篇文学批评专著，首开文学批评之先河。

它论述了文学批评的态度问题，批判了文人相轻的风气，认为应当"审己以度人"，克服那种"各以所长，相轻所短"的陋习。提出文学创作要体现每个作者的气质，不应强求一律，认为"文章经国之大业，不朽之盛世"。

曹丕的观点对后世的一些文学批评家如陆机、刘勰、沈约等，有较大的影响。

拓展阅读：

文心雕龙纪念馆
《文心雕龙校注》杨明照

乱世风流——魏晋南北朝文学

●陶马 北朝

>>> 元好问《论诗三十首》

元好问标举建安的优良传统，认为好诗应当真淳自然。他推崇雄健豪迈的风格，反对模拟因袭，批评绮靡纤丽的诗风。

元好问论诗强调内容，同时也重视艺术成就和作家的品德，能从大处着眼而不流于褊急。他肯定曹植、刘桢、陶渊明、杜甫，于李商隐、苏轼、黄庭坚则有比较公允的褒贬。但他反对俳谐怒骂的怨刺之诗，重视"温柔敦厚，蔼然仁义之言"，说明他仍然未能摆脱传统诗教的影响。

拓展阅读：

《论诗》清·赵翼
《二十四诗品》唐·司空图

◎ 关键词：赋比兴 四声八病 风力 丹采

第一部论诗专著《诗品》

在刘勰《文心雕龙》以后，出现了一部专门品评诗歌的文学批评名著——钟嵘的《诗品》。

《诗品》全书共分三卷，评论自汉至梁的五言诗作者122人，计上品11人，中品39人，下品72人。因为将诗人分为上、中、下三品，故称为《诗品》。钟嵘的时代，诗风的衰落已经相当严重。为了纠正当时诗坛的混乱局面，钟嵘就仿照汉代"九品论人，七略裁士"的著作先例写成这部品评诗人的著作。

钟嵘认为写诗应当恰当地运用赋比兴的手法，并应同等重视文章内在的风力与外在的丹采。他坚决反对用典，举出许多诗歌的名句说明"古今胜语，多非补假，皆由直寻"。他同时尖锐地斥责了宋末诗坛受颜延年、谢庄影响，而形成的"文章殆同书抄"的风气。钟嵘论诗还坚决地反对沈约等人四声八病的主张。

钟嵘善于概括诗人独特的艺术风格。他概括诗歌风格主要是从以下几方面着眼：一是论赋比兴，例如他说阮籍的诗"言在耳目之内，情寄八荒之表"就是着眼于比兴寄托的；二是论风骨和词采，如曹植诗"骨气奇高，词采华茂"，就是风骨和词采相提并论；三是重视诗味，在序里他已经说五言诗"是众作之有滋味者也"，又说诗应该使人"味之者无极，闻之者动心"，反对东晋玄言诗的"淡乎寡味"，论诗人的时候，他又说应璩诗"华靡可味"；四是注意摘引和称道诗中佳句，在序里他曾经摘引"思君如流水""高台多悲风"等名句，称为"胜语"。此外，他还善于运用形容、比喻的词语，来描绘诗歌的风格特征。

钟嵘品评诗人，往往把词采放在第一位，很少涉及他们作品的思想成就。例如他把"才高词赡，举体华美"的陆机称为"太康之英"，放在左思之上；把"才高词盛，富艳难踪"的谢灵运称为"元嘉之雄"，放在陶潜、鲍照之上。在划分等级的时候，甚至把开创建安诗风的曹操列为下品，把陶潜、鲍照列为中品。这显然并不符合他的风力与丹采并重的观点。这说明，钟嵘在反对某些形式主义的现象的同时，又受到了南朝形式主义潮流的影响。他摘句论诗的批评方式，虽然反映了当时创作上"争价一句之奇"的倾向，也开了后代摘句批评的不良风气。

钟嵘的《诗品》是中国古代文学史上第一部论诗的著作，对后代诗歌的批评有很大的影响。唐司空图、宋严羽、敖陶孙，明胡应麟，清王士祯、袁枚、洪亮吉等人论诗，都在观点、方法和词句形式上受到他不同程度的启发和影响。

● 梁太子萧统像

>>> 昭明太子与红豆

　　南梁武帝笃信佛教，大兴寺院，在江苏顾山兴建了"香山观音禅寺"，寺内还建造了一座楼阁，名为"文选楼"。太子萧统代父出家来香山寺，一则为回避宫廷斗争，二则为精心修编文选。

　　一日，太子下山视察民情。偶然遇见一位法号叫慧如的尼姑，无意中谈及释家精义，太子见慧如才思敏慧，顿生爱慕之情，但由于一个是太子，一个是尼姑，最终难成眷属，尼姑相思成疾而终。太子闻讯，痛哭不已，含泪种下双红豆，并将草庵题名红豆庵，满怀相思悲苦离去。

拓展阅读：

太子庵
天目山
《文选注》唐·李善

◎ 关键词：萧统 《饮马长城窟行》辞赋

昭明太子与《文选》

　　萧统，字德施。作为梁武帝萧衍长子，他于天监元年被立为太子，但未及即位就死了。死后谥号"昭明"，故后人称其为昭明太子，这正是《昭明文选》书名的由来。萧统自幼爱好文学，曾广接才学之士，经常和他们在一起谈论文学，讨论典籍，商榷古今，并从事文章著述。围绕着他的太子东宫，一度形成一个兴旺的文学集团。当时东宫有书近三万卷，"名才并集，文学之盛，晋宋以来未之有也"。《昭明文选》正是萧统在东宫时延集文人们共同编订的。

　　《昭明文选》又称《文选》，是我国现存最早的一部诗文总集。萧统主张文质并重，认为文章应"丽而不浮，典而不野"。他在《文选·序》里谈到他选文的标准，认为只有符合"事出于沈思，义归乎翰藻"的标准的文章，才能入选，也就是说只有善用典故成辞、善用形容比喻、词采精巧华丽的文章，才合乎他的标准。《文选》中选录了自先秦到齐梁时期的许多诗文作品，包括的时代虽然很长，但是由于他选文时重在词采，所以选录的文章仍然是略古详今。

　　萧统在编选中按文体和题材分类编排，并明确注意到文学与非文学的区别。所以，除了诗、赋两大类，对于文章，他主要选能独立成篇而又富于文采的。而儒家的经书、诸子书，以及历史著作，均被排除。这种区别方法，不尽符合现代的文学概念。比如对历史著作，不收人物传记，而只收录了史传之中一部分比较讲究文采的论赞。这只是当时的人对文学的一种认识。但其区分文学与非文学的意识，还是非常重要的。由于其收录作品的标准明显偏向文人化的典雅华美，所以，收入的辞赋特别多。在诗歌部分，各时代分别最受重视的诗人是曹植、王粲、陆机、潘岳、谢灵运、颜延之诸人。选文时，选入了《饮马长城窟行》等汉代乐府民歌，是值得肯定的。但南北朝乐府民歌却一首也没有选入，对一些优秀的文人作品也有所遗漏。但是，他选入的多数作品仍然是经过精挑细选的佳作。因此，这部书仍不失为一部代表当时文学观点的好的文学选本，并成为传统的文人文学的一次总结。

　　自唐初李善对此书加以注释后，《文选》就得到广泛的流传。唐以后的文人们更是把它当作学习文学的教科书。杜甫教育他的儿子要"熟精文选理"（《宗武生日》），宋人谚语也说"文选烂，秀才半"（陆游《老学庵笔记》），可以看出它在后代的广泛影响。后代文人研究《文选》及李善等人的注释，从而形成"选学"，看来在其中也有着其必然的因素。

◎ 关键词：骈文 诗歌总集 《与杨仆射书》

徐陵与《玉台新咏》

● 明刻本《玉台新咏》内页

>>> 徐庾体

南北朝时期徐摛、徐陵父子和庾肩吾、庾信父子的诗文风格。

徐摛和庾肩吾都是南朝梁后期诗人，以写艳体诗闻名。徐陵和庾信早年仕梁，诗风也继承父辈，比较靡丽，而且多用典，徐陵后来仕陈，继续写作艳体诗。庾信则因出使被留在北周，后期诗风有所变化，显得苍凉刚健，唐代元稹曾概括"徐庾"的特色为"流丽"，这是就诗来说的，就骈文而论，则专指徐陵和庾信两人。他们更讲究用典，写得更丽逸。

拓展阅读：

苏武牧羊
晏子使楚

徐陵，字孝穆，东海郯（今山东郯城县）人。他自幼聪颖，8岁时就能作文，13岁读懂《老子》《庄子》这样艰涩难懂的作品。年长之后，博览群书，并广泛涉猎史籍，极具才辩。其父为萧纲的文学侍读。徐陵因这层关系，能顺利出入萧府。萧统死后，萧纲被立为皇太子，徐陵被选为东宫学士。徐陵曾经两次出使北朝。他曾被北朝齐国扣留，直到西魏攻克江陵，杀死梁元帝萧绎后，他才回到建康。陈霸先代梁自立，他入陈任职。徐陵为官清正，气度非凡，敢于申方正谏，抵挡贿赂之风。因此，张溥读《南史》，不禁拍案称奇，说徐陵不仅有张华一样的识人见地，而且有似周昌一样强谏的铮铮之骨，"非徒以太史之辞，干将之笔，豪诩东海也"。

徐陵喜用典故，注意辞藻、对仗，是著名的宫体诗人。他和庾信合称为"徐庾"。当时徐陵、庾信父子都以文章名冠天下，他们文风绮艳，又多有新意，人称他们的文章为"徐庾体"。"徐庾体"有时也被当作宫体的代名词。徐陵"每一文出手，好事者已传写成诵，遂被之华夷，家藏其本"。同时，徐陵也被称为骈俪大家，在南北朝骈文家中，地位极为重要，他现存的作品中骈文所占的比重比较大。梁代到陈末的不少公文都出自他的手笔。在他死后，陈后主曾下诏说他"文曰词宗"，可见他在当时所享有的声誉。

徐陵的《玉台新咏·序》旧时很负盛名，其特点在于语言的华丽与工巧，典故用得极多，但过于堆砌，辞繁而意少。他在北齐所作的《与杨仆射书》既富于文辞之美，又能以真情动人。当时梁朝因侯景叛乱，形势危急，而徐陵使北，被强迫羁留已有多年。他因此上书于北齐执政大臣杨遵彦，力陈自己希望早日南归以赴国难的急切心情，并逐一驳斥北齐方面的种种推托之辞与无理要求，措辞委婉，态度坚决，表现了徐陵对故国的热爱。文章虽以骈体文写成，但洋洋洒洒，收纵自如。

专收艳情诗的《玉台新咏》是由徐陵奉萧纲之命编成的。《玉台新咏》是继《诗经》《楚辞》后出现的一部具有代表性的诗歌总集。关于《玉台新咏》编纂的缘起，徐陵在《玉台新咏·序》中极力描写宫中妇女"厌长乐之疏钟，劳宫中之缓箭"的苦闷生活，说唯有"新诗"才能使她们得到一点安慰。于是，他才"然指螟写，弄笔晨书，撰录艳歌，凡为十卷"，编成了《玉台新咏》，以供宫中妇女们"对玩于书帷，循环于纤手"，作为排遣苦闷、消磨时光的闺中良伴。《玉台新咏》所收作家自汉至梁共131人，作品共870篇。虽然所收的诗只限于"艳歌"，有明显的局限性，但其中保存了《古诗为焦仲卿妻作》（即《孔雀东南飞》）和其他的一些民歌，还是值得我们重视的。

乱世风流——魏晋南北朝文学

●南朝陈开国皇帝陈霸先

>>> 侯景之乱

　　南朝梁武帝太清二年 (548年) 八月，东魏降将侯景勾结京城守将萧正德，举兵谋反。当时正值梁朝政务松弛，防备松懈之际，侯景军队很快就包围了台城，次年二月，因兵尽粮绝，台城陷落。梁武帝被软禁后饿死，侯景又立太子萧纲为傀儡皇帝。公元552年，梁元帝萧绎派大将王僧辩、陈霸先攻下建康，侯景兵败被杀。

　　侯景之乱历时长达五年，整个社会经济遭受到破坏性的打击。此后不久，南朝梁灭亡。

拓展阅读：

《小园赋》南北朝·庾信
《枯树赋》南北朝·庾信
《苏幕遮·草》宋·梅尧臣

◎关键词：骈文《哀江南赋》梁武帝

庾信生平最萧瑟，暮年诗赋动江关

　　大诗人杜甫的一句诗"庾信生平最萧瑟，暮年诗赋动江关"是对庾信一生的最好总结。

　　庾信，字子山，河南南阳新野县人。庾信是南朝梁文学家、著名宫体诗人庾肩吾之子，自小聪颖，博览群书，尤善《春秋》《左氏传》。庾信十多岁时，在朝中做太子中庶子的父亲将其推荐到京师做了抄撰学士。在此期间，庾信注意吸取别人写诗作赋的长处。不久，他的文章就被推为骈文的典范之作，每写出一篇文章来，便传诵京都，并引起许多人的模仿效法。庾信惊人的才华，博得了梁王朝的赏识与提拔，梁元帝时官至右卫将军，封武康县侯。

　　承圣三年，元帝因慑于西魏的强大，派庾信出使西魏讲和，结果庾信被扣留在长安。不久，西魏大军南征，梁元帝萧绎被杀。被强留在西魏长安的庾信违心地受封为车骑将军、仪同三司。孝闵帝即位、北周取代西魏时，庾信备受重用，官至骠骑大将军、开府仪同三司。庾信在职期间，大胆进行改革，为政从简，使黎民百姓安于生产，为巩固北周政权起到了一定的作用。是时，陈霸先在南方建立了陈王朝，开始与北周和好。陈屡次请求将庾信放还，但因孝闵帝极为赏识庾信的才华，"惜而不遣"。

　　北周后来的明帝与武帝，都非常喜好文学，他们对庾信十分倚重。然而，身居要职享受着丰厚荣禄的庾信，却常常怀念故国和家乡，著名的《哀江南赋》便是在这个时期写的。赋中，作者以自己的身世为线索，写出了梁朝由盛而衰的历史过程，为故国的覆亡唱出了一曲挽歌。他怀着悲伤的感情回忆梁朝昔日的繁荣强盛，然而，梁武帝沉溺于佛教，崇尚空谈，不修武备，又错误地纳降狼子野心的侯景，终于造成"大盗移国，金陵瓦解"的惨变。此赋虽以悲哀为主，但笔力矫健，感慨深沉，颇有悲壮之气。庾信最终是怀着亡国思家之痛，老死异地，埋骨他乡的。庾信死时，已到隋朝，隋文帝为他举行了隆重的葬礼。

　　庾信颇有国亡家破的感慨，自称"凡有造作，不无危苦之辞，唯以悲哀为主"。经历西魏、周二朝，所作诗赋，自伤遭遇，并对社会动乱有所反映。如《咏怀诗》《哀江南赋》等篇，词采靡丽，情感充溢，风格转为萧瑟苍凉，华实相扶，文情并茂，卓然超越南北两朝众文士，成为当时的文宗。庾信上集六朝精华，下启唐人风气，在文学史上的地位，堪与屈原、宋玉相比拟，在我国文学发展史上占有光辉的一页。

乱世风流——魏晋南北朝文学

◎ 关键词：陈叔宝 张丽华 光照殿

陈后主的玉树后庭花

●陈叔宝像

南朝后主陈叔宝颇具才艺，文章也写得不错，经常把中书令江总，以及陈暄、孔范、王瑳等一班文学大臣一齐召进宫来，饮酒赋诗，征歌逐色，自夕达旦。席间，他欣然命笔写了一首《玉树后庭花》：

丽宇芳林对高阁，新装艳质本倾城；
映户凝娇乍不进，出帷含态笑相迎。
妖姬脸似花含露，玉树流光照后庭；
花开花落不长久，落红满地归寂中！

>>> 胭脂井

隋军攻进陈叔宝的宫殿时，陈叔宝慌忙和两个妃子躲进一口井里。隋兵发现陈叔宝后，用粗绳系了一个笭筐坠入井中，众人合力牵拉，觉得十分沉重，大家以为皇帝的龙体确实不同凡体，等拉上来一看，才发现陈后主、张丽华、孔贵嫔三人，紧紧地抱在一起坐在笭筐中。士兵们一见，无不欢声大笑。

据传，由于三人一齐挤上，张丽华的胭脂被擦在井口，从此，这口井被叫作"胭脂井"。但也有人不屑于陈后主等人的行为，把它叫作"耻辱井"。

此诗完全承袭了齐梁以来的轻靡之风，而且更趋华艳。明明形容的是嫔妃们娇娆媚丽，堪与鲜花比美竞妍，但却笔锋一转，蓦然点出玉树后庭花，花开不复久的哀愁意味，时人都认为是不祥之兆。《玉树后庭花》这首诗意境不深，只是对妃子肉麻的赞美，并无技巧可言，但却得到一群奸臣的吹捧，他自己也自鸣得意起来。当时，陈后主还特地选宫女千人习而歌之。

歌妓出身的张丽华，发长七尺，光可鉴人，眉目如画，具有敏锐才辩及过人的记忆力，所谓"人间有一言一事，辄先知之"。在她做龚贵嫔的侍儿时，陈叔宝对她一见钟情，并封她为贵妃，视为至宝，以至于陈后主临朝之际，都常常将张丽华放在膝上，共同面对百官决断天下大事。当张丽华为他生下一个儿子之后，陈叔宝立即立为太子，张丽华在他心目中的地位更加提高、巩固。

陈后主除宠爱张丽华之外，还有龚贵嫔、孔贵嫔，王、李二美人，张、薛二淑媛，袁昭仪、何婕好、江修容等。当时陈后主在光照殿前，又建"临春""结绮""望仙"三阁，高耸入云，其窗牖栏槛，都以沉香檀木来做。陈后主自居临春阁，张丽华住结绮阁，龚、孔二贵嫔同住望仙阁。妃嫔们或临窗靓装，或倚栏小立，风吹袂起，飘飘焉若神仙，陈后主往来于三阁之中，倚红偎翠，好不逍遥！

陈后主在醉生梦死之时，北朝的隋文帝杨坚正大举任贤纳谏，减轻赋税，整饬军备，消除奢靡之风，准备随时进攻江南富饶之地。

当隋兵陈师江北，一江之隔的陈后主却自我宽慰："王气在此！虏今来者必自败。"可惜，"王气"并没有使隋军战败，却反而使这位风流自赏的陈叔宝成了阶下囚。

拓展阅读：
陈武帝故宫
《泊秦淮》唐·杜牧
《隋宫》唐·李商隐

●青瓷女俑 西晋

>>>《南朝乐府·西洲曲》

忆梅下西洲，折梅寄江北。
单衫杏子红，双鬓鸦雏色。
西洲在何处，两桨桥头渡。
日暮伯劳飞，风吹乌臼树。
树下即门前，门中露翠钿。
开门郎不至，出门采红莲。
采莲南塘秋，莲花过人头。
低头弄莲子，莲子清如水。
置莲怀袖中，莲心彻底红。
忆郎郎不至，仰首望飞鸿。
飞鸿满西洲，望郎上青楼。
楼高望不见，尽日栏杆头。
栏杆十二曲，垂手明如玉。
卷帘天自高，海水摇空绿。
海水梦悠悠，君愁我亦愁。
南风知我意，吹梦到西洲。

拓展阅读：

《紫竹调》（江苏民歌）
《无锡景》（江南民歌）
《凤阳花鼓》（安徽民歌）

◎关键词：爱情 西曲 吴声歌曲 双关隐语

江南水乡的民歌

"南朝民歌"，始于三国东吴，迄于陈，留存总数近500首，分为"吴声歌曲"和"西曲"两大类。前者产生于六朝都城建业（今南京）及周围地区，这一带习惯上称为吴地，故其民间歌曲称为"吴歌"；后者产生于江汉流域的荆（今湖北江陵）、郢（今江陵附近）、樊（今湖北襄樊）、邓（今河南邓州）等几个南朝西部重镇和经济文化中心，故其民间歌曲称为"西曲"。

南朝民歌兴盛的原因，主要有以下几点：

其一是地理环境。长江流域气候湿润，物产丰饶，山川明媚，花木繁荣，容易陶冶居民浪漫的情思，以及对享乐生活的追求和以艳丽优美为特征的艺术趣味。

其二是经济的发展。作为全国经济的重心，南方经济最繁荣的地区，一是江浙，其中心城市建业一带为吴歌的土壤；一是荆楚，其中心城市江陵等地滋生了西曲。

其三是社会思想观念的改变。汉末以来的传统道德规范失去了束缚力，而魏晋南北朝是一个思想开放的时代，追求人生的快乐、感情的满足成为一种普遍的愿望。在这样的社会大氛围下，专门歌咏男女之情的民歌自然容易被人们喜爱。

其四是贵族的好尚。魏晋南北朝的贵族对精神享受的追求和对艺术的兴趣空前强烈。在南朝，绘画、书法、棋艺等，是上层社会中流行的爱好，而音乐尤为突出。不过，他们的兴趣是新异的、活泼艳丽的江南民歌，而不是典雅的旧清商乐。这些极大地刺激了南朝民歌的发达。

南朝乐府民歌的内容，与多方面反映社会生活的汉乐府民歌不同。它大多以女子的口吻集中写男女之情（占90%以上），表现女子对男子的爱慕相思。此外还有一部分作品专门描绘女子体态容貌的美丽。由于这些歌曲多是由歌女在宴会等各种场合演唱的，自然以女性的口吻比较合适。歌中既反映了南朝统治区域（主要是城市中）的民间风俗、社会状况，也反映了当时统治者的生活情趣。

南朝民歌的基本特点如下：

其一，它所表现的是充满了浪漫色彩的爱情，而且极少考虑伦理因素。诗中的内容往往是写青年男女之间的私下爱慕，或是触犯世俗道德的偷情，或是萍水相逢的欢聚。

其二，南朝民歌中欢娱之辞所占比例很小，其基调是哀伤的。这是因为在浪漫的、非礼的爱情关系中，受阻被隔，空怀相思，或一晌贪欢，转首负情，都是常有之事，所以容易形成悲伤的情调。而这种伤感的情绪比欢娱的情绪更显得优美动人，并会在人们心中唤起热烈的向往与追求。其实不仅民歌，整个魏晋南北朝文学，都是以悲哀的情绪为主导的。

其三，南朝民歌的语言出语天然，而又明朗巧妙。大量运用双关隐语是南朝民歌的一大特色。这种双关隐语避免了过于简单直露、一览无余的表现，意义又绝不晦涩，可以说是机巧万端。

双关隐语的构成，主要是利用谐音字和一字多义，它常常又和比喻、象征手法结合使用。如《子夜歌》中"雾露隐芙蓉，见莲不分明"，"莲"谐音"怜"字，同时这两句又比喻男方的感情犹豫含糊。再如《三洲歌》中"遥见千幅帆，知是逐风流"，多义词"风流"既是字面上的"风吹水流"之意，同时又暗喻男女之间的"风流情事"。

又如《读曲歌》中"朝霜语白日，知我为欢消"，朝霜比喻女子，白日比喻男子，"消"——借霜的消融比喻人的消瘦。这种手法的运用，不

●琴棋书画图·画 元　　　　　　　●琴棋书画图·棋 元

但增加了语言的活泼和形象的生动，而且使得诗歌的感情在热烈大胆的同时又显得婉转缠绵。

其四，南朝民歌的形式以五言四句为主，约占总数的2/3。其余的四言及杂言体诗，篇幅也很短小。短小的篇幅使得诗风明快简洁。南朝民歌中占主导的五言四句的格式，对五言绝句的形成起了极大的作用。

乱世风流——魏晋南北朝文学

●抚剑武士俑 北朝

>>> 北方民歌之乡

山西民歌历史悠久，风格粗犷。

素有"鸡鸣三省"之称的山西河曲县，是"民歌的海洋""二人台的故乡"。

2006年8月，中国民间文艺家协会中国文艺之乡评审委员会命名河曲为"中国北方民歌之乡"。这是继广西"刘三姐"的故乡之后，全国第二个荣获"民歌之乡"称号的县。

拓展阅读：

《走西口》（山西民歌）

《企喻歌》（北朝乐府）

◎关键词：风光 战乱 尚武

北方原野的民歌

北朝的土著文人诗歌大抵模仿南方风格而又落于下乘，但是北朝具有豪放粗犷风格的民歌与温婉细致的南朝民歌相比却毫不逊色。

现存的北朝民歌，有60多首，大多收录在《乐府诗集·梁鼓角横吹曲》中，另有几篇收在《杂曲歌辞》和《杂歌谣辞》中。鼓角横吹曲是军乐，也用于仪仗、典礼、娱乐等场合。这些歌曲从北方流入南方，被梁朝的乐府机构所采录，所以在乐曲名称上冠以"梁"字。其中以氐、羌、鲜卑等少数民族的歌谣为多，也有一些出于汉族。

北朝民歌最显著的特色是质朴粗犷、豪迈雄壮。这和北方的地理环境、民俗文化、生活方式有直接的关系。北方没有南方那样繁密而多彩的植被、曲折而湿润的水网，它的景观不是表现其细处的变化，而是充分显示出整体的严峻、崇高、阔大。生活在这里的人们，不大会注意细微的东西，目光总是被引向高远之处，看到的是巨大的世界，心胸也就随之扩展，并最终形成粗犷豪迈的性格。其次，北朝民歌大多出于当时的少数民族，他们原来都是以游牧为生的，社会结构又有军事化的性质。而游牧生活又不像农业生产那样安定和井然有序，总是充满了变化和风险。各部落之间，也少有文化礼仪的虚饰，谁有力量

谁就是强者，谁就可以去征服其他的部落。在与自然、与敌手的严酷斗争中，造就了民众的强悍气质，他们不会喜爱南方人那种温柔缠绵的歌。

也正是因为北朝民歌产生的背景复杂多样，所以尽管现存的数量较南朝民歌为少，所反映的生活内容却远比南朝民歌来得广泛，几乎涉及社会的各个方面。以下大略分为几类加以介绍。

一类是反映北地风光、游牧生活的歌。

由于北方游牧民族的军事化社会组织，造成了他们的尚武传统。进入中原后，虽生活方式、社会结构逐渐改变，但其民族精神仍旧勇悍好强，加上北朝战争不断，更加刺激了他们的好勇斗狠之心。因此，在民歌中，多有对尚武精神的歌颂。

长期的战乱，致使人民流离失所，甚或转死沟壑。于是反映离乡漂泊之悲，徭役、从征之苦，也成为了民歌中常见的内容。

此外，北方民歌之中还有一些反映下层民众苦生活的歌，是南北朝文学中少有的。

北朝民歌大量运用复沓、排比、对偶的句式，其结构严谨精当，将叙事与抒情完美地结合在一起，成为千百年来脍炙人口的优美篇章。

●彩绘笼冠骑马俑 北朝

>>> 敖包相会

十五的月亮升上了天空
哟，为什么旁边没有云彩？

我等待着美丽的姑娘哟，
你为什么还不到来哟嗬？

如果没有天上的雨水
哟，海棠花儿不会自己开。

只要哥哥你耐心地等待
哟，你心上的人儿就会跑过
来哟嗬。

十五的月亮升上了天空
哟，为什么旁边没有云彩？

我在等待着美丽的姑娘
哟，你为什么还不到来哟嗬？

我在等待着美丽的姑娘
哟，你为什么还不到来哟嗬？

拓展阅读：

鲜卑族
《诗经·君子于役》
《草原上的人们》（电视剧）

◎ 关键词：玉壁大战 北朝民歌 草原

慷慨歌谣《敕勒歌》

公元542年和546年，东魏高欢政权两次从玉壁城进犯西魏，挑起了我国历史上著名的玉壁大战。《敕勒歌》就是在公元546年那场大战中传唱开来，并流传至今的。

公元546年，正是东魏孝敬帝武定四年，高欢率兵讨伐西魏，围攻玉壁城50多天，损兵折将7万多人，不能取胜。高欢气急败坏，生了一场大病。西魏方面便趁机大造谣言，说高欢已经中箭身亡。高欢无奈，只得强打精神，带病出帐，接见各部族首领和将士们，并让敕勒族勇将斛律金唱起了雄壮豪放的《敕勒歌》：

敕勒川，阴山下，天似穹庐，笼盖四野。天苍苍，野茫茫，风吹草低见牛羊。

斛律金粗犷嘹亮的歌声振动草木，响遏行云，东魏三军群情激奋，很多将士感动得热泪纵横。

《敕勒歌》这首北朝民歌语言简洁，通俗易懂，它歌咏了北国草原壮丽富饶的风光，抒写了敕勒人热爱家乡、热爱生活的豪情。它既有宏观勾勒又有细节描绘。开篇六句写平川，写大山，写苍天，写田野，意境宏大广阔。最后一句将整首诗转入一种生动活泼的境界，从而体现了北朝民歌奔放自由的特点。《敕勒歌》是一首牧歌，歌唱山川辽阔、牧草丰茂和牛羊肥壮，情景交融，充满了北方游牧民族的生活气息，具有强烈的艺术感染力，是北朝民歌的代表作。金人元好问曾赞此诗说："慷慨歌谣不绝传，穹庐一曲本天照。中州万古英雄气，也到阴山敕勒川。"

这首千古传唱的《敕勒川》是北朝民歌的代表作。在感情表现上，北朝民歌以直率粗犷的特征替去了南方民歌中婉转缠绵的情调；在语言风格上，北朝民歌以质朴刚健、富有力感见长，没有南方民歌那样华美的文辞、精致的手法，更不用双关隐语的技巧。

北朝民歌的这些特点，通过南朝与北朝情歌对比可以看得更清楚。由于北方诸民族的性格和习俗的差异，同时又很少受到礼教的约束，因而北朝的情歌逐渐形成了自己的特色：直抒胸臆，毫不雕饰和做作。南朝情歌说"感郎千金意，惭无倾城色"，北歌却说"女儿自言好，故入郎君怀"。南歌的婉约与北歌的辛直表现得淋漓尽致。如《地驱乐歌》："驱羊入谷，白羊在前。老女不嫁，蹋地呼天。"这样的泼辣简直是南方人想都不敢想的。

●明代戏剧画中的佘赛花形象

>>> 佘赛花

　　自幼受其父兄武略的影响，青年时就成为一名性格机敏、善于骑射、文武双全的女将。她研习兵法，颇通将略，以戍边御侵、保卫疆域、守护中原民众为己任，协助父兄练兵把关。夫君边关打仗，她在杨府内组织男女仆人丫鬟习武，仆人的武技和忠勇之气个个都不亚于边关的士兵。

　　杨业殉国后，他的八个儿子大都先后为国捐躯，佘太君百岁挂帅，领十二寡妇出征。

拓展阅读：

《花木兰》（豫剧）
《木兰祠赛神曲》明·何出光

◎关键词：从军 壮士 女郎

代父从军花木兰

　　北朝民歌《木兰诗》讲述的是千百年前闺门女子花木兰女扮男装代父从军的故事，展现了中华民族淳朴、忠孝、坚贞、凛然大义等优秀品质。它是千古以来民谣民歌中的杰作，很是脍炙人口。其全文照录如下：

　　唧唧复唧唧，木兰当户织。不闻机杼声，唯闻女叹息。问女何所思？问女何所忆？女亦无所思，女亦无所忆。昨夜见军帖，可汗大点兵，军书十二卷，卷卷有爷名。阿爷无大儿，木兰无长兄，愿为市鞍马，从此替爷征。

　　东市买骏马，西市买鞍鞯，南市买辔头，北市买长鞭。朝辞爷娘去，暮宿黄河边。不闻爷娘唤女声，但闻黄河流水鸣溅溅。旦辞黄河去，暮至黑山头。不闻爷娘唤女声，但闻燕山胡骑鸣啾啾。

　　万里赴戎机，关山度若飞。朔气传金柝，寒光照铁衣。将军百战死，壮士十年归。归来见天子，天子坐明堂。策勋十二转，赏赐百千强。可汗问所欲，木兰不用尚书郎，愿驰千里足，送儿还故乡。

　　爷娘闻女来，出郭相扶将。阿姊闻妹来，当户理红妆。小弟闻姊来，磨刀霍霍向猪羊。开我东阁门，坐我西阁床，脱我战时袍，著我旧时裳。当窗理云鬓，对镜帖花黄。出门看伙伴，伙伴皆惊忙：同行十二年，不知木兰是女郎。

　　雄兔脚扑朔，雌兔眼迷离；两兔傍地走，安能辨我是雄雌？

　　《木兰诗》按照叙事的内容及时间可划分为六段：第一段说的是木兰得知征兵消息后权衡再三，决定替父从军；第二段说的是木兰备得行装开赴征途，并渲染即将来临的战场之险恶；第三段越过了战场征杀的场面描写和叙述，以万里关山、十年生死简笔概括了木兰的身经百战、得胜而归；第四段说的是木兰不受官禄，坚决辞归故里；第五段描写的是木兰归家时爹娘姐弟欣喜忙碌的情态和还归女儿装后自身的惬意、战友的惊讶；第六段用妙趣横生的比喻，对木兰从军12年竟没有人发现做了赞颂，也从侧面表现了木兰机敏的性格。

　　木兰是一个勤劳质朴的普通姑娘，又是一个金戈铁马的巾帼英雄。当战争到来的时候，她勇敢地承担起代父从军的任务，买了"骏马""长鞭"，经历黄河黑水，北到燕山朔野，万里长征，驰骋沙场十多年，并立下汗马功劳。凯旋后，功成不受赏，气概又表现得磊落轩昂。回到家里，在爷娘姐弟一片热烈欢迎的气氛中，她"脱我战时袍，著我旧时裳"，同行的伙伴才惊讶地认出这个转战十年、功勋卓越的"壮士"，竟是一个"女郎"。木兰的形象充满了扑朔迷离的传奇色彩，她爱亲人，也爱祖国，把对亲人和对祖国的爱融合到了一起，是人民理想的化身，这一英雄形象的出现在中国文学史上具有不平凡的意义。这是一个深深扎根在中国北方广大土地上的有血有肉、有人情味的英雄形象，在男尊女卑的封建社会里尤其可贵。

《木兰诗》极具特色。它繁则极繁，简则极简，有繁有简，剪裁精当而结构严谨。作者根据人物刻画的需要，在从家乡到战场、从朝廷到故乡长达十年之久的广阔的生活背景下展示木兰的形象。如此丰富博杂的内容，本来很费笔墨，但诗歌处理得很好，突出出征前、征途中、战场上和归来后几个场面，描写有详有略。其详处运墨如泼，如开头一段写木兰的问答和买马都很繁。但正是通过如此一番夸张铺叙，才渲染出人物的紧张心情和战争气氛。谢榛《四溟诗话》说"若一言了问答，一市买鞍马，则简而无味，殆非乐府家数"，是很有道理的。征途中也同样是不惜笔墨，表现木兰温柔、善良的心性和对父母的拳拳深情。归来后的一大段描写，更是运用了大量的铺排，从而制造出一种热烈而欢乐的气氛，充满浓郁的人情味和生活气息。而战场上的描写，则以"朔气传金柝，寒光照铁衣。将军百战死，壮士十年归"数语一带而过，可谓惜墨如金。然而战场上的肃杀气氛、将士们的浴血奋战以及木兰的英雄豪气，无不涵盖其中。

而今，这篇中国"俗文学"作品，在海外又掀起一股"木兰热"。《木兰诗》是一篇歌颂女英雄木兰乔装代父从军的叙事诗，它和《孔雀东南飞》异曲同工，相互辉映，并称为我国诗歌史上的"双璧"。胡应麟曾在《诗薮》中评价说："五言之赡，极于焦仲卿妻；杂言之赡，极于木兰。"

●杨柳青年画《木兰从军》

巍巍气象——

隋唐五代文学

—— 隋唐五代，极盛而衰。南北文学相互交融，开唐代边塞诗先声。

—— 盛唐，诗歌发展极尽灿烂辉煌，百家争鸣，"诗仙"高举浪漫旗帜，"诗圣"以现
实主义的笔调，赢得"诗史"的称号。

—— 日照中唐，反叛杀戮，天降劫难；晚唐没落，满纸衰亡。

—— 散文创作，骈文为主，古文运动的胜利，创造出许多新型的短篇散文。

—— 传奇小说风靡，通俗讲唱广泛流传，佛影俗趣中完成了对中国通俗小说的雏形构建。

—— 新的文学体裁——词，从香软浓艳到亡国之音，从萌芽到成熟，为后代文学的新
发展开拓了道路。

—— 隋唐五代，文学全面繁荣，千百年来流传远播，滋养世代人的心田。

隋朝结束了汉末以来四百年的分裂混乱局面，天下一统，社会一度出现繁荣的景象。但是到了隋炀帝之后，由于他的穷奢极欲、穷兵黩武，致使社会生产力遭到严重破坏，隋王朝也很快在八面起伏的危机中灭亡。因此，隋代文学只是继承了六朝软靡浮艳的文风，没有形成自己独特的时代风格，不过却出现了南北文学相互交融的态势。由北朝入隋的薛道衡、卢思道等，继承了北朝刚健质朴的文风，创作了一批风格苍劲的作品，开启了唐代边塞诗的先声，而由南朝入隋的虞世基等则颇受北风影响。

　　到了唐五代时期，整个文坛异彩纷呈。诗歌的发展更是达到了前所未有的黄金时代。豪迈、乐观、自由、浪漫的唐人尽情享受着诗意的生命乐趣，并塑造了唐朝文学的灵魂——诗歌。不管是初、盛、中、晚唐，都有大批的优秀诗人和作品密若繁星般地出现，使中国文学焕发出夺目的光彩。"初唐四杰"诗风清新刚劲，打破了宫体诗香艳绮丽的氛围，陈子昂强调"风骨兴寄"，奠定了盛唐诗音的基调。到了盛唐，诗歌的发展极尽灿烂辉煌，呈现出风格迥异的诗歌流派，如以王维、孟浩然为主的山水田园诗派，以高适、岑参为主的边塞诗派。"诗仙"李白高举浪漫主义旗帜，潇洒浑逸。"诗圣"杜甫以现实主义的笔调，揭示了大唐由盛转衰的社会现实，他的诗像一面镜子，照见了安史之乱前后社会生活的各个方面，赢得了"诗史"的称号。

　　安史之乱使唐王朝迅速由繁盛走向衰落，以白居易、元稹为代表的新乐府诗派和以韩愈、孟郊为代表的韩孟诗派成为中唐诗坛的主流。前者崇尚平易，后者则以奇特的意象与字句，折射出中唐时人略带扭曲的心理特征。李贺则以绚烂的色彩、绮丽的想象、阴森的意象，赢得了"鬼才"的称号。其他像"大历十才子"、柳宗元、刘禹锡等人的诗作也都各有特点。晚唐时期，唐王朝无可挽回地走向了没落。李商隐、杜牧的诗歌染上了衰亡感伤的色彩，皮日休、杜荀鹤等人则以尖锐的笔触表达出对唐王朝的绝望。总之，唐王朝不愧是诗的王朝，人民群众对诗歌的爱好更是成为了一种普遍的社会风气。高适、王昌龄、王之涣"旗亭画壁"的故事，白居易的诗传诵于"王公、妾妇、牛童、马卒之口"的事实，都可以证明唐朝诗歌的魅力。

　　骈文仍然是唐代散文创作上的主流。但是由于古文运动的胜利，中国出现了以韩愈、柳宗元为代表的许多散文大家，他们创造出许多传记、游记、寓言、杂说等新型的短篇散文。到了晚唐，古文运动也开始消沉，整个文坛弥漫着末世来临时无可言说的颓废情怀，而罗隐、皮日休等人创作的小品文的问世，则是"一塌糊涂的泥塘里"发出的"光彩和锋芒"。在小说方面，富于文采与臆想的传奇作品打破了六朝志怪小说的格局，以讲唱结合的变文开始在民间广泛流传，在佛影俗趣中完成了对中国通俗小说的雏形建构。

　　唐五代时还产生了一种新的文学体裁——词，并出现了花间词派、南唐词派等，但总的风格香软浓艳。只有南唐后主李煜的后期词作，在融合了国破家亡之痛的基础上，扩大了词的意境，丰富了词的抒情方式，给宋代豪放词提供了艺术上的借鉴。从民间到文人、从萌芽到成熟的词为后代文学的新发展开拓了道路。

　　隋唐五代文学是中国文学全面繁荣的阶段，也是中国文学史上成就最为辉煌的阶段。千百年来流传远播，为后世的中国人提供了丰富的精神食粮。

●北齐校书图　唐　阎立本　美国波士顿美术馆藏
本图描绘了北齐天保七年文宣帝高洋命樊逊等人刊校五经诸史的故事。画面居中坐在榻上的四位士大夫，或展卷沉思，或执笔书写，或欲离席，神情生动，细节描写很是精微。

●隋文帝杨坚画像

>>> 隋文帝执法惩子

秦孝王杨俊是杨坚第三子，他生活奢侈，违反制度，放债求利，官民怨声载道。

隋文帝听说后，派人查办。受牵连的有一百多人。但杨俊不思悔改，反而变本加厉。

隋文帝极为愤慨，不仅罢免了杨俊的官职，还将他遣返王府。对此大臣们纷纷前去说情。隋文帝正色道："我是五儿之父，非兆人之父。若如公意，何不别制天子儿律！以周公之为人，尚诛管、蔡，我诚不及周公远矣，安能亏法乎。"

拓展阅读：

苏绰改革
隋文帝饮茶治头痛
"一衣带水"（典故）

◎ 关键词：宫体诗 歌功颂德 边塞

南北文风相交融

隋文帝统一南北后，国家渐趋富强。但是，在文学上，直承南北朝的浮艳文风依然占据统治地位。

北周时代，苏绰在文风改革上曾提倡过复古。隋文帝在公元584年诏令"公私文翰，并宜实录"，他还惩罚了文表写得华艳的泗州刺史司马幼之。后来，治书御史李谔上书，指斥南朝文风是"连篇累牍，不出月露之形；积案盈箱，唯是风云之状"。文帝又把这篇奏书颁示天下。这两次诏令虽然不可能从根本上改变文坛风气，但也产生了一定的积极影响。

隋朝前期，有一些原是北朝的诗人如卢思道、杨素、薛道衡等，曾经写了一些较好的边塞诗。这些诗质量虽然不够高，但在较短时期内先后出现，却反映了诗坛一些新的风气。

在整个隋代，齐梁文风的影响都是比较根深蒂固的。来自南朝的诗人江总、虞世基、虞世南等，带着很深的积习，而北朝文人又趋慕南朝文风。隋炀帝即位以后，又有意识地提倡那种荒淫享乐、粉饰太平的宫体诗风。所以，隋初诗坛的

那点清新刚健气息，本来就薄弱，经这种齐梁诗风的猛然冲击，很快就荡散了。

总地说来，隋诗是从南北朝向唐诗过渡的最初阶段。自北朝以来，南方的文学风气就深深地影响了北方的创作。所以，隋唐的统一，政治和军事力量虽起自北方，但自隋初到唐睿宗景云中约130年的时间之中，南朝诗风继续占据着主导地位。在唐初相当长的一段时期里，诗歌没有明显的进步，南朝诗歌固有的一些弊病也没有得到纠正，而且，由于诗歌创作的中心几乎完全在宫廷，其中又大多是歌功颂德或以文辞为娱乐的作品，所以自由抒情的意味尤其显得淡薄。不过，在诗歌的表现形式方面，唐初宫廷诗人们汲取和总结了前代的经验，并且有所发明、有所发展，使之日臻丰富和完善，这对唐诗走向成熟还是有重要意义的。

随着时代的发展，新一代的诗人对已经变得陈腐、缺乏生气的诗歌风气日益感到不满，从而发出强烈的要求变革的呼声。诗歌创作也随之逐步摆脱宫廷藩篱，走向民间，走向四方，唐诗高潮最终到来。

◎ 关键词：《在狱咏蝉》武则天 檄文

骆宾王入狱

●骆宾王像

>>> 徐敬业起兵

嗣圣元年（684年），徐敬业因事被贬为柳州司马，赴任时途经扬州，便和同被贬官南方的唐之奇、骆宾王等，一起策划起兵反对武则天。

徐敬业自称扬州司马，组织囚犯、工匠、役丁数百人，占领扬州。随即召集民众，以扶助中宗复位为号召，发布了由骆宾王起草的《讨武氏檄》。

徐敬业起兵后，武则天命左玉钤卫大将军李孝逸统兵镇压。十一月，徐敬业兵败，后被部下所杀。

拓展阅读：

《李国文说唐》李国文
《早春夜宴》唐·武则天

在"唐初四杰"中，骆宾王是颇具神秘色彩的传奇式人物。他的祖父和父亲，都是饱学之士。他们根据《周易·观·六四》"观国之光，利用宾于王"的意思，给他取名宾王，字观光，用意是期望他长成后，能体察民情，辅佐君王。

骆宾王从小天资聪颖，有着诗人的天赋和灵气，据说他7岁就能作诗，号称"神童"。7岁时，有一天，他正在池边嬉戏，有位客人指着池中的鹅群让他赋诗，他应声而作了一首咏鹅诗："鹅，鹅，鹅，曲项向天歌，白毛浮绿水，红掌拨清波。"客人听后，大为叹服。然而，少年时代的骆宾王，生活困苦、经历坎坷。他十多岁时死了父亲，后来发愤苦读，奔波于仕途，但屡遭挫折。而到李天庆府中任职是他一生的转折。当骆宾王任职三年之后，李天庆特地下了一道手谕，要骆宾王"自叙所能"，作为任满提拔举荐的依据。这是唐初任用官员的普遍做法，但骆宾王认为这样做有自我吹嘘之嫌，会使虚夸浮饰之人乘机而入，所以回书李元庆，不愿奉命。不久，骆宾王就离开道王府，返回兖州，过着耕读自娱的隐居生活。但不久，他的经济越来越拮据。最后，生活实在难以为继的骆宾王只好改变初衷，重谋出仕，49岁时他经推荐出任奉礼郎，做过校理图籍的东台详正学士。

后来，骆宾王被提拔重用，担任御史台御史。骆宾王一生中最高的职位，是朝廷监察官。骆宾王以刚直不阿、疾恶如仇的态度治事，自然受到别人的忌恨。上任还不到半年时间，他就以"赃罪"入狱。他满怀冤屈，投诉无门。狱中树上秋蝉的凄切悲鸣，触动了他心中的万千感慨，于是写下了咏物名篇《在狱咏蝉》。骆宾王在狱中关了将近两年，直到他62岁那年的八月，唐高宗立英王为皇太子，大赦天下，他才被赦免出狱，但没有官复原职。调露二年，他被贬谪到东南边远的临海（今属浙江台州），担任一名小小的县丞。

这时，朝政发生急剧变化，武则天临朝称制。为了防止天下反对，武则天一方面大肆诛杀李唐宗室和元老勋臣，另一方面重用武氏宗族和自己的心腹，同时大开告密之风。于是天下惶惶，笼罩在一派恐怖气氛之中。徐敬业以"拥戴庐陵王，匡复唐室"为号召，发动武装暴动。当时骆宾王任艺文令，起草了一篇非常著名的讨伐武则天的檄文《讨武氏檄》。这篇檄文义正词严，气势磅礴，仿佛长虹凌空，迅雷震宇，深深地扣动读者的心弦。天下反对武则天的势力，奔走相告，闻风而动，"旬日间得胜兵十万"。武则天读了这篇檄文击节叹赏，说："宰相安能失此人。"后来徐敬业兵败，骆宾王则下落不明。

●王勃像

>>> 时来风送滕王阁

上元二年（675年）九月，王勃从山西动身，赴交趾省亲，坐船逆长江而上。

船到马当，突遇风浪，避风马当山庙下。王勃到庙里观瞻，突见一位老者坐巨石上，神态非凡，问王勃："来的是王勃吗？"王勃大惊，老者说："明日重九，滕王阁有盛会，若往赴宴会，作为文章，足垂不朽。"王勃道："此地离洪都六七百里，一夜岂能赶到？"老者笑道："你只管上船，我当助清风一帆，使你明日早达洪都。"依照老者指引，王勃登舟，一路神风吹送，次日凌晨按时与会，挥笔写下不朽之作——《滕王阁序》。

拓展阅读：

《别董大》唐·高适
《王勃集序》唐·杨炯
《送杜少府之任蜀州》唐·王勃

◎ 关键词：斗鸡　送别　滕王阁

王勃戏为《檄英王鸡》

王勃，字子安，绛州龙门（今山西河津）人。隋末大儒王通是他的祖父，诗人王绩是他的叔祖。

王勃少年时才华出众，被司刑太常伯刘祥道赞为神童。喜欢读书的王勃写文章时，先磨墨数升，然后用被子盖着脸躺卧在床，把文章的内容想好后，然后起来一挥而就，不再改动一个字。当时的人将之称为"腹稿"。乾封元年，沛王李贤征召王勃为王府侍读。两年后因诸王在一起斗鸡，王勃戏作《檄英王鸡》。高宗读后很不高兴，将其逐出王府。这是他做官之后第一次遭受打击。失意的王勃开始了四五年的漂泊生活。因为他的父亲只是一个县令，收入不高，加上子女很多，家庭负担很重，王勃不愿再给家中增加负担，而想为家中分担一部分责任。于是，他通过朋友的帮忙，补任虢州参军。再次做官的王勃并没有改掉他一贯的秉性，他看不惯周围人的做事方式，经常独来独往。不久，有个叫曹达的官奴犯了罪，逃到了王勃家里。王勃先是收留了他，后来害怕这件事情败露影响到自己，于是就偷偷地把曹达杀了。不想事情败露，王勃被判死刑。恰巧这年八月份天下大赦，王勃被放了，但终究还是被除名。从此，他的为官生涯结束了，而其父也因这件事受牵连被派到南方边远地区去当交趾令。后来，王勃到交趾去看望父亲，渡海时不幸溺水而亡，时年28岁。

王勃现存各体诗90余首，内容包括言志抒情、写景咏物、羁旅乡愁、

●位居江南三大名楼之首的滕王阁

送亲别友等。体裁上以五言、七言小诗较多，有些小诗已近似后来的绝句，如《山中》"长江悲已滞，万里念将归。况属高风晚，山山黄叶飞"一诗纯为白描，意味隽永。又如王勃的名篇《送杜少府之任蜀州》"城阙辅三秦，风烟望五津。与君离别意，同是宦游人。海内存知己，天涯若比邻。无为在歧路，儿女共沾巾"。首两句分别点出送别之地长安和杜少府赴任之地蜀州，离别之意，已寄寓其中。对于两地都从景象上落笔，将本属呆板的事物写得气韵生动，境界开阔。次联落到离别，前一句刚一触及离情，后一句马上接出"同是宦游人"，显示出朋友之间感情的深挚。第三联进一步转向宽慰，只要是同心知己，即使远隔天涯也好像比邻而居。感情的豪迈，为离别诗中所少见。但在这开朗的情绪中，却跳动着一颗对友人的火热的心。末联以劝慰作结，犹如说不要儿女情长，英雄气短。历来的离别诗都以依依凄苦之情为主，这首诗以开朗豪迈的情绪别开一格，令人耳目一新。在声律上，这已是一首标准的五言律诗。

王勃与杨炯、卢照邻、骆宾王皆以文章齐名，天下称"王杨卢骆"，号"唐初四杰"。王勃最让人称道的作品当属他的骈文名篇《秋日登洪府滕王阁饯别序》，简称《滕王阁序》。

滕王阁是唐高祖的儿子李元婴做洪州都督时修建的，后来成了最著名的景点。王勃从牢中被放出来后，路过南昌到交趾去探望父亲。到南昌的第二天，王勃听说洪州都督阎公要在滕王阁大宴宾客，于是也赶来助兴。九月，秋高气爽，景色宜人，滕王阁高朋满座，洪州各界名流几乎都到了。阎公对大家说："希望大家能挥毫泼墨，即兴作一篇诗文赞美滕王阁。"于是取来纸笔，客气地请宾客们用笔。宾客当中有些人知道阎公是想让他的女婿孟学士在众宾客面前展示一下才华，不愿自讨没趣。而不知内情的人，又碍于阎公是洪州地方官，不敢贸然上前。不料，当轮到让王勃作文时，王勃居然非常爽快地接下纸笔。阎公见是一个素不相识的外乡人，十分不悦，拂袖而去。但是他暗中让手下人及时向他通报王勃写些什么。只见王勃挥笔写道："豫章故郡，洪都新府。"阎公对此不屑一顾："老生常谈。"紧接下来，王勃写道："星分翼轸，地接衡庐。"阎公沉思不语。就这样，王勃每写一句，便有人飞速通报阎公，每次阎公只是不住地点头。当报到"落霞与孤鹜齐飞，秋水共长天一色"一句时，阎公突然站起来，吃惊地说："真是个天才呀！这是不朽的名作。"于是，阎公赶紧回到座位，一改先前傲慢的态度，十分恭敬地对待王勃。

●武则天像

>>> 夺袍以赐

武则天雅好文辞乐章，宋之问巧思文华取幸。

一次，武则天游洛阳龙门时，一时兴起，命群臣赋诗，左史东方虬诗先成，武则天赏赐他一件锦袍。及宋之问《龙门应制》诗成奉上，"文理兼美，左右称善"，武则天便"夺虬锦袍以赏之"。

◎ 关键词：应制 宫廷诗人 流放

才高品低的沈佺期和宋之问

沈佺期和宋之问是武则天、唐中宗时代的著名宫廷诗人，两人均有才无行。时人虽然鄙薄他们的为人，但是却十分称赞他们的诗歌。

沈佺期，字云卿，相州内黄（今河南内黄县）人，有《沈佺期集》。宋之问，字延清，汾州（今山西汾阳）人，有《宋之问集》。宋之问与沈佺期同为高宗上元二年进士。在政局反复之际，宋之问先后投靠武三思、太平公主、安乐公主，毫无廉耻。诗如其人，沈、宋作为宫廷诗人的代表人物，他们的应制之作虽然写得富丽堂皇，但内容却平庸空泛。

后来，沈、宋两人都遭到贬退。但他们被贬后屡有佳作问世，所写的诗歌大多情感真切。如宋之问的《渡汉江》：

岭外音书断，经冬复历春。近乡情更怯，不敢问来人。

仅仅20字，却将音尘久绝之后快到故乡时，对家人思念担忧的复杂情感揭露无余。这种以看似反常方式来揭示人的情感心理的表现方法，对后世诗歌影响极大。再如沈佺期的《遥同杜员外审言过岭》：

天长地阔岭头分，去国离家见白云。洛浦风光何所似，崇山瘴疠不堪闻。南浮涨海人何处，北望衡阳雁几群。两地江山万余里，何时重谒圣明君？

沈佺期还善以乐府古题创作闺怨之诗，如《古意》：

卢家少妇郁金堂，海燕双栖玳瑁梁。九月寒砧催木叶，十年征戍忆辽阳。白狼河北音书断，丹凤城南秋夜长。谁为含愁独不见，更教明月照流黄。

沈、宋两人在文学史上的主要成就，表现在律诗的创作上。除了七言排律外，他们的律诗创作众体兼备。相比之下，沈长于七律，宋长于五律。他们的创作总结了前人有关声律的理论及实践经验，使音韵对偶更加严整，而且合于黏附规则，并最终完成了律诗形式上的定制。不仅如此，沈、宋的律诗创作在一定程度上还摆脱了早期宫体诗空洞堆砌藻饰的弊病，体现出了自己的创作个性，为律诗注入了情感内涵。自此以后，律诗创作开始走向繁荣，也和古体诗的界限有了更为明确的划分。因此严羽的《沧浪诗话·诗体》开篇即云："风雅颂既亡，一变而为《离骚》，再变而为西汉五言，三变而为歌行杂体，四变而为沈、宋律诗。"

拓展阅读：

《独不见》唐·沈佺期
《江亭晚望》唐·宋之问

●树下美人图 唐

>>> 《梅花三弄》

古琴曲，又名《梅花引》《玉妃引》，是中国传统艺术中表现梅花的佳作。《神奇秘谱》记载此曲最早是东晋桓伊所奏的笛曲。曲中泛音曲调在不同徽位上重复了三次，故称"三弄"。

1972年王建中改编成钢琴曲，音调取自此曲，表现的主题则是毛泽东词《咏梅》。

它通过梅花的洁白、芬芳和耐寒等特征，来赞颂具有高尚节操的人。

梅花一弄断人肠，梅花二弄费思量，梅花三弄风波起，云烟深处水茫茫。

拓展阅读：
《梅花三弄》琼瑶
《渔樵问答》（古曲）

◎ 关键词：江 月 长篇歌行

孤篇压倒全唐——张若虚的《春江花月夜》

张若虚，扬州（今江苏扬州）人，初盛唐之际的诗人，与贺知章、张旭、包融一起被称为"吴中四士"。在《全唐诗》中，张若虚的诗仅存两首，其中一首平平无奇，而另外一首就是为他争得千古诗名的巅峰绝唱《春江花月夜》。

长篇歌行《春江花月夜》采用的是乐府旧题，但作者赋予了它全新的内容，将画意、诗情与对宇宙奥秘和人生哲理的体察融为一体，创造出一种情景交融、玲珑透彻的诗境。诗人先从春江月夜入笔："春江潮水连海平，海上明月共潮生。滟滟随波千万里，何处春江无月明！江流宛转绕芳甸，月照花林皆似霰；空里流霜不觉飞，汀上白沙看不见。"

月色中的春江远景，烟波浩渺而透明纯净，展示出大自然的神奇美妙。在感受着美丽景色的诗人沉浸于对似水年华的体认之中，情不自禁地由江天月色，引发出对人生的思索："江天一色无纤尘，皎皎空中孤月轮。江畔何人初见月？江月何年初照人？人生代代无穷已，江月年年只相似；不知江月待何人，但见长江送流水。"

诗人由时空的无限，遐想到了生命的有限，表现出一种更深沉、更寥廓的宇宙意识。在无须回答的天真提问中，诗人似乎得到了满足，然而也迷惘了："白云一片去悠悠，青枫浦上不胜愁。谁家今夜扁舟子，何处相思明月楼。可怜楼上月徘徊，应照离人妆镜台。玉户帘中卷不去，捣衣砧上拂还来。此时相望不相闻，愿逐月华流照君。鸿雁长飞光不度，鱼龙潜跃水成文。昨夜闲潭梦落花，可怜春半不还家。江水流春去欲尽，江潭落月复西斜。斜月沉沉藏海雾，碣石潇湘无限路。不知乘月几人归，落月摇情满江树。"

从"白云一片去悠悠，青枫浦上不胜愁"开始，转而叙写人间游子思妇的离愁别绪。一层淡淡的忧伤融入了明净的诗境中。而当全诗以"不知乘月几人归，落月摇情满江树"收尾时，一种绵邈的韵味让人遐想无限。

全诗从春潮着笔而以情溢于海作结，从月生写到月落，时空的跳跃空灵飞动，展现出一派鲜丽华美而又澄澈透明的画面。同时，它还生发出对宇宙对人生的无限遐想，将传统诗歌中不乏苦涩意味的游子思妇的相思之情，升华为极优美动人的艺术境界。这种对世界、对生活所做的单纯明净而又充满渴慕和欣喜之情的观照，使全诗洋溢着浓郁的青春气息。

●四川省射洪县陈子昂读书台

>>> 燕昭王求贤

燕昭王为了强大燕国,决心用重金招揽人才,但是却没有人来求见。

一日,郭隗向燕昭王讲了千里马的故事。燕昭王受到启发,为郭隗建了住宅并尊他为师。各国有才干的人听到燕昭王这样真心实意招请人才,纷纷赶到燕国来求见。燕昭王励精图治28年,使燕国富强起来。于是燕昭王就让乐毅担任上将军,和秦、楚、韩、赵、魏等国一块商量讨伐齐国。结果齐国大败,燕昭王认为乐毅立了大功,亲自到济水边劳军,论功行赏,封乐毅为昌国君。

拓展阅读:

怀才不遇(典故)
武则天顶礼谢医(典故)

◎ 关键词:诗美理想 济世 汉魏风骨

初唐诗文改革家——陈子昂

出生于梓州射洪县一个富有的庶族地主家庭的陈子昂,是一位对唐诗发展有重大影响的诗人。他的父亲陈元敬年轻时乐善好施,以豪侠闻名乡里。大约在唐太宗贞观末年,乡下发生大灾荒,陈元敬一下子散万钟之粟赈济乡里而不求回报。其父仗义疏财的豪侠之风影响了陈子昂,使他养成了任侠使气的性格。

年少时期的陈子昂并不喜欢读书,直到18岁那年,一天,一个偶然的机会,他来到学校,突然间有些后悔没有好好读书。于是他闭门苦读,数年之间,经史百家,无不通读。21岁时入长安游太学,次年赴洛阳应试,落第西归,在家乡过了一段隐居的生活。永淳元年,他再次赴洛阳应试,得中进士。由于两次上谏疏直陈政事,受到武则天的赏识,他被擢升为秘书省正字,官至右拾遗。他曾慷慨从军,随乔知之北征同罗、仆固,跃马大漠;后又随武攸宜军出击契丹,因言事被降职,愤而解职还乡。回乡后,他被县令段简诬陷入狱,忧愤而死,年仅42岁。

在初唐,对诗风改革有突出贡献的是陈子昂。他在文学上提出鲜明的诗风改革主张,他指出"文章道弊五百年矣","汉魏风骨,晋宋莫传",批评"齐梁间诗,彩丽竞繁,而兴寄都绝",其意是说南朝诗歌过分追求华丽,而缺乏内在感发。他叹息"风雅不作,以耿耿也",明确标榜《诗经》的"风雅"、建安的"风骨""兴寄"传统,反对晋宋以来只追求形式华美的绮靡诗风。

陈子昂发扬了建安的"慷慨以任气"和阮籍的比兴咏怀的传统,艺术线条粗放,语言质朴,意境苍茫,风格刚健,一扫六代之纤弱。他的最有代表性的作品是《感遇诗》38首,它们不是一时一地之作,因而反映了丰富的内容。其中属于边塞题材的作品,或抨击穷兵黩武(如"丁亥岁云暮"),或揭露军政腐朽(如"朝入云中郡""朔风吹海树");属于内政题材的作品,或批评侈费奢靡(如"圣人不利己"),或暴露武后的随意屠戮大臣(如"贵人难得意"),都直接触及当时的政治。此外,抒写一身遭遇的作品,或表现以身许国的胸怀(如"本为贵公子"),或抒发怀才不遇的感慨(如"兰若生春夏"),也都与现实政治状况有关。

在当时的政治形势下,有经时济世之才志的陈子昂才华没有得到很好的施展。陈子昂的《兰若生春夏》典型地反映了怀才不遇的主题。这首诗全用比兴,通过咏香兰、杜若以寓意。首句点明季节,春夏正是兰若盛长之时。次句勾画枝叶充满生命力繁茂的气象。第三句赞兰若为林中花色之冠。"独",颂其质高;"幽",明其境地。质高而处僻林中,正如才人遗弃于野外一样。这句所赞之花，即是第四句具体描写的紫色茎干上托出的鲜红的花朵。两句倒置，显得顿挫有力。诗的后半部分，陡然一转，时光流逝，转眼秋风，鲜花摇落，芳意竟一无所成。兰若的品格与命运，就是诗人的品格与命运。整首诗托物咏怀，寄慨遥深。

另一首《登幽州台歌》，则是用直接抒怀的方式倾吐这种怀才不遇的感情。全诗首句言"前不见古人"，是说历史上像燕昭王那样礼贤的英主已不多见。次句"后不见来者"，是说将来也许还有虚己尊贤的明君出现，但人寿有限，等不到其时。第三句"念天地之悠悠"则发出了深深的感慨，天地是久远无限的，但人生短暂，古往与今来均不可及，而所及之时却无贤主，一种生不逢时之感油然而生。最后落到第四句"独怆然而涕下"。不仅诗人涕下，笔力之重也催人泪下。诗人俯仰古今，更加突出了现实的不幸和可悲。诗句气势磅礴，境界阔大。另外，此诗采取富有散文句调的杂言形式，也为长久郁积的感情倾泻提供了合适的形式。

陈子昂对风骨的追求和他提出的诗美理想，对于唐诗的变革具有关键性的意义。后来唐代文学的进一步发展证实了这一点。而陈子昂则影响了整个唐代。

●学堂 唐
●张议潮统军出行 唐
●勾栏百戏 唐

● 孟浩然像

>>> 鹿门山

原名苏岭山，在襄阳县东南20公里。鹿门山北临汉水，南接霸王山。东汉建武年间建苏岭山神祠于山上，门前刻二石鹿，人称鹿门店，故山亦随庙名。西晋时鹿门寺改称万寿寺，唐代仍名鹿门。宋代最为兴盛，有佛殿、僧寮、斋堂500多间。

汉末庞德公、唐代孟浩然、皮日休等皆曾在此隐居。

拓展阅读：

《感遇》唐·张九龄
《春晓》唐·孟浩然

◎ 关键词：兴象 山水旅行 遣兴

"以隐求仕"的孟浩然

孟浩然，襄阳（今属湖北）人，早年曾隐居鹿门山。他虽然隐居不出，但并没忘了关心国事。其实，他这是"以隐求仕"。

孟浩然四十多岁去长安谋取仕进，可惜名落孙山。他也曾打算献赋上书来达到让皇上赏识的目的，也曾托人献过赋，但没有结果。一个偶然的机会，他终于拜见了玄宗皇帝。有一天，王维邀请孟浩然来府上做客，两人谈兴正浓，皇上突然驾到，仓促之下孟浩然躲了起来。等皇上进来后，王维向皇上禀告了孟浩然的事。唐玄宗叫他出来相见。玄宗问孟浩然可有新作。孟浩然诵读了一首向皇上表明心迹的诗。不想其中"不才明主弃，多病故人疏"一联，惹怒了玄宗。这样，孟浩然依靠举荐走上仕途的梦想基本上破灭了。开元二十五年，张九龄被贬为荆州刺史，孟浩然曾应召入幕，不久辞归家乡，直至去世。

孟浩然的经历很简单，思想也不深厚，但他的诗即兴写意，不假雕饰，且自然超妙，气象浑成，意境清远，韵味浓深。

唐代第一个倾力写作山水诗的诗人是孟浩然。其诗今存200余首，大部分是他在漫游途中写下的山水旅行诗，也有他在登临游览家乡一带的万山、岘山和鹿门山时所写的遣兴之作，还有少数诗篇是写田园村居生活的。山水景物是南朝诗歌最重要的题材，孟浩然又将山水诗提升到一种新的境界——诗中情和景的关系，不仅是彼此衬托，而且常常是水乳交融般的密合；剔除了一切不必要、不协调的成分的诗的意境更加单纯明净；诗的结构也更加完美。

孟浩然山水诗的意境大多是一种富于生机的恬静。但是，他也能够以宏丽的文笔表现壮伟的江山。盛唐著名诗评家殷璠喜用"兴象"一词论诗，在评述孟浩然的两句诗时，他说"无论兴象，兼复故实"。所谓"兴象"，是指诗人用情感、精神来统摄物象，使之和诗人心灵的颤动融为一体，从而获得生命、个性和活力。重"兴象"，其实也是孟浩然诗普遍的特点。这通过几首不同的作品之间的比较，可以看得更清楚。

八月湖水平，涵虚混太清。气蒸云梦泽，波撼岳阳城。欲济无舟楫，端居耻圣明。坐观垂钓者，徒有羡鱼情。（《望洞庭湖赠张丞相》）

移舟泊烟渚，日暮客愁新。野旷天低树，江清月近人。（《宿建德江》）

这两首诗都写了江湖水景，但性格各异。第一首作于孟浩然应聘入张九龄幕府时。他为自己能够施展报负而兴奋，曾写下"感激遂弹冠，安能

●石湖清胜图 明 文徵明
●溪山秋晚图 明 谢时臣

守固穷"(《书怀贻京邑同好》)、"故人今在位，歧路莫迟回"(《送丁大凤进士赴举呈张九龄》)之类的诗句。在这种昂奋的情绪之下，他写下了"气蒸云梦泽，波撼岳阳城"这样气势磅礴的名句。第二首作于落第后南游吴越之日，以风鸣江急的激越动荡之景写自己悲凉的内心骚动，本之以"兴"，出之以"象"，突出主要的情绪感受，从而把两者统一起来，构筑起完整的意境。这是孟浩然对写景诗的重要贡献。

●王维像

>>> **重阳节**

农历九月初九，两阳相重，故叫"重阳"，又为"老人节"。因为古老的《易经》中把"六"定为阴数，把"九"定为阳数，九月九日，日月并阳，两九相重，故而叫重阳，也叫重九，古人认为是个值得庆贺的吉利日子，并且从很早就开始过此节日。

庆祝重阳节的活动多彩浪漫，一般包括出游赏景、登高远眺、观赏菊花、遍插茱萸、吃重阳糕、饮菊花酒等活动。

拓展阅读：

《相思》唐·王维
《丽人行》唐·杜甫

◎ 关键词：王右丞 辋川别业 佛教

"诗佛"王维

在中国诗史上，王维是一位有独特风格和独特贡献的伟大诗人。他又是一位虔诚的佛教信徒。早在生前，他就有"当代诗匠，又精禅理"的名声，死后，更得到了"诗佛"的称号。他受佛理影响颇深，所以他的诗歌创作与宗教生活关系非常密切。

王维，字摩诘，太原祁（今山西祁县）人。他多才多艺，通音乐，善绘画，工诗歌。相传王维到长安朋友家中做客，看见墙上挂了一幅《按乐图》，上面画了众多的乐工正在奏乐。王维细看一会儿，便笑着说："这幅画上的乐工正演奏《霓裳羽衣曲》第三叠第一拍。"有人真招来乐工演奏检验，结果人画合一，指法毫无差错。《唐才子传》记王维年轻时，在公主府独奏琵琶曲《郁轮袍》，大受公主赞赏。

王维21岁中进士，进而步入仕途。而后，王维经张九龄的提拔，成为谏官。"安史之乱"中，安禄山素闻其才华，将他押送到洛阳，授以伪职。次年两京收复时，他因此被定罪下狱，但得以从轻发落，降职为太子中允，很快又官复原职，逐步升迁，官至尚书右丞，故世称王右丞。不过，李林甫当道后，王维逐渐浮沉应世，过着一种亦官亦隐的生活，先隐于终南别业，后又到辋川别业。他晚年崇佛思想日益浓重。

大诗人苏东坡读王维诗后，禁不住连连赞叹："味摩诘之诗，诗中有画；观摩诘之画，画中有诗。"在诗情和画意的互相渗透、生发中，王维的创作丰富和发展了中国古典诗歌的抒情艺术。

王维的诗，讲究构图布局、设辞着色，他通过彩绘的笔触传达出一种清丽丰润的美感。

王维调动了各种手段以表现诗中的画面之美。他善于表现景物的空间层次，经常通过一些点睛之笔，写出错落有致的纵深感和立体感。如"山下孤烟远村，天边独树高原"（《田园乐》）、"千里横黛色，数峰出云间"（《崔濮阳兄季重前山兴》）。前者以"孤烟""独树"的细节勾勒，拉开景物的距离，后者则以群山连绵和数峰高耸构成横向与纵向的配合。

他还善于敷彩，并将色彩活跃地晕染着整个画面，清新鲜润，给人以愉悦之感。在动态中捕捉光与色变幻不定的组合，也是王维所在意的地方，如"日落江湖白，潮来天地青"（《送邢桂州》）、"逶迤南川水，明灭青林端"（《北垞》）等，都富有灵妙的生气。前人说王维诗"在泉为珠，着壁成绘（《河岳英灵集》）、"典丽靓深"（元范梈《木天禁语》）等，都指出了他的诗特别富于视觉之美的艺术个性。

●黄鹤楼图轴 明

>>> 王之涣审狗

一日，刘月娥正在磨坊推磨，听见妹妹惨叫，急忙奔回卧室，妹妹已死，却发现一青年男子跑了出来，急忙中在他的脊梁上抓下几道印。家里有狗却很安静。王之涣听到后，只说明日在庙会上审狗。

庙宇被看热闹的人挤了个水泄不通。王之涣命令看热闹的男子们脱光上衣，靠墙站立，他逐个查看。当看到一名男子的脊梁上有被抓的手印时，王之涣立即将其缉拿归案。

拓展阅读：

《出塞》唐·王之涣
《塞下曲》唐·高适

◎ 关键词：边塞 王之涣 凉州词

以诗为媒，旗亭画壁

"旗亭画壁"主要是讲唐代诗人王之涣与另两位著名诗人高适、王昌龄画壁比诗的故事。

旗亭即是酒楼。一日，王昌龄、高适、王之涣三人，相约一同到一个旗亭喝酒。正在酒酣情畅之际，看见十几个貌美异常的宫廷梨园弟子向酒楼走来。三位诗人私下说："我们三人各负诗名，但是不能分出个高下，现在我们可以悄悄地在旁边观看这些梨园弟子们演唱。如果她们演唱的歌词中，谁的诗人歌词最多，谁的诗就是最好的。"过了一会儿，只听一位梨园弟子唱道："寒雨连江夜入吴……"这是王昌龄与友人辛渐离别时所作的《芙蓉楼送辛渐》中的诗句。王昌龄就用手画壁说："这是我的一首绝句。"过不多久，又一个梨园弟子唱道："开箧泪沾臆……"这是高适的古体诗《哭单父梁九少府》的诗句，于是高适用手画壁说："这是我的一首绝句。"过了一会儿，又一名梨园弟子唱道："奉帚平明金殿开……"这是王昌龄的宫怨诗《长信秋词》中的句子。王之涣指着一个最漂亮的梨园弟子说："这位所唱的诗句，如不是我的诗，我就终身不敢与你们争高低了。若是我的诗，你们就应当甘拜下风，叫我为师。"王昌龄和高适都高兴地同意了，于是三人静静地等待。待了一会儿，最后那位最漂亮的梨园弟子上台唱起来："黄河远上白云间……"刚唱完，三人哈哈大笑起来，因为她所唱的正是王之涣的边塞诗《凉州词》。众梨园弟子不知何故，问三人："不知诸君为何如此大笑？"王昌龄等将画壁比诗之事告诉她们。

王之涣流传下来的诗只有绝句六首，《唐诗三百首》选了他的《登鹳雀楼》和《凉州词》。仅凭这两首诗，王之涣就可称得上是一位一流的诗人了。他的《登鹳雀楼》至今仍是妇孺皆知，且能熟读成诵。

白日依山尽，黄河入海流。
欲穷千里目，更上一层楼。

前两句写白日运转、河海奔流，从而描绘出了一个辽阔无垠的画面。后两句由实入虚，升华为不懈追求、进取不息的感情境界。通篇对偶而不觉其偶，用笔疏朗而气势恢宏。

他的《凉州词》是唐代边塞诗的名篇："黄河远上白云间，一片孤城万仞山。羌笛何须怨杨柳，春风不度玉门关。"

苍茫云海中，万仞高山围绕着一座永无春色的孤城，写出了绝域荒寒之苦。诗中雄壮阔大的画面，从容豪迈的声调，使诗歌获得了骏爽的意气和遒劲的风力。

●调琴啜茗图 唐（宋摹本）

>>> 李颀《古从军行》

白日登山望烽火，黄昏饮马傍交河。行人刁斗风沙暗，公主琵琶幽怨多。野云万里无城郭，雨雪纷纷连大漠。胡雁哀鸣夜夜飞，胡儿眼泪双双落。闻道玉门犹被遮，应将性命逐轻车。年年战骨埋荒外，空见蒲桃入汉家。

◎ 关键词：高适 岑参 战争

盛唐边塞诗派

汉民族与边疆民族之间战事不断，描写绝域边关的边塞诗也随之兴起。高适、岑参是边塞诗派的杰出代表，因此边塞诗派又叫"高岑诗派"。

唐代，随着国力的强盛，唐王朝疆土不断扩展，各民族之间经济、文化交流频繁，一些民族矛盾也同时产生，并引发了一系列的边塞战争。其中，开元后期和天宝年间的战争尤为频繁。为了赢得战争的胜利，向来鼓励军功的唐朝统治者，动员社会各阶层的力量去英勇参战。在唐朝，文人的仕进主要有两条路，一是科举之路，一是边塞立功。科举入仕每三年才取数十人，机会较少。而投笔从戎、立功受勋可以说是一部分仕途失意文人求取功名的新出路。在这样的历史条件下，边塞诗不断得到丰富和发展。而从诗歌本身的发展角度来看，经过多年的摸索创作，边塞诗的写作技巧也日趋成熟。凡此种种，在很大程度上刺激了盛唐边塞诗的创作。

盛唐时，边塞诗的创作空前高涨，代表作家是高适、岑参，另有王昌龄、王之涣、李颀、崔颢、王翰等人，形成了一个善于描写边塞风光和战争生活的边塞诗派。这一诗派的诗歌富于爱国情感和积极精神。他们长于七言，作品色彩浓烈，风格奔放雄伟，以气象见长。

盛唐边塞诗人一般具有安边定远的豪情壮志。他们追求国势的强大，边地的安宁。高适的"边庭绝刁斗，占地成渔樵；榆关夜不扃，塞口长萧萧"（《睢阳酬别畅大判官》）一诗代表了他们的理想。同时，他们也有舍身为国的豪迈献身精神。岑参的"万里奉王事，一身无所求。也知塞垣苦，岂为妻子谋"（《初过陇山途中，呈宇文判官》）一诗代表了他们的志向。他们诗中激荡着发扬国威、巩固边防、为国立功的英雄主义气概和奋发图强的进取精神，带有蓬勃发展的盛唐时代气息，富于浪漫主义色彩。

由于较多诗人具有边塞生活的亲身体验，所以，盛唐边塞诗在反映现实方面是广泛而深入的。诗人笔下不仅抒写了雄浑苍茫的塞外风光，更讴歌了将士们保卫祖国的英勇精神、立功封侯的豪情壮志，揭示了战争的残酷、征战的艰辛、离愁的别恨以及军队内部的种种矛盾。

总体来说，多数边塞诗具有比较深刻的社会意义，体现了一个时代的精神。

拓展阅读：

《黄鹤楼》唐·崔颢
《大唐帝国》［日］陈舜臣

●内人双陆图 唐（宋摹本）周昉
"内人"即宫中之人，"双陆"是一种始于魏晋南北朝，盛行于唐代的棋类活动。此画线描细劲流畅，设色浓丽，贵族妇女的浓丽丰肥之态尽现于图画之中。这幅画反映了唐朝贵族的生活情调。

●牧马图

>>> 开元盛世

唐开元年间,社会安定,天下太平,商业和交通也十分发达。

扬州位于运河和长江交汇处,中外商人汇集,城市特别繁华。

唐都长安城里更是热闹非凡,世界上很多国家的使臣、商人、学者、工匠都争相前往唐朝进行友好交往,开展贸易,学习文化、技术。

中国封建社会出现了前所未有的盛世景象。

拓展阅读:

《凉州词》唐·王翰
《采莲曲》唐·王昌龄

◎关键词:七绝 出塞 送别

"七绝圣手"王昌龄

王昌龄,字少伯,京兆万年(今陕西西安)人。他家境比较贫寒,开元十五年进士及第,授秘书省校书郎,后改授汜水尉,再迁为江宁丞,一生曾两次被贬谪到蛮荒之地。安史之乱爆发后,他避乱至江淮一带,被濠州刺史闾丘晓杀害。王昌龄诗歌情思细密,意味深长,长于七绝,号称"七绝圣手"。

王昌龄诗以边塞诗、闺情宫怨诗和送别诗三类题材较多。他的边塞诗有很高的艺术概括力,其着眼点往往不在于具体的战事,而是把边塞战争作为一种历史现象,在各个视角上进行深入的思考,以深刻的内涵、饱满的热情,突破了六朝以来边塞诗敷衍乐府旧题的固有程式,使之更富于生气。如《出塞》一诗:"秦时明月汉时关,万里长征人未还。但使龙城飞将在,不教胡马度阴山。"(《出塞》二首之一)

《出塞》诗被后人誉为唐人绝句压卷之作,其原因就在于它不但具有丰厚的内涵,而且还唱出了时代的心声。诚如清人施补华所云,此诗"意态绝健,音节高亮,情思悱恻,百读不厌",堪称是王昌龄的力作。

王昌龄的闺情宫怨诗,情思缠绵,善吐怨情,在唐诗中别具一格,如《长信秋词》《春宫曲》《闺怨》等。《闺怨》一诗刻画少妇的心理变化,生动逼真:

闺中少妇不知愁,春日凝妆上翠楼。忽见陌头杨柳色,悔教夫婿觅封侯。

诗题为"闺怨",偏从不知愁写起。有无忧无虑的轻快心情方才有凝妆上楼之举,然则没遮拦的浓丽春色又恰成了开启少妇内心奥秘的钥匙,诗情也紧跟着急转直下,回头方知少妇不是无愁,而是由寂寞孤独的潜意识激发出来的不由自主的行为。在这种内心开启的过程中鲜明有力地揭示出了"闺怨"的主题。

王昌龄的送别诗构思精巧,情味隽永。他好以"月""雨"为主要意象,在迷离幽微的别愁中烘托出"心心相印"的友谊。《芙蓉楼送辛渐》是这一类诗中的名篇:

寒雨连江夜入吴,平明送客楚山孤。洛阳亲友如相问,一片冰心在玉壶。

此诗写于王昌龄做江宁丞的时候。诗人当时正遭到别人的毁谤议论,而正在这个时候要送好友远行,他的凄切心情可想而知。他临别之际,嘱托再三,并以玉壶冰心自明心迹。诗里的南国烟雨和兀然傲立的孤峰,既是景语也是情语。

● 打马球菱花镜 唐

>>> 飞将军李广

公元前 140 年，汉武帝即位，调李广为未央卫尉。四年后，李广率军出雁门关，被成倍的匈奴大军包围。匈奴单于久仰李广威名，令部下务必生擒之。李广终因寡不敌众而受伤被俘。押解途中，他飞身夺得敌兵马匹，射杀追骑无数，终于回到了汉营。

从此，李广在匈奴军中赢得了"汉之飞将军"称号。

拓展阅读：

《春望》唐·杜甫
《老将行》唐·王维
《塞下曲》唐·卢纶

◎ 关键词：蓟北 应和 征人 思妇

边塞风云《燕歌行》

高适，字达夫，祖籍渤海蓨县（今河北景县）。高适一生的经历比较坎坷。他早年贫困潦倒，20 岁时长安求仕，但是却没有成功。他一生最坎坷不幸的是他漫游蓟北之时，他想投笔从戎，但未能如愿，不得不在梁宋一带过了多年"混迹渔樵"的落拓浪游生活。生活的不幸却给他带来了创作力最旺盛的高潮时期。后来他终于通过征战博取了功名，官至刑部侍郎，晋封渤海县侯，死后还追赠礼部尚书。

高适漫游蓟北时，对边塞军幕的情况了解颇深。当时有人作《燕歌行》，高适写了《燕歌行》相和。在这首应和别人的作品中，高适于诗前的序中明言"感征戍之事"，显然是概括了前此到东北边地的实际观察和感受。《燕歌行》全文如下：

汉家烟尘在东北，汉将辞家破残贼。男儿本自重横行，天子非常赐颜色。摐金伐鼓下榆关，旌旆逶迤碣石间。校尉羽书飞瀚海，单于猎火照狼山。山川萧条极边土，胡骑凭陵杂风雨。战士军前半死生，美人帐下犹歌舞。大漠穷秋塞草腓，孤城落日斗兵稀。身当恩遇常轻敌，力尽关山未解围。铁衣远戍辛勤久，玉箸应啼别离后。少妇城南欲断肠，征人蓟北空回首。边风飘飖那可度，绝域苍茫更何有？杀气三时作阵云，寒声一夜传刁斗。相看白刃血纷纷，死节从来岂顾勋？君不见沙场征战苦，至今犹忆李将军。

这首诗突破了以前同题诗作铺陈、渲染征人思妇缠绵相思之情的格局，而大大开拓了歌词的内容，将出征的军容、军情的紧急、塞漠的荒寒、战争的酷烈、军中的苦乐不均、战士的勇武、别离的悲怆、和平的祈愿等等熔为一炉，显示出了诗人深厚的写作功力。

这首诗的前八句写大将受命出征，铺排得极有声势，写出了唐帝国的国威和大丈夫的英雄气概。这一段笔力矫健，气魄雄伟。"山川"以下八句写战斗的艰苦，为第二段。胡骑是剽悍的，迎头压来，犹如狂风骤雨，描摹塞外骑兵迅疾猛鸷之势，十分传神。"战士军前半死生，美人帐下犹歌舞"，是诗中要表达的一个重要思想，意在揭露当时军将的腐败。"铁衣"以下八句为第三段，写战争给戍卒与闺人带来的离别相思之苦。其中后四句着重渲染边地的遥远不可穿越以及战斗的频繁紧张，分外增加了相思的沉痛感。这一段哀婉凄切。末四句为第四段，对应第二段中对军将的批评，哀叹士兵的命运，表示对边将作风的不满。战士血战沙场，志在卫国死节，却无人体恤，"至今犹忆李将军"的作者也只能是空怀感叹了。

●青釉胡人骑马俑 唐

>>> 《白雪歌送武判官
归京》

北风卷地白草折，
胡天八月即飞雪。
忽如一夜春风来，
千树万树梨花开。
散入珠帘湿罗幕，
狐裘不暖锦衾薄。
将军角弓不得控，
都护铁衣冷犹著。
瀚海阑干百丈冰，
愁云惨淡万里凝。
中军置酒饮归客，
胡琴琵琶与羌笛。
纷纷暮雪下辕门，
风掣红旗冻不翻。
轮台东门送君去，
去时雪满天山路。
山回路转不见君，
雪上空留马行处。

拓展阅读：

"节度使"的由来
《贞观长歌》（电视剧）
《留别岑参兄弟》唐·王昌龄

◎ 关键词：高仙芝　西北风光　思乡

从军边塞的岑参

岑参出生在一个官宦世家，他的曾祖岑文本是唐太宗时的名相，伯祖岑长倩为武则天时宰相，从伯父岑羲为唐中宗、睿宗时宰相，他的家族可谓显赫一时。后来岑长倩、岑羲获罪被杀，岑氏一族家道中衰。岑参的父亲岑植，官终仙、晋二州刺史。

岑参受其家庭环境影响，从小发愤读书，9岁就能作文，很早就诗名远播。为了求取功名，岑参曾经十年间奔走于京洛之间，结果一无所获。直到30岁时他才应举中第，授职右内率兵府曹参军，负责有关武将考勤、俸禄等一些琐事的管理。出身相门之后的岑参，对这个职务颇不满意，但也只能暂时屈就。

唐玄宗开元末年，边塞战事频起，为当时很多文人提供了建功立业的机会。天宝八年，岑参受安西节度使高仙芝之邀，投入幕府，开始了第一次出塞。尽管岑参充满热情，然而现实中的边塞行军之苦还是让他难以承受。他对高仙芝的很多做法有反感，与高仙芝的关系处得也很紧张，因此很难得到提拔和重用。由于仕途不得意，条件又艰苦，所以他对于什么事情都感到无所用心，而闲暇之余，便是思家。因此，岑参第一次出塞，思乡之情使他心神疲累，后来终于在天宝十四年回到长安。

但是他立功边塞的想法始终未有断绝。天宝十三年，当新任的安西北庭节度使封常清邀请他为西北庭节度使判官时，他又一次奔赴边塞。这一次的三年边塞之行，他的创作热情一下子被激发出来。他写下了很多歌颂边塞战斗和描写边塞风光的诗歌。

杜甫说"岑参兄弟皆好奇"，岑参的边塞诗善于写西北边地罕见的雄奇壮丽风光，突出地显示了他"好奇"的特点。如《热海行》写热海奇景："侧闻阴山胡儿语，西头热海水如煮。海上众鸟不敢飞，中有鲤鱼长且肥。"岑参带着从军赴远的豪情，将苦斗安边的英雄主义与奇伟瑰丽的西北风光结合起来，尤具有动人的力量。如《走马川行奉送封大夫出师西征》写西北险恶的风沙和奇寒，"轮台九月风夜吼，一川碎石大如斗，随风满地石乱走"写风沙之大，"风头如刀面如割，马毛带雪汗气蒸，五花连钱旋作冰，幕中草檄砚水凝"写寒气之烈。然而在这艰苦的环境中，却是豪迈的进军，"将军金甲夜不脱，半夜军行戈相拨"。以险为豪，以苦为乐，冲艰逆险，勇往直前，读之使人激昂奋发。

总之，山川奇，风物奇，诗情也奇，他的好"奇"的性情在西北独特的风光中得到了充分的发挥。

●岑参诗意图 明 张瑞图

边塞生活使岑参的诗境界空前开阔，雄奇瑰丽的浪漫色彩成为他边塞诗的基调，各种异域风光均融入其诗。这幅明代山水画以岑参的诗句为意境，笔墨生动，气象高远。作者的山水画学元四家中的黄公望，骨格清劲、点染清逸。

巍巍气象——隋唐五代文学

●李白像

◎关键词：浪漫主义 唐玄宗 酒

飘逸"诗仙"李白

中国诗歌史上最浪漫、最飘逸的诗人非李白莫属。一千多年以来，他被人们称颂为"谪仙""诗仙"。

李白，字太白，原籍陇西成纪（今甘肃秦安），出生于中亚西域的碎叶城（在今吉尔吉斯斯坦境内），约5岁时，全家迁居到绵州昌隆（今四川江油）。李白的青少年时期是在蜀中度过的，他自幼读书涉猎颇广，所谓"五岁诵六甲，十岁观百家，十五观奇书"。

李白常常以大鹏良骥自比，一生最大的志向就是辅佐皇帝治理天下。他在《大鹏赋》诗中说："大鹏一日因风起，扶摇直上九万里。假令风歇时下来，犹能簸却沧溟水。"开元十二年秋，李白26岁时，为了实现他的政治理想，"仗剑去国，辞亲远游"。他从峨眉山沿平羌江南下，到荆门，游洞庭，接着又到了金陵、广陵和会稽等地，不久回舟西上，寓居郧城（今湖北安陆）。三年后，即开元十八年，李白由南阳起程入长安，这时他正好30岁。李白初入长安，隐居在终南山，广为交游，希望得到王公大人的引荐。那时，唐玄宗之妹玉真公主的别馆就设在终南山，常有文人雅士去做客。李白结识了这位公主，却未能如愿以偿，于是怏怏离去。开元二十年夏，李白沿黄河东下，先后漫游了江夏、洛阳、太原等地。开元

二十四年，他举家东迁，后来又漫游河南、淮南及湘、鄂一带，北登泰山，南至杭州、会稽等地，所到之处，形诸吟咏，以致诗名远播，震动朝野，最后连天子也被惊动了。

天宝元年秋，由于玉真公主的引荐，唐玄宗下诏征李白入京，并待以隆重的礼遇，"降辇步迎，如见绮皓；以七宝床赐食，御手调羹以饭之"。唐玄宗随即任命李白为翰林学士。李白应召入京时，颇为踌躇满志，《南陵别儿童入京》诗云："仰天大笑出门去，我辈岂是蓬蒿人。"他有心干一番事业来报答玄宗的知遇之恩，但这位不能摧眉折腰的诗人很快就遭到了宫廷权贵们的忌恨。一年后他就开始遭到谗毁，"白璧竟何辜？青蝇遂成冤"（《书情赠蔡舍人雄》），"君王虽爱蛾眉好，无奈宫中妒杀人"（《玉壶吟》），这些诗句真实地写出了他当时的险恶处境和悲愤心情。天宝三年春，李白被放还乡。李白离开长安后，以后十年又是在各地漫游中度过的。他漂泊在梁园、鲁郡和金陵一带，还到过幽、蓟等地，一路上写下了许多优秀的诗篇。

天宝十四年，安史之乱爆发，当时玄宗之子永王李璘率师由江陵东下，以复兴大业的名义恭请李白参与其戎幕，李白于是满怀热忱毅然从戎。不料，肃宗李亨和李璘之间又祸起萧墙，李璘军败被杀。李

白也因此获罪下狱，不久被流放夜郎（今贵州铜梓一带）。李白溯江西上，至巫山时遇赦放还。这时他已年近六十，但仍壮心未已，上元二年，又一次踏上征途，准备参加李光弼的平叛军队，途中因病折回。宝应元年，李白病死于当涂族叔李阳冰家中，结束了他富有传奇色彩的一生。

李白生平浪迹天下，生活无拘无束。随着他在现实中的遭遇与心境的变化，时而表现为积极追求济世功业的士子，时而表现为击剑任侠的侠士，时而成为寻仙访道的神仙道流，时而成为脱尘离俗的高人隐士，时而又变成会友纵博、醉酒携妓、放荡不羁的名士。神仙是遗世的，隐士是避世的，侠士是不守封建法规的，名士是不拘名教礼法的，只有儒士是入世的，而他又是"功成拂衣去"的义侠态度，所以整个人生充满了浪漫气息。

李白在他所处的时代里，思想较少拘束，生活也较少拘束，像一匹脱缰的野马，一任己意奔腾驰骋。李白的一生始终贯穿一条主线，即追求对人世有所作为，然后功成身退，并且始终没有失去这方面的自信与热情，所以他的一生总是放射着积极浪漫主义的光彩。李白的诗歌正是通过他的独特个性反映出时代的风貌神采，从而成为盛唐的最强音。

●太白醉酒图 清 改琦

●诗圣杜甫

>>> 文章四友

《新唐书·杜审言传》：
"(审言) 少与李峤、崔融、苏
味道为文章四友。世号'崔、
李、苏、杜'。"

四友中，李、崔、苏都做
过高官，社会地位较高，为
时人所看重和效法。他们基
本上是武后时期的宫廷诗
人，其中苏、李诗中浮艳气
息更浓一些。苏又和李峤并
称"苏李"。杜审言是"四友"
中成就较高的一位。

"四友"专力写作律诗，
对唐代律诗的形成有一定的
作用。

拓展阅读：

《石壕吏》唐·杜甫
《渡湘江》唐·杜审言

◎ 关键词：安史之乱 杜审言 漂泊

"诗圣"杜甫

杜甫，字子美，生于巩县（今属河南），出身于一个具有深厚文化传统的官僚世家。家庭给予了杜甫正统的儒家文化教养和务必要在仕途上有所作为的雄心。

唐代是重视诗歌的时代，而杜甫的祖父杜审言则是武后朝中最著名的诗人，他曾骄傲地对儿子说："诗是吾家事。"追求仕途事业和不朽的诗名，共同构成了杜甫的人生轨迹。虽然杜甫一生仕途不得意，但是他的诗歌成就使他成为与李白相对峙的另外一座高峰，人称"诗圣"。

杜甫早慧，7岁便能写诗，十四五岁时便"出游翰墨场"，与文士们交游酬唱。24岁时，杜甫赴洛阳考试，未能及第，又浪游齐、赵，度过一段狂放的生活，这是他一生中最为惬意的时期。

天宝五年，怀着"致君尧舜上，再使风俗淳"的政治抱负，35岁的杜甫来到唐朝首都长安求取官职，但滞留十年却一再碰壁。为了生存，杜甫不得不奔走于权贵门下作诗投赠，希望得到他们的引荐。此外，他还多次向玄宗皇帝献赋，如《雕赋》《三大礼赋》等，指望玄宗对他的文才投以青睐。天宝十四年他才获得右卫率府胄曹参军这样一个卑微的官职，而这时已是"安史之乱"的前夕。

天宝后期，维持着表面的繁盛的唐代社会处处深藏危机。天宝十一年，杜甫写下了他的名篇《兵车行》，真实地记录下人民被驱往战场送死的悲惨图景。这首诗标志着杜甫诗风的转变。此后，他又写出《前出塞》九首，继续对灾难性的战争提出质疑。《丽人行》揭露了玄宗宠妃杨玉环的亲族穷奢极欲的生活。而长诗《自京赴奉先咏怀五百字》更把最高统治集团醉生梦死的情状与民间饥寒交迫的困境加以尖锐的对照，以"朱门酒肉臭，路有冻死骨"这样震撼人心的诗句概括了社会的黑暗。

"安史之乱"爆发后，杜甫一度投奔驻在凤翔的唐肃宗，并被任命为左拾遗。但不久他就触怒肃宗，后来于乾元初被贬为华州司功参军。由于战乱和饥荒，以及对仕途的失望，他在乾元二年弃官入蜀。从"安史之乱"爆发到杜甫入川的四年，他的诗歌创作，因有血与泪的亲身体验，从而达到了巅峰状态。《春望》《月夜》《悲陈陶》《悲青坂》《北征》《羌村》以及"三吏""三别"等大量传世名篇，从诗人浸满忧患的笔下不绝涌出。

49岁时他辞官去秦州，年底到成都，从此开始了漂泊西南的生活。他曾定居成都西郊草堂。严武在蜀期间，曾任命他为检校工部员外郎。后来他出蜀，经过夔州，最后到湖南，死在一条漂泊的破船里。杜甫艰难漂泊的一生，在这里得到了一个凄凉的结束。

巍巍气象——隋唐五代文学

● 刘长卿像

◎ 关键词：迁谪　边塞　刘随州

"五言长城" 刘长卿

　　在盛唐后期到中唐前期的这段时间里，有一位诗人比较引人注目，他就是在诗坛上有"五言长城"之誉的刘长卿。他在五言诗尤其是在五言律诗方面，具有深厚功底和卓越成就。

　　刘长卿，字文房，因当过随州刺史，故人称刘随州。刘长卿的青壮年时期大部分是在贫困、窘迫中度过的。他长期为谋取功名而四处奔走，但一无所获。开元二十一年，他终于如愿高中进士，但安史之乱阻滞了他的仕途。直到他44岁时被任命为长洲都尉，才算是真正进入仕途。可惜，他仕途坎坷，曾两度被贬。第一次是他暂任海盐令的当年，由于冒犯上司，遭到小人谗害，身陷囹圄，继而被贬为南巴都尉。十多年后，他终被提拔却又触怒了郭子仪的女婿吴仲孺，被诬陷贪污钱款20万贯，于是又被贬为睦州司马。两次被贬和个人的不幸遭遇反映到刘长卿的诗歌中，成为他后期诗歌的主要内容，与前期的反映边塞生活等题材有很大不同。

　　生活在唐代由盛转衰的时代的刘长卿，所创作的作品，以平淡简洁的风格代替了盛唐诗歌的奇伟壮丽。两次谪贬的经历，使得他的诗作中对景物的描写常寄托着某种属于自己的感情。刘长卿用严格的律诗来写景抒情，而无雕琢修饰的痕迹，达到了凝练自然、造意清新的艺术境界。对事业、理想、社会的失望反而使他贴近了自然，对山水景物有了更细致的观察与体验，对表现这些内容的语言技巧有了更准确与成熟的理解。正因为此，他的某些名篇可以说是独步中唐。如《逢雪宿芙蓉山主人》："日暮苍山远，天寒白屋贫。柴门闻犬吠，风雪夜归人。"

　　这首诗极为简练地勾勒了一幅荒村雪夜归人的图画，20个字中色彩、声音、自然景观浑然一体，并烘托出了一种茫茫然无着无落的惆怅感受。他非常注意锤炼字句，尤其善于捕捉精巧贴切的自然意象，并选择富于色彩、声音效果的动词或形容词，把它们连缀成一句或一联，所以他的诗中多有佳句，如"苍山隐暮雪，白鸟没寒流"（《题魏万成江亭》）。他还善于用意象之间的系连词，使之直接缀合，赢得更大的联想空间，如"寒渚一孤雁，夕阳千万山"（《秋杪江亭有作》）。他曾自诩为"五言长城"，并非自夸。

　　但是，他终究摆脱不了时代的束缚，反映社会生活的面较窄，因而影响到其创造性的发挥。唐人高仲武曾说刘长卿的诗"十首以上，语意稍同，于落句尤甚"。

巍巍气象——隋唐五代文学

●唐代伎乐菩萨胡旋舞壁画

>>> 《章台柳》

词牌《章台柳》的缘起人
是大历十才子之一韩翃的妻
子，故事女主角"章台柳"在
后世成为形容窈窕美丽女子
的代名词。

《章台柳》故事曲折感
人，大致情节是，韩翃流寓
京师，与托名"李王孙"的
豪士相交莫逆，韩翃与李王
孙家妓柳姬互爱，李王孙于
是将万贯家财赠给了柳氏和
韩翃。韩因探亲与柳姬两地
分居。番将沙吒利恃平反有
功强占柳氏。韩翃回到长
安，郁郁寡欢。一名勇将因
感动韩柳诚挚之爱，纵马入
沙吒利府抢回柳氏，经皇
帝斡旋，韩柳夫妻团圆，白
头偕老。

拓展阅读：

嘉靖七子
《极玄集》唐·姚合

◎ 关键词：山水 景物 回归

大历十才子

"大历十才子"是指唐代宗大历时期以十位诗人为代表的一个诗歌流
派。据《新唐书·卢纶传》所载，大历十才子即钱起、卢纶、吉中孚、韩
翃、司空曙、苗发、崔峒、耿沣、夏侯审、李端。十才子大多是一些失意
的中下层士大夫，其中大半是权门清客。如司空曙附元载之门，卢纶受韦
渠牟之荐，钱起、李端入郭氏贵主之幕等。他们都与权贵们来往密切，反
映在诗作上则多为应酬附和之作。

"十才子"根本无心政事，而是纵情山水，寄心景物。除了应酬唱和
之作外，他们的诗主要写日常生活细事、自然风物和羁旅愁思，抒发寂寞
清冷的孤独情怀，表现超然世外的隐逸格调。如：

"世事悠扬春梦里，年光寂寞旅愁中。劝君稍尽离筵酒，千里佳期难
再同。"（钱起《送钟评事应宏词下第东归》）

"暮雨潇潇过凤城，霏霏飒飒重还轻。闻君此夜东林宿，听得荷池几
度声。"（李端《听夜雨寄卢纶》）

"出关愁暮一沾裳，满野蓬生古战场。孤村树色昏残雨，远寺钟声带
夕阳。"（卢纶《与从弟瑾同下第后出关言别》）

"钓罢归来不系船，江村月落正堪眠。纵然一夜风吹去，只在芦花浅
水边。"（司空曙《江村即事》）

"春城无处不飞花，寒食东风御柳斜。日暮汉宫传蜡烛，轻烟散入五
侯家。"（韩翃《寒食日即事》）

这一类作品，是"十才子"诗里较为优秀的成熟之作。他们以谢朓为
宗，讲究格律辞藻，追求清雅闲淡，工于白描写景，技巧上趋于细腻雕琢，
大都写得精致工整，带有大历诗特有的情思韵味。

总体而论，大历十才子的诗歌有两大特点。第一，内容比较单一，多
是借自然山水表达个人内心的感受。他们习惯于在山水溪石间寻觅宁静、
恬和的气氛，来表现自我的心境，像"野竹通溪冷，秋泉入户鸣"（钱起
《宿洞口馆》），"孤灯寒照雨，湿竹暗浮烟"（司空曙《云阳馆与韩绅宿
别》），"山晚云初雪，汀寒月照霜"（皇甫冉《途中送权三兄弟》）等。第
二，艺术上有一种向六朝（尤其是"二谢"）诗风回归的趋向。他们大都
推崇谢灵运、谢朓，并常在诗中有所吐露，如"芙蓉洗清露，愿比谢公
诗"（钱起《奉和王相公秋日戏赠元校书》），"愿同词赋客，得兴谢家深"
（卢纶《题李沇林园》）等。他们推崇二谢，是因为二谢诗中那些描写自
然山水的句子清丽典雅；而他们学习二谢，也正是学习他们词语的修饰
和形式的精美。

◎关键词：茶歌 卢仝 七碗茶

爱茶成癖的玉川子

卢仝，号玉川子，济源（今河南）人，祖籍范阳（今河北涿州），唐代诗人。他一生未仕，生活寒苦，性格狷介，而其狷介个性之中又有一种雄豪之气。

他一生爱茶成癖，所作《茶歌》，自唐以来，历经宋、元、明、清，各代传唱，千年不衰，至今仍被茶人屡屡吟及。

在《走笔谢孟谏议寄新茶》一诗中，诗人十分珍视孟谏议用白绢密封并加三道印泥的新茶。在珍惜喜爱之际，他又想到了新茶采摘与焙制的辛苦。接着，诗人以神乎其神的笔墨，描写了饮茶的感受。茶对他来说，已经不只是一种口腹之饮，而且还给他创造了一片广阔的精神世界。当他饮到第七碗茶时，只觉得两腋生出习习清风，让他飘飘然、悠悠然飞上青天。《茶歌》的问世，对于传播饮茶的好处，使饮茶风气普及民间，起到了一定的推动作用。所以，后人曾认为唐朝在茶业上影响最大最深的三件事是：陆羽的《茶经》，卢仝的《茶歌》和赵赞的"茶禁"（即对茶征税）。诗人作这首《茶歌》的本意，其实并不仅仅在夸说茶的神功奇趣。他在诗的最后一段忽然为苍生请命：岂知这至精至好的茶叶，是多少茶农冒着生命危险，攀悬在山崖峭壁之上采摘的，这种日子何时才能到头啊！卒章而显其志。优美的《茶歌》之中，其实暗寓着诗人极其沉重的现实责问。

卢仝的《茶歌》自宋以来，几乎成了人们吟唱茶的典故。诗人骚客常常以"卢仝""玉川"自比。品茶赏泉兴味盎然，常常以"七碗""两腋清风"代称，如"何须魏帝一丸药，且尽卢仝七碗茶"（宋·苏武）、"不待清风生两腋，清风先向舌端生"（宋·杨万里）。北京中山公园的来今雨轩，民国初年曾改为茶社，有一楹联云："三篇陆羽经，七度卢仝碗。"

在太和九年"甘露之变"中，卢仝被误捕。当时，卢仝正留宿长安宰相兼领江南榷茶使王涯家中。他后来被杀害，死时年仅40岁。

●陆羽像

>>> 陆羽《茶经》

陆羽，人称"茶圣"，一生嗜茶，精于茶道，并将其对茶叶的研究著成《茶经》。《茶经》是世界上第一部茶叶专著，分上、中、下三卷，包括茶的本源、制茶器具、茶的采制、煮茶方法、历代茶事、茶叶产地等十章，内容丰富、翔实。其中第七章"茶之事"，辑录了自上古神农氏到唐代中叶数千年间有关茶事的记录，系统而全面地介绍了我国古代茶的发展演变，尤具史料价值。

拓展阅读：

茶艺
甘露之变
"茶禁"唐·赵赞

●宋代《斗茶图》

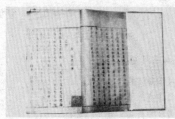

●陆羽所著《茶经》内页

巍巍气象——隋唐五代文学

◎ 关键词：七绝 边塞 春夜闻笛

七言绝句，李益第一

明代胡应麟对李益的诗倍加推崇，他所著的《诗薮》记载："七言绝，开元之下，便当以李益为第一，如《夜上西城》《从军北征》《受降》《春夜闻笛》诸篇，皆可与太白、龙标（王昌龄）竞爽，非中唐所得有也。"这段话是说唐朝开元以后，七言绝句，李益为第一，他其中有些名篇可以与李白、王昌龄的诗相比，不是中唐的人所能作的。

李益，字君虞，陇西姑臧人，家居郑州。他生于天宝七年，大历四年进士及第。然而，他起初的仕途并不顺利，前半生曾三次从军塞上。长期的军旅生活给他提供了大量的创作素材，所以他的边塞诗写得极好，尤其是七言绝句，常常是壮烈、慷慨之中又带着一点伤感和悲凉。如《夜上受降城闻笛》：

回乐峰前沙似雪，受降城下月如霜。不知何处吹芦管，一夜征人尽望乡。

此诗写月下登上西受降城，望回乐峰，沙漠在月色里是一片清冷的雪白，脚下的西受降城，同样是一片如霜的月色。就在这荒凉清冷的边塞之夜，引发了诗人的思乡之情。那不知从何处传来的芦笛声是此诗最出彩之处。悠悠扬扬、呜呜咽咽的笛声，把由此引发的思乡之情表现得更加浓烈。"一夜征人尽望乡"一句，是夸张之辞，但又确切地表现了此时边关将士久戍思归的心境。全诗从大处着眼，大概括，大描写，重在写情思氛围。《从军北征》也有类似写法：

天山雪后海风寒，横笛偏吹《行路难》。碛里征人三十万，一时回首月中看。

同样写由乐声引起的思乡之情，末句写法也相似，却无重复之感，原因就在于其中蕴含着浓烈的乡愁和悲凉的情调。《夜上西城听梁州曲》亦复如是：

行人夜上西城宿，听唱《梁州》双管逐。此时秋月满关山，何处关山无此曲！鸿雁新从北地来，闻声一半却飞回。金河戍客肠应断，更在秋风百尺台。

金河县也就是东受降城。《梁州曲》也称《梁州》《凉州词》，多用来抒

● 三彩骆驼载乐俑 唐

>>> 《霍小玉传》

唐代传奇，作者蒋防。
作品讲述了陇西李益与妓女霍小玉的爱情悲剧。李益初与霍小玉相恋，同居多日。得官后，聘表妹卢氏，与小玉断绝。小玉日夜思念成疾，后得知李益负约，愤恨欲绝。小玉誓言死后必为厉鬼报复。李益娶卢氏后，因猜忌休妻，"至于三娶，率皆如初焉"。
作者同情霍小玉的悲惨命运，谴责李益的负心，爱憎分明。

拓展阅读：
《容斋随笔》宋·洪迈
《诗镜总论》明·陆时雍
《唐诗别裁》清·沈德潜

写边关情怀。秋月、秋风与边声，全由气氛烘托出来，其中有一种难以摆脱的感伤。这种感伤情调，也表现在李益其他的一些诗里。如《春夜闻笛》：

寒山吹笛唤春归，迁客相看泪满衣。洞庭一夜无穷雁，不待天明尽北飞。

此诗是诗人谪迁江淮时所作，写初春之夜笛所引起的思归之情。诗人通过"洞庭一夜无穷雁，不待天明尽北飞"一句，把迁客的归心似箭、欲归无期、失意冷落等复杂情感反衬出来，构思新奇，手法委婉，别有一番韵味。以边塞诗名著一时的李益，其送别诗也写得不错。如《喜见外弟又言别》：

十年离乱后，长大一相逢。问姓惊初见，称名忆旧容。别来沧海事，语罢暮天钟。明月巴陵道，秋山又几重！

●草堂十志　唐　卢鸿

诗人和这个表弟因战乱而一别十几年，如今都已长大成人，因而见面时竟认不出来了。"问姓惊初见，称名忆旧容"这一联写得非常传神。初见时一惊，说明模模糊糊还有那么一点印象，于是才互相探问姓名，这中间包含着多少翻天覆地的变化和不堪回首的事件。

除了《夜上受降城闻笛》一诗被天下"唱为乐曲"之外，李益每作一篇，便有乐工以财物相求，谱以雅乐，供奉天子。可见，李益在当时极其受欢迎。宪宗闻其名后，将其从河北召回，任命为秘书少监、集贤殿学士。李益自负才高，不懂官场权变，为众所不容，被人陷害遭贬。后来官至中书舍人、右散骑常侍，以礼部尚书致仕，死于太和初年。

●韩愈像

>>> 古文运动

唐代韩愈、柳宗元等人倡导的文体改革运动。

"古文"是韩愈开始提出的，指的是上继三代两汉的质朴自由、以散行单句为主的散文，与六朝以来流行的"今文"，即骈文相对立。

韩愈及其追随者大力提倡这种文体，后又得柳宗元积极支持与配合，形成了一种社会风尚，即所谓"古文运动"。韩愈主张文道合一，以道作为文的内容，强调学古文应从实际出发，"因事陈词"，"文从字顺"，自创新意新词。

韩、柳古文运动是中国散文发展史上一座重要的里程碑。

拓展阅读：

韩孟

唐宋八大家

伯乐与千里马（典故）

◎ 关键词：古文 儒学 师说

"文起八代之衰"的韩愈

苏轼曾盛赞韩愈"文起八代之衰"，其中的"八代"是指汉、魏、晋、宋、齐、梁、陈、隋。文章自东汉以后骈辞俪句的倾向越来越浓厚，这种浮华不实的文风一直延续到唐代初期。中唐以来，李白、杜甫等诗人的崛起，使诗坛风气有了好转，但在散文方面，骈体文风仍占主导地位。直到韩愈站起来倡导古文运动，呼吁恢复古代的文学传统，才彻底扭转了当时陈腐的文风。韩愈的散文一时间也成为人们争相传诵和模仿的范文。

韩愈，字退之，河南河阳（今孟州）人，因郡望昌黎，世称韩昌黎。又因曾做吏部侍郎，故称韩吏部。死时谥号"文"，所以又称韩文公。韩愈出生在一个书香门第，从小由哥嫂抚养。10岁时，随兄长南迁到了广东韶关。韩愈刚刚安定下来，他的哥哥却死了，他只得与嫂嫂返回故乡。

不幸的遭遇磨炼了他的意志。他刻苦自学，发愤读书，每天三更起床开始读书，常常读书到深更半夜，无论吃饭、睡觉，手里都不离开书本。他先后读了《论语》《孟子》《书经》《诗经》《礼记》和《春秋》等书，并且熟读了诸子百家的文章。后来，韩愈在嫂嫂的鼓励下，到洛阳求学。为了博览群书，他"口不绝吟于文艺之文，手不停披于百家之篇"。

19岁时，韩愈离开洛阳，到京城长安求学。24岁参加进士考试，主考官是宰相陆贽，出的试题为"不迁怒不贰过"。韩愈不假思索，一挥而就，没想到却以落榜告终。第二年，韩愈又参加了进士考试，试题与上一年的试题一样。韩愈一字不改地把去年的旧作写在卷面上。陆贽看后，感到此卷似曾相识。他反复看了几遍，拍案叫绝，说道："好文章！完全是古文风格，没有一点骈体文的味道，若不细看，差点埋没人才了。"就这样，韩愈考中了进士，并名列榜首。

从此以后，韩愈更加积极地倡导古文运动，从事古文写作。无论是给皇帝上书，给亲友写信，还是写各种体裁的文章，他都是按先秦、两汉的古文要求精心撰写。

韩愈的散文感情充沛、雄奇奔放、明快流畅，并最终形成了自己独特的艺术风格，在文坛上影响深远。他的《杂说》（伯乐相马）、《柳子原墓志铭》、《师说》代表了韩文的风格。二三十年后，古文逐渐压倒了骈体文，并占据了文坛的主要地位。

后人对韩愈评价颇高，尊他为"唐宋八大家"之首。杜牧把韩文与杜诗并列，称为"杜诗韩笔"；苏轼称他"文起八代之衰"。

韩柳倡导的古文运动，开辟了唐以来古文的发展道路，为中国文学的再次辉煌做出了重要贡献。

●刘禹锡像

>>> 关汉卿《裴度还带》

唐代宰相裴度未做官时，寄居在山神庙中。有一道人为裴度相面，断定他命该横死。

此时，韩太守因廉洁为官被国舅傅彬诬陷入狱，韩夫人与女儿琼英幸得朝廷采访使李邦彦赠玉带相助。琼英路过山神庙时不慎失落玉带，被裴度捡到。韩氏母女正要绝望自尽，裴度将玉带归还，救了韩太守一家三口性命。就在裴度送韩母女出门之时，山神庙倒塌。

后裴度赴京赶考，得中状元，并与韩琼英结为夫妇。

拓展阅读：

"二王、八司马"事件
《陋室铭》唐·刘禹锡
《题都城南庄》唐·崔护

◎ 关键词：桃花 权贵 革新

刘禹锡两游玄都观

刘禹锡，字梦得，洛阳人。他是贞元九年进士，参加了王叔文集团的进步政治改革。后王叔文被攻击，刘禹锡被看作是王叔文的同党。宪宗下诏将刘禹锡等八人一律降职，派到边远地方当司马（官名）。

刘禹锡被派到朗州（今湖南常德）。唐代时期，朗州还是个荒僻落后的地区，刘禹锡却在那里一住就是十年。后来宪宗把刘禹锡调回长安，准备让他留在京城做官。

京城里有一座有名的道观叫玄都观，有个道士在观里种了一批桃树。观里桃花盛开，招引了不少游客。有些老朋友约刘禹锡到玄都观去赏桃花。刘禹锡看到新栽的桃花，就写了一首诗《戏赠看花诸君子》：

紫陌红尘拂面来，无人不道看花回。玄都观里桃千树，尽是刘郎去后栽。

由于诗中用桃树影射了新得势的权贵，使唐宪宗对他很不满意，一气之下又把刘禹锡派到播州（今贵州遵义市）去做刺史。刺史比司马高一级，似乎是提升，但是播州地方比朗州更远更偏僻，那时候还是一个人烟稀少的所在。后来，柳宗元和大臣裴度替刘禹锡说情，宪宗才把刘禹锡改派为连州（今广东连县）刺史。又过了14年，裴度当了宰相，才把他调回长安。

刘禹锡重新回到京城，又是暮春季节。他旧地重游。到了那里，知道道士已死，观里的桃树有的被砍，有的枯死了，满地长着燕麦野葵，一片荒凉。触景生情之下，他又写下了一首诗《再游玄都观》：

百亩中庭半是苔，桃花净尽菜花开。种花道士归何处？前度刘郎今又来。

这首诗的讽刺比前一首更辛辣，文情比前一首更倔强。刘禹锡又一次引祸上身，仅过了三年，皇帝又把刘禹锡派到外地当刺史去了。

刘禹锡与白居易齐名，世称"刘白"。其学习民歌、反映民众生活和风土人情的诗，题材广阔，风格上汲取巴蜀民歌婉转、朴素的特色，清新自然，健康活泼，充满生活情趣。其讽刺诗往往以寓言托物手法，抨击镇压永贞革新的权贵，涉及较广的社会现象。歌颂平叛战争的诗，以《平蔡州》三首、《平济行》两首最著名。晚年所作，风格渐趋含蓄，讽刺而不露痕迹。刘禹锡的诗中寄托身世和咏怀古迹一类，历来为人称道。如"沉舟侧畔千帆过，病树前头万木春"（《酬乐天扬州初逢席上见赠》）富于哲理意味，而《西塞山怀古》《乌衣巷》则韵味深长。

●柳宗元像

>>> 永贞革新

永贞元年（805年），唐顺宗即位，王叔文与柳宗元、刘禹锡等人结成政治上的革新派，共谋打击宦官势力。

朝廷宣布罢宫市和五坊小儿，停19名宦官的俸钱，并做了军事部署，企图逐步收夺宦官的兵权。此外，顺宗和革新派还罢免贪官京兆尹李实，蠲免苛杂。这些改革引起宦官集团及与之相勾结的节度使的强烈反对。最后，俱文珍等人发动政变，幽禁顺宗，拥立太子李纯。改革以失败告终。

拓展阅读：

黔驴技穷（典故）

桐叶封弟（典故）

《三戒》唐·柳宗元

◎ 关键词：贬谪生涯 山水游记 古文运动

寄情山水的柳宗元

柳宗元，字子厚，唐代河东（今山西省永济市）人。柳宗元出生于一个显赫的家族，但当他出生时，家道衰落，其幼年是在贫苦艰难中度过的。

贞元九年，20岁的柳宗元考中进士。贞元十二年（796年），柳宗元任秘书省校书郎，算是步入仕途。他先后做过蓝田尉、监察御史里行，后因参加王叔文领导的永贞革新，被贬为邵州（今湖南邵阳市）刺史，后又被贬为永州（今湖南零陵）司马。元和十年正月，柳宗元被召回京。由于武元衡等人的仇视，柳宗元二月到长安，三月便被改贬为柳州（今广西柳州市）刺史。长期的贬谪生涯，生活上的困顿和精神上的折磨，使柳宗元的健康状况越来越坏，整个人已经未老先衰。元和十四年，宪宗实行大赦，经裴度说情，宪宗才同意召回柳宗元。诏书未到柳州，柳宗元便怀着满腔悲愤离开了人间，时年仅47岁。

柳宗元堪称我国历史上最杰出的散文家，他的散文与韩愈齐名，韩、柳两人与宋代的欧阳修、苏轼等并称为"唐宋八大家"。唐中叶，柳宗元和韩愈在文坛上发起和领导了一场古文运动。他们提出"文道合一""以文明道"，要求文章反映现实，"不平则鸣"，要去除六朝以来骈体文不重内容、空洞无物的弊病。他们的这些思想理论和文学主张富于革除时弊的批判精神。在文章形式上，他们提出要革新文体，突破骈文束缚，句式长短不拘，并要求革新语言，"务去陈言""辞必己出"。此外，他们所提出的先"立行"再"立言"的主张，是一种进步的文学主张。韩、柳两人在创作实践中身体力行，创作了许多内容丰富、技巧纯熟、语言精练生动的优秀散文。韩、柳的古文运动对后世产生了深远的影响。

柳宗元散文中写得最好的是那些山水游记，他并不是单纯地去描摹景物，而是以自己的全部感情去领略山水，并借助对自然的描述来抒发自己的感受。正如他在《愚溪诗序》中所说，他是用心和笔"漱涤万物，牢笼百态"。山水不仅是一种视觉、听觉的客观对象，更是诗人自然恬静心境的写照。所以，他笔下的山水，带有他所向往的高洁、幽雅的情趣，也流露出他孤寂、凄清的心境。

柳宗元虽然活了不到50岁，但他却在诗歌、辞赋、散文、游记、寓言、小说、杂文以及文学理论诸方面，创造了光辉的业绩，做出了卓越的贡献，可以说是无人能比的。

●唐代开"新乐府"诗风的白居易

>>> 长安米贵

唐贞元三年，16岁的白居易从江南来到京都长安，带着自己的诗稿去拜会名士顾况。

顾况看到诗稿上"居易"的名字，开玩笑说："长安米贵，居住不容易啊。"

等到翻看诗稿，读到"野火烧不尽，春风吹又生"（《赋得古原草送别》）的句子时，连声叫好，并说"文采如此，住下去又有什么难的！"

拓展阅读：

牛李党争
唐平李师道

◎ 关键词：香山居士 新乐府 形式主义

白居易与新乐府运动

白居易，字乐天，晚年自号"香山居士"，他是继杜甫之后的一位杰出诗人。

他出生在一个小官僚家庭，自幼聪明绝顶，五六岁时开始学习作诗，9岁时就已经能够辨别声韵了，15岁时开始致力于写诗作赋。

白居易要想走仕途之路，必须首先在长安扬名。当时的名士顾况，德高望重，但非常自负，当刚满16岁的白居易拿着诗作去拜访他时，被他先奚落了一番。可当他看到首篇"离离原上草，一岁一枯荣。野火烧不尽，春风吹又生"时，禁不住啧啧称赞。一时间，白居易的诗名大振。

白居易在诗歌理论方面颇有建树，"新乐府"一语，就是他提出来的。所谓"新乐府"，即用新题写时事的乐府诗篇。它的特点：一是用新题，二是写时事，三是作品不以入乐与否为衡量标准。白居易认为诗歌必须负起"补察时政""泄导人情"的政治使命，达到"救济人病，裨补时阙"的政治目的。他提出"文章合为时而著，歌诗合为事而作"的口号。其次，白居易还认识到文学植根于现实生活，是现实生活的反映，"大凡人之感于事，则必动于情，然后兴于嗟叹，发于吟咏，而形于歌诗矣"。他指出必须关心政治，主动地从现实生活中汲取创作源泉，才能写作为政治服务的诗。最后，白居易强调内容与形式的统一，主张形式必须服从内容，为内容服务。所以他"不求宫律高，不务文字奇"，而力求做到语言的通俗平易，音节的和谐婉转。他坚决反对唯尚"淫辞丽藻"的形式主义文风。为此，他主张学习民歌，作诗广泛运用俗言俚语，因此博得后人"老妪都解"的称道，形成了我国诗歌史上平易通俗的一派。

白居易通俗易懂的诗歌为人民群众所喜闻乐见，达到了"二十年间，禁省、观寺、邮候墙壁之上无不书；王公、妾妇、牛童、马卒之口无不道"的地步，甚至远传到边疆以至国外，连日本、朝鲜也传诵他的作品。

元和十年，宰相武元衡被藩镇李师道派刺客暗杀。这时，白居易已改任东宫赞善大夫。按规定，他对朝政不能发言，但他却毅然上书，请求缉捕凶手，因而得罪权贵，最终以"越职言事罪"被贬为江州（今江西九江）司马。从此，他的思想日渐消沉。穆宗李恒即位后，他被召回长安。但他眼见朝廷内宦官专权，牛、李党争，政治混乱，他不愿卷入旋涡，自请外放，历任杭州、苏州刺史。他在杭州时，兴修水利，修筑湖堤（就是现在西湖的白堤），利用湖水灌溉土地，做了不少对人民有益的事情。文宗时，他曾官至太子少傅。武宗初年，他做了刑部尚书。晚年，白居易退居洛阳香山，过着醉酒吟歌的生活。

●李贺像

>>> 只许州官放火

避讳是中国封建社会中特有的一种历史和文化现象。在长达数千年的封建时代里，人物姓名的避讳，是上下臣民不可不懂的一门政治学问，不能不遵从的一项政治法规。

不仅皇帝的名字要避讳，而且皇帝以下的官员的名字也要避讳。《老学庵笔记》曾记了这样一个故事，有一位州官，名叫田登。由于"登"与"灯"同音，元宵节放灯时，出的布告说"本州依例放火三日"。

拓展阅读：

《苏小小墓》唐·李贺
《七律·人民解放军占领南京》
　　毛泽东

◎ 关键词：诗人 鬼才 雁门太守行

纵然才高难中举的李贺

李贺，字长吉，福昌（今河南宜阳）人。他是个早熟的天才，也是个不幸的诗人。

出生于一个没落的皇室后裔家庭的李贺，是唐宗室郑王李亮的后代。李贺童年时即能写作辞章，十五六岁时，已经以工乐府诗与先辈李益齐名。因李贺父亲之名晋肃与进士同音，他为避父讳不能参加进士考试。后来做了三年九品奉礼郎，郁郁不平。在京时，他居住在崇义里，与王参元、杨敬之、权璩、崔植等为密友，常偕同出游。李贺外出时，常带一小奴骑驴相随，背一破锦囊，如有诗句，立即写下投入囊中，回家后再完篇。他一生体弱多病，27岁便逝世了。

李贺虽仕途不顺，但很早便在诗坛扬名，是中唐时期比较有代表性的诗人之一。传说宪宗元和二年，18岁的李贺便以一首《雁门太守行》使大诗人韩愈刮目相看。其诗如下：

黑云压城城欲摧，甲光向日金鳞开。角声满天秋色里，塞上燕脂凝夜紫。半卷红旗临易水，霜重鼓寒声不起。报君黄金台上意，提携玉龙为君死。

诗中色彩瑰丽而不凝滞，气势悲壮而不衰凉，节奏沉郁而不纷乱，无怪乎韩愈一见即大为赞赏。

李贺的心中总是充满浪漫的理想，《南园》诗中说：

男儿何不带吴钩，收取关山五十州。请君暂上凌烟阁，若个书生万户侯？

可是，冷酷的现实却将他的理想击得粉碎，在浪漫的理想和困顿的现实之间，李贺心中充满忧郁。这种忧郁又转化为一种深沉的生命意识。于是，人生短促，光阴易逝，成为他诗歌的一大主题。李贺羸弱多病，对这一主题便尤其敏感。怀才不遇是李贺诗歌的另一个主题。生命与理想的两重主题相互交织，构成了李贺诗的主旋律。所以，在他的诗中，我们看到的是一个青年诗人在命运面前的痛苦心灵。从个人命运出发，感受、体验和对抗自然与社会对人的压抑，是李贺诗的主要内容。

李贺是最富于想象力的。他的想象是一种病态的天才的幻想，是常人的思维很难进入的。这种奇异乃至荒诞的想象，构成了李贺诗的第一个艺术特点。在他的诗中，时间是一种太阳的飞光，而太阳被衔烛龙拉着奔跑，只要把龙杀死，时间就会凝固（《苦昼短》）；太阳是一个透明的玻璃体，敲起来会发出玻璃声（《秦王饮酒》）；月亮像个车轮，轧过露珠遍布的草地会发出雾蒙蒙的柔光（《梦天》）；他还能想象铜铸的人与驼会流泪，泪水像铅汁般沉重（《金铜仙人辞汉歌》及《铜驼悲》）；瘦马的骨是铜的，敲一敲会发出金属声（《马诗》）；鬼魂能点灯，而这灯则是漆般的光亮（《南山田中行》）；而从篌箜声中，他能联想到昆山玉碎、凤凰鸣叫、芙蓉泣露、石破天惊，感觉这乐声能使空山凝云、江娥悲泣、老鱼跳波、瘦蛟飞舞（《李凭箜篌引》）。

注意语言、意象的新颖是他的诗歌艺术的第二个特点。据说，他作诗呕心沥血，其母亲因此而叹息说："是儿要当呕出心乃已尔！"同样是辞，必须是由自己想出来的，决不蹈袭前人，而且李贺总能用不寻常的组合来取得特殊的效果。

●唐三彩牵马俑

李贺诗歌艺术的第三个特点是构思的跳跃性极大。常人的思路是连续而有脉络可循的，而李贺的诗歌却呈现出奇特的艺术思维特征。他的诗中意绪变化无端，时而低沉，时而亢奋，忽而上天，忽而入地，反差格外大。如《河南府试十二月乐词·二月》中，前七句写仲春二月，花开草长，燕语呢喃，津头舞女长裙飘飞，末两句却转为凄凉之调："津头送别唱流水，酒客背寒南山死。"《天上谣》前十句写天上之乐，末两句突然一声长叹，又回到地上，"东指羲和能走马，海尘新生石山下"。现实的悲把虚幻的乐一下子打得烟消云散。这种跳跃拼合的方式与贯穿流畅的方式比起来，别有一番风味。

鬼才李贺的诗比起前人来，更注重表现内心的情绪、感觉乃至幻觉，而忽视客观事物的固有特征和理性逻辑。他的诗被誉为唐诗的一朵奇葩，为中国诗歌开辟了一种崭新的境界。

◎ 关键词：唐玄宗 杨贵妃 爱情悲剧

此恨绵绵无绝期

著名的叙事长诗《长恨歌》是35岁的白居易在元和元年所写，它歌咏了唐玄宗李隆基和贵妃杨玉环的婚姻爱情故事。诗中既写"汉皇重色思倾国"，导致昏庸误国，寓意明显；更写"天长地久有时尽，此恨绵绵无绝期"，感伤唐玄宗和杨贵妃之间真挚的爱情，流露出作者的同情。白居易的好友陈鸿说，白居易"深于诗，多于情"，创作《长恨歌》，"不但感其事，亦欲惩尤物，窒乱阶，垂于将来也"。

《长恨歌》是白居易的名篇。全诗形象地叙述了唐玄宗与杨贵妃的爱情悲剧，并借历史人物和传说，创造了一个回旋婉转的动人故事，通过塑造的艺术形象，再现了真实的生活，感染了千百年来的读者。

诗的主题是"长恨"。从"汉皇重色思倾国"开始为第一部分，叙述安史之乱前，唐玄宗好色、求色，终于得到了杨玉环，而杨玉环由于得宠，一门鸡犬升天。诗歌反复渲染唐玄宗纵情声色，不理朝政，因而酿成了"渔阳鼙鼓动地来"的安史之乱。这是悲剧的基础，也是"长恨"的内因。

诗歌的第二部分从"六军不发可夸何"开始，具体描述了安史之乱爆发后，唐玄宗仓皇出逃西蜀，致使"六军"驻马要求除去贵妃。"宛转蛾眉马前死"，表明悲剧已经形成，这是故事的关键情节。唐玄宗在杨贵妃死后，遭受着寂寞悲伤和缠绵悱恻的相思之苦。诗歌以凄恻动人的语调，描绘了唐玄宗这一"长恨"的心情，直欲催人泪下。

从"临邛道士鸿都客"开始为诗歌的第三部分，写玄宗借道士帮助，于虚无缥缈的蓬莱仙山中寻找到了贵妃的踪影，在仙境中再现了杨氏"带雨梨花"的姿容。两人含情脉脉，托物寄词，重申前誓，表示愿做"比翼鸟""连理枝"。诗人借此进一步渲染了"长恨"的主题。诗歌最后又以"天长地久有时尽，此恨绵绵无绝期"深化了主题，加重了"长恨"的分量。

《长恨歌》写情缠绵悱恻，写恨绵绵无期，文字哀艳惊绝，声调悠扬婉转。诗人更将史实传说、想象与理想融为一体，交错纷呈地描写了唐玄宗和杨贵妃之间动人的爱情故事。此诗真乃千古名篇，足以永垂不朽。

●楞严经帖 白居易

> >>> 一人得道，鸡犬升天

西汉淮南王刘安，笃信神仙秘法，招致宾客方术之士数千人，欲求长生不老之术。

一日，有八位老者求见刘安，门吏见是八个须眉皓素的老人，不愿通报，八公随即变成八个童子。门吏大惊，即告刘安。刘安赤脚出迎，行弟子礼。八公留下后，每天与刘安登山修道炼丹。不久丹药炼成，刘安服下，与八公"白日升天"。剩下的药被鸡犬舔啄，尽得升天，出现了"鸡鸣天上，犬吠云中"的奇观。

拓展阅读：

●杨贵妃上马图 南宋
以丰腴柔媚著称的杨贵妃，在宋人的笔下，表现得娇柔而不胜风力，这与宋代的审美特征有着直接的渊源。画中唐玄宗骑在马上，英姿勃勃而兴趣昂然地回首招呼杨贵妃，颇为生动传神。

●贾岛像

>>> 孟郊

孟郊和贾岛都以苦吟著称，又多苦语，所以苏轼称之"郊寒岛瘦"。

孟诗艺术上不蹈袭陈言，而擅长用白描的手法，不用故典帮衬辞藻，语言明白淡素，而又力避平庸浅易，或"钩章棘句，搯擢胃肾"，精思苦练，雕刻其险，一扫大历以来的靡弱诗风。

拓展阅读：

陈师道
《游子吟》唐·孟郊
《剑客》唐·贾岛

◎关键词：韩愈 苦吟 推敲

"苦吟"诗人贾岛

贾岛是唐朝时期一位以苦吟而出名的大诗人。他出身寒微，30岁之前曾是佛家弟子。他虽遁入空门，但却喜欢吟诗作文。

有一天，贾岛骑着毛驴，在京城的大街上漫无目的地走着，反复吟诵着新得的两句诗"鸟宿池边树，僧推月下门"。他觉得对仗工整，平仄合辙，可是，忽然又觉得用"敲"字好。就这样，"推"字和"敲"字换来换去，他也不知用哪一个是好。他一边走，一边想，嘴里念念有词，"推门"……"敲门"，不想迎面冲撞了京兆尹韩愈的仪仗队。韩愈正要责问他，贾岛将刚才是"推门"还是"敲门"拿不定主意的事告诉了韩愈。韩愈立马良久，没有责怪贾岛，而是对他说："我觉得还是敲好，你看，敲门肯定有声，就更能很好地以动衬静，而推门太一般了。"说着说着，两人一同进了府衙，继续谈诗论文，彼此之间谈得非常投机。从此，两人情深意笃，成了布衣之交。

韩愈给了贾岛很高的评价："孟郊死葬北邙山，从此风云得暂闲。天恐文章中断绝，更生贾岛著人间。"韩愈非常爱惜他的才华，就劝他还俗，鼓励他去考取进士。贾岛听了韩愈的话，还了俗，参加了多次进士考试，却始终未能考中。

据说，贾岛的一生一世，每时每刻都离不开对诗的推敲和吟咏，真可称得上是"虽行坐寝食，而苦吟不辍"。在《送无可上人》一诗中有"独行潭底影，数息树边身"两句，前句五字中写了茕茕孑立的孤独者、清澈的潭水及潭水中映出的身影，在形影相吊的意境中给人一种凄凄惨惨的寂寞感；后句五字中通过疲惫的孤独者倚树小憩，从而写出了人的疲惫之状，同时又在寂寞之中增添了无家可依的气氛。两句对偶工巧，这是贾岛经过搜肠刮肚、苦思冥想而得的。所以他特意在此诗下作注说："二句三年得，一吟双泪流。知音若不赏，归卧故山秋。"

苏轼曾用一个"瘦"字来评价贾岛，可谓独特而又恰切。所谓"瘦"，从形式上来说，是拘谨约束而不大开大阖；从气势上来讲，是锋芒收敛而不汪洋恣肆；从美感上来讲，是清寒孤独而不瑰丽奇特；从内容上来讲，是狭窄拘碍而不宽广弘畅。

◎ 关键词：咏史 阿房宫赋 泊秦淮

"赢得青楼薄幸名"的杜牧

落魄江湖载酒行，楚腰纤细掌中轻。
十年一觉扬州梦，赢得青楼薄幸名。

杜牧这首《遣怀》诗，通过对漂泊江湖载酒而行、放浪形骸、沉溺美色的描写，真实地再现了他在扬州城的生活。

杜牧，字牧之，京兆万年（今陕西西安）人。出生于官宦家庭的杜牧，从青年时起就关心国事，抱有挽救危亡、恢复唐王朝繁荣昌盛的理想。23岁时他写成《阿房宫赋》，以秦朝的滥用民力、奢侈亡国为戒，给本朝统治者敲了警钟。自从大和二年中了进士之后，他长期在各方镇做幕僚，武宗会昌以后，曾任黄州、池州、睦州刺史，大中年间回长安任职，官至中书舍人。杜牧生性耿介，不屑逢迎权贵，仕宦很不得意。他抱负难以施展的苦闷，又使他一度纵情声色、颓废放任。

杜牧在扬州牛僧孺幕中先做淮南节度府推官、监察御史里行，后转为掌书记，人称"杜书记"。忙完一天公务后，杜牧就独自到娼楼上寻欢作乐、风流快活。他自以为行动隐秘，实际上，牛僧孺对其行踪了如指掌。后来，杜牧被任命为监察御史，要到京城长安就职。牛僧孺盛宴为他饯行。席间，牛僧孺提起此事，劝其凡事应以自己的前程为重。杜牧马上说道："还好，我自己平时很检点。"牛僧孺笑笑也不回答，只将属下密报杜牧行踪的记录拿给他看。看到这些，杜牧非常惭愧，流泪下拜表示谢意。

他诗歌中表现出的怀古伤今，是他强烈的社会责任感的流露。因此，杜牧一些咏史诗写得较为出色。他用"一骑红尘妃子笑，无人知是荔枝来"（《过华清宫》）讽刺天子的荒唐，表现出他透过历史对现实的关切。

然而，当时代的衰颓和自身的怀才不遇使他感到无可奈何时，他也常常以自我放达来寻求解脱，希望有一种闲适的生活和恬静的心境，在《湖南正初招李郢秀才》中他说：

行乐及时时已晚，对酒当歌歌不成。千里暮山重叠翠，一溪寒水浅深清。
高人以饮为忙事，浮世除诗尽强名。看著白苹芽欲吐，雪舟相访胜闲行。

由于在诗歌创作上取得了杰出的成就，后人将杜牧与晚唐另一位杰出诗人李商隐并称为"小李杜"。

●杜牧像

>>> 牛李党争

唐朝后期朝廷大臣之间的派系斗争。

牛党的首领是牛僧孺、李宗闵，李党的首领是李德裕，故史称牛李党争。

从唐宪宗元和三年（808年）起，双方各从派系私利出发，互相排斥。两党交替进退，一党在朝，便排斥对方为外任。文宗曾有"去河北贼易，去朝廷朋党难"的感慨。

这次派系斗争从其酝酿到结束，约40余年，是中国封建社会历史上一次有名的朋党之争。

拓展阅读：

李商隐
四面楚歌（典故）
《史记·鸿门宴》汉·司马迁

●吹奏乐器的温庭筠

>>> 香奁体

唐代韩偓《香奁集》所代表的一种诗风，一名艳体。这类作品多写男女之情和妇女的服饰容态，风格绮丽纤巧。

香奁体诗的写作源于六朝宫体，而描写范围则从宫廷贵族扩大到一般士大夫的恋情、狎邪生活，笔致也更为酣畅。香奁体对后世诗歌有一定影响。

拓展阅读：

韦庄

鱼玄机

鸳鸯蝴蝶派

◎ 关键词：温八叉 闺阁 思妇

花间词祖温庭筠

温庭筠，字飞卿，今山西祁县人。温庭筠颇具才气，与当时的李商隐齐名。据说温庭筠参加进士考试时，押官韵作赋，八叉手而成八韵，因此时人叫他"温八叉"。

温庭筠是唐初宰相温彦博的后代，大约到了他父亲那一代的时候，家道已经没落。温庭筠是行为放浪的风流才子，他才华横溢，喜欢出入秦楼楚馆之地，与歌伎舞女为伴。温庭筠放浪形骸的生活作风是讲究德行的一般士大夫所不齿的，这在一定程度上影响了他的仕途。所以，他屡试不第，约在48岁时才被任命为隋县尉。

温庭筠是第一个大量写词的文人。他是"花间词派"的先导，对词的发展有很大影响。温庭筠深受五代后蜀词人的推崇，赵崇祚编《花间集》把温词列于首位。他的词作多写妇女生活，除常见的闺阁、歌伎题材外，还有如《定西番》《遐方怨》写戍妇思念征夫，《荷叶杯》《河传》写采莲女子的爱情，《梦江南》写商妇的相思等。《更漏子》六首、《菩萨蛮》十四首写的也是宫女、思妇的生活和情怀。

唐宣宗李忱爱唱《菩萨蛮》词，丞相令狐绹央求温庭筠代作若干首。词成后，令狐绹冒称是自己的作品，暗地里献给李忱，并叮嘱温庭筠不要声扬出去。温庭筠却很快地说了出去，因此得罪了令狐绹，以致终生不被重用。让我们来赏析一下其中的一首：

小山重叠金明灭，鬓云欲度香腮雪。懒起画蛾眉，弄妆梳洗迟。
照花前后镜，花面交相映。新贴绣罗襦，双双金鹧鸪。

这首词写了一个闺中贵妇的苦闷心情。首句写在阳光的照耀下，金光忽明忽灭，闪烁在雕绘着重叠小山的屏风之上。第二句写她梳洗和打扮齐整了，为了看头上的花饰是否插好，便拿出两面镜子一前一后地照着观瞧。镜子里交叉出现了她的脸孔和花饰，相互辉映，显得格外好看。末两句写她穿上盘着一对对金色的鹧鸪图样的绣花丝绸短袄，不禁睹物思人，勾起她无限的情思。表面看来，这首词写的不过是女主人公从睡醒后到梳妆打扮完的过程中的几个镜头，但却充分地透露出她内心的复杂感受，可谓神情毕现。

温庭筠是第一位专力填词的诗人，《花间集》中收录温词多达66首。词到了温庭筠手里才真正被人们重视起来，随后五代与宋代的词人层出不穷，并使词在中国古代文坛上大放异彩。

●元稹像

>>> 王实甫《西厢记》

　　崔莺莺和张生在佛殿相逢，一见钟情，他们在月下吟诗互通款曲，并在红娘的热心撮合下发展到传书递简，跳墙赴约，西厢幽会。这一幕幕反抗"父母之命，媒妁之言"的行动，冲破了禁锢青年的枷锁，表达了"愿天下有情人皆成眷属"的美好意愿。

　　这一则在我国流传千古的爱情故事由唐至今风靡千年，更被译成法、英、俄、日的各种版本，得到了全世界读者的欢迎。

拓展阅读：

《红拂夜奔》王小波
《西厢记》金·董解元
《虬髯客传》唐·杜光庭

◎ 关键词：虚构 人情世态 小说结构

一代之奇——唐传奇

　　源于六朝志怪小说的唐传奇，昭示着中国古典小说开始进入成熟阶段。唐代传奇较之六朝志怪小说篇制宏大，结构完整，情节复杂，内容偏于反映人情世态，而人物的形象塑造、心理刻画，也有了显著的提高。

　　唐代城市繁荣、商业经济发达，多种面向市井民众的俗文学形式如说话、变文等相继产生。它们都是以虚构故事来吸引听众的。它们不仅受到普通民众的欢迎，也引起文人士大夫的兴趣，许多文人已经把注意力投入到这种比诗文辞赋更富有趣味性的创作中来。于是一大批影响广泛的唐传奇佳作相继问世。

　　著名诗人元稹作于贞元末年的《莺莺传》，是第一篇完全不涉及神怪情节，纯粹写人世男女之情的作品。它在唐传奇的发展过程中具有重要的意义。故事描述了张生在蒲州普救寺居住时，与崔莺莺相识。后来两人私订终身。张生因为要赴京应举，于是和她断绝了来往。一年多后，张生与莺莺已各自嫁娶，张生偶然经过其家，以表兄身份求见，莺莺赋诗拒之，两人于是"绝不复知"。小说所述张生行事与作者元稹一一相合，所以在某种程度上可视为元稹自己的写照。它后来被改造为《西厢记诸宫调》和《西厢记》杂剧，使小说更加声名远扬。

　　传奇名篇还有诗人白居易之弟白行简所创作的《李娃传》。小说略述天宝年间，荥阳公子某生赴京应试时恋上娼妓李氏，资财耗尽。后来进士及第，他被任命为成都府参军。他父亲正好是成都府尹，听说了他的事情之后很是感动，于是备六礼迎娶李氏。十余年后他官至方面大员，李氏封汧国夫人。这个"大团圆"的结局回避了尖锐的现实矛盾，并成为后世戏曲小说经常套用的一种模式。它反映了人们希望久经磨难的情侣，最终能够得到理想结合的美好愿望。

　　蒋防的传奇《霍小玉传》写得更为精彩动人。小说写出身贵族而沦落娼门的女子霍小玉与士子李益相爱，并同居多日。李益得官后，聘表妹卢氏为妻，与小玉断绝。小玉日夜思念成疾，后得知李益负约，愤恨欲绝，誓言死后必化为厉鬼报复。《霍小玉传》的情节相对简单，但在反映生活的深刻性和表达感情的强度上，则要超过其他同类作品。

●亡国之君李煜

>>> 乐不思蜀

南唐后主李煜的词中满是亡国的愁苦、悔恨和绝望，而与他遭遇相同的刘禅却是另一番光景。

三国时，蜀后主刘禅投降后，司马昭设宴款待，先以魏乐舞戏于前，蜀官感伤，唯独后主有喜色。司马昭令蜀人扮蜀乐于前，蜀官尽皆堕泪，后主嬉笑自若。酒至半酣，司马昭对贾充说："人之常情，乃至于此！虽诸葛孔明在，亦不能辅之久全，何况姜维乎？"于是他问后主："颇思蜀否？"后主道："此间乐，不思蜀也。"

拓展阅读：

司马昭之心（典故）
《我的前半生》清·溥仪

◎ 关键词：阶下囚 亡国 相见欢

南唐后主的怨愁

李煜，字重光，是五代南唐的最后一代君主，同时又是五代最有成就的词人。在中国词史上也可称得上是一流的大家。

李煜通晓音律，工书善画，尤善于作词。南唐的军事力量根本不能与宋相提并论，所以性格根本不适合做政治家的他25岁当了国君以后，只能在年年向宋朝称臣纳贡的情况下，苟安于一隅之地。南唐终于为宋所灭，已经投降的李煜也被押到汴京，开始了半是俘虏、半是寓公的生活。两年后，他被宋太宗用毒药杀死。

李煜的前半生，尽管当的是宋朝附属国的儿皇帝，但毕竟是富庶南唐的一国之主，生活相当豪华奢侈。他词作的题材范围，没有超出花间词人、冯延巳及其父李璟，主要是写宫廷生活及歌舞宴饮。当他成了亡国之君被拘于汴京之后，"日夕只以眼泪洗面"，亡国的悔恨，对江南故国的思念，伴随着孤寂、悲凉的心境，使他的词转向了写思乡之情、亡国之恨。他后期所写的这些词代表了李煜的最高成就。下面这首《破阵子》就是他的后期词之一：

四十年来家国，三千里地山河。凤阁龙楼连霄汉，玉树琼枝作烟萝，几曾识干戈？一旦归为臣虏，沈腰潘鬓消磨，最是仓皇辞庙

日，教坊犹奏别离歌，垂泪对宫娥。

这首词是他从一国之君一下子变为阶下囚时最真诚的自白。亡国之后的愁苦、悔恨、绝望，则是他自己亲身的体验和真情的流露，因此更真挚、更深切。无论是《相见欢》中抒写的时光倏忽、人生长恨和《乌夜啼》中所叹息的往事成空、一切如梦，还是《浪淘沙》中"一任珠帘闲不卷"的满怀愁绪和另一首同调中的"梦里不知身是客"的伤感，都源自他那"一江春水向东流"的内心感情，因而具有感人肺腑的力量。

出自真情的词并不需要过多的修饰，何况此时李煜周围也没有了那金镶玉砌的凤阁龙楼、肌雪肤明的春殿嫔娥了。因此，李煜后期词便完全脱去了秾丽色彩与脂粉气味，完全直抒心怀，使胸中的真情一泄而出。如《相见欢》便是一例：

林花谢了春红，太匆匆，无奈朝来寒雨晚来风。

胭脂泪，留人醉，几时重？自是人生长恨水长东。

上阕通过写景，感叹人生和岁华变迁。朝雨晚风苦苦相逼，摧残着春意，也消磨着人的青春；下阕写人，而人也与自然一样，在风风

雨雨中韶华消尽，所以末句说"人生长恨水长东"。全词没有一点香软之辞的堆砌与雕饰，完全是直率地倾吐情怀。

李煜的词多采用白描手法，自然流畅地表达某种情思，如著名的《虞美人》：

春花秋月何时了，往事知多少？小楼昨夜又东风，故国不堪回首月明中。雕栏玉砌应犹在，只是朱颜改，问君能有几多愁，恰似一江春水向东流。

词中完全用一种清晰的语言表现了一个透明的意境，而没有依靠外在的描摹来烘托气氛。作者以自己的心境去观察事物、想象事物，使一切都笼罩在他的故国之思中。这样，词中所用的意象就在"情"的贯穿下，构成了和谐完整的意境。再看另一首著名的《浪淘沙》：

帘外雨潺潺，春意阑珊。罗衾不耐五更寒，梦里不知身是客，一晌贪欢。独自莫凭栏，无限江山，别时容易见时难。流水落花春去也，天上人间。

这首词层次丰富，变化颇多，结构回环往复，首尾呼应，给人以清晰完整而又平滑流动的感觉。先写帘外雨，春意渐去，渲染出一种令人迷惘惆怅的氛围；再写五更时寒意侵人，梦醒忆梦，梦里浮现的往日的欢娱恰与醒后孤寂相映，梦中贪欢恰与醒时痛苦心境相对，表现出一种悔恨的复杂情绪。下阕拓开，写凭栏远眺，与梦境相配合，展现自己的亡国之恨，最后以无可奈何的一声长叹收束，又与上阕开头相呼应，写出一种含义复杂的"春去也"的悲哀。这首词以情寓景，以景抒情，以心理活动的呈现来贯穿意象，从而达到一种极致的境界。

李煜前、后期词在艺术上有一致之处，即它以动态的表现作为词的意脉，因而使词显得流畅连贯；它以抒情为词的目的，因而词中辞藻简少；它的意象选择常能与情感表现融为一体；它的结构设计能使词的感情基调鲜明突出。但是，前期词题材比较陈旧，语言上受唐、五代词人影响较多，而且有些并非出自切身体验，所以不易深入。后期词则发自内心，写的是从未有人写过的作为亡国君主的故国之思，而词中流露的主要是追惜年华、感慨人事变迁无情、哀叹命运等容易引起普通人共鸣的情绪，因此艺术感染力大大增强；更由于他采用了唐、五代词人少用的白描手法，以清新的语言写情，因而他的词风格独具。

No.4

崇文盛世——

宋代文学

—— 宋代文学，承前启后，中国文学从"雅"到"俗"。

—— 宋词，流派众多，名家辈出。抒情意味更浓，艺术风格争奇斗艳，婉约与豪放并存，清新与浓丽相竞。

—— 中原战事纷起，金戈铁马激荡，昌盛王朝铅华剥落。苦难和忧伤的时代，英雄志士呼声激昂，爱国诗歌承载危亡。

—— 宋代散文更胜唐文，"先天下之忧而忧"成为宋士大夫追求的风范。

—— 说话艺术流行。"小说"和"讲史"对中国古代白话小说的发展起了巨大作用。

—— 崇文盛世，登峰造极，欲与唐文学试比高。

公元960年，后周大将赵匡胤发动"陈桥兵变"，建立赵宋王朝，赵匡胤即宋太祖。从此，一个特殊的历史时代诞生了。

自古以来，历史学家将唐、宋两代并提，称为"盛唐隆宋"。其实，内忧外患、国运不济的宋王朝是无论如何都难以同极度繁荣的大唐王朝相媲美的，但宋代文学所结出的累累硕果却能与唐代文学一比高下。宋代可以称得上是"崇文盛世"，宋代文坛盛开的朵朵奇葩，精彩纷呈，令人目不暇接。

宋词作为宋代文学之胜，与唐诗相提并论。在宋代，词的意境、形式、技巧都发展到了鼎盛时期。唐、五代词从艺人的歌曲逐渐发展成为独立的文学形式，为宋词的繁荣奠定了基础。词完全独立并取得与诗体相抗衡的地位是在宋代。宋词流派众多，名家辈出，自成一家的词人就有几十位，如柳永、张先、苏轼、晏几道、秦观、贺铸、周邦彦、李清照、张孝祥、辛弃疾等人，都取得了独特的艺术成就。宋词在题材和风格倾向上，都开拓了广阔的领域。宋代词人继承并改造了晚唐五代艳词柔婉的风格，创作出大量的抒情意味浓重的美丽动人的爱情词，弥补了古代诗歌爱情题材的不足。此外，经过苏、辛等人的努力，宋词的题材范围，几乎达到了与五言、七言诗同样广阔的程度，咏物词、咏史词、田园词、爱情词、赠答词、送别词、谐谑词应有尽有。在艺术风格上，宋词也是争奇斗艳，婉约与豪放并存，清新与浓丽相竞。无论是题材还是风格，后代词人很少能超出宋词的范围。

宋诗和唐诗并峙，成为诗歌史上的两大典范。宋以后的诗歌，虽然也有所发展，但大体上没能超出唐宋诗的风格范围。元、明、清的诗坛上有时宗唐，有时宗宋，或同时之间有人宗唐、有人宗宋。"以文字为诗，以才学为诗，以议论为诗"则代表了宋诗的一些特征。宋王朝的内忧外患促使许多爱国题材诗歌的出现，最能体现时代精神的是陆游、辛弃疾等英雄志士的激昂呼声。而岳飞的《满江红》、文天祥的《正气歌》等作品则成为振奋中华民族士气的精神支柱。

沿着唐代散文的道路而发展的宋代散文，最终的成就却超过了唐文。后人有"唐宋八大家"之说，而八大家中有六人出于宋代。北宋的王禹偁、范仲淹，南宋的陆游、陈亮等人，也都堪称散文名家。宋代散文作家的阵容比唐代更为强大。宋代的士大夫在政治上和学术上都具有强烈的使命感，十分重视诗文的政治教化功能。他们以天下为己任，密切关注国家的隐患。范仲淹的"先天下之忧而忧"（《岳阳楼记》），正是宋代士大夫所追求的风范。

宋代城市与商业的发达，更直接地刺激了市民文学的兴盛。在以北宋都城汴京和南宋都城临安为中心的城市中，普遍建有被称为"瓦舍""勾栏"的娱乐场所，演出各种各样的技艺，其中最流行的是说话艺术。吴自牧的《梦粱录》和耐得翁的《都城纪胜》均载有当时的"说话四家",其中最重要的是"小说"和"讲史",它们对中国古代白话小说的发展起了巨大的作用。

宋代虽然是一个多灾多难和令人忧伤的时代,但宋代文苑夺人心魄的魅力却不能不令人心驰神往。让我们搭上这趟"宋代文学快车",尽情欣赏这一代奇观吧。

●高士观瀑图 南宋 马远
●雪中放牧图 南宋 李迪

●赵光义像

>>> 《无双传》

唐代传奇。作者薛调。

本篇写唐德宗建中年间，刘震的女儿无双与刘的外甥王仙客两人青梅竹马、情深意笃。但王身世孤寒。刘震则"位尊官显"，因而有毁约之意。后在战乱中，两人经历坎坷，双双浪迹江湖以避祸，最终得归故乡，夫妇偕老。

作品描写仙客与无双精诚不渝的爱情，感人至深，故事离奇曲折，富有艺术魅力。

拓展阅读：

《柳氏传》唐·许尧佐
《南柯太守传》唐·李公佐

◎关键词：宋代文学 古代小说 野史传记

古小说的总汇《太平广记》

宋词是中国文学史上的一朵奇葩，也是宋代文学的一道亮丽的风景。与此同时，小说这种文学样式也随着宋代社会商业的发达而进入新兴的市民阶层的家庭中。《太平广记》就是一本古代小说的荟萃之书。

《太平广记》规模宏大，全书共500卷，另有目录10卷，分92大类，150多小类，用浅显易懂的文字汇集了自汉至宋各个朝代的小说、稗史、笔记等475种，保存了大量的古小说资料。

《太平广记》是由李昉同扈蒙、李穆、汤悦、徐铉、宋白、王克贞等12个人，在太平兴国二年（977年）三月奉诏编纂而成的一部小说总集，共花费了将近四年的时间。该书在宋代太平兴国年间完成，因此，定名为《太平广记》。

这部书专收野史传记和以小说家为主的杂著，引书大约400多种，一般在每篇之末都注明来源。全书分类而编，按主题分92大类，下面又分150多个小类，例如，畜兽部下又分牛、马、骆驼、驴、犬、羊、豕等细目，非常方便读者查阅。本书收得最多的是小说，可以说是一部宋代之前的小说的汇总。其中有不少书现在已经失传了，只能在本书里看到它的遗文。在本书中能找到许多唐代和唐代以前的小说，很多至今都令人珍视的篇目如《李娃传》《东城老父传》《柳氏传》《长恨传》《无双传》《霍小玉传》《莺莺传》等，最早都见之于本书。另外，收在"器玩类"的《古镜记》，收在"鬼类"的《李章武传》，收在"龙类"的《柳毅传》，收在"狐类"的《任氏传》，收在"昆虫类"的《南柯太守传》等，也都是中国古代小说的佳作。

《太平广记》是研究中国小说史不可多得的典籍，通过该书可以窥见宋代以前我国古典小说的发展过程。该书引书很多，有些篇幅较小的书几乎全部收入，失传的书还可以根据它重新辑录复原，有传本的书也可以用它校勘、辑补。《剧谈录》《阙史》《三水小牍》等书，引文和现有版本的文字稍有不同，就很值得研究。因此，研究古代小说，不能没有《太平广记》。鲁迅说该书"替我们留下古小说的林薮来"（《中国小说的历史变迁》），他还认为该书有两大好处："一是从六朝到宋初的小说几乎全收在内，倘若大略的研究，即可以不必买许多别的书。二是精怪、鬼神、和尚、道士，一类一类分得很清楚，聚得很多，可以使我们看到厌而又厌，对于现在谈狐鬼的《太平广记》的子孙，再没有拜读的勇气。"

《太平广记》中神怪故事占的比重最大，如神仙55卷，女仙15卷，

●骷髅幻戏图 宋 李嵩　　　　　　●携琴访友图 宋 范宽

神25卷，鬼40卷，再加上道术、方士、异人、异僧、释证和草木鸟兽的精怪等。这些志怪性质的故事，成为中国古典小说的主流。直到清代《聊斋志异》系列的鬼怪小说，都跳不出这个范围。书中神仙加上女仙的故事共计70卷，又排在全书的开头，可以看出唐五代小说题材的重点所在和宋初文化学术的倾向。唐代道教和佛教竞争很激烈，道教虽然不占上风，然而由道士和信奉道教的文人编造出来的神仙故事却影响很大，产生了不少优美动人的小说。例如写方士上天入地寻找杨贵妃的《长恨歌传》就是一篇代表作。唐代小说中的名篇《柳毅传》《无双传》《虬髯客传》以及《杜子春》《张老》《裴航》等，也都和道教有关。

　　《太平广记》直接影响了后来的文学创作，宋代以后的话本、曲艺、戏剧等很多都是从《太平广记》里选取素材加以改编。家喻户晓的讲张生、崔莺莺故事的《西厢记》就有很多剧本，它的素材《莺莺传》最早就保存在《太平广记》里。《太平广记》是中国古代小说的一个宝藏，但是本书也有不少糟粕，其中讲神怪的部分就有很大的迷信成分。

●孝经图 北宋 李公麟

>>> 蜘蛛不如蚕

一天，太守在席上出了一个上联："鹦鹉能言争似凤"，座中无人能对。

毕士安回家后就将这个句子写在屏风上，王禹偁见后，很快写出了下联："蜘蛛虽巧不如蚕。"

毕士安看后，赞叹不已："你真是经纶之才啊！"从此便称王禹偁"小友"。

拓展阅读：

毕士安
寒食节
《欢州不作寒食》唐·沈佺期

◎ 关键词：直谏 贬谪 毕士安

王禹偁诗学白居易

北宋初年，王禹偁是一个得到极高评价的士大夫，苏轼称颂他"雄文直道独立当世"（《王元之画像赞并序》）。"雄文"指的是他独树一帜的诗文创作，"直道"则是王禹偁为人处世中所表现出来的刚直清廉的品格。

王禹偁，字元之，山东人。他出身贫寒，以磨面为生，但聪敏好学，很小就能写诗作文。名士毕士安让王禹偁作磨面诗，王禹偁脱口而出："但存心里正，无悉眼下迟。若人轻著力，便是转身时。"当时王禹偁年方九岁，毕士安十分惊奇，便把他接到家中，和自家的子弟一起学习。

王禹偁30岁后就中了进士，从此开始了他的仕途生涯。他为官清廉，关心民间疾苦，秉性刚直，不畏权势，以直言敢谏闻名于朝野。他屡屡触怒皇帝和权臣，一生遭遇了三次贬谪，仍然风骨凛凛，不改"直道"，最终在盛壮之年病逝于官舍，年仅48岁。

在宋代，王禹偁是最早提倡白居易现实主义传统的优秀诗人。他自称"本与乐天为后进"，乐天是白居易的字，意思是说要向白居易学习。白居易的诗歌浅近易学、流利爽滑，所以很多人在模仿他的诗歌时，往往写成了顺口溜似的缺乏诗味的作品。而王禹偁在学白居易的同时，又汲取了其他因素，因而形成了自己独特的风格，可谓开北宋一代诗歌风气。

王禹偁反对唐末以来的浮艳文风，他的那些描绘山水景物、抒发内在情怀的作品表现了他非同一般的艺术造诣，如《村行》：

马穿山径菊初黄，信马悠悠野兴长。万壑有声含晚籁，数峰无语立斜阳。棠梨叶落胭脂色，荞麦花开白雪香。何事吟余忽惆怅？村桥原树似吾乡。

此诗明白自然，淡而有味，其中"万壑有声含晚籁，数峰无语立斜阳"更是成为千年传诵的写景名句。

再如《寒食》：

今年寒食在商山，山里风光亦可怜。稚子就花拈蛱蝶，人家依树系秋千。郊原晓绿初经雨，巷陌春阴乍禁烟。副使官闲莫惆怅，酒钱犹有撰碑钱。

这首诗语言浅切，层次清楚，叙述从容连贯，没有突兀惊人的意象，也没有跳荡的表现，色彩鲜明但并不浓腻。

王禹偁的某些长篇诗歌，擅长用素笔直抒胸臆，初步显现出宋诗议论化、散文化的风格。

◎ 关键词：隐士 孤山 梅花

"梅妻鹤子"林逋

●北宋隐士林逋

>>> 陆游《卜算子·咏梅》

驿外断桥边，寂寞开无主。已是黄昏独自愁，更著风和雨。无意苦争春，一任群芳妒。零落成泥碾作尘，只有香如故。

林逋的《山园小梅》表达了诗人孤高幽逸、孤芳自赏、不附流俗的生活情趣和梅花的孤高精神是相通的。而陆游以清新的情调写出了傲然不屈的梅花，暗喻了自己的坚贞不屈，笔致细腻，意味深隽。

拓展阅读：

孤山
四大名隐
《爱莲说》宋·周敦颐

"梅妻鹤子"林逋是北宋初年"四大名隐"之一，他才华出众，性格恬淡，一生不仕、不商、不娶，甘愿在山水田园之中与梅鹤相伴，以诗酒自娱。

宋太祖乾德五年（967年），林逋出生在杭州。10岁时，父母双亡，他只好与哥哥相依为命。他为人真诚自然，不趋功名利禄。14岁时便开始漫游于江淮一带，后来他回到杭州，隐居在孤山，20年足不入市，并因此声名远扬。孤山也一下子闻名于天下，士大夫和文人墨客常常到此拜谒，后来连宋真宗也闻其大名，特下诏赐给他粮食和锦缎，让地方官员每年按季慰劳他。

他一生淡泊功名，寄情山水，酷爱梅花的高洁与白鹤的清雅，在孤山上种梅养鹤20年。据说他在孤山上最少种了360余株梅树，以出售梅子为生。他养了许多只白鹤，并把它们驯成了如同他的侍从和信使一样通人性的灵物。他常常自驾一只小舟遍游湖中诸寺。如果有客来访，就有一个家童出来应门，先把客人引入厅中坐下，然后开笼放鹤。林逋见鹤即回。梅花成了林逋的衣食，白鹤成了林逋的信鸽。林逋在孤山上如闲云野鹤，不受世俗的羁绊。他独自游戏人间，自称"以梅为妻，以鹤为子"，过着悠然自得的生活。

林逋的人品、才学出类拔萃，许多人劝他出山做官，他却一再推

辞。林逋没有经国济世的大志，大自然的山水使他的心灵得到了净化，他在平和的生活中极力描摹大自然的美景，神清骨秀的梅花正与他超然的品格相契合。《梅花》诗可见一斑：

众芳摇落独暄妍，占尽风情向小园。

疏影横斜水清浅，暗香浮动月黄昏。

霜禽欲下先偷眼，粉蝶如知合断魂。

幸有微吟可相狎，不须檀板共金樽。

这首诗成为咏梅的绝唱，历来最为人称道和传诵。而"疏影横斜水清浅，暗香浮动月黄昏"更是被誉为"警绝"，被司马光称为"曲尽梅之体态"。疏淡的梅枝横出斜逸于水上，香气在空中若有若无地浮动，给人以身临其境的缥缈之感。"水清浅"与梅枝，"月黄昏"与暗香，更显朦胧清幽，使人不禁进入清雅超逸的意境。

林逋让时人折服之处，不仅在于"梅妻鹤子"的文采风流，而且在于他淡泊名利的真隐士的气节。他生活在太平盛世，有出众的才华和做官的机会，但却甘于平淡，寄情于山水之间。他的这种高尚品格赢得了宋仁宗皇帝"和靖先生"的赐谥。

● 宋真宗赵恒像

>>> 宋真宗东封泰山

祥符元年（1008年）十月，宋真宗自汴京出发，千乘万骑，东封泰山。

他改乾封县为奉符县，封泰山神为"天齐仁圣帝"；封泰山女神为"天仙玉女碧霞元君"；在泰山顶唐摩崖东侧刻《谢天书述二圣功德铭》。

诏王旦撰《封祀坛颂》、王钦若撰《社首坛颂》、陈尧叟撰《朝觐坛颂》，各立碑山下。

现唯王旦《封祀坛颂》尚存于岱庙院内。

拓展阅读：

五岳

封禅大典

◎关键词：西昆体 杨亿 册府元龟

西昆体与西昆体诗人

宋王朝结束了晚唐五代长期分裂割据的局面，统治者也采取了一些轻徭薄赋的措施，使人民过上了安定的生活，阶级矛盾趋向缓和。因此，宋代初年的社会呈现出一派繁荣的景象。为了粉饰太平，宋王朝还有意提倡诗赋，当时上自朝廷，下至市井，都常有文人的诗酒之会，结社唱和成为一种时尚。这也助长了晚唐五代以来浮靡文风的蔓延。西昆派的形成正是宋初文坛这种趋势的集中表现。

宋真宗景德二年（1005年），杨亿、王钦若等十几个御用文人，奉命编纂一部记载历代君臣事迹的巨著《册府元龟》。参加编书的人聚集在秘阁，这些人都很有才学，他们在编书之余结集一群诗人写诗唱和。三年之后，这些唱和诗被编辑成一个集子，杨亿为之作序，将他们修书和作诗的秘阁比喻为《穆天子传》中西方昆仑山上先王藏书的册府，并将这个集子命名为《西昆酬唱集》，"西昆体"故此得名。他们的诗歌宗法李商隐，追求辞藻华美，音节铿锵，又喜用典故，形成了一种共有的风格，为后来的学子效法，在当时产生了很大影响。《六一诗话》说："自《西昆集》出，时人争效之，诗体一变。"

西昆诸子是以作诗作为消遣的。他们或咏前代帝王和宫廷故事如《始皇》《汉武》《宣曲》等；或咏男女爱情如《代意》《无题》等；或咏官僚生活如《夜宴》《直夜》等；更多的是咏物如《梨》《泪》《柳絮》，等等。他们自认为是学习李商隐，实际上只是片面发展了李商隐写诗追求形式美的倾向。由于缺乏真正的生活感受，他们写出来的诗大都内容单薄，虚情假意，写来写去，无非是为了搬弄几个陈腐的典故，如《泪》：

锦字梭停掩夜机，白头吟苦怨新知。谁闻陇水回肠后，更听巴猿拭袂时。汉殿微凉金屋闭，魏宫清晓玉壶敧。多情不待悲秋气，只是伤春鬓已丝。

全诗形式上辞藻华丽，声律谐和，对仗工稳，但缺乏感情上的内在联系，只是把古今以来有关悲哀的故事集中在一起，好像是一堆谜语。这只不过是那些生活空虚的官僚士大夫以文字为消遣的游戏，是没有真心诚意的无病呻吟。由于杨亿等在学识修养上已经超过了晚唐五代的许多作者，再加上宋王朝对这种诗风的偏爱，"杨刘风采，耸动天下"（欧阳修《六一诗话》），西昆派在宋初风靡了数十年。

西昆体诗虽孕育于宋初馆阁唱和之中，但不能说是贵族文学。其代表人物杨亿风骨清亮，具有独立于皇权的人格意识，在他身上显示了宋代士人典型的气质人品。西昆体与白体相互渗透、并行发展。所以西昆体实际上是白体、义山体、唐彦谦体混合的产物。它一方面重视知识积累和文化素养，另一方面使白诗和晚唐诗的讽喻精神在馆阁唱和这一特定创作机遇中得到了传承。杨亿咏史诗的规讽之意，以及他的咏物、咏怀诗中的个人感怀，可称为盛世之哀音。西昆体符合宋代文化的发展趋势，为真正的"宋调"的成立，做出了一定的贡献。因此，它不仅仅是对晚唐诗风的简单回归。

西昆体诗人对晚唐五代至北宋开国初年的诗风有一定的冲击力。在那一段时期中，习白体者每有俚俗滑易之弊，而西昆体较之有精致含蓄之长；习姚、贾体者每有细碎小巧之弊，而西昆体较之有丰赡开阔之优。而

● 岸风图 南宋

且，西昆诗人的作品也并不如一般批评者所说，完全是内容空泛的，如刘筠、杨亿等七名馆臣以"汉武"为题的唱酬诗，即是针对真宗妄信符瑞、东封泰山之事，而借汉武故事予以讽谕。刘筠一首如下：

汉武高台切绛河，半涵非雾郁嵯峨。桑田欲看他年变，瓠子先成此日歌。夏鼎几迁空象物，秦桥未就已沉波。相如作赋徒能讽，却助飘飘逸气多。

此诗语言典丽，组织细密，虽多用典故，但比喻贴切，内容丰富，毫无堆垛之病，显示了较高的艺术技巧。

●范仲淹像

>>> 范仲淹罢宴

范仲淹镇守邠州时，于闲暇之日带领部属登上城楼准备酒宴，还没有开始举杯，就看见数十个戴孝的人正在准备装殓之物。

他马上派人去询问，原来是客居此处的读书人死在了邠州，准备出殡葬在近郊，可是棺材等物尚未齐备。

范仲淹很伤感，立即撤掉了酒席，并取钱来给他们买来了棺材等丧葬用品。在座的客人非常感动，甚至流下了眼泪。

拓展阅读：

范仲淹建屋
范仲淹毁信案
《岳阳楼记》宋·范仲淹

◎ 关键词：范公堤 断齑画粥 醴泉寺

范仲淹的济世情怀

"先天下之忧而忧，后天下之乐而乐"，这句传诵千古的名句出自北宋著名的政治家、文学家范仲淹之口。这是他立身处世的信条，更是他一生际遇的真实写照。

宋太宗端拱二年（989年）八月初二，范仲淹降生在一个贫寒的家庭。2岁时父亲病逝，他随母亲改嫁到朱家。长大后，范仲淹勤学不倦，嗜书如命，经常到附近山上的醴泉寺昼夜苦读，居然五年间不曾脱衣睡觉。据说，他的生活艰苦到每天只用稠粥和腌菜来打发生计。几年之后，山上的书籍已不能满足他的渴求。一心向学的范仲淹不愿意一直靠继父的关照度日，决心自树门户。他不顾母亲的阻拦，流着眼泪，毅然离开母亲，徒步求学去了。

真宗大中祥符四年（1011年），23岁的范仲淹来到睢阳应天府书院（今河南商丘市）。一次，真宗皇帝路过附近，大家都争相前去观望，范仲淹却闭门不出，坐诵如旧。一位同学怪他错过观望皇上的良机，他却回答："日后再见，也未必晚。"慢慢地，范仲淹已经将儒家经典烂熟于心。他吟诗作文，慨然以天下为己任。

大中祥符八年（1015年）春，范仲淹中了进士，时年27岁。不久，他被任命为广德军的司理参军。接着，又调任集庆军节度推官。他把母亲接来赡养，并正式恢复了范姓，改名仲淹，字希文。从此他开始了将近40年的政治生活。

范仲淹在担任泰州盐仓监官时，发现当地多年失修的海堤，给当地百姓带来了很大的灾难。为此，他上书给江淮漕运张纶，建议重修捍海堤堰。他的提议得到了支持。但刚刚开始整修堤堰，便遇到了大海潮，吞噬了100多名民工。范仲淹则临危不惧，坚守护堰之役，终于使绵延数百里的长堤重新横亘在黄海滩头。盐场和农田的生产，从此有了保障。人们感激范仲淹，就把海堰叫非"范公堤"。这里的很多灾民，竟然跟着他姓了范。

范仲淹把关心别人的疾苦当作自己人生的一大乐事。有一次，一位游学乞讨的孙秀才，前来拜谒。范仲淹不仅送他钱财，还帮他找了差事，并与自己一起攻读《春秋》。十年之后，朝野上下传颂着有位德高望重的学者，在泰山广聚生徒，教授《春秋》。此人便是当年那位孙秀才。

范仲淹的高尚人格和他为进步的政治理想忧患终身的精神，成为后人学习的楷模。他逝世后，皇帝亲自为他的墓碑题写"褒贤之碑"。受到他恩泽的百姓为了纪念他，也纷纷为他画肖像、立祠堂。

●竹虫图 北宋 赵昌

>>> 苏轼打趣张先

张先一生安享富贵，诗酒风流，故事很多。

80岁的张先竟娶了一位18岁的女子为妾。

一次家宴上，苏轼再度赋诗调侃："十八新娘八十郎，苍苍白发对红妆。鸳鸯被里成双夜，一树梨花压海棠。"

拓展阅读：

《行香子》宋·张先
《木兰花·乙卯吴兴寒食》宋·张先

◎ 关键词：晏殊 欧阳修 赠别酬唱

好人缘"张三影"

"云破月来花弄影""娇柔懒起，帘压卷花影""柳径无人，堕风絮无影"，张先因为写了这三句带"影"的警句，而被人戏称为"张三影"。

张先（990—1078年），字子野，浙江湖州市人。他晚年畅游乡里，放舟垂钓，自得其乐。张先"能诗及乐府，至老不衰"，现存180多首诗。

他性格疏放，风流浪漫，为人"善戏谑，有风味"，人缘极好。他的词比较注意于诗意的探求和美学境界的开拓。这方面传播最广的词是《天仙子》：

水调数声持酒听，午醉醒来愁未醒。送春春去几时回？临晚镜，伤流景，往事后期空记省。沙上并禽池上暝，云破月来花弄影。重重帘幕密遮灯，风不定，人初静，明日落红应满径。

这首词通过直接抒情与对客观景物的描写，把惜春伤春而自伤的感情表达得细腻传神，独具特色。"云破月来花弄影"一句更成为千古传诵的名句。王国维评价道："着一'弄'字而境界全出矣。"（《人间词话》）

晏殊对张先的词非常欣赏，而且两人交往密切。晏殊要去洛阳做官，张先得知后，作了一首情意缠绵的《送临淄相公》送别友人，表达了难舍难分的朋友情意。宋仁宗天圣八年（1030年），张先与欧阳修是同榜进士，两人虽然早就互相倾慕，但总是无缘相见。有一次，张先路过京都，便迫不及待地去拜访了大文学家欧阳修。当欧阳修听说是张先驾临，立即出门迎接，慌张中把鞋子都穿倒了。张先的"桃杏嫁东风"令欧阳修倾慕不已，此句出自他最成功的爱情词作《一丛花令》：

伤高怀远几时穷？无物似情浓。离愁正引千丝乱，更东陌、飞絮蒙蒙。……沉恨细思，不如桃杏，犹解嫁东风。

词作以女性的口吻写离别之愁，以人比桃杏，以无情比有情，衬托出别恨之深切。正是爱到极点，怨到极深。

张先词的创作以"心中事，眼中泪，意中人"为主。他善于大量用词来赠别酬唱，扩大了词的实用功能，而且率先将日常生活引入词中，改变了词的发展方向。张先缘题赋词，写眼前景、身边事，使词的题材取向逐渐贴近作者的日常生活。因此，张先词被人视为"古今一大转移"。

北宋前期词坛，张先所创作的词，数量最多，成就最突出，这使他成为宋代词坛上颇具影响力的人物。

●倚云仙杏图 南宋 马远

>>> 宋祁妙答

有一次上元佳节的时候，宋祁的哥哥宋庠在书院里读《周易》，听说宋祁狎妓纵酒，醉饮达旦。

于是第二天派人责备弟弟："相公寄语学士：听说你昨夜烧灯夜宴，穷极奢侈，不知还记得某一年的上元夜，和我一起在某州的州学里吃咸菜煮干饭的时候吗？"

宋祁笑着对来人道："请回报相公，不知当年在一起吃咸菜煮干饭是为了什么？"

拓展阅读：

《新唐书》宋·宋祁
《半臂寒》明·南山逸史

◎ 关键词：玉楼春 新唐书 欧阳修

"红杏尚书"宋祁

东城渐觉春光好，縠皱波纹迎客棹。
绿杨烟外晓寒轻，红杏枝头春意闹。
浮生长恨欢娱少，肯爱千金轻一笑。
为君持酒劝斜阳，且向花间留晚照。

这首誉满宋代词坛的《玉楼春》，是宋初词人宋祁之作。词中传诵千古的佳句"红杏枝头春意闹"一句，使宋祁获得了"红杏尚书"的雅号。

宋祁（998—1061年），字子京，湖北人，北宋著名的文学家和史学家。宋祁天资聪慧，勤奋好学，从小就胸怀大志。宋仁宗天圣二年，时年26岁的他以优异的成绩考中进士。从此，宋祁开始了他的官宦生活。他曾做过翰林学士、史馆修撰，后又与欧阳修等合修《新唐书》。《新唐书》修成后，他晋身为工部尚书，拜翰林学士承旨。死后谥号景文。

由于长期在舒适奢华的宫廷内生活，使他的诗词创作离不开诗酒宴会、应酬以及风花雪月等。但是，他在宣泄个人闲情逸致之余，往往营造出一种脱俗新颖的意境。

宋祁的诗作仅存30多首，其中不乏优秀之作。而他的六首词作却在精彩纷呈的宋代词苑里，放射着奇异的光彩。《玉楼春》这首千古绝唱则是他词作中的经典，当时轰动京师、震惊词坛。这首描写春景的小词，上阕催人奋发，一时之间只觉得自己仿佛沐浴在宜人的明媚景色之中，读后使人感觉到生活的魅力。特别是一个"闹"字点染得极其生动，使人如闻其声，如见其形。下阕却流露出伤感人生、及时行乐的庸俗情趣，读后令人消沉。然而"绿杨烟外晓寒轻，红杏枝头春意闹"两句，真乃神来之笔，至今仍广为传唱。全词想象新颖，颇具特色。王国维在《人间词话》中说："红杏枝头春意闹"，着一"闹"字，而境界全出。钱钟书先生则称赞："'闹'字是把事的无声的姿态说成好像有声音的波动，仿佛在视觉中获得了听觉的感受。"唐圭璋在《唐宋词简释》中说："此首随意落墨，风流闲雅。起两句，虚写春风春水泛舟之适。次两句，实写景物之丽。绿杨红杏，相映成趣。而'闹'字尤能撮出花繁之神，宜其擅名千古也。下片一气贯注，亦是动人轻财寻乐之意。"

作为史学家的宋祁曾和欧阳修等人一块儿修书，两人之间还发生过一段有趣的故事。宋祁写文章时爱用冷僻的字词，比如"迅雷不及掩耳"，他却写成"震雷无暇掩聪"。欧阳修很想帮他改正过来，但碍于对方比自己年长20岁，不好直说。有一天，欧阳修去拜访宋祁，可是宋祁不在家，

●溪山赏秋图 南宋 佚名

●妆靓仕女图 南宋 苏汉臣

他就想出一个招数，在门上写道："宵寐匪贞，札闼洪休。"然后就在附近散步。宋祁回来，瞧见这八个大字，便问："是谁在门上乱画？""啊，我写的。"欧阳修赶上前去："对不起，把你的门弄脏了。"宋祁见是欧阳修，方才转怒为笑。但这个爱用冷僻字的老手，望着门上的字，满脑疑惑，不解何意。欧阳修笑了笑，解释道："这句话就是'夜梦不祥，题门大吉'的意思。"宋祁笑道："你就写'夜梦不祥，题门大吉'好了，何苦用这种冷僻的字眼呢？"欧阳修哈哈大笑："这就是您老修书的手法呀！"宋祁恍然大悟，哈哈一笑，接受了欧阳修的批评，同时也更加敬重欧阳修这位直言规劝的好朋友了。

●梅尧臣像

>>> 梅尧臣慧眼识东坡

嘉祐二年（1057年）正月，礼部举行考试。梅尧臣被推举为参详官。

在评判试卷时，梅尧臣看到一篇气势充沛、举例精辟、说理透彻的文章。

他将试卷推荐给主试官欧阳修并说，全场恐怕再也找不出第二篇这样的好文章来。

欧阳修经过再三斟酌，将其列为第二。梅尧臣惋惜地说：“那就放在第二吧！只不过太委屈他了。”

文章揭晓了，这篇文章的作者原来是四川眉山人苏轼，当时他只有20岁。

拓展阅读：

梅公亭
《田家语》宋·梅尧臣

◎ 关键词：陶者 汝坟贫女 现实主义

“诗老”梅尧臣

梅尧臣（1002—1060年），字圣俞，安徽宣城人。宣城古称宛陵，所以梅尧臣也被称为宛陵先生。他一生穷困不得志，只做过主簿、县令等小官，但诗名素著。他和欧阳修互相唱和，并以韩孟自况。欧阳修认为梅尧臣诗的成就源于他贫困的生活，所谓“非诗之能穷人，殆穷者而后工也”（《梅圣俞诗集序》）。梅尧臣也曾经自称“囊橐无嫌贫似旧，风骚有喜句多新”（《诗癖》）。接近生活艰难的人民，了解广阔的社会现实，使他的诗大异于时。

梅尧臣的诗风和西昆派相对立，《汝坟贫女》和《田家语》便是他现实主义创作道路的体现。《汝坟贫女》：

汝坟贫家女，行哭声凄怆。自言有老父，孤独无丁壮。郡吏来何暴，官家不敢抗。督遣勿稽留，龙钟去携杖。勤勤嘱四邻，幸愿相依傍。适闻间里归，问讯疑犹强。果然寒雨中，僵死壕河上。弱质无以托，横尸无以葬。生女不如男，虽存何所当。拊膺呼苍天，生死将奈向！

该诗用一位贫女的口吻，深刻地揭露了宋朝官吏的无情和残暴。在寒风苦雨中凄惨而死的老翁，汝坟贫女的不幸遭遇，都深刻地反映出当时广大人民的疾苦。《陶者》直接反映了贫富阶级的尖锐对立：

陶尽门前土，屋上无片瓦。十指不沾泥，鳞鳞居大厦。

梅尧臣认为诗是“因事有所激，因物兴以通”而产生的，“国风”要使下情上达，“雅颂”也要有所讽谕。梅尧臣还有意识地向各种自然景象、生活场景、人生经历开拓，寻找前人未曾注意的题材，或在前人写过的题材上翻新。这也开了宋诗“好为新奇、力避陈熟”的风气，为宋诗从唐诗之中突围找到了一条途径。

梅尧臣诗歌的艺术风格，欧阳修认为为“古硬”“平淡”。所谓“古硬”是指效仿韩愈诗风，常用一些生冷怪僻的文字、暗昧阴郁的色彩等。“平淡”是他个人的特色。他曾说：“作诗无古今，唯造平淡难。”

梅尧臣的诗有时“古硬”得难以咀嚼，“平淡”得缺乏韵致，散文化的句子写得完全不成其为诗，以及他把一些丑恶的事物写入诗中，这些都是明显的弊病。但他毕竟在众多方向上开启了宋诗的道路，在诗史上仍有着较大的影响，正如《后村诗话》所说的“本朝诗唯宛陵为开山祖师”。

●晴峦萧寺图 李成

>>> 《望海潮》

柳永在《望海潮》词里将西湖的美景，钱江潮的壮观，杭州市区的繁华富庶，当地上层人物的享乐，下层人民的劳动生活，统统注于笔下，涂写出一幅幅优美壮丽、生动活泼的画面。

相传后来金主完颜亮听唱"三秋桂子，十里荷花"以后，便羡慕钱塘的繁华，从而更加强了他侵吞南宋的野心。为此，宋人谢驿（处厚）还写了一首诗："莫把杭州曲子讴，荷花十里桂三秋。那知草木无情物，牵动长江万里愁。"

拓展阅读：

《忆江南》唐·温庭筠
《书剑情侠柳三变》电视剧

◎ 关键词：慢词 词调 歌伎

风流才子"柳三变"

我国文学史上第一位专业词人是柳永。他的词通俗易懂，自然晓畅，因此深受平民百姓的喜爱，以至于"凡有井水饮处，即能歌柳词"。柳永将词的发展向前推进了一步，并开拓了一个崭新的局面。

柳永，原名三变，字景庄，福建武夷山人，人称柳七。出生在一个书香门第的柳永，早年在汴京过着风流放荡的生活，常常出入歌楼酒馆，漫游于柳巷花街。歌伎舞女都以拥有柳永的词为荣。话本小说《众名姬春风吊柳七》有这样一段精彩的描写："不愿穿绫罗，愿依柳七哥。不愿君王喊，愿得柳七叫。不愿千黄金，愿中柳七心。不愿神仙见，愿识柳七面。"可见柳永在当时歌伎们心中的地位。

柳永虽然混迹于花街柳巷，但仍然没有忘记对功名利禄的追求。可他连考几次进士都名落孙山。柳永落第之后愤愤不平，写了传诵一时的《鹤冲天》词，表示了对功名利禄的轻视。词中公开对社会进行谴责，"明代暂遗贤，……，青春都一饷，忍把浮名，换了浅斟低唱"。有人看到了柳永的这首词后，心中甚是不悦，等到发榜时，指着柳永的名字说："且去浅斟低唱，何要浮名！"尽管有怜爱柳永才情之人将他向上推荐，可宋仁宗只是一句："且去填词。"柳永不思改过，反而自称"奉旨填词柳三变"。后来，改了名的柳永终于考取了进士，走上了仕途之路，但只做了几任小官。直到晚年时，他才官至屯田员外郎这个低下的职位，所以他又被人们叫作"柳屯田"。

太多的打击，太多的伤感，漂泊的生活，不得已的离别，促使他在词曲的创作中大量铺叙，用以容纳更多的生活内容和感情。没有想到，这样一来他竟开创了宋代慢词的先河。柳永大力创作慢词，从根本上改变了唐、五代以来词坛上小令一统天下的格局，使慢词与小令两种体式平分秋色，齐头并进。柳永也成为慢词的创始人和开拓者。

柳永从体制到内容诸方面都给宋词以重大影响，他在中国词史上占有重要地位。柳永现存213首词，用了133种词调，成为两宋词坛上创用词调最多的词人。在宋代所用880多个词调中，有100多调是柳永首创或首次使用的。词至柳永，体制才开始完备。令、引、近、慢、单调、双调、三叠、四叠等长调短令，日益丰富，为宋词的发展提供了前提条件。柳永全面开创了宋词创作的新局面，对后世作家影响颇深。后代词人如苏轼、秦观、黄庭坚、周邦彦、李清照、辛弃疾、吴文英等，都曾从他的作品中吸收过艺术营养。

●欧阳修像

>>> 欧阳修妙语戏秀才

一位富家"酸秀才"找欧阳修比诗。途中，他看见一株枇杷树，吟了句："路旁一古树，两朵大丫杈。"吟完便没词了。正巧路过的欧阳修替他续了两句："未结黄金果，先开白玉花。"酸秀才点头称好。

两人沿湖畔而行，酸秀才又云："远看一群鹅，一棒打下河。"吟罢又抓耳挠腮。欧阳修续道："白翼分清水，红掌踏绿波。"酸秀才拱手称赞，要与他一起去访欧阳修。两人上了小舟，酸秀才又吟咏道："诗人同登舟，去访欧阳修。"欧阳修哈哈大笑曰："修已知道你，你还不知羞。"

拓展阅读：

欧阳修弹琴祛疾
《醉翁亭记》宋·欧阳修
《六一诗话》宋·欧阳修

◎ 关键词：诗文革新 道 领袖

一代文坛盟主欧阳修

我国北宋时期著名的文学家欧阳修，领导了北宋的诗文革新运动。他继承了韩愈、柳宗元古文的优良传统，创作了许多风格独特的散文、诗词，在文坛上开创了一代新风，成为当时德高望重的文学盟主。

欧阳修，字永叔，自号醉翁，晚年自称六一居士。欧阳修4岁时就死了父亲，他父亲一生为人敦厚，清正廉洁，死后也没有给欧阳修母子留下什么家财。欧阳修的母亲郑氏夫人出身江南名门，知书达理，贤淑善良，是一个很有见识的女子。丈夫死后，她带着三名子女投奔欧阳修的叔叔欧阳晔。她守节自誓，注意对子女的教育，教儿子读书识字。因家贫无钱买纸笔，她就用芦苇秆做笔，以沙地当纸，手把手地教欧阳修在地面上学写字。欧阳修自幼就聪明慧悟，在母亲的激励下，发愤苦读，决心长大后要出人头地，干出一番大事业。

欧阳修在胥偃的大力推荐下，于天圣八年中进士第一，次年到洛阳任西京留守推官。当欧阳修登上文坛和仕途的时候，北宋社会的阶级矛盾和民族危机日趋严重。统治阶级内部以范仲淹为代表的改革派和以吕夷简为代表的保守派斗争异常激烈。欧阳修坚决地站在范仲淹的一边，关切国事，同情人民的疾苦。他一度因支持范仲淹的政治改革主张被贬。庆历年间，他再度积极参与范仲淹所主持的"庆历新政"。新政失败后，他又被长期贬谪。这次革新虽然失败了，但欧阳修在文人中的威信却日益高涨。至和年间，他又入朝为官，逐渐升至枢密副使、参知政事等权要职位。

欧阳修博学多才，诗文创作和学术著述都成绩斐然，同时他又是一代名臣，政治上有很高的声望。他以这双重身份入主文坛，团结同道，激励后进。在当时著名的文学家中，尹洙、梅尧臣、苏舜钦是他的密友，苏洵、王安石受到他的引荐，而苏轼、苏辙、曾巩更是他一手提拔起来的后起之秀。在当时的文人群中，欧阳修具有很强的号召力。他在政治活动中表现出的人格修养，受到重视道德节操的士大夫的尊重。他喜欢称扬人的优点，并利用其知贡举的权力地位举荐人才。当时几乎所有著名的文学家都曾得到过欧阳修的帮助，因此在他周围形成了集团性的力量，从而便于扩大影响，推行他们的主张。欧阳修为政为文的双重声威，使他获得了政治领袖兼文坛盟主的双重身份。

欧阳修在政治上对保守派的斗争和在文学上提倡诗文革新对西昆派的斗争，是互相呼应的。他的诗文革新理论和韩愈一脉相承，他强调道对文的决定作用，认为道是内容，如金玉；文是形式，如金玉发出的光辉。但是他也看到，有充分道德修养的人，并不一定就能写文章。可见，道与文

●醉翁亭图 明 仇英
此图拟欧阳修的《醉翁亭记》文意而作。图中
醉翁亭临立在泉上，几位文士在亭中饮酒作
乐，安然怡然。

●此为《集古录跋尾》，是欧阳修记录碑帖、铭
文的作品，议论考证精准明确，在中国书法史
上占有相当重要的地位。

虽有密不可分的关系，但它们毕竟不能等同起来混为一谈。他反对"舍近
取远，务高言而鲜事实"的文章，反对那种"弃百事而不关于心"的"溺"
于文的态度。这样，他使文章和他所关心的"百事"联系起来，在一定程
度上摆脱了"道统"观念的束缚，写出了一些反映现实生活、为现实政治
服务的文章。

欧阳修屡次被贬，几经沉浮，成为威望很高的政治家，他又因提倡诗文
革新运动和其自身极高的文学成就，成为文坛盟主。他的门生大都成为北
宋文坛上极有成就的人物，终其一生，欧阳修无愧于一代宗师的美名。

●中国古代著名历史学家司马光

>>> 独乐园

熙宁四年（1071年），司马光离开东京来到洛阳，在城北尊贤坊北部买了20亩地辟为园林。他在《独乐园记》一文中写道："孟子曰，'独乐乐不如与人乐乐，与少乐乐不若与众乐乐。'此王公大人之乐，非贫贱所及也！"

园林的中心建筑是"读书堂"，收集各种图书5000卷，是司马光阅读和写作的地方。《资治通鉴》就是在这里完成的。园内沟渠纵横，流水贯通，堂、亭、斋、巷、轩遍布四周。

拓展阅读：

司马光砸缸
司马光好学
文彦博灌水取球

◎ 关键词：历史学家《资治通鉴》守旧

"典地葬妻"的司马光

司马光，字君实，是中国古代著名的历史学家。通史巨著《资治通鉴》是他花费15年时间主编完成的，内容以总结历代统治者正反两方面的经验教训为主。司马光竭力反对王安石变法，并因此辞官退居。宋神宗死后，他才被征召入京，主持国政。

司马光出生在光州光山县（今属河南），于是，他的父亲便为他取名为"光"。司马光幼年聪颖好学，常常手不释书，以至于不知饥渴寒暑。他尤其对历史有着十分浓厚的兴趣。

司马光20岁的时候，中进士甲科。他开始时出任奉礼郎、大理评事一类小官，神宗即位后晋身翰林学士。当时，神宗任用王安石变法，司马光顽固地坚持"祖宗之法不可变"的教条，竭力反对王安石变法。当神宗准备任命他为枢密副使时，他坚持不受，并以废除新法为条件相要挟。他还以故交旧友的身份三番五次给王安石写信，攻击其变法是"侵官、生事、征事、拒谏"，致使"天下怨谤"，然而却遭到王安石的严厉批驳。司马光襟怀坦荡，居官清廉，恭谦正直，不喜华靡的品格，就连他的政敌王安石也很钦佩，愿意以他为邻。

司马光敢于直谏，不阿谀奉承，他举忠斥奸，不为身谋，并终生廉洁奉公，以节俭为乐。仁宗皇帝临终前曾留下遗诏，要赏赐司马光等大臣一批金银财宝。司马光领衔上书，陈述国家困乏，不愿受赏，但几次都未被批准。最后，他将赏赐自己的一份交给谏院，充作公费。司马光的妻子死后，他没有钱办理丧事，又不愿借债，最后还是把自己的一块地典当出去，才草草办了丧事。这就是民间流传的所谓司马光"典地葬妻"的故事。

司马光在中国历史上最突出的贡献，是他主编编写了不朽的历史巨著《资治通鉴》。司马光任天章阁待制兼侍讲官时，看到满架都是史书，几间屋子都放不下，如此浩瀚的朝野史籍，一个人穷毕生之精力也是看不过来的。于是，他逐渐产生了一个想法，要编写一本既系统又简明扼要的通史，使人读了之后能了解几千年历史的兴衰得失。后来历经19年，他终于完成了《资治通鉴》。《资治通鉴》原名《通志》，神宗看到《通志》比其他的史书更便于阅读，也易于借鉴，就召见司马光，大加赞赏，并赐名《资治通鉴》，说它"鉴于往事，有资于治道"，还亲自为《资治通鉴》作序。《资治通鉴》是中国历史上第一部编年体通史，文字简明扼要，文笔生动流畅，朴质精练，富有文学意味。它不但是一本历史著作，同时也是一部水平极高的文学作品。

● 王安石像

>>> 王安石吃鱼饵

有一次，宋仁宗在皇宫里宴请大臣，兴致来时下令：任何人都必须到御池中去钓鱼，然后，由御厨用钓上来的鱼，做每个人想吃的菜。

大家兴致勃勃地拿上鱼钩和鱼饵去钓鱼。只有王安石心不在焉地坐在一张台子前，在沉思中一粒一粒地把眼前盛在金盘子里的球状鱼饵全部吃光。最后，在众人的一片惊讶声中，表示自己已经吃饱了，虽然不知道吃的是什么。

拓展阅读：

王安石巧对对联
《鲧说》宋·王安石
《泊船瓜洲》宋·王安石

◎ 关键词：熙宁变法 孟子 唐宋八大家

政治家兼文学家的王安石

王安石，字介甫，号半山，我国著名政治家、思想家和文学家。

从小勤奋好学的王安石于庆历二年进士及第后，出任淮南判官。他常常通宵达旦地夜读，困了就伏案小睡，天亮后来不及梳洗就匆忙赶往府衙，以致知州怀疑他晚上喝酒放纵。他博闻强记，读书过目不忘，作文纵笔如飞，情理俱妙。欧阳修在赠他的诗中将其比为李白、韩愈这样的文学家。王安石却说"他日若能窥孟子，终身何敢望韩公"。意思是他不愿做韩愈那样文人气太浓的人，而要做孟子那样有补于世的思想家。

庆历七年，王安石调任鄞县（今浙江宁波）知县。他把鄞县作为实现自己政治抱负的"样板"，破除陈规陋习，办学校，修水利，扩种桑麻，发展农业生产，不到三年就改变了当地贫困落后的面貌。至王安石变法时，他已先后当了18年地方官，深谙朝政得失，洞察民间疾苦，为以后变法打下了坚实的思想基础。

仁宗年间，王安石曾上书献革弊兴利、富国强兵之策，未获采纳。神宗即位后，王安石觐见神宗，呈上《本朝百年无事札子》，申述自己"矫世变俗"的政治抱负。《札子》全面分析了宋朝初期和中期"百年无大变"的表象，抓住"内忧、外患、国弱民穷"的实质，从"祖宗之法"上找原因，提出"改弦更张、变法革新"的主张。熙宁年间，王安石在神宗的支持下亲自主持变法，历史上称为"王安石变法"或称"熙宁变法"。但是，新法遭到司马光、文彦博、吕海、吕公著等保守派的强烈反对。神宗去世，哲宗嗣位，起用司马光为相，新法被全部废除。身居江宁、心系朝政的王安石，带着满腔忧愤，于次年三月含恨去世。

王安石是唐宋八大家之一，在文学上有很高的成就。他主张"文以适用为本，务求有补于世"，"所谓文者，务为有补于世而已矣；所谓辞者，犹器之有刻镂绘画也。诚使巧且华，不必适用；诚使适用，亦不必巧且华。要之，以适用为本，以刻镂绘画为之容而已"。他的观点同当时文学思想的主流相一致。不过，王安石说的"适用"是指在具体实际的社会作用方面，而不像道学家偏重在道德说教。由于这种"务为有补于世"的文学观念的支配和对现实的强烈关注，王安石的诗文都与社会、政治或人生的实际问题贴得很紧。他的散文尤其突出，像《上仁宗皇帝言事书》《答司马谏议书》等名文，都是与变法有关的政论而非文学作品。而像《读孟尝君传》《书刺客传后》《伤仲永》这样的小品文，也大都包含有很实际的用意，而不是为了表现个人的人生情趣、文学才思。

●苏轼像

>>> 东坡肘子

东坡肘子其实并非苏东坡之功，而是其妻子王弗的妙作。

一次，王弗在炖肘子时因一时疏忽，肘子焦黄粘锅，她连忙加各种配料再细细烹煮，以掩饰焦味。

不料这么一来微黄的肘子味道出乎意料得好，顿时乐坏了东坡。苏东坡一向有美食家之名，不仅自己反复炮制，还向亲友大力推广，于是，东坡肘子也就得以传世。

拓展阅读：

苏堤
"三苏"
《前后赤壁赋》宋·苏轼

◎关键词：乌台诗案 儒释道 排挤

多才多艺的"东坡居士"

多才多艺的苏轼在文、诗、词三方面，都达到了极高的造诣，而他在书法、绘画、医药、烹饪、水利等领域也都有着突出的贡献。

苏轼，字子瞻，号东坡居士，眉山（今属四川）人。年仅20岁的苏轼与其弟苏辙两人顺利地通过了举人考试、礼部考试和殿试，获得进士及第。兄弟两人与其父苏洵合称"三苏"，当时在京都很是出名。

苏轼在北宋政治与社会危机开始暴露、士大夫改革呼声日益高涨的时代步入仕途。因此，他在早期也曾发表过改革弊政的议论，并在《思治论》中提出"丰财""强兵""择吏"的建议。苏轼主张政治改革应采取比较温和的态度，所谓"法相因则事易成，事有渐则民不惊"。这表明他希望改革在不引起剧烈变动的条件下，通过各阶层的自觉调整与道德完善来改变社会的衰败现状。因此，他反对王安石变法。

熙宁四年，他两次上万言书反对王安石变法，遭到排挤，于是自请外任。他先后出任过杭州通判，密、徐、湖州的知州。苏轼调任湖州时写了一篇《谢湖州上表》，表中流露出了一些不满情绪，说神宗重用小人。当时政治斗争非常激烈，谏官弹劾苏轼以诗文诽谤新法，于是他由湖州任上被捕入御史台，史称"乌台诗案"。许多元老重臣纷纷援救，已退隐的王安石也出面说情，苏轼最终被从轻发落，贬至黄州任团练副使。他在黄州东坡筑室躬耕，自号东坡居士。在黄州的近五年间，苏轼思想发生了很大转变，形成了儒、释、道三教会通的人生观，并创作了大量作品。

哲宗即位，高太皇太后临朝，苏轼很快被召还朝。随着新法被逐一废除，苏轼又主张"校量利害，参用所长"，因而被当权者"愤疾""猜疑"，不得已，他再次自求调离京城。此后，他又有两次短期被召回京，先后任兵部尚书、礼部尚书。这是苏轼最高的任职。

哲宗亲政后又实行新法，打击"旧党"。于是，苏轼又被列入惩处之列，一贬再贬，最后贬到岭南、海南岛。直到宋徽宗即位，大赦元祐旧党，他才北归，次年到达常州。由于长期流放的折磨，加上长途跋涉的艰辛，他从此一病不起，最后死于常州。

苏轼临终前作《自题金山画像》云："心似已灰之木，身如不系之舟，问汝平生功业，黄州惠州儋州。"这对于政治上的苏轼来说自然是一种不幸，然而正是不断的挫折成就了苏轼文学巨匠的地位。在令人难以忍受的逆境中，苏轼形成了宠辱不惊、洒脱自如的处世心境，同时其文学成就也获得了前所未有的突破。他的人格和文章，成为后代文人一直景仰的生命范式和审美标准。

●黄庭坚像

>>> 苏门四学士

苏轼是继欧阳修之后主持北宋文坛的领袖人物，一时与之交游或接受他的指导者甚多。在苏轼的众多门生和崇拜者中，他最欣赏和重视黄庭坚、秦观、晁补之、张耒。

这一称号是表明这四位作家得到过苏轼的垂青和指导，接受过他的文学影响，而并不意味着他们或他们与苏轼可以统称为一个文学流派。

实际上，四学士造诣各异，受苏轼影响的程度有差别，文学风格也大不相同。

拓展阅读：

"夺胎换骨"说

《咏柳》宋·黄庭坚

◎ 关键词：诗法 美学 江西诗派

人正诗奇的黄庭坚

黄庭坚，字鲁直，自号山谷道人。他自幼聪敏，5岁即能诵五经，只用了10天，就能把《春秋》一字不漏地背诵下来。22岁参加乡试，他因为所写诗句非常突出而被首先选中。主考官曾预言，黄庭坚日后必将以诗歌名扬天下。他23岁进士及第，后来和苏轼成为好友，苏轼非常欣赏他的诗。黄庭坚与秦观、张耒、晁补之并称为"苏门四学士"。后来，他的诗歌又与苏轼齐名，被世人称为"苏黄"。

黄庭坚的诗歌在继承前人的同时，开创出自己独特的风格。他的诗有百转千回之曲妙，有谈禅说理之精深，有写景抒情之气象，讲究造拗句，押险韵，做硬语。他还提出了一整套的"诗法"，主张以丰富的书本知识作为写诗的基础。他认为杜诗韩文"无一字无来处"，所以多读书的目的，是积累古人的"佳句善字"，以备作诗时用。他提出借用前人诗文中的词语、典故，加以陶冶点化，"点铁成金"，使之在自己的诗中起到精妙的修辞作用。另外，他还师承前人的构思与意境，使之焕然一新，成为自己的构思与意境，达到"脱胎换骨"之效果。

黄庭坚的主张和实践，进一步推进了宋诗偏重"以才学为诗"的倾向。它带来一些明显的弊病，如多用典故和古语，多用奇字，容易使诗意晦涩。所谓"脱胎换骨""点铁成金"，也很可能造成对前人的模拟乃至剽窃。但它也有一些长处，如运用典故、古语可以扩大语言的内涵，造成阅读上的新奇感和兴奋感。

黄庭坚对当时的青年诗人具有多方面的模范作用。他的诗歌成就卓越，且鲜明地体现了宋代诗坛的美学风范。他作诗字斟句酌，法度井然，便于别人仿效。他的诗论是循序渐进的，并不遗余力地倡导以杜甫为诗家宗祖。他还为诗人们设计了摆脱窘境的策略，使人有具体的门径可入。于是，黄庭坚受到了众多青年诗人的拥戴追随。黄庭坚本人也愿意教导年轻人，指点他们如何作诗。这样，有一大批年轻人聚集在他的周围，形成了以黄庭坚为核心的诗歌流派，人称江西诗派。黄庭坚也成为宋诗史上一位开宗立派、影响深远的大家。

黄庭坚为人为官正直耿介，决不随风偏倒。由于北宋后期党争剧烈，变法派与保守派轮番上台执政，黄庭坚耿介正直的性格不合时宜，被人罗织罪名，于51岁时被贬到四川彭水，后又被流放于川南、广西等生活困苦、处境恶劣的地方。他最后病死于广西宜山的一座破旧城楼中。

●西园雅集图 南宋

>>> 晏几道泪洒金园

有一年，晏几道随父回乡省亲时，与抚州知府女儿小萍日久生情。回京后，晏几道思念之情日增。后决意回乡寻找小萍，却不料小萍的父亲在发配岭南充军途中，绝食而死。传闻小萍卖身葬掉父亲后，沦落为妓，不知身在何处。

悲愤中的晏几道将万缕情丝凝成千古绝唱《临江仙》：

梦后楼台高锁，酒醒帘幕低垂。去年春恨却来时，落花人独立，微雨燕双飞。记得小萍初见，两重心字罗衣。琵琶弦上说相思。当时明月在，曾照彩云归。

拓展阅读：

晏殊赶考
《思远人》宋·晏几道

◎关键词：小山词 二晏 黄庭坚

"四痴"晏几道

晏几道，字叔原，号小山，与其父晏殊合称"二晏"（又称"大晏""小晏"）。晏几道是晏殊的第七子。他出生时，正是晏氏家族显赫的时期，父亲高居相位，六个哥哥也先后步入仕途。他很早就才华显露，十五六岁时，就因奉旨作词而受宋仁宗赏识。

至和二年，其父晏殊去世，这一年晏几道26岁。他父亲的死是晏几道一生的转折点。他从此开始了坎坷不平的生活。据传，晏几道的家底颇丰，不下千百万，但他却无意经营，每日歌宴饮酒，家财渐渐用去了大半。熙宁七年，晏几道因好友郑侠上书直言新法一事受到牵连，他又破费了许多银两，而且颇尝牢狱之苦，后来有惊无险，被放出狱，成了一名流浪者。

宋代官僚体制，既给达官家族的子弟以大量的恩荫资格，又在使用上严格控制，防止形成威胁朝政的"势家"。达贵子弟如果不重新通过科举考试，就会被抑制在官僚阶级的下层。生长在富贵之家不知人世艰辛的晏几道的生活道路，就是一个典型的例证。晏几道五十来岁时，当上一名小官——监颍昌府许田镇。与早年富贵公子的生活相比，他出仕后的地位、生活、环境一落千丈，再加上晏几道性格疏放，孤高自傲，阅历不深，是一个具有浓厚书生气的贵族没落子弟，他的处境就更加艰难。此后晏几道又任开封府推官，任职不到一年，便家财散尽。他不愿踏入贵人之门，旧日奔走晏府的人们也不理他。因此，他晚景凄凉，经常弄得衣食不继，栖身于父亲残留的旧宅。

好友黄庭坚曾形容晏几道有四痴：一是仕途艰难不愿依傍贵人之门；二是耗尽家财，家人饥寒，他却当作无事发生；三是作诗论文自有其体，不赶时髦；四是别人多次对不起他，他却不恨人家，他非常容易相信别人，始终不疑心别人欺骗自己。黄庭坚的话，道出了晏几道直率、正直而又过于天真的迂执性格。晏几道的"痴"，是一种天生的性格，是"真痴"。因此，他的"痴"显得格外可爱可亲。晏几道的"痴"源自其天性，他的天性由两个方面组成：一是狂，一是真。因其真，便显其狂；因其狂，更显其真。

晏几道的《小山词》在令词史上具有重要的地位。《小山词》比之当时其他词集，令读者有出类拔萃之感。它的文体清丽婉转如同明珠落玉盘，明白分晓，使两宋作家无人能继。一部《小山词》，无论写悲感，还是写欢情，都真挚深沉，感人肺腑，诚所谓有至情之人才有至情之文。

●宋代市井生活写照
担子里的盘盏壶罐放置得井井有条，小炉子里的汤水热气腾腾，小商贩面对顾客笑容满面。在轻松惬意的氛围里，我们可以看到宋代社会日常生活的场景。

中 国 文 学 简 史

●秦观像

>>> 苏小妹妙才难新郎

洞房之夜，苏小妹给秦观三道试题，答出来，才能入洞房。

秦观轻而易举地答出了前两道题。第三道题是句上联："闭门推出窗前月。"

秦观来回踱步就是对不出下联。当秦观踱步到池塘边时，苏东坡捡起一块石子投进池塘。顿时，清澈的池水映着的星光月影四散开去。秦观见此情景，便吟道："投石冲开水底天。"

苏小妹听罢，于是开门迎新郎入洞房。

拓展阅读：

牛郎织女
《满庭芳·山抹微云》宋·秦观

◎ 关键词：苏门四学士 鹊桥仙 爱情

"婉约之宗"秦观

纤云弄巧，飞星传恨，银汉迢迢暗度。金风玉露一相逢，便胜却人间无数。柔情似水，佳期如梦，忍顾鹊桥归路。两情若是久长时，又岂在朝朝暮暮。

这首千古传唱的名作《鹊桥仙》是被称作"婉约之宗"的秦观所写。

这首词不仅描写和讴歌了牛郎织女纯洁的爱情，而且用更为达观的方式，道出了只要人间真情在，不必贪恋片刻欢愉的两情相知的情怀。

秦观，字少游，号淮海居士，高邮（今属江苏）人。秦观自小家境贫寒，却聪慧异常。他最崇拜苏轼，曾说不愿得到万户侯，只愿一见苏东坡。后来，他终于有机会拜见了苏轼。青年时代的秦观主要过着游客和幕府的生活，他经常出入达官贵人之府，词作也多以应酬和艳情为主要内容，风格委婉缠绵，近似柳永。秦观努力了八年才得中进士，直到元祐三年才进京供职。此时他的心情经常处在建功立业和宦海失意的矛盾之中，词作里多流露出失落感伤的情怀。

后来，秦观因为受到变法派与保守派的新旧党之争的牵连，被贬到远在天边的雷州。政治上的决意，生活环境的凄凉，更滋长了他柔弱性格中的感伤心理。这个时期，秦观从李煜、晏几道的词中找

到了共鸣，在创作上日趋成熟，艺术个性也越来越明显突出。与黄庭坚、张耒、晁补之并称为"苏门四学士"的秦观的词与苏轼的词有很大不同，苏轼的词比较豪放，秦观的词却清婉缠绵。

秦观的婉约风格来源于柳永。他学柳永广交乐工歌伎，与她们合作填词，运用慢词长调铺叙景物，畅意言情，并坦率地抒写与歌伎的恋情，充分地表现了作为失意士子的身世之感与羁旅行役之苦。他甚至还学习柳永的某些笔调和句法。因秦观学柳有成，故有人将他和柳永合称"秦柳"。

在"苏门四学士"中，苏轼与秦观的感情最好，对他的才华也评价最高。秦观死后，苏轼特别悲伤，有两天不吃饭，并悲叹世上再无这样的才子了。但在秦观生前，苏轼却反对他学柳永。一次，秦观进京，苏轼一见面就很不高兴地说："不想别后，你却学柳七词！"秦观答道："我虽不才，也不至于此。"苏轼反问："'销魂，当此际'，难道不是柳七的语言？"秦观闻言无话可说。

苏轼批评秦观词中"销魂，当此际，香囊暗解，罗带轻分"的词句有浮艳之嫌，并戏拟一联："山抹微云秦学士，露华倒影柳屯田。"后来人们就给秦观以"山抹微云君"的雅称。

◎ 关键词：诗化 青玉案 革新

长相奇丑的"贺鬼头"

●踏歌图 北宋

>>> 宋朝武官制度

宋朝武官有阶官和军职之别。

武阶官是表示官员等级、确定品位和俸禄而无实际职掌的虚衔，如太尉、通侍大夫、忠训郎等，其升迁称"转官"或"转资"。

军职为官员实职，如侍卫马军都指挥使、都虞侯、副兵马使、统制、统领、正将、部将等，其升迁称"转阶级"。

禁军、厢军的军官称谓：三衙长官至厢都指挥使称都校，军都指挥使称将校，军头币押官称节级。通常三年升迁一次。军职升迁的同时，阶官也随之升至相应品位。

贺铸，字方回，自号庆湖遗老，山阴（今浙江绍兴）人。贺铸长相奇丑，脸色青黑，眉目耸拔，嘴唇外翻，人称"贺鬼头"。

贺铸是宋太祖孝惠皇后的族孙，娶宗室之女为妻。他博闻强记，性情刚直，喜论天下事，因而一生仕途不得志。贺家五代担任武职，贺铸的仕途也以武官开始，起初任右班殿直、监军器库门，后离京外任，任县令、管界巡检等小官职。

贺铸担任武职的20多年间，大力从事文学创作，写下了很多诗文，尤其擅长填词。其词内容、风格丰富多样，兼有豪放、婉约二派之长，长于锤炼语言并善于融化前人诗词成句。因为宋代崇文抑武，苏轼等人就设法推荐贺铸跻身文官之列，并如愿一偿。但是，由武改文后，他官运仍不亨通，只担任过泗州、太平州通判。眼看功业无望，他晚年挂冠辞归，隐于苏州城。

贺铸比较全面地继承了苏轼作风，且将"诗化"革新推向纵深。苏轼以"诗化"的手段变革歌词，作风上表现为豪迈奔放。贺铸发挥自己的艺术才华，有选择地继承了"诗化"变革，从而对北宋词坛做出了独特的贡献。贺铸与苏轼的交往非常早，元丰年间苏轼谪居黄州时，贺铸就多次写诗为其鸣不平。贺铸对苏轼的政治才干与艺术才华素来推崇备至，他自己的个性、人生经历、生平志向、情感等诸多因素，使他很容易接受苏轼的影响，加入到"诗化"的革新队伍中去。贺铸不仅接受"诗化"观念，而且能够另寻途径，努力将"诗化"的革新，融会到歌词的独有审美特征之中。

贺铸一首《横塘路·青玉案》词，最为人赞赏：

凌波不过横塘路，但目送，芳尘去。锦瑟华年谁与度？月台花榭，琐窗朱户，只有春知处。碧云冉冉蘅皋暮，彩笔新题断肠句。试问闲愁都几许？一川烟草，满城飞絮，梅子黄时雨。

这是一曲追恋理想中的美人的心灵怨歌。词的重点并不在美女本身，而是侧重于抒发由此而引起的浓重的"闲愁"，其中交织着可望而不可即的遗憾与美人迟暮的深长怨叹，寄托着词人因仕途坎坷、功业未建而不得已退隐江湖的痛苦。

由于这首词在艺术上鲜明的独创性，因此，一经问世，便使作者名震词坛，贺铸在当时更是获得了"贺梅子"的美称。

拓展阅读：

《九辨》战国·宋玉
《行路难·缚虎手》宋·贺铸

●风雨山水图 南宋 马远

>>> 七夕乞巧风俗

七夕乞巧的应节食品，以巧果最为出名。巧果又名"乞巧果子"，款式极多。宋朝时，街市上已有七夕巧果出售，巧果的做法是：先将白糖放在锅中熔为糖浆，然后和入面粉、芝麻，拌匀后摊在案上擀薄，晾凉后用刀切为长方块，最后折为梭形巧果胚，入油炸至金黄即成。

此外，乞巧时用的瓜果也有多种变化：或将瓜果雕成奇花异鸟，或在瓜皮表面浮雕图案；此种瓜果称为"花瓜"。

如今，七夕早已演变成了中国的情人节。

拓展阅读：

苏门六君子
《七夕醉答君东》明·汤显祖

◎关键词：三宗 苦吟 遣兴

闭门"苦吟"陈无己

陈师道，字无己，号后山居士。他是江西诗派的代表人物之一，所著有《后山先生集》。

陈师道16岁时曾师从曾巩学习古文写作。当时，朝廷用王安石经义之学录取士人，陈师道不以为然，不去应试。元丰四年，曾巩奉命修撰宋史，推荐陈师道为属员，因其是普通老百姓而没能成功。元祐初，经苏轼等人推荐，起为徐州教授。绍圣元年，他被朝廷视为苏轼余党，罢职回家。

他家境贫寒，但仍专力写作，以"苦吟"而著称于世。据说，他平时出行时，偶有诗的感受，便匆忙归家拥被而卧，苦思冥想，吟咏之声如重病患者，甚至数日之后才起来。陈师道风趣地称自己的床为"吟榻"。他的家人也很理解他，每逢他作诗时，家人便把家里养的小猫、小狗统统赶出去。当时流传两句话说："闭门觅句陈无己，对客挥毫秦少游。"

陈师道的文学成就主要在诗歌创作上。他自己说："于诗初无诗法。"后来看到黄庭坚的诗，爱不释手，把自己过去的诗稿全部烧掉，跟随黄庭坚学习，两人互相推崇。江西诗派便把黄庭坚、陈师道、陈与义列为"三宗"，后来为苏轼所欣赏，名列"苏门六君子"。

陈师道是个苦吟诗人，他这种苦吟精神又影响到他的词，使他的词用意太深，有时僻涩。这些优点和缺点，在词中体现得比较充分。如《菩萨蛮·七夕》：

行云过尽星河烂，炉烟未断蛛丝满。想得两眉颦，停针忆远人。河桥知有路，不解留郎住。天上隔年期，人间长别离。

这首词与秦观的《鹊桥仙》内容相同，但构思与艺术手法则相去甚远。秦观描绘了牛郎织女之间纯真的爱情，寄寓了作者超前脱俗的恋爱观。词里有美好和谐的画面和优美无尽的意境，是一首虚实兼到、情景交融的抒情词。而陈师道的《菩萨蛮》中，"七夕"只不过是一个遥远的背景，是一个触发词中"停针忆远人"的契机而已。"七夕"，主要是被用来贬斥人间的不幸，"天上隔年期，人间长别离"。尽管天上的牛郎、织女被分隔在银河两岸，但他们还可以隔年相会一次，而人间却连"隔年期"都难以得到。全词以抒情为主，几乎没有景物描写，风格近似其诗，感情寓于理智的分析和判断之中。但是他的《清平乐》却颇有韵味：

●池塘秋晚 北宋 赵佶

●群仙高会图 北宋 李公麟

秋光烛地，帘幕生秋意。露叶翻风惊鹊坠，暗落青林红子。微行声断长廊，熏炉衾换生香。灭烛却延明月，揽衣先怯微凉。

这首词写秋日来临之时，词人细腻入微的体验。秋光银烛，"露叶翻风"，"青林红子"，色彩暗淡，景物萧条，处处透露出冷落凄凉的秋意。词人徘徊于"长廊"，感受着无眠的秋夜，情绪略显低沉。全词将"悲秋"之意淡淡说出，情意深婉。但词人用笔力戒轻熟，意象翻新，仍以峭直警绝见长，与其"苦吟"诗风相通，颇能代表他的词风。

● 特辱帖 周邦彦

>>> 垂帘听政

战国时期皇帝去世后，如果继位皇帝年纪幼小，可以由小皇帝的母亲辅政。但是根据宫廷的规定，朝中官员不得直接观看和接触皇太后，所以辅政的皇太后一般坐在皇帝理政厅堂侧面的房间里，在房间和厅堂之间挂一帘子，听官员们与皇帝谈论政务。于是，这种由母亲帮助皇帝辅政的制度，就被人们形象地称为"垂帘听政"。

最早的"垂帘听政"，要数战国时期的赵太后。

拓展阅读：

慈禧
触龙说赵太后
《咏柳》唐·贺知章

◎ 关键词：章法 汴京赋 格律派

格律派的创始人周邦彦

周邦彦，字美成，自号清真居士。他出生于一个诗礼簪缨之家，自幼受到家庭的文化熏陶。聪明勤奋、涉猎百家之书的他，精力充沛，兴趣广泛，除了诗词歌赋外，又喜爱书法，是著名的书法家。他还妙解音律，是继柳永之后北宋文人中最杰出的音乐家。

宋神宗元丰二年，朝廷扩充太学，24岁的周邦彦通过考试被录取了。于是，他开始了游学和仕宦的新生活。28岁时，他因向神宗献《汴京赋》，歌颂新法，而大获赏识，由太学诸生直升为太学正。不久，神宗去世，哲宗继位，高太后垂帘听政，废除新法，周邦彦被挤出京城，到庐州等地任职。高太后去世后，哲宗亲政，重新推行熙丰新法，40多岁的周邦彦被调回京，任国子监主簿。他65岁时又被调到处州（今浙江丽水）任知州，未曾到任又被罢官，提举南京鸿庆宫（在今河南商丘）。到了南京后，他一病不起，不久，这位北宋晚期最杰出的词人逝于鸿庆宫斋厅，享年66岁。

周邦彦于诗、文无所不工，但以词的成就最高，他可称得上是一个多才多艺的作家。他的词，为时代风气和个人气质所拘囿，内容不外乎男女恋情、别愁离恨、人生哀怨等传统题材，反映的社会生活面不够广阔。但他在艺术形式、技巧方面都堪称北宋词的又一个集大成者，为后人提供了许多经验。因此，南宋以后的姜夔、张炎、周密、吴文英等人都十分推崇周邦彦，有人甚至称他为"二百年来以乐府独步"。直到清代的常州词派，还奉他为词之"集大成者"，认为学词的最高境界，就是达到他的"浑化"。

讲究"章法"精心布局是周邦彦词的特出之处。自柳永以来，作长调的人多了起来。但这类词篇幅长，布局的讲究很费心思。不少人写长调时，或是中间填上些无关紧要的华丽辞藻充数，或前紧后松，或为了一两句佳句而敷衍成篇，而从他们的词作全篇来看，却布局散乱。在这方面，柳永的长处是善于井井有条地展开铺叙，苏轼的长处在于以奔放的情绪一脉贯穿，而周邦彦要比他们更讲究章法，能精心地把一首词写得有张有弛，曲折回环。如《兰陵王·柳》是写客中送别，抒发倦游之情和惜别之情，而层次安排极富匠心，布局精致，就像中国的古典园林艺术，曲折变化，避免了一览无余的毛病。

周邦彦是继苏轼之后宋朝历史上出现的另一大词人。他以自己独到的艺术成就而成为词史上最有影响的人物之一，被称为婉约派的集大成者和格律派的创始人，其流风余韵直至明清而未稍减。

●岳飞像

>>> 李大钊《口占一绝》

壮别天涯未许愁，尽将离恨付东流。

何当痛饮黄龙府，高筑神州风雨楼。

这是1916年李大钊在日本写的一首诗。诗中，作者借用了当年岳飞抗击金兵的典故，喻指消灭了窃国大盗袁世凯，大家应当痛饮祝捷，欢庆胜利。

拓展阅读：

秦桧
《过零丁洋》宋·文天祥

◎ 关键词：岳飞 抗金 精忠报国

千古传唱的《满江红》

岳飞，字鹏举，汤阴（今属河南）人，南宋初期抗金名将。他虽不以词闻名，但其《满江红》却发出了抗出金朝侵犯的最强音：

怒发冲冠，凭栏处，潇潇雨歇。抬望眼，仰天长啸，壮怀激烈。三十功名尘与土，八千里路云和月。莫等闲，白了少年头，空悲切。

靖康耻，犹未雪。臣子恨，何时灭？驾长车，踏破贺兰山缺。壮士饥餐胡虏肉，笑谈渴饮匈奴血。待从头，收拾旧山河，朝天阙。

这首词风格豪迈悲壮，音调激昂，抒发了作者"精忠报国"的胸怀，表现了这位英雄不愿虚度年华，迫切希望建功立业、报仇雪耻及收复国土的雄心壮志。全词震烁古今，激动人心，真可谓"千载后读之，凛凛有生气焉"。

女真族发动的战争，给中原各族人民带来了极为深重的灾难，破坏了当时北宋的统一和完整。面对山河破碎、国耻当头、人民遭受宰割的现实，岳飞心中充满了对敌人的大恨，他决心恢复中原，洗雪国耻。

本词上片写国耻未雪的憾恨，其中一个"怒"字贯穿始终，成为振起全篇的主旋律。"凭栏处、潇潇雨歇"则为第二次感情高峰的出现做准备。"抬望眼，仰天长啸，壮怀激烈"，作者本想排遣心中的盛怒之情，却看到中原战火未熄，不由发出"长啸"之声，借以宣泄心中抑郁不平之气。作者犹自盛怒未息，故而最后仍然是"壮怀激烈"，感情的狂涛翻腾不已。从"三十功名"到上片结尾，作者从时间和空间上讲述了自己白白转战千里，却最终一无所获的实际情况。因为对自己不满，所以才产生"莫等闲，白了少年头，空悲切"这样的决心。他呼唤普天之下的爱国志士与有血性的男儿，振奋精神，为国雪耻！

下片写收复失地洗雪国耻的壮志决心。头四句承上直言国耻未雪，遗恨无穷。"驾长车"至"匈奴血"三句写消灭敌寇、收复失地的坚强意志，其中"壮士饥餐胡虏肉，笑谈渴饮匈奴血"两句，强烈表现出作者对敌人蹂躏中原、杀戮人民而产生的深仇大恨，反映了作者蔑视强敌、果敢无畏的英雄气概。最后以"待从头，收拾旧山河，朝天阙"结束全篇，充分表现出作者的耿耿忠心和必胜信念。

岳飞不以文章称名当世，流传的作品也极少，但他的《满江红》则是以自己的生命和血泪凝结的诗篇，集中反映了当时广大人民群众的共同利益和迫切要求，是他所生活的那个时代的人民心底最真切的呼喊。

●早春图 宋 郭熙

>>> 朱淑真

宋代女作家。号幽栖居士。她少喜读书，酷爱文学，善为诗词。自称："翰墨文章之能，非妇人女子之事，性之所好，情之所钟，不觉自鸣尔"（《掬水月在手诗序》）。

朱淑真婚姻不幸，故悒郁以诗排解。她的词继承晚唐、五代词风，又接受了柳永、周邦彦等人的影响。语言清新秀丽，善于运用委婉、细腻的手法表现优美的客观景物和个人的内心世界。她在宋代是成就仅次于李清照的杰出女词人。

拓展阅读：

易安体
《李清照》（电影）
《项羽二首》宋·朱淑真

◎ 关键词：爱情 黄花 闲愁

不让须眉的李清照

李清照，号易安居士，济南（今属山东）人，有《漱玉词》传世。她的父亲李格非是学者兼散文家，出生于官宦人家的母亲，也有文学才能。李清照多才多艺，能诗词，善书画，号称才女，很早就受人注意。苏门四学士之一的晁补之常向人称赞她的诗句。

18岁的李清照嫁给太学生赵明诚。婚后，他们过着美满而和谐的生活，夫妇常常诗词唱和，共同收集整理金石文物，欣赏金石拓片，生活颇为舒心适意。随着赵明诚的出仕，夫妻暂离，生活出现了暂时的缺憾。李清照的内心幽怨便涌现而出，她提笔写了一首《醉花阴》：

薄雾浓云愁永昼，瑞脑销金兽。佳节又重阳，玉枕纱厨，半夜凉初透。东篱把酒黄昏后，有暗香盈袖。莫道不销魂，帘卷西风，人比黄花瘦。

赵明诚接到此词后，心中惊羡，自愧不如，却又想超过她。于是，赵明诚写了50首词，将它们与李清照的《醉花阴》混在一起，请对词颇有研究的陆德夫看。陆德夫细细品读一遍，最后说："我看只有三句写得绝妙。"赵明诚忙问哪三句，陆德夫笑着说："莫道不销魂，帘卷西风，人比黄花瘦。"赵明诚一听，叹道："这三句正是清照所写，我不及她啊！"

李清照前期的词大多数属于词的传统题材，写自己对爱情尤其是离别相思之情的感受。汴京失守，时代的巨变打破了李清照闲适恬静的生活。南宋建立之初，赵明诚任江宁知府，李清照也"载书十五车"于建炎二年南下江宁。第二年，赵明诚去世，随着金兵继续深入南下，她又到处流亡，并曾被人诬陷通敌。再后来，赵明诚生前多年收集的金石古玩大部分丢失，她的境况也变得越来越艰难。由于一连串的变故，李清照的性格由开朗变得忧郁。《永遇乐》的下阕曾写到今昔不同的心境：

中州盛日，闺门多暇，记得偏重三五。铺翠冠儿，捻金雪柳，簇带争济楚。如今憔悴，风鬟雾鬓，怕见夜间出去。不如向、帘儿底下，听人笑语。

时代及个人命运的变化所引起的性格变化，使她在南宋时所作的词充满了过去所没有的愁苦悲凉。李清照的"愁"，不是从前词人们常写的所谓"闲愁"，而是由乡关之思、身世之苦、丧亲之痛的悲哀和理想破灭的失望等交织而成的。因此，这"愁"往往表现得沉痛至极：

　　寻寻觅觅，冷冷清清，凄凄惨惨戚戚。乍暖还寒时候，最难将息。三杯两盏淡酒，怎敌他、晚来风急？雁过也，正伤心，却是旧时相识。

　　满地黄花堆积，憔悴损，如今有谁堪摘？守着窗儿，独自怎生得黑？梧桐更兼细雨，到黄昏、点点滴滴。这次第，怎一个、愁字了得！

——《声声慢》

　　她失去了丈夫，才深切地感受到人间的无边孤独和人生的无穷乏味。往日大雁带来的是丈夫的温情与慰藉，而今却是绝望与伤心；从前见菊花，虽人比花瘦，但不失孤芳自赏的潇洒，而今黄花憔悴凋零，则仿佛预示着生命将逝的前兆。从前轻盈妙丽的望夫词如今变成了沉重哀伤的生死恋歌，词境由明亮轻快变成了灰冷凝重。这是词人情感历程的真实写照，也是时代苦难的象征。

　　作为中国文学史上创造力最强、艺术成就最高的女性作家，李清照以女性的身份，真挚大胆地表现了对爱情的热烈追求，丰富生动地抒写了自我的情感世界。正如清人李调元所说："易安在宋诸媛中，自卓然一家，不在秦七、黄九之下"，"不徒俯视巾帼，直欲压倒须眉"。

●李清照像 明

●柳阴高士图 宋

>>> 沈园

沈园位于绍兴市区延安路和鲁迅路之间，本系沈氏私家花园。清乾隆《绍兴府志》引旧志："在府城禹迹寺南会稽地，宋时池台极盛。"原占地70余亩，是南宋时江南著名园林。

园东南有俯仰亭，西南有闲云亭，登亭可览全园之胜。孤鹤轩之北，有碧池一泓，池东有冷翠亭，池西有六朝井亭，井亭之西为冠芳楼，底楼设茶室，供游人品茗。

整个园林景点疏密有致，高低错落有序，花木扶疏成趣，颇具宋代园林特色。

拓展阅读：

《伤逝》鲁迅
《风流千古》（电影）

◎ 关键词：婚姻悲剧 抗金御侮 《示儿》

亘古男儿一放翁

陆游，字务观，中年自号放翁。陆游出生后不久，金兵入侵中原，一家人随即开始了东躲西藏的逃难生活。陆游的父亲力主抗金，对陆游影响很大。所以，他很早就立誓"儿时祝身愿事主，谈笑可使中原清"。19岁时陆游参加科举考试，希望能通过进士及第，实现其报国的理想。

年轻时的一次婚姻悲剧对陆游的一生影响重大。大约20岁时，陆游与表妹唐琬结婚，两人情意相投，夫唱妇随。可是陆游的母亲却对唐琬十分不满，强迫陆游休了唐琬。不久，陆游另娶王氏，而唐琬也改嫁赵士程。10年之后仲春的一天，陆游与唐琬在沈园不期而遇。内心极度思念和苦闷的陆游写下了一首哀怨动人、缠绵悱恻的《钗头凤》：

红酥手，黄滕酒，满城春色宫墙柳。东风恶，欢情薄。一怀愁绪，几年离索。错，错，错！春如旧，人空瘦，泪痕红浥鲛绡透。桃花落，闲池阁。山盟虽在，锦书难托。莫，莫，莫！

不久，唐琬含泪和了一首词：

世情薄，人情恶，雨送黄昏花易落。晓风干，泪痕残。欲笺心事，独倚斜阑。难，难，难！人成各，今非昨，病魂常似秋千索。角声寒，夜阑珊。怕人寻问，咽泪装欢。瞒，瞒，瞒！

不久，在抑郁痛苦中挣扎以生的唐琬离开了人世。唐琬的死更加加重了陆游心中的创伤，终其一生，无法排解。

在陆游80多年的人生中，抗金御侮、统一祖国是时代的最大课题。他最大的心愿就是能够参军参战，拥马横戈，把中原夺回来。这也是陆游近万首诗歌的主要内容。从48岁至54岁在川陕军幕中任职的几年，是陆游一辈子最重视的一段日期。这时，他不再是一个纸上谈兵的书生，而是过上了铁马秋风、豪雄飞纵的战士生活。他亲自到了第一线，体验了战场气氛，并经历了欲战不能、壮志难酬的感情波澜。陆游最富有军人气概和侠士风格的诗词，都写于这一时期。晚年，他把自己的全部诗作题名为"剑南诗稿"。

陆游从川东归来后的近三十年间，虽几度出任公职，但大部分时间过的却是清寒的在野生活。直到陆游去世，他也没有盼到北伐的胜利。嘉定二年，85岁的陆游一病不起。在临终前，他留下了一首《示儿》诗："死去元知万事空，但悲不见九州同。王师北定中原日，家祭无忘告乃翁。"

●范成大像

>>> 蔡襄鉴茶

范成大的母亲是蔡襄的孙女。蔡襄不仅在书法上造诣颇深，而且也精于鉴茶。

当时建安能仁院有茶生石缝间，寺僧采造，号"石岩白"，一共八饼，取四饼赠蔡襄，另四饼派人专送京师做官的王禹玉。

岁余，蔡襄奉召回朝，造访禹玉，禹玉命子弟于茶笥内选精品款待。蔡襄捧着茶盏，未尝辄曰："此茶极似能仁院'石岩白'，公何从得之？"禹玉将信未信，取茶帖验之，果然是能仁院所赠的"石岩白"，于是大为佩服。

拓展阅读：

《茶录》宋·蔡襄
《渔父》唐·张志和

◎ 关键词：田园乡村 儒道合一 士大夫

田园诗的集大成者——范成大

范成大，字致能，号石湖居士，吴郡（今江苏吴县）人，是"中国古代田园诗的集大成者"。钱仲书先生在《宋诗选注》中说，范成大"使脱离现实的田园诗有了泥土和血汗的气息"。

出身贫寒的范成大在他18岁时，父亲病死，他被迫中断学业，抚养弟妹。直到弟弟成年，妹妹出嫁，他才重新学习，准备科举。后来，他又先后在安徽、浙江、广西、四川等地担任过地方官，对社会现实有了更全面的认识，写了不少反映农村生活图景、同情农民疾苦的好诗。57岁以后，他退职闲居于苏州石湖，过着清雅富足的晚年生活，但他仍然关注农村的情况，并创作了大型田园组诗《四时田园杂兴》60首。这是他一生文学创作成就最高、最有艺术个性的一批作品。

过去写农村的诗歌大抵可分为两类。一类以陶渊明、王维等人为代表，主要描写乡村田园的安宁恬静。他们通过歌咏乡村风光和农人朴素的劳作生活，表现士大夫对城市生活、政治生活的厌倦和对大自然的热爱。另一类如唐代王建、张籍、聂夷中等人的作品，则上承《诗经·豳风·七月》的传统，主要揭露农村现实的痛苦，斥责官吏豪强对百姓的盘剥压迫。这类诗重在表现士大夫的社会责任感和同情心，所以大多没有田园风光的描写，更多地让人感觉到沉重与紧张。这两类诗其实分别是道家及佛禅的人生情趣与儒家社会观念的诗化表现。范成大的《四时田园杂兴》60首在反映田园乡村的生活面貌的同时，也表现了宋代士大夫儒道合一的人生情趣。范成大的《四时田园杂兴》共60首七言绝句，每12首为一组，分别吟咏了春日、晚春、夏日、秋日和冬日的田园生活，全面地描写了农村生活的各种细节。如：

梅子金黄杏子肥，麦花雪白菜花稀。日长篱落无人过，惟有蜻蜓蛱蝶飞。
昼出耘田夜绩麻，村庄儿女各当家。童孙未解供耕织，也傍桑阴学种瓜。
新筑场泥镜面平，家家打稻趁霜晴。笑歌声里轻雷动，一夜连枷响到明。
采菱辛苦废犁锄，血指流丹鬼质枯。无力买田聊种水，近来湖面亦收租。

作者在组诗的小序中说，这些诗是他隐居石湖时，"野外即事，辄书一绝"而成，也就是由亲身经历、亲眼观察所得，所以全然没有过去那种模拟、生造的痕迹。范成大置身于农村生活，以表现农家四时哀乐为己任，连带把农村优美风光和民俗民情尽收笔底，使人读之仿佛身临其境。范成大使田园诗获得了新生，为田园诗的发展开拓了一条新路。

●松泉磐石图 宋

>>> 杨万里烧诗

杨万里从小就很喜欢读诗、写诗。他开始背了好多唐朝诗人写的律诗，后又学习宋代王安石的绝句。

后来，他就模仿前人的方法写起诗来。朋友们说他的诗风很像"江西诗派"，用词精巧，还常用典故，杨万里听了很高兴。

去湖南零陵当县官时，杨万里已35岁。到这时，他共写了1000多首诗。可是，他觉得，总是仿照古人的写法，没什么新意，应该自己闯出一条路来。于是，他把以前写的诗全部烧掉。

拓展阅读：
《宿新市徐公店》宋·杨万里
《晓出净慈寺送林子方》
宋·杨万里

◎ 关键词：杨万里 江西诗派 生活体验

清新活泼"诚斋体"

杨万里，字廷秀，号诚斋，吉水（今属江西）人。

在经历了从模仿、过渡到自成一体的过程之后，杨万里的诗歌创作形成了自己的独特风格。他把从日常生活中的体验与领会挪移到文学创作中来，使他的诗风发生转变。淳熙五年以后，杨万里诗歌的独特风格基本形成，他的诗学观点也基本成熟。杨万里自此不再学唐人、王安石、江西诗派，这时的他作诗轻松自如，无拘无束，信手拈来。因杨万里号诚斋，故其创作的诗体被称为"诚斋体"。

活泼自然，饶有情趣是"诚斋体"的风格特征。例如《晓行望云山》：

霁天欲晓未明间，满目奇峰总可观。
却有一峰忽然长，方知不动是真山。

再如《小池》：

泉眼无声惜细流，树阴照水爱晴柔。
小荷才露尖尖角，早有蜻蜓立上头。

诗人用浅近自然的语言，把他从平常事物中捕捉到的富有情趣的瞬间，活灵活现地描绘了出来。

形成"诚斋体"的要素之一是，诗人把自己的主观情感最大限度地投注到客观事物上，他笔下的草木虫鱼乃至山水风云无不充满生机和灵性。例如"万山不许一溪奔，拦得溪声日夜喧"（《桂源铺》），"最是杨花欺客子，向人一一作西飞"（《都下无忧馆小楼春尽旅怀》），描写对象的飞扬灵性自然会给诗歌带来活泼的风格。其要素之二是，杨万里作诗想象奇特，但不用奇奥生僻的字句或曲折回环的结构，而是用浅近明白的语言和流畅的章法。如："老夫渴急月更急，酒落杯中月先入……举杯将月一口吞，举头见月犹在天。老夫大笑问客道：月是一团还两团？"（《重九后二日同徐克章登万花川谷，月下传觞》）显然，杨万里的诗风与北宋王、苏、黄等人多用典故成语、多写人文意象的诗风大不相同，但其活泼的程度又青出于蓝而胜于蓝，所以具有很大的独创性。

但是，杨万里的诗很少表现深重的人生感受，因此大多取材细琐，缺乏雄大的气魄。有时，他偶尔又重新走到江西诗派的老路上去，有卖弄学问的陋习。但他毕竟开创了新的诗风，这是一味模仿古人的诗人所不能比拟的。

●辛弃疾《稼轩长短句》内页

>>> 《西江月·遣兴》

醉里且贪欢笑，
要愁那得工夫。
近来始觉古人书，
信着全无是处。
昨夜松边醉倒，
问松"我醉何如"。
只疑松动要来扶，
以手推松曰："去！"

辛弃疾非常喜欢喝酒，有时竟也将他的醉态取材作词。这首词细致入微地描绘了他醉酒后的情态。这也是作者在借诙谐幽默之笔来发泄内心的不平。

拓展阅读：

《美芹十论》宋·辛弃疾
《辛弃疾》羽泉（歌曲）

◎ 关键词：美芹十论 九议 抗战复国

词坛飞将辛弃疾

辛弃疾，字幼安，号稼秆，山东历城（今山东济南）人。

自幼丧父的辛弃疾是由祖父辛赞一手把他培养成人的。当年金兵攻占济南时，为了养家糊口，辛赞不得不在金朝中担任官职。生长于金人占领区的辛弃疾，自动就决心为民族复仇雪耻、收复失地。高宗绍兴三十一年，济南人耿京聚众数十万反抗金朝的暴虐统治，时年22岁的辛弃疾也拉起2000多人的队伍投奔耿京。他被任命为掌书记，掌管主帅的印信及军中书檄文告等一系列工作。

金世宗继位后一方面与宋廷议和，一方面打击分化中原抗金义军。于是辛弃疾劝耿京与南宋官军配合抗金。耿京即委派辛弃疾等人奔赴建康面见宋高宗。在完成使命返回山东途中，辛弃疾等人获知耿京被降金的叛徒张安国杀害，便立即率领50名骑兵，直奔济州。他们直闯军营，抓到了张安国，并率领归降武装组织万人回到建康。从此，辛弃疾这位从天而降的飞将军成为南宋朝野景仰的传奇式英雄。

辛弃疾一向以深谋远虑、智略超群著称。26岁时向孝宗上奏《美芹十论》，31岁进献《九议》，从审势、察情、观衅、自治、守淮、屯田、致勇、防微、久任、详战等方面，指陈任人用兵之道，谋划复国中兴的大计，切实详明，33岁时即预言金朝"六十年必亡，虏亡则中国之忧方大"，41岁在湖南创建雄镇一方的飞虎军，虽困难重重，但诸事皆立，时人比之为"隆中诸葛"。

辛弃疾平生以气节自负、以功业自诩，南归后本来希望尽展其雄才将略，拥军万夫，横挑强胡，以"了却君王天下事，赢得生前身后名"。然而，自隆兴元年符离之役失败后，南宋王朝灰心丧志，甘心向金朝俯首称臣，纳贡求和，使得英雄志士请缨无路，报国无门。而身为"归正人"的辛弃疾，更受到歧视而不被信任。他从29岁到42岁，13年间调换14任官职，使他无法在职任上有大的建树和作为。

辛弃疾积极进取的精神、抗战复国的政治主张，本来就与当时只求偏安一隅的政治环境相冲突，而他傲岸不屈、刚正独立的个性，更使他常常遭人忌恨、谗害和排挤。因此在他42岁的壮年，即被弹劾罢职。闲居八年后，朝廷准备北伐，辛弃疾怀着建功立业的希望再度出山，可并未得到重用。两年后，66岁的老英雄带着绝望的心情又回到铅山故居，68岁时含恨而逝。

辛弃疾既有词人的气质，又有军人的豪情，他的人生理想本来是建功立业，收复故国。但阴差阳错，他却只能在词坛上开疆拓土，将本该用在"弓刀事业"上的雄才，用来树立了词史上的一座丰碑。

● 白石道人姜夔

>>> 俞伯牙和钟子期

　　俞伯牙是春秋时代著名的琴师。他的老师曾带他到蓬莱岛，在自然的美景中，他情不自禁地取琴弹奏，音随意转，把大自然的美妙融进了琴声，琴技达到至高的境界。

　　一夜，伯牙在清风明月中又弹起琴来，琴声悠扬，渐入佳境。他弹奏赞美泰山的，樵夫就说泰山；他弹奏赞美流水的，樵夫就说流水。伯牙知道自己遇到了知音。这个樵夫就是钟子期。从此两人成了非常要好的朋友。

拓展阅读：

张志和
《暗香》（歌曲）沙宝亮

◎ 关键词：吟诗　远游　暗香　疏影

"闲云野鹤"话姜夔

　　姜夔，字尧章，号白石道人，饶州鄱阳（江西波阳）人。他是中国文学史上著名的诗人和词人。

　　姜夔自幼孤贫，在流落湖北、湘江的20余年里，他主要的嗜好就是读书、吟诗、远游。他挚爱山水、独来独往的江湖诗人特性，就是在这个时候养成的。他的悠然闲适使得他的作品清逸俊美。宋末的张炎曾称赞"姜白石词如野云孤飞，去留无迹"。

　　一生未任官职的姜夔曾入杭州求取科举功名，但不幸落第，只好靠卖字和朋友周济为生。他过着艰苦的生活，清高而又珍视个人人品，并以此结识了当时的著名诗人杨万里、范成大，与范过从尤密。一天，在范家赏梅，范成大请他谱新曲作词。姜夔看到雪中红梅，才思突涌，词兴大发，一挥而就。写成之后，范成大极为赞赏，把玩不已，命家中的歌伎学习演唱。歌女中有一个名叫小红的，尤其喜爱唱这首新词。而这咏梅的新词即是后来脍炙人口的两首名篇《暗香》和《疏影》。范成大去世后，姜夔曾与抗金主战的大臣名将张浚之孙张鉴结为至交，并长期得其资助。张鉴死后，姜夔生计越来越窘迫，但仍清贫自守，不肯屈节以求官禄。他晚年又结识辛弃疾，以《汉宫春》《永遇乐》诸词与辛弃疾《蓬莱阁》《北固亭》之作唱酬。两人虽词风不同，但辛弃疾"深服其长短句"，堪谓并世知音。姜夔60岁以后，旅居金陵、扬州等地。他晚年凄凉困苦，死时穷得无钱下葬，由其好友吴潜等好心资助，葬于杭州钱塘门外之西马塍。

　　作为一个从事专业创作的大词人，他把毕生精力都用于诗词的创作。他存词不多，却几乎都是严肃认真与精雕细刻的力作。他字字推敲，句句讲求，反复改动，有时还要经过歌伎试唱之后才能定稿。他的词用字精微深细，造句圆美淳雅，时时翻出新意。他还注重词的篇章层次与整体结构，既能做到上下呼应，意脉不断，又能回环曲折，富有波澜。他还善于使用典事，往往以有限的词语表现出容量很大的内涵。

　　姜夔又是当时著名的音乐家。宋宁宗时，他曾向朝廷上《大乐议》和《琴瑟考古图》。因为他精通音律，所以他的词音律和婉，舒心悦耳。同时，他还能创制新曲。现存白石自度曲17首，是唯一保存至今的宝贵的音乐史料。

　　姜夔不仅直接影响到以后的南宋词人，而且还一直影响到清代词人的创作。清代的浙西词派更奉姜词为圭臬，曾形成"家白石而户玉田（张炎）"的盛况，使苏、辛一时黯然失色。他可谓是文学史上有巨大影响的词人之一。

●山水图 南宋

>>> 姚合

唐代诗人。世称"姚武功"，其诗派称"武功体"。

姚合在当时诗名很盛，交游甚广。他与贾岛友善，诗也相近，然较贾岛略为平浅，世称"姚贾"。他擅长五律，以幽折清峭见长，善于摹写自然景物及萧条官况，时有佳句。但刻画景物亦较琐细。

其诗对后世有一定影响，曾为南宋"永嘉四灵"及江湖派诗人所师法。

拓展阅读：

贾岛
姚崇灭蝗

◎ 关键词：徐玑 赵师秀 翁卷 徐照

志趣相投的"永嘉四灵"

永嘉就是现在的温州。作为中国诗歌史上的里程碑，以"永嘉四灵"为代表的田园山水诗风就崛起在这个人杰地灵的地方。

南宋时，温州的徐照、徐玑、翁卷、赵师秀四人，志趣相投，诗风相类，专以晚唐贾岛、姚合为法，谓之"唐体"。他们字号中都带有"灵"字，古温州为永嘉郡，于是称这四人为"永嘉四灵"。他们刻意苦吟，注重锻字炼句，诗风简约清逸，以"贵精不求多，得意不恋事"作为诗的艺术追求。

"永嘉四灵"的出身和个人经历惊人地相似。

徐照家贫如洗，为生计所迫而先后到各地幕府混饭吃，终因一事无成而返回家乡，在贫病交加中死去。

徐玑出门求生，先后任建安、永州等地的主簿，最高做到七品县令，最后53岁时死于故里。

翁卷是"四灵"中寿命较长的一位，但也是一贫如洗。一生未得功名，以布衣之身终老。

赵师秀虽然中过进士，但仕途并不顺利，只做过县主簿、州推官就再也上不去了，50岁时死于当时的京城杭州。他穷困异常，无人料理后事，幸得一位好心人将其葬于西子湖边。

这四位被官僚社会冷落，穷得走投无路的书生，都纷纷把注意力集中于田间山水或个人悲欢上，对现实生活则采取逃避的态度。

"永嘉四灵"的诗篇，使我们置身于一派田园风光和自然山水之中，语言清丽高雅，天真纯朴，毫无拗口苦涩、用典堆砌之感，使人仿佛置身于一派田园风光和自然山水之中。例如，徐照的"众船寒渡集，高寺远山齐"（《题衢州石壁寺》）、徐玑的"寒烟添竹色，疏雪乱梅花"（《孤坐》）、翁卷的"数僧归似客，一佛坏成泥"（《信州草衣寺》）、赵师秀的"瀑近春风湿，松多晓日青"（《桐柏观》）。"永嘉四灵"通过对温州田园山水的描述，表达了一种自然淳朴、贴近生活和热爱家乡田园山水的情感。

"永嘉四灵"的田园山水诗形成了较大的回响，使整个诗坛为之一振，出现了不少追随江湖诗风的诗人。正如钱钟书所说："反对江西派运用古典成语，'资书以为诗'，就要尽量白描，'捐书以为诗'，'以不用事为第一格'……抛弃杜甫，抬出晚唐诗人来对抗。这种比杨万里的主张更为偏激的诗风从潘柽开始，由叶适极力提倡，而在'四灵'的作品里得以充分表现。"

●释迦如来像 南宋

>>> 心境

一天，苏东坡与佛印禅师聊天，两人均盘腿而坐。聊到兴处，苏东坡问佛印禅师："你看我现在像什么？"佛印禅师说："我看你像一尊佛。"苏东坡笑着对佛印禅师说："我看你像一堆牛屎。"佛印禅师笑笑，没有说什么。

苏东坡回家后沾沾自喜地和苏小妹谈起了这件事。苏小妹说："禅师的心是佛一样的境界，所以看你像一尊佛；而你的心态像一堆牛屎一样，看禅师当然也就像一堆牛屎了。"苏东坡听后顿时面红耳赤。

拓展阅读：
"瓶颈"的由来
慧能何处惹尘埃

◎ 关键词：妙悟 诗道 严羽

以禅喻诗的《沧浪诗话》

严羽，字仪卿，号沧浪逋客，邵武（今属福建）人，一生未仕。在诗歌创作方面没有突出成就的他，却写出了一部极重要的诗歌理论著作《沧浪诗话》。

《沧浪诗话》分为诗辨、诗体、诗法、诗评、考证五门，以第一部分诗辨为核心。严羽论诗立足于诗歌"吟咏性情"的特性，全书完全不涉及诗与儒道的关系及其在政治、教化方面的功能，而是重视诗的艺术性和由此造成的对人心的启发，这与理学家的文学观恰成对立。

严羽在《沧浪诗话》中，针对江西诗派的"以文字为诗，以才学为诗，以议论为诗"提出了尖锐的批评，并进一步提出了宋诗的具有普遍性的弊病，认为"本朝人尚理而病于意兴"，对苏轼、黄庭坚都表示了相当的不满。

与此同时，他借用禅宗的思想方法和语言，提出"诗有别材，非关书也；诗有别趣，非关理也"，认为作诗之道，在于"妙悟"，"禅道在妙悟，诗道亦在妙悟"。"妙悟"，即超乎理性认识、逻辑分析的直觉体验。他认为鉴赏和创作诗歌重在"妙悟"，要求学者要有"熟参"的功夫，要反复琢磨前人作品的妙处。他以盛唐诗为最高标准，以"羚羊挂角，无迹可求"为最高境界，即不能从具体文字中去追寻，而必须从整体上去体会言外之韵的浑然高妙的境界。他简明地指出："唐人好诗，多是征戍、迁谪、行旅、离别之作，往往能感动激发人心。"可见，他所指的"妙悟"，并不与真实的生活体验相脱离。

作为一部对后世创作实践和诗歌理论都有很大影响的著作。该书的一个重要的特点就是以禅喻诗。严羽改变了前人仅以参禅喻诗的作法，直接以禅境喻诗境，以参禅的"妙悟"喻对诗歌本质的领会。禅宗在说明"如何是禅"的问题时总是闪烁其词，不肯做出正面回答。严羽认为诗的本质是只可意会不可言传的，只能依靠"妙悟"。

这样，严羽就把以禅喻诗运用到诗的本质问题上，由此导出了后人的"诗禅等一"等论调。

●山楼来凤图 南宋
此图融山水与人物于一体。画面上崖壁虬松，溪桥殿宇，文人相偕而行，一旁稚童把琴侍立。在笔墨运用上，山石多用长斧劈皴，画松瘦硬屈曲、用墨凝重，用笔刚健，笔锋显露，颇具马远画风。

崇文盛世——宋代文学

●佛教净瓶 北宋

>>> 清文字狱

文字狱是中国古代因文字犯禁或借文字罗织罪名清除异己而设置的刑狱。

清代文字狱的冤滥,遏制言论,禁锢思想,造成了"万马齐喑"的严重历史后果。它极大地桎梏了学术思想的发展,助长了阿谀奉承、评告陷害之风,是历史发展中的浊流。

到乾隆末叶,一方面清廷已通过文字狱达到了巩固封建专制统治的目的,另一方面却也使隐伏的社会危机日益加剧。

拓展阅读:
史弥远与中秋节
《正说宋朝十八帝》游彪

◎ 关键词:陈起 诗狱 刘克庄 戴复古

江湖诗派与江湖诗祸

江湖诗派因书商陈起所刊《江湖集》《江湖前集》《江湖后集》《江湖续集》等诗歌集而得名。南宋后期,一些没能入仕的游士流转江湖,以献诗卖文维持生计,多以江湖相标榜。他们不满朝政,厌恶仕途、羡慕隐逸,不愿与统治者合作,较有影响的人物有陈起、刘过、姜夔、敖陶孙、戴复古、刘克庄等。

在陈起刻印《江湖集》的前一年,即宋宁宗嘉定十七年,权相史弥远擅行废立,次年又逼死了已被废黜的济王赵竑。史弥远为了控制舆论,便从新刊的《江湖集》中找出"东风谬掌花权柄,却忌孤高不主张"和"秋雨梧桐皇子府,春风杨柳相公桥"等诗句,诬蔑他们讥刺朝政,对作诗者进行迫害,同时焚毁《江湖集》。陈起首当其冲,被判刑发配远恶军州。曾极被贬到舂陵(今湖南宁远),并死于该地。身为县令的刘克庄一开始被史弥远下大理寺狱,后因有人极力解救得免,但他也因此一连十年不得升迁。在处分这些人的同时,朝廷下诏禁士大夫作诗。这一打击持续了九年,直至绍定六年史弥远死后,诗狱才开始消歇,诗禁也渐渐解开。这就是著名的"江湖诗祸"。"江湖诗祸"的发生影响了江湖诗人的创作,使他们畏祸而较少咏及时事,但同时也

使得江湖诗派名扬一时,提高了他们在诗坛上的声誉。

江湖诗人大多未能自成一家,只有刘克庄与戴复古较能自成风格,成就也较为突出。江湖诗人中年寿最长、官位最高、成就也最大的刘克庄在江湖诗祸中侥幸保全。他喜欢提携后进,因此声名更盛,被许多江湖诗人视为领袖,而且他也成为南宋继杨万里、范成大、陆游之后最有成就的诗人。刘克庄早期作诗颇受"四灵"的影响,但他最敬佩的诗人却是陆游,正是陆游的影响使他在题材取向上与"四灵"分道扬镳。刘克庄关心国事,金和蒙古的威胁使他忧心忡忡,南宋政治腐败、军队孱弱的现状更使他痛心疾首,他写了《国殇行》《筑城行》《苦寒行》等乐府诗来抨击时弊。刘克庄在艺术上兼师唐、宋诸家,其诗歌风格呈现出多种渊源,其中以贾岛、姚合到"四灵"的一脉比较显著。

总之,江湖诗派不满江西诗风而仿效"四灵",学习晚唐,但取材比"四灵"更宽阔一些。他们的风格倾向,基本上代表着南宋后期诗坛的风尚。江湖诗派和"江西""四灵"诗派一样,未能摆脱模拟之风,境界不高、气度狭小是他们的通病。由于疏于锻造,他们的一些古诗往往率意而成,显得粗糙,绝句也多存在明畅有余而含蓄不足的缺陷。

●官窑穿带壶 南宋

>>> 《追忆似水年华》

《追忆似水年华》作者是普鲁斯特,发表于1916年,是意识流的代表作。

小说发生在19世纪末20世纪初的法国,叙述对自己青春年华的怀念和追忆,其中穿插许多自成一体的独立故事,作品展现了上千个人物,有贵族、大资产者和劳动人民,描绘了19世纪末20世纪初巴黎上层社会广阔的画面。

作品开辟了当代小说的新篇章,对西方现代文学产生了重大影响。

拓展阅读:

《梦窗词集》
宋词四大家

◎ 关键词:江湖游士 吴文英 意识流

"七宝楼台"梦窗词

吴文英,字君特,号梦窗,又号觉翁,四明鄞县(今浙江宁波)人。

吴文英是一位颇为独特的江湖游士,他放浪江湖,但足迹从未离开过江浙。他以布衣终老,却长期充当一些权贵的门客与幕僚。他虽结交侯门,但只为衣食生计,从不为当官而投机钻营,且能保持着清高独立的人格。

吴文英力求自成一家,他一生的心力都倾注在词的创作上,但辛弃疾和姜夔这两座艺术高峰横亘眼前,而他胸襟气魄远逊稼轩,才情天赋不及白石,要在情思内容上有所超越突破,已不可能,于是他便开始在艺术技巧上大费心力。

他彻底改变正常的思维习惯,将常人眼中的实景化为虚幻,将常人心中的虚无化为实有,通过奇特的艺术想象和联想,创造出如梦如幻的艺术境界。如"飞红若到西湖底,搅翠澜、总是愁鱼"(《高阳台·丰乐楼分韵得如字》)和"落絮无声春堕泪"(《浣溪沙》)等,都是将主观情绪与客观物象直接组合,无理而奇妙。另外,在章法结构上,吴文英词的时空场景的跳跃变化,不受理性和逻辑次序的约束,且缺乏必要过渡与照应,情思脉络隐约闪现而又无迹可求。他的这种富于突变性的结构,强化了词境的模糊性、多义性,但也增加了读者理解的难度。

吴文英带有一定的超前性的创作风格,类似于现代的意识流手法,古人不易理解,因此被指斥为"如七宝楼台,炫人眼目,拆碎下来,不成片段"。他的词形容艳丽,甚至光怪陆离,令人目眩,而构架进度,与别人的词大不一样,单独看一句,则往往不知这句话的意思。所以"七宝楼台"梦窗词的说法广为流传。

●天牛稻禾 北宋

●烟村秋霭图 南宋 李安忠

◎ 关键词：议和 正气歌 抗元复国

文天祥的《过零丁洋》

●文天祥像

>>> 袁崇焕之死

万历四十五年(1617年)努尔哈赤起兵攻明，逼近山海关。天启二年（1622年），明军广宁大败，明朝边关岌岌可危。

就在这一年，袁崇焕投笔从戎，出镇山海关。四年之后，袁崇焕的一万守军击退了努尔哈赤的13万精兵。次年，袁崇焕又打败了皇太极的进攻，令清兵闻风丧胆。

崇祯二年（1629年），他又一次击退攻占京城的皇太极。可就在决战胜利第十日后，崇祯因听信了谗言，认定袁公是个内奸，将其处以极刑——凌迟。

拓展阅读：

崇祯自缢
《指南录》宋·文天祥
《北京法源寺》李敖

辛苦遭逢起一经，干戈寥落四周星。山河破碎风飘絮，身世浮沉雨打萍。惶恐滩头说惶恐，零丁洋里叹零丁。人生自古谁无死？留取丹心照汗青。

这首诗中名篇《过零丁洋》是文天祥兵败被俘后的作品。他以诗明志，表现了崇高的民族气节和强烈的爱国感情。此诗传到元军统帅张弘范手里，连这位文天祥的敌军对手也深受感动，连连称好。

文天祥，字履善，号文山，庐陵（今江西吉安）人。他20岁以第一名进士及第。德祐二年，元军包围临安，文天祥受命于危难之际，以资政殿学士的身份前往元军议和。他出使元军谈判被拘留，后历经种种磨难，终于脱险。之后，立即起兵转战东南，图谋恢复。他先后拥立两个皇帝，但终因寡不敌众，兵败被俘，被押解大都（今北京）囚禁四年。狱中他坚强不屈，后从容就义。

文天祥在诗中反复表露他"威武不能屈、富贵不能淫"的凛然气节，在著名的《正气歌》中，他以一系列历史人物的事迹赞誉这种"正气"的浩然博大，表明自己要以此"正气"抵御狱中种种邪气的侵袭，保持人格的完整。而《过零丁洋》和《金陵驿》二诗，通过结合个人身世之悲与国家危亡之悲的抒情艺术，给人以至深的感动。诗中表现了诗人情感的真实性和诗人人格力量的崇高。这两首诗是中国诗史上的优秀篇章。

文天祥的一腔堂堂正气在《过零丁洋》中得到自然喷发。他不假雕饰，却写得慷慨激昂，沉痛悲壮，感人至深。"辛苦遭逢起一经，干戈寥落四周星"，这两句回顾他的身世，说在辛苦中依靠精通一经得到朝廷的选拔任用，而从事抗元复国的斗争已经整整四年。"山河破碎风飘絮，身世浮沉雨打萍"，这就是说，国家的命运和个人的遭遇，都如风吹柳絮和雨打浮萍那样，零落漂浮而无法挽救。"惶恐滩头说惶恐，零丁洋里叹零丁"，这两句是诗人感叹处境之艰危。前一句是追忆从前因兵败经惶恐滩退却时的情景，因为形势危急，所以"说惶恐"；后一句是就目前孤危的处境发出的感叹，因为只身被俘，所以"叹零丁"。这两句对仗工巧，语含双关，综合了地名和心情遭遇两个方面。"人生自古谁无死，留取丹心照汗青"，这两句以昂扬的音调结束全诗，表现了诗人以死殉国的一片丹心和视死如归的浩然正气。

● "麒麟图"铁塔砖

>>> 变文

　　唐代通俗文学形式之一。

　　它是在佛教僧侣所谓"唱导"的影响下，继承汉魏六朝乐府诗、志怪小说、杂赋等文学传统逐渐发展成熟的一种文体。

　　变文有说有唱，韵白结合，语言通俗，接近口语，题材多选自佛经故事，也有一部分讲唱历史故事和民间传说。

　　变文对唐代文人创作，特别是传奇创作，具有一定的影响。

拓展阅读：

《敦煌变文集》启功等
《清平山堂话本》洪楩

◎关键词：小说 讲史 说经 合生

通俗文学的兴起——话本小说

　　在说话艺人讲说的基础上，经文人记录和整理出来的故事文本称为话本。话本原意是说话人讲故事用的底本。"话"在唐宋人口语中有"故事"之意，"说话"就是讲故事，类似后来的说书。它本是一种民间技艺，在唐代已经萌芽。到了宋代，随着城市的繁荣和市民阶层的扩大，在瓦舍勾栏（市民游乐场所）出现了专门从事说话艺术的说话人。有些说话人把自己说唱的故事用文字记录下来，以作备忘和传授之用，说话便由口头文学发展为书面文学，话本也由此产生。

　　宋元时期的"说话"主要分为小说、讲史、说经和合生四家。小说是讲取材于现实生活的短篇故事，一般是一次讲完。因为跟听众的生活接近，又能当时知道结局，所以最受欢迎。讲史是讲述历史故事，取材于史书，亦兼采民间传说。讲史有说有评，故又称为评话（一般写作平话）。讲史故事较长，要连续多次才能说完。说经是讲宗教故事，由唐代的俗讲、变文发展而来。有的穿插讲笑话或滑稽故事，称为说诨经。合生是一种比较特殊的形式，可能是两人演出，对答式指物歌咏，一人指物为题，另一人应命题咏，其中可能带些讽刺性质，但不一定有故事。在"说话"四家中，以"小说"和"讲史"两家最受欢迎，尤其是小说。

　　宋代，由于市民阶层的文化需要，各种民间技艺应运而生，话本和以"说话"为生的说话艺人也开始兴盛起来。

　　适应"说话"需要的话本，形式上有着自己的特点：

　　其一，有序诗和头回。开篇序诗又称入话。说话人为了吸引听众，往往在开讲前先说几首诗词概述全篇大意，序诗之后通常还要讲一个小故事，以等待听众到齐并引出正文，称为"得胜头回"。后来明清小说中的"楔子"即由此发展而来。

　　其二，说话人往往在说话结束时，以篇尾结诗点明主旨，总结全篇，或提出借鉴。

　　其三，正文散韵相间。正文是故事的主体，故事以散文形式展开，中间穿插大量诗词歌赋等，用于概括情况或描摹景物。篇幅较长的话本还有分回和目录。

　　宋代说话艺人开创的这种结构形式，成为中国后世章回小说体裁的蓝本。

　　原本数量很多的宋代话本大部分已失传，现存话本除少数单行本外，多散见于《话本通俗小说》《清平山堂话本》《古今小说》《警世通言》《醒世恒言》等书。

大漠遗韵——

辽金元文学

—→ 政权并存，民族征战。文明礼仪，泱泱大观。铁马金戈，英雄难辨。

—→ 圣宗以后，帝王后妃和朝廷重臣，工书能文。文化日渐繁荣，作品渐丰，技巧更胜。

—→ 女真当权，汉文化大力提倡。金中叶，统治达到鼎盛，诗文作品风格各异，为金代文学的发展开创新风。

—→ 一代天骄，统一蒙古，文风随变。金亡的史诗，集两宋之大成，悲凉中满带醇厚。

—→ 金杂剧发展为"院本杂剧"。通俗文学初见端倪，《西厢记诸宫调》被誉为"古今传奇之祖"。

—→ 元曲大盛，与唐诗、宋词相争荣。元杂剧代表元代文学的最高成就；元散曲与唐诗、宋词一脉相承，登上元诗歌的顶峰。

—→ 乱世枭雄，古道争锋，大漠遗韵，千古争诵。

历史总是在矛盾和斗争中前进。辽代共有209年的历史，其中与北宋对峙166年，其间有过无数次战争，也有过较长时期的友好相处关系。辽在双方经济、文化的交流中逐步接受了汉族文化。辽太祖耶律阿保机在建国后不久，即立孔庙祭祀，并将不少汉文典籍译成契丹文。主要受先秦文学和唐宋文学影响的辽代文学，其中作家大多是帝王后妃和朝廷重臣。耶律阿保机的长子、东丹王耶律倍是契丹族第一个大艺术家，他博学能诗，有《阆苑集》传世。辽太宗耶律德光工书能文，耶律琮善写骈文。圣宗以后，文化日益繁荣，作家作品渐多，写作技巧也日趋成熟。契丹族的女作家萧观音、萧瑟瑟等人的作品脍炙人口，传诵当时朝野。反映贵族生活和内部矛盾、描绘北国生活风貌的辽代文学作品，具有浓郁的地方、民族色彩，有一定的价值。但是由于当时书禁太严，使得作品流传下来的很少。

与南宋对峙了110年的金是女真族建立的政权。金人灭北宋不久，统治者即大力提倡汉文化。所以，金代文学主要是指金代的汉文文学。金初，诗歌作者主要是一些辽、宋旧臣和被扣留的宋朝使臣，如蔡松年、吴激等人，他们的作品大都流露出故国之思。金中叶，金朝统治达到鼎盛时期，诗文作品风格各异，为金代文学的发展开创了新局面。

南渡以后，强悍的蒙古族在北方兴起，文风也随之发生了转变。这一时期较为杰出的诗人是元好问。他的诗歌是金亡的史诗，悲凉中带着醇厚的意味。他的

词兼有婉约和豪放两派词风，其作品被人誉为"集两宋之大成"。金代将杂剧发展为"院本杂剧"，为元杂剧的繁荣打下了基础。《西厢记诸宫调》所写崔莺莺和张生的爱情故事，取材于唐代元稹的传奇小说《莺莺传》，对元代王实甫《西厢记》杂剧有直接的影响，对后代戏曲的发展也有深远的影响，所以被人称为"古今传奇之祖"。总的来看，金代文学主要受两宋文学的影响。从时间、地理范围和文化传统来看，它实际上是宋代文学的一个组成部分。

元代文学中以元曲为首，与唐诗、宋词相提并论。元曲包括元杂剧和元散曲两种文学样式，而元杂剧则代表着元代文学的最高成就。这一时期，中国古代戏剧的奠基人关汉卿写出了感天动地的《窦娥冤》等剧作。元散曲继承了我国古典诗歌的传统，与唐诗、宋词一脉相承，又有所发展和变革，同时它又吸收了民间的俚歌俗曲，以及宋元的说唱、戏曲等文学形式的精华，形成了独特的诗歌形式，出现了著名的散曲作家马致远、张养浩等。元散曲代表了诗歌的最高成就，为元代文学增添了斑斓的色彩。

●草虫图 元 钱选
草虫是钱选擅长描绘的题材，历代著录中有他的多幅草虫画。此画中青蛙、蜻蜓、螳螂、荷叶、芦苇等不仅形象真实，而且各具姿态。

大漠遗韵——辽金元文学

◎ 关键词：辽 契丹 太子

"小山压大山"——耶律倍的诗

小山压大山，大山全无力。
羞见故乡人，从此投外国。

这首《海上诗》出自辽太祖长子耶律倍之手，是辽代见于记载的最早的五言诗，也是最能体现辽诗特色的一首诗。

辽是契丹民族建立的北方政权，起于907年，迄于1125年，恰与整个五代、北宋时期相始终。契丹是以游牧和渔猎为主要生产方式的北方少数民族，其民族性格豪放勇武。"弯弓射猎本天性"（《虏帐》），苏辙的这句诗是对契丹族社会风俗、民族性格的生动写照。辽诗留存下来的作品只有70多首，作者既有契丹人，也有汉人，其中契丹诗人的作品最能体现辽诗特色。契丹诗人大多是君主、皇族和后妃，这是因为他们较早有机会接触汉文化。

耶律倍是辽代第一个较有名的契丹诗人。他博览群书，善绘画，尤其善画马与人物。他作为辽太祖耶律阿保机的长子，被立为太子。天显元年（926年），辽太祖消灭渤海国建立东丹国后，封耶律倍为东丹王。耶律倍厌弃契丹人落后野蛮的生活方式，对汉文化颇为向往。他喜爱闾山的峻拔清奇，在闾山最高处修建一座书楼，名为"望海堂"，并收藏了万卷汉人著述的古籍和绘画。在春、秋两季游猎的时候，他便带上汉人妻子高美人暂住望海书楼，以读书赋诗为趣。太祖耶律阿保机死后，耶律倍知道母亲喜爱耶律德光，更知道太后想立德光为帝，于是让位给自己的弟弟德光。不承想耶律德光（即辽太宗）即位后，派人严密监视和控制他。930年，他被迫满载"望海堂"藏书，携带高美人及仆人40人从辽河口乘船渡海，投奔中原。在流亡途中，他"立木海上"，并刻诗于木，诗本无题，后人习称为《海上诗》。此诗采用拟人化的手法，以大山比喻自己，把小山比作弟弟辽太宗，寥寥几笔将皇室内部斗争的残酷场面，深刻地展现在读者面前。"山"是契丹小字，其义为"可汗"，与汉字之"山"形同异义。这是契丹文和汉文合璧为诗的典型例子。诗人利用汉字"山"的意象与契丹文"可汗"的意思的巧合，使此诗既有鲜明的意象，又有深微的隐喻义，故后人称赞说："情词凄婉，言短意长，已深合风人之旨矣。"

936年，后唐王朝发生政变，耶律倍被人刺杀，他的尸骨被一个和尚收藏。后来石敬瑭当政之际，将他的尸骨移葬在闾山下。不久，耶律倍的儿子耶律阮继承了皇位，他为父亲东丹王在闾山重修陵墓，建造凝神殿，称为显陵，又在显州奉先县供奉他的陵寝。

● 东丹王出行图 辽

>>> "儿皇帝"

唐末帝与节度使石敬瑭的矛盾愈演愈烈，直到兵戎相见。晋阳危急，石敬瑭慌不择路向契丹人讨救兵，并答应称帝后，将燕云十六州割让给契丹。

耶律德光出兵到晋阳救急，并封石为皇帝。石敬瑭对契丹国主耶律德光感恩戴德，不仅将燕云十六州割让给契丹，而且在给契丹的奏章上，把契丹国主称为"父皇帝"，自己称"儿皇帝"。

拓展阅读：

萧太后
耶律阿保机称帝
《天龙八部》（电视剧）

◎ 关键词：宫怨　怀古　咏史

契丹女诗人萧观音、萧瑟瑟

●白釉迦叶像 辽

　　在古代中国，宫女是诗人取材最多的题材。他们的诗也是宫女坎坷经历的真实写照。契丹女诗人萧观音、萧瑟瑟便是宫廷生活悲剧的典型。

　　辽代枢密使萧惠的女儿萧观音，以非凡的才华和外貌当上了辽代道宗皇帝耶律洪基的皇后。然而，她的命运却因为一件小事而急转直下。有一次，道宗要外出打猎，萧观音便好心劝阻，可是道宗非但不听劝谏，反而从此后对她非常冷淡。于是，萧观音几乎就是进入了"冷宫"。颇有文学天赋的她便开始用诗文来排解自己的苦闷。她的十首《回心院词》情感深挚，意象细腻，一向被称为佳作。

　　换香枕，一半无云锦。为是秋来辗转多，更有双双泪痕渗。换香枕，待君寝。（其三）

　　铺翠被，羞杀鸳鸯对。犹忆当时叫合欢，而今独覆相思衾。铺翠被，待君睡。（其四）

　　叠锦茵，重重空自陈。只愿身当白玉体，不愿伊当薄命人。叠锦茵，待君临。（其六）

　　燕薰炉，能将孤闷苏。若道妾身多秽贱，自沾御香香彻肤。燕薰炉，待君娱。（其九）

　　从《文选》所收的《怨歌行》《团扇歌》，直到唐人所作的宫怨诗，写宫中女性对君王的期待或被疏远、遗弃、悲哀的，不一而足，但其感情大抵含而不露，从无如此热烈、鲜明。以堂堂皇后之尊，竟然写出"香彻肤""待君娱"的词句，无视封建礼教，实是一组放任感情、情思渴切的诗。那种对恢复当日情爱的渴盼，那种丝毫不加掩饰的热烈感情，具有很强的感染力，被后人视为辽代文坛上罕见的上乘之作。

　　萧观音以作诗度日，但作诗也会作出麻烦。有一天，一个心术不正的宫女拿着一篇诗作拜见萧观音，让她誊写。她依言誊写一遍，还在后面题写了一首《怀古》。不承想她中了圈套，宫女受辽臣指使，目的是篡权夺位。后来，萧观音被"赐死"。她还作有粗犷奇崛、气势不凡之诗，如《伏虎林待制》等。

　　萧瑟瑟的诗作与萧观音相比，具有鲜明的政治见解，现存有《讽谕歌》《咏史》。前者指出国家面临的危难，劝谏朝廷励精图治。后者则借史实来讽刺朝廷的昏暗腐败，大厦将倾。两诗都用骚体写成，句式参差错落，情感激切，具有较强的力度，只是稍嫌直白。

大漠遗韵——辽金元文学

●高僧像 十二世纪

>>> 耶律楚材阻止选美

窝阔台汗八年，侍臣脱欢建议全国推选大批美女入宫。窝阔台同意实行，耶律楚材却有意拖延不办。

窝阔台十分恼火，斥责耶律楚材。耶律楚材却乘机进谏："宫中美女已经够多了，如果再选美，臣恐怕会扰民，引起百姓不满。"

窝阔台心中不快，但也只好点头答道："那就算了吧。"

拓展阅读：

耶律楚材祠
《射雕英雄传》金庸

◎ 关键词：长篇歌行 契丹文 佛道思想

寺公大师的《醉义歌》

"李白斗诗百篇"，自古以来，酒和诗之间好像有着千丝万缕的关系，有酒处必会有诗。醉酒吟诗的人更是不在少数，如辽代的寺公大师和他的《醉义歌》。

《醉义歌》是作为僧人的寺公大师用契丹文写成的，后来由元初的耶律楚材翻译成了汉文，今保存于耶律楚材的《湛然居士文集》中。译文为七言歌行体，长达120句。寺公大师原先也是在朝中为官的，写《醉义歌》时他尚未出家，只是受到"斥逐"，"病窜"，"天涯"已经三年。

《醉义歌》的开始是写诗人被斥逐天涯的悲伤，进而宣扬人间万事皆空，只有醉乡酒国才是乐土。作为辽诗中最出色的长篇歌行，全诗结构开阖有致，脉络鲜明。原诗虽用契丹文写成，却运用了许多属于汉文化的典故，是古代诗歌中各民族文化互相融合的生动例证。寺公大师的诗在当时被誉为"一时豪俊"，"可与苏轼、黄庭坚并驱争先耳"。

问君何事从匆劳，此何为卑彼岂高？蜃楼日出寻变灭，云峰风起难坚牢。芥纳须弥亦闲事，谁知大海吞鸿毛？梦里蝴蝶勿云假，庄周觉亦非真者。以指喻指指成虚，马喻马兮马非马。天地犹一马，万物一指同。胡为一指分彼此？胡为一马奔西东？人之富贵我富贵，我之贫困非予穷。三界唯心更无物，世中物我

成融通。君不见千年之松化仙客，节妇登山身变石？木魂石质既我同，有情于我何瑕隙？自料吾身非我身，电光兴废重相隔。农丈人，千头万绪几时休？举觞酪酊忘形迹！

此诗从重阳节饮酒入手，抒发了对人生的感慨和对隐逸生活的热爱之情："我爱南村农丈人，山溪幽隐潜修真。老病尤耽黑甜味，古风清远途犹迍。喧嚣避遁岩麓僻，幽闲放旷云水滨。"从中也可看出，诗人要以佛道思想来消解人生烦恼的意愿。

《醉义歌》中把超然物外的陈词滥调渲染得云山雾罩，仿佛醉酒胡话，从中可以看出寺公大师作诗只是渴求解脱，寻得自我安慰，至于用来解脱的武器到底是庄子的齐物论抑或佛家的唯心说，他都无所谓。为他解忧而带来至乐的却是醉酒，而整首诗和那一连串宣扬物我齐一、三界唯心的句子，都只不过是醉酒后的感情宣泄而已。

总之，该诗描写的是一个陷在痛苦之中力图摆脱，并借助于醉酒和某些理论在幻觉里寻求快乐的灵魂。这同样是一篇任情之作。诗人将对现实生活的详细描写和丰富的想象，以及思想上大量材料的自由驱使紧密结合在一起，从而形成了磅礴的气势和纵横自如的结构，也借此宣泄了自己强烈的感情。这首诗是辽代诗歌进一步发展的有力证明。

●加彩男俑 金

>>> 完颜亮发动宫廷政变

皇统八年（1148年），宗弼死，契丹人萧仲恭与宗室宗贤、宗勖、宗亮、宗敏、宗本相继为相，总军国事，仍不能彻底摆脱派系斗争的干扰。皇后裴满氏干政，对熙宗多有牵制，熙宗积不能平，以致嗜酒多疑，淫刑肆虐，常滥杀无辜，群臣皆不自安。

皇统九年十二月九日，平章政事完颜亮利用群臣的恐惧和不满情绪，与驸马唐括辩、护卫蒲散忽土等密谋，杀熙宗于寝殿。亮自立为帝，改元天德。

拓展阅读：

完颜亮政治改革
《念奴娇·赤壁怀古》宋·苏轼

◎ 关键词：吴蔡体《明秀集》苏东坡

金代爵位最重的文学家蔡松年

蔡松年，字伯坚，号萧闲老人，是金代初期得苏学精髓的著名词人。他父亲蔡靖在宋朝为官，宣和七年与父亲一起镇守燕山，后来迫不得已投降金朝。蔡松年仕金后，官位连连上升，一直官至右丞相，成为《金史·文艺传》中官位最高的文人。其文辞清丽，擅长乐府，与当时的文学家吴激齐名，时号"吴蔡体"，有《明秀集》。元好问《中州集》辑其诗59首、词12首。

身居高位的蔡松年，并没有快乐和得意，反而增添了他的苦恼。这种由入仕较深所产生的苦恼，不像其他入金宋人表面化、单一化的去国怀乡之念，而是显得较为复杂和难以排解。他自称"自幼刻意林壑，不耐俗事"，后曾"买田于苏门之下"，"将营草堂，以寄余龄"（《水龙吟》词序）。可是，由于晚年受到荣宠，他又不能不思报答宠遇。然而，内心深处的民族意识又使他感到"身宠神已辱"。他在诗词中也反复抒写那种"身宠神已辱""世途古今险，方寸风涛惊"的仕金感受。可以看出，蔡松年的一生都被这种情绪所纠缠困扰，最终还是没有逃脱他一直担心的厄运——被海陵王鸩杀。

在仕金生涯中，为了疗慰这种惶恐不安的心境，他选择了苏学。他非常崇尚苏东坡的词作，尤其是想追学苏轼旷放超达的一面，也就是苏学的主导精神。他追和东坡《水调歌头》（安石在东海）词，向往他"岁云暮、须早计，要褐裘"之类退出官场的达观情怀。他借东坡词意、词韵抒写他自己"但得白衣青眼，不要问囚推按，此外百无忧"之类远离是非的幻想。他两次追和东坡的《念奴娇·赤壁怀古》，不是因为"乱石穿空，惊涛拍岸"的雄伟景象和"雄姿英发，羽扇纶巾"的英雄人物，而是因为结尾处"人生如梦"的人生思考，抒写他"人生长短亭中，此身流转，几花残花发"的感伤。他的和作《念奴娇》风格隽秀清丽，最为时人所称赞：

离骚痛饮，笑人生佳处，能消何物。夷甫当年成底事，空想岩岩玉壁。五亩苍烟，一邱寒碧，岁晚忧风雪。西州扶病，至今悲感前杰。我梦卜筑萧闲，觉来岩桂，十里幽香发。鬼磊胸中冰与炭，一酹春风都灭。胜日神交，悠然得意，遗恨无毫发。古今同致，永和徒记岁月。

元好问曾对这首词评价道："读之可以见其平生出处。"（《中州集》卷一）词中褒贬魏晋诸贤所抒发的豁达情怀，和苏轼的旷达豪放一脉相承，在一定程度上缓和了蔡松年紧张不宁的心绪。

●耀州窑白釉三足炉 金

>>> 元好问谱情诗

元好问16岁时，在赶考路上，遇到了一位猎人。猎人给他讲了一个故事。

几天前，猎人捕获了两只大雁，雄雁脱网而出，雌雁则被缚网中。猎人将雌雁擒回家，雄雁凝望着网中的雌雁，一路跟随，在空中悲鸣盘旋不去。而雌雁也在网中鸣咽。后来猎人杀死了雌雁，看到爱侣已亡，那雄雁竟一头从空中栽下，以头撞地，殉情而亡。

元好问从猎人手中买下了这对大雁，将它们埋葬在了汾河边，为它们写下了一首流传千古的《雁丘词》。

拓展阅读：

忽必烈汉化政策
北朝民族大融合
《扬州慢·淮左名都》宋·姜夔

◎ 关键词：纪乱诗　爱情诗《论诗三十首》

金代诗坛盟主元好问

元好问，字裕之，号遗山，山西忻州人。祖先是北魏鲜卑拓跋氏的元好问，32岁进士及第，曾任南阳等县的县令，后入朝任右司都事、东曹都事等职。金灭亡后，他被元兵押解到聊城，后回到家乡从事著述。

作为金代最重要的诗人和最杰出的诗论家，他存诗1400余首，作品之富在金代诗坛上首屈一指，成就也最为突出。元好问生逢金代后期的动乱时代，亲历了亡国的惨痛，他的诗歌生动地展示了金、元易代之际广阔的历史画卷。在艺术上，元好问全面地继承了中国古典诗歌的优秀传统，熟练地掌握了各种诗体的艺术形式，这使他成为金代诗坛上独一无二的大诗人。

元好问的诗以写于金亡前后的"纪乱诗"为上乘，"国家不幸诗家幸，赋到沧桑句便工"。正所谓在动荡的年代才能产生伟大的诗人，元好问在国破家亡、身为敌囚这些重大变故的刺激下，以他那"挟幽并之气，高视一世"的天赋异禀，写出了一系列雄浑悲壮的纪乱诗。

《岐阳》三首之二：

百二关河草不横，十年戎马暗秦京。岐阳西望无来信，陇水东流闻哭声。野蔓有情萦战骨，残阳何意照空城。从谁细向苍苍问，争遣蚩尤作五兵？

《壬辰十二月车驾东狩后即事五首》之四：

万里荆襄入战尘，汴州门外即荆榛。蛟龙岂是池中物，虮虱空悲地上臣。乔木他年怀故国，野烟何处望行人。秋风不用吹华发，沧海横流要此身。

前一首所写的战事虽发生在岐阳（今陕西凤翔一带），离诗人为远，但金王朝已一蹶不振，这样的祸难也随时可以降临到诗人头上，所以，他对此实有切肤之痛。篇末的"从谁细向苍苍问，争遣蚩尤作五兵"，已经不仅是基于对战区民众的同情，更是从自己命运发出的长吼。后一首虽用"乔木他年怀故国"之句流露出对金王朝的情愫，但战祸的残酷已流露于笔锋。汴梁（今河南开封）即将毁灭，只剩下乔木、野烟，再也没有行人了。以高度的表现能力将由浑厚、强烈的感情而导致的自然丰富的想象还原出来，就是元好问诗歌艺术成就之所在。

元好问现存词作300余首，数量为金词之冠，艺术造诣也雄视一代。他是金代最杰出的词人，其词的风格与其诗风类似：气象雄浑苍莽，境界博大壮阔。《木兰花慢·游三台》《水调歌头·赋三门津》等，都是其代表作。其词作中又有摧刚为柔、幽婉深挚之作，如咏赞双蕖和雁丘的两首名作《摸鱼儿》，分别写人与雁的殉情，手法绵密，情致深远。宋末张炎称道元好问词"深于用事，精于炼句，有风流蕴藉处，不减周、秦"（《词源》卷下）。

元好问的诗论尤其是《论诗三十首》，在中国古代文学批评史上占有重要地位，其对后世的影响不可小觑。如：

曹刘坐啸虎生风，四海无人角两雄。可惜并州刘越石，不教横槊建安中。
邺下风流在晋多，壮怀犹见缺壶歌。风云若恨张华少，温李新声奈尔何！

●溪山无尽图 金

沈宋横驰翰墨场，风流初不废齐梁。论功若准平吴例，合著黄金铸子昂。
古雅难将子美亲，精纯全失义山真。论诗宁下涪翁拜，未作江西社里人。

元好问的论诗绝句同时还是优美的诗歌作品，堪称历代论诗中最具有艺术性的作品之一。他肯定建安、魏晋，否定齐、梁，极力赞颂陈子昂，并遗憾于沈、宋的不废齐、梁。他对温、李含有不满，对黄庭坚则有所肯定，对江西诗派则显然含有轻蔑之意。

大漠遗韵——辽金元文学

●竹石图 管道昇

>>> 《包待制陈州粜米》

元代杂剧。书会才人编撰。

陈州大旱三年，朝廷派刘得中、杨金吾前去赈济。刘、杨两人乘机大肆搜刮，并用敕赐紫金锤打死灾民张撇古。张子小撇古上告开封府，府尹包拯微服私访，查明真相，为民申冤。

作品再现了元代封建统治下，广大人民群众在天灾人祸中饥寒交迫的真实生活画面，着力刻画了清官包拯刚直不阿的性格。乔装私访一段，描绘包拯幽默风趣、平易近人的品格，洋溢着民间喜剧色彩。结构排场严谨精巧，是元代包公戏的代表作。

拓展阅读：

水浒剧（元杂剧）
《多收了三五斗》叶圣陶

◎ 关键词：公案故事　历史传说　水浒故事

一代文学元杂剧

唐诗、宋词和元曲在中国古代文苑中一向是不相上下，元曲中的元杂剧作为一种成熟的高级戏剧形态，则代表着元代文学的最高成就，并被视为一代文学的主流。元杂剧最初以元大都即北京为中心，在北方盛行，后来发展成为风行全国的剧种。

融舞蹈、说唱、技艺、科诨等表演要素为一体的元杂剧的勃兴，是艺术发展和社会现实相融合的结果。戏剧经过漫长的孕育，已经有了很厚实的积累，在内部结构和外在表现上都达到了成熟。而此时的传统诗文在经历了唐宋鼎盛与辉煌之后则开始走向衰微。因此，剧坛艺苑是一块等待耕耘的新土地。元蒙统治者废除科举制度，断绝了知识分子跻身仕途的可能，这些修养颇高的文化人，被迫沉入社会底层。他们在无可奈何之中只有到勾栏瓦舍去打发光阴，去寻求生路。于是，新兴的元杂剧意外地获得了一批又一批的专业创作者。他们有一个以"书会"为名的行业性组织，加入书会的剧作家，称为"书会先生"。这些书会先生在团体内，既合作又竞争，共同创造着中国戏剧的黄金时代。

元杂剧多数由"四折一楔"构成，每折相当于今天的一幕，演剧角色可分末、旦、净三类。楔子通常放在第一折之前，类似于后来的"序幕"。作为一种以歌唱为主，结合说白表演的形式，每一折由同一宫调的若干支曲子联成一个套曲，全套只押一个韵，由扮演男主角的正末或扮演女主角的正旦演唱。这种"一人主唱"的形式极大地发挥了歌唱艺术的特长，酣畅淋漓地将主要人物形象塑造得丰富而传神。念白部分受参军戏传统的影响，常常插科打诨，富于幽默趣味。这种将音乐结构与戏剧结构统一起来，并达到体制上的规整的元杂剧艺术已经获得成熟和完善。

元代的剧坛，群星璀璨，名作如云，现存剧本数量有530多种，许多剧作家具有高度的文化水平，像关汉卿、王实甫、白朴、马致远等人，既有丰富的人生阅历，又擅长诗词写作。他们写下的不朽篇章，为中国文坛揭开了新的一页，并缔造了元曲的辉煌。

元杂剧创作的题材多以水浒故事、公案故事、历史传说为主，有较多的作家敢于直面现实的黑暗，渴望有清官廉吏或英雄豪杰为被压迫者撑腰。各个作家的艺术风格绚丽多彩，就总体来看，北方戏剧圈的作品，更多给人以激昂、明快的感受。

元杂剧在当时拥有大量的观众，标志着中国戏曲黄金时代的到来。它为中国古代戏曲树立了一座不朽的丰碑，对后来戏曲的发展产生了不可估量的影响。

●《窦娥冤》插图

>>> 杨乃武与小白菜

"杨乃武与小白菜"一案是清末四大奇案之一，当时闹得朝野耸动、家喻户晓。

姿色出众的毕秀姑，人称"小白菜"，其夫患病而死，却被县令刘锡彤诬为与杨乃武通奸谋杀，并且施用酷刑逼供，屈打成招。但是由于家人不断上告，又加上朝廷政治斗争的机遇，杨乃武、"小白菜"得以昭雪。

杨乃武、"小白菜"是小人物，牵出的社会背景却是纷繁复杂，引发出的案件情节跌宕起伏。

拓展阅读：
《秋菊打官司》（电影）
《九命奇冤》清·吴趼人
《杨三姐告状》（电视剧）

◎ 关键词：悲剧　冤案　反抗

感天动地《窦娥冤》

元代社会，政治黑暗，吏治腐败，官吏们贪赃枉法，流氓地痞和无赖乘机作乱，普通老百姓有冤难申、有口难辩。在这种残酷的社会现实面前，忧国忧民的元代文学家们以杂剧为武器，来控诉这个不公平的社会，表达人民对清政的美好愿望。关汉卿的《感天动地窦娥冤》便是其中最杰出的代表作之一。

作为元代剧坛的一杆旗帜，关汉卿用他那如椽大笔，推动着元杂剧走向成熟。他的剧本"曲尽人情，字字本色"，汪洋恣肆，慷慨淋漓，震撼人心。《窦娥冤》是关汉卿晚年所作。剧中女主人公窦娥善良多难，她出生在书香之家，家境贫寒，三岁丧母，从小养成了孝顺的品格。父亲为了抵债，让她成了债主蔡婆婆的童养媳，这使她幼小的心灵受到了无尽的创伤。她在蔡家平淡地度过了一段相当长的时期。天有不测风云，婚后不久，丈夫因病而死，窦娥成了寡妇。世事的多变、接踵而来的苦难，不仅使窦娥磨炼出应付灾变的心理承受能力，同时，也使她对"恒定不变"的天理产生怀疑。

窦娥的婆婆蔡氏以放债来收取"羊羔儿利"，无力偿还其债务的赛卢医起了杀蔡氏之心。蔡氏在危难之际意外地被张驴儿父子救出。没想到，刚出虎穴，又落狼窝。张氏父子不怀好意，乘机要将蔡氏婆媳占为己有。见窦娥坚意不从，张驴儿怀恨在心，他趁蔡氏生病，伺机下毒药害死蔡氏，逼窦娥改嫁。可阴差阳错，张的父亲误喝有毒的汤水，倒地身亡。张驴儿见状，当即心生歹念，嫁祸于窦娥，以"官休"相威胁，实则强逼窦娥"私休"。窦娥一身清白，不怕与张驴儿对簿公堂。她本以为官府能判个一清二楚，岂料，贪官桃杌是非不分，偏听偏信，胡乱判案，屈斩窦娥，造成千古奇冤。

元代社会秩序混乱、官吏贪墨、阶级冲突和民族矛盾激化的现实，促成了《窦娥冤》悲剧的形成。她的反抗激发了世人对不公平世道的愤慨，催促世人为争取公正合理的社会而抗争。

窦娥的冤案，最终却是由她的"两淮提刑肃政廉访使"的父亲出来才得已平反。窦天章当然不属贪官污吏。可是，要不是窦娥鬼魂的再三警示，他也会稀里糊涂地将一份冤狱案卷"压在底下"，不予追究。窦娥得还清白，靠的是父亲手中的权力，这样的结局，是有着比较复杂而深刻的含义的。

《窦娥冤》的全名是《感天动地窦娥冤》。它确实具有一种震撼人心的悲剧力量，将它放在世界伟大的悲剧中，也毫不逊色。

●王实甫《西厢记》插图

>>> 《情人》

法国女作家玛格丽特·杜拉斯创作的小说，获得1984年龚古尔文学奖。在此之前的一年，就销售了420万册，翻译成42国语言。

小说讲述了一个震惊世人的故事：13岁的法国少女和30多岁的中国男人发生在越南的爱情故事。

王道乾曾说：《情人》是一本野蛮的书，它带来所有它遇见的东西，毫无区分，几乎无选择地进出。

由影帝梁家辉主演的《情人》更是让无数的影迷们叹为观止。

拓展阅读：

"红娘"的由来
《调笑转踏》宋·秦观

◎ 关键词：封建礼教　伦理观念　张生　崔莺莺

"天下夺魁"的《西厢记》

元代剧坛争奇斗艳，而王实甫的《西厢记》则是元代杂剧艺苑里一朵傲立枝头的奇葩。明初的贾仲明环顾剧坛，提出"《西厢记》天下夺魁"。可见，标志着元代戏曲创作最高水平的《西厢记》，在中国古代文学史上占有着崇高的地位。

《西厢记》所演述的崔莺莺和张生的爱情故事，来自唐代元稹（779—831年）的传奇小说《莺莺传》。故事写唐代贞元年间，张生游于蒲州，寄居在普救寺，爱上了暂住在寺里的崔氏之女崔莺莺，并与她订下了"终始之盟"。但后来张生却背弃盟誓，抛弃了崔莺莺。崔莺莺是一个大家闺秀，她不顾封建礼教的束缚跟张生相爱，表现了对爱情和自由幸福的追求。但她比较软弱，缺乏反抗精神。小说的作者元稹却污蔑莺莺是个"尤物"，为张生"始乱终弃"的背义行为辩护。

北宋时著名文人秦观和毛滂，各以《调笑转踏》的曲调写了《莺莺传》的故事。宋金至元，勾栏瓦舍中的通俗文艺演述崔、张故事的也不少，最重要的是金代董解元的《西厢记诸宫调》。在"董西厢"中，张生由背信弃义的负心郎变成了一个对爱情专一的重情重义的正面人物，老夫人则变成了阻碍崔、张爱情结合的封建势力的代表，原传中并不重要的人物红娘，则成为故事中一个十分活跃的角色。故事的结局由"始乱终弃"的悲剧改变为大团圆的喜剧，在思想内容上发生了质的变化，并赋予了崔、张故事以新的反封建的思想主题，为王实甫《西厢记》的创作打下了重要的基础。

王实甫的《西厢记》比"董西厢"又有了进一步的提高，人物形象更加鲜明突出，戏剧情节更加凝练集中，主题思想也得到了进一步的深化。

在王实甫的笔下，才与貌并非是张生和莺莺这一对才子佳人结合的唯一纽带。王实甫强调，这一对青年一见钟情，"情"一发难收，后受到封建家长的阻碍，他们才做出冲破礼教樊篱的举动。王实甫对真挚的爱情给予充分的肯定，认为它纯洁无邪，不必涂上"合礼""报恩"之类的保护色。如在第五本第四折的《清江引》一曲中，他鲜明地提出："永志无别离，万古常完聚，愿普天下有情的都成了眷属。"他认为爱情是婚姻的基础，只要男女间彼此"有情"，就应让他们同偕白首，而一切阻挠有情之人成为眷属的行为、制度则应受到鞭挞。"愿天下有情人都成了眷属"是贯穿《西厢记》的主旨，从而使由《会真记》以来流传了几百年的题材脱胎换骨。《西厢记》杂剧在元代的出现，就像莺莺蓦然出现在佛殿一样，它的光彩在使人目眩神摇的同时，也照亮了封建时代昏沉的夜空。

　　王实甫《西厢记》里的主要人物，虽然多与《会真记》《西厢记诸宫调》同名，但是莺莺、张生、红娘的性格，却与元稹、董解元所塑造的迥然不同。他们是王实甫刻画的新的人物形象。

　　女主人公崔莺莺富于思想光彩的形象，比"董西厢"塑造得更加突出。她跟封建礼教和老夫人的矛盾，表现了她的叛逆思想和反抗精神以及她对爱情幸福的向往。她对爱情的追求大胆、热情、自觉，但她的内心世界却异常复杂和矛盾。她对张生一见钟情，但爱情的发展和表达却经过吟诗、听琴、通简、赖简等漫长曲折的过程，其中既有对张生的观察和考验，也有对封建礼教和自身伦理观念影响的克服。莺莺性格的真实性，是这个形象艺术生命力的基础。

　　王实甫笔下的张生，去掉了在功名利禄面前的庸俗，以及在封建家长面前的怯懦，而突出了他对爱情执着诚挚的追求。他对爱情专一至诚，并以此赢得了莺莺的爱情，也赢得了爱情的最后胜利。

　　红娘在《西厢记》中成为一个十分重要的角色，在整个戏剧冲突的发展中起到一种举足轻重的作用，她的形象是王实甫杰出的艺术创造。她热情而富于正义感，纯朴善良，聪明机智，勇敢泼辣，不仅促成崔、张两人的结合，而且是对老夫人进行斗争并取得胜利的重要力量。

　　《西厢记》问世后，家喻户晓，有人甚至把它与《春秋》相提并论。它的出现，吸引了许多作者效法学习。像元代的《东墙记》《㑇梅香》、曹雪芹的《红楼梦》都是在继承《西厢记》反抗封建礼教的思想基础上经过发展创造，从而取得的新的成就。

● 《西厢记》图册 清 任薰

大漠遗韵——辽金元文学

●唐代贵妇图

>>> 李商隐《马嵬》

海外徒闻更九州，他生未卜此生休。空闻虎旅传宵柝，无复鸡人报晓筹。此日六军同驻马，当时七夕笑牵牛。如何四纪为天子，不及卢家有莫愁。

◎ 关键词：白朴　李隆基　杨贵妃

点点滴滴《梧桐雨》

　　早在唐朝之时，唐明皇与杨贵妃之间的爱情故事就在社会上广泛流传。白居易的《长恨歌》则以文学作品的形式对李、杨两人的爱情大加赞颂。元代白朴的杂剧《梧桐雨》全名《唐明皇秋夜梧桐雨》，则直接取材于白居易的《长恨歌》。这场轰轰烈烈的爱情还曾被搬上了戏剧舞台。

　　安史之乱以后，李、杨故事成了文坛的热门话题。白居易《长恨歌》的问世，使唐宋两代诗人从不同的角度，对这段历史进行了反思。坊间还出现《杨太真外传》《玄宗遗录》等著述。到金元易代之际，剧作家们对杨、李故事也表现出浓厚的兴趣。关汉卿的《哭香囊》，庚天锡的《华清宫》《霓裳怨》，岳伯川的《梦断杨妃》，王伯成的《天宝遗事》都是描写两人爱情的佳作。但这些剧本都已亡佚，唯独白朴的描写杨玉环、李隆基爱情生活和政治遭遇的历史剧《梧桐雨》流传了下来。

　　《长恨歌》中"秋雨梧桐叶落时"一句，饱含凄清幽怨的意蕴。金元时期，这一细节，受到诗人的重视，与元好问、白华有联系的冯璧、姚枢、袁桷等人都为名画《明皇击梧桐图》题诗。在这样的创作氛围中，白朴受到了很大的启发。

　　白朴的《梧桐雨》主要目的并不在于描写杨、李的情爱、佚逸，而是要向经历过沧桑巨变的观众宣示更深刻、更沉痛的人生变幻的题旨。《梧

拓展阅读：

贵妃醉酒
大唐芙蓉园
《过华清宫》唐·杜牧

●位于陕西省西安市附近的华清池

桐雨》楔子写李隆基在"太平无事的日子里",竟给心怀不轨的安禄山加官晋爵,让他镇守边境。作为寿王妃的杨玉环因具有人间少有的嫦娥之貌,而使唐明皇对她一见倾心。唐明皇先将她度为女道士,然后又接入宫中册为贵妃。全剧第一折写唐明皇贪恋酒色,痛饮昭阳殿、烂醉华清宫。李隆基与杨玉环海誓山盟,愿彼此情谊能够天长地久。第二折继续写皇宫中纸醉金迷的生活,铺叙霓裳之舞的盛大场面,写帝王宴乐生活的豪华奢侈。李隆基与杨玉环在长生殿情意缠绵,"靠着这招新凤,舞青鸾,金井梧桐树映,虽无人窃听,也索悄声儿海誓山盟",他们相约生生世世,永为夫妇。第三折写马嵬坡兵变。此折故事是转折点,李隆基自以为天下无事,谁知"渔阳鼙鼓动地来,惊破霓裳羽衣曲"。安史之乱爆发,安禄山率大队人马杀奔长安。唐明皇只得携宫人与百官仓皇出逃,西行避兵。行到马嵬坡又发生兵变,为了自保,唐明皇只好让杨玉环自缢。"黄埃散漫悲风飒,碧云黯淡斜阳下",经过一场激变,所有的权力富贵都随风而逝。

全剧最精彩动人的部分当属《梧桐雨》的第四折。它主要写安史叛乱平定后,李隆基从西蜀回京,退居西宫。历经患难、失去权位的唐明皇,一下子变得十分孤独。在形单影只、丧魂失魄中,他梦见了杨贵妃在长生殿设宴,请他赴席。梨园弟子正准备演出时,梦中的唐明皇不幸被窗外一阵阵梧桐树上的雨声惊醒,"一声声洒残叶,一点点滴寒梢,会把秋人定虐"。他听到那雨:"一会价紧呵,似玉盘中万颗珍珠落;一会价响呵,似玳筵前几簇笙歌闹;一会价肖呵,似翠岩头一派寒泉瀑;一会价猛呵,似绣旗下娄面征鼙操。兀的不恼杀人也么哥!兀的不恼杀人也么哥!"梧桐秋雨激起了他无尽的烦恼和孤恨,想起当年与杨贵妃盟誓梧桐树下,可现在却物是人非。"这雨一阵阵打梧桐叶凋,一点点滴人心碎了",伤心之下,他一夜难眠,"雨和人紧厮熬,伴铜壶点点敲,雨更多,泪不少。雨湿寒梢,泪染龙袍,不肯相饶,共隔着一树梧桐直滴到晓"。

白朴把梧桐与杨、李的悲欢离合联系起来,梧桐成为两人忠贞爱情的见证,让雨湿寒梢、敲愁助恨的景象,撩起了沉淀在人们意识中的凄怨感受。政治上的失败和唐王朝由盛及衰的转变使唐明皇从权力的顶峰跌落。繁华辉煌的生活、美如天仙的杨贵妃和如痴如醉的爱情,都如梦消逝,离他远去。梧桐雨在写历史人物的同时也渗透了作者因国的灭亡而产生的人世沧桑和人生幻灭之感。

●宫女图 元 钱选

>>> 《哈姆雷特》

莎士比亚的四大悲剧之一，创作于1601年。

在国外求学的丹麦王子哈姆雷特因父亲暴卒回国奔丧，叔父克劳狄斯已登上王位。父亲的灵魂向他揭露了克劳狄斯毒死先王、篡位盗嫂的真相。哈姆雷特开始装疯，伺机报仇。最终哈姆雷特、王后、国王同归于尽。

哈姆雷特的精神苦闷具有超越时空的意义，他已成为世界文学中不朽的典型形象。

拓展阅读：

中国十大悲剧
《喜马拉雅王子》(电影)

◎ 关键词：程婴　程勃　屠岸贾

正义战胜邪恶的《赵氏孤儿》

法国启蒙思想家伏尔泰在1754年，把纪君祥的《赵氏孤儿》改编为歌剧《中国孤儿》，并注明"五幕孔子的伦理"，使西方也深切地感受到了这一剧作的魅力。在《宋戏剧考》中，王国维把《赵氏孤儿》与《窦娥冤》并列，称为"即使列于世界大悲剧中，亦无愧色也"。

《赵氏孤儿》主要是讲春秋晋灵公时，赵盾与屠岸贾两个家族矛盾斗争的历史故事，强调了"权奸"屠岸贾和"忠良"赵氏之间的道德对立。春秋时期，晋国上卿赵盾为官清正，耿直无私。大将军屠岸贾是晋灵公的宠幸大臣，为陷害赵盾在晋灵公面前进谗，说赵盾欲夺取君位。晋灵公大怒之下，杀了赵氏满门300多人。赵盾之子赵朔为驸马，也被逼自尽。赵朔之妻因是公主得以免死，但也被囚禁，并在此时生下赵氏孤儿。屠岸贾千方百计要杀死婴儿，命令将军韩厥守宫门，让他等婴儿满月之后，抱出宫门将其杀死。赵朔门客程婴，是一个常出入驸马府的江湖医生。他同情赵家的遭遇，答应公主将赵氏孤儿偷偷带走的请求。为了让程婴走得放心，公主自缢身亡。程婴将孤儿放在医箱，他刚出府门就被负责守门的韩厥发现。但韩厥为程婴冒死救孤的正义行为所感动，为不将事情泄露，自刎而死。屠岸贾大怒，假传君王之令，下令在全国之内搜捕，若找不到，就将全国一月以上、半岁之下的婴儿全部杀死。两难之际，程婴去找赵盾的友人公孙杵臼商量求助。两人为保存赵氏孤儿，商定以程婴未满月的婴儿冒充赵氏孤儿。程婴到元帅府告发公孙杵臼隐藏赵氏孤儿。屠岸贾将假赵氏孤儿连砍三剑。公孙杵臼则撞阶而死。屠岸贾因程婴举告有功，把他当作心腹留在府中，并把程婴的儿子（即真的赵氏孤儿）认作义子。20年后，改名程勃的赵氏孤儿长大成人。年迈的程婴将赵盾等屈死的忠臣良将画成一幅图卷，让赵氏孤儿看，并借机讲出他的真实出身。赵氏孤儿得知真相，立誓要为亲人报仇。晋景公去世后，新即位的晋悼公对屠岸贾专权不满。这时，赵氏孤儿对晋悼公奏明赵家的冤屈，并奉命去抓屠岸贾，终于报仇雪恨。

《赵氏孤儿》显然是一部具有浓郁悲剧色彩的剧作。奸臣屠岸贾的残暴狠毒与程婴、公孙杵臼等人冒死历险、慷慨赴义，构成了尖锐激烈的戏剧冲突。屠岸贾的种种令人发指的残忍行径，使他成为邪恶的化身。由于他得到昏君的宠信，掌握了大权，这就使得程婴、公孙杵臼等人救护赵氏孤儿的斗争特别艰巨，甚至要以牺牲生命和舍弃自己的后代为代价。这构成了全剧惨烈悲壮的基调，表现了他们强大的人格力量。剧本最后以除奸报仇为结局，则鲜明地表达了中国人民"善有善报，恶有恶报"的传统观念。

●《倩女离魂》插图

>>> 《简·爱》

英国作家夏洛蒂·勃朗特的长篇小说。

它是一部有着较多传记成分的小说。苦难的生活练就了简·爱勇敢、顽强、追求自尊和自立的性格。她内心世界的丰富和精神生活的复杂，使得她无论与约翰·爱一家接触还是与罗契斯特恋爱时，都能保持精神上的独立，保持既充满爱心但又不失尊严的复杂个性。

女主角简·爱因其清纯、坚韧、独立自由和富有牺牲精神在英国文学中占有一席之地，她也是19世纪欧洲文学中有影响力的妇女形象之一。

拓展阅读：

《茶花女》[法] 小仲马
《傲慢与偏见》
　[英] 简·奥斯汀

◎ 关键词：封建礼教　追求幸福　离魂记

浪漫爱情剧《倩女离魂》

元代后期杂剧创作中成就最高的作家是郑光祖，他所作杂剧《倩女离魂》《王粲登楼》出类拔萃。他与关汉卿、白朴、马致远并称"元曲四大家"。

郑光祖，字德辉，平阳襄陵（今山西临汾）人，生于至元初期。他为人刚直，不爱与人交往，因而受到别人的轻视。但后来，他的才气和人品受到人们的敬重，名响天下，声振闺阁，杂剧艺人们都亲切地称他为"郑老先生"。

《倩女离魂》取材于唐代陈玄祐的传奇小说《离魂记》，它主要叙述张倩女和王文举悲欢离合的爱情故事。张倩女与王文举被指腹为婚，王文举在父母双亡后来到张家欲践旧约。而倩女的母亲却让王文举和倩女以兄妹相称，并且对王文举说："俺家三辈不招白衣秀士，想你学成满腹文章，未曾取得功名。你如今上京师，但得一官半职，回来成此亲事，有何不可？"被逼无奈之下，王文举只得上京应试考取功名。他在折柳亭与倩女母女告别后乘船进京。倩女眷恋着王文举，又唯恐婚姻有变，怕王文举得了官就另找他人。忧思成疾的倩女的灵魂离开身体追上应试的王文举，与王文举相伴三年。王文举状元及第之后携倩女回家，倩女灵魂始与病躯合一。

郑光祖巧妙地利用倩女故事原有的情节，从两方面写出了旧时代女子在礼教扼制下的精神生活。一方面，倩女的魂魄代表了女性对爱情婚姻的渴望与追求。倩女爱恋的是文举本人，她不在乎有无功名，担心的倒是文举高中后另娶高门。离魂状态下的她大胆冲破礼教观念，与心上人私奔，遂了心愿。在受到王文举所谓"有玷风化"的指责时，她以"我本真情"为对抗的理由，坚决不肯回家。离魂代表了妇女们内在的欲望和情感的力量。另一方面，现实中倩女的躯体，则只能承受离愁别恨的熬煎，病体恹恹。当文举中了状元，寄信给张家，说"同小姐一时回家"时，病中的倩女以为文举另娶，悲恸欲绝。显然，既渴求爱情婚姻又面对礼教禁锢是封建时代女性的真实处境。她们唯有在非常的情况下，才能挣脱束缚，实现自己的理想。而一旦"灵魂出窍"，精神获得自由，她们便表现得热情似火，敢作敢为。在这里，离开躯体的倩女之魂，寄寓着挣脱礼教枷锁的女性的心态；至于倩女在家的病躯，那种幽怨悱恻、凄凄楚楚的悲惨光景，正体现出礼教禁锢下广大女性的百般无奈。

这一剧作不仅情节离奇，而且在离奇的情节中表现了较为深刻的内涵，并从根本上指出了人的天然情感的不可抑制。正如倩女所唱的"你不拘箝我可倒不想，你把我越间阻越思量"，浪漫爱情剧《倩女离魂》正是这样伸张了人们追求自由幸福的权利。

●伎乐楼阁式瓷谷仓 元

>>> 《卖花声·怀古》

美人自刎乌江岸，
战火曾烧赤壁山，
将军空老玉门关。
伤心秦汉，
生民涂炭，
读书人一声长叹。

拓展阅读：

卢挚
贯云石
元曲四大家

◎ 关键词：小令　套数　曲调

"街市小令"元散曲

散曲是金元时期在我国北方兴起的一种新诗体。它和词一样，都来自民间，都是合乐歌唱的长短句。词发展到南宋时期，已走向衰落，而"俗谣俚曲"却奇峰突起。散曲是我国多民族文化融合的产物，也是文学形式推陈出新的结果，它最初主要在市民中间流传，所以又称为"街市小令"。

散曲包括小令和套数两种主要形式，其中小令也叫"叶儿"，套数又称散套。作为单支曲子的小令很像一首单调的词，主要从民间小曲变化而来，也有一部分从唐宋词、大曲、诸宫调演化而来。小令是按照不同的曲调填写的，各调的句式和字数不完全相同，每个曲调都有一个曲牌名称，如《山坡羊》《水仙子》《落梅风》等。小令篇幅短小，语言精练，是散曲的基本单位。但如内容复杂，一支小令未能尽意，可把同一宫调里连唱的两三支曲连在一起填写，称为"带过曲"，如中吕宫的《十二月》带《尧民歌》，双调的《雁儿落》带《得胜令》等。带过曲的组合有一定的规律，不能随便搭配，最多只能带两支。带过曲是小令的一种变体，是介于小令和套数之间的一种形式。若只用一支曲调不足以表达，就需要采用套数。套数就是将同一宫调中的若干支曲子按照一定的顺序和格式连缀起来歌唱。套数可长可短，最短的

可以只有两支曲调，最长的则可以联用三十多支曲调。套数一般标明该套曲子属于何宫何调，一个套数的所有曲子必须押同一个韵，且都有尾声表示全套的终结。

散曲和词都是配合曲调歌唱的歌词，但两者在形式和艺术风格上却有明显的不同：第一，在曲调规定的字数之外，散曲可以根据内容表达的需要增加衬字。运用衬字可以增加语言的生动性和曲词的表现力。第二，散曲用韵较密，差不多每句都押韵，而且一韵到底，不像诗词那样中间可以换韵。因而散曲在韵律声调上显得和美动听。第三，字句的重复是散曲有意追求的一种特殊的艺术效果。第四，在句子形式上，散曲中的对偶特别多，不仅"逢双必对"，而且常常三句排在一起互相构成对偶，称为"鼎足对"。散曲多采用口语，在表现手法上又多用赋而少用比兴，因而在艺术风格上显得质朴自然，明快泼辣，外露张扬，抒情状物往往痛快淋漓。

散曲以其散发着"土气息、泥滋味"的清新形象，迅速风靡了元代文坛。作为韵文大家族中的新成员，散曲是继诗、词之后兴起的新诗体。在元代文坛上，它与传统的诗、词样式分庭抗礼，代表了元代诗歌创作的最高成就。

●元代捣丸图壁画

画中人物神态各异、栩栩如生，线条流畅、色泽富丽、技法精妙，属壁画中上乘之作。整幅壁画的布局结构疏落有致，参差有序。其线条的清晰流畅，设色的浑厚典雅，代表了元代的绘画风格。

●白朴像

>>> 白朴改名

白朴本叫白恒，朴是后改的。

一日，白朴与好友溯江而上。

日暮时，一好友问渡船老者："离九江还有多少路？"

老者回答说："一孤舟，两匹桨，三四丈篷，渡五六位先生，七弯八拐到九江，还差十里。"

白朴想普普通通一个江边老叟，竟也能脱口而出如此精妙绝句，实为叹服。

回到家中便改名叫朴。意在返朴，勉励自己不要贪图虚荣，要多注重真才实学。

拓展阅读：

《天净沙·秋》元·白朴
《蝶恋花·花褪残红青杏小》
宋·苏轼

◎ 关键词：《墙头马上》元好问《汉宫秋》

白朴的兴亡之叹

白朴，字太素，号兰谷。他出身显宦之家，因此，幼年的他一直生活富足。白朴8岁时，蒙古大军进攻金朝，他的母亲在兵难中丧生，父亲随金帝出奔。他由父亲的密友元好问携带逃出。少年的战乱和家破人亡在白朴心中留下了深刻的印象，从此，他开始吃素，不吃荤腥。人们问其原因，他回答："等见了我的亲人，才像从前那样。"著名的大诗人元好问待白朴如同亲生儿子一样，爱护备至。因此，白朴从小就受到较为全面的文学修养的熏陶，具备良好的创作素质。

受到元好问影响的白朴终身不仕，走上了文学创作的道路。如〔双调·沉醉东风〕《渔父》：

黄芦岸白蘋渡口，绿杨堤红蓼滩头。虽无刎颈交，却有忘机友，点秋江白鹭沙鸥。傲煞人间万户侯，不识字烟波钓叟。

曲中通过描写澄明秋江上和鸥鹭相与忘机的渔父，表明了作者对现实功名的否定和对遁世退隐生活的向往。然而，表面的洒脱随意并不能完全掩盖作者心中的悲愤，"不识字"三字即隐约透出其中消息。渔父不识字可以无忧无虑，可以傲视王侯，所要表现的正是识字的知识分子对现实生活的反感。像这一类旷达与悲愤交织之作在白朴作品中屡见不鲜，如：

知荣知辱牢缄口，谁是谁非暗点头。诗书丛里且淹留，闲袖手，贫煞也风流。（〔阳春曲〕《知几》）

糟腌两个功名字，醅渰千古兴亡事，曲埋万丈虹霓志。不达时皆笑屈原非，但知音尽说陶潜是。（〔寄生草〕《劝饮》）

从这些曲作中，我们不难看到这一类知识分子纠结错综的精神状况。

白朴较多涉笔的题材还有男女恋情，今存有杂剧《墙头马上》《梧桐雨》两种。《墙头马上》是反映男女爱情问题的优秀作品。在剧中，李千金在花园墙头看见了马上的裴少俊，就大胆地爱上了他。后来她和裴少俊私奔，在裴家后花园暗地住了七年。裴少俊之父裴尚书发觉了他们两个的不轨情事，逼迫裴少俊休了她。在狠毒的裴尚书和软弱的丈夫面前，李千金表现得更加坚强。当裴尚书骂她"败坏风俗""女嫁三夫"时，她毫不犹豫地据理力争。后来裴少俊得了官，求与她重做夫妇，她却不肯答应。与其他爱情剧里出身的大家闺秀相比，李千金具有更强烈的斗争精神。

● 《墙头马上》插图
书中主要讲述了李千金和裴少俊相爱而私自结合，并最终团圆的故事，塑造了李千金勇于反抗封建礼教的不屈形象。

●相马图 元

>>> [双调] 蟾宫曲·叹世

东篱半世蹉跎，竹里游亭，小宇婆娑。有个池塘，醒时渔笛，醉后渔歌。严子陵他应笑我，孟光台我待学他。笑我如何？倒大江湖，也避风波。

随着20年宦海浮沉，历尽漂泊之苦的马致远不禁发出"困煞中原一布衣"的感叹。晚年时，马致远牢骚殆尽，对人间的荣辱得失、是是非非，几乎全部失去了热情，力图从宁静的隐士生涯中，求得精神上的解脱和满足。这在其《叹世》中得到了很好的反映。

拓展阅读：

《秋思》唐·张籍
兔死狐悲（典故）
《秋词二首》唐·刘禹锡

◎ 关键词：东篱　淡泊明志《天净沙·秋思》

"秋思之祖"马致远

元代社会，知识分子受到极为严重的压制和摧残，统治者废除科举制，所有读书人都感到命运难测。在青年时代，"写诗曾献上龙楼"的马致远热衷于求取功名，但他的仕途很不得意，所任最高官职不过是从五品的江浙行省务官。长期屈居于幕僚使他饱受屈辱，并对黑暗的现实有了清醒的认识，心中郁结的愤懑不平之气流溢于他散曲的字里行间：

夜来西风里，九天雕鹗飞。困煞中原一布衣。悲，故人知未知？登楼意，恨无上天梯！（〔金字经〕）

叹寒儒，谩读书，读书须索题桥柱。题柱虽乘驷马车，乘车谁买《长门赋》？且看了长安回去！（〔拨不断〕）

从表面上看，这些乃是抒发英雄末路、壮志未酬之叹，其实则是发泄传统价值在现实中无法实现的悲愤。

在封建社会中，对现实绝望的知识分子，将与世无争、远离民间的隐居生活作为理想的人生境界，以此逃避现实，获得心理平衡。马致远以他卓越的才华，运用散曲的形式，把文人的这一心态描摹得淋漓尽致。这里是他的著名套数〔双调·夜行船〕《秋思》的三个套曲：

想秦宫汉阙，都做了衰草牛羊野。不恁么渔樵没话说。纵荒坟横断碑，不辨龙蛇。（《庆宣和》）

投至狐踪与兔穴，多少豪杰。鼎足虽坚半腰里折，魏耶？晋耶？（《庆宣和》）

蛩吟罢一觉才宁贴，鸡鸣时万事无休歇。何年是彻？看密匝匝蚁排兵，乱纷纷蜂酿蜜，急攘攘蝇争血。裴公绿野堂，陶令白莲社。爱秋来时那些：和露摘黄花，带霜分紫蟹，煮酒烧红叶。想人生有限杯，浑几个重阳节？嘱咐你个顽童记者，便北海探吾来，道东篱醉了也！（《离亭宴煞》）

此曲是一篇隐士的内心独白，典型地反映了元代知识分子的某些精神层面和他们对隐逸生活的看法。他们不是注重保持道德的节操，即所谓"独善其身"，也不是为政治上的暂时退遁，即所谓"淡泊明志"。他们的思考前提不复以传统伦理观念为基础，而是由此撤离，进入一个包摄人生、光阴与宇宙的更为恢宏阔达的世界中。从这样的角度观察尘世与历史，"豪杰"们"投至狐踪与兔穴"，实在是可笑，"秦宫汉阙"到头来"都做了衰草牛羊野",也可怜至极。有人认为此曲"无一字不妥",并誉之为"万中无一"。

被誉为"曲状元"的马致远,擅长把透辟的哲理、深沉的意境、奔放的情感、旷达的胸怀熔于一炉,语言奔放宏丽而不离本色,对仗则工稳妥帖,被视为元散曲豪放派的代表作家。他的小令也写得俊逸疏朗,别具情致,如脍炙人口的〔天净沙〕《秋思》:

枯藤老树昏鸦,小桥流水人家,古道西风瘦马。夕阳西下,断肠人在天涯。

作者仅用28个字就勾勒出一幅秋郊夕照图,特别是首三句连用九个名词,交相叠映地创造出一种苍凉萧瑟的意境,映衬出羁旅天涯茫然无依的孤独与彷徨。这首小令写得自然、平淡,却很深沉。作者将他的思想感情浓缩到画面里,渗透到字里行间,使人情不自禁地进入到诗人所创造的艺术境界,受到他思想感情的感染。

前三句写景,勾绘出九组剪影。第一句写干枯的藤,苍老的树,点染出萧瑟凄冷的秋色和秋意,而黄昏时正鸣噪归巢的乌鸦,则更能引动一个漂泊天涯、无所依归的旅人的一怀愁绪。在这样的景象和气氛之下,不言愁已经是愁绪满纸。第二句突然转出

一种色调明净的幽雅境界:清清的流水,精巧的小桥,幽静的人家。这画面给人暖意,使人联想到家人团聚的亲切和幸福,这就从反面牵动离人思乡的愁绪。第二句在描写上深了一层,需要经过咀嚼才能体会出作者怀念家园而不得归的思想感情。第三句又写出三种景象,好像摄影师推近了拍摄的镜头:荒凉的古道上,刮起阵阵萧瑟的西风,旅人骑着一匹瘦马,继续奔波。这里实际上已经由客观景象写到抒情主人公的自身了。画面上只写到马,而没有直接写到人,但已经非常巧妙地表现了人。读者不仅可以由此想象出在古道上行进的旅人,而且可以体会出他奔波不息的艰辛、困顿和内心的悲愁。最后两句:"夕阳西下,断肠人在天涯","夕阳"二字画出薄暮时刻的景象,与下一句中"天涯"二字呼应,写出一种茫茫无际的阔大景象,正好传达出一种漂泊无依的凄凉之感。在最后一句才出现的"断肠人"三个字将弥漫于全曲的浓重乡思凝聚起来,推出人物,同时也点出了主题思想。

全曲景中含情,情自景生,情景交融,客观的环境、景色与作者主观的心境、感受融合在一起,形成了一种充满凄清孤寂之感的艺术境界。王国维在《人间词话》中称赞这首小令"寥寥数语,深得唐人绝句妙境"。周德清《中原音韵》则赞其为"秋思之祖"。

◎ 关键词：《两世姻缘》杜牧　张好好

大用心于宫商的乔吉

乔吉，字梦符，号笙鹤翁，又号惺惺道人。乔吉一生贫困潦倒，他游戏人间，并带着揶揄与超脱的眼光看待功名仕途、世情沧桑。"不占龙头选，不入名贤传。时时酒圣，处处诗禅，烟霞状元，江湖醉仙。笑谈便是编修院。留连，批风抹月四十年"，是其人生经历和处事态度的自我写照。他在散曲创作上与张可久齐名，有"曲中李杜"之誉。

乔吉写男女风情、离愁别绪、诗酒宴会，歌咏山川名胜，抒发隐逸襟怀，感叹人生短促、世事变迁，其作品题材总是围绕40年的漂泊生涯。他常常嘲讽仕宦者的"愚眉肉眼"，而陶醉于自己的狂放生活，呈现出一个洒脱不羁的江湖才子的精神面貌。一些寻常景物和瞬间，经他惺忪的醉眼，便呈现出萧瑟的诗意，如《折桂令·风雨登虎丘》：

半天风雨如秋，怪石於菟，老树钩娄。苔绣禅阶，尘粘诗壁，云湿经楼。琴调冷声闲虎丘，剑光寒影动龙湫。醉眼悠悠，千古恩仇。浪卷胥魂，山锁吴愁。

《两世姻缘》是乔吉留下的杂剧中较好的作品。其大致剧情是：书生韦皋在游学途中和洛阳名妓韩玉箫相爱。韩玉箫之母嫌韦皋功名未就，生生把他们拆散。韦皋离去后，玉箫相思成疾，忧愁而死。玉箫死后转世为荆襄节度使张延赏的义女。韦皋及第后，出征吐蕃并立了大功。他在班师途中拜访了张延赏，在酒席间又重新见到了玉箫。经历了一番波折之后，两人最后奉旨成婚。故事歌颂了玉箫与韦皋之间的真挚爱情，但未能突破才子佳人大团圆的俗套。乔吉的另外两个杂剧《扬州梦》《金钱记》也是典型的才子佳人剧，内容也落于俗套。

乔吉散曲讲究形式整饬，节奏明快，注重锻字炼句，以清丽婉约见长。如〔中吕·满庭芳〕《渔父词》：

秋江暮景，胭脂林障，翡翠山屏。几年罢却青云兴，直泛沧溟。卧御榻弯的腿痛，坐羊皮惯得身轻。风初定，丝纶慢整，牵动一潭星。

乔吉去世后，有人为他作了一首吊唁词，其中两句话"平生湖海少知音，几曲宫商大用心"精当地概括了乔吉的生平和创作。"少知音"指乔吉不为当时的权贵所看重，故怀才不遇，一生漂泊无依；"大用心"于曲调的宫商声律，并最终成为重要的元曲作家之一。

●青花瓶 元

>>> 《张好好诗并序》

杜牧诗书，书写于835年，纸本墨迹，行书，纵28.2厘米，横162厘米，麻纸四接，48行，每行8字不等。卷前有宋徽宗赵佶书签"唐杜牧张好好诗"，并有宋徽宗的玺印，保存着当时内府装潢式样。北京故宫博物院藏。

此诗叙述张好好的不幸遭遇和作者的"感旧伤怀"。书法雄健姿媚，笔势飞动，深得六朝遗风，更与其诗文相表里。

拓展阅读：

《遣怀》唐·杜牧
《金钱记》元·乔吉

●风竹图 元 普明

>>> 张养浩与"十害"

　　元武宗至大三年 (1310年)，张养浩任监察御史，曾上万言书指陈时政批评"十害"：一、赏赐太多；二、刑禁太疏；三、名爵太轻；四、台纲太弱；五、土木太盛；六、号令太浮；七、幸门太多；八、风俗太靡；九、异端太横；十、取相之术太宽。

　　由于切中时弊，打中了当权者的要害，张养浩被罢官。

拓展阅读：

元仁宗
张养浩"十友"

◎ 关键词：《山坡羊》《潼关怀古》隐居田园

张养浩的休闲与感慨

　　张养浩，字希孟，号云庄，山东济南人。他出生于平民家庭，自幼学习儒道，受儒家"仁爱""济民"思想的影响较深。从23岁开始，他走上了求仕的道路。仕宗当政期间，他官至中书省参知政事，进入元王朝的决策机构。仁宗去世后，他在52岁时断然辞官归隐。辞官之后，他七次推辞了朝廷召他复官的邀请。直到天历二年初，关中大旱，饥民多达130万。这使一贯关心民生疾苦的张养浩再也隐居不下去了，他接受了去陕西救灾的任命，想尽各种办法拯救灾民，后因积劳成疾死于陕西。

　　张养浩的现存散曲均是作于罢官之后，对于官场中的尔虞我诈、风波惊险，他在有着万千感慨的同时也进行了有力的讽刺，其中更包藏着深于世故的锐利。如《朱履曲·无题》中写"才上马齐声儿喝道，只这的便是送了人的根苗"，"拽着胸登要路，睁着眼履危机"，"里头教同伴絮，外面教歹人揪，到命衰时齐下手"等，写官场如陷阱，令人不寒而栗。

　　辞官之后，张养浩重新回归大自然的怀抱，在青山绿水中恣意遨游，在田园草庐里歌唱自由自在的生活。隐居田园的生活，更显得轻闲舒适。《朝天曲·无题》：

　　柳堤，竹溪，日影筛金翠。杖藜徐步近钓矶，看鸥鹭闲游戏。农父渔翁，贪营活计，不知他在图画里。对着这般景致，坐的，便无酒也令人醉。

　　这类描写山水的佳作，写得物我交融，景不醉人人自醉。只有先"仕"后"隐"，"隐"才显得更有价值，所体会到的滋味也才更不寻常。同样的山花野草、云霞鸥鹭，在一个从宦海中返归自然的人的眼里，会更多一份亲切、闲适和自在。

　　张养浩过了八年隐居闲散的生活，但休闲中也有感慨。张养浩的一组《山坡羊》曲，是他晚年在陕西赈饥时所作。他对古迹叹兴亡，其中充满了深沉的历史感慨。《潼关怀古》：

　　峰峦如聚，波涛如怒，山河表里潼关路。望西都，意踌躇，伤心秦汉经行处，宫阙万间都做了土。兴，百姓苦；亡，百姓苦。

　　"兴，百姓苦；亡，百姓苦"这八个字鞭辟入里，精警异常，恰如黄钟大吕，振聋发聩，一针见血地揭示出兴亡后面的历史真谛，使全曲闪烁着耀眼的思想光辉。

●元戏曲演出壁画

>>> 《霸王别姬》

小说用全新的视角演绎了霸王别姬这一历史故事。

小说中虞姬形象体现了女性主体意识觉醒的二重性。她沉于男性的霸权之中，只能以死亡来唤醒女性意识，体现女性主义意识解蔽与塑造的艰难。

拓展阅读：

吕后执政
蜘蛛救刘邦
《大风歌》汉·刘邦
《霸王别姬》(电影)

◎ 关键词：刘邦 乡民《大风歌》

睢景臣的《高祖还乡》

　　睢景臣，字景贤，扬州人。其代表作是〔般涉调·哨遍〕《高祖还乡》套数。此曲以精巧的构思和生动活泼的语言，在我国文学史上获得了很高的声誉。钟嗣成《录鬼簿》载："维扬诸公，俱作《高祖还乡》套数，公〔哨遍〕制作新奇，诸公皆出其下。"

　　年轻时在农村当过亭长的刘邦做了大汉皇帝后的第12年，镇压淮南王英布的反叛，最后凯旋之时顺道回到了他的家乡沛县，置设酒宴招待父老乡亲。酒酣之际，刘邦亲自击筑高歌："大风起兮云飞扬，威加海内兮归故乡，安得猛士兮守四方。"他教沛中的儿童120人一齐跟着唱，场面颇为壮观。

　　元杂剧里，很多作家都以汉高祖刘邦衣锦还乡的故事为题材，但只有睢景臣作得最好，原因在于制作新奇。

　　睢景臣的〔般涉调·哨遍〕《高祖还乡》能翻空出奇，别具机杼，在于他选择了一个有趣的视角。他让一切景象都由作为观者的乡巴佬眼中看出，以诙谐嘲谑的口吻勾画出刘邦装腔作势的面目，无情地揭破了龙种不凡的神话，剥光了至尊天子的外衣，还刘邦以流氓无赖的本来面目。全曲谐趣而又锋利，幽默而又深刻，批中肯綮，洞幽烛微，把看似不可一世的封建统治者逗弄得哭笑不得。

　　全曲用了四个曲调，即〔哨遍〕〔耍孩儿〕〔煞曲〕〔尾声〕，共八支曲子（其中〔煞曲〕用了五遍），有条不紊地将汉高祖还乡的过程和场面生动地表现了出来。〔哨遍〕写皇帝还乡前，村里的忙乱景象和紧张气氛。从〔耍孩儿〕到〔四煞〕三支曲子，写乡民们欢迎皇帝的场面和皇帝仪仗队到来时的景象。〔三煞〕正面写皇帝到村时的情状，他目中无人，傲视一切，威严无比。此时却笔势一转，一连用了三支曲子来揭穿他的老底，刻画出他那一副流氓无赖的面目。结尾时，乡民骂道："少我的钱，差发内旋拨还，欠我的粟，税粮中私准除。只道刘三，谁肯把你揪捽住，白甚么改了姓，更了名，唤作汉高祖。"

　　这套曲词很好地运用了生动活泼的口语和夸张的艺术手法，叙事流畅严谨，描写逼真传神，讽刺辛辣尖刻，揭露痛快淋漓，不愧为元曲中的上品。

●汉殿论功图 明 刘俊
此图画法工细严谨，设色淡雅，内容取材于"汉殿论功"的典故。汉高祖刘邦初立，功臣在殿上争功邀赏，以致拔剑砍削殿柱。叔孙通乃说高祖召鲁地诸生，规定朝仪，高祖大喜，以为如此始知皇帝之尊。

●关汉卿像

>>> 豫剧《珠帘秀》

该剧讲的是元代大剧作家关汉卿和当时最著名的杂剧演员珠帘秀的故事，以他们两人共同创作，演出《窦娥冤》为主线，着力塑造了名伶珠帘秀的艺术形象，演绎了二人之间的情感及他们不畏强权、敢于和邪恶势力做斗争的传奇故事。

该剧经过改编，在舞台上设计了戏中戏，现实的舞台上演杂剧《窦娥冤》，这种戏中戏的手法使时空自由灵动地转换，引起了观众的强烈兴趣，剧场效果非常热烈。

拓展阅读：

《大都往事》（评剧）
《关汉卿》（田汉话剧）
《关汉卿传奇》（电视剧）

◎ 关键词：《不伏老》 杂剧 《窦娥冤》

盖世界浪子班头——关汉卿

自称"普天下郎君领袖，盖世界浪子班头"的关汉卿，在他的著名套数〔南吕·一枝花〕《不伏老》中曾写下"浪子"的一篇宣言，其〔黄钟尾〕曲云：

我是个蒸不烂、煮不熟、捶不扁、炒不爆、响珰珰一粒铜豌豆，恁子弟每谁教你钻入他锄不断、斫不下、解不开、顿不脱、慢腾腾千层锦套头。我玩的是梁园月，饮的是东京酒，赏的是洛阳花，攀的是章台柳。我也会围棋、会蹴踘、会打围、会插科、会歌舞、会吹弹、会咽作、会吟诗、会双陆。你便是落了我牙，歪了我口，瘸了我腿、折了我手，天赐与我这几般儿歹症候，尚兀自不肯休。则除是阎王亲自唤，神鬼自来勾，三魂归地府，七魄丧冥幽，天那，那其间才不向烟花路儿上走！

此曲浓墨重彩，层层晕染，集中而又夸张地塑造了"浪子"的形象。这一形象是以关汉卿为代表的书会才人精神面貌的写照。它所体现的对传统文人道德规范的叛逆精神、任性所为的个体生命意识，以及不屈不挠顽强抗争的意志，是向市民意识、市民文化认同的新型文人人格的一种表现。

深受儒家思想影响的关汉卿在科举废止、士子地位下降的环境中，以开阔的胸襟接受民间文化的滋养，写杂剧，撰散曲，把燕赵一班唱戏、说书人团结在自己的周围，成为当时剧坛公认的领袖。

精于歌舞、吹弹和吟唱的关汉卿一生写有67部杂剧，占现存元代杂剧剧目的十分之一还多。关汉卿的杂剧大致可分为三类。第一类是歌颂人民的反抗斗争，揭露社会黑暗和统治者的残暴，从而反映当时尖锐的阶级矛盾的作品。如著名的《窦娥冤》，还有《蝴蝶梦》《鲁斋郎》等。第二类作品主要是描写下层妇女的生活和斗争，突出她们的勇敢和机智，带有很强的喜剧意味。如《救风尘》《望江亭》《拜月亭》等。这类作品在关汉卿的剧目中占有突出位置，也最能反映他的艺术成就。第三类是一些歌颂历史英雄的杂剧，如《单刀会》《西蜀梦》等。

俗不脱雅、雅不离俗是关汉卿文学创作的总体风格。他的作品既贴近下层社会，敢于为人民大声疾呼，又符合厚人伦、正风俗的儒学旨趣。他多层面的矛盾文风和性格是社会文化思潮来回激荡的产物。唯其如此，关汉卿才成为中国文学史上一位说不尽的人物。

几百年来，他所创作的剧本被后人称为中国悲剧之最，感染着不同时代、不同阶层的欣赏者。

●九歌图 元 张渥

>>>《凌波仙·吊陈以仁》

钱塘人物尽飘零，赖的斯人尚老成。为朝元恐负虚皇命。凤箫寒，鹤梦惊，驾天风直上蓬瀛。芝堂静，蕙帐清，照虚梁落月空明。

陈以仁，字存甫（一作孝甫），杭州人。生卒年不详。因家务雍容不求闻达，常与南北士大夫交游，童仆辈以供茶汤酒果为厌，以仁未尝有难色。其名因是而愈重。以仁善唱曲，所作二剧今不传。太和正音谱评他的曲"如湘江雪竹"。

拓展阅读：

《录鬼簿》元·贾仲明（增补）
《蟠桃会》元·钟嗣成

◎ 关键词：杂剧家　珍贵资料　文艺观点

鬼因《录鬼簿》而不死

通过钟嗣成的《录鬼簿》，我们才能详细地了解杂剧家的生平创作。

钟嗣成，祖籍大梁（今河南开封），青年时曾在杭州求学。他曾多次参加"明经"考试，但屡试不中，后来在江浙行省任一个小官。元代杂剧虽然很发达，但是杂剧作家的社会地位却很卑微，像关汉卿、王实甫、马致远这些杰出的大剧作家的生平事迹早就已经鲜为人知，这使钟嗣成感慨万千。他决定将那些"门第卑微，职位不振，高才博识"的剧作家们的姓名记录下来，并叙述他们的作品和事迹，让那些已死和未死的剧作家们，均"作不死之鬼，得以远传"，于是作《录鬼簿》。

《录鬼簿》按时间顺序先后记录了152位元杂剧作家的生平和创作情况，包括剧目名称440多种，保存了元代戏曲的许多第一手的珍贵资料。该书将重要的元曲作家大致归结为"前辈已死名公才子"和"方今才子"两大类。"方今才子"属于与作者同时代的人，多为当时还活着的剧作家，虽然作者寄希望予他们成为"不死之鬼"，可其中能名垂千古的却不多。真正能称为"不死之鬼"的，还是那些"已死"了的前辈名公才人。钟嗣成又把他们细分为三类：一是"前辈已死名公才人有所编传奇行于世者"，包括关汉卿、白朴、马致远、王实甫等56位前期杂剧家。这些人去世较早，作者对他们的事迹也不甚了解，只能简略地记叙他们的姓氏、籍贯、名号、主要履历等。二是"方今已亡名公才人相知者"，包括宫天挺、郑光祖、乔吉、睢景臣等近20人。他们多为元后期还一度活跃于文坛的剧作家，生活的时代与钟嗣成相接近，所以书中除记载他们的剧作名目外，还用小传的形式较为详细地记录了他们的经历和性格特点，并撰吊词，对其创作的成败得失做出恰如其分的评价。三是"已死才人不相知者"，包括胡正臣等10人。这些虽与钟嗣成是同时代人，有的还是同窗好友，但由于他们属于二、三流作家，创作成就不大，故在书中只是简单提及。

《录鬼簿》不但具有重要的资料价值，同时也表现了钟嗣成比较进步的文艺观点。他编撰此书，是为一代经史所不传而又高才博识的戏曲家作传，欲以此激励后学，推动杂剧继续发展。他在记录中为戏剧独树一帜，另辟门户，包含着反传统的思想因素。钟嗣成认为创作杂剧要有动人的情节，使人感动咏叹，他提倡创新精神，还大略指出了戏剧形式与传统的文学样式相比所具有的新的特点。所有这些都是可取的文艺观点。

大漠遗韵——辽金元文学

●耶律楚材像

>>> 耶律楚材进谏

一次，两个道士互争尊长，各立门户，结党营私。

耶律楚材严格执法，把杨惟中逮捕了。宦官诬告耶律楚材。窝阔台勃然大怒，将耶律楚材打入牢房。

不久，窝阔台发现自己错了，下令释放耶律楚材。耶律楚材却坚决不让松绑，他说："抓我要说出抓我的理由，放我要说出放我的理由，怎么能轻易反复，如同儿戏，这样下去，国家大事怎么执行！"

窝阔台承认了错误。耶律楚材才缓和下来，并趁机又提出了治国方略。

拓展阅读：

成吉思汗西征
《湛然居士文集》元·耶律楚材

◎ 关键词：金臣　蒙古王朝　阴山

蒙古第一诗人——耶律楚材

耶律楚材，字晋卿，号湛然居士，契丹族人。他是元初开国功臣，也是元代前期重要的诗人。他出身于北方，是辽皇族的子孙，其父仕金。耶律楚材少年时博览群书，留心佛道，兼通天文、地理、历法，很有才气。他曾在金朝担任左右司员外郎。元太祖成吉思汗入燕京，闻其名而召用，他又成为成吉思汗的亲信。耶律楚材先后做了30多年官，当时有人劝太宗杀掉汉人，空出土地作为牧场，因耶律楚材极力反对而罢。他一生为蒙古建国出谋划策，功勋卓著，后成为元初的名相。

耶律楚材虽然常常处于戎马倥偬之中，但他始终不废翰墨，创作了诗歌700多首。他不少作品境界开阔，情调苍凉，很有特色，如《阴山》：

八月阴山雪满沙，清光凝目眩生花。插天绝壁喷晴月，擎海层峦吸翠霞。松桧丛中疏畎亩，藤萝深处有人家。横空千里雄西域，江左名山不足夸。

此诗雄奇豪壮，气势飞扬，这与他曾随成吉思汗万里西征的经历有关。然而蒙古王朝的政治倾轧却使他不胜烦恼，以致"避祸宜缄口，当言肯括囊"。他对功业未遂的叹息和生命流逝的无尽感慨也时常流溢于诗中，如《和移剌继先韵》：

旧山盟约已衍期，一梦十年尽觉非。瀚海路难人去少，天山雪重雁飞稀。渐惊白发宁辞老，未济苍生曷敢归。去国迟迟情几许，倚楼空望白云飞。

耶律楚材随成吉思汗西征6万多里，对边疆塞外的风土人情、山川景物了如指掌，诗歌中对这方面内容的描写颇为生动而真实。因此，他的诗中令人神往的是那些以清新优美之笔谱写而出的民域风情，其中《西域河中十咏》最具代表性，也最为人所称道。如：

寂寞河中府，遐荒偏一隅。葡萄垂马乳，把榄灿牛酥。酿春无输课，耕田不纳租。西行万余里，谁谓乃良图。

广博的诗歌创作使耶律楚材成为蒙古王朝第一位著名诗人。

●墨梅图 元 王冕
图中枝条茂密，前后错落。枝头缀满梅花，或含苞开放，或绽瓣盛开，或残英点点。白洁的花朵与铁骨铮铮的干枝相映照，清气袭人，深得梅花清韵。此图系王冕晚年画梅艺术臻于化境的杰作。

●赵孟頫像

>>> 管夫人妙语表心意

一次赵孟頫想纳妾，又不好明说，就作了首小曲给夫人：

我为学士，你做夫人。岂不闻，陶学士有桃叶、桃根，苏学士有朝云、暮云，我便多娶几个吴姬、越女，有何过分？你年纪已过四旬，只管占住玉堂春。

管夫人回道：

你侬我侬，忒煞情多。情多处，热如火。把一块泥，捻一个你，塑一个我。将咱两个，一齐打破，用水调和。再捻一个你，再塑一个我。我泥中有你，你泥中有我。我与你生同一个衾，死同一个椁。

拓展阅读：

《岁月》元·赵孟頫
《赵孟頫与管道升》赵维江
《红衣罗汉图》元·赵孟頫

◎ 关键词:《题归去来图》 岳鄂王墓 仕元

称臣于二主的赵孟頫

赵孟頫，字子昂，号松雪道人，又号水晶宫道人，出生于浙江吴兴。作为宋代皇室秦王赵德芳后裔的赵孟頫14岁就已经开始做官。赵孟頫在宋朝时，是一个公子王孙，风流倜傥。宋亡入元，他由程钜夫荐举，33岁时应征出仕于元，官至翰林学士承旨，受到蒙古统治者很高的礼遇。

由于有着特殊的家世，赵孟頫出仕元朝后仍然难以淡忘对故国的思念，称臣于新主的耻辱总也无法平复，心中时常充满悔恨和苦闷。不过，从前的贵族地位和他敏感的身份，使他养成了谨慎处世的风格，他的言谈举止总是小心翼翼。赵孟頫仕元既是自愿，也是由于生活所迫。他出仕元朝前生活相当困顿，其《题归去来图》更直言:"弃官亦易尔，忍穷北窗眠。抚卷三叹息，世久无此贤。"可是他的身份却总是遭人疑忌，使他胸中抱负难以实现。外部的非议和内心的自责，使他心情紧张。他担心失节行为不能被后人原谅，愈到晚年这种心情愈是强烈。于是言行矛盾，痛苦缠绕，又使他故国之思油然而生。这是作为贰臣的赵孟頫的人生大悲哀。他的《岳鄂王墓》充满着悲愤惋惜之情:

鄂王坟上草离离，秋日荒凉石兽危。南渡君臣轻社稷，中原父老望旌旗。英雄已死嗟何及，天下中分遂不支。莫向西湖歌此曲，水光山色不胜悲。

他的诗歌《钱塘怀古》《忆旧游》，使人有故国凄凉、不堪回首之感。

赵孟頫的诗以五言古体和七律最为著名。他的五言古体颇具汉魏六朝诗歌的风味，如"徘徊白露下，郁邑谁能知"(《咏怀六首》)等。有时他的诗又在"简淡平和"中渗透着深厚的情感，如《东郊》:

晨兴理孤榜，薄言东郊游。清风吹我衣，入袂寒飕飕。幽花媚时节，弱荇依寒流。山开碧云敛，日出白烟收。旷望得所怀，欣然消我忧。中流望城郭，葱葱佳气稠。人生亦已繁，惠养要须周。约身不愿余，尚恐乏所求。且当置勿念，乘化终归休。

将绘画、题诗、书法三者无懈可击地结合在一幅画面上，使赵孟頫得以在中国文学艺术史上享有盛名。他圆转秀美的书法，人称"赵体"。他的画，笔墨圆润秀劲，以飞白画石，用书法笔调写竹，变革流行已久的南宋"画院"派的体制格调，开创了元代画风，影响所及，十分深远。

● 龙泉窑青釉贯耳瓶 元

>>> 虞集与龙井茶

虞集是最早用诗歌来吟诵龙井茶的人。

他在《游龙井》诗中对"龙井茶"及其环境做了这样的描述："……徘徊龙井上，云气起晴昼。入门避沾洒，脱屐乱苔甃。阳岗扣云石，阴房绝遗构。澄公爱客至，取水挹幽窦。坐我檐莆中，余香不闻嗅。但见瓢中清，翠影落群岫。烹煎黄金芽，不取谷雨后。同来二三子，三咽不忍嗽……"

虞集的诗，第一次对龙井茶的采摘时间、品质特点和文人品饮情态都做了生动的描绘。

拓展阅读：

宋儒性理之学
唇亡齿寒（典故）

◎ 关键词：元诗四大家　风入松　金马图

杏花春雨江南——虞集的追求

元代中期，出现了为数众多的诗人，他们创作了大量的诗歌。诗坛上占主导地位的诗学观念是崇尚"雅正"。这一时期诗歌创作的主力是被称为"元诗四大家"的虞集、杨载、范梈和揭傒斯四个人。虞集则是"元诗四大家"中成就最高的诗人。虞集曾说："仲宏（杨载）诗如百战健儿，德机（范梈）诗如唐临晋帖，曼硕（揭傒斯）诗如美女簪花（三日新妇）。"而他自己的诗如"汉廷老吏"，是四家中最为典雅方正的。

虞集，字伯生，号道园，世称邵庵先生，著有《道园学古录》等。由于受家学熏陶，他早早就通晓宋儒"性理之学"。大德初至京师，他任大都路儒学教授、翰林直学士等。顺帝即位后，他告病回家。

虞集擅长律诗，无论是五律还是七律，都写得格律严谨，意境浑融，风格深沉。例如七律《挽文山丞相》：

徒把金戈挽落晖，南冠无奈北风吹；子房本为韩仇出，诸葛宁知汉祚移。云暗鼎湖龙去远，月明华表鹤归迟；不须更上新亭望，大不如前洒泪时！

这是元诗中少见的名篇，诗人将对英雄的敬意和故国的思念之情融入历史感慨之中，沉痛深切，感人至深。他又把深沉的历史感慨融进严整的艺术形式中，形成一种沉郁苍劲的风格。虞集虽然宦途比较顺达，但仍然希望到江南故乡归老田园。他的《风入松》词有"杏花春雨江南"的名句，就形象地描绘出了江南的动人春色，成为江南风景的典型意象。

虞集数朝皆受荣宠，诗文中不乏歌功颂德之作，如《金马图》所谓"太平疆宇大无外，外户连城无闭夜"之类。他不少作品中所带有的一种惆怅、哀伤或感慨，又显示了历史遗恨和种族歧视给汉族知识分子所带来的心灵创伤，如《至正改元辛巳寒食日示弟及诸子侄》。虞集作此诗时70岁，当时正谢病在乡。这首诗表面上是感慨自己的家族离开蜀中故乡侨居异地欲归而不能的境况，其实它内里暗含着一种在元人统治下无所归依的失落飘零感。这首诗情调伤感、悲凉，但表达得极其委婉。另外，虞集有一位在宋亡后隐居不仕的兄弟留下两句遗诗："我因国破家何在，君为唇亡齿亦寒。"虞集也特地把它补为完整的诗篇，说是为了替兄弟"发其幽潜之意"，但这里面同样饱含了他个人无法抗衡的对历史的遗憾。

虞集是元代的文章名家，其风格以追踪欧阳修为主，文辞自然舒展，好谈说常见的儒家道理，同时也表现出追慕隐逸的情趣。但他的诗结构不如欧阳修那么讲究，他本身又缺乏独特的才情和感受，所以成就有限。

●松荫会琴图 元 赵孟頫

>>> 《苏轼乐地帖》

揭傒斯书。纸本墨迹。

此题《苏轼乐地帖》,正文仅三行。笔墨挺拔有力,用笔多不藏锋,结字跌宕而错落有致。行间顾盼有姿,使整幅章法浑然天成,显得分外自由、活泼,妙趣横生,表现了作者意在笔先的刻意匠心。

拓展阅读:

儒林四杰
《礼记·苛政猛于虎也》

◎ 关键词:《渔父》 《女几浦歌》 《杨柳青谣》

"三日新妇"揭傒斯

揭傒斯,字曼硕,江西丰城人。出生在一个贫寒家庭的揭傒斯从小勤奋苦读,后官至翰林侍讲学士。正初年间,他奉诏编修宋、辽、金三代历史,为总裁官。揭傒斯与虞集、杨载、范梈四个人被合称为"元诗四大家"。虞集曾形容揭傒斯诗如"三日新妇",说他的诗鲜艳亮丽,风采独具。揭傒斯听了这种评论,颇不高兴,因为他自认为他的诗是相当厚重的。

揭傒斯擅长写五言古体诗歌,诗的内容丰富,有些直指现实生活中的矛盾。揭傒斯对平民有着深厚的感情,因而创作了大量反映社会现实的纪实诗作。他的《祖生诗》写一个名叫祖生的孝子千里寻母的感人事迹,谴责了战争给人民带来的灾难。《临川女》写一个盲女被母亲和兄弟遗弃后,得到善人救助的故事。"我母本慈爱,我兄亦艰勤。所驱病与贫,遂使移中情",揭示了人性在贫困环境的逼迫下发生的扭曲。再看他的《渔父》:

夫前撒网如车轮,妇后摇橹青衣裙。全家托命烟波里,扁舟以屋鸥为邻。生男已解安贫贱,生女已得供炊爨。天生网罟作田园,不教衣食看人面。男大还娶渔家女,女大还作渔家妇。朝朝骨肉在眼前,年年生计大江边。更愿官中减征赋,有钱沽酒供醉眠。虽无余羡无不足,何用世上千钟禄。

诗歌真实地反映了一个渔夫的家庭生活,表达出诗人对这种朴素生活的向往。揭傒斯的《女几浦歌》用民歌体,描写大孤山下的船民不管风浪如何险恶,总是无所畏惧,表现了劳动人民的刚毅勇敢。他有些诗则富有民歌风味,如《杨柳青谣》:"杨柳青青河水黄,河流两岸苇蕙长……"朗朗好似民歌小调。

揭傒斯的诗以清婉流丽见长,有些作品则质朴无华,又寄托深沉。如《秋雁》:

寒向江南暖,饥向江南饱。莫道江南恶,须道江南好。

此诗题"雁",实则暗讽蒙古统治者一面掠夺南人的财富,一面又歧视南人的行径。当时蒙古人来到江南,穷困的人变富裕,一无所有的人变成家财万贯,但是仍然辱骂南方不绝,自以为蒙古人天生身份高贵,把南方人看作奴隶。然而南方人也极为鄙视北方人的粗俗无礼、横蛮鄙野。因此揭傒斯的讽刺具有针对性,是元代中期罕见的讽刺之作。

●钧窑贴花双耳三足炉 元

>>> 诗换芦花被

1314年秋，贯云石南游途中经过梁山泊。他看上了一个渔翁用芦花絮编成的被子,渔翁要他用诗来交换。贯云石略加思索，吟出了一首七律：

采得芦花不浣尘, 绿莎聊复藉为茵。西风刮梦秋无际, 夜月生香雪满身。毛骨已随天地老, 声名不让古今贪。青缣莫为鸳鸯妒, 欸乃声中别有春。

这首《芦花被》诗广为流传, 贯云石干脆自称"芦花道人"。

◎ 关键词：达鲁花赤　酸斋　散曲

兼容南北曲风的贯云石

贯云石，本名小云石海涯，号酸斋，维吾尔族人。他出生于武官家庭，其祖父为元朝名臣阿里海涯，其父是两淮万户府达鲁花赤。他自幼武艺超群，后弃武学文，接受了汉族文化。在他父亲死后，贯云石依例荫袭父官，后来他又将此官让给了他的弟弟。贯云石曾担任翰林侍读学士，仕途本来很顺利，但他更醉心的是做一个江南隐士。于是他称疾辞官，浪迹于江、浙一带，与汉族士大夫交游，创作了大量散曲，名响当时。

贯云石出生于西域武官的特殊身世背景与生活经历,使他的散曲创作形成了一种混容北方豪士的飒爽英风和江南文人的飘逸之气的奇特风格。如《红绣鞋·无题》：

挨着靠着云窗同坐, 偎着抱着月枕双歌, 听着数着愁着怕着早四更过。四更过情未足, 情未足夜如梭。天哪, 更闰一更儿妨甚么！

这首曲子用自然错落的口语和衬字、抑扬有致的音节，以及虚拟的表现手法，把两情缱绻表达得异常生动、热烈。贯云石的创作继承了前期的本色作风。再如《蟾宫曲·无题》：

凌波晚步晴烟, 太华云高, 天外无天。翠羽摇风, 寒珠泣露, 总解留连。明月冷亭亭玉莲, 荡轻香散满湖船。人已如仙, 花正堪怜, 酒满金樽, 诗满鸾笺。

此曲咏杭州西湖，颇似一位温文儒雅、丰神俊秀的江南名士的手笔。这首诗在整饬的格律中，仍流动着豪放飘逸之气。

拓展阅读：

海盐腔
《为酸斋解嘲》元·张可久

●惠麓小隐图 元 王蒙

●丁兰陆绩图 元 孙君泽

●宫女图 元 钱选

>>> 茶杯配茶壶

20世纪初，西方人曾流传一句话：到中国可以不看三大殿，不可不看辜鸿铭。

辜鸿铭既会讲英国文学，又鼓吹封建礼教。

他当北大教授时，有一天，他和两个美国女士讲解"妾"字，说："'妾'字，即立女；男人疲倦时，手靠其女也。"

这两个美国女士一听，反驳道："那女子疲倦时，为什么不可以将手靠男人呢？"

辜鸿铭从容申辩："你见过一个茶壶配四个茶杯，哪有一个茶杯配四个茶壶呢，其理相同。"

拓展阅读：

项庄舞剑（典故）
《将进酒》唐·李白
《中国人的精神》辜鸿铭

◎ 关键词：杨维桢　铁崖体　香奁诗

诗坛新风"铁崖体"

杨维桢，字廉夫，号铁崖，一号铁笛道人，浙江人。泰定四年，他中乙榜进士，之后曾出任钱清场盐司令，十年不调。后来他又到江西等处任儒学提举，晚年隐居于松江。明初洪武二年，皇帝让他修礼乐之书，他辞谢道："岂有八十岁老妇人，就木不远，而再理嫁郎耶？"他虽不愿出仕，但后来还是应召至南京，纂修礼乐之书，不久又回归故里。

杨维桢个性狂狷，行为放荡，是元宋最具艺术个性的诗人。他雅好宴乐声妓，为世人所侧目，多遭讥评。直到晚年，他仍然耽于声色之乐，家中养有四姜，名"竹枝""柳枝""桃花""杏花"，皆能歌舞。杨维桢常带她们乘船出游，恣意所往。有一次，杨维桢到朋友家宴乐，见歌伎双足纤小，就脱其鞋置杯行酒，谓之"金莲杯"。这种近乎病态的放荡行为，居然在当时的文人士子中传为风流佳话。其实，在元末乱世阶段，他只不过是借此保全自己，所以故作狂放。传说他在松江，曾游盘龙塘，夜宿普门寺，盗贼趁他不在家，将财物尽皆偷去。黎明时分，家人前往报告，他仍赋诗不辍，说"老铁在，是区区长物，又奚足恤"。杨维桢个性独特，他认为诗歌是个人性情的表现。因此，他强烈主张艺术创作个性化，追求构思的超乎寻常和意象的奇特不凡。他所作的宫词、竹枝词和古乐府都极为流行，世称"铁崖体"。他打破了元代中期缺乏生气、面目雷同的诗风，在元末诗坛自成一派，效仿的人很多。

杨维桢的思想比较复杂，而其中最引人注目的，是反叛传统的"异端"倾向。他思想的核心是肯定人性的"自然"。杨维桢正是从这种自然观出发，要求文学真实地表达各人的自然之性。他说：诗者，人之情性也。人各有情性，则人各有诗也。得于师者，其得为吾自家之诗哉？从某种意义上说，他开了明代"性灵派"的先河。

杨维桢作为一个写诗的高手，广有才情，他有些香奁诗写得颇为奇妙飘洒。如《秋千曲》是这样描写荡秋千的妇女的：

齐云楼外红络索，是谁飞下云中仙？刚风吹起望不极，一对金莲倒插天。

诗中最后一句实在是神来之笔，奇特飞扬。杨维桢并不仅仅沉湎于艳情，只会写香奁诗。他的一些竹枝词吸收了吴地民歌的语调和表现手法，情致清新，语言浅近活泼，写得颇为出色。如《西湖竹枝歌》中的一首：

湖口楼船湖日阴，湖中断桥湖水深。楼船无柁是郎意，断桥有柱是侬心。

●有余闲图 元 姚廷美　　　　　●渔父图 元 吴镇

　　这种竹枝歌是带有民谣性质的民歌体小诗，其格调类似于古代的风诗和当时流传的乐府。他的竹枝歌一出，立即流传南北，为世人所喜爱，名人韵士和者达百家之多，风气顿时为之一变。

　　杨维桢认为好诗应兼具天籁风骨和花间情致。风骨过于遒劲，近于文人之诗；情致过于裸露，又同于民间俚曲。他的诗既有别于文人之诗，又不同于民间俚曲，他把这种风骨情致兼具的新诗体称为"古乐府"。杨维桢《铁崖古乐府》里的作品反映了他的创作追求。他的"铁崖体"诗风格的改变，又使人耳目一新。他融会了汉魏乐府以及李白、杜甫、李贺等人的长处，以气势雄健的奇思幻想突破了元代中期诗歌的甜熟平稳，给人以石破天惊的感觉。他的《鸿门会》：

　　天迷关，地迷户，东龙白日西龙雨。撞钟饮酒愁海翻，碧火吹巢双猰貐。照天万古无二乌，残星破月开天馀。座中有客天子气，左股七十二子连明珠。军声十万振屋瓦，拔剑当人面如赭。将军下马力拔山，气卷黄河酒中泻。剑光上天寒彗残，明朝画地分河山。将军呼龙将客走，石破青天撞玉斗。

　　该诗模仿李贺的《公莫舞歌》，意象之奇崛与原作相仿，而气势之雄浑则有所超越。这种以雄奇飞动、充满力度感为特征的"铁崖体"诗吸引了众多的追随者，给元后期诗歌带来了很大变化，特别引人注目。

●南枝春早图 元 王冕

>>> 王冕智斗财主

王冕在财主家放牛，一天他给财主出了个谜，并说财主猜出，他就白干一年，猜不出，他就回家。

"从前，有个财主雇了个伙计出外做生意，在合同上写明：财主出钱，伙计出力，一年后赚了钱三七开。干了一年伙计来分利时，财主却说：'昨天我们分手时，马受惊狂奔过来，把装钱的箱子踩扁了。'这样，财主独吞了钱。你猜这是什么字？"

财主猜不出。

王冕说"马踩扁了钱箱，马和扁合在一起不就是'骗'字吗？财主老想骗人嘛。"

王冕羞辱了财主，高兴地回家了。

拓展阅读：

王冕学画
王冕僧寺夜读

◎ 关键词：《梅花屋》 僧寺夜读 王冕毁佛

爱梅成癖的王冕

王冕，字元章，号煮石山农，浙江人。他的别号很多，有竹斋生、梅花屋主、闲散大夫、老龙、老村等。王冕的父母单生他一人，爱他如掌上明珠。他一岁就会说话，三岁能对答自如，到六岁时他的认识能力就比一般儿童高。他八岁开始入学，成绩优良，宗族大为惊奇，视为神童，宾客也称赞他为"千里马"。

青年时期的王冕，不信神鬼。有这么一个小故事：王冕家与一座神庙相近，他灶下缺柴，就砍了神像当柴烧。他的邻居非常敬神，神像被毁，邻居马上刻木修补，如此三番五次。王冕家人一年到头平安无事，可是那户补像的人家却反而祸不单行。

王冕一度热衷于功名事业，曾专心研究孙吴兵法，学习击剑，有澄清天下之志，常拿吕尚、诸葛亮比喻自己。但元蒙贵族统治者歧视汉族知识分子的残酷现实很快让他的幻想破灭了。他参加过进士考试，却落榜，于是决意仕途。王冕20岁时一度北游，远游生活扩大了眼界，开拓了胸襟，使他的诗画也境界深远不同凡俗。在北方，王冕看到了那些耀武扬威的统治者后，内心怒火不可抑制，于是赋诗以抒郁怀：

唤鹰羌郎声似雷，骑马小儿眼如电。总艋无知痴呆相，也逞虚威拈弓箭。老儒有识何以为？空指云山论文献。君不闻，一从赵高作丞相，吾道凋零如袜线。（《有感》）

王冕北游，使他清楚地看破了人情势利，知道功名已成镜花水月，于是便改弦易辙，学南阳诸葛亮的耕隐生活。他隐居于九里山的水南村，盖了三间草屋，周围种上花木、竹子、茶树和梅花，名之曰梅花屋，自号梅花屋主。其《梅花屋》诗云：

荒苔丛篠路萦回，绕漳新栽百树梅。花落不随流水去，鹤归常带白云来。买山自得居山趣，处世浑无济世材。昨夜月明天似洗，啸歌行上读书台。

这时的王冕须发已白，只能靠为人作画换些米粮糊口。他虽终日忍饥挨饿，但是身上的狂傲之气却依然如故，他常高声自喝道："既无知己，何必多言，呵呵！"世无知己，只有以梅花为伴，他自言平生爱梅成癖，种梅、画梅、咏梅，是他一生的喜好。在他的作品中，咏梅和题画梅的作品多达140余首，几乎占了全部作品的五分之一。

●蛤蟆仙人像 元 颜辉

>>> 戏文三种

今存《永乐大典》中所收的三个元代南戏戏文。

在明《永乐大典》卷13965至13991共27卷中，收有戏文33种。今仅存最后一卷，内收《小孙屠》《张协状元》《宦门子弟错立身》三种。

此书一度流失国外，1920年叶恭绰自英国买归。但原本已佚，今流传的是根据抄本翻印的本子。

"戏文三种"为今存最早南戏剧本。它未经后人妄改，可借以认识和了解早期南戏的真面目，并有助于探讨南戏的渊源及其与后世戏剧的关系。

拓展阅读：

《张协状元》
《小孙屠》（昆剧）
《宦门子弟错立身》

◎ 关键词：南曲　南北合套　四大南戏

南戏的兴起

宋元时期兴起的用南曲演唱的一种戏曲形式称为南戏。它最早萌芽于浙江温州民间的"村坊小曲"。宋以来浙、闽一带用村坊小曲演唱的民间小戏在发展过程中又吸收了大曲、诸宫调、滑稽戏等民间说唱技艺和宋杂剧表演故事的形式，形成了温州杂剧，又称永嘉杂剧、永嘉戏曲等。为了区别于北曲杂剧，一般简称它们为南戏。

文化之都温州为南戏的发展提供了浓郁的文化气息。至宋光宗时，南戏已演变为较为完整的戏剧形式。元灭南宋，北杂剧随之进入南方，极大地冲击了尚在稚拙期的南戏。但很快南戏就以其自由灵活的形式赢得了观众的青睐，从而使南戏创作进入了高峰。

南戏和北杂剧明显不同，并显现出自身的特色。在体制和结构安排上，南戏以"出"为单位，"出"的多少视剧情而定，长短自由。南戏没有楔子，开场便有"家门"，或叫"开场""开宗"，用诗或曲介绍剧情概况或说明创作意图，并作为独立于全剧之外的附加部分。在演唱方面，南戏各个角色都可以唱，有独唱、对唱、接唱、同唱、后台帮腔合唱等多种形式。在曲词音乐方面，南戏分平上去入四声。南戏一出中可数度改变宫调，而且可以换韵，它曲调柔婉，以管乐为主。在角色行当方面，南戏则有生旦、净、丑、外、末、贴七种角色。

宋元南戏今存目200多种，全本流传的只有19种。其中可考的宋人南戏有《赵贞女蔡二郎》《王魁》《乐昌分镜》《孙巡检梅岭失妻》《王焕》《张协状元》等。元人南戏相对繁盛，内容丰富多彩，有取材历史故事颂忠叱奸的作品，如《苏武牧羊记》《赵氏孤儿记》等；有描写爱情婚姻，歌颂自由爱情，谴责男子负心的作品，如《宦门子弟错立身》《李勉》《三负心陈叔文》等；有反映战乱和社会黑暗给人民带来痛苦的作品，如《小孙屠》《何推官错认尸》等。而同时产生的像《琵琶记》《破窑记》和"四大南戏"这样的优秀作品，则标志着元代南戏走向兴盛。

元灭南宋以后，北方剧作家的大批南下使杂剧占领了南方舞台。南戏较之已经高度成熟的杂剧显然相形逊色，但是，它在南方民众中的基础是相当牢固的，所以仍旧在民间流行。北杂剧的南下造成了南北剧交流的机会，并使南戏发生了一些重要变化。如改编杂剧的剧目，在一定程度上吸收杂剧曲牌联套的方法，采用杂剧的一些曲调而形成"南北合套"的形式等。随着南戏艺术的进一步提高，到元末，南戏已经达到了成熟的阶段，并且为明清传奇的兴起奠定了基础。

●琵琶美人图

>>> 琵琶

琵琶又称"批把",最早见于史载的是汉代刘熙《释名·释乐器》:"批把本出于胡中,马上所鼓也。推手前曰批,引手却曰把,象其鼓时,因以为名也。"意即批把是骑在马上弹奏的乐器,向前弹出称作批,向后挑进称作把,根据它演奏的特点而命名为"批把"。

在古代,敲、击、弹、奏都称为鼓。当时的游牧人骑在马上好弹琵琶,因此为"马上所鼓也"。大约在魏晋时期,正式称为"琵琶"。

拓展阅读:

潘金莲
《琵琶行》唐·白居易
《乐羊子妻》南宋·范晔

◎ 关键词:高明 蔡伯喈 赵五娘 孝子孝妇

"南曲之宗"《琵琶记》

高明,字则诚,自号菜根道人,浙江瑞安人。出身于书香门第的高明曾师从理学家黄溍学习。他深受儒家思想影响,自小就受到了南戏的熏陶,为后来创作《琵琶记》奠定了基础。元惠宗至正五年,高明考中进士,先后做过处州录事、福建行省都事等职。他为官清明练达,曾审理四明冤狱,郡中称为神明。他能不屈服于权势,关心百姓疾苦,受到了治下百姓的爱戴,处州任职期满离任时,百姓曾为他立碑。由于得罪权贵,他晚年退居归隐,以词曲自娱。

高明根据长期在民间流传的南戏《赵贞女》写成了《琵琶记》。《赵贞女》写蔡二郎上京应举,中状元之后,贪恋富贵功名,抛弃双亲和妻子,入赘相府,长期不归。他的妻子赵贞女独力支持门户,在饥荒之年,仍然奉养公婆,极尽孝道。公婆死后,她剪发尽孝,用罗裙包土,修建坟墓,然后身背琵琶,进京寻夫。谁知蔡二郎不但不肯认他的糟糠之妻,还放马踩死赵贞女。上苍震怒之下用五雷轰劈了忘恩负义的蔡二郎。

高明在《琵琶记》中保留了《赵贞女》原故事的基本线索,而将"弃亲背妇"的蔡二郎改造成为符合礼教标准的志诚孝子蔡伯喈。其主要的故事情节是:书生蔡伯喈与赵五娘新婚两月,本想奉养双亲一心尽孝,但在父母的一再催逼下只得赴京应试。蔡中状元后,牛丞相看中他的才学,想招他为女婿,他却上表辞婚辞官,欲回家奉养父母。但皇帝命蔡伯喈入赘相府,蔡伯喈无可奈何之下只有从命。家乡连遭荒旱,妻子赵五娘辛苦奉养公婆,自己私下里以糠粃为食,而将求得的米粮侍奉公婆,却被公婆怀疑为偷吃家里的干粮。后来,公婆得知真相,悔恨而死。赵五娘剪发葬了公婆,然后身背琵琶一路弹唱乞讨,上京寻夫。在牛相之女的帮助下,夫妻重聚。最后一夫二妇同归守孝三年,受到了朝廷旌表。

为了给蔡伯喈开脱,高明精心设计了"三不从"的情节:一是他不愿赶考,父亲不从;二是他中举后不愿娶牛小姐为妻,牛丞相不从;三是他上表辞官,皇帝老子不从。由于面对的是无法抗拒的父命、权势和圣旨,他只有违心地屈服。作者把蔡伯喈对父母"生不能养,死不能葬,葬不能祭"的"三不孝"和牛府再婚的行为归咎于客观环境,从而完成了对蔡伯喈全忠全孝的刻画。

《琵琶记》是宋元南戏中艺术成就最高的一部,它成功地塑造了蔡伯喈和赵五娘两个艺术典型。蔡伯喈的形象代表了软弱、优柔寡断和充满矛盾痛苦的封建社会知识分子。他是一个希望全忠全孝实际上却未能尽忠尽孝的人物。他背亲离妇,入赘相府,为了尽忠不能尽孝,但为了尽孝又背离了尽忠,他总是在夹缝中痛苦不已。赵五娘身上体现了中国妇女吃苦耐劳、善良朴素的传统美德和克己利人的牺牲精神，是剧中性格最鲜明也最感人的人物。她在丈夫进京赴考后，独自担负起持家养亲的重担。灾荒岁月，她典卖衣衫首饰奉养公婆，含羞忍泪去求"赈粮"，却遭欺压；欲寻短见，又担心公婆无人照料而坚持活下来；求得粮米全用来供养二老，自己背后吃糠充饥，却遭到婆婆猜疑；她不愿说出实情，忍受委屈不做分辩。公婆死后，她剪发埋葬，罗裙包土，自筑坟台。在苦难中忍辱负重的赵五娘，赢得了广大观众的同情、喜爱和尊重。

宣扬孝子贤妇的《琵琶记》在明清受到统治者与卫道士的欢迎。朱元璋甚至说："四书五经，布帛菽粟也，家家皆有；高明《琵琶记》，如山珍

●琴棋书画图·琴 元 任仁发

海味，贵富家不可无。"《琵琶记》的出现标志着南戏创作艺术上的成熟，为南戏这种艺术形式的发展奠定了基础，对于明清传奇影响巨大。它获得了戏文中的"绝唱""南曲之宗"的诸多赞誉，还被译成了法、日等多种文字，在世界剧坛广为流传。

●挟弹游骑图 元 赵雍

>>> 南戏特点

1. 南戏唱腔称南曲，曲调属五声音阶，多平稳进行，有其惯用的特性音调，形成南曲唱腔绵密柔丽的特色。

2. 音乐结构形式原系民歌体，形式活泼、自由，后来逐渐发展成为曲牌联套结构。

3. 南曲对宫调的运用虽较自由，但作为套曲结构，仍需考虑曲牌的前后连接在调高、音域及曲调方面的和谐统一。

4. 南戏的各种角色均可演唱，除独唱外，还有对唱、同唱及"合唱"。

5. 前期，南戏的演唱以徒歌为主。这种徒歌常以板来控制节奏和衬托唱腔。

拓展阅读：

十才子书
《王焕》（南戏）
《顾曲杂言》明·沈德符

◎ 关键词:《荆钗记》《白兔记》《拜月亭》《杀狗记》

南戏中的"四大传奇"

传奇原指唐代文人创作的文言小说，后来被借作戏剧的名称。从元代南戏中开始形成一种戏曲文学形式——传奇。元后期出现被称为"四大传奇"的著名南戏《荆钗记》《白兔记》《拜月亭》《杀狗记》是其巅峰之作。

《荆钗记》写宋代文人王十朋中状元后不忘旧妻的故事，歌颂他"糟糠之妻不下堂，贫贱之交不可忘"的道德品质。它主要讲王十朋是一个家境清贫但有才学的穷书生。可貌美心善的淑女钱玉莲择偶重才重德不重家财，她毫不犹豫地选择了王十朋。这使王十朋非常感动。王十朋进京赶考中状元后，他拒绝了丞相的逼婚。有人相劝，他则表示"宁违对经"而不忍忘记贫贱夫妻的情义。当钱玉莲决定嫁给穷书生王十朋时，她的后母逼她嫁给孙汝权，她誓死不从。后来，孙汝权串通她的家人，将王十朋中举后寄回来的家书偷改为"休书"，她也决不相信。她自言"烈女不更二夫"。被逼无奈之下，她只好投水自尽，幸好被人救起，收为义女。数年后，王十朋升任吉安，夫妻俩偶然相逢，有情人终于得以团聚。

《拜月亭》写的是金朝末年，蒙古兵南下，兵荒马乱中，书生蒋世隆与兵部尚书王镇之女瑞兰旷野相逢，结伴而行，患难中结为夫妇。王镇强行拆散恩爱夫妻。瑞兰思念丈夫，幽闺拜月祷祝重聚，后蒋世隆考中状元，两人最终破镜重圆。

《杀狗记》是一出颂扬孝悌观念的社会伦理剧，讲述富家子弟孙华结交市井无赖胡子传、柳龙卿，并受他们的挑拨将兄弟孙荣赶出家门。孙华的妻子杨月真为了劝说丈夫，精心策划，把杀死的一条狗扮作尸体置于门外。酒醉归来的孙华看见"尸体"后，误以为祸事临门，于是，急忙请那些酒肉朋友帮忙移尸。可是，胡、柳两人不仅不肯前来，反而向官府告发。而此时他的弟弟孙荣不仅为兄埋"尸"，还在官府前主动承担杀人罪名。最后，杨月真说明真相，兄弟两人重归于好。

"四大传奇"中的最后一部就是《白兔记》，叙述刘知远幼年丧父，流落在马王庙。李文奎将他带回家牧马，并将女儿李三娘许配给她。李文奎夫妻去世后，兄嫂逼刘知远弃家从军。李三娘在家受尽兄嫂的打骂。她在磨坊中生孩子时无人照料，只得自己用嘴咬断孩子的脐带，然后托人将这"咬脐郎"给刘知远送去。16年后，已经发迹的刘知远做到了九州安抚使这样的大官，"咬脐郎"也长大，因出猎追赶白兔而遇见生母李三娘。质朴、善良、坚贞不屈的李三娘终于能与丈夫、儿子团圆了。最后，刘知远将李三娘的兄嫂处以重罚。

◎ 关键词：平话　词话　断代史事

讲史的盛行

●铁拐仙人像 元 颜辉

>>> 比干剖心

　　商纣王暴虐荒淫，横征暴敛，比干叹曰："主过不谏非忠也，畏死不言非勇也，过则谏，不用则死，忠之至也。"遂至摘星楼强谏三日不去。

　　纣问何以自恃，比干曰："恃善行仁义所以自恃。"纣怒曰："吾闻圣人心有七窍，信有诸乎？"遂杀比干剖视其心。

拓展阅读：

炮烙之刑
乐毅伐齐
《封神榜》（电视剧）
《三国演义》明·罗贯中

　　元代的讲唱艺术主要以演述古今故事、市井生活为主，其演说的副本，称为"平话"或"词话"。

　　"平话"是指以平常口语讲述而不加弹唱，作品间或穿插诗词，也只用于念诵，不用于歌唱。另外，称之为"平"，还有评论之意，说话人讲述历史故事时往往加以评说，所以后人又把"平话"称为"评话"。根据各种正史野史和民间传说改编而成，并用浅显的文言和白话把庞大复杂的历史事件，编成情节连贯的长篇故事即是平话。平话的篇幅一般都比较长，须分多次演说，常常一讲就是十天半月。由于很受欢迎，所以也出现了一些平话话本的创作者，开封人陆显之和杭州人金仁杰就是当时的话本创作者。

　　讲史话本是传统的史传文学与民间口传故事结合的产物，亦文亦野，别成一家。今天可以确定为元代小说作品的数量很少，保存至今的有元代至正年间新安虞氏刊印的《全相平话五种》即：《武王伐纣书》《乐毅图齐七国春秋后集》《秦并六国平话》《全汉书续集》《三国志平话》。各书版式一致，皆上图下文，文字与图画合刊，显然

是方便供人阅读，其读者对象当是文化水平不高的普通民众。

　　前面五种平话话本都是断代讲述一朝一代史事，但在内容、写法和格调上却不完全相同。前两种写历史而不拘囿于史实，做了大胆的虚构和补充，充满奇异怪诞的情节；后三种虽也间采异闻，但却大体符合史实，很少随心所欲的无稽附会。这两种写法和风格，发展到明代，便开创了长篇小说创作中的两种途径：充满奇幻怪异情节的神魔小说和基本上忠实于历史面貌的历史演义。从《武王伐纣书》到明代的《封神演义》，从《三国志平话》到明代的《三国志通俗演义》，演进之迹甚为明了。

　　讲史话本还只是初具规模的长篇小说，因为它故事简单，结构零乱，文辞粗陋。但它已有了大体完整的故事情节，在组织结构、叙述方法、人物描写等方面，都为明代长篇小说的产生和发展，积累了艺术经验。因此，元代小说最引人注目的成就，是在长篇讲史话本方面。内容的世俗化、语言的口语化是其一大特点。它们的成熟与发展，推动着古代叙事文学逐步走向黄金时期。

平民风情——

明代文学

—— 王朝更替，经济复苏，资本萌芽。

—— 明文坛才子纵横，"复古"之风盛行，被腰斩的高启，唱出由元入明文人心中的悲凉；宋濂一跃成为"开国文臣之首"；"台阁体"盛行，充斥着对皇帝的阿谀奉承和道德说教。

—— "唐宋派"与"后七子"对峙，揭开晚明文学的序幕。

—— 李贽童心骇世，袁宏道独抒性灵；诗歌争奇斗艳；奇葩小品文，阐释灵与趣的意境。

—— 通俗文学创作日趋繁荣，《三国演义》成历史演义高峰；《水浒传》演绎英雄传奇；神魔经典《西游记》；世情代表《金瓶梅》；"三言""二拍"，成就斐然；"吴江派"与"临川派"，论争中促进戏剧的发展。

—— 明文学和光同尘、返璞归真，平民文学，记载活生生的红尘百态和世俗人情。

从 1368 年朱元璋于南京称帝建立明朝开始，到 1644 年明崇祯皇帝自缢于北京结束，明代的历史延续了约 280 年。这一时期正是世界历史发生根本性变化的时期。欧洲的商船与传教士开始敲开古老中国的大门。中国东南沿海城市的手工业和商业经济得到了恢复和进一步的发展，资本主义萌芽出现。与此同时，在文学领域也出现了深刻的变化。

元代末年所形成的自由活跃的文学风气，在明初以残酷的政治手段所保障的思想统治下，霎时烟消云散。洪武七年被腰斩的高启，唱出了由元入明的文人们内心中的无穷悲凉；而宋濂则因积极参与新朝文化规制的设计成为"开国文臣之首"；以"三杨"为代表的"台阁体"的盛行，充斥着对皇帝的阿谀奉承和道德说教，缺乏真情实感。

从弘治到隆庆年间，明代文学从前期的衰落状态中恢复生机，逐渐走向高潮，并出现了两个著名的文学集团"吴中四才子"和"前七子"。

继"前七子"和"吴中四子"掀起了第一个文学高潮之后，在嘉靖、隆庆时期，以唐顺之、王慎中为首的"唐宋派"与以李攀龙、王世贞为首的"后七子"又发生了新的对峙。嘉靖后期，以"狂傲"著称的徐渭站在一个与"唐宋派"完全不同的立场上对"后七子"进行了严厉的批判，要求抛弃"复古"的理论旗帜。就这样，徐渭揭开了晚明文学的序幕。

明代后期，社会矛盾日益复杂，思想界的斗争也显得格外尖锐。这时，出现了杰出的启蒙思想家李贽。他提出的"童心说"具有重要的先导意义。他自言："天下之至文，未有不出于童心者也。"在李贽"童心说"的基础上，袁宏道又倡导"性灵说"，实际上是对李贽"童心说"的进一步发挥。

晚明诗歌中影响最大的就是以袁宏道为中心的"公安派"。他们强调性情之真，力排复古模拟的理论，要求诗歌创作应时而变，因人而异。继"公安派"而起的"竟陵派"，提倡幽僻孤峭的风格，实际上却是他们心理压抑和郁暗的表现，所以缺乏生气。晚明散文——特别是"小品文"，在文学史上具有更重要的意义。

明后期，通俗文学创作日趋繁荣。小说《三国演义》成为历史演义小说的高峰；《水浒传》是英雄传奇小说的典范；《西游记》是神魔小说的经典；《金瓶梅》则是世情小说的代表。明代白话短篇小说则出现了冯梦龙的"三言"和凌濛初的"二拍"，成就斐然。戏曲中出现了徐渭专论南戏的理论著作《南词叙录》，他的《四声猿》是明杂剧的优秀之作。明代戏剧中的主流是由南戏发展而来的传奇。以沈璟为代表的"吴江派"和以汤显祖为代表的"临川派"，则在不断的论争中促进了戏剧的发展。汤显祖的《牡丹亭》是我国戏曲史上影响较大的作品，一定程度上体现了追求个性解放的时代精神与要求。

明代是中国历史上特别复杂的时代,明代文学对过去的辉煌——如诗文等,充满着回忆和思旧情绪,但它又真正做到了和光同尘、返璞归真,将体味到的人情冷暖和众生相,以及毕生的智慧和经验,都凝结到小说戏曲这种俗文学的体式中去表现、去流传。这种活生生的世俗人情和红尘百态,恰恰是传统诗文所承载不了的。这正是明代平民文学的真精神、真性情之所在。

●月下眠舟图　明　戴进
明代画家戴进的这幅画,整体上遒劲苍润。他以顿挫有力的运笔来描画人物、花草、船只,使这幅画别具一种格调,画中所蕴含的意境则给人以无穷的想象。

●林峦秋霁图 明 谢时臣

>>> 朱元璋与文祸

每遇重大节日或皇室有庆典活动，以及大臣们受了皇帝的赏赐，这时就需要官员们上表笺致贺、谢恩。

当时著名学者徐一夔在贺表中吹捧朱元璋"光天之下，天生圣人，为世作则"，不料朱元璋看后大怒，道："'生'者，僧也，以我尝为僧也；'光'则剃发也；'则'字音近贼也。"最后，他竟将徐一夔抓起来杀了。

拓展阅读：
《文人遭遇皇帝》李国文
《太监文臣皇帝》十年砍柴

◎ 关键词：张士诚 魏观事件 上梁文

"不肯为五斗米折腰"的高启

清代评论家赵翼对明初诗人高启评价道："高青邱（高启的号）后，有明一代，竟无诗人。"可见，高启是一个很了不起的诗人。

草茫茫，水汩汩。上田芜，下田没，中田有麦牛尾稀，种成未足输官物。侯来桑下摇玉珂，听侬试唱湖州歌。湖州歌，悄终阕，几家愁苦荒村月。

这首《湖州歌送陈太守》是高启诗歌中的杰作。他做官只有三年，长期居住在乡间，因此他的诗歌多描写田园生活，但是他并没有将之理想化，而是在很大程度上反映了农民生活的疾苦和剥削阶级的剥削。

他为人孤高耿介，崇尚儒学，兼受释、道影响。他厌倦朝政，不羡功名利禄。在他21岁时，张士诚占据了苏州，前后统治苏州10年。张士诚礼待文士，很得人心，高启有很多朋友都在张士诚手下做了官。高启自称"不肯折腰为五斗米，不肯掉舌下七十城，但好觅诗句，自饮自酬庚"（《青邱子歌》），所以他没有投靠张士诚，但他对张士诚抱有好感。张士诚对朱元璋抵抗得最厉害，因此，朱元璋消灭张士诚后，对拥护张的苏州人也最为痛恨，给苏州规定了最重的田赋。高启的很多朋友成为了新王朝的阶下囚，而他则被新皇帝朱元璋召入京城，编写《元史》。

当时，由于乡土之情和很多朋友的不幸，高启很不情愿入朝，"只愁使者频催发，不尽江头话别情"（《被召将赴京师留别亲友》）。他在朝廷内也整日不安，"不如早上乞身疏，一蓑归钓江南村"（《京师苦寒》）。《元史》修成后，朱元璋要委任他做户部侍郎，他以"不能理天下财赋"为理由推辞，于是被赐金放归还乡，以教书治田为生。表面上，朱元璋没有对高启进行挽留，但朱元璋在心底很不高兴，高启也从此种下了祸根。两年后，魏观出任苏州知府，改造知府衙门，将府址迁到张士诚旧宫，并且兴修水利。有人诬告魏观有反心，魏观被诛。高启曾为府衙修建撰写《上梁文》（房屋上梁时祈求吉利的祝词），因此受到株连，与魏观同时获罪。他被处腰斩（比斩首更重一级的酷刑），时年不过39岁。高启在这个事件中遭受了最严酷的惩罚，而且长期没有得到昭雪，可见朱元璋对他的忌恨之深。朱元璋曾怀疑高启作诗讽刺自己，终于借助魏观事件而发作。

高启的诗歌大多是述志感怀、游山玩景以及酬答友人之作，但这类诗歌，有时总会对统治阶级微露讽刺。如他从京城返回故里后的《太白三章》之三"新丰主人莫相忽，人奴亦有封侯骨"，实际上是讥讽明朝新贵的。这在封建专制统治极其残酷的明代，不可避免其被扼杀的命运。高启被腰

●仙山高士图
图中深山涧壑，流瀑奔泉，杂树繁茂。作品
以清幽景色传达出高士追求隐逸闲适的思想
境界，此图构境明显不同于常见山水画，风
格奇特。

●归去来兮图 明 夏芷

斩，显示了明代知识分子命运的险恶。明朝封建统治者需要人才，需要知识，但同时对人才和知识的钳制也更加的严厉。知识分子的人格在封建统治者的权威面前进一步降低，任何不合作或者被怀疑为不合作的表示，都会招来杀身大祸，而且一人获罪，往往会有数百人受牵连而被处死。洪武年间兴起的三大案——胡惟庸案、李善长案、蓝玉案，被株连治罪的多达四五万人，不是杀头就是充军。就连开国元老、一向谨慎的宋濂，也卷入了胡惟庸案并差点被朱元璋杀掉。

●于谦像

>>> 于谦巧对联进场应试

于谦参加乡试时迟到了，主考官出句难他，对得上就进考场，对不上就自动放弃考试。主考官说：菱角三尖，钱裹一团白玉。

于谦毫不犹豫地对出了下联：石榴独蒂，锦包万颗珍珠。

主考官听毕，见他对得不仅快，而且形象逼真，贴切生动，于是允许他入场应试。

拓展阅读：

岳飞
明英宗被俘

◎ 关键词：《石灰吟》土木之变 夺门之变

"唯有清风"的诗人于谦

千锤万凿出深山，烈火焚烧若等闲。粉身碎骨浑不怕，要留清白在人间。

这首《石灰吟》生动形象地表现了明代诗人于谦甘愿为国为民而自我牺牲的精神。然而，就是这样一位为明王朝挽救危难的诗人，却被卷入宫廷政变而惨遭杀戮。

于谦，24 岁中进士，历任山西、河南各地巡抚。他为官清正，不畏强暴，勤政爱民，不辞劳苦，因此深得民心，百姓呼他为"于龙图"，有的地方还给他立生祠。明英宗即位初年，宦官王振权倾朝野，有人劝于谦给王振备一份礼物，于谦笑着伸出两袖说："吾唯有清风而已。"

正统十四年（1449 年），明王朝"土木之变"后，英宗被俘，群臣无主，北京城内一片惊慌。时任兵部侍郎的于谦挺身而出："言南迁者可斩也！京师乃天下根本，一动则大事去矣。"他提出"社稷为重君为轻"。为了稳定局势，不让也先以英宗为人质实行要挟，他在太后的支持下立英宗的弟弟朱祁钰为皇帝，这就是景帝。于谦亲自率兵出征，使得也先的要挟和进攻没有得逞，不得不撤回草原。于谦为拯救明王朝立下了不朽功勋。此后，明王朝在军事上保持了长久的稳定，于谦居功至伟。后来，英宗

被送回北京，景帝将他软禁在南宫，并废除了英宗原来的太子，这使宫廷内部矛盾加剧。1475 年，景帝病死，拥戴英宗的徐有贞等人在正月十六日深夜，将英宗送入皇宫大殿，宣告复位。这场宫廷政变在当时被称为"夺门"。于谦当即被逮捕，以"大逆不道，迎立外藩"为罪名被处死。

"要留清白在人间"的于谦一生崇尚名节，立志"一片丹心图报国"（《立春日感怀》）。他一心爱国忧民，"但愿苍生俱饱暖，不辞辛苦出深山"（《咏煤炭》）。

于谦是一个民族英雄，是一个关怀人民的政治家，写诗只是他的业余爱好。他的诗随手写成，不计工拙，而繁重的军政事务也不允许他在写诗上苦吟推敲。在他的诗歌里，处处流露出他鞠躬尽瘁、忘我无私的精神。如在《寄内》中，他一面感谢和安慰妻子，一面说明国事的重要。同时，他的诗歌又抒发了忧国忧民的情怀。他作为地方官，写下不少反映人民疾苦的诗篇。如《荒村》：

村落甚荒凉，年年苦旱蝗。老翁佣纳债，稚子卖输粮。壁破风生屋，梁颓月堕床。那知牧民者，不肯报灾伤。

诗歌读来让人心惊胆战，仿佛亲见当时农民苦难的深重。

●关羽擒将图 明 商喜

>>> 杜甫《蜀相》

丞相祠堂何处寻,锦官城外柏森森,映阶碧草自春色,隔叶黄鹂空好音;三顾频繁天下计,两朝开济老臣心,出师未捷身先死,长使英雄泪满襟。

《三国演义》中的诸葛亮闻名天下,他功绩累累,神机妙算,多为后人称颂。唐朝著名诗人杜甫以《蜀相》一诗表达了对诸葛亮的敬仰之情。

拓展阅读:

吕蒙白衣渡江
陆逊火烧连营
《西汉演义》明·甄伟

◎ 关键词:讲史 《三国演义》通俗历史

由"讲史"到"历史演义"

我国悠久的历史和浩繁的史籍,为历史演义类小说提供了丰富的创作素材。历史演义是由宋代的"讲史话本"发展而来的。"讲史话本"以讲说历史故事为特点,或取材正史而做不同程度的虚构,或完全取材野史传说。

讲史话本在宋代之时,形式上虽然分卷分目,但是段落标题不甚分明,直到元代才开始比较明确。到了元末明初,罗贯中的《三国演义》则已经分回,并用七言单句标题,这是章回小说回目的早期形式。《三国演义》取材于东汉末年和魏蜀吴三国的历史,叙述了从东汉灵帝中平元年(184年)至西晋武帝太康年间(280年)将近一个世纪风云变幻的历史进程。《三国演义》是中国古典长篇小说集体创作、一人写定的典范。西晋陈寿的《三国志》和南北朝时裴松之的《三国志注》是《三国演义》依据的最基本的史料。隋唐时期,三国故事就已在民间广泛流传。北宋时已出现"说三分"的专门科目和专门艺人。宋元时期出现了大量敷衍三国故事的戏剧。元代至治年间刊印的《三国志平话》是今存讲说三国故事的最早话本,也是民间传说的三国故事的写定本,已初具《三国演义》的结构规模。它有浓郁的民间文学色彩和鲜明的"拥刘贬曹"倾向,为《三国演义》的最终成书做了准备。

明代中叶,随着阶级矛盾和民族危机进一步加深和厂卫特务统治的日益残暴,文人们开始借用历史题材托古讽今,寄托理想。《三国演义》的杰出成就促进了明代中后叶历史演义类小说的盛行。《三国演义》正是这种繁荣的起点。这时期出现的历史演义共有20余部,通俗地演绎了从远古到明代几乎每一朝的历史。这些历史演义在不同程度上曲折地反映了人民的思想感情,受到广大群众的欢迎,对广泛传播历史知识起到了很大的作用。它们的编著虽然有意识地向《三国演义》学习,但由于它们本身生活经验和艺术修养的局限,大多不过是正史材料的连缀和演绎,缺少对人物性格的刻画,同时还普遍存在着浓厚的封建意识。所以,它们具备的文学价值并不高。其中较好的、有代表性的是列国题材的小说《列国志传》。

在《列国志传》的基础上,明末冯梦龙编著的《新列国志》是几百年来除《三国演义》之外流传最广、影响较大的通俗历史演义小说。

●诸葛读书图 明 朱有燉

>>> 赔了夫人又折兵

比喻想占便宜，反而受到双重损失。语出《三国演义》第五十五回："周郎妙计安天下，赔了夫人又折兵。"

东汉末年孙权想夺取回荆州，周瑜献计"假招亲，扣人质"。诸葛亮识破，安排赵云陪伴前往，先拜会周瑜的岳父乔玄，乔玄说动吴国太在甘露寺见面，吴国太真的将孙尚香嫁给刘备。人们嘲笑孙权与周瑜"周郎妙计安天下，赔了夫人又折兵"。

拓展阅读：

空城计
周瑜打黄盖
诸葛亮挥泪斩马谡

◎ 关键词:《三国演义》虚实结合 演义小说

"七实三虚"看"三国"

历史小说《三国演义》是一部以民间传说为基础，同时又以《三国志》和裴松之的《三国志注》为依据而演绎出来的上乘佳作。章学诚称它为"七分实事，三分虚构"，民间也有"真三国，假封神"的说法。《三国演义》开创了虚实结合，以历史为骨干、以虚构为血肉的历史演义小说的创作传统。

根据小说卷首题"晋平阳侯陈寿史传，后学罗贯中编次"，可知这是一部"按鉴重编"、与史籍不无因缘的演义小说。如赤壁之战在《三国志》中记载很简略，而小说却用近10回的篇幅，将这一尚有史实依据的战争过程叙述得惊心动魄，异彩纷呈。通过对人物及细节的描述和虚构，成功地刻画了诸葛亮、周瑜、曹操、黄盖、蒋干等一系列艺术形象。《三国演义》常常抓住史料中的几个字或一句话而大力渲染发挥。杨义在《中国古典小说史论》中认为这部小说"内容上以正史吸附小说家的想象，以小说家的想象生发正史的精魂。在形式上又扬弃、折中历史家的'仓古之文'和说书人的'诙谐之气'，用一种浅白而不失典重的文言文体，树立起一座气势恢宏又工细严整的囊括百年征战的历史浮雕"。历史学家章学诚则因为它"七实三虚"而批评它"以至观者往往为所淆乱"。

一般历史演义往往是在正史材料的基础之上穿插铺垫一些野史趣闻，从而在故事情节上收到曲折离奇的效果，但所刻画人物的精神性格却很空洞平板。《三国演义》以现实主义的创作方法，根据正史和民间传说加以扩展，并估计人物在当时条件下可能有的言语行动而进行了一番生动具体的描绘，剔除传说中一些过于离奇的成分，而得以最后著述完成。但是书中人物的性格、品德和才能已经不同程度地超越了特定的历史人物。诸葛亮、关羽、张飞、赵云等人物形象的塑造，都充满了浪漫主义的传奇色彩，从中不难看出其"七实三虚"的特点。

小说主人公之一的曹操已绝非历史上的真实人物，他的处世哲学是"宁教我负天下人，休教天下人负我"。他是一个连自己都不否认的"奸雄"。他奸诈、多疑，为逃命错杀朋友吕伯奢一家，为报父仇又要屠杀徐州全城百姓，害怕有人谋害，假装在梦中刺死忠心的侍卫。曹操杀人杀得快，也悔得快，杀时不眨眼，杀后哭之痛、葬之厚。但"青梅煮酒论英雄"又表现了他的审时度势和过人胆识。所以他嫉恨杨修之才，却又十分爱才揽贤。他不以出身、官职等取人，招揽于麾下的文臣武将是最多的，这一点与历史上"唯才是举"的曹操完全一样。他对前来"投奔"的庞统殷勤相待，言听计从，与孙权、刘备以貌取人不喜庞统形成鲜明对比。

　　帝室之胄刘备是与曹操完全对立的形象，他未发迹时只是一个织席贩屦之户。社会地位的卑微，使胸怀大志的他深知"举大事者必以人为本"，所以他每到一地，即广施仁政。他珍爱人才，礼贤下士。三顾茅庐请孔明出山后，"食则同桌，寝则同榻"。赵云于百万军中救出阿斗，刘备却将阿斗掷之于地，并说："为汝这孺子，几损我一员大将！"这样的好皇帝多少脱离了生活的真实，而鲁迅一语道出其中玄机："欲显刘备之长厚而似伪。"

　　诸葛亮被塑造成忠贞和智慧的化身。初出茅庐的他，便于博望、新野连打两个胜仗，之后"只身入吴""舌战群儒""智激周瑜""借箭祭风""智算华容道""火烧赤壁"等，表现了一代军师运筹帷幄、指挥若定、神机妙算的智慧。白帝城刘备托孤后，在艰难的政治环境中，他仍忠心耿耿，力

●赤壁图　金　武元真

挽危澜。从安居平五路、七擒孟获、六出祁山到秋风五丈原，他真正做到了"鞠躬尽瘁，死而后已"。

　　关羽，是忠义和神武的化身。面对着曹操给予的高官厚禄和百般恩宠，他毫不动心；曹操欲使关羽与他的二位嫂嫂共处一室乱其意志时，他"秉烛立于户外，自夜达旦，毫无倦色"；曹操送新袍，而关羽却把它穿在哥哥刘备送的旧袍里面；曹操送美女、黄金，他不拜谢，却只拜其送马等，表现了他重情重义的大丈夫气概。

●宋江像

>>> 鲁智深擒方腊

却说方腊从帮源洞山顶落路而走，便望深山旷野，换下一身的穿戴，穿上草履麻鞋，爬山逃命。连夜退过五座山头，走到一处山凹边，见一个草庵，嵌在山坳里。方腊肚中饥饿，却待正要去茅庵内寻讨些饭吃，只见松树背后转出一个胖大和尚来，一禅杖打翻，便取条绳索绑了。那和尚不是别人，正是花和尚鲁智深。

鲁智深的师父智真长老曾经赠鲁智深四句偈语："逢夏而擒，遇腊而执。听潮而圆，见信而寂"，其中"遇腊而执"就是预言鲁智深将会擒住方腊，后果然如此。

拓展阅读：

水泊梁山
武松醉打蒋门神
鲁智深大闹野猪林
鲁智深大闹五台山

◎ 关键词：好汉 梁山 英雄 江湖义气

江湖义气说《水浒传》

施耐庵所写的《水浒传》和《三国演义》一样，是民众集体创作和作家最后写定相结合的世代积累型的产物。这是一部表现108位好汉聚义梁山、替天行道的英雄传奇。在书中，作者用大量栩栩如生的人物形象，把江湖义气表现得淋漓尽致。

军官出身、武艺高强的林冲原是东京80万禁军枪棒教头，他有一定的社会地位，家庭幸福安逸。出身、职业、地位及为人使他形成了安分守己、谨慎忍让的性格特点，这样的人在现实中是最不容易起来造反的。直到高俅派人追杀他，才逼得他奋起自卫，手刃仇人，投奔梁山，并在火并王伦之后成为梁山英雄中反抗最为坚决的一个。

鲁智深原名鲁达，原是渭州经略府的一名提辖，他无家无业，无牵无挂，但心地刚直、疾恶如仇，路见不平即拔刀相助。他拳打镇关西，搭救金氏父女，仗义救林冲，大闹野猪林和桃花村，表现出强烈的正义感和爱憎分明的精神。

绰号"黑旋风"的李逵带有原始的野性，他的外部形象特征，也带有原始的粗犷。他在生活中最大的特点是处处表现出"真"的一面，容不得半点虚假和欺诈。作者用两把板斧将李逵的疾恶如仇、无私无畏和他的盲目蛮横、天真鲁莽的性格活画而出。

武松，性格刚烈，武艺高强，早年曾因犯事出逃，因景阳冈打虎出名。由于被张都监陷害而走上不归之路。具有丰富社会生活经验的他在豪爽洒脱中，表现出机智、勇敢、精细、凶狠的性格特征。

宋江作为一个具有英雄气概和卓越领导才能的义军领袖，是一个始终被封建忠孝观念主宰的人物。他为人仗义疏财，喜欢结交和周济江湖好汉，人称"山东及时雨"。他重江湖义气，卷入"生辰纲"事件，导致最终被逼上梁山。他不但葬送了梁山义军，而且自己也被御赐毒酒所害，在"宁可朝廷负我，我忠心不负朝廷"的表白声里，凄凉而无奈地死去。

《水浒传》中的人物个性鲜明，"不必见其姓名，一睹事实，就知某人也"。

《水浒传》的出现，在文坛上带起了小说的创作热潮。它的故事为后世戏曲、说唱艺术，乃至今天的电影、电视剧的创作都提供了素材。小说中的英雄人物，在民间家喻户晓，妇孺皆知，成为人们崇拜、模仿的榜样，至今人们仍然如数家珍、津津乐道。它的巨大魅力影响了整个中华民族的后代子孙。

● 听琴图 明 张路

>>> 《茶谱》

朱权悉心茶道，将饮茶经验和体会写成《茶谱》。

《茶谱》全书除绪论外，分十六则。在绪论中，简洁地道出了茶事是雅人之事，用以修身养性。

正文说明茶有"助诗兴""伏睡魔""倍清淡""中利大肠，去积热化痰下气""解酒消食，除烦去腻"的功用。他还指出了饼茶不如叶茶清香。

《茶谱》记载的饮茶器具有炉、灶、磨、碾、罗、架、匙、筅、瓯、瓶等，从品茶、品水、煎汤、点茶四项谈饮茶方法。

拓展阅读：

靖难之役
《太上正音谱》明·朱权

◎ 关键词：太和正音谱 神隐

皇家戏曲家朱权

历代皇室宗亲地位尊贵，受到过良好的教育，其中不乏精通艺文之人，可是他们又都受到在位者的防备和警戒。这些"笼中鸟"们只好靠无聊的声色享乐来打发日子，或者把精力升华为艺术创作。朱权便是在明初宗室中出现的一位颇有成就的戏剧家。

朱权是朱元璋的第17个儿子，被封为宁王。朱元璋将他的许多儿子派往重镇要塞，把握兵权。朱权的封地大宁在喜峰口外，他属下的朵颜骑兵骁勇善战。朱权以善谋著称，曾经多次会诸王于塞外。建文帝即位后，削夺诸藩的势力，激起了燕王的叛乱。燕王看重大宁的实力，于是就设计软禁了朱权的眷属，又许下"事成当中分天下"的诺言，结果朱权被卷入燕王叛军。燕王夺取帝位后，成了永乐皇帝，"中分天下"当然是空话，而朱权因为遭到燕王的猜疑和嫉妒，请求分封苏州，不准，请求分封钱塘，又不准，最后改封南昌。朱权明白自己的处境，于是退讲黄老之术，并修建了一间精庐，题为"神隐"。他写了《神隐志》献给永乐皇帝，表明自己从此要专心致志修身养性，绝对没有其他的图谋和想法，才得以保全了性命。

朱权在修身养性之余，写了一部流传至今的《太和正音谱》。这是一部非常有价值的戏剧理论著作，分为上、下两卷。上卷有"乐府体式""古今英贤乐府格式""杂剧十二科"等七个标目，涉及戏曲的体制、流派、制曲方法、杂剧题材分类和对元代戏曲作家的评价等，并有杂剧作品目录。在戏曲声乐理论方面记录了有关歌唱方法、宫调性质的论述、歌曲源流以及历代歌唱家的片段史料。下卷的曲谱，共收335支曲牌，他依据北曲12宫调，分类列举每种曲牌的句格谱式，详细注明四声平仄，标明正衬，每支曲牌还举出元人或者明初杂剧、散曲作品为例。

在《太和正音谱》中，朱权还把杂剧分为12科，其中前两科是神仙道化和林泉丘壑。之所以如此排列，与他自己晦于道术、免祸全身的处境有关。朱权自己还著有12种杂剧，其中也有不少神道剧。如他晚年的著作《冲漠子独步大罗天》，主人公名字叫冲漠子，其实就是朱权本人的自我写照。一曲《青田歌》更是道出了他的心声：

呀！便做到尧帝、舜帝、文王、武王般仁圣，孔子、孟子、子思般贤明，岂不见皋夔稷契事何成？一自秦坑，事业朦腾，贤圣无凭，岁月迁更，世事消盈，恰便似一场蝴蝶梦庄生，兀的不皆前定。

●杨士奇像

>>> "东杨"杨荣

杨荣(1371—1440年),幼名子荣,字勉仁,明代建安(今建瓯)人,官历四朝,凡50年。杨荣以勤政正直,安定社稷,成为一代名相。

建文二年(1400年)进士,任翰林编修。明成祖朱棣登基,赏识杨荣的才干,将他选入内阁,是当时内阁成员中最年轻的官员,正统年间追封太师。永乐十八年任文渊阁大学士(相当于宰相),力主迁都,促成明朝中央政府将首都由南京迁往北京。

杨荣好诗文,"三杨"多有唱和,诗风影响近百年。

拓展阅读:

仁宣之治

台阁体(书法)

《永乐英雄儿女》(电视剧)

◎ 关键词:太平盛世 台阁体 "三杨"

雍容典雅的"台阁体"

明代永乐至成化年间是明朝的"太平盛世",这期间出现了一个著名的文学流派——"台阁体"。台阁体的代表是三位"台阁重臣"——杨士奇、杨荣、杨溥。他们合称为"三杨"。

杨士奇,今江西泰和县人,建文初入翰林,官至华盖殿大学士,著作有《东里全集》97卷,《别集》4卷。杨荣,今福建人,官至文渊阁大学士,著作有《杨文敏集》25卷。杨溥,官至武英殿大学士,有文集12卷,诗9卷。

明朝不设宰相,参与皇帝决策的是在内阁(皇帝的秘书班子)任职的翰林学士、大学士等,他们享有很高的权力和荣誉。"三杨"都是明仁宗、明宣宗信赖的内阁成员,他们出任大学士的同时又在外廷(政府机构)兼任要职,后来又受命辅助年幼的明英宗。这三个人都是清廉正直、德高望重的官僚,明仁宗非常赏识他们,曾让他们负责纠察为非作歹的贵族皇亲。在他们辅佐下的宣德皇帝,被明朝人看作是一个实行"仁政"的好皇帝。他们的诗歌饱含富贵之气。他们的诗文集之中则充满了粉饰太平、歌功颂德的"应制"和应酬之作。

"台阁体"貌似雍容典雅,平正醇实,但实际上已经脱离了社会生活,既缺乏深切丰富的内容,又少有纵横驰骋的气度,只剩形式工丽而已。盛世的文学,正人的文学,反而是最无趣的文学。原因就在于它受到了宫廷、正统思想和士大夫的中庸保守习气的限制。

由于统治者的倡导,功名利禄之士得官之后竞相模仿,以致沿为流派,文坛风气也随之趋于平庸,而且千篇一律。"台阁体"诗风流行了100年左右。

"台阁体"萎弱平庸的文风到了成化年间以后逐渐为时代所不容,革除其流弊的呼声越来越高。在"茶陵诗派"和李梦阳、何景明等"前七子"的冲击之下,"台阁体"逐渐失去了往昔的地位。

●杏园雅集图 明 谢环

此图作于明正统二年三月初一,是当时仕宦生活的真实写照。图中人物面貌形象生动,画法工细,衣纹线条准确、挺劲而秀逸,富有质感。色调艳丽,位置布置得宜。技法源自李唐、刘松年而又有所变化。这也是谢环在国内仅存的传世精品。

平民风情——明代文学

◎关键词：风情绮丽 传奇小说 迷信

瞿佑与《剪灯新话》

● 钟馗醉饮图

>>> 瞿佑养生法

养生之法，以养心为主。心不病则神不病，神不病则人不病。

又在凝神，神凝则气聚，气聚则形全。若日逐劳攘忧烦，神不守舍，则易于衰老。

又须要摆脱一切，勿以妄想伐真心，勿以客气伤元气。

又每日胸中一团太和元气，病从何生！

——明·瞿佑《居家宜忌》

拓展阅读：

《寄生草》明·瞿佑
《归田诗话》明·瞿佑
《宋故宫叹》明·瞿佑

瞿佑，今浙江杭州人，年少时就颇有诗名。14岁时，瞿佑评论杨维桢的《香奁八题》俊语迭出，受到杨维桢的高度赏识，便把他的诗稿带了去。当地有一位著名文人曾经作咏梅词《霜天晓角》、咏柳词《柳梢春》各100首，号"梅柳争春"。瞿佑一日之内全部作和，后来他与这位文人成了忘年交。明代永乐年间，瞿佑因为作诗而获罪，后官复原职，在内阁办事。但不久他就离开了人世。

瞿佑善写诗词。他的诗歌多是风情绮丽之作，他的词作多是一些描绘景物的作品，有清新的气息。而他的著作《剪灯新话》则是一部稀世罕见的传奇小说集。

《剪灯新话》以叙述精灵鬼怪、艳情之类的故事为主。由于作者抱有明确的"劝善惩恶"（《剪灯新话》自序）的目的，所以绝大多数故事充斥着因果报应的说教，带有较浓厚的迷信色彩。其中只有少数篇章表现了青年男女追求婚姻自由的愿望，从侧面反映了元末战乱给人民生活带来的不幸。比如《翠翠传》里的金定和刘翠翠，他们自主选择婚姻，过着美满幸福的生活。但是战乱却拆散了他们，使得刘翠翠成了李将军的小妾。金定为了见到他的妻子，历经艰难险阻，到了李将军家里，还只能以兄妹相认。夫妻两人最后双双殉情而死。整个故事写

得凄婉动人。还有少数作品虽然以因果报应贯穿篇章，但却暴露了封建社会的黑暗与残酷。《修文舍人传》通过阴间和阳世的对比，说明人间官府"可以贿赂而同，可以门第而进，可以外貌而滥充，可以虚名而攫取"的腐败，表现了他对冥司用人能"必当其才，必称其职"的向往，字里行间透露出瞿佑对现实的讽刺。《绿衣人传》则通过女鬼的控诉，指责了宦官贾似道残忍暴虐的罪行，也反映了封建社会里达官贵人的姬妾们悲惨的命运。《剪灯新话》中的不少故事情节曲折动人，文笔简洁清新，有一定的艺术感染力。

《剪灯新话》继承了唐宋传奇的优良传统，同时又开启了《聊斋志异》的先河，因此在中国文言小说发展史上有一定的地位。《剪灯新话》的故事情节有助于谈资，同时也为明代拟话本和戏曲提供了许多素材。如《翠翠传》被凌濛初改写成话本，编进《二刻拍案惊奇》中，戏曲《红梅记》采用了《绿衣人传》的一些情节。

在中国，《剪灯新话》已经没有足本流传。明朝高儒《百川书志》所记载的《剪灯新话》4卷，附录1卷，篇数还算完全。同治年间出版的《剪灯丛话》里所收的《剪灯新话》只有2卷，篇数已经不完整了。但是在日本，却传有篇数完备的活字本。

●山水人物图 明 张路

●高人名园图 明 文徵明

>>> 少年神童李东阳

有一天，景帝同时召见八岁的李东阳和比他大两岁的神童程敏政。李东阳入朝时连门槛都迈不过去，景帝笑他："神童足短。"李东阳立即回答："天子门高。"

连续对了几联，二神童出口成章。景帝又出"鹏翅高飞，压风云乎万里"，程敏政对"鳌头独占，依日月于九霄"，李东阳对"龙颜端拱，位天地之两间"。景帝很高兴，说："将来你们一个会当宰相，一个会入翰林院。"并叫翰林院供廪让他们俩读书。

拓展阅读：

《北原牧唱》明·李东阳
《怀麓堂集》明·李东阳
"草书甘露寺诗"明·李东阳

◎ 关键词：振兴诗坛 茶陵派 台阁体 宗法唐诗

李东阳与"茶陵派"

李东阳是湖南茶陵人，但他却长期生活在北京。他从小学习书法，4岁时就能写径尺大字。明代宗曾叫他考试，并高兴地把他抱在膝盖上，还赐给他礼物。他17岁中进士，后官居大学士。他在成化、弘治年间以台阁大臣的地位主持诗坛，颇有声望。

明代自成化年间，社会弊病日渐严重，台阁体诗人粉饰太平的文风已不得不变。于是以李东阳为首的诗人开始肩负起振兴诗坛的重任，他们洗涤台阁体歌功颂德、繁冗庸俗的风气，并形成一个新的诗歌流派，因为李东阳为该派的首领，他是茶陵人，故把这个诗歌流派称为"茶陵派"。

在朝廷当官期间，李东阳总是奖励后进，推举有才学者，所以他门生满朝。以他为宗而赫然著名者有顾清、何孟春等，茶陵派也顿时成为诗坛主流。

茶陵诗派的诗人们以唐诗为师，推崇唐音唐调。

李东阳为官50年，史书上称他"坐拥图书消暇日"，所以他的著作很多。他的诗篇中充斥着浓厚的道学气味，不过其中仍然有奇特清拔的篇章。他的《寄彭民望》就饱含着真情实感，非一般应酬之作。彭民望是他同派的诗人。李东阳的诗作以《拟古乐府》较为著名。他咏怀史实，抒发自己的感慨，或者指斥暴君的暴政，或者同情人民的疾苦。

他的《三字狱》充满了愤怒地指斥秦桧以"莫须有"的罪名陷害岳飞：

三字狱，天下服，服不服，杀武穆。奸臣败国不畏天，区区物论真无权！

李东阳的诗也长于写景抒情，每每能够在平淡的词语中，呈现出一种清新脱俗、耐人寻味的意境。

由于诗作很受人推崇，所以即使李东阳退休在家仍然有很多人前来相求。有一次，求诗的人来了，他的夫人预备好了纸和墨，但是他神情倦怠，想推辞。夫人便说："今日方设客，可使案无鱼菜耶？"居官清廉的他原来并没有多少积蓄，于是不得不打起精神，挥洒完篇，换取润笔费，好用来招待客人。

以李东阳为首的茶陵诗派不满于台阁体沉闷拖拉的文风，但由于它自身仍然较为微弱，所以未能开创诗坛新局面。但是茶陵派的宗法唐诗的主张，以及师古的创作倾向，却成为前、后七子复古运动的先声。

●澄泥云龙砚 明

>>> **火烧庆功楼**

相传朱元璋做皇帝后，担心与他打天下的兄弟们特功夺权，于是建造了一座庆功楼。

庆功楼建成那天，他摆下宴席邀请位文武功臣前来赴宴庆功，暗地里派人在楼下埋好火药和干柴，准备引火烧楼，以除后患。不想被刘伯温看穿。席上，刘伯温坐在了朱元璋旁边，悄悄将朱元璋龙袍的一角压在自己的座椅上。当大家喝得酩酊大醉时，朱元璋悄然离席。刘伯温顿时警觉，跟随他出了门。果然，功臣楼随后便燃起烈焰。赴宴功臣全部葬身火海。

拓展阅读：

元璋给子孙削刺
明太祖兴文字狱
珍珠翡翠白玉汤

◎ 关键词：文字狱 正统伦理派 戏剧

明初剧坛上的伦理剧

明初，由于朱元璋采取的一系列的政治、经济、文化等各方面的政策，导致文学的发展出现了一个低潮期。

朱元璋出生于贫苦农民之家，父母和长兄相继死于瘟疫，他不得不以云游乞食为生。这使他进一步了解到民间老百姓的痛苦和诸多社会弊病，并扩大了视野。而不安定的生活境况又使他沾染了游民习气。他善于结交社会各阶层人物，刚愎自用，猜忌心重。明朝初创，一部分地主文人不肯合作，加深了朱元璋对士大夫的极大厌恶和猜忌。他大兴文字狱，酿成许多冤假错案。陷人文字狱的文人、官员，原是献媚、颂扬太祖和明朝的，却无意中触犯了忌讳，招来惨祸。明太祖用高压的手段对付他们，意在钳制社会舆论，扼杀异己思想，显示皇权至高无上的权威。

明朝"以理学开国"，明太祖规定"四书"、"五经"为国子监的功课。明成祖朱棣又命杨广、杨荣等人修"四书"、"五经"和《性理大全》，把朱熹为代表的正统派理学作为支配文人的主导思想。他们在积极提倡理学的同时，还把八股文作为科举考试的主要内容，专从四书五经中命题，学子只能依朱注解释，其形式也有严格规定。那些整天研究、揣摩八股文的读书者，不光对于天下大事、国民生计漠然无知，就是对祖国的历史文化，也是知之甚少。

明初从洪武到弘治100多年的时间里，社会经济日渐恢复，但文学创作在思想和文化的专制统治下，一片萧索，几乎没有出现较有成就的作品。在剧坛上，则充斥着大量古板平庸、丧失个性的作品。

明初法律规定，民间演剧不准装扮"帝王后妃、忠臣烈士、先圣先贤"，但"神仙道扮及义夫节妇、孝子顺孙、劝人为善者不在禁限"。它明确要求戏剧要为封建政治服务。在此情况下，戏剧创作中最盛行的是点缀升平的娱乐之作和宣扬封建道德的作品。

宗室朱有炖享名一时的《诚斋乐府》，内容多是神仙庆寿、美人赏花之类聊胜于无的东西。丘濬的《五伦全备记》中虚构了伍伦全、伍伦备兄弟和他一家死心塌地按照忠君孝悌的封建教条行事的故事。剧中写道："这三纲五伦，人人皆有，家家都备，只是人在世间，被那物欲牵引，私意遮蔽了，所以为子有不孝的，为臣有不忠的。……近日才子新篇出这场戏文，叫作《五伦全备》，发乎性情，生乎义理，盖因人所易晓者以感动之，搬演出来，使世上为子的看了便孝，为臣的看了便忠……虽是一场假托之言，实万世纲常之理。"这样古板沉闷的说教，几乎丧失了文学性和艺术性。

●青花云龙纹瓶 明

>>> 李梦阳难考生

据说，李梦阳在管理江西学政的时候，有一位学子与他同姓同名。李梦阳给他出了一副对联的上联，有意难为他。

"蔺相如、司马相如，名相如，实不相如。"上联的意思是说，你与我虽然姓名相同，我们可不是一样的人物。

这位学子思索了不久，就应对道："魏无忌、长孙无忌，彼无忌，此亦无忌。"下联的意思是说，魏无忌和长孙无忌都不因为名字相同而有所顾忌，我们何必为此事计较呢？

李梦阳听后，笑着将这位学子支走了。

拓展阅读：

李梦阳负康海
《湘妃怨》明·李梦阳
《琐南枝》明·李梦阳

◎关键词：真诗在民间 复古 "前七子" 积极作用

李梦阳与中晚明文学思潮

李梦阳，今甘肃人。他家世寒微，祖父由"小贾"而致富。另外，李梦阳的一位兄长也是以经商为业的。他的父亲学习儒术，曾任封邱王府教授。李梦阳的一些诗文中对商人善于牟利的品质颇表赞许，这与他出身商贾之家有关。

李梦阳21岁中进士，他为官刚正无私，疾恶如仇，敢于同权宦、皇戚作对，并因此屡次入狱。

李梦阳抨击宋朝"无诗"，而且"古之文废"，认为其颓败的根源是理学，"宋人主理，作理语，于是薄风云月露，一切铲去不为。又作诗话教人，人不复知诗矣"（《缶音序》）。李梦阳在文学方面最为推崇的对象是民间真情流露、天然活泼的歌谣。他倡言"真诗在民间"，每当有人向他学诗时，他便教人效仿民间歌谣。对自己的诗，他也批评说："予之诗非真也，王子（叔武）所谓文人学子韵言耳，出之情寡而工之词多者也。"（《诗集自序》）他已经对整个文人诗歌的传统提出了怀疑，并表现出探求新的诗歌方向的意愿。

李梦阳和何景明针对当时虚饰、萎弱的文风，提倡复古。他们鄙视从西汉以来的所有散文以及自中唐以来的所有诗歌。他们的主张被当时的许多文人接受，并最终形成了影响广泛的文学上的复古运动。这个运动的骨干还有徐祯卿、康海、王九思、边贡、王廷相，加上李梦阳和何景明总共7人。为了把他们与后来的李攀龙、王世贞等7人相区别，便称他们为"前七子"。"前七子"强调文章学习秦汉，古诗推崇汉魏，近体宗法盛唐。

明初制定和推行的八股文考试制度，使许多读书人只知道四书五经、时文范本，不识其他著作。当时充斥文坛的"台阁体"等都是粉饰皇朝、点缀太平的无病呻吟。李梦阳等人面对这种情况，首倡复古，使天下人重新知道和学习情文并茂的汉魏盛唐诗歌。这对消除八股文的恶劣影响、廓清委靡不振的诗风，有一定的进步意义和积极作用。

"前七子"提倡诗必盛唐，有其文学渊源。早在宋末，严羽已经主张学诗应该"以汉魏晋盛唐为师，不作开元、天宝以下人物"。盛唐诗人，尤其是杜甫，一向是宋、金、元代一些有识之士的学习对象。到了明初，林鸿等人就正式以盛唐相号召。而"前七子"的文学主张正是在这种传统之下稍加理论化、系统化形成的。然而，李梦阳过于强调格调和法式，未能很好地从复古中求取创新。尤其是他在后来与何景明的辩论中，意气用事，论点更趋偏激。而他的诗作也泥古不化，甚至直接抄袭剽窃，严重扼杀了诗歌创作的生机。直到晚年之时，他才有所悔悟，承认"真诗乃在民

●赏月图 明 张路

●平远山水图 明 沈周

间"。李梦阳创作的乐府和古诗较多，其中不少富有现实意义的作品，寄予了作者力求有所改革的政治理想。他的《空城雀》通过对群雀啄麦、坐享其成的描绘，表示了对贫苦人民的同情，很有深意。李梦阳的乐府、歌行在艺术上也有相当成就。他善于结构、章法，但又常有雕凿的痕迹。

"前七子"提出的"文必秦汉，诗必盛唐"的主张，影响甚巨。他们在给予台阁体文风以沉重打击的同时又成为了"后七子"的前导，使文学复古运动在明代长达百年之久，他们的文学主张也随之深入人心。

●唐寅像

>>> 唐伯虎醉酒

新婚后，唐伯虎偕妻去岳母家喝醉。妻子扶他入室休息，他少顷入睡。

妻妹走过，见伯虎被落床下，帮他盖好。伯虎朦胧中伸手去抓。妻妹挣脱，愤然写下打油诗："好心给盖被，却来抓我衣，原道是君子，竟然是赖皮——可气，可气。"

伯虎读后，深感羞愧。写道："酒醉烂如泥，怎分东与西，我道结发妻，谁知是小姨——失礼，失礼。"

伯虎妻子读了两首诗，拿去给母亲看。母亲写道："丈夫拉妻衣，竟误拉小姨，怪我劝酒多，致其眼迷离。——莫疑，莫疑。"两人误会全消。

拓展阅读：

唐伯虎点秋香
唐伯虎游国清寺
《泛太湖》明·唐伯虎
《江南四大才子》（电视剧）

◎关键词：吴中文学 物质

吴中四才子

明代中期，从成化末年至隆庆年间，文学复兴在苏州一带，这里出现了被称为"吴中四才子"的祝允明、唐寅、文徵明和徐祯卿。

弘治末年，徐祯卿中进士后，在北京加入了以李梦阳、何景明为首的文学群体。吴中文学群体在弘治初形成时，与李、何在北方崛起的时间相近。两者起初并无联系，但他们在反对宋儒理学、要求人性解放、重视"古文辞"自身的价值方面极其一致。这表明当时的社会思潮出现了一种整体性的骚动。而徐祯卿加盟李、何的群体，恰好体现了南北文学潮流汇合的趋势。

然而吴中文学对后来文学进程的影响显然不及"前七子"，主要是他们大多名位不显，所持的文学主张也不像李、何那样激烈而鲜明，有振聋发聩、使人耳目一新的效果。作为一个具有悠久文化传统、城市经济又特别发达的地区，吴中所孕育的文学自有一种地域和时代的特征。在社会中遭到压抑的个人同商业社会、市民阶层的联系更为密切，因而也更敢于表达物质享乐的要求。

唐寅，字伯虎，其家世代经商，他是这个家庭中第一个走读书求仕道路的子弟，并于弘治年间中乡试第一名。正当他对功名满怀希望时，却被牵连进一桩科场舞弊案，

并被逮下狱。他也因此失去仕进的希望。归吴中后，他以卖画为生，过着流浪的生活。唐寅早期创作的《金粉福地赋》以极其铺张的辞藻，描摹了奢靡享乐、笙歌宴舞的场景，曾传诵一时。雕金砌玉的台观，通宵达旦的宴游，歌女舞姬的华服丽态，反映出当时东南城市中追求物质享乐的社会氛围。对这种生活的赞美，在当时起着破坏禁欲主义和使文学更趋近情感真实的作用。科场案使唐寅的仕进理想彻底破灭，使他背上了终身耻辱。但当他卖画为生、为自己重新确定了类似近代"自由职业者"的社会角色之后，他便不再消沉，对科举、权势、荣名采取蔑视和对抗的态度，并努力地强化自己的"狂诞"形象。与此相应，唐寅后期的许多诗歌，如《桃花庵歌》《把酒对月歌》等，也都具有与传统文人诗截然不同的特点。

祝允明于弘治年间中举人后，七次应进士考试而不第，于是便以举人身份入仕，任广东兴定知县，迁应天府通判，不久辞官，著有《怀星堂集》。他出生于世代官宦的家庭，在传统文化方面的根底比唐寅深厚，学问也较为广博。在追求纯真、自由的个性和反抗陈腐的思想传统方面，他与唐寅极其一致，故而两人相交莫逆。所不同的是，祝允明更喜爱思索哲理，对传统思想

●南游图 明 唐寅
●看泉听风图 明 唐寅
●虚阁晚凉图 明 唐寅

的批判更加的理性。他28岁写《浮物》一书批驳儒家六经，晚年更是把矛头指向程朱理学，又对儒家"圣人"如汤武、孟子也加以讽刺，这使他具有浓厚的"异端"色彩。一生自负的祝允明，50多岁才在僻远之地广东兴宁做一个小官僚。内心感到十分压抑的他在诗中写道：

> 昨日之日短，今日之日长。昨日虽短霁而暄，今日虽永阴复凉，胡不雨雪为岁祥？胡不稍暖开初阳？徒为蔽天氛曀日黪黮，人物惨懔无精光！物情望有常，造化诚巨量。气候淑美少，君子道难昌。阴晴长短不可问，古来万事都茫茫！独怜穷海客卧者，魂绕江南烟水航。

这首诗从一个阴天令人不适的感受，联想到社会的沉闷对人性的压抑。整个世界一片消沉，使得众人万物黯然失色，诗人在这样阴沉沉的世界中，感到心胸憋闷，他渴望改变现状，却又无能为力。

●松院闲吟图 明 朱端

>>> 夫妻诗人

杨慎的《咏柳》：

垂杨垂柳管芳年，飞絮飞花媚远天。金距斗鸡寒食后，玉蛾翻雪暖风前。别离江上还河上，抛掷桥边与路边。游子魂销青寨月，美人肠断翠楼烟。

黄娥的《寄外》：

雁飞曾不度衡阳，锦字何由寄永昌。三春花柳妾薄命，六诏风烟君断肠。曰归曰归愁日暮，其雨其雨怨朝阳。相闻空有刀环约，何日金鸡下夜狼。

杨慎获罪被杖谪云南后，黄娥曾以《寄外》诗知名于世。本篇是流传最为广泛的一首。全诗工整而丽，深僻而奇，情思悱恻凄婉，自成名篇。

拓展阅读：

弘治帝替杨慎对对

《江陵别内》明·杨慎

《宿金沙江》明·杨慎

◎ 关键词：状元 诗人 兴教育 结诗社

状元文人杨慎

杨慎生于弘治元年，祖籍四川新都。他是正德六年闻名遐迩的状元，也是明代四川唯一的状元。他本来在京城做官，只因维护封建礼制触怒了皇帝（史称"议大礼"案），在嘉靖三年（1524年）被谪贬于云南保山。之后，他在云南住了40年，云南也成了他的第二故乡。

杨慎的遭贬，对他本人而言，自然是大不幸，对云南而言却是幸运之至。他吟诗作赋，深入民间，为边疆地区传播了中原文化，为促进云南文化的极大发展做出了贡献，同时也促成了他成为一个成功的学者与诗人。

杨慎在流放期间，足迹几乎踏遍了半个云南的山山水水。他居昆明，游大理，至保山，赴建水……所到之处几乎都留下了著名诗篇。写昆明的佳句"苍崖万丈，绿水千寻"是对西山山峻水阔的描述，"锦纹浮澹，金碧映沦"则是对滇池绚丽多彩的赞颂。

杨慎初到昆明时，远离亲友，仕途绝望，情绪低落。同时，因"议大礼"致死的毛玉的儿子毛沂，就居住在昆明附近。毛沂把杨慎称作"世叔"，视为至亲。后来，毛沂还在当地专为杨慎盖的称为"碧晓精舍"的房屋（至今尚在），成了杨慎在云南的主要落脚处，也成了他讲学会友之地。

杨慎被流放的后期，虽曾几次告假回乡探亲，但是请求回家乡颐养天年却始终未被获准。他闲暇之余，把大量时间用于与诗朋文友相聚、出游，此外就是讲学、吟诗和著述。

尽管如此，晚年的杨慎仍然盼望叶落归根。这种乡恋融入了《春望三绝》中："春城风物近元宵，柳亚帝拢花覆桥。欲把归期卜神语，紫姑灯火正萧条。"

杨慎流放半生，所到之处，兴教育，结诗社，致力于促进西南各兄弟民族的文化交融，可以说有功于中华民族的成长。

杨慎著作达400余种，涉及经史诗文、音韵词曲、金石书画、戏剧、医学、天文地理、动植物等，是中国古人著述最多的大家。故《明史》说他："明世记诵之博，著作之富，推慎为第一。"

●积雨连村图 明 文徵明

号称"明四家"之一的文徵明，所绘的这幅《积雨连村图》笔墨疏简，用笔轻柔淡润，画远山之时随意勾出山体轮廓，再略施渲染，以浓墨点染。画中的近树和中景树木也用墨点成，或浓或淡，疏密有致，情趣盎然。

●矾红地描金花鸟纹执壶 明

>>> 归有光与《项脊轩志》

　　归有光叙事抒情的名篇。写的是一间小小的阁子项脊轩的环境，前后的变化，以及作者对死去亲人的怀念，历来评价很高，姚鼐称之为"太仆最胜之文"。

　　归有光仕途艰辛，家道日益衰败，作者深感悲哀，急切希望自己能博取功名，光耀祖宗，重震门庭。但屡试不中。

　　归有光文章的特色在于以情动人，而《项脊轩志》可以说是其中最动人的一篇。

拓展阅读：

《寒花葬志》明·归有光
《遵岩先生词》明·王慎中
《杨教师枪歌》明·唐顺之

◎ 关键词：八才子 维护道学 唐宋派

复古中蕴含新变的唐宋派

　　明代嘉靖年间，文坛上出现了颇有影响的以反驳李梦阳、何景明为主要目标的文学派别"唐宋派"，该派作家主要从事散文创作。

　　王慎中和唐顺之在嘉靖初年先后中进士，他们在京师与李开先等八人切磋文学，被称为"嘉靖八才子"。当时，王、唐都是李、何所倡导的文学运动的热忱追随者。不久，他们的思想发生剧烈变化，不仅否定了自己早年的文学立场，而且对当时追随李、何的文学潮流进行了严厉的批判。

　　唐、王从维护道学的立场出发，重谈"文道合一"的老调，并以之作为自己文学理论的核心。他们认为文学本身是有害于"道"的东西，并力主纠正李、何以来文学复古的流弊，使文学的发展更趋完善。唐顺之把文学贬为"枝叶无用之词"，反对人们把精力"消磨剥裂于风云月露、虫鱼草木之间"，甚至认为"日课一诗，不如日玩一爻一卦"。

　　明嘉靖年间，随着阶级矛盾的进一步激化，社会危机继续加深，封建制度逐渐成为社会发展的障碍，士大夫们无力变革，在他们的阶层中流行着追求享乐的风尚。这既包含着"人欲"对物质生活的正当要求，也是他们对封建政治表示失望的消极对抗。知识阶层与皇朝之间的裂隙加深，成为封建末世无可挽救的衰兆之一。唐、王等人属于一部分社会责任感尚未完全泯灭的士大夫，他们要拯救时局，然而终究没有成功。

　　"唐宋派"中的归有光给明代散文以清新的文风，是他们之中散文成就最高的一位作家。

　　归有光，江苏人，嘉靖进士。他出仕较晚，在文坛产生影响比唐顺之、王慎中等人要迟。他所批评攻击的对象，主要是嘉靖后期声势显赫的"后七子"。归有光对文学复古的主张不满，并严厉痛斥模拟的文风。他主张为文应根于六经，宣扬道德。

　　但是，作为"唐宋派"之一的归有光与唐顺之、王慎中等人的不同之处仍是很明显的。首先，他所主张的"道"，仍然是传统的儒家之道，对宋代理学并无涉及；其次，他在散文方面酷好司马迁，爱讲"龙门家法"，同时对宋、元文也不排斥；他对文学的抒情作用也比较重视，因此散文写得情意深至相当感人。他善于在日常生活中捕捉印象深切的感受，娓娓道来，并将自己的感慨和深情寄寓其中，因此他的散文在当时的文坛上个性独特。

●玄奘西行求法图 唐

>>> 玄奘西行路线

长安（今陕西西安）→秦州（今甘肃天水）→兰州→凉州（今甘肃武威）→甘州（今甘肃张掖）→肃州（今甘肃酒泉）→瓜州（今甘肃安西县东南）→玉门关→伊吾（今新疆哈密）→高昌（今新疆吐鲁番）→阿耆尼国（今新疆焉耆）→屈支国（今新疆库车）→跋逯迦国（今新疆阿克苏）→凌山（今天山穆苏尔岭）→大清池（今吉尔吉斯斯坦伊塞克湖）→素叶城（即碎叶城，今吉尔吉斯斯坦托克马克西南）→昭武九姓七国（都在今乌兹别克斯坦境内）→铁门（乌兹别克斯坦南部兹嘎拉山口）→今阿富汗北境→大雪山（今兴都库什山）→今阿富汗贝格拉姆→巴基斯坦白沙瓦城→印度

拓展阅读：

大慈恩寺
《西游记》明·吴承恩
《唐僧行贿》（山东快书）

◎ 关键词：神魔小说 美猴王 人性

人在旅途话"西游"

"你挑着担，我牵着马，迎来日出，送走晚霞……一场场酸甜苦辣，敢问路在何方，路在脚下……"这首传遍了祖国大江南北的《敢问路在何方》就是根据明代神魔小说《西游记》改编的电视连续剧的主题歌。

《西游记》的作者吴承恩在年轻时就已经文名素著，但科举考试却屡屡不中，中年以后才补为岁贡生，授长兴县丞，不久辞归。

《西游记》是一部充满幻想、情节离奇的小说，故事源于唐僧玄奘只身赴天竺（今印度）取经的史实。作者在小说中极力描绘了孙悟空、唐僧等人西天取经的过程，阐释了人必须历经千难万险才能获得最终幸福的道理。孙悟空这个神话英雄，则寄托了人们的生活理想。

美猴王破石而生，"不伏麒麟辖，不伏凤凰管，又不伏人间王位所拘束"。他本领高强，能七十二变，一个跟头十万八千里，他闯龙宫取得如意金箍棒，又闹冥司一笔勾掉生死簿上的姓名。于是，他在花果山上称王，自封"齐天大圣"。后来，孙悟空被迫皈依佛门，在八戒和沙僧的协助下，保护唐僧去西天取经。他勇闯难关，历经九九八十一难，最终保护唐僧取得真经。

孙悟空热爱自由、不受拘束、勇于反抗是人性欲求的体现。他的神通广大、变化无穷，则是人们的自由幻想，他的机灵好动、淘气捣蛋，又是猴类特征和人性的混合。

猪八戒行动莽撞、贪吃好睡、懒惰笨拙，又贪恋女色，好占小便宜，对孙悟空心怀嫉妒，遇到困难常常动摇，老想着散伙回高老庄当女婿，在取经的路上，还攒着一笔小小的私房钱。他表现出来的这种在勇敢中带着怯懦，憨厚中带着奸猾的形象，体现了人类普遍存在的欲望和弱点。

唐僧是一个百折不挠、坚忍不拔的求法者和善良坚定、崇信佛法并在任何威逼利诱面前都不动摇的苦行僧。但他的善良常因"出家人以慈悲为怀"的教条而显得愚鲁盲目，滥施慈悲之下，往往造成善恶不分、是非颠倒。

在中国文学史上，以神话为素材的《西游记》立足于民族传统，又吸取外来文化的营养，以丰富的艺术想象力，从而描绘出一个光怪陆离的神话世界。

它的出现不仅填补了中国文学的一种缺陷，而且体现了中国文学在一旦摆脱思想拘禁以后所产生的活力，这在文学史上具有相当重要的意义。

●流民图 明 周臣

>>> 《玉江引·农家苦》

倒了房宅,堪怜生计蹙,冲了田园,难将双手杌。

陆地水平铺,秋禾风乱舞。水旱相仍,农家何日足?

墙壁通连,穷年何处补,往常时不似今番苦,万事由天做。

又无糊口粮,那有遮身布,几桩儿不由人不叫苦。

此为冯惟敏描写农家生活的经典之作,揭露了封建社会的残暴统治,表达自己对劳苦大众的同情之心。

拓展阅读:

盖棺事定(成语)
《朝天子·感述》明·冯惟敏
《胡十八·刈麦有感》明·冯惟敏

◎ 关键词:散曲作家 现实 矛盾 自然真实

谐谑人生的冯惟敏

冯惟敏,明代著名的散曲作家,临朐人。他做官时体恤民情,不附权贵,晚年弃官归里。他隐居于海浮山下老龙湾畔,致力于创作,著有《海浮山堂词稿》《石门集》,主纂嘉靖《临朐县志》、万历《保定通志》等,其中不乏伸张正义、尊重史实的佳作。他的散集《海浮山堂词稿》对后世影响较大。

冯惟敏作品中的《农家苦》《忧复雨》《刈麦有感》等是他体察民间疾苦之作。他的另一些作品也多为警世醒民之作,或讽贪,或刺虐,或戳弊,或揭恶,所以,王士禛评其散曲"独为杰出"。他的杂剧《僧尼共犯》通过描写僧尼私通后经官府判为夫妻的故事,指出"男女居室,人之大伦""传流后嗣,繁衍至今"乃天经地义之事。他以此向假道学公开宣战。由于出生于宦门,他的贵族公子积习难以尽脱,所以在他的著作中也有一些风花雪月之类的作品。

冯惟敏的散曲,具有丰富深刻的现实内容,反映了社会的主要矛盾。他做过几任地方官,比较关心人民的疾苦,辞官返乡后,更加有机会熟悉农村生活。他看到农村存在的问题,就在散曲创作中积极地为灾难深重的农民呼吁,以表自己的同情之心。

冯惟敏不只创作了写景抒情、宴游酬唱的作品,还写下了不少慨叹民生疾苦、揭露社会弊端、讽刺官场丑恶的散曲。套数《正宫·端正好·吕纯阳三界一览》是比较特别的作品。在曲中,作者把冥司写得一片阴暗昏乱,极为有力地讽刺了封建政治,又通过冥司的荒唐判案,寓含了古今是非一笔糊涂账的意味。

冯惟敏散曲的语言活泼自然,有元代早期散曲的豪爽磊落之气。他辞官归田以后所作的《玉江引·阅世》,就呈现出俊朗明快的情趣:

我恋青春,青春不恋我。我怕苍髯,苍髯没处躲。富贵待如何?风流犹自可。有酒当喝,逢花插一朵。有曲当歌,知音合一夥。家私虽然不甚多,权且糊涂过。平安路上行,稳便场中坐,再不惹名缰和利锁。

冯惟敏也是描摹世情的高手匠人。他不乏出入秦楼楚馆的风流经历,《朝天子·赠田桂芳》8首等表述他和青楼女子感情的作品写得诚挚委婉。他刻画妓院中的虚伪欺诈,入木三分,《仙子步蟾宫·十劣》10首就是这方面的代表。他的《锁南枝·盹妓》写得很出色:

打趣的客不起席,上眼皮欺负下眼皮,强打精神扎挣不的。怀抱着琵

●苏台纪胜图 明 沈周

●松溪论画图 明 仇英

芭打了个前拾，唱了一曲如同睡语，那里有不散的筵席？半夜三更路儿又跷蹊，东倒西敲顾不的行李。昏昏沉沉来到家中，睡里梦里陪了个相识，睡到了大明才认的是你。

这曲子中本有嘲讽的意思，但却真实地描绘出妓女生活的痛苦，令人产生同情。自然和真实就是冯惟敏散曲的最可贵之处。

与同时代数以百计的散曲作家相比，冯惟敏的散曲在质量上和数量上都名列前茅。他的散曲继承元代前期关汉卿、马致远等曲作家的优良传统，充分发挥了北曲豪迈奔放、粗犷自然的特色，有"曲中辛弃疾"之称。他把一些黑暗和丑恶的社会内容注入到散曲中来，提高了散曲的社会作用，增强了散曲的生命力。

●花卉图·竹 明 徐渭

>>> 徐渭晚年

徐渭一度被兵部右侍郎胡宗宪看中，委以重任，不想后来胡宗宪被弹劾致死，徐渭因受刺激精神失常，先后九次自杀，方式令人毛骨悚然，用利斧击破头颅，又曾以利锥锥入两耳。还怀疑他其继室张氏不贞，杀妻入狱。出狱后已53岁，从此抛开仕途，一心游历著书，写诗作画。

晚年潦倒不堪，杜门谢客，最后在贫困中死去。

死前身边唯一狗相伴，床上无一席子，凄凄惨惨。悲剧的一生造就了艺术的奇人。

拓展阅读：

《题墨葡萄诗》明·徐渭
《四声猿》明·徐渭

◎关键词：明代 趣闻 绘画 青藤

达人狂生徐渭

徐渭，浙江绍兴人，明代杰出的书画家、文学家。他出生于一个破落的官僚家庭，自幼聪慧，文思敏捷，且胸怀大志。狂放不羁的徐渭曾在中年之时，参加过东南沿海的抗倭斗争和反对权奸严嵩的斗争。他在诗文中热情讴歌抗倭英雄，曾为胡宗宪草《献白鹿表》，得到明世宗的极大赏识。后来胡宗宪被弹劾为严嵩同党，被逮自杀，徐渭深受刺激，一度发狂。他精神失常，蓄意自杀，又误杀其后妻，被捕入狱七八年。获释后，贫病交加的他只好以卖诗文字画糊口，常"忍饥月下独徘徊"，在"几间东倒西歪屋，一个南腔北调人"的境遇中结束了一生。

徐渭中年学画，他继承梁楷减笔和林良、沈周等写意花卉的画法，擅长画水墨花卉，用笔放纵。他画残菊败荷，水墨淋漓，古拙淡雅，别有风致，画山水则纵横不拘绳墨，画人物也生动飞扬，其笔法趋于奔放、简练，干笔、湿笔、破笔兼用，风格清新，豪情恣肆，自成一家，形成"青藤画派"。他以书法自重，自称"吾书第一、诗二、文三、画四"。他画的《黄甲图》，峭拔劲挺、秋意沉沉，生动地表现了螃蟹爬行、秋荷凋零的深秋气氛。

作为一位天才的悲剧性艺术家，徐渭的作品精伟奇绝，表现欲极强，达到了极高的层次。他的这种积极表现自我性情的艺术，开启了后世的表现主义风气，影响重大深远。

徐渭的一生非常不幸，他坎坷不平的人生旅途与当时的社会环境有关。他平素生活狂放，不媚权势，当官的来求画，连一个字也难以得到。当时，想要得到徐渭书画的人，都是等到他经济困难之时，登门造访并给予一定的金帛，才能得到他的大作。若赶在他囊中未缺钱时，就是给的再多，也难得一画。

由于徐渭在画史中地位较高，当今收藏家都比较看重他的作品。1989年，纽约佳士得拍卖的一幅《鸡冠花》立轴，达到5.5万美元，以后卖的一幅精品曾突破30万美元，但几幅真假难定的作品则价格不高。

徐渭的诗文创作，在适己之需的前提下取前人之长，同时又加大个人的创造。他的诗文风格清奇，个性独特，有《诗文全集》传世。

他还是一位有名的剧作家。他的杂剧《四声猿》曾得到汤显祖、马骥德等曲学家们的好评。而他的戏剧论著《南词叙录》则颇具超越前人见解和打破陈规之处。

由于徐渭在诗歌、散文、戏曲方面的卓越成就，他成为了晚明文学的先驱。

平民风情——明代文学

◎ 关键词：批判 童心说 通俗文学

李贽与晚明文学

●李贽像

李贽，福建人，26岁时中举人。做了20余年小官的李贽不愿受人管束，于是，在54岁之时辞去官职，独居讲学。他76岁时被统治者以"敢倡乱道，惑世诬民"的罪名投入牢狱，后来他在狱中用剃刀自刎。他一生著作颇丰，有《焚书》《藏书》《继藏书》《易因》等。

李贽是明嘉靖、万历年间著名的思想家、文学家。他反对拟古主义，对整个晚明文学的思想影响颇为巨大。

明代后期，社会矛盾日益复杂，思想界的斗争也显得格外尖锐。抑制人性、否定人欲的传统道德，已经失去了它的号召力和真实性。杰出的启蒙思想家李贽对封建时代的统治思想提出了全面的批判，这在中国古代历史上还是第一次。

李贽在宦游生涯中，深受王学左派和佛学的影响。他蔑视圣经，批判道学，攻讦理学，并公然以思想"异端"和离经叛道者自居。他的思想具有极大的叛逆性与战斗性，被封建统治阶级视为"异端"。他的著作一再遭到禁毁。李贽认为"人必有私"，肯定了人的自然要求和物质利益，批判了宋明理学"存天理，灭人欲"的观点，大声斥责其为虚伪说教。他同时认为"尧舜与途人一，圣人与凡人一"，反对"咸以孔子之是非为是非"。李贽的这些思想为整个封建统治阶级所惊骇、所不容。

理论上的自觉性是明代后期文学的一个重要特点。在晚明的文学理论中，李贽的"童心说"具有重要的先导意义。所谓"童心"，李贽解释为"绝假纯真，最初一念之本心"，也就是由人的自然本性所产生的未经掩饰的真实情感，与之对立的，则是由耳目而入的"闻见道理"。他提出："天下之至文，未有不出于童心者也。"

他极为推崇通俗文学《西厢记》《水浒传》，认为"皆古今至文"。他还点评过《水浒传》《三国志通俗演义》《琵琶记》等。李贽应是中国最早的通俗文学研究家和批评家之一。

在李贽"童心说"的基础上，袁宏道又倡导"性灵说"。他提出"以出自性灵者为真诗"，这实际上是对李贽"童心说"的进一步发挥。

标举"童心"和"性灵"，并有意地将它与"闻见知识"相对立，强调了将真实情感与个性作为文学的主要基础的重要原则，同时为与封建道德不很合拍的"喜怒哀乐嗜好情欲"大量进入文学提出了根据，所以它意味着文学的解放。

作为一种口号，"性灵"在字面上比"童心"更具有生动活泼的自然个性和主观精神，所以被使用得更为广泛。

●明朝权奸严嵩

>>> 王世贞后人寻根

2006年4月2日，自称明代大文豪王世贞后人的老二王惠民、老三王渝民、老四王敏明、老五王宪明等一行六人，为完成先父遗愿，专程从重庆渝州区到江苏太仓来寻根。

因老大已病故，所以这次由老二带队。据老二回忆，50年代初，他10岁时父亲曾带他到过太仓，他还依稀记得去王家祖祠祭拜过祖先。

这次寻根，他们发现太仓已旧貌换新颜，变化之大，令他们吃惊不已。

拓展阅读：

《紫藤花》明·王世贞
《本草纲目》明·李时珍

◎ 关键词：文豪 复古 "后七子"

王世贞与"后七子"的文学复古

王世贞，江苏人。作为世家子弟的他是嘉靖二十六年进士。他年轻时，因为反对权奸严嵩，弄得老父下狱，冤屈难伸。一番宦海沉浮，他累遭迫害，于是称病乞归，筑园"弇山"，在园中为文作诗，成了一代文豪。

作为"后七子"之一的王世贞是才学最富、成就最高者。袁宏道说他"才亦高，学亦博"，又说他"不中于鳞之毒，所就当不止此"。他的创作极为丰富，虽有习古之病，但如《四库全书提要》所说，"名村瑰宝，亦未尝不错出其中"。如《击鹿行》一诗：

匕首不肯避君鹿，一击波红写盘玉。乍如错落摧珊瑚，下泛碧海之醽醁。伊、尼右手大白左，两者并是神仙禄。已堪桓、陆片时欢，未烦梦、汉诸公逐。此生分绝安期驾，不死反并稽康戮。王子欲罢仍跼躅，忽忆少年诸猎徒。骅骝蹴起匹练色，日落不落云模糊。翻然草际出此物，银牌隐项垂流苏。少年拓弓霹雳响，鹿也宛转无前途。霞丝雪缕袒分割，一饱尽付黄公垆。凋零侠气久已甚，忽复遭此万事无。徐君徐君且莫歌，丈夫失据当如何？乔林丰草世无限，苦复扰扰趋田禾。宁为披裘酌洞水，鹿门山色青嵯峨。不然老作长安客，岂异尔鹿婴其罗！呜呼，岂异尔鹿婴其罗！

此诗是王世贞与李攀龙、宗臣等在徐中行的住处杀鹿饮酒时所作，距他中进士入仕途为时还不久。青壮年时期的王世贞狂放自负，此诗正写出了他当时的精神状态：因仕途渺茫而深感苦闷，虽不愿随世浮沉，却难以解脱，不得不痛苦地面对惨淡的现实。此诗在表现当时知识阶层内在的精神苦闷方面具有一定的典型意义。

嘉靖、隆庆年间，提倡复古的王世贞与李攀龙、谢榛、宗臣、梁有誉、吴国伦和徐中行等人被称为"后七子"。"后七子"强调"文必秦汉、诗必盛唐"的基本文学主张同"前七子"一样。在他们看来，"西京之文实，东京之文弱，犹未离实也。六朝之文浮，离实矣。唐之文庸，犹未离浮也。宋之文陋，离浮矣，愈下矣。元无文"。这就否定了汉以后的全部文章。他们还认为古文已有成法，今人作文只要"琢字成辞，属辞成篇，以求当于古之作者而已"。他们提出"盛唐之于诗也，其气完，其声铿以平，其色丽以雅，其力沈而雄，其意融而无迹，故曰盛唐其则也"，"建安之作，率多平仄稳帖，此声律之渐，而后流于六朝，千变万化，至盛唐极矣"。

"后七子"在文坛上活跃的时间较长，导致他们的文学主张彼此出现了不少分歧，并有所发展和变化。开始，"李攀龙、王世贞辈结诗社，(谢)

榛为长，攀龙次之"。以李攀龙为盟主，王世贞为辅弼。后来，谢榛与李、王发生冲突，被排除出去，所以李、王等一般自称为"六子"。谢榛虽也主张模拟盛唐，但其取径较宽，诗论也并不过分拘泥。他还很重视创作中的"超悟""兴趣"。待到李攀龙声名大振后，复古理论渐渐走向极端，要求文章"无一语作汉以后，亦无一字不出汉以前"，"大历以后书勿读"。李攀龙死后，文坛由王世贞主盟达20年之久，"声华意气，笼盖海内。一时，士大夫及山人、词客、衲子、羽流，莫不奔走门下，片言褒赏，声价骤起"（《明史·王世贞传》）。王世贞晚年，病重卧榻。有人去探望他，看见这位

●东庄图册·菱濠图 明 沈周
●东庄图册·西溪图 明 沈周
●人物故事册·东坡题扇 明 周臣
●人物故事册·教子读书 明 周臣

誓不看唐大历以后书的文坛领袖，枕头旁边，放着一本《苏子瞻集》。他自己曾经坚守的文学主张也开始变化了，也渐渐觉察到了复古主义的某些弊病，并自悔40岁前所作的《艺苑卮言》。他认识到"代不能废人，人不能废篇，篇不能废句"的道理，在品评他人诗歌时，也开始肯定"直写性灵，不颛为藻""不求工于色象雕绘"了。

● 《金瓶梅》故事图 清

>>> 张竹坡

张竹坡，名道深，字自德。祖籍浙江绍兴，明代中叶迁居徐州。

1695年，张竹坡写下了10余万字的《金瓶梅》评论，为中国古代小说理论留下了一笔珍贵的遗产。

他指出《金瓶梅》是"第一奇书"，而非"淫书"，是愤世之作，它揭露官僚豪绅的腐朽堕落，痛斥财与色的罪恶，同情底层人物的苦难，有一定的思想意义和认识价值；肯定《金瓶梅》的美学价值和艺术特色，从而确立了它在文学史上的地位。张竹坡的评点具有开创性，并形成了系统的《金瓶梅》小说艺术论。

拓展阅读：

《金瓶梅》（电影）
《谈〈金瓶梅词话〉》郑振铎

◎ 关键词：稀世珍宝 里程碑 世情小说 第一奇书

无人认领的《金瓶梅》

产生于明代后期的《金瓶梅》开创了中国小说发展史上的新纪元。它不同于《三国演义》《水浒传》《西游记》等三部长篇小说的世代积累型特点，而是由文人独立创作的以明代现实社会生活为描写内容的长篇章回小说。它开创了世情小说的先河。但《金瓶梅》从何得来至今还是一个谜。有人认为是"兰陵笑笑生"的作品。但"兰陵"有二，一在山东峄县，一在江苏武进，到底是哪一个已经不得而知。这么一部稀世珍宝，竟然无人认领。

《金瓶梅》的书名，是从小说中的三个主要女性潘金莲、李瓶儿、庞春梅的名字中各抽取一字合成的。故事借《水浒传》中西门庆和潘金莲的故事演化而成。

小说的中心人物西门庆是一个官僚、富商、恶霸三位一体的典型形象，是晚明社会孕育出来的畸形儿。西门庆由一破落户骤然成为一个暴发户的重要手段是连娶有钱的妓女李娇儿、寡妇孟玉楼和李瓶儿为妾。有了钱后，他立即用于开店、贩运、放债等商业及投机经营，同时他又要抹去破落户的身份，拼命挤进上流社会。他荒淫好色，疯狂纵欲，"有钱能使鬼推磨"就是他奉行的信条。

潘金莲，中国古代小说中淫妇、妒妇、悍妇的典型。但作者并没有把她写成一个害人成性的"尤物"，而是对于她的被侮辱、被损害表达了痛惜愤慨之情：美玉无瑕一朝损坏，珍珠何日再得完全。

李瓶儿是小说所描写的淫妇之一，但作者对她的同情多于鞭挞。她的性格较为复杂，在妻妾成群的西门家里，她显得安静稳妥、懦弱柔顺，同时又不乏伶俐精细。她在历经精神和肉体的折磨之后，悲惨地死去。

《金瓶梅》是一部反映明代中后期社会风俗面貌的百科全书。它揭露了封建社会政治的黑暗，展现了晚明社会体制在商品经济活跃、金钱势力肆虐下的动摇和瓦解。它所描写的明代社会的各个方面，是明代中后期社会生活的缩影，是一幅广阔的封建社会走向末世时代的世俗人情画。

《金瓶梅》是我国第一部作家个人独立创作的长篇小说，它的出现标志着我国古典长篇小说由集体创作进入了作家个人创作的新的发展阶段。它被誉为中国世情小说的开端，和《三国演义》《水浒传》《西游记》合称为明代"四大奇书"，还被清人推为"第一奇书"。

《金瓶梅》在小说发展史上是一座重要的丰碑。

◎ 关键词：临川四梦 爱情神话 戏曲大师

因情成梦《牡丹亭》

●汤显祖像

>>> 《牡丹亭》第十出：
《惊梦》唱词

原来姹紫嫣红开遍，似
这般都付断井颓垣。

良辰美景奈何天，赏心
乐事谁家院。

恁般景致，我老爷和奶
奶再不提起。

朝飞暮卷，云霞翠轩；雨
丝风片，烟波画船——锦屏
人忒看的这韶光贱。

拓展阅读：

《青阳道中》明·汤显祖
《西厢记》明·王实甫

"远色入江湖，烟波古临川"说的是出生于江西临川的一代大戏曲家汤显祖。他创作的《紫钗记》《南柯记》《邯郸记》《还魂记》（即《牡丹亭》）都与他自己的梦境有关，世称"临川四梦"或"玉茗堂四梦"。

"临川四梦"中最有名的是《牡丹亭》，它叙述了一个感人至深的故事：宋南安太守杜宝之女杜丽娘正当青春年华，但处处受封建礼教的束缚，心情倍感压抑。一天，她在丫鬟春香的鼓动下游览了府中的花园，花园中百花争艳的美丽春色深深地触动了她的心。于是，她抱怨父母只知选择门当户对的女婿，而使自己虚度青春。在这种苦闷的心情下，她昏昏入睡进入梦境。梦境中，她在花园里遇到了青年秀才柳梦梅，两人一见倾心，互诉爱慕之情，共成云雨之欢。她的真情在梦中得到了表露。然而，正当两情绵绵之际，杜母进房叫醒了丽娘，打断了她的美妙梦境。此后，杜丽娘因难忘梦中恋人，而导致郁闷成疾，相思而死。这时，恰逢杜宝奉旨升迁，皇帝命他立即北上镇守淮阳。杜宝只得暂时把杜丽娘埋葬在花园内的一棵梅树下，并把花园改为尼姑庵，又叫梅花庵。

三年后，青年秀才柳梦梅进京赴考，路经南安，偶感风寒，暂时寓居梅花庵养病。一天，他散步至花园，在假山石下拾得一幅画卷，展开一看，原来是杜丽娘生前病中的自画像，上有题诗"他年得傍蟾宫客，不在梅边在柳边"，诗意暗示着杜丽娘将来要嫁给姓柳的或是姓梅的。柳梦梅从前并不叫梦梅，是他曾做梦到一花园，见一个美女站在梅花树下，含情脉脉地对他说："当你遇到我后方有姻缘之分。"从此，他才改名为"梦梅"。他的姓名中既有"柳"字又有"梅"字，所以当他看到画卷后，浮想联翩，相思之情泛起，日夜顶礼膜拜，只盼早得相会，哪怕是在梦中也好。柳梦梅的真情，感动了杜丽娘的游魂，她不顾一切地前来与他幽会。在人与鬼的幽会中，他们摆脱了现实世界中的种种拘束，尽情表达相互间的爱情，双双对天盟誓，愿做百年夫妻。情深意重的爱情，终于使杜丽娘起死回生。

之后，柳梦梅赶考完毕，拿着画卷去找杜宝认亲，谁知却被当作盗墓贼拷打。而当还生的杜丽娘到来时，杜宝又认为是妖精而不予相认。最后，由皇帝出面调停，以传统的大团圆结束全剧。

《牡丹亭》是中国文学史上最美丽的一则爱情神话。日本学者青木正儿赞誉这位明代戏曲大师汤显祖是"东方的莎士比亚"。

◎ 关键词：戏曲 吴江派 歌剧

沈璟与汤显祖之争

●古本《红蕖记》插图

>>> 沈璟《义侠记》

"水浒"戏《义侠记》是沈璟改变骈丽之风后的名作，它从武松辞别柴进起，故事内容包括打虎、杀嫂、十字坡、快活林、飞云浦、鸳鸯楼、投梁山，一直到武松和宋江等同受招安为止。基本情节与小说《水浒传》中武松故事相合。

沈璟在剧中强调啸聚的目的是"怀忠仗义"，等待"招安"，提出臣民要恪守"忠孝""贞信"的信条，而人主则要能够"不弃人"。这是沈璟的"清平政治"理想在剧中的反映，也是《义侠记》的主旨所在。

拓展阅读：

《南词全谱》明·沈璟
《谭曲杂札》明·凌濛初
《游黄山白岳不果》明·汤显祖

万历年间，戏曲在文人中受重视的程度是前所未有的。为数众多的文人参与戏曲创作，并且有不少人投入了毕生的精力，这也刺激了对戏曲本身的研究。

汤显祖是一位杰出的剧作家，他认为戏剧创作应重"情"，重"意趣神色"，但他对如何从事戏曲创作并未提出系统的意见。

把戏曲作为一种特殊的艺术形式，并从音律、语言、演唱乃至结构诸方面进行深入探讨的是以沈璟为首的"吴江派"。但这一派的理论过于注重格律，在取得一定成就的同时，又有明显的偏颇。

沈璟，江苏吴江人。万历初进士，历任兵部、礼部、吏部诸司主事、员外郎。他因仕途挫折，中年即告病还乡，专力于戏曲创作及研究，著有传奇17种，合称《属玉堂传奇》（部分已失传）。其中《红蕖记》《埋剑记》《双鱼记》以情节离奇、关目曲折取胜。他的传奇重视舞台效果，对后来的戏剧创作有一定影响。另外，《博笑记》以10个独立的短剧组成，形式上有创新，内容多讥刺世事的混乱颠倒，有一定特点。但由于他陈腐的思想，导致作品内容多封建说教的成分，人物的真实心理和个性的刻画也乏善可陈，所以成就不高。

沈璟是曲学名家，他在前人著作的基础上对南曲719个曲牌进行考订，指明正误，写成《南九宫十三调曲谱》。这本书后来成为后人制曲和唱曲的权威教科书。他的曲论要点有二：一是格律至上，他持法过于苛严，认为为了合律可以牺牲抒情表意，这就成了束缚。二是推崇"本色"语言，着重于语言的朴拙浅俗，这对于明传奇过于偏重文藻骈骊的倾向有纠正的意义。不过，这种"本色"论既和严格的音律相结合，又重视以古曲为范式，实在是有一种雅化的倾向。

中国传统戏曲是一种歌剧，而沈璟所关注的，主要是其歌曲部分，于歌曲之中又特别注重声韵之和美，这和汤显祖从戏剧文学的角度主张"以意趣神色为主"是不同的。沈璟曾因《牡丹亭》不合他的以昆腔为准的音律要求，而将之改为《同梦记》（吴江派中其他人也曾这样做），这引起汤显祖的强烈不满。他们的态度当然是褊狭而武断的，不过，不能因此说沈璟对于曲学的研究没有价值。后来的戏曲家普遍对他表示推崇，可见这其中总是有一定道理的。

汤、沈之争加深了人们对戏曲特点的认识，对后来的剧作家产生了一定的影响。一些作家在戏曲表现形式方面花费了很大的精力，使剧作的情节结构变得更为完整精巧，更富于舞台效果和观赏价值，改变了明传奇往往枝节芜蔓的缺陷。

●五子登科镜 明

>>> 李渔守莲池

李渔曾说："予有四命，各司一时：春以水仙、兰花为命，夏以莲为命，秋以秋海棠为命，冬以蜡梅为命。"在这四命之中，数荷花第一。

所以他住在杭州的时候，常常要去西湖泛舟赏荷，后来在芥子园叫人挖了一个小池，种了几株荷花，以解心头之慰。只是这个荷池常常漏水，李渔常年在外，没空修补，荷池乞天施水，时满时浅。可荷花却依旧长得清雅丽姿，纯洁无瑕。

其实李渔又何尝不是于乱世中坚守自己的一方莲池呢！

拓展阅读：

玉茗堂派
《山茶》明·李渔
《齐东绝倒》明·吕天成

◎ 关键词：《曲品》《曲律》戏曲 双璧

晚明戏曲理论的"双璧"

许多戏曲家对汤、沈相争之事持折中调和之论，而被认为是吴江派嫡系的吕天成在《曲品》中说的意见很有代表性，"不有光禄（指沈），词型弗新；不有奉常（指汤），词髓孰抉？倘能守词隐先生之矩镬，而运以清远道人之才情，岂非合之双美乎"。

吕天成，晚明戏曲理论家、剧作家，出生于仕宦家庭。万历三十一年前后，他曾在南京做过职位很低的官，一生功名不得意，但对科举却一直存在幻想。具有很高的文学艺术才能的吕天成是晚明剧坛的多产作家，其主要成就在戏曲创作方面。

他的《曲品》是一部以分列等级品第方式，评论戏曲作家与作品的著名曲学著作。它与王骥德的《曲律》并称明代戏曲理论著作的"双璧"。

《曲品》共收戏曲作家95人，散曲作家25人，戏曲作品212种，为后人探索作家的历史、创作意图，以及已佚失传奇的内容、风格、优缺点，提供了丰富而珍贵的戏曲史料。

该书分上、下两卷，上卷品评元末至万历间南戏与传奇的作者，下卷专论他认为"入格"的传奇。凡嘉靖以前的作家作品，都划入"神""妙""能""具"四类，而对隆庆以至万历间的作者与作品，则列入"上上""中上"至"下下"九品。在品曲的标准方面，吕天成主张"醒世""范俗"，反对迂腐的说教。他对有争议的"当行"与"本色"论，做出了比较科学的诠释：指出当行与本色并不是对立的，而应当有机地统一于剧本的创作中。

在明代曲论中，最有系统性和理论性的当属王骥德的《曲律》。

王骥德，浙江绍兴人。他早年曾师事徐渭，后深受沈璟赏识。他对汤显祖也很尊崇，在对戏曲创作成就进行评价时，总是把汤置于沈之上。

《曲律》共40章，涉及戏曲源流、剧本结构、文辞、声律、科白以及作家作品的评价等。它力求总结前人的研究成果并加以发展，囊括戏曲创作及评论中的所有问题，眼界宽广，不少意见甚为精彩。王骥德首次提出从整体的各种因素的组合效果上来评判一部戏曲作品，这是一个很大的进步。不过，王骥德没有把性质并不相同的散曲和戏曲分开，所以没有能够在戏剧文学这一层次上充分展开。

因《曲律》中有大量专门讨论音律和文辞运用的文字正是沈璟曲学的中心，所以前人把王骥德归为吴江派。

平民风情——明代文学

●古本《卖油郎独占花魁》插图

>>>《杜十娘怒沉百宝箱》

明万历二十年间，误落风尘的京城名妓杜十娘，渴望"落籍从良"。

她爱上了出身宦门的贵公子李甲，在经过再三考验、试探，并深知李甲"忠厚志诚"之后，她便设计赎身嫁与李甲。归途中，由于孙富的诱骗，孙、李两人以千金交换十娘。

次日，杜十娘着"迎新送旧"之艳妆，在痛斥孙之阴险、李之负心之后，怀抱象征自身价值的百宝箱，悲愤地投入滚滚大江之中。李甲"终日愧悔，郁成狂疾"，奄奄而逝。

拓展阅读：

文艺复兴

冯梦龙补《西楼记》

《情史》明·冯梦龙

◎关键词：通俗文学 爱国 三言 拟话本

冯梦龙与通俗文学

冯梦龙，江苏吴县人。他年轻的时候极具才气，和兄冯梦桂、弟冯梦熊并称为"吴下三冯"。冯梦龙一生在科举上不得意，57岁才补了一名贡生，61岁被选任福建寿宁知县。不久，他便退职回家，发愤著书，兢兢业业地搜集、整理通俗文学，并取得了卓越的成就。

他是中国文学史上在通俗文学的各个方面均做出了重大贡献的作家。在小说方面，他完成了《喻世明言》《警世通言》《醒世恒言》的编选工作，还增补了长篇小说《平妖传》；民歌方面，他搜集、整理过《挂枝儿》《山歌》两种民歌集；戏曲方面，他改定《精忠旗》《酒家佣》等曲本，编纂散曲集《太霞新奏》，并且创作了《双雄记》和《万事足》两部剧本。

冯梦龙还是一位爱国者。清兵南下，他进行抗清宣传。清顺治三年春，他忧愤而死。

冯梦龙敢于冲破传统观念，他强调真挚的情感，反对虚伪的礼教。在这一思想的指导下，他重视通俗文学所蕴含的真挚情感与巨大教化作用，认为"日诵《孝经》《论语》，其感人未必如是之捷且深"，而通俗小说却可以使"怯者勇、淫者贞、薄者敦、顽钝者汗下"。这些见解有力地打击了鄙视通俗文学的论调。

冯梦龙编选的"三言"代表了明代拟话本的成就，是中国古代白话短篇小说的宝库。其中，以反映明代中后期的社会生活，尤其是市民阶层的生存状态的作品最有价值。

其一，描写爱情婚姻。这类作品所占分量最重，也最具特色。故事内容批判了封建理学的禁欲思想，赞扬了真挚、平等、自由和幸福的爱情，表现出市民阶层新的婚姻观和爱情观。《杜十娘怒沉百宝箱》《卖油郎独占花魁》是其中最优秀的代表作。

其二，揭露社会弊端和黑暗。"三言"中的一些作品就直接反映了明朝中叶朝纲松弛、官场腐败、恶霸横行的社会现实。《沈小霞相会出师表》写沈炼父子反抗奸佞官僚严嵩一党的故事。它既写出沈炼的磅礴正气，又写出了严嵩父子结党营私、卖官鬻爵、陷害忠良的罪行。整个故事对比鲜明，有力地批判了祸国殃民者的毒辣残忍。《灌园叟晚逢仙女》中的秋先是一个勤劳的花匠，他在花神的帮助下，和全村百姓惩罚企图强占他的园子的恶霸张委。这篇小说在歌颂劳动者勤劳善良的同时，还揭露了恶势力的骄横残暴。

其三，关注商贾与手工业者的生活状况。由于明代商业和手工业的发

平民风情——明代文学

●《警世通言》插图 明

●《喻世明言》插图 明

达，资本主义因素的出现，使世道人心大坏，市侩豪商损人利己，众多商
人、业主为了保护自己就需要互相帮助。于是，传统文化中的诚信和孝友
就成为支撑人们生存的精神信条。"三言"中的一些作品赞美了市民式的
友谊和道德，斥责了背信弃义的行为。

●金翼善冠 明

>>> 何谓"野史"

一般认为是指古代私家编撰的史书。它是与官修的史书不同的另一种史书。古代有"稗官野史"的说法，稗官是采录民俗民情的小官。通常，坊间风情、街谈巷说、逸闻逸事的记录，也叫"稗史"。

所谓"野"，与在朝人士相对立而言，是在野人士所作，未经官方审定，甚至为官方所禁，或在流传中经过官方删改，是未经人工过分雕饰的原始的史料，但具真实性。

拓展阅读：

桐城歌
鲁迅与野史
《顾曲杂言》明·沈德符
《敝帚斋余谈》明·沈德符

◎ 关键词：戏曲小说 笔记集 野史

沈德符秉笔写野史

沈德符，浙江嘉兴人。他是万历举人，精通音律，熟谙掌故。他所撰写的笔记集《万历野获编》多记万历以前朝章国故、野史典籍，并保存有大量戏曲小说资料。

《万历野获编》记载了许多关于皇帝和朝野的逸事。

据说宋徽宗崇宁年间，谏官范致虚向皇帝提了一条建议，说陛下生肖属犬，人间不宜杀犬。宋徽宗接受了这个建议，严令禁止屠狗。沈德符说这已经成了古今最可笑的事情之一，没想到本朝又出现了。

《万历野获编》还记载了一些官场笑话，其中《补遗》中记载了有关钱能的两条。

成化、弘治年间的著名太监钱能，奉成化皇帝之命镇守云南。镇守太监这个岗位是明初的洪熙皇帝设立的。皇上不放心下边的官员，就派在自己身边工作的太监下去盯着。明朝的官员经常糊弄皇上，皇上也建立过一些监督制度，譬如派遣监察御史下去巡察。但这些御史也可能被收买，甚至会逼着人家掏钱收买，然后和被监察者一起糊弄皇上。皇上被逼无奈，到此亮出了最后的武器，派遣镇守太监。太监不好色，没有老婆孩子，一个人吃饱了全家不饿，应该比一般官员的私欲少些。可事实并非如此，钱能之类的皇帝最后的棋子也愿意被收买。更要命的是，镇守太监们权力极大，有合法伤害众人的能力，下边便不敢不来收买。当时，云南有个富翁不幸长了癞。富翁的儿子是一位有名的孝子，很为父亲的病痛担心。于是，钱能把这位孝子召来，宣布说："你父亲长的癞是传染性的，要是传染给军队就糟了。再说他又老了。现在，为了军队的安全，要把他沉入滇池。"孝子吓坏了，立刻就想到了收买。他费了许多心思，掏了一大笔钱，反复求情，最后总算取得了钱能的谅解。

当时云南还有个姓王的人靠倒卖槟榔发了财，当地人都叫他槟榔王。钱能听说了，便把这位姓王的抓了起来，道："你是个老百姓，竟敢惑众，僭越称王！"擅自称王就是向皇上宣战，谁抓住这个王，谁的功劳就大得足够封侯了。槟榔王深知这个罪名的厉害，他不惜一切代价消灾免祸，"尽出其所有"，才算逃过了这一劫。

●蕉林酌酒图
图中主人正在举杯欲饮，一个童子兜着满满一衣襟花向盘子里倒去，另一个书童捧着酒壶款而行，整幅图描绘出了孤傲的文人雅士们的隐逸生活场景。

平民风情——明代文学

● 姜子牙像

>>> 《太公兵法》

《太公兵法》即《六韬》，传说是由周文王的老师姜太公所撰。

今存有六卷《六韬》，借用了周文王、周武王与姜太公对话的形式，深入浅出地阐发了治国治军的理论方针和获取称霸战争胜利的战略战术。

姜太公对兵法研究之早，之深，可谓千古第一人，号称兵家鼻祖，帝王之师。其作品《太公兵法》尽管在秦始皇焚书时也未必能够幸免，但汉魏以来便成了兵家必读的头等参考书，在社会上流传也颇广。

拓展阅读：

太符灯舞
《山海经》
《封神榜》（电视剧）
《封禅书》汉·司马迁

◎关键词：神魔 封神 神权 皇权

神魔大战"封神榜"

> 混沌初分盘古先，太极两仪四象悬，
> 子天丑地人寅出，避除兽患有巢贤。
> 燧人取火免鲜食，伏羲画卦阴阳前，
> 神农治世尝百草，轩辕礼乐婚姻联。
> 少昊五帝民物阜，禹王治水洪波蠲，
> 承平享国至四百，桀王无道乾坤颠。

历史名著《封神演义》是作者陈仲琳根据评话《武王伐纣》并参考古籍和民间传说创作而成的。这部著名的神魔小说，共100回，演述了商末政治纷乱与武王伐商的故事。"成汤气数已尽，周室天命当兴"的宿命观点是《封神演义》一书的支架，斩将封神、强调神权皇权是全书的主要内容，其瑰丽无比的奇特想象和气势磅礴的神话韵味，几千年来罕有匹敌。

姜子牙辅佐武王伐纣的故事，很早就是民间说书的材料。《封神演义》以商周易代为历史背景，写周武王在姜子牙的辅佐下顺应天意民心而讨伐无道的商纣王，天上的神仙也分成支持武王的阐教和支持纣王的截教两派，最后纣王自焚，姜子牙将双方战死的重要人物一一封神。因商周之际的历史尤为难考，《封神演义》所写又多为荒诞无稽之谈，所以它不可理解为一般的历史演义，只能视为一种发扬想象的神怪书。小说中对纣王的刚愎自用和残酷昏庸的描写，与当时社会中人们对现实政治的普遍不满也是有一定关联的。

这部小说较能吸引人的地方，是写神怪大战时所表现出的奇特想象。他们或具千里眼，或具顺风耳，或能长翅飞行，或能随意土遁，或有七十二变，或有千奇百怪的法宝相助，显得光怪陆离，幻奇无比。它集中体现了明代文化的浪漫色彩和活跃气质。只是作者的才华颇为有限，在民间传说的基础上，加工不够精细，所写的神怪性格单一，不像《西游记》中的神魔具有比较丰富的人性，且故事情节也过多雷同，所以文学价值不高。书中写得最好的是哪吒的故事。哪吒即佛教中的护法神"那吒"，后演变为道教的神，在《三教源流搜神大全》中已记载有他的神奇事迹。《封神演义》在此基础上扩展，写他大闹龙宫、剔骨还父，后以莲花为化身。这一神话人物颇近于孙悟空，反映着民众心理中的反抗意识，而作为一个儿童的形象，又使他颇具可爱之处。

明代后期十分流行荒诞离奇的神魔小说，《封神演义》是其中比较著名的一部。

平民风情——明代文学

●清同治八年经国堂刊本《初刻封神演义》插图
《封神演义》以篇幅巨大、幻想奇特和气势磅礴而闻名于世，它能令人从中感受到明代文化的浪漫色彩和思维的活跃。

●《列国志》插图 明

>>> 烽火戏诸侯

周幽王十分宠爱爱妃褒姒，为了博得佳人一笑，不惜千金，可终无效果。

一天，幽王带着褒姒来到城楼顶上，下令点燃烽火。远近诸侯看到烽火点燃，以为敌国来犯，于是纷纷点齐兵马，向镐京奔来，把褒姒给逗笑了。

幽王立褒姒为王后，原来王后的父亲联合犬戎进攻镐京，幽王派人去点烽火，向诸侯求救，可是诸侯因为上次上了当，谁也不来理会他。就这样，镐京被戎人攻破，幽王逃到骊山脚下，被杀掉了。褒姒则被戎人抓走。

拓展阅读：

鲍叔牙荐管仲
好鹤亡国（典故）
养牛拜相（典故）

◎ 关键词：《列国志》争斗 演义小说

新编小说叙列国

明代中期产生了相当数量的历史小说，但大都属于"演义"的性质。有一部分历史小说虽依托历史，但包含较多的民间传说故事，《列国志》便是其中较为著名的一部。

《列国志》共108回，最早是明代中期的余劭鱼编写的平话《列国志传》。后来，冯梦龙（明末）在此基础上将之改编成《新列国志》。现在流传的《东周列国志》则是蔡元放（清乾隆年间人）对《新列国志》进行再改编而成的。

《列国志》比较全面地叙写了春秋战国时代500多年间列国争斗的故事，基本上依据史实，只做了少量虚构，是除《三国演义》以外流传最广、影响较大的历史演义类小说。它以春秋五霸、战国七雄的盛衰过程为线索，通过一个个短小的故事，揭露了当时各国诸侯为争夺天下霸权而展开的政治、军事、外交等方面的斗争，描写了各国统治阶级内部的矛盾斗争和他们残暴丑恶的本性，表现了人民群众在动乱年代的灾难和痛苦以及反对战争分裂要求和平统一的强烈愿望，铺展了一幅我国古代历史的壮阔画卷。

《列国志》所有的情节、人物都是从《左传》《国语》《战国策》《史记》等书中汲取来的。它将分散的历史故事、人物传记，按照时间先后顺序串联起来熔为一炉，成为了一部结构完整的历史演义。

小说谴责和揭露了那些昏聩、残暴、荒淫、愚昧的帝王、诸侯以及贪婪、阴险的佞臣，赞扬了从善如流、赏罚严明、胸怀大度的王侯和忠贞、勇敢、有才干的将相，也讴歌了那些见义勇为、机智果敢的豪侠。

《东周列国志》中宣扬的愚忠、愚孝等封建伦理观念是它的糟粕。

●晋文公复国图 南宋 李唐

平民风情——明代文学

●《西湖二集》插图 明

>>> 吴越王写给王妃的信

这是五代十国中吴越王钱镠写给王妃戴氏的信。

吴越王妃每年寒食节必归临安，钱镠甚为想念。一年春天，王妃未归，至春色将老，陌上花已发。钱镠写信说："陌上花开，可缓缓归矣。"

意思是说：田间阡陌上的花发了，你可以慢慢看花，不必急着回来。

九个字，平实温馨，情愫尤重，让吴王妃当即落下两行泪水。戎马的霸主如此写信给妻子，大概是怜惜她在深宫中的孤单寂寥。

拓展阅读：

西湖十景
邢君瑞五载幽期

◎ 关键词：短篇小说 故事 民俗 禁毁

别具一格的《西湖二集》

出现于明末的《西湖二集》是周楫所编著的短篇小说集，共 34 卷，每卷 1 篇，都是与西湖有关的故事。其书取材大部分出自《西湖游览志馀》《皇明从信录》，偶尔采取《情史》《剪灯新话》《南村辍耕录》等书。从第 17 卷的说明中可知尚有《西湖一集》，今已不传。

据卷首湖海士序中说，作者"才情浩瀚"，但"怀才不遇，蹭蹬厄穷"，著此小说目的是"借他人之酒杯，浇自己之磊落"。书中对明末腐败的政治、贪赃的官吏，给予了无情的讽刺和暴露，其中有些故事写得较好，如《胡少保平倭战功》，揭露了"纱帽财主的世界"里，"糊涂贪赃的官府多，清廉爱百姓的官府少"。《祖统制显灵救驾》中痛斥那些"诈害地方邻里，夺人田产，倚势欺人"的"黄榜进士"们连"猪狗也不值"。《愚郡守玉殿生春》中嘲笑位居高位者只不过是目不识丁的愚盲。《巧妓佐夫成名》写一个机智的妓女帮一个穷酸书生利用社会弊端诓财窃势的故事，颇有讽刺意味。其中所描写的就连妓女也能识破那些高官往往是"七上八下""文理中平"甚至"一窍不通"之徒，最是辛辣。《月下老错配本属前缘》写宋代女诗人朱淑贞因嫁夫丑愚而忧郁致死，反映了旧时"才女"的不幸。另外描绘杭州的社会风俗，也颇具兴味。

《西湖二集》有各种类型的故事，内容丰富，又多涉及杭州民俗，富有生活气息，故为人们所喜爱。《愚郡守玉殿生春》讲述了我国古代传统的"敬惜"字纸（敬惜写有字的纸）的故事：宋孝宗朝宰相赵雄，本来痴呆不通文墨，老师出题练习作对子，"一双征雁向南飞"，他对"两只烧鹅朝北走"；"门前绿水流将去"，他对"屋里青山跳出来"。就是这样一个不开窍的人，却因为"有一着最妙之事，是敬重字纸"，那"九天开化文昌梓潼司禄帝君"便认为他阴功浩大，下降佑助，使他一路稀里糊涂地混了个"同进士出身"，并一直做到宰相。作者这样写的本意是想说聪明常被聪明误，愚人自有愚人福，并不是为了劝人敬惜字纸，所以才把赵雄写得过于愚蠢。其实赵雄在历史上也实有其人，《宋史》有传。他虽然不曾声名显赫，却也颇有才干谋略。

《西湖二集》在明代遭到禁毁，"因其托怪异之事，饰以无根之言，会使邪说异端，惑乱人心，故令焚毁"。这部小说集对因果报应、神仙道化多有宣扬，因此，应当以批判的眼光来读它。如第 1 卷"吴越王再世索江山"写吴越王的地盘被赵匡胤占领，他就转世为宋高宗，立都于杭州，向宋朝索回吴越之地。又如第 16 卷"月下老错配本属前缘"写宋朝女词人朱淑贞前世是男子，曾诱骗一少女，始乱终弃，于是转世为女子，使其婚姻不幸，作为上天的报应。

●溪山绝尘图 明 吴彬

>>> 袁中道《听泉》

一月在寒松，两山如昼朗。欣然起成行，树影写石上。独立巉岩间，侧耳听泉响。远听语犹微，近听涛渐长。忽然发大声，天地皆萧爽。清韵入肺肝，濯我十年想。

一个寒意侵人、月光皎洁的夜晚，诗人独自徜徉在山岩间，侧耳倾听山泉的流水声，尽情领略自然的妙趣。诗所勾勒的画面清新俊雅，写景与抒情融为一体，较好地刻画出沉浸于自然美之中的诗人悠闲愉悦的心境。体现了公安派信手而成、随意而出的写作态度。

拓展阅读：

《为官苦》明·袁宏道
《戏题斋壁》明·袁宏道
《感怀诗五十八首》明·袁中道

◎ 关键词：公安派 独抒性灵 袁宏道 领袖

独抒性灵的公安派

在晚明诗歌、散文领域中，以袁宗道、袁宏道、袁中道三兄弟为代表的一派声势最为浩大，因他们是湖广公安（今属湖北）人，故称"公安派"。其中袁宏道声誉最隆，是这一派的领袖。

袁宏道是万历二十年进士，他不喜做官，动辄请假、辞职，总共在吴县令、吏部郎中等任上做了五六年，他大多数时间在游山玩水、诗酒之会中度过。但他做官认真，有很好的声誉，只是觉得官场生活压抑，所以宁可赋闲。他有《袁中郎全集》传世。

袁宗道，万历十四年会试第一，授翰林庶吉士，官至右庶子。袁氏三兄弟中，他年纪最长而才气较弱，性格也比较平和。不过，公安派反对拟古的文学观，最初是由他提出的。他著有《白苏斋集》。

袁中道，万历四十四年进士，曾任国子监博士、南京礼部郎中等职。他中进士时已46岁，久有怀才不遇之慨。年轻时，他以豪侠自命，任情放浪，喜游历，所作诗文（尤其散文）富于才气和个性，有《珂雪斋集》。另外，陶望龄、江盈科等，都是与"三袁"关系密切的文人。

李贽对整个晚明文学的思想理论方面影响最大，而袁氏三兄弟均与李贽有密切交往，李贽也曾对袁宏道极为赞赏。公安派的文学观主要是从李贽的思想学说中发展出来的，它的基点不在于诗文的语言技巧，而在于个性解放的精神。袁宏道在读到徐渭的诗集时，对他表示出极大的尊敬，很是佩服徐渭的身上表现出的狂放不羁的个性。

"独抒性灵"是公安派理论的核心。袁宏道称其弟之作：

大都独抒性灵，不拘格套，非从自己胸臆流出，不肯下笔。有时情与境会，顷刻千言，如水东注，令人夺魄。其间有佳处，亦有疵处，佳处自不必言，即疵处亦多本色独造语。然予则极喜其疵处，而所谓佳者，尚不能不以粉饰蹈袭为恨，以为未能尽脱近代文人气习故也。

江盈科在《敝箧集序》中引述袁中郎的话说：

诗何必唐，又何必初与盛？要以出自性灵者为真诗耳。夫性灵窍于心，寓于境。境所偶触，心能摄之；心所欲吐，腕能运之。……以心摄境，以腕运心，则性灵无不毕达，是之谓真诗。

"性灵"原不是新创的词语，南北朝时就颇为习用。如庾信称"含吐性灵，抑扬词气"(《赵国公集序》)，颜之推称"文章之体，标举兴会，发引性灵"(《颜氏家训》)，其意义大致与"性情"相近。明代中后期，随着六朝文风重新受到重视，"性灵"一词在王世懋、屠隆等人的诗文评论中又使用得多起来。

袁宏道进一步加入了鲜明的时代内容和具体的艺术要求，使"性灵"成为影响一代人的文学口号。袁宏道认为，"性灵"外现为"趣"或"韵"，而"趣得之自然者深，得之学问者浅"。所以童子是最有生趣的，而品格卑下的"愚不肖"，只知求酒肉声伎之满足，"率心而行，无所忌惮"，也是一种"趣"。恰恰是讲学问做大官的人，"毛孔骨节俱为闻见知识所缚，入理愈深，然其去趣愈远矣"。稚子"叫跳反掷"、醉人"嬉笑怒骂"，因为"理无所托"，所以"自然之韵出"。总之，保持人性的纯真和活泼是首要的，真实的卑下也比在封建教条压抑下形成的虚伪的高尚要好。其次，他在强调"性灵"时，明确地肯定了人的生活欲望的流露与表现。

袁宏道后期开始从激进的人生态度和文学观点上退却，提出以"淡"为"文之真性灵"。享年较久的袁中道看到公安派的诗在破坏了"后七子"的"格套"以后，在一群末流诗人的效仿下"而又渐见俗套"，大为不满，于是对公安派的理论提出修正，主张在坚持"独抒性灵"的前提下，"舍唐人而别学诗"(《蔡不瑕诗序》)。公安派既不能向前进展，则必然要回顾历史，取法于以唐诗为代表的古典传统，这实际意味着公安派理论与前、后七子理论的折中。这一趋向为后来的陈子龙、吴伟业等诗人所继承，成为明末清初之际的一个重要流派。

●荷花图 明 陈道复

●菊花文禽图 明 沈周

>>> 竟陵派与复社诸子

崇祯年间，谭元春率竟陵派许多成员加入复社，耐人寻味。

谭元春在崇祯年间与复社人士交游主要在四个区域：湖广，除公安派后继者外，友人多身兼竟陵派与复社两种身份；江西，为期两个月的胜游，与复社诸子谈诗论道，结下了深厚友谊；吴越，两度出游，友人皆为谈文之人；京师，四次上京，曾与吴地的复社魁首有过匆匆接触，无深交。

梳理谭元春与复社成员的交游情况，有助于了解竟陵派在崇祯时的进一步拓展。

拓展阅读：

竟陵西湖
《登泰山记》明·姚鼐
《随园诗话》明·袁枚

◎ 关键词：竟陵派 性灵 诗妖

深幽孤峭话竟陵

明代后期，公安派的影响力逐渐消退，以湖广竟陵（今湖北天门）人钟惺、谭元春为代表的"竟陵派"趁势而起。竟陵派同公安派都是标举"性灵"的两个诗文创作流派，后人有时误把两派相提并论。

钟惺，万历三十八年进士，官至福建提学佥事，有《隐秀轩集》。

谭元春，少年聪慧而科场不利，天启七年中举，崇祯十年死于赴进士考试的旅途中。他著有《谭友复合集》，并曾与钟惺编选《诗归》（单行称《古诗归》《唐诗归》），在序文和评点中宣扬他们的文学观。《诗归》的风行使竟陵派成为影响很大的诗派。

竟陵派继承了公安派"独抒性灵"的口号，同时从各方面加以修正。他们反对步趋人后，主张标新立异，提出"势有穷而必变，物有孤而为奇"（钟惺《问山亭诗序》）。

他们也主张向古人学习以成其"厚"，但又不像"七子派"那样追求古人固有的"格调"，而是以自己的精神为主体去寻求古人精神之所在。所以，他们解说古诗，常屈古人以就己。在重视自我精神的表现上，竟陵派与公安派是一致的，但两者的审美趣味迥然不同。公安派诗人虽然也有退缩的一面，但他们敢于怀疑和否定传统价值标准，敏锐地感受到社会压迫的痛苦，毕竟还是具有抗争意义的。他们喜好用浅露而富于色彩和动感的语言来表述对各种生活享受、生活情趣的追求，呈现内心的喜怒哀乐，显示了开放的、个性张扬的心态。而竟陵派所追求的"深幽孤峭"的诗境，则表现着内敛的心态。钱谦益说他们的诗"以凄声寒魄为致""以噍音促节为能"（《列朝诗集小传》）是相当准确的。他们的诗偏重个体心理感觉，境界小，主观性强，喜欢写寂寞荒寒乃至阴森的景象，语言生涩拗折，又破坏常规的语法、音节，使用奇怪的字面，每每教人感到气息不顺。

竟陵派诗风在明末乃至清初十分流行，其影响大大超过了公安派，这是晚明个性解放的思潮遭受打击以后，文人心理上的病态在美学趋向上的反映。钱谦益对竟陵派大加抨击，斥为"诗妖"，甚至指为国家败亡的征兆（见《列朝诗集小传》）。站在正统立场上的钱谦益的言论虽然有些偏颇，却也指出了竟陵派诗与正统文学的距离及其表现出的时代气氛。

● 远眺图 明 仇英

>>> 张岱《湖心亭看雪》

崇祯五年二月，余住西湖。大雪三日，湖中人鸟声俱绝。是日更定矣，余挐一小舟，拥毳衣炉火，独往湖心亭看雪。雾凇沆砀，天与云与山与水，上下一白。湖上影子，惟长堤一痕，湖心亭一点，与余舟一芥，舟中人两三粒而已。

到亭上，有两人铺毡对坐，一童子烧酒炉正沸。见余，大喜曰："湖中焉得更有此人！"拉余同饮。余强饮三大白而别。问其姓氏，是金陵人，客此。及下船，舟子喃喃曰："莫说相公痴，更有痴似相公者！"

拓展阅读：

《雅舍小品》梁实秋
《西湖杂记》明·袁宏道
《晚香堂集》明·陈继儒

◎ 关键词：变革 小品文 佛经

晚明奇葩小品文

晚明散文与同处于变革阶段的诗歌，所获得的结果大为不同。以"小品文"为代表的晚明散文取得了相当大的成功。清朝人对晚明散文攻击甚烈，近现代的人们也习惯把"唐宋八大家"所代表的"古文"系统视为中国古代散文的正宗。但从文学的意义来说，背离这一系统的晚明小品散文却正体现着古代散文向现代方向的转变。

作为佛家用语的"小品"原是指大部佛经的略本，明后期才用来指一般文章。明人所谓"小品"并不专指某一特定的文体，尺牍、游记、传记、日记、序跋等均可包容在内。这一概念的提出与性灵说有密切关系，主要是为了区别于以往人们所看重的关乎国家政典、理学精义之类的"高文大册"，而提倡一种轻灵鲜活、真情流露的新格调的散文。最为晚明文人所推崇的前代散文是《世说新语》和苏轼的抒情短文，从中可以看出他们的兴趣所在。晚明人的"小品文"体制短小，文字隽永，多表现活泼新鲜的生活感受。其中属于议论的文章，也避免从正面论说严肃的道理，而是偏重于思想的机智，讲究情绪、韵致，有不少带有诙谐的特点。

在晚明同时推行的诗文变革中，小品文能够取得成功的原因主要有两点：其一，诗歌具有特殊的语言表现形式，它要从古典传统中脱离出来必须以形式的变革为前提，而散文在形式上所受束缚较小，旧有的文体也很容易用来做自由的抒写；其二，诗歌作为一种抒情艺术已经取得了辉煌的成就，再要有重大突破是不容易的，而具有实用价值的散文以往受"载道"文学观的影响很大，所以当它向"性灵"一面偏转时，容易显现出新鲜的面目。

"小品"风格的散文虽不是到晚明才出现的，但作为散文领域中具有变革意义的现象，它却在晚明社会大为盛行。从陆云龙《皇明十六家小品》中时代最早的徐渭到李贽、袁宏道，他们创作的小品由于环境的无法克服，大多格外地偏向诙谐嘲戏，以及对于山水风光和日常生活情趣的痴迷。冯梦龙说："碗大一片赤县神州，众生塞满，原属假合，若复件件认真，争竞何已？故直须以痴趣破之。"（《古今谈概》）这说明小品中的抗争精神在无奈中渐次衰退，并始终没有回到对儒道的"认真"上去。

不过，在打破"道统"对散文的统治、发展散文的审美功能方面，晚明小品文实有不可轻视的意义。

●张溥像

>>> 张溥与七录斋

张溥因出身而备受歧视，他因此暗下决心，闭门苦读。

一次，他一面读书，一面吃粽子，由于专心致志，拿粽子蘸糖，竟蘸进了墨盒，吃得一嘴墨黑。他读书还有一个习惯，便是手抄一遍，读后焚去；然后再抄，再读，再焚。凡七次才罢。冬天干燥，手指皮裂，他用温水暖一下手再抄；夏夜蚊多，便将双脚伸在空坛中再读。

由于奋发读书，谙熟各家著述精义，终于成为明代的著名文学家，被人称为"百世师"。他成名后，将书房取名为"七录斋"。

拓展阅读：

苏州太仓
《知畏堂文存》明·张采

◎ 关键词：七录斋 学术研究 《五人墓碑记》

复社文人张溥

张溥，字天如，号西路，江西太仓人，明崇祯进士。他自幼发愤读书，与同乡张采合称"娄东二张"，明史上记有他"七录土焚"的佳话。

张溥在短暂的一生中热衷于我国古代的学术研究，编述3000余卷，涉及文、史、经学各个学科，精通诗词，尤擅散文、时论，堪称明代文坛巨匠。

张溥组织了我国历史上规模最大、影响最深远并以他为领袖的文人进步社团——复社，其成员遍布全国，并在南京、苏州多次举行集会。他们复兴古学，奖掖后进，指陈时弊，揭露阉党，力主改良，声震朝野，成为当时文坛言路的领袖。

23岁时，张溥在苏州创立应社，团结了吴中有抱负的文人，26岁愤而著《五人墓碑记》，丰神独具，正气浩然，矛头直指腐败明王朝的宦官和贪官。27岁入太学，目击朝纲不振、丑类猖狂，与北京文人结成燕台社，作檄文揭发阉党罪行。28岁他又召集丹阳山大会，倡导合大江南北文人社团为复社。崇祯六年，32岁的张溥主盟召开著名的虎丘大会，"山左（西）、江左（西）、晋、楚、闽、浙以舟车至者数千人"。他站在千人石上登高一呼，群起响应，朝野震惊。在当时，复社成员发展几乎遍及国内，共3023人，著名的爱国文人陈子龙、夏允彝、侯岐曾、杨延枢、顾炎武、归庄、陆世仪、瞿式耜、文震孟等都是社内中坚，苏州一带的文人入盟最多，复社成员有的在朝，有的在野，结成了一般宏大的政治力量。

由于张溥等人的筹划和努力，当时的文人一扫"宁坐视社稷之沦胥，终不肯破除门户之角立"的明时士习，打破门户之见，纷纷以国家为重。年轻的张溥在阉势熏天的日子里，不计危殆，挺身而出，树起了以文会友的旗帜团结天下士人的心。他匡扶正义的勇气，感动了整个天下，然而这只是书生意气。他在幕后操纵朝政，反被高官大臣利用，聪明反被聪明误，最终抱着遗恨而死，年仅40岁。

张溥所生活的崇祯朝是明代政治上最腐败的时代，他在一生中始终投身于反对阉党、宦官腐朽势力的斗争。

他所写的《五人墓碑记》是为了纪念反对魏忠贤阉党统治进行不屈斗争遇害的颜佩韦等五人而写的。张溥敢于反对专权，毅然挺身而出，撰文作碑，扬正斥邪，表现了他的崇高气节，几百年来深为后人称颂。这篇脍炙人口的散文，文笔酣畅，气势磅礴，被收入《古文观止》。在苏州虎丘山麓至今还巍然屹立着这块著名的碑石。

●魏忠贤生祠

魏忠贤专权时期，一批阿谀之臣到处为他修建生祠，糜费民财无数。图为明末武清侯李成诺出资为魏忠贤而建的生祠，崇祯即位后诛魏忠贤，此祠改为药王庙。

◎关键词：复兴古学 秋日杂感 几社

几社领袖陈子龙

●陈子龙像

>>> 陈子龙与杨如是

崇祯六年（1633年）秋，杨如是生病，身有微恙的陈子龙与二友同访。两人同病相怜，互相钦佩。后赋诗传情，同居一处，终日相伴。

后因陈子龙妻子反对，无奈分手。陈子龙返回妻子身边不久病倒，病中有词：

一帘病枕五更钟。晓云空，卷残红。无情春色，去矣几时逢。添我千行清泪也，留不住，苦匆匆。楚宫吴苑茸茸。恋芳丛，绕游峰。料得来年相见画屏中，人自伤心花自笑，凭燕子，骂东风。

其情凄婉。

拓展阅读：

松江兵变
《戊寅草》明·汪然明
《陈子龙稿》明·陈子龙
《金明池·咏寒柳》明·柳如是

陈子龙，松江华亭人，生于万历三十六年。他成年时崇祯皇帝已死，而江南各地义军如火如荼。1645年，他在故乡松江和好友夏允彝一起举事，"设太祖像誓众，称监军给事中"，结果却以失败告终，夏允彝赋绝命词，以身殉国，而陈子龙因家中尚有祖母没有赴死。

随后，陈子龙乔扮佛僧，改名信衷。第二年祖母病死后，他接受鲁王兵部职。当时吴江人吴易任兵部侍郎，五月登坛誓师，曾经请陈子龙亲临其军，可惜不久就失败了。随后又有降清将领吴胜兆欲反正，其部下有人是陈子龙的老相识，与之互通信息。不久，吴因为事情泄露被捕。当时清朝巡抚朱国宝欲乘机除尽三吴名士，而以陈子龙为出头鸟，于是便将陈子龙投入牢狱，时为1647年5月。后来，清朝将他解送南京。陈子龙想到祖母已死（其母亲在他考上进士那年，即崇祯十年已死），再无牵挂，乃于途中跳水自尽。他死时年仅40岁。

陈子龙"自幼读书，不好章句，喜论当世之故"，曾和夏允彝、徐孚远、王光承等结"几社"，与"复社"呼应。"几者，绝学有再兴之几，而得知几其神之义也"（杜春登《社事始末》）。他同样是以复兴古学相号召，企图挽救明王朝的危机。崇祯十一年（1638年），他和徐孚远、宋征璧选辑《皇明经世文编》500余卷，多载"议兵食，论形势"，有关"国之大计"之作，可见其用世之志。陈子龙赞同"七子"，反对"公安""竟陵"，但他与"七子"的盲目尊古不同。由于他所处的时代已不允许他脱离现实，完全模拟古人，于是他便站在现实政治的观点上来尊古。他的早期作品中就有反映人民生活痛苦的诗篇，如《辽事杂诗》《小车行》《卖儿行》等。明亡后，他在吴中作的10首《秋日杂感》，表达了他的怀念故国、哀悼殉国烈士的沉痛感情，其中两首如下：

满目山川极望哀，周原禾黍重徘徊。丹枫锦树三秋丽，白雁黄云万里来。夜雨荆榛连茂苑，夕阳麋鹿下胥台。振衣独上要离墓，痛哭新亭一举杯。

行吟坐啸独悲秋，海雾江云引暮愁。不信有天常似醉，最怜无地可埋忧。荒荒葵井多新鬼，寂寂瓜田识故侯。见说五湖供饮马，沧浪何处着渔舟。

这两首诗代表了陈子龙后期诗风直抒孤愤、豪放悲壮的特点。

平民风情——明代文学

●山海关明代铁炮

>>> 聪明过人的夏完淳

夏完淳聪明早熟，天资极高，据说他五岁知五经，七岁能诗文，九岁就写作了《信乳集》。陈继儒《夏童子赞》里曾称许他"包身胆，过眼眉，谈精议，五岁儿"，又说他"矢口发，下笔灵，小叩应，大叩鸣"。

夏完淳八岁跟父亲到北京见到了钱谦益，钱也很惊异他的聪慧，写诗送他说："若令酬圣主，便可压群公。"可见他幼年时即已聪明过人。

拓展阅读：

夏完淳怒斥洪承畴
《卜算子》明·夏完淳
《细林夜哭》明·夏完淳

◎ 关键词：抗清 爱国 史诗

慷慨悲歌《南冠草》

三年羁旅客，今日又南冠。无限山河泪，谁言天地宽！已知泉路近，欲别故乡难。毅魄归来日，灵旗空际看。

夏完淳的这首《别云间》是他离别家乡上海松江时写的一首诗。夏完淳自顺治二年起开始参加抗清斗争，出入于太湖及其周围地区。顺治四年，他被逮捕。此诗除了表达他对故乡的依恋外，着重地写他抗清失败后的悲愤与至死不变的决心。

夏完淳，松江华亭人。他的父亲夏允彝是明末著名的士大夫，曾经做过几社和复社的领袖。夏完淳先后师从于张溥、沈楫、周茂源、计东、陈子龙等名家。他自幼聪颖过人，5岁知五经，7岁能诗文，12岁便已"博极群书，为文千言立就，如风发泉涌"，颇具天赋才华。他14岁随父起兵抗清，兵败后，父亲投水而死，他又随其师陈子龙继续抗清。清兵下江南，他积极参与抗清斗争，事败被捕，慷慨赴死，年仅17岁。他有《代乳集》《玉樊堂集》《夏内史集》《南冠草》等遗作。

夏完淳的文学观点受陈子龙影响，主张复古。他的诗作多反映明亡之际的史实和沉痛心情，于悲凉中发出激昂之气。出于少年人活跃的情感，他的诗往往写得很华美，如《鱼服》诗中以"莲花剑淬胡霜重，柳叶衣轻汉月秋"，写出了在艰苦处境中坚持抗清的决心，用语相当精致。而像伤悼陈子龙的《细林夜歌》和感时自伤的《长歌》等歌行体诗篇，则显得意态激越飞扬，词采鲜丽。他有时也用简劲老成的笔法来表达沉重的心情，如《毗陵遇辕文》：

宋生袭马客，慷慨故人心。有憾留天地，为君问古今。风尘非昔友，湖海变知音。洒尽穷途泪，关河雨雪深。

夏完淳也能写作文章，他的《大哀赋》《狱中上母书》尤为著名。作为一个少年才士和少年英雄，他的作品具有特殊的感染力。

夏完淳虽然活了短短的17年，却创作了诗作近1000首、词作40余首，并坚持不懈地参加抗清斗争，他以他的整个生命谱写了一首璀璨夺目、壮美绝伦的史诗。强烈的爱国思想，喷薄的爱国激情，炽热的浪漫色彩和华美的文辞，是他诗歌的主要特色。他的遗作《南冠草》激励着一代代后人。

日薄西山——

清代文学

→ 封建王朝，日薄西山，残阳夕照。

→ 清初诗坛，钱谦益每思报国，唯以文章，梅村一卷足风流，王士祯独以神韵为宗。沈德潜"格调说"，翁方纲倡导"肌理说"，袁枚情钟"性灵说"。

→ 清词复兴。纳兰性德纯任性灵，"经师楚狂"朱彝尊，"桐城派"建立清代正统"古文"阵营。

→ 清小说风行，才子佳人著文章，《聊斋志异》古今传，《阅微草堂笔记》为正宗，《儒林外史》讽刺经典，红楼一梦成久远。

→ 清戏曲繁盛，兴亡悲剧《桃花扇》，《长生殿》里泪痕多。

→ 中国古典文学的最后辉煌，文学的陈酿，成为永久回味的精神食粮。

1644年，明代崇祯皇帝自缢身亡，明朝降将吴三桂引导清军占领北京，揭开了我国古代社会最后一个封建王朝——清的帷幕。经过两千多年的蹒跚，中国古代文学也在"夕阳无限好"的哀伤中散发着最后的一缕光彩。

清初诗坛上，影响最大的诗人钱谦益，主张诗歌在重"性情"的同时也应重"学问"，具有向宋诗回复的意味。但清前期成就最高的诗人应属吴伟业和王士祯。他们的诗歌注重真实情感的抒发，关怀个人在社会中的命运，具有较强的自我意识，但却不像公安派那样表现得尖锐而浅露。他们都讲究诗歌的艺术性和声调韵律的美感，却又不像七子派那样生硬模拟而造成抒情的阻隔。乾隆时代，沈德潜倡导以"温柔敦厚"为准则的"格调说"，翁方纲倡导重学问、重义理的"肌理说"，而与之相反的则是袁枚所倡导的"性灵说"。袁枚厌恶理学家的矫情与做作，对这些以"道统"自居的人常加以讽刺挖苦。嘉庆、道光时期，出现了杰出的思想家兼优秀诗人龚自珍。

词在清代出现了复兴的势头。从清前期到中期，以词名世的文人很多，影响较大的有纳兰性德以及"浙西词派"的盟主朱彝尊、"常州词派"的盟主张惠言、周济等。

清初散文有着晚明小品文的遗风，在理论上又恢复了唐宋古文的传统，在创作上也愈加偏狭。到了以程朱理学为内核的"桐城派"的出现，清代正统"古文"的阵营才算真正建立。"桐城派"的代表人物是康熙朝的方苞、刘大櫆和乾隆朝的姚鼐。"桐城派"古文是对明末离经叛道和文体解放的散文的"拨乱反正"，是比唐宋古文更强调为封建政治服务和更为程式化的文体，它的影响一直延续到民国时期。"桐城派"一开始就遭到不少人的反对，乾嘉时期著名的学者大都与之异调。如否认古文正统地位的阮元认为骈文才是真正的"文"，钱大昕攻击所谓"古文义法"不过是世俗浅薄之论，章学诚专门作《古文十弊》强调为文须求实、自然。

清代小说创作十分繁盛。短篇小说方面以《聊斋志异》最为著名。清中期，纪昀的《阅微草堂笔记》以平实的笔记体成为中国小说的正宗，并向古雅的传统靠近了一步。长篇小说也很兴旺，佳作迭起。明末清初出现的大量才子佳人小说，是晚明小说的延续。一些历史传奇小说如《水浒后传》《说岳全传》等，则较多受到正统意识的影响。到了清代中期，沿着《金瓶梅词话》的写实传统，出现了中国小说史上两部杰出的长篇白话小说——《儒林外史》和《红楼梦》。前者是讽刺小说的经典，后者则标志着中国古典小说创作的顶峰，被鲁迅先生赞为"自有《红楼梦》出来以后，传统的思想和写法都打破了"（《中国小说的历史的变迁》），预示着中国古典文学向近代文学的转变。

清代戏曲以洪昇的《长生殿》和孔尚任的《桃花扇》最为有名。洪昇将其《长生殿》自比于《牡丹亭》，在歌颂"情"可以超越生死的力量上，它也确与《牡丹亭》一致。清后期的戏曲演出，包括京剧和各种地方戏都很繁盛，但大都是沿袭或改编旧有的剧目、小说，新的剧本创作自中期以来即告衰退，缺乏重振之力。值得注意的是，清末时在留日学生中，第一次出现了由"春柳社"组织的话剧演出，虽然表演的是《茶花女》《黑奴吁天录》等外国文学故事，但却为"五四"以后新的戏剧文学的兴起提供了条件。

清代文学是中国古典文学的终结和总结时代，它不但诗、词、文号称中兴，其他文学样式也都有新的开拓和发展，小说、戏曲中都留下了许多脍炙人口的不朽名著。它是中国古典文学回光返照似的最后辉煌，是一次让人永远回味的灿烂涅槃。

●范湖草堂图 清 任熊
此图卷展示了锦绣多姿的范湖草堂的风貌。图中以浩瀚烟波，映衬错落有致的平坡田畴和起伏的丘陵，构成水环山、山抱水的幽奇意境。虬松垂柳，古木奇卉，分布穿插，雅得其宜，富于幽趣。屋宇亭台多采用传统方法，笔法秀劲，设色浓丽，清雅兼备，鲜明却不浮华。

◎ 关键词：桃符 驱鬼压邪 春联 楹联文学

奇闻趣事话楹联

●千山溪照图 清 龚贤

>>> 朱元璋兴对联

据《簪云楼杂话》记载，明太祖朱元璋定都金陵后的除夕夜之前，曾命公卿士庶家门须加春联一副，并亲自微服出巡，挨门观赏取乐。

尔后，文人学士无不把题联作对视为雅事。

入清以后，对联曾鼎盛一时，出现了不少脍炙人口的名联佳对。

拓展阅读：

回文联
对联大全

我国民间过年悬挂桃符的习俗早在秦汉以前便已经形成。人们把传说中的降鬼大神"神荼"和"郁垒"的名字分别书写在两块桃木板上，悬挂于左、右门，以驱鬼压邪。这种习俗持续了 1000 多年。到了五代，人们开始把联语题于桃木板上。宋代以后，民间新年悬挂春联已经相当普遍。王安石诗中"千门万户瞳瞳日，总把新桃换旧符"之句，真实地描绘了当时的盛况。由于春联的出现和桃符有密切的关系，所以古人又称春联为"桃符"。

到了明代，人们才开始用红纸代替桃木板，于是，便出现了我们今天所见到的春联。

清康熙 60 寿辰和乾隆 80 寿辰两次重大庆祝活动是宫廷楹联创作的高潮。它们多数是"润色洪业，鼓吹承平"之作。这些对联要求严格，"皆出当时名公硕彦之手"，而且又要大量制作，因此必然有利于楹联结构的规范化。

楹联文学在清朝达到全盛。南怀瑾先生甚至将"清对联"与唐诗、宋词、元曲相提并论。从事清代文学史研究的赵雨先生也认为"清代的主流文体是楹联"（赵雨《走向对仗的汉语言文学——清对联》，《对联》2000 年第 5 号）。孙髯的昆明大观楼长联和梁章钜的《楹联丛话》（1840 年）是清代楹联发展的重要里程碑，标志着楹联已经成为可以

与诗、词、曲、赋、骈文分庭抗礼、争奇斗艳的独立文体。在清代，文人学士以楹联赠答，用对联做文字游戏，成为一时风尚。民间出现了许多对联形式，对联文化已成为社会生活的组成部分，流风之盛并不因辛亥革命而衰落。

清末总督奕某贪污腐化，搜刮钱财无数，百姓恨之入骨，但却敢怒不敢言。有人夜晚贴联于督署大门云："人人恨入骨髓，事事得其皮毛。"奕某后又调任别省总督，贪婪更为变本加厉，于是又有人作联："早去一天天有眼，再留此地地无皮。"

清朝同治年间，四川某县有个欺上瞒下、横行霸道的县官柳儒卿，百姓称之为"柳剥皮"。有人便用他的名字作了一副拆字联送他："人非正人，装作雷公模样，却少三分面目；惯开私卯，会打银子主意，绝无一点良心。"上联拆隐"儒"字，下联拆隐"卿"字，借对"儒卿"两字的偏旁、部首、笔画逐一描写，贬斥柳儒卿的阴险歹毒，字字句句鞭辟入里。

清代晚期，贵州省有两个不学无术的教谕（相当于地方教育局局长），他们虽然整日同文人学士打交道，却胸无点墨，常开口说错话，动手写错字，因此读书人都很鄙视他们。有一年乡试考完后，一位考生送给他们一封书简。两

人打开一看，原来是一副对联："不读书以超儒，士心皆冷；未通文而登选，人谓有钱。"这副对联文意贴切，极具讽刺效果。两位羞愧满面，只好辞官而去。

相传清朝大余县有个戴衢亨，勤奋好学，才华颇高，可因县官不识才，他到30余岁连个秀才也没捞到。他的朋友出于义愤为他买了个秀才。他才得以取得乡试资格。在80天里，他由乡试到京试再到殿试，连中三元，被点为状元。他衣锦归乡，感慨之余，写下了一副楹联：

●山水图 清

三十年前，县考无名，府考无名，道考无名，人眼不开天眼见，八十日里，乡试第一，京试第一，殿试第一，蓝袍脱下紫袍归。

联语中"考无名"与"试第一"各自间隔出现三次，形象地表述了自己仕宦途中的坎坷经历，同时又警告了那些玩忽职守、埋没人才的官吏，堪称联中上品。

●顾炎武像

>>> 顾炎武《精卫》

万事有不平，尔何空自苦？长将一寸身，衔木到终古。

我愿平东海，身沉心不改。大海无平期，我心无绝时。

呜呼！君不见西山衔木众鸟多，鹊来燕去自成窠。

前四句是向精卫鸟设问：天下不平事很多，你为什么要填海不止徒然自苦呢？接下来的四句是诗人借精卫之口言志：说自己也是填海的精卫，并且死而无怨。最后两句是借鹊、燕讽刺那些卖国求荣、卖身求荣的人，嘲笑他们忘却民族利益，只去营造自己的安乐窝。

拓展阅读：

顾炎武手不释卷

黄宗羲的启蒙思想

《与人书》清·顾炎武

◎ 关键词：爱国 学者 学问渊博 抗清

风雷剑笔顾炎武

"天下兴亡，匹夫有责"是由明末清初的爱国主义思想家、著名学者顾炎武最先提出的。

顾炎武，江南昆山人，出身江东望族，其高、曾祖父皆为明廷仕宦，但至其父辈时，家道已中落。顾炎武7岁入家塾，14岁取得诸生（即秀才）资格后，与归庄共入复社。年轻的顾炎武性情豪放，敢作敢为，不拘礼法，加入复社后，更是极大地开拓了顾炎武的眼界，增进了他研究现实问题的兴趣。

虽然顾炎武愤世嫉俗，但却未能摆脱科场制度的桎梏，从27岁开始，他连考14年不中。此时，国难当头，顾炎武退而读书，不再参加科场角逐，准备用真才实学挽救国家。顺治二年，清兵下江南，顾炎武在苏州、昆山两地参加抗清斗争。失败后，与归庄等结为"惊隐诗社"，纵论古今，砥砺气节。他们一边秘密从事反清活动，一边做学问。顺治十二年，顾炎武弃家北游。尔后20余年间，他一直往返于山东、河北、山西之间，进行了大量的实地考察和金石考古工作，并著书立说。顾炎武一生铮铮硬骨，恪守母亲不仕二朝、不做二臣的遗训，多次拒绝清廷招聘。康熙二十一年，他在山西曲沃逝世，享年70岁。

顾炎武学问渊博，治经重考据，注意经世致用，开清代汉学风气，与黄宗羲、王夫之并称"清初三大儒"。近代学者梁启超称顾炎武为"清学开山之祖"。顾炎武治学范围广阔，著作甚多，其中最有价值的代表作品是《日知录》《音学五步》《天下郡国利病书》《肇域志》以及后人编辑的《顾亭林诗文集》。

顾炎武的不少拟古、咏史之作通过对历史人物的评价而表述出自己的抗清复明志向。有些运用了托物寄兴手法的咏物诗也都是言志抒情之作。他一生足迹遍天下，写下了不少歌颂祖国山河壮丽的篇章，而他在写景游记之中所流露出的故国之思，更是让人感叹不已。他的许多酬赠之作感情真挚，声情俱现，常融家国之痛于朋友私情之中，成为对抗清斗争中志同道合者的勉励和安慰，读来生动感人。

顾炎武的诗以高尚的民族气节、鲜明的时代特征立于明末清初诗坛，他继承了杜甫、白居易等人的现实主义创作精神，为后世所崇敬。他的诗专宗盛唐，而之后的黄宗羲等人则力倡宋诗，导致了有清以来的唐宋诗之争。顾炎武作为清初的主唐音者，居于开一代诗风的地位，林昌彝在《射鹰楼诗话》中称他为"前明之后劲，本朝诗家之开山"。

◎ 关键词：钱谦益 清诗 开山鼻祖 入阁执政

两朝悲欢一牧斋

●钱谦益像

>>> "吃鸡定情"的故事

明末，钱谦益罢官回乡，在常熟虞山"半野堂"著书吟诗。

一日，钱在虞山下游玩，忽闻异香，随后在僻静山崖处见一叫花子啃鸡，便向他请教鸡的烧法，得知此乃"叫花鸡"，便让家厨据此烤出钱家特色。

名妓柳如是来拜访钱谦益，钱以"叫花鸡"招待柳，两人吟诗谈艺，十分投机。柳如是"宁食终身虞山鸡，不吃一日松江鱼"。两人情定终身。

"叫花鸡"后经柳研究改进，成为钱府秘肴。钱不听柳劝告投降后，柳再不做"叫花鸡"，此菜也随之失传。

拓展阅读：

《饮酒七首》清·钱谦益
《绛云楼书目》清·钱谦益
《绛云楼书目题词》清·曹溶

牧斋是钱谦益的号。钱谦益，常熟人，是晚明东林党魁、复社领袖，他与吴伟业、龚鼎孳并称"江左三大家"，为清诗的开山鼻祖。

牧斋一生最大的愿望是入阁执政，其次是修一代之史，两者均未能如愿以偿，他只好寄情于诗文。他的诗托旨遥深，沉雄博丽，诗中往往蕴藉着文人的自悯，铭刻着江山社稷的寄托，所谓"每思报国，唯以文章"。而且，他的诗中流露出的那种感时叹世、忠君忧国的气息非常浓烈。

牧斋在官场上摸爬滚打了半个世纪，然而他的为官履历中，真正当官的时间却不过四五年，他大部分时间则是过着悠游林下的日子。

64岁那年，牧斋以南明弘光政权文班首臣的身份投降清廷，落了个"靦颜事清""进退无据"的骂名，招惹非议，为人诟病。为此，牧斋也曾自嘲是"荣进败退""天地不祥之人"。一时间，牧斋被视为"才大而识暗，志锐而守馁"，其文也被认为是"苦无真性""少绝嗣音"，并在清代多次遭到禁毁。

降清后的20年间，牧斋仍奔走于反清复明运动之中，历经千难万苦，九死不悔，但却未能完成心愿，以致抱恨终日。他虽久历宦海，屡罹祸患，却能怨而不怼，忧而不慑，在含垢忍耻之余，仍能奋其笔舌，完成了《牧斋初学集》《投笔集》《苦海集》等鸿篇巨制。

清代诗歌宗宋的一派以钱氏为起点，明清诗的变化也以钱氏为一大转折。牧斋本人的诗，是把唐诗华美的修辞、严整的格律与宋诗的重理智相结合之后的产物。以《十一月初六日召对文华殿，旋奉严旨革职待罪，感恩述事凡二十首》之十为例：

> 破帽青衫又一回，当筵舞袖任他猜。
> 平生自分为人役，流俗相尊作党魁。
> 明日孔融应便去，当年王式悔轻来。
> 宵来吉梦还知否？万树西山早放梅。

崇祯初年，魏忠贤一党失势，钱谦益被召入京。他满怀入阁主政的希望，却被政敌抓住某些旧把柄而遭贬斥。诗中自诩、怨恨和故为旷放的态度通过一系列典雅的语言得到有节制、有分寸的表现。

●柳如是像

>>> 秦淮八艳

秦淮八艳的事迹，最先见于余怀的《板桥杂记》，分别写了顾横波、董小宛、卞玉京、李香君、寇白门、马湘兰等六人，后人又加入柳如是、陈圆圆而称为八艳。

八艳有很多共同点：都是被逼上青楼；对爱情和友谊十分忠诚；都有崇高民族气节，危亡之时显出爱国热情；她们在诗词和绘画方面都有很高的造诣。故宫博物院曾展出了马湘兰的兰花长卷，无锡博物院曾展出了董小宛的蝴蝶图。

拓展阅读：

《柳如是》（京剧）
《娱霞杂载》郁达夫
《魂断秦淮》（电视剧）
《柳如是别传》陈寅恪

◎ 关键词：歌伎 才女 美艳绝代 爱国

悲情才女柳如是

柳如是主要活动于明清易代之际，她是著名的歌伎才女。柳如是个性坚强，正直聪慧，魄力奇伟，声名不亚于李香君、卞玉京和顾眉生。柳如是名是，字如是，本名爱柳，因读辛弃疾词"我见青山多妩媚，料青山见我应如是"，故自号如是，后又称"河东君""蘼芜君"。

柳如是，嘉兴人，生于明万历五十年。由于家贫，幼年的她被掠卖到吴江为婢，妙龄时堕入青楼，易名柳隐，在乱世风尘中往来于江浙金陵之间。由于她美艳绝代，才气过人，很快便成为秦淮名妓。她留下了不少值得传颂的逸事佳话和颇有文采的诗稿、书简。

柳如是曾与南明复社领袖张溥、陈子龙友好，与陈情投意合，但陈在抗清起义中不幸战败而死。柳氏择婿要求很高，许多名士求婚她都看不中。崇祯十四年，柳如是刚好20岁时，嫁给了年过半百的东林领袖、文名颇著的大官僚钱谦益。钱娶柳后，为她在虞山盖了壮观华丽的"绛云楼"和"红豆馆"。柳氏后来生有一女。曾有"红学"家认为，曹雪芹设计的绛云轩就是来自柳氏的绛云楼。

当崇祯帝自缢、清军占领北京后，南京建成了弘光小朝廷。在柳如是的支持下，钱谦益当了南明的礼部尚书。不久清军兵临城下，柳氏劝钱与其一起投水殉国。钱沉思无语，最后走下水池试了一下水，说："水太冷，不能下。"柳氏"奋身欲沉池水中"，却给钱氏硬托住了。于是钱便厚颜迎降了。钱降清后去了北京，并做了清朝的礼部侍郎兼翰林学士，由于受柳氏影响，半年后便称病辞归。后来钱谦益又因案件株连，吃了两次官司。柳如是将他营救出狱，并鼓励他与尚在抵抗的郑成功、张煌言、瞿式耜、魏耕等联系。柳氏尽全力资助抗清义军，表现出她强烈的爱国民族气节。钱谦益降清，本应为后世所诟病，但赖有柳如是的义行，而冲淡了人们对他的反感。

1666年，钱氏去世后，柳氏为了吓退前来抢夺瓜分钱家产业的钱氏族人，竟用缕帛结项自尽。一代才女竟然这样结束了一生，实在是令人叹惋。柳氏死后葬于虞山佛水山庄。

郁达夫在《娱霞杂载》中录有柳如是的《春日我闻室》一诗，风格清婉，韵味绝妙。就文学和艺术才华，她可以称为"秦淮八艳"之首。著名学者陈寅恪读过她的诗词后，"亦有瞠目结舌"之感，十分敬佩柳如是的"清词丽句"。清人认为她的书简"艳过六朝，情深班蔡"。柳氏还精通音律，长袖善舞，书画也颇负名气。她的画娴熟简约，清丽有致，书法也为后人所赞赏，称其为"铁腕怀银钩，曾将妙踪收"。《中国美术

●多铎入南京图
顺治二年（1645年）五月，多铎率军攻入南京，南明大批官僚跪于道路两旁向清军主帅多铎请降。

●元机诗意图 清 改琦
图中画的是美人手展诗卷、侧身坐于藤椅上的情景。她身单体薄，面容憔悴，双目中隐隐流露出一丝矜持凄凉的怨情。这正是清代文人画家所刻意追求的女性"清淑静逸"之趣。

家名人辞典》里是这样评价柳如是的："……博览群籍，能诗文，善书画。书得虞、褚法。白描花卉，雅秀绝伦。间作山水石竹，淡墨淋漓，不减元人……"柳如是在后世获得了极高的评价和尊重，可见其才女之名无虚。

●诗人吴伟业

>>> 画中九友

清初吴伟业所作《画中九友歌》中，赞明末清初董其昌、杨文骢、程嘉燧、张学曾、卞文瑜、邵弥、李流芳、王时敏、王鉴等九位画家为"画中九友"。

董其昌在山水画的南北宗派论中崇南抑北，以南宗清幽淡远之风为画家止脉，其时的画家李流芳、程嘉燧、杨文骢等受其影响颇深。清初王时敏、王鉴等也传其脉络。

他们非属同一画派，而是以友谊为纽带、相互切磋画艺的几位画家，在明末清初画坛中占主导地位。

拓展阅读：

李自成起义
《过吴江有感》清·吴伟业
《题梅村先生画像》清·施补华

◎ 关键词：终隐 仕清《圆圆曲》艺术魅力

梅村一卷足风流

吴伟业，号梅村，江苏人，明崇祯四年进士，为翰林院编修，官至左庶子。明亡后他曾与侯方域相约终生隐居不仕，但迫于清廷的压力，还是应召北上，当了国子监祭酒，一年多后即辞职南归。吴伟业并没有很强烈的用世之心，入清以后也不再参与政治性的活动。但为了家族考虑，他又不得不出仕清朝。仕清以后，他又感受到传统"名节"观念给他的沉重负担，于是自悔愧负平生之志，心情十分痛苦。吴氏临终时，要求后人在墓碑上只题"诗人吴梅村之墓"，这是他企图摆脱社会所加的政治身份的最后挣扎。

吴伟业早期的诗，善于用清丽之笔抒写青年男女的缠绵之情。明末清初，社会动荡，吴伟业写了许多以重大历史事件为背景的诗篇，如《听女道士卞玉京弹琴歌》《鸳湖曲》《琵琶行》《临淮老妓行》《永和宫词》《楚两生行》《松山哀》等，其中尤以七言歌行体的长篇《圆圆曲》最能代表他的艺术风格与成就。作为一个诗人，他所关心的不是重大的史实，而是具体个人在历史中的命运。《圆圆曲》以充满同情的笔调描述了名妓陈圆圆曲折坎坷的经历：她先是被皇戚田畹买来送给崇祯皇帝解闷，因皇帝没有兴趣，又将她送归田家。后被吴三桂看中，田畹又把她送给吴为妾。李自成军队攻占北京后，大将刘宗敏将她占为己有。吴三桂因此怒不可遏，引清兵夹击李自成，重新把她夺回，而明朝、清人和李自成三方的对峙形势却因此而发生了根本的变化。陈圆圆似乎成为历史转折的关键，实际上她却是一个被不幸的命运所播弄完全无法自主的可怜之人。而可悲的是，她的这种遭遇，竟然被旧日的同伴所羡慕："传来消息满江乡，乌柏红经十度霜；教曲伎师怜尚在，浣纱女伴忆同行。旧巢共是衔泥燕，飞上枝头变凤凰；长向尊前悲老大，有人夫婿擅侯王。"

《圆圆曲》是一首爱情诗，诗中对于吴三桂措辞隐约闪烁，似乎带有婉转的嘲讽，却又带着颇多的同情。"恸哭六军俱缟素，冲冠一怒为红颜"，"妻子岂应关大计，英雄无奈是多情。全家白骨成灰土，一代红妆照汗青"，这些诗句写出了吴三桂的悲剧性处境：他不能忍受所爱之人被人强占的耻辱，做出与李自成为敌的决定，而由此付出的代价是包括父亲在内的全家的毁灭。在这首诗中，作者并没有也不可能对吴三桂做全面的评价，但他确实指出，人处在历史造成的困境中时，因无法做出两全的选择，而不得不承担悲剧的命运。诗中包含了诗人自身的人生体验，因而写得扑朔迷离，感人至深，极富艺术魅力。

◎ 关键词：江左三大家 诗人 人妖 名妓

江左名家龚鼎孳

● 龚鼎孳墨迹

>>> 顾横波眉眼倾进士

秦淮名妓顾横波的美，最叫绝的就在那眉眼儿，年轻才俊的龚鼎孳被迷得神魂颠倒，与顾横波结下美满姻缘。

龚鼎孳进士及第回乡省亲，之后，在回京路上，经友人介绍，他来到眉楼，一见到明眸如水、眉目含情的顾横波，立刻为之倾倒。顾横波见来客气度儒雅，热情接待。两人对坐窗前，各捧香茗一杯，谈诗论画，十分投机。他们相守一月，情意融洽。

后两人鸿雁传书一年有余，22岁的青楼女子终于嫁给了26岁的多情进士郎。

拓展阅读：

《白门柳》刘斯奋
《横波夫人考》孟森
《定山堂集》清·龚鼎孳

所谓"江左"，地理上是指靠长江下游左面的一些区域，在那时的政治地理上属江南，东晋渡江后这一地区一直名为江左。

龚鼎孳，江左名家之一，与同为明末清初的另两位著名文学家钱谦益、吴伟业并称"江左三大家"。他官居礼部尚书，娶了"秦淮八艳"之一的江南名妓顾眉。顾眉能诗曲，善画兰，先为妾，后扶正为夫人，改名顾横波，人称横波夫人。

龚鼎孳和钱谦益都是明末清初名声显赫的诗人，他们的人生经历还有一些有趣的共同点。他们都是主动降清的明朝官吏，并各有一位如花似玉的小妾。明末国难当头时，两位女子对于丈夫的去从都曾经有所表示。清兵围城，柳劝钱跳水自尽殉国。李自成陷北京，龚说，他本人原想一死了之，无奈小妾（指顾）不肯。最后一点，钱谦益和龚鼎孳都因降清一事名节扫地，却都借助于身边的宠妾而有所补救。

龚鼎孳之妻顾眉原名顾媚，字眉生，是"南曲"中的一员。她生得娇小玲珑，艳若桃花，能歌善画，精通文史，称为"南曲第一"。大才子龚鼎孳就被顾眉所"迷"，将她娶为妻子。

龚鼎孳在明朝末年，已经做着兵科给事中的官。李自成攻陷北京时，他归顺了李自成。南明末期，豫亲王多铎带领清兵渡江，包围了南京城，龚鼎孳跟着钱谦益等人出城投降清军。因为迎降有功，他在清朝继续做他的官，历任刑、礼等部尚书，二品大员。由于他毫无气节的"一半清朝一半明"，而引来朝野内外谩骂讽刺不断。

龚鼎孳乐于助人，爱才如命，落难的文士都喜欢向他寻求帮助。他的"视金钱如粪土"的习性，借着顾眉的推波助澜，更是越发没有节制。随着时间的推移，他的"人妖"形象多少被其人性中美好的一面给冲淡了。龚鼎孳擅长写诗，上门求诗的人不少。顾眉善画，尤其善于画兰，请她画兰的人也多。她画的兰花，下款多署"横波夫人"四字。康熙三年，顾眉去世，享年46岁。她死在龚鼎孳之前，当时来吊唁的人非常之多，车水马龙，连门口都堵住了。吊客之中，自然少不了有看在"尚书夫人"面上例行公事的人，但其中恐怕也有不少人是真的崇敬她，喜欢她的贤良品质和优雅才学，而特意前来送她的。

● 金圣叹评《水浒传》书影

>>> 金圣叹妙联赏析

老拳搏古道；儿口嚼新书。
　　——金圣叹自题

雨入花心，自成甘苦；水归器内，各现方圆。
　　——金圣叹自题

流水今日；明月前身。
　　——金圣叹题佛经

千古绝吟太白诗；大江东去学士词。
　　——金圣叹题书房

半夜三更半；（某方丈）中秋八月中。（金圣叹）
　　——金圣叹属对报国寺方丈

天上月圆，人间月半，月月月圆逢月半；今夜年尾，明朝年头，年年年尾接年头。
　　——金圣叹题时令年节

拓展阅读：

《金圣叹批本西厢记》张国光
《天下才子必读书》清·金圣叹

◎ 关键词：奇才 狂放不羁 评书衡文 幽默大师

怪胆狂情金圣叹

"上有天堂，下有苏杭"，人间胜境苏杭一向是江南的典范，历来人才辈出，明末清初的奇才金圣叹就出现在这里。金圣叹为清初的文坛、诗坛抹上了一笔浓郁的色彩。他既是小说批评家，又是诗论家、文论家和史评家，堪称中国文学评论史上的一个全才。

金圣叹少年时，因年终考试时所写文章"怪诞不经"，而被革名除籍，后顶金人瑞名应试，以优异成绩举拔第一，补吴县痒生，入清后绝意仕进。金圣叹一生狂放不羁，好评书论文，曾推《庄子》《离骚》《史记》《水浒传》《西厢记》和杜诗为天下才子必读之书，并打算逐一评点，因突遭大祸，生前只完成了《水浒传》和《西厢记》的评点。《水浒传》金批本成了几百年来流传最广、影响最大的一个《水浒传》本子。

金圣叹还是个幽默大师。据说他年轻时在乡邻们的促使下，前往参加乡试，考题为"西子来矣"（西子即西施美称），题意要求对越国的西施出使吴国的史实给予评说。金圣叹把功名视若草芥，他面对试题，挥笔而书："开东城，西子不来；开南城，西子不来；开北城，西子不来！开西城，则西子来矣！西子来矣（西门的人来了）。"主考见他把功名视若儿戏，即在卷上批道："秀才去矣！秀才去矣！"于是，金圣叹名落孙山。

金圣叹对清朝大兴文字狱很是不满，他大声疾呼悲痛不已，并带领学生去哭孔庙，表示抗议。清统治者于是以蛊惑倡乱的罪名判处他死罪。其子梨儿、莲子前往探监，父子相对惨然。金圣叹赋诗曰："莲子心内苦，梨儿腹中酸。"此诗语意双关，对清统治者的残暴给予了有力的谴责。临别，两个儿子询问父亲有何遗嘱。金圣叹叫他们俯耳过来，悄声说："花生米与五香豆腐干同嚼，有火腿味道，千万不要让那些刽子手知道，免得他们大发横财。"金圣叹以他的幽默诙谐表现了他对清朝统治者的轻蔑与反抗。

金圣叹被处决时，正值山河淡妆素裹、雪化冰消之际。他昂首苍穹，触景生情，立就一首自悼诗："天生悼我地丁忧，万里江山尽白头。一时太阳来吊唁，家家户户泪珠流。"吟罢，金圣叹人头落地。那头颅滚出数丈，从耳内抛出两个纸团。监斩官将纸团打开一看，一纸团上写的是"好"字，另一纸团上写的是"痛"字。这两个字是他对人民深重灾难的呼号，也是为自己不幸命运的哀叹！

金圣叹才华横溢，一生批了很多书，是位声名显赫的人物。只可惜他性情狂妄自大，最终招来杀身之祸，为后世文人所慨叹不已。

●行书诗扇面 清 李渔

>>> 《柳毅传》

《柳毅传》，唐人著名传奇小说之一，李朝威著。原载《太平广记》，只题作《柳毅》，鲁迅的《唐宋传奇集》始为校增。汪国垣的《唐人小说》仍作《柳毅》。

唐仪凤年间，落第书生柳毅，于回乡途中遇见龙女在荒野牧羊。龙女向他诉说了受丈夫、儿子和公婆虐待的情形，柳毅带信给她父亲洞庭君。洞庭君之弟钱塘君闻知，把侄婿杀掉，救回龙女，并欲将龙女嫁给柳毅，但因言语傲慢，遭到柳毅拒绝。其后柳毅续娶范阳卢氏，实为龙女化身。两人终成幸福夫妇。

拓展阅读：

南京"芥子园"
《美人香》清·李渔
《明珠记·煎茶》清·李渔
《笠翁一家言全集》清·李渔

◎ 关键词：剧作家 戏剧理论家 《闲情偶寄》

戏坛大腕李渔

李渔是清代前期重要的剧作家和戏剧理论家。他的剧作有《笠翁传奇十种》，戏剧理论主要见于收入《笠翁一家言》的《闲情偶寄》。

中国戏剧发展到清初，经历了元杂剧和明传奇两次高潮，积累了许多经验，也有不少人从理论上加以探讨和总结，但多是札记、评点、序跋之类，对于戏剧文学还缺乏系统的理论总结。李渔以自己多年写剧和率家庭戏班从事实际演出的经验为基础，参照前人的成果，提出了自己的戏剧理论。

《闲情偶寄》内容博杂，反映出李渔的文艺素养和生活趣味，是他非常看重的一部分。其中关于戏曲创作的《词曲部》分为"结构""词采""音律""宾白""科诨""格局"六章，最精彩的是前面两章。李渔首先强调"天地之间有一种文字，即有一种文字之法脉准绳"，而"填词之设，专为登场"，所以谈戏曲应首先从舞台演出的特点来考虑。他把"结构"放在首位，这和前人首重音律或首重词采（文字的美）明显不同。在戏剧构造方面，李渔提出的重要原则有："立主脑。"即突出主要人物和中心事件，并以此体现"作者立言之本意"；"脱窠臼"，即题材内容应摆脱套路，追求新奇，重视创意；"密针线"，即紧密情节结构，前后照应，使全剧成为浑然一体；"减头绪"，即删削"旁见侧出之情"，使戏中主线清楚明白。这些论点都能切合戏剧艺术的特性，且简明实用。李渔反对用书面文学的标准来衡量戏剧语言，认为必须首先从适合舞台演出来考虑，所以剧作家应"既以口代优人，复以耳当听者"。

《笠翁传奇十种》中，《比目鱼》写得最为感人。剧中写贫寒书生谭楚玉爱上一个戏班中的女旦刘藐姑，于是入班学戏，两人暗中通情。后藐姑被贪财的母亲逼嫁钱万贯，她誓死不从，借演《荆钗记》之机，自撰新词以剧中人物钱玉莲的口吻谴责母亲贪恋豪富，并痛骂在场观戏的钱万贯，然后从戏台上投入江水，谭也随之投江。两人死后化为一对比目鱼，被人网起，又转还人形，得以结为夫妇。本剧将一种生死不渝的儿女痴情表现得淋漓尽致，戏中套戏的情节也十分新奇。

另外，据元人杂剧《柳毅传书》《张生煮海》改编的《蜃中楼》主要写男女痴情，也比较符合一般人的欣赏习惯。

李渔的戏剧情趣较为低俗、缺乏理想光彩，但他善于描绘常人的生活欲望，在离奇的情节中表现出真实的生活气氛，剧本的写作更富于才情和机智。

◎ 关键词：文豪 诗文 清新跌宕 怀古咏史

"经师楚狂"朱彝尊

● 朱彝尊像

>>> 浙西词派

清代重要词派。其创始者朱彝尊及主要人物都是浙江人，故称之。该词派其他主要作家还有李良年、李符、沈登岸、龚翔麟等。

浙西词派崇尚姜夔、张炎，以淳雅婉约为正宗，贬低豪放词派，认为词"宜用于宴嬉逸乐，以歌咏太平"。因此在创作中忽视词的内容，注重词的格律，词句工丽、孤僻，艺术上追求"幽新"风格。由此形象有些破碎，内含晦涩，但也有一些清新之作。

拓展阅读：

鸳鸯湖
嘉兴十二景
《明诗别裁》清·朱彝尊
《曝书亭集》清·朱彝尊

朱彝尊，生于明崇祯二年，号竹垞，浙江嘉兴人，卒于清康熙四十八年。他出生在嘉兴碧漪坊，21岁时移居梅里，幼年酷爱读书，好学不倦，聪颖过人，"书过眼，复诵不遗一字"。他一生酷爱书籍，勤于考证，勇于创新，著作甚丰，为一代文豪。康熙四十七年（1708年），家乡因天灾之害，春荒严重，大批饥民无以为生。朱感同身受，于是首倡募捐救灾，并亲自在古南禅寺院主持施粥，受惠者达2万人。同年10月，他因病逝世，享年81岁。

朱彝尊早年就以诗文著称，为清初有代表性的作家。他文与汪琬并驱，诗与王士禛齐名，与王并称为南北两大诗人。以他为代表的浙西词派和以陈维崧为代表的阳羡派，并峙词坛。他经过八年努力并于1678年辑成的《词综》，选取唐、五代、宋、金、元660家的2250首词，至今仍不失为中国词学方面的重要选本。

朱彝尊的词现存500多首，其风格清新疏宕，字句精练，尤以小令为佳。46岁那年，他在北京郊区写的《鸳鸯湖棹歌》100首，通俗易懂，富于民歌色彩。如"蟹舍渔村两岸平，菱花十里棹歌声"，"村边处处围桑叶，水上家家养鸭儿"等，把当时嘉禾鱼米之乡的风情描绘成一幅幅美丽的图画。郭沫若有诗写道"鸳湖四百棹歌外，国际歌声传九陔"，可见其名声之大。

朱彝尊由数种词集汇编而成的80卷《曝书亭词》，讲求词律工严，用字细密清新，其佳者意境淳雅净亮，极为精巧。如《洞仙歌·吴江晓发》：

澄湖淡月，响渔榔无数。一霎通波拨柔橹，过垂虹亭畔，语鸭桥边，篱根绽、点点牵牛花吐。红楼思此际，谢女檀郎，几处残灯在窗户。随分且欹眠，枕上吴歌，声未了、梦轻重作。也尽胜、鞭丝乱山中，听风铎郎当，马头冲雾。

江南水乡的静谧清晨和乘舟出发的风情被描摹得十分细腻。一路月淡水柔，篱边花发，楼头灯残，舟中人在吴歌声中若梦若醒，写出了一种幽秘的情趣。朱彝尊有一部分据说是为其妻妹而作的情词，大都写得婉转细柔，时有哀艳之笔。下面是其中的一首《眼儿媚》：

那年私语小窗边，明月未曾圆。含羞几度，几抛人远，忽近人前。无情最是寒江水，催送渡头船。一声归去，临行又坐，乍起翻眠。

词中把初恋时的欲罢还休，热恋后离别之际的坐立不安，表现得淋漓尽

●朱彝尊《行书经义考》卷

致。词作文字平易清新,细细品味之下能够领略到作者苦心孤诣的锤炼功力。

朱彝尊的词作中,还有一部分怀古、咏史之作,颇有苍凉之意,但缺乏激昂雄壮的情调。如《金明池·燕台怀古,和申随叔翰林》的结末几句"数燕云、十六神州,有多少园陵,颓垣断碣。正石马嘶残,金仙泪尽,古水荒沟寒月"。他推崇南宋亡国前后的一群词人,而他们的特点正是用精雅的语言形式构造清空虚渺的意境,作为逃脱现实的心灵寄寓,他和他们有着时代、处境和心理的相似之处。后人批评说:"自朱竹垞以玉田为宗,所选《词综》,意旨枯寂;后人继之,尤为冗漫。以二窗为祖祢,视辛、刘若仇雠,家法若斯,庸非巨谬。"

中年以后,朱彝尊致力于经史。他的《经义考》共300卷,康熙南巡时,题诗于卷首,并赐御书"研经博物"匾额。他的《日下旧闻》共42卷,博考群书和金石遗文,摘引书目达1400多种。

●《大清一统志》书影

>>> 桐城五祖

"桐城五祖",是指文都桐城文化发展史上最具代表性的五位开山大师。虽然,桐城设县起于唐代,而文化艺术形成流派,却源头在宋,爆发于清,断层于"五四运动",真正的复活期在网络蓬勃发展的今天。

桐城画祖——李公麟、桐城文祖——方苞、桐城诗祖——姚鼐、桐城艺祖——严凤英、桐城赋祖——潘承祥。

这五人,分别代表着桐城文化的五个领域。他们是创造了文化高峰的大师,在桐城文化发展进程中,占有转折时刻最突出的位置,分量弥足贵重。

拓展阅读:

曾国藩"湘乡派"
中华辞赋革新运动
《左忠毅公逸事》清·方苞
《方望溪先生全集》清·方苞

◎ 关键词:散文家 江南第一 桐城派 封建礼教

"桐城派"创始人方苞

方苞,散文家,安徽桐城人。他自幼聪慧,24岁至京城,入国子监,便以文名大振,被称为"江南第一"。大学士李光地称赞其文章是"韩欧复出,北宋后无此作也"。

方苞32岁考取江南乡试第一名,康熙四十五年考取进士第四名,后因《南山集》案被株连下江宁县监狱。不久,他被解到京城下刑部狱,定为死刑。在狱中两年,他著成《礼记析疑》和《丧礼或问》。康熙五十二年,因重臣李光地极力营救,始得康熙皇帝亲笔批示"方苞学问天下莫不闻"。方苞最终免死出狱,以平民身份入南书房做皇帝的文学侍从,后来又移到养蒙斋编修《乐律》。康熙六十一年,担任武英殿修书总裁。雍正九年授詹事府左春坊左中允,次年迁翰林院侍讲学士。雍正十一年,提升为内阁学士,任礼部侍郎,担任《一统志》总裁。雍正十三年,任《皇清文颖》副总裁。清乾隆元年,再次入南书房,任《三礼书》副总裁。乾隆四年,被谴革职,仍留三礼馆修书。乾隆七年,因病告老还乡,乾隆帝赐翰林院侍讲衔。从此,他在家闭门谢客著书,乾隆十四年病逝,享年82岁,葬于江苏六合。

作为"桐城派"创始人,方苞所作散文多为经说及书序碑传之属,立论大抵本程朱学说,宣扬封建礼教。

方苞首创"义法"说,"义"主要指文章的意旨、论断与褒贬,"法"主要指文章的布局、章法与文辞。他所提倡的"义法"和"道""文"统一为桐城派散文理论奠定了基础。后来桐城派文章的理论,即以方苞所提倡的"义法"为纲领,继续发展完善,方苞也因此被称为桐城派的鼻祖。他一生著文甚丰,有《方望溪先生全集》。

方苞所谓的"义法"乃"古文"之"义法","若古文则本经术而依于事物之理",也就是说必须依据儒家经典的宗旨来叙事论理,方有"义法"可言。这种古文又有它的历史传统,"盖古文所从来远矣,'六经'《语》《孟》其根源也。得其枝流而义法最精者,莫如《左传》《史记》,……其次《公羊》《谷梁传》,……两汉书、疏及唐宋八家之文"(《古文约选序例》)。在方苞看来,唐宋八大家如柳宗元、苏氏父子经学根底太差,欧阳修也嫌粗浅。这其实就是接过唐宋古文的"道统"旗号,再参取程朱一派理学家的意见,在"古文"中深化经学气息,对学唐宋八大家的人提出需要警戒的地方。

方苞本人的文章,以碑铭、传记一类写得最为讲究,因为这类叙事之文,最容易见"义法"。他的文章中最有价值的应数《狱中杂记》,因是作者亲身经历,所以文章写狱中种种黑暗现象,真切而深透。

● 王士禛像

>>> 《幽篁坐啸图》

清代禹之鼎画。绢本，设色，纵63厘米，横167厘米，现藏于山东省博物馆。

此图画清代诗坛领袖渔洋山人王士禛。王士禛临坐于铺有裘皮的盘石上，眉清目秀，长发朱唇，横琴未弹，若有所思，具有诗人学者气质。衣纹用柳叶描，颇生动；以水墨写幽篁，有元人法；石用披麻皴。溪流向远处淡化，令人遐思，皓月当空，更增寂静雅趣。

作者录王维诗以烘托画意。画前题"幽篁坐啸"四字，款署"海宁门人陈奕禧"。画后题诗甚多，作者均系王士禛门人。

拓展阅读：

《花草蒙拾》清·王士禛
《古学千金谱》清·王士禛
《王士禛放鹇图》清·禹之鼎

◎ 关键词：南朱北王 《神韵集》《唐人万首绝句》

"渔洋山人"——王士禛

王士禛，字子真，号阮亭，别号渔洋山人，新城人，常自称济南人。他是清初的文坛领袖，与浙江朱彝尊齐名，时有"南朱北王"之称。

出身官宦世家的王士禛5岁入家塾读书，6岁读《诗经》。22岁考中进士，文名渐著，23岁游历济南，他曾邀请在济南的文坛名士，集会于大明湖水面亭上，即景赋秋柳诗四首。此诗传开，大江南北一时和作甚多，他们这一组织也被当时文坛称为"秋柳诗社"。王士禛从此闻名天下。后人将大明湖东北岸一小巷命名"秋柳园"，指为王士禛咏《秋柳》处。他所传诗文中，也有不少题咏济南风物，记叙济南掌故之作。

王士禛官至刑部尚书。他在职期间恪尽职守，廉洁奉公，政绩斐然，曾查获、清理了若干积案冤案。虽任职繁忙，他仍不懈著述，为康熙皇帝所赏识，改授翰林院侍讲。康熙皇帝又征召他的诗稿，他"选录三百篇以进，定名《御览集》，尤为朝士所罕见"。自此，他便以诗蜚声海内，被文坛人士倍加推崇，成为一代诗宗，领袖文坛数十年。

他还吸取唐司空图《二十四诗品》和南宋严羽《沧浪诗话》的理论，经加工充实和发挥，创立"神韵说"，强调作诗要"兴到神会，得意忘言"，以"不着一字，尽得风流"为诗歌的最高境界，以"天然不可凑泊"为作诗的要诀。他精选《神韵集》《唐人万首绝句》等诗集，作为典型神韵作品，供人阅读。他力主革除旧诗论复古僵化的流弊，并开拓了新的诗风，成为诗坛一代宗师。

他的词追求诗情画意，有些词句，流传至今，脍炙人口。他的散文也非常出色，包括序、跋、传、铭、书札、游记、随笔、小说等，都篇幅较短，自然成章，以简洁明快见长。尤其写景的篇章，别出心裁，清丽恬雅，有浓厚的抒情韵味。他交游甚广，不以地位论交，常和寒士交往。他所记的人物遍及各行各业，有木匠、裁缝、农夫、僧道、挑夫、闺女、乞丐等。特别是他和贫寒塾师蒲松龄，文字交往多年，情深意厚。他很注意培养和提拔人才，"荐举人才，率不令其人知，及门人半天下"，许多名人都是他的门人。

他一生著述50余种，"生平为诗不下三千首"，为文更多，主要作品有《渔洋诗集》《渔洋文略》《池北偶谈》《蚕尾集》《香祖笔记》《居易录》《渔阳诗话》《感旧集》等。当时的著名文人钱谦益称赞说："贻上之诗，文繁理富，衔华佩实。感时之作，测恰于杜陵；缘情之仁，缠绵于义山……宗盟海内五十年，时人尊仰如泰山北斗。"

●冷山幽亭图 清 吕潜

>>>《幽梦影》中"十大恨"

一恨书囊易蛀，二恨夏夜有蚊，三恨月台易漏，四恨菊叶多焦，五恨松多大蚁，六恨竹多落叶，七恨桂荷易谢，八恨薜萝藏虺，九恨架花生刺，十恨河豚多毒。

张潮认为生活中有十个缺憾：一恨是因影响他读书；二恨是因无法去户外纳凉；三恨是因难以尽情享受月光的风韵；四恨是其削弱了菊花的雅致；五恨是因妨碍人在松下静坐；六恨是因竹不能四季常青；七恨是因桂荷难以青春永驻；八恨是因其让人森然惊惧；九恨是因其会刺伤手指；十恨是因河豚只能看不能吃。

拓展阅读：

林语堂
《花影词》清·张潮
《虞初新志》清·张潮
《菜根谭》明·洪应明

◎关键词：张潮 评点 风靡一时

清言神品《幽梦影》

《幽梦影》是清代文学家张潮所著。张潮，字山来，号心斋，安徽人，生于1650年，曾任翰林孔目。"幽梦影"三字听来温柔婉约，如惺忪绮梦，令人展味低回。《幽梦影》共219条关于人生感悟和自然静赏的格言，它用幽静的态度去观察人生与自然，读后使人的心境如梦一般的迷离，如影一般的朦胧。此书在写作的过程中即得到清初120余位大学者和艺术家的赞赏和评点，影响极大！

"幽梦一帘花影深，清风明月露天真。山川万物皆文史，阅尽沧桑自在身"，在《幽梦影》一书中，尤多格言妙论，言人之所不能言，道人之所未经道。

《幽梦影》一书并不艰涩深奥，每读必有所得。现摘录一些句子：

情必近于痴而始真，才必兼乎趣而始化。

多情者必好色，而好色者未必净属多情；红颜者必薄命，而薄命者未必属红颜；能诗者必好酒，而好酒者未必净属能诗。

蛛为蝶之敌国，驴为马之附庸。

妾美不如妻贤，钱多不如境顺。

律己宜带秋气，处世宜带春风。

痛可忍而痒不可忍，苦可耐而酸不可耐。

庄周梦而为蝴蝶，庄周之幸也。蝴蝶梦而为庄周，蝴蝶之不幸也。

所谓美人者，以花为貌，以鸟为声，以月为神，以柳为态，以玉为骨，以冰雪为肤，以诗词为心，吾无间然矣。

张潮著成《幽梦影》后，其书风靡一时，激发起了人们共同欣赏、评点的热情，受到欢迎的程度，大大超过了《菜根谭》。林语堂先生在《张潮的警句》中说，大自然整个地渗入我们的生命里。大自然有的是声音、颜色、形、状、情趣和氛围。人类以感觉的艺术家的身份，开始选择大自然的适当情趣，使它们和自己协调起来，这是中国一切诗歌或散文作家的态度。

林语堂称《幽梦影》是一部"文艺"和"人生"的格言集，是对大自然审美情趣的"最佳表现"，书中无处不在透露着禅的情趣。难怪在《幽梦影》的评论者中有好几位是和尚，看来其书深得佛禅三昧。而石庞在《幽梦影序》中也说："金绳觉路，弘开入梦之毫；宝筏迷津，直渡广长之舌。"

●吕留良像

>>> 明史案

1661年,庄廷珑私著明史案发。

庄廷珑出生于一个巨富的书香之家。入清后,庄购得前明朝大学士朱国祯所撰明史稿,并广聘名士增补天启、崇祯两朝史事。但由于书中有诋毁清统治者的文字,所以不断遭到勒索。后因罢官的知县吴知荣勒索未成,便将初刊本呈交司法。

清统治者为了压制一切公开的或潜在的反清活动和思想,于是大兴冤狱。明史案称为清代牵连最广、规模最大的文字狱之一。

拓展阅读:

吊脚楼
胡中藻案
八股取士
《西湖志》清·李卫主

◎关键词:雍正 文字狱 镇压

可怕的文字狱

对明朝留下来的文人,清朝统治者一面采取招抚办法,一面对不服统治的,则采取严厉的镇压手段。就在康熙帝即位的第二年,有官员告发浙江湖州文人庄廷珑私自招集文人编辑《明史》,里面有攻击清朝统治者的语句,还使用南明的年号。这时候,庄廷珑已死去,朝廷下令,把庄廷珑开棺戮尸。他的儿子和写序言的、卖书的、刻字的、印刷的以及当地官吏,被处死的处死,充军的充军。这个案件,一共株连到70多个人。因为这些案件完全是由写文章引起的,所以就管它叫"文字狱"。

康熙帝做了61年皇帝之后老死,他的第四个儿子胤禛即位,这就是清世宗,又叫雍正帝。清朝在残暴成性、猜忌心又很重的雍正帝的统治下,文字狱也更多、更严重,最出名的是吕留良事件。

吕留良是一个著名学者。明朝灭亡以后,他参加反清斗争没有成功,就在家里收学生教书。有人想向朝廷推荐他博学鸿词,他坚决拒绝了。后来他削发当和尚,躲在寺院里著书立说,书里面有反对清朝统治的内容,幸好没有流传开去。湖南人曾静对吕留良的学问十分敬佩,就派学生张熙,到浙江去打听吕留良死后遗留下来的文稿。曾静还找到吕留良的两个学生,密谋推翻清王朝。后来,曾静又打听到汉族大臣岳钟琪掌握很大兵权,于是他写了一封信,派张熙去找岳钟琪。岳钟琪接见张熙,拆看来信,大吃一惊,并立刻把张熙打进牢监。张熙受尽种种酷刑,就是不招。第二天,他把张熙从牢里放出来,秘密接见了他。岳钟琪哄得张熙提供了情况,一面派人到湖南捉拿曾静,一面立刻写了一份奏章,把曾静、张熙图谋造反的情节,一五一十报告了雍正帝。

雍正帝接到报告,龙颜大怒,立刻下命令把曾静、张熙解送到北京,严刑审问。案子牵连到吕留良。吕留良已经死了,雍正把吕留良的坟刨了,棺材劈了,又把吕留良的后代和他的两个学生满门抄斩。还有不少相信吕留良的读书人也受到株连,被罚到边远地区充军。

另外有不少文字狱完全是无中生有,挑剔文字过错,甚至为了一句诗、一个字也惹出大祸。

清朝统治者本是北方少数民族入主中原,因此对异端思想的警惕性相当高。清初康熙二年有庄廷珑一案,但文字狱的真正兴起则在康熙晚期。康熙大帝在消灭了南明永历政权、平定三藩和灭亡台湾郑氏集团这些对手后,让他放心不下而又急需整治打击的,就是那些念念不忘明朝故主、时时冷言讥讽清朝的大明遗民了。于是,一场充满腥风血雨的屠杀开始了。

●独成一家的词人纳兰性德

>>> 多情伤情一天才

对于爱情，纳兰性德多情而不滥情，伤情而不绝情，爱情因而成为他诗词创作的一大源泉。

1674年，20岁的纳兰性德娶两广总督卢兴祖之女为妻，赐淑人。结婚后，夫妻恩爱。但是仅三年，卢氏因产后受寒而亡，纳兰性德异常痛苦，从此"悼亡之吟不少，知己之恨尤深"。虽后继娶官氏，并有副室颜氏陪伴，可是亡妻之影无法忘记，有学者甚至认为纳兰词风为之而变。纳兰性德30岁时，纳江南才女沈宛，可惜婚后一年，纳兰性德就去世了。

拓展阅读：

整拜养女青格儿
《长相思》清·纳兰性德
《积书岩集》清·顾贞观

◎ 关键词：独成一家 小令 纳兰性德

情到深处的纳兰性德

纳兰性德，原名成德，只因为皇上儿子小名叫保成，为避"成"字讳，改名性德，字容若，号楞伽山人。他是大学士明珠长子，满洲正黄旗人，康熙十五年进士，官至一等侍卫。他自幼敏悟，好读书，与陈维崧、朱彝尊等众多当世名士相交往，与词人顾贞观的关系尤为深厚，曾救助吴兆骞由宁古塔戍所归还，为世所称，而落拓之士得到他的帮助的更多。他是清初独成一家的词人，所作词以小令见长，情调感伤，间有雄浑之作，也能写诗，有《通志堂集》《纳兰词》（又名《饮水词》）。可惜只活了31岁，与王勃相似，是个英年早逝的天才人物。

纳兰性德作词崇尚南唐后主李煜。李煜之词出于天然，其感人处全在性情之真和感悟之深，而纳兰词也完全是用自己的语言写自己的人生感受。他作为一个贵族公子，从表面上看，生活的经历很平凡，除了前妻的亡故和几次出使边陲，几乎没有什么周折。但他是一个极其敏感的人，拥有一个非常丰富的内心世界。出入相府、宫廷的生活，在他非但不觉得春风得意，反而感觉到难言的压抑。"德也狂生耳，偶然间，缁尘京国，乌衣门第"（《金缕曲·赠梁汾》），"羡煞软红尘里客，一味醉生梦死"（《金缕曲·简梁汾》），可以见出他的心情。他的《如梦令》"万帐穹庐人醉，星影摇摇欲坠。旧梦隔狼河，又被河声搅碎。还睡，还睡，解道醒来无味"，用自然的语言写很平常的生活场景，将那种人生无聊的感觉从笔下倾泻而出，使人一览无余。

纳兰性德深于情，后来有人认为《红楼梦》中的贾宝玉的原型就是他，可能是人们从其词中感受到贾宝玉的气质吧。他的许多表现男女之爱和悼念亡妻的词，写得十分感人。如《蝶恋花》：

辛苦最怜天上月，一昔如环，昔昔都成玦。若似月轮终皎洁，不辞冰雪为卿热。无那尘缘容易绝，燕子依然，软踏帘钩说。唱罢秋坟愁未歇，春丛认取双栖蝶。

纳兰哀婉凄清的小令最是闻名，他的一些长调写得也很出色，如《风流子·秋郊即事》：

平原草枯矣。重阳后，黄叶树骚骚。记玉勒青丝，落花时节，曾逢拾翠，忽听吹箫。今来是，烧痕残碧尽，霜影乱红凋。秋水映空，寒烟如织，皂雕飞处，天惨云高。人生须行乐，君知否，容易两鬓萧萧。自与东君作别，划地无聊。算功名何许，此身博得，短衣射虎，沽酒西郊。便向夕阳影里，倚马挥毫。

●纳兰性德坐像 清 禹之鼎
●纳兰性德家族墓地祭奠庙堂
墓地位于今北京海淀上庄。墓地内的祭奠庙
堂为纳兰性德后人修建。

词中语言简洁有力，既有萧条悲凉之感，又有豪爽磊落之情，节奏明
快通达，与其小令的清丽柔婉完全不同。

况周颐《蕙风词话》中称纳兰性德"天分绝高"，作词"纯任性灵"，
这两句评语概括了纳兰词的基本特点。他的词不乏南唐风格的华丽，但同
时他又善于将语言的华丽与自然朴素有机地结合在一起，表现真实而深切
的人生感受，绝少做作。《山花子》中"愁向风前无处说，数归鸦"写出
了愁闷和百无聊赖的情状，"人到情多情转薄，而今真个悔多情"则写出
了对于"情"的一种特殊感受，都是出色的例子。王国维对他评价很高，
认为他"从自然之眼观物，以自然之舌言情，此由初入中原，未染汉人风
气，故能真切如此。北宋以来，一人而已"（《人间词话》）。

●清代宫廷绘画

>>> 日铸雪芽

又名日铸茶、日注茶。该茶经开水冲泡后，雪芽直竖，茶芽细而尖，遍生雪白茸毛，如兰似雪，故又称"兰雪"。

日铸茶产于浙江绍兴会稽山山麓王化乡的日铸岭，日铸岭下分上祝和下祝两个自然村，下祝村御茶湾所产的日铸雪芽，味醇香异，为日铸茶的绝品。

日铸雪芽外形条索浑圆，紧细略钩曲，形似鹰爪，银毫显露，色泽绿翠，香气清鲜持久，滋味醇厚回甘，汤色黄绿明亮，叶底嫩匀成朵。

张岱《陶庵梦忆》载："兰雪茶。日铸者，……茶味棱棱有金石之气……"

拓展阅读：

宁远大捷
杭州湖心亭
《西湖梦寻》明·张岱
《柳敬亭说书》明·张岱

◎关键词：反清志士 尊崇智慧 胸襟洒脱

自为墓志铭的张岱

张岱，字宗子，又字石公，号陶庵，别号蝶庵居士，他是一位杰出的反清志士，同时又是一位尊崇智慧的著名文学家和历史学家。

他的远祖是宋代抗金名将张浚，高祖张元复是进士，曾祖张元忭是状元，祖父张汝霖是进士，一家三代均做过高官。他从小在一个有着浓郁文化氛围的家庭中长大，耳濡目染，聪敏异常，尤其善于属对。张岱6岁时，一次，舅舅陶虎溪指壁上画说："画里鲜桃摘不下。"他随即对道："笔中花朵梦将来。"见他对得十分工稳，陶虎溪高兴地称赞他是江淹再世。又有一次，一位客人看缸中荷叶长得很大，出对说："荷叶如盘难贮水"，张岱即对道："榴花似火不生烟。"在座的人无不惊叹。8岁时，祖父携他去西湖，路遇眉公先生（陈继儒）正跨一角鹿而来。眉公说："听说你的孙儿善于属对，今天我要当面考考他。"于是，他随手指着纸屏上的一幅画《李白骑鲸图》，说："太白骑鲸，采石江边捞夜月。"张岱即应道："眉公跨鹿，钱塘县里打秋风。"眉公听了，赞叹不已，摸着张岱的头顶说："怎么这样灵敏啊！是我的小字号朋友了！"

张岱的笔记小说《夜航船》一书，自始至终闪耀着智慧的光芒。

他倾慕"大经济、大学问"之人，并从古代典籍中采撷了大量的典型。书中"政事、选举"两部是集中描绘"大经济、大学问"之人的篇幅。此外，他对日常生活中的一些小智慧也大加赞赏，甚至对动物的一些保护习性也作为智慧来褒扬。如"四灵部"下"飞禽类"特设"禽智"一条。这表达了他通达平等的思想，显示了晚明市民思潮给予他心灵的自由和解放。张岱热爱生活、胸襟洒脱，虽生活艰辛，但却生性幽默。在《夜航船》序中的"且待小僧伸伸脚"一句，已经给全书注入了幽默诙谐的神韵。在具体条目的编选上，张岱经常采用当时的一些俗谚、传说和古代典籍中的幽默故事，尤其是一些充满智慧、富于调侃意味的话语。尊崇智慧就是对人的本性的尊重，这完全符合张岱作品的人文倾向。

胸怀旷达的张岱在68岁时曾作《自为墓志铭》，其中说："曾营生于项王里之鸡头山。"项王里在绍兴西南郊，相传为项羽年轻之时避仇之地，后人于此立祠纪念。他也曾作《项王祠》诗二首，其中说"天意存三户，兵书敌万人"，又说自己"我亦忧秦虐，藏形在越峥"。他晚年选中此地，可见仍是不忘复国的。

● 《长生殿》书影

>>> 驿传荔枝

　　唐玄宗61岁那年，宠爱上了年轻的杨贵妃。

　　杨贵妃爱吃新鲜的荔枝，但荔枝是南方出产的果品，离长安千里之遥，如果运得慢了，荔枝就会腐烂，难保新鲜。

　　传说唐玄宗为了博得杨贵妃一笑，便命人骑着快马拼着命赶送，像接力棒一样，一站一站把荔枝运到长安。正所谓"一骑红尘妃子笑，无人知是荔枝来"。

拓展阅读：

马嵬之变

《贵妃醉酒》（京剧）

《过华清宫绝句》唐·杜牧

◎ 关键词：爱情 长生殿 历史剧 安史之乱

《长生殿》里泪痕多

　　《长生殿》是洪昇的精心撰写之作，被清代的戏曲理论家推崇为"近代曲子第一"（焦循《剧说》）。洪昇前后经过十几年时间，三次易稿才最终完成。最早的稿子剧名叫《沉香亭》，是有感于李白之遇而作。他的朋友毛玉斯认为戏的排场近于熟套，于是就删掉了有关李白的情节，加上李泌辅助肃宗中兴的内容，剧名也改为《舞霓裳》。但他仍不满意，想到"情之所钟，在帝王家罕有"，便再加修改，主要讲述李隆基和杨玉环的爱情故事。剧本吸取了唐代的民间传说，写杨玉环死后归蓬莱仙院和唐明皇游月宫的故事。在剧中，他们两人在经过生离死别、刻骨相思之后，终于在天星女孙的撮合下重新团聚。为了突出"钗盒情缘"，剧本也改为以李、杨两人七夕盟誓的"长生殿"为题名。

　　洪昇，字昉思，号稗畦，浙江杭州人。由于出生于生活优裕的仕宦家庭，他从小受到较好的文化教育。他的外祖父黄机在清初曾任吏部尚书和文华殿大学士，对他产生了很大的影响。洪升曾从学于著名学者陆繁绍、毛先舒等人，让他学到了很多受用无穷的能耐。他学识渊博，又善于作诗、词、散曲，尤其是他的诗在当时的京师很有名。他曾努力求取功名，但很不顺利。从康熙七年到北京国子监肄业，到康熙二十八年被革去国子监籍，20年间没有得到一官半职，有时生计艰难，他不得不以卖文度日。他性格孤傲，愤世嫉俗，"交游宴集，每白眼踞坐，指古摘今"。1689年，因在佟皇后丧期内观优伶演唱《长生殿》而遭到迫害，他连太学生也不能继续做下去了，便回到钱塘。1704年在浙西乌镇不幸因酒醉落水而死。

　　《长生殿》是一部历史剧，主要以唐代安史之乱为背景，叙述唐玄宗和杨贵妃的爱情故事。这是自中唐以来流传很广、被写过多次的一个传统题材。作者在前代作品的基础上，加以总结，并在继承的同时也有所发展。他的《长生殿》主要依据白居易的《长恨歌》和陈鸿的《长恨歌传》进行创作，而情节的设置推演则主要参考《开元天宝遗事》（五代王仁裕著）和《杨太真外传》。

　　《长生殿》借李、杨故事，歌颂了"精诚不散，终成连理"的真挚爱情。作者通过月宫团圆的幻想情节，鲜明地表现了他愿天下有情人终成眷属的美好理想。可见，作者通过虚幻的情节，将现实中的爱情悲剧变成了神仙世界的爱情喜剧，有一定的积极意义。

●蒲松龄像

>>> 蒲松龄《客邸晨炊》

大明湖上就烟霞，茆屋三椽赁作家。粟米汲水炊白粥，园蔬登俎带黄花。

短短数语，道明了蒲氏旅居大明湖畔，晨曦早炊的生动情景。特别是后面两句，叙述了作者取泉水熬煮粟米粥，以及在案板上切配素食蔬菜，包括黄花菜，用于佐食小吃的情景。可以想见当时蒲松龄自炊自啖、津津有味的早餐状况。

拓展阅读：

青云寺
范进中举
晚清四大谴责小说
《归途大风》清·蒲松龄

◎ 关键词：小说 宝贵 讽刺

蒲松龄守株搜奇文

蒲松龄，字留仙，别号柳泉居士，世称聊斋先生，山东淄川人，出生于小地主小商人家庭。他在科举场中很不得意，虽然才华横溢，却屡不中举，到了71岁，才考得了贡生。他牢骚满腹，便在聊斋写他的奇闻趣事。

一生怀才不遇、穷困潦倒的蒲松龄，有着极为坎坷的遭遇和长期艰辛的生活。他对当时政治的黑暗、科举制度的腐朽以及社会弊端的认识和了解深入而透彻。这一切为其文学创作奠定了基础。

他的《聊斋志异》共8卷491篇40余万字，内容丰富多彩。故事多采自民间传说和野史逸闻，将花妖狐魅和幽冥世界的事物人格化、社会化，借以表达作者的爱憎感情和美好的理想。作品情节幻异曲折，跌宕多变，文笔简练，继承和发扬了我国文学中志怪传奇文学的优秀传统和表现手法，是我国古代文言短篇小说中成就最高的作品集。鲁迅先生在《中国小说史略》中说此书是"专集之最有名者"；郭沫若先生为蒲氏故居题联"写鬼写妖高人一等；刺贪刺虐入骨三分"。

作为一部文言短篇小说集，《聊斋志异》的内容大致有四部分：一、怀着对现实社会的愤懑情绪，揭露贪官污吏、恶霸豪绅贪婪狠毒的嘴脸，鞭挞了封建政治制度。这类作品以《促织》《席方平》《商三官》《向杲》等篇最有代表性。二、蒲松龄无情地揭开了科举制度的黑幕，如《司文郎》《考弊司》《书痴》等篇。三、对人间坚贞、纯洁的爱情及为了这种爱情而努力抗争的底层妇女和穷书生予以衷心的赞美，代表性的篇章有《鸦头》《细侯》等。四、有些短篇是阐释伦理道德的故事，具有教育意义，如《画皮》《崂山道士》等。

《聊斋志异》充满了积极的浪漫主义精神。它主要表现在对正面理想人物的塑造上。特别是由花妖狐魅变来的女性形象最能体现作者的浪漫主义精神。另外，它也表现在对浪漫主义手法的运用上。作者善于运用梦境和上天入地、虚无变幻的场景来大量虚构情节，表现自己的理想，解决在现实的束缚中无法解决的矛盾。

蒲松龄喜爱用烟袋吸烟。这不仅仅是他自己的一项嗜好，还是他收集创作素材的一个工具。当年，蒲松龄为了收集有关鬼、狐的民间故事，常常于山东潍坊蒲家庄柳泉水井旁设置桌案长凳，接待过往行人，免费让来往过路的行人吃茶，并让会吸烟的行人吸一吸自己的烟，意在请行人给他提供一些创作所需要的故事素材。可以说，品茗、吃烟、闲聊是《聊斋志异》这部不朽著作的素材产生的主要方式。

●《桃花扇》插图 清

>>> 秦淮河

南京第一大河，古称淮水，分内河和外河，内河在南京城中，是十里秦淮最繁华之地。源头有两处，东部源头出自句容县宝华山，南部源头出自溧水县东庭山，两个源头在江宁县的方山埭交汇，从东水关流入南京城。秦淮河由东向西横贯市区，南部从西水关流出，注入长江。

秦淮河是扬子江的一条支流，全长约110公里，流域面积2600多平方公里，是南京地区的主要河道，历史上极有名气。《桃花扇》中极写秦淮河笙歌繁华的气象。

拓展阅读：

《1699·桃花扇》（昆曲）
《小忽雷》清·孔尚任／顾采
《题桃花扇传奇》清·陈于之
《桨声灯影里的秦淮河》朱自清

◎ 关键词：传奇剧本 历史事件

兴亡悲剧《桃花扇》

中国清代著名的传奇剧本《桃花扇》，是孔尚任经历十余年三易其稿而完成的。

孔尚任，字聘之，又字季重，号东塘、岸堂，别署云亭山人，山东曲阜人，孔子后裔。一次，康熙帝南巡返经曲阜时（1684年），孔尚任被荐在御前讲经，受到赏识，由国子监生的身份破格升任为国子监博士。他为此作《出山异数记》，表达感激的心情。他后来升至户部员外郎，不久因故罢官。

历史剧《桃花扇》通过明末复社文人侯方域与秦淮名妓李香君的爱情故事，反映了南明一代的兴亡。侯方域在南京旧院结识李香君，共订婚约。阉党余孽阮大铖得知侯方域手头拮据，暗送妆奁，以拉拢侯方域，结交复社。香君识破阮大铖的圈套，坚决退还妆奁。阮大铖怀恨在心。后来，李自成率领农民起义军攻破北京，崇祯自缢，马士英、阮大铖在今南京拥立福王，建立南明王朝。阮大铖重新得势，诬告侯方域暗中勾结左良玉背叛朝廷，迫使侯方域仓皇逃离南京。他们又强迫季香君改嫁他们的党羽田仰，香君誓死不从，血溅定情诗扇。友人杨龙友将扇上笔迹点染成折枝桃花，故名桃花扇。马、阮倒行逆施，朝政腐败不堪，终使南明灭亡。几经波折，侯、李又得重逢。但国已破，何以为家？他们终于撕破了桃花扇，分别出家。

明中叶至清前期的传奇把爱情故事与重大历史事件结合起来进行描绘的有很多，而《桃花扇》在两者的结合上，要比过去任何作品都来得紧密。

在剧中，侯、李的爱情被赋予了浓厚的政治色彩，他们两人爱情的圆满已经和南明的存续联系在一起，所以"国破"自然"家亡"，两人只能以各自出家为结局。这正说明了个人一旦与某种历史价值相联系，便从此不能摆脱它的影响。

《桃花扇》不仅写了侯、李的爱情，全剧弥漫着的悲凉与幻灭之感还寄托了作者的故国之思。如《沉江》一出，以众人的合唱对殉国的史可法致以礼赞："走江边，满腔愤恨向谁言？老泪风吹面，孤城一片，望救目穿。使尽残兵血战，跳出重围，故国苦恋，谁知歌罢剩空筵。长江一线，吴头楚尾路三千，尽归别姓。雨翻云变，寒涛东卷，万事付空烟。精魂显，《大招》声逐海天运。"这里使人内心激愤不已的，不仅是英雄赴义的壮烈激昂，更是他的生既不能力支残局、死也不能于事有补的悲哀，所以最终只是"万事付空烟"。

●查慎行像

>>> 江苏淮安清江大闸

明永乐中陈瑄所建，距今近600年，至今仍保存完好，岿然屹立。

它是我国运河史上极为罕见的一大工程建筑。大闸经清代康、雍、乾、嘉、道各朝重修加固，最后将闸口放宽至2丈2尺。闸下溜塘深广，是漕粮所必经之咽喉要道。每当运粮季节，万艘漕船和12万漕军"帆樯衔尾，绵亘数里"，蔚为壮观。昔时，5月闹龙船，7月放河灯，繁盛景象，为他处所未有。

诗人查慎行作有《发清江浦》一诗，表述了对人民疾苦的同情。

拓展阅读：

《鹿鼎记》金庸
《人海记》清·查慎行
《虹桥板歌》清·查慎行

◎ 关键词：烟波钓徒 投狱

"烟波钓徒"——查慎行

查慎行，名嗣琏，字夏重，浙江海宁人。年轻时，曾师从黄宗羲，他特别喜欢作诗，游览所至，辄有吟咏。

查慎行的诗很受康熙皇帝的赞赏，使他得以进京供职于南书房。有一次，康熙游览"南苑"，垂钓湖边，命身边的臣子赋诗。因查慎行的诗中有"笠檐蓑袂平生梦，臣本烟波一钓徒"一句，因而，宫中的人称他为"烟波钓徒查翰林"。查慎行的二弟嗣傈、三弟嗣庭都是翰林，另外堂兄嗣韩是榜眼，侄儿查升是侍讲，也都是翰林。查慎行的大儿子克建、堂弟嗣绚都是进士，当时称为"一门七进士，叔侄五翰林"。

雍正年间，查慎行的弟弟查嗣庭主持考试。他出了一道作文题"维民所止"，源自《诗经·商颂·玄鸟》，大意是说，国家广阔的土地都是供百姓栖息的。这个题目完全合乎儒家的规范。但是，当时盛行文字狱，民间诬陷罗织之辈说"维止"两字是"雍正"两字去了头，用意是要杀皇帝的头。这一下惹怒了皇帝，雍正下令将查嗣庭全家逮捕严办。查嗣庭含冤死于狱中，并受到戮尸之辱。他的儿子也惨死狱中，族人则遭到流放，浙江全省士人六年不准参加举人与进士的考试。查慎行也受到牵连，奉旨带领全家进京投狱，后来得以放归故乡，不久即谢世。

查慎行的《敬业堂诗集》50卷早在清代就享有盛名。赵翼、纪晓岚甚至认为他的诗与陆游并驾齐驱，互有长短。查慎行的诗宗法宋诗，内容大多记写旅途见闻，以及民间疾苦、自然风物，"诗风宏丽稳惬，亦有沉雄绰历处"（林庚、冯阮君语）。如《闰三月朔作》：

年光何与衰翁事，也复时时唤奈何。
为百草忧春雨少，替千花惜晓风多。

查慎行的诗善用白描手法，如：

巧裁幡胜试新罗，画彩描金作闹蛾；
从此剪刀闲一月，闺中针线岁前多。

这首诗从侧面写出妇女过年的心情。她们巧制首饰试做新衣，争相打扮，则体现了女子爱美的天性。

查家尽管遭难，但仍是显赫世家，书香门第。康熙皇帝在其宗祠外门联上题的"唐宋以来巨族，江南有数人家"，并非一句虚言。

●秋水夕阳图 清 蔡嘉

>>> 赵执信与仲昱保

博山城南土门头村外杏岭的山坡上，有一片茂密的柏树林。在这里，长眠着赵执信和江苏常熟诗人仲昱保。

康熙二十八年，赵执信因在佟皇后丧期饮酒观剧被罢官。之后，他开始了"三江连五岭，浪漫问知音"的诗人生活，他前后五次到过江南地区，写下了许多脍炙人口的现实主义诗篇。

赵执信最后一次流寓苏州，垂暮之年与仲昱保结成了"终身莫逆"的忘年之交。赵、仲生相从、死相依，晚年结伴共度。在赵的诗中与仲生有关的诗有13首，可谓千古知己。

拓展阅读：

华泉
二桃杀三士（典故）
神龙见首不见尾（典故）
《题画芙蓉》清·赵执信

◎ 关键词：《海棠赋》

赵执信作《谈龙录》

赵执信，字伸符，号秋谷，山东益都人。他出身于一个由科举起家的官僚地主家庭，少年之时的他便才华显露。

据《博山县志》记载：赵执信9岁写的文章，"辄以奇语惊其长老"。孙廷铨曾当面命题，让他作《海棠赋》，赞许他"大器也"。此后，他确实令人刮目相看，14岁考中秀才，17岁考中举人第二名，18岁考中进士并选入翰林院，23岁就担任了山西省乡试正考官，25岁又晋升为右春坊右赞善。在翰林院的名士中，像毛奇龄、陈维崧、朱彝尊这些人均比他大30多岁，而赵执信则以少年英才而折服群公。23岁到82岁，赵执信留下了大量的诗文，他的《饴山诗集》共19卷，计各体诗歌1000多首。而在诗坛上产生重要影响的则是他的诗论《谈龙录》。

赵执信是清初一位颇具才情的艺术家，是一个有建树、有个性的现实主义诗人。在王士禛的"神韵"派统治文坛时期，他却因标举独创、反对神韵而名满天下。《谈龙录》高度浓缩了他的艺术主张。针对诗坛上空泛、疏浅的流弊，他提出了"诗外有事""诗中要有人在"的主张。他同时主张诗人要关心现实、干预现实，要表现自己的锋芒、见解。他认为诗人必须要表现出一个真实的、不可假借、不可替代的自我。对那些言不由衷、无病呻吟的诗作，他尤表深恶痛绝。《谈龙录》载：大诗人王士禛曾以少詹事兼翰林侍讲学士的高位奉使祭告南海，原无孤怀、穷途可言，可作者却硬要在诗中表现"孤怀""穷途"，因而被斥为诗中无人，可谓一语中的，痛快淋漓。由此，我们也可以体会诗人所谓"诗中要有人在"的深度和力度。对诗外事、诗中人关系的理解，赵执信显然进了一步。他强调的诗外事是打上创作主体个体印记的诗外事，他强调的诗中人是表现出鲜明个性的诗中人。这在相当程度上接触到了诗歌创作的本质特征，是具有一定的认识价值的。他给古老的诗歌创作理论注入了标举独创、反对空洞的新内涵，触及了明清以来诗坛在继承中国古典诗歌传统方面所形成的种种偏颇和流弊，推进了中国古典诗歌创作理论的进程。

总之，他认为诗歌创作不是文字游戏，作家必须要有自己的个性，真正的诗歌创作必须是作家对生活、对艺术的独特开掘，没有独创就没有诗歌。他一生为人耿介狂放，持论也很激烈，不免偏颇过激，但在文坛颓风日甚一日的情况下，能不媚流俗，敢于力矫时弊、倡言高论，也可谓是孤情绝照、独树一帜了。

日薄西山——清代文学

●郑板桥像

>>> 郑板桥吟诗戏知府

雍正驾崩那年，郑板桥在瘦西湖畔赏花构思。扬州知府等来此饮酒赏花，命他让开。

郑板桥端坐不动。知府让他以眼前情景即兴题诗一首，题不出则论罚。郑板桥一字一顿写了五个"苦"字。知府见其续不出下文，令手下对他施以杖责之刑。

"且慢——"郑板桥随即写道："苦苦苦苦苦连天，上皇晏驾未经年。山川草木犹含泪，太守平山试画船。"

知府见诗词，大吃一惊，知道官员于国丧期间置酒作乐乃是重罪，于是赶紧连声谢罪，并取银相送，然后立刻船调别处。

拓展阅读：

扬州八怪
《闲居》清·郑板桥
《兰竹图》清·郑板桥

◎ 关键词：画家 诗人 卖画 难得糊涂

难得糊涂——郑板桥

享誉天下的郑板桥以一纸"难得糊涂"道出了他一生处世为人的宗旨。

郑板桥，江苏兴化人，名燮，板桥是他的号。因为他在所作的书画下款都题"板桥郑燮"的字样，人们便称他为郑板桥。郑板桥不但是清代著名书画家、诗人，还是著名的清官，他爱护百姓，最后为了百姓而罢官回乡，并从此以书画安度晚年。

郑板桥做官前后均居扬州卖画，他擅写兰竹，以草书中竖长撇法运笔，体貌疏朗，风格劲峭。他工书法，用隶体参入行楷，自称"六分半书"。另外，他描写民间疾苦的诗文也颇为深切。当时江苏扬州有八位代表画家能不拘前人陈规，独具风格，画风和所谓的"正统"有所不同，被时人视为画坛的"偏师""怪物"，称他们为"扬州八怪"，郑板桥即为其中一怪。

"聪明难，糊涂难，由聪明转入糊涂更难。放一着，退一步，当下心安，非图后来福报也"。这是郑板桥书写"难得糊涂"四个大字后加写的小字说明，当时他正任潍县知县。郑板桥还在雍正十年在写给其弟的信中表达了自己的糊涂观。

郑板桥的手书"难得糊涂"流传天下，但他其实是一个很认真的人。他不甘与达官贵人为伍，他的字画在卖与他们时，便要多收银钱。

郑板桥一生坎坷，但他始终能以达观通透的心态对待一切。他做官时，因为在灾荒之年为灾民请求赈济而触犯了上司，结果被罢官。但是他并没有忧郁沮丧，也不为官场失意而愁闷不乐，而是骑着毛驴悠然回到故乡，从此专注于诗、书、画，怡然自得地过着老年生活。"不以物喜，不以己悲"，这是郑板桥养生长寿之法。郑板桥一生为人处世，始终不求名利，不计得失。他写过两条著名的字幅"难得糊涂"和"吃亏是福"，这两条字幅含有深刻的哲理。凭借着这种豁达大度的心态，郑板桥不但获得了长寿，而且还留下了万世美名。

这"难得"的糊涂，"学为"的糊涂，不是痴呆儿天生的混沌糊涂，而是性情忠厚者大智若愚式的糊涂，或是绝顶聪明者假痴假呆式的糊涂。大智若愚，当然"难得"；聪明人要装出糊涂样，而且要装得像模像样，也很"难得"，所以要"学为"。而郑板桥是通过"放一着，退一步"的人生策略来得到"糊涂"的。郑的"放""退"，目的虽是避祸，但其实更是智者的远虑。

●《全唐诗》书影

>>> 《唐诗三百首》

《唐诗三百首》是乾隆十六年进士孙洙和他的继室夫人徐兰英选编，开始于乾隆二十八年春，乾隆二十九年编辑完成。

选诗标准是"因专就唐诗中脍炙人口之作，择其尤要者"。共选入唐诗人77位，计310首诗，其中五言古诗33首，乐府46首，七言古诗28首，七言律诗50首，五言绝句29首，七言绝句51首，诸诗配有注释和评点。

《唐诗三百首》流传最广、影响最大，成为屡印不止的最经典的选本之一。

拓展阅读：

女冠词
《唐人行第录》岑仲勉

◎ 关键词：诗峰 盛唐 诗歌总集

囊括诗峰的宝库——《全唐诗》

我国古诗的"诗峰"是指唐诗。

唐代政治、经济昌盛繁荣，思想活跃，政府以诗取士，中外文化交流频繁。这些都促进了诗歌的发展繁荣。盛唐是唐诗发展的高峰，而伟大的浪漫主义诗人李白和现实主义诗人杜甫，则是这座高峰的顶点。

唐诗见证了中国的强盛。千百年来，唐诗被无数中华英才散播到世界各国，并广受欢迎。鲁迅先生甚至说："我以为一切好诗，到唐已被作完。"

唐人的诗，除各个作家的专集以外，在唐宋两代就已经有人注意做编辑整理的工作。唐代人自己编选本朝人的诗的著作有110余种，现在存世的有10余种。宋代人所编，著名的有王安石《唐百家诗选》、洪迈《万首唐人绝句》、南宋的《分类唐歌诗》等。明朝人所编更多。但这些书所收都不全。清康熙年间所编的这部《全唐诗》在继承了它以前的各种唐诗汇辑本成果的基础上，又搜罗了唐五代300多年间无论成集的或零星的篇章单句的诗歌，使我们能够略见唐诗的全貌。《全唐诗》成书距今已将近300年，是迄今为止古典诗歌总集中篇幅最大、影响最广的一种。它对于研究我国唐代的历史、文化和文学，有极大的参考价值。

《全唐诗》共900卷，是清康熙时任江宁织造的曹寅起用当时已退居于扬州的彭定求、杨中讷等10位翰林编纂的。康熙四十四年3月开始编，次年10月成书。以不足两年的时间，编成这一部大书，可谓是一次修书盛举。书中共收入整个唐五代诗48900多首，作者2200余人。

据清朝乾隆时编修的《四库全书总目提要》记载，当时纂修《全唐诗》，是以明末胡震亨的《唐音统签》做稿本，再参考清朝宫廷内所藏《全唐诗集》，"又旁采残碑、断碣、稗史、杂书之所载"，因此能以如此短促的时间编成。这所谓内府所藏《全唐诗集》，即是指清初季振宜所编的《全唐诗》。胡震亨的《唐音统签》共1333卷，季振宜的唐诗717卷。有了这两部书做基础，才能在短时间内编成有唐一代的诗歌总集。

《全唐诗》是我国最大的一部诗歌总集，它集中华诗歌之大成，是囊括唐诗高峰的宝库。它反映和记录了唐代200余年丰富多彩的历史、经济、文化、宗教等，吸引着古今中外无数读书者吟诵，钻研探讨。它以"紧凑到了最高限度的文字"，描绘出一幅幅多彩的画面，其中浑然天成、玄妙精微的名句，使得后人对相同的景物，扼腕叹息，"不敢复题"。

●沈德潜像

>>> 木渎古镇

木渎位于苏州城西，太湖之滨，与苏州城同龄，迄今已有2500多年的历史。

相传春秋末年，吴王夫差为取悦西施，在灵岩山顶建馆娃宫，并增筑姑苏台，木材堵塞了山下的港渎河，"积木塞渎"，木渎由此得名。

木渎是江南唯一的园林古镇，苏州城和浩渺太湖的交通枢纽，是当时苏州城西最繁华的商埠。乾隆的宫廷画师徐扬的名画《盛世滋生图》，其中用一半篇幅画了木渎，清代乾隆六下江南，六到木渎，与他的老师沈德潜吟诗唱和，留下了一个个脍炙人口的传说。

拓展阅读：

格调说
沸井涌泉
《说诗晬语》清·沈德潜
《夜月渡江》清·沈德潜

◎ 关键词：隆遇 封建政治 歌功颂德 流传

"诗坛大佬"——沈德潜

沈德潜，字确士，号归愚，江苏苏州人。他从23岁起继承父业，过了40余年的教馆生涯。从22岁参加乡试起，热衷功名的他共参加科举考试17次。乾隆四年（1739年）中进士时，已是67岁老翁。他官至内阁学士兼礼部侍郎，77岁辞官归里。在朝期间，他的诗受到乾隆帝的赏识，常出入禁苑，与乾隆唱和并论及历代诗歌的源流升降。由于沈德潜受到皇帝的"隆遇"，使得他的诗论和作品，风靡一时，影响甚大。

沈德潜年轻时曾受业于叶燮，他在一定程度上受到叶燮的影响，但又不能继承叶燮理论中的积极因素。他所著的《说诗晬语》和他所编的《古诗源》《唐诗别裁集》《明诗别裁集》《清诗别裁集》等书的序和凡例中大多论述了他作诗的宗旨。他强调诗为封建政治服务，提倡"温柔敦厚，斯为极则"（《说诗晬语》卷上），鼓吹儒家传统"诗教"。在艺术风格上，他讲究"格调"。所谓"格"，是"不能竟越三唐之格"（《说诗晬语》卷上）。他认为"诗至有唐，菁华极盛，体制大备"，而"宋元流于卑靡"（《唐诗别裁集·凡例》）。他实质上与明代前、后七子一样，主张扬唐而抑宋。所谓"调"，即强调音律的重要性。他说："诗以声为用者也，其微妙在抑扬抗坠之间。读者静气按节，密咏恬吟，觉前人声中难写、响外别传之妙，一齐俱出。"

沈德潜现存的诗有2300多首，大多是为统治者歌功颂德之作。《制府来》《晓经平江路》《后凿冰行》等反映了一些社会现实，但又常带有封建统治阶级的说教内容。这些诗一方面反映天灾为患，民生涂炭的情景，如《观刈稻了有述》："今夏江北旱，千里成焦土。蘽稗不结实，村落虚烟火。天都遭大水，裂土腾长蛟。井邑半湮没，云何应征徭？"另一方面却又劝百姓要安贫乐道："吾生营衣食，而要贵知足。苟免馁与寒，过此奚所欲。"因此他的诗多缺乏鲜明生动的气息。近体诗中有一些作品如《吴山怀古》《月夜渡江》《夏日述感》等，清新透亮，有一定功力。

沈德潜所选的各种诗选，保存了较丰富的篇章，流传颇广，到今天还有参考价值。《古诗源》中收录了不少古代民歌，在当时颇为难能可贵。选本中的评语，在品鉴诗歌艺术方面，有一些精辟见解。沈德潜的著作，除上述各选本外，有《沈归愚诗文全集》（乾隆刻本），其中包括自订《年谱》1卷、《归愚诗钞》14卷、《归愚诗钞馀集》6卷、《竹啸轩诗钞》18卷、《矢音集》4卷、《黄山游草》1卷、《归愚文钞》12卷、《归愚文续》12卷、《浙江省通志图说》1卷、《南巡诗》1卷等。

沈德潜对诗歌的精辟见解，影响了当时的诗人，并促进了古典诗歌的普及。

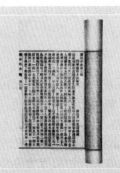

●《儒林外史》内页

>>> 中国古代科举制度

科举是中国古代读书人所参加的人才选拔考试。它是历代封建王朝通过考试选拔官吏的一种制度。由于采用分科取士的办法，所以叫作科举。

中国古代科举制度最早起源于隋代。唐时日渐完备，宋时为改革时期，在形式和内容上都进行了重大的改革，明朝时达到鼎盛，到清光绪二十七年举行最后一科进士考试为止，经历了1300多年。

科举考试的内容主要是八股文，所以当时的人们都一门心思地扑在八股文上。

拓展阅读：

范进中举
《吴敬梓评传》胡适
《怀人诗》清·程晋芳

◎ 关键词：照妖镜 讽刺小说 文学名著

儒林群像的画谱

作为一面封建社会的"照妖镜"，《儒林外史》是我国古典讽刺小说的高峰，它把一个个伪儒的丑态刻画得纤毫毕现。

吴敬梓，字敏轩，又字文木，全椒（在安徽）人，著有《儒林外史》和《文木山房集》等。吴敬梓出身名门望族，小时深受儒家思想的熏陶，但由于经济地位的迅速变化，使他接触到了劳动人民，看到了社会的黑暗和科举制度的罪恶。因为思想上有进步的一面，并且掌握了描写现实的讽刺手法，所以他才能在晚年写出《儒林外史》这部十分杰出的长篇讽刺小说。

《儒林外史》首先通过周进与范进这两个穷儒生科场沉浮的经历，揭示了科举制度对读书人心灵的摧残。

作为儒林群像画谱的《儒林外史》，它并不只是停留在对科举考试的叙述上。小说中所描写的形形色色的士林人物不能简单地一概归之为"反面角色"，但他们却都从不同程度上反映了在读书人中普遍存在的极端空虚的精神状况，从而体现出整个社会文化的委靡状态，从根本上揭示了封建制度对人才的扼杀。

吴敬梓的眼光是十分尖锐的，但他对社会中的平凡人物充满了理解和同情。作者并不是把他所讽刺的对象一味地当作所谓"丑类"来描绘。像严贡生的同胞兄弟严监生，临死时因见灯盏里点了两根灯草，便伸着两根指头不肯断气。这一细节常被举为讽刺吝啬鬼的例子，但作者其实也写到他为了把妾赵氏扶为正室，舍得大把大把地花银子。两相对照，显得这位严监生既可怜又可笑，却也颇有人情味。

《儒林外史》的出现，是中国小说艺术重大发展的一个标志。鲁迅在《中国小说史略》中曾这样评价："迨吴敬梓《儒林外史》出，乃秉持公心，指摘时弊，机锋所向，尤在士林；其文又戚而能谐，婉而多讽：于是说部中始有足称讽刺之书。"

《儒林外史》不仅直接影响了近代谴责小说，而且对现代讽刺文学也有深刻的启发。

现在，《儒林外史》已被译成英、法、德、俄、日等多种文字，成为一部世界性的文学名著。有的外国学者认为，这是一部讽刺迂腐而又绝不引经据典并富有诗意的散文叙述体小说。它完全可与意大利薄伽丘、西班牙塞万提斯、法国巴尔扎克等人的作品相抗衡。

●民国所刻大观园图

>>> 高鹗

清代文学家,字兰墅,一字云士。因酷爱小说《红楼梦》,别号"红楼外史"。

汉军镶黄旗内务府人。祖籍辽宁,少年时喜冶游。中年一度在外课馆。他熟谙经史,工于八股文,诗词、小说、戏曲、绘画及金石之学。

他热衷仕进,累试不第,乾隆六十年进士,开始行于官场。

晚年家贫官冷,两袖清风。所以虽著作如林,却多未及问世而赍志以终。一般认为长篇小说《红楼梦》的后40回是高鹗所续。

拓展阅读:

大观园
女娲补天(神话)
《红楼梦考证》胡适
《红楼梦曲》清·曹雪芹

◎ 关键词:古典小说 极品 曹雪芹 封建主义

一言难尽《红楼梦》

中国古典小说的巅峰之作当属《红楼梦》无疑。小说以贾宝玉和林黛玉的一场生死恋情为主线,架构出贾、王、史、薛四大家族的兴衰史。它一反传统大团圆结局,具有一定的悲剧美学价值。

《红楼梦》作者曹雪芹,名霑,字梦阮,出身贵族世家,并经历了一个封建富豪家庭盛极而衰的过程。少年时代的豪华生活,使他熟悉了贵族大家庭和封建统治阶级的种种人情世态。晚年的贫困潦倒,则使他能够更清醒地、深刻地观察生活,看清剥削阶级的腐朽和罪恶。《红楼梦》共120回,前80回为曹雪芹所写,后40回是高鹗续写。高鹗的续书虽然在思想高度和艺术成就上与前80回有差异,但剧情安排基本上符合曹雪芹的原意。他使全书的故事完整无缺,得以在广大读者中间广泛流传。

这个故事的中心是贾宝玉、林黛玉、薛宝钗三人之间的恋爱婚姻悲剧。作者并没有简单地表现这个爱情悲剧,而是从人物思想性格的深处,从人与人之间的关系上去挖掘这一爱情悲剧的社会根源,从而充分地揭露了封建主义的残酷虚伪和腐朽罪恶。作品的主题也没有局限在个人爱情悲剧本身,而是围绕着中心事件,展开了许多错综复杂的矛盾斗争,描绘了一幅极其广阔的社会生活图画。它说明了整个封建社会已是千疮百孔,摇摇欲坠,批判了封建社会制度、政治吏治、婚姻制度、伦理关系,悲愤满腔地控诉了封建主义的残酷无情和灭绝人性,大胆敏锐地预示了封建社会必然灭亡的历史命运。在中国,《红楼梦》被评价为剖析封建社会的百科全书。

《红楼梦》塑造了贾宝玉、林黛玉、薛宝钗、王熙凤、鸳鸯、晴雯、贾政、贾赦、贾珍、贾琏等一大批鲜明突出的典型形象。贵族公子贾宝玉和林黛玉是志同道合的封建叛逆者的形象。而薛宝钗是照着封建正统思想塑造的一个形象,在封建主义制度没落时期,她也沦为了一个悲剧人物。

作者还塑造了晴雯、鸳鸯等一大批的丫鬟形象。她们大多善良、纯洁、有理想,敢于反抗,坚决大胆地追求幸福生活。这些被压在最底层的丫鬟形象的成功塑造,显示了作者的民主思想,在当时很有进步意义。而贾赦、贾琏、贾珍、王熙凤等则是封建统治势力的代表人物,在他们身上集中了剥削阶级醉生梦死、凶残毒辣的特点。其中"嘴甜心苦,两面三刀,上头笑着,脚底下就使绊子;明是一盆火,暗是一把刀"的王熙凤,留给读者的印象最深刻,王熙凤也成为了中国小说画廊中性格鲜明的著名典型形象。

●袁枚像

>>> 愿为豆腐折腰

袁枚任沭阳知县时,有一次到海州赴宴。桌上有一道用芙蓉花烹制的豆腐,色若白雪,嫩同凉粉,香如菊花,细腻似凝脂,散发出阵阵清香。

品尝以后,他离席向主人请教。主人有意摆架子,袁枚随即毕恭毕敬地对这老者三鞠躬。这芙蓉花豆腐经他记录,一直流传到今天。

南京随园菜(宴)是江苏特色宴席之首,与山东曲阜孔府菜、北京谭家菜并称为中国著名的三大官府菜。随园菜就是根据袁枚的《随园食单》制作的。

拓展阅读:

袁枚与萍乡美食

《马嵬》清·袁枚

《祭妹文》清·袁枚

◎ 关键词:诗人 随园老人 自由解放 性灵

风流班首袁枚

袁枚,字子才,号简斋,又号随园老人,浙江钱塘(今浙江杭州市)人,清代著名诗人。乾隆四年(1739年)进士,选庶吉士,曾任溧水、江浦、江宁等地知县。他辞官后定居江宁,在小仓山下构筑"随园",自号随园老人,归隐其中近50年。

袁枚的思想比较自由解放,不满于当时统治学术思想界的汉、宋学派,尤其反对汉学考据。他认为"诗有工拙,而无古今",提倡诗写性情、遭际和灵感,反对尊唐之说,不满神韵派,也批驳了沈德潜的主张,并开创性灵派。他强调作诗要有真性情,要有个性,极大地冲击了当时的拟古和形式主义的风气。他的诗作多写性灵,抒发闲情逸致,流连风花雪月,关乎民情者不多,缺少社会生活内容,但比那些模拟格调或以考据文字为诗的作品,却别具清新灵巧之风。他著有《小仓山房诗文集》,著名诗评《随园诗话》。他的笔记体志怪小说专集《子不语》,虽然含有一些封建迷信色彩的东西,但文笔流畅,叙事简洁婉曲。散文名篇有《黄生借书说》《书鲁亮侪》等。

所谓性灵,就是真性情,真感受,或者说是"赤子之心"。袁枚反对模仿,认为模仿的作品太过虚假,只有真实才有生命。他曾说:"蛟龙生气尽,不如鼠横行。"这些见解无疑是正确的,只是他没有认识到丰富的生活阅历的重要。他的七古《独秀峰》写得意味悠长:

来龙去脉绝无有,突然一峰插南斗。桂林山水奇八九,独秀峰尤冠其首。三百六级登其巅,一城烟水来眼前。青山尚且直如弦,人生孤立何伤焉?

前六句描摹独秀峰的孤立状态,平淡无奇,突然笔锋一转由山峰说到做人:为人正直有时可能会被孤立,这也同独秀峰一样,有独秀之美,不必为此烦恼。由于有了最后两句,全诗的意境才获得了质的提升,从而变得耐人寻味了。

袁牧作诗态度极为认真,自己未修改满意之前从不示人。这是对读者负责,也是对自己负责。袁枚的诗佳作不少,但没有历史上一流诗人那类大作。他说:"但肯寻诗便有诗,灵犀一点是吾师。"所谓"灵犀",就是他说的"性灵",或者说是灵感,这他不缺乏,但他缺乏生活——广阔的社会生活,因而写不出大作。他写的《随园诗话》有许多很好的见解,至今广为流传,相比之下他的诗作就逊色多了。

◎ 关键词：三半老人 机警 谋略

代有才人赵翼诗

● 郭巨为母埋儿图

>>> 赵翼《论诗》

李杜诗篇万口传，至今已觉不新鲜。江山代有才人出，各领风骚数百年。

李白、杜甫在诗坛上成名后，为历代诗人所称颂。赵翼则认为一代有一代的名诗人，不应总把李白、杜甫来推崇，应该赞扬当代的名家。赵翼此作表示自己就是当代的"才人"，也应该领数百年的风骚。事实上，从文学史的角度上看，赵翼的诗名并不高。而李杜以下的诗人，至今仍无一个超过他们的。

拓展阅读：

《赤壁》清·赵翼
《秦良玉锦袍歌》清·赵翼

赵翼，字云格，号瓯北，江苏阳湖戴溪桥人。作为一个神童，他3岁时，就能每天认识几十个字。34岁中进士，后来他在广西、福建做官，机警而有谋略，晚年主讲安定书院，自号"三半老人"。"三半"是眼半瞎、耳半聋、喉半哑。他87岁高龄时，视力、听力衰退是自然的事，自号"三半"也是欣慰于自己的长寿。他于88岁去世。

赵翼对赖以维生、保持自己独立的经营颇为重视。他开了书局，刻印他自己的书。现在传世的湛贻堂刻本的书都是他自己刻印的，包括《瓯北集》《瓯北诗钞》《陔余丛考》《二十二史札记》《十家诗话》等书。

赵翼从20岁到86岁止，共写了67年的诗。袁枚说他的诗"忽奇忽正，忽庄忽俳"，蒋士铨说他的诗"奇恣雄丽，不可迫视"。他对自己的诗颇为自负，在有人说"君诗虽不能及杜子美，却已胜过杨诚齐"的时候，赵翼傲然答道："吾自为赵诗，安知唐、宋！"

赵翼主张抒写诗人的真性情，反对争唐论宋和模仿的诗风，强调自由独创。

赵翼的诗作不雕饰，不讲格调、宗法，明白晓畅，随意抒写。个性分明、才情豪放是他的诗歌的长处，如《野步》：

峭寒催换木棉裘，倚杖郊原作近游。最是秋风管闲事，红他枫叶白人头。

作者虽有伤秋之意，却不愿落入俗套，一味悲秋，因而在鲜明的色彩中表现出健朗的风采。

他有一部分诗好发议论，思想机智而敏锐，如《后园居诗》之三从自己的诔墓之作联想到史籍的可疑，《闲居读书》之六从看戏者因所处位置不同而所见各异用以譬喻读书的道理，都能启发人的思考。咏史而感时的《读史二十一首》更集中地表现了这一特点，如第七首：

康成居北海，黄巾拜其门。远公居庐山，问答到卢循。固由素行高，能使剧盗驯。亦见当时风，法网漏纤鳞。弗以形迹疑，共推德服人。使其遇黠吏，早以通贼论。管汝儒与释，且试吏威伸。

其中第八首论"二十四孝"中"郭巨埋儿"的故事，对封建道德中反人性的东西加以猛烈抨击。开头"衰世尚名义，作事多矫激"两句，指出貌善而实恶之事，每因求名而起，下笔峻切，直指人心。

◎ 关键词：清代诗人 肌理说 质实 少情趣

翁方纲倡言"肌理说"

●翁方纲像

>>> 清代翁方纲题铭玉杯

山东新泰市博物馆藏。杯口呈长方形，口大底小，通长15.1厘米，口长12.1厘米，口宽6厘米，高7厘米，底长9厘米，壁厚0.6厘米。两侧有对称的双耳，造型端庄。白玉，玉质纯净无瑕。

玉杯正面镌刻隶书铭文5行，楷书题款5行。16字杯铭，以4字断句，今作15字，有学者认为另一字藏于其中。文曰："比于玉犹堂芥杯孔怀饱德歌既醉。铭奉衡斋先生雅鉴，常熟赵文毅公五世孙王槐造，北平翁方纲书。"

此杯铭打乱次序，若按常规读，杂乱不成句，择其腠理读之，则文从字顺。

拓展阅读：

北京陶然亭
《咒虤归赵歌》清·翁方纲
《两汉金石记》清·翁方纲

清代诗人、书法家、金石学家翁方纲，字正三，号覃溪，晚号苏斋，北京大兴县人。他是乾隆进士，官至内阁学士。他精于金石考据之学，也擅长辞章书法，书法与刘墉、梁同书、王文治等人齐名，以间架稳重、笔丰墨厚著称。论诗主张内容实而形式雅，首创"肌理说"。肌理指学问材料，可作为诗的骨肉成分。著作有《经义考补证》《苏米斋兰亭考》《石洲诗话》《汉石经残考》《复初斋文集》《复初斋诗集》等。

翁方纲以提倡"肌理说"闻名。他认为王士禛的"神韵说"太过空泛，沈德潜的"格调说"又食古不化，所以他提出"肌理说"。所谓肌理说，包括以儒学经典为基础的"义理"和结构辞章方面的"文理"。他要求以学问为根底，以考证充实诗歌内容，使义理和文理统一。他认为"为学必以考证为准，为诗必以肌理为准"（《志言集序》）。

所谓肌理，兼指诗中的义理和作诗的文理。他认为学问是作诗的根本，"宜博精经史考订，而后其诗大醇"（《粤东三子诗序》）。他主张宗法理路细腻的宋诗。在提倡诗风的"醇正"方面，他其实与沈德潜相合，其诗作内容充实但是没有情趣。

翁方纲在《诗法论》里说："法之立也，有立乎其先立乎其中者，此法之正本探源也。有立乎其节目，立乎其肌理界缝者，此法之穷形尽变也。""夫惟法之立本者，不自我始之，则先河后海，或源或委，必求诸古人也。夫惟法之尽变者，大而始终条理，细而一字之虚实单双，一音之低昂尺黍，其前后接笋乘承转换开合正变，必求诸古人也。"（《复初斋文集》八）他讲正本探源是立法。诗歌有先河后海，如"诗言志"，"诗缘情"，就是立本，是求之古人。有穷形尽变之法，讲大面始终条理，细而用字论音到承接转换，根据不同的言志缘情，作出穷形尽变来。因为各人的情态不同，所以表达不同情态的文辞也不同，这就需要穷形尽变了。

这样，"肌理说"有两种理，一是立本的理，即求情理，挽救神韵派诗的空虚；二是条理的理，即穷形尽变的理，纠正格调派的模仿。但"学人之诗"，还是受当时考证学的影响，以金石考订为诗，这又走入歧途。他的立本，不是以表达情理为本，而是以金石考证为本；他的穷形尽变，不是讲表达不同的情理，而是讲表达不同的金石考订之学。这其实就成了学人的韵语，不成为诗人的诗了。

●货郎图 冬景

>>> 宵禁

宵禁就是禁止夜间的活动。宵禁令古已有之，是特殊时期、特殊地域的重点治理措施。明清的法律改为"夜禁"。

《歧路灯》讲赌博害人子弟的故事时，讲到了不少赌徒逃避宵禁的办法。比如有权有势的赌徒就利用权势，而无权无势的就依靠油滑。

比如夏逢若带了主人公谭绍闻夜赌回家，正好碰到县官巡夜，两人被拦下盘问，夏逢若花五分银子买的金银花，又从药铺偷来药方，多次使用，被当作了晚上走动的通行证。

拓展阅读：

平西湖

上党梆子

报青拾紫（成语）

《歧路灯》清·李绿园

◎ 关键词：河洛小说 宣扬理学 俗理观念

市井百态《歧路灯》

唐代以后，宋元的话本小说，明代的长篇小说和白话短篇小说在洛阳盛行一时。

到清朝前期，代代相济的河洛小说创作传统终于开花结果，诞生了文学巨著《歧路灯》。

《歧路灯》的作者李绿园，原名李海观，字孔堂，号绿园，也号碧圃老人，祖籍洛阳市新安县马行沟。清乾隆元年，李绿园考中丙辰恩科举人。后来，他三次赴京应试，都名落孙山。在最后一次科考后，他留京谋职，当了三年教师。后经其学生举荐，李绿园被皇帝选任江浙漕运之职。从此，李绿园开始了他"舟车海内"的宦游生涯。20年中，他走遍大江南北，阅尽人世间百般风情，身经宦海无数沧桑变幻，创作了许多诗文名篇。乾隆十四年，他开始创作长篇小说《歧路灯》。

李绿园出身下层知识分子家庭，深知民间疾苦，因此他廉洁奉公，爱憎分明。清道光《印江县志·官师志》称他"兴利除弊，爱民如子，嫉盗若仇"。

乾隆三十九年，李绿园辞官还乡。乾隆四十年，李绿园68岁时回老家宋家寨。居家期间，他一边讲学，一边把《歧路灯》书稿重新修改一遍，到70岁时才脱稿刻印。其体裁内容可与《儒林外史》等文学名著相比肩。

《歧路灯》共108回，60余万字，主要以河南开封为背景，讲述富家子弟谭绍闻由一个败家子到浪子回头重振家业的故事。此书中多直接宣扬理学，标榜封建伦理观念。在作者看来，这就是挽救社会道德危机的"明灯"。在描述谭绍闻堕落的过程中，小说全面地反映了当时的社会风貌，较为生动地刻画了一批市井浮浪子弟的形象。

全书人物众多，中原俚语风情尽入书中，有很高的思想性和艺术性，是清代文学的代表作品之一。这也是一部中国小说史上仅有的以"浪子回头"为题材的长篇白话小说。

李绿园的这部文学作品丰富了我国文学艺术的人物长廊，为后人了解封建社会提供了宝贵资料，是对康熙至乾隆年间河南地方社会生活的真实写照，可以说是河南前清时期的风俗史。如"牛不喝水难按角"之类的俗语，比喻难以强迫人去做他不愿做的事。语出《歧路灯》57回："牛不喝水难按角，你老人家只拿定主意不赌，他会怎的？"

●纪晓岚像

>>> "狼""狗"之辩

有一次，纪晓岚和和珅都被邀请到一位官员家做客。同席有一位御史，与和珅一伙，见一只大狗从府内厨房里跑出来，故意问道："是狼？是狗？"那时纪晓岚正是内阁学士兼任兵部侍郎，"是狼"与侍郎同音。

纪晓岚很快应答："是狗。"

和珅即问："何以知之？"

纪晓岚道："狼与狗不同之处，一是看它们的尾巴，下垂是狼，上竖（尚书）是狗；二是看它们吃的食物，狼非肉不吃，狗则遇肉吃肉，遇屎（御史）吃屎。"当时和珅正任尚书职务，两人当场哑口无言。

拓展阅读：

竹苞（故事）
中国古代十大酒局
纪晓岚讽对石先生
《姑妄听之》清·纪晓岚

◎ 关键词：学宗汉儒 《四库全书》 官僚

多才多艺纪晓岚

作为清朝学者、文学家的纪晓岚，名昀，一字春帆，晚号石云，是河北献县人。乾隆十九年（1754年）中进士，官至翰林院侍读学士。乾隆三十三年（1768年），两淮盐运使卢见曾以亏帑获罪，纪晓岚为卢见曾姻家，私下遣人往告，因而被谪戍乌鲁木齐。乾隆三十五年（1770年）才被放还。他历任左都御史，兵部、礼部尚书，协办大学士。死时谥号文达。

纪晓岚学宗汉儒，博览群书，工诗及骈文，尤长于考证训诂。任官50余年，以学问文章名重朝野，学者大都与之往来，托庇门下。纪晓岚胸怀坦率，性好滑稽，乍闻其语，近于诙谐，过而思之，乃是名言。他先后参与《热河志》《历代职官表》《河源纪略》《八旗通志》诸书的编写。乾隆间辑修《四库全书》，纪晓岚任总纂官，主持修定《四库全书总目提要》200卷，为清朝目录学巨著。嘉庆道光以后，此书被奉为读书指南。他还主持纂修《大清会典》《清三通》《清高宗实录》等。其他著述尚有《阅微草堂笔记》，这是中国文学史上一部与《聊斋志异》齐名的笔记小说。纪晓岚的一生，升迁贬谪，无不备受。他的诗文，经后人搜集编为《纪文达公遗集》，诗文各16卷。

历史上的纪晓岚是一个圆滑练达、谨小慎微的官僚，一个置身浑浊官场而又渴望清静生活的士大夫。乾隆三十五年（1770年）是一个扭转纪晓岚命运的幸运之年。这年春天来临的时候，乾隆皇帝想搜辑文萃，编一部旷古巨型丛书，以供学子仕进之用。

乾隆准备划分古今图书为经、史、子、集四档，总名为"四库全书"，规模要超过《永乐大典》和《古今图书集成》。经大臣刘统勋的举荐，乾隆决定召纪晓岚还京，并决定暂且让他于翰林院充任编修，做编纂《四库全书》之准备。待时机成熟，再恢复侍读学士之职。不久，乾隆授命他为《四库全书》的总纂官。

纪晓岚自从受命编纂《四库全书》以来，殚精竭虑，唯恐有负乾隆之命。他每天坐镇书城，手不停批，有时竟整日不归。200卷提要，整整写了8年，前后总共费时13年。虽困难重重，但最终得以胜利完成。

《四库全书》编纂工作接近尾声的时候，大臣陆锡熊向乾隆建议：《四库全书》卷册数额颇多，经、史、子、集四类，若用不同颜色封面装帧，会方便人们翻阅。乾隆听取了这一建议，并决定用象征四季的颜色来表明书的类别。他以经部居群籍之首，犹如新春伊始，当标以绿色；史部著作浩博，如夏之炽，应用红色；子部采撷百家之学，如同秋收，为白色宜；集部文稿荟萃，好似冬藏，适用黑色。

●人物图 清

>>> 黄景仁《绮怀》之一

　　几回花下坐吹箫，银汉红墙入望遥。似此星辰非昨夜，为谁风露立中宵。缠绵思尽抽残茧，婉转心伤剥后蕉。三五年时三五月，可怜杯酒不曾消。

　　黄景仁年轻时曾同自己的表妹两情相悦，但他们的故事却仅有一个温馨的开始和无言的结局。正因如此，在《绮怀》之中，笼罩着难言的感伤。在诗人的眼中，那伊人所在的红墙虽然近在咫尺，却如天上的银汉一般遥遥而不可即，这种距离，让作者满心绝望。

拓展阅读：

采石太白楼
《恼花篇》清·黄景仁
《两当轩集》清·黄景仁

◎ 关键词：太白楼 天才诗人 愁苦生涯

黄景仁成名太白楼

　　清乾隆三十七年（1772年），安徽学政朱筠邀请幕中文人游宴于当涂采石矶太白楼，并赋诗记盛。一位白衫少年，顷刻之间挥毫而就，并放声朗吟。这首《笥河先生偕宴太白楼醉中作歌》，使当时聚集在当涂考试的八府士子竞相传抄。作者就是别号鹿菲子的天才诗人黄景仁。

　　黄景仁诗学李白，早熟而极富才华，16岁应童子试获第一名，但一生失意落魄，贫病交加，曾被任命为县丞。他才气横溢，生性孤傲，身处上层知识分子圈中，却常举债度日。因此，黄景仁的诗作大多反映个人的愁苦生涯，颇多愤世嫉俗之语。洪亮吉谓其诗如"秋虫咽露，病鹤舞风"。

　　黄景仁代表作《癸巳除夕偶成》《都门秋思》中名句"悄立市桥人不识，一星如月看多时"，"全家都在风声里，九月衣裳未剪裁"，尤能引起身世类似的知识分子的广泛共鸣。现代作家郁达夫曾以黄景仁为主人公，写了短篇小说《采石矶》。且看《癸巳除夕偶成》：

　　千家笑语漏迟迟，忧患潜从物外知。悄立市桥人不识，一星如月看多时。年年此夕费吟呻，儿女灯前窃笑频。汝辈何知吾自悔，枉抛心力作诗人。

　　此诗写于元夜，在别人的大年夜里，黄景仁客处异乡，没地方可去，只有一个人站在桥上。除夕夜是农历三十，月亮很小，只把一颗星当成是月亮看了许多时候。此诗写得凄楚动人，是他的代表作，也是他的名作。

　　再如《杂感》：

　　仙佛茫茫两未成，只知独夜不平鸣。风蓬飘尽悲歌气，泥絮沾来薄幸名。十有九人堪白眼，百无一用是书生。莫因诗卷愁成谶，春鸟秋虫自作声。

　　不平则鸣，有感而发。既然学仙学佛都不可能，那么有不平之气，还是要释放出来。颔联说自己如风中之蓬，悲歌也只悲不壮了，学禅也只让人说自己薄幸。第四句根据宋道潜诗："禅心已作沾泥絮，不逐春风上下狂。"这两句略显颓放，但颈联的两句却显得很是倔强。世上人，大都只堪用白眼去看，而阮籍的"百无一用是书生"很让后来的知识分子有同感。尾联说不要因为诗多说愁，结果成了谶语，春鸟与秋虫一样要作声。这句是在自嘲，说人的"不平则鸣"同春鸟欢愉和秋虫愁苦一样，是一种自然现象。

● 《牡丹亭》插图

>>> 瞿松涛创制松涛鼓

昆曲刚流传时,打板用的是檀板。左手执板,右手打鼓,以控节奏。此形制延续了近二百年。到清代乾隆年间,瞿松涛进行了改革。

瞿松涛出生在上海城一个富裕的家庭。少年时到私塾读书。孩子们读《论语》,瞿松涛便偷拿曲本,默默地唱。

成年后,瞿松涛不仅曲子唱得好,而且笛、笙、三弦,皆称高手。尤其擅长打鼓。他所用的乐器都是自制的:扁体、纤腹,板质轻而薄,发声清越,称作"松涛鼓板"。很快,戏班全都仿制、采用了。

拓展阅读:

上海三雅园
王传淞空腹演武大
《笛声何处》余秋雨

◎ 关键词:昆曲 "雅"化 曲牌体 士大夫

世界文化遗产——昆曲

昆曲原名"昆山腔"或简称"昆腔",清代以来被称为"昆曲",明末清初为昆曲全盛时期,曾占据我国戏曲头把交椅近200年之久。经过历代文人加工,到清朝末年,它的唱腔、程式已极度"雅"化,只有少数知识分子才能欣赏。

昆曲剧目丰富,名作林立,文辞典雅,音乐清丽婉转,表演细腻,载歌载舞。几百年来,昆曲对许多后起剧种的形成和发展都有重大的影响,被称为百花园中的一朵"兰花",素有"百戏之师"的盛誉。

在长期的演出实践中,昆曲积累了大量的上演剧目,其中有影响而又经常演出的剧目有王世贞的《鸣凤记》,汤显祖的《牡丹亭》《紫钗记》《邯郸记》《南柯记》,沈璟的《义侠记》,高濂的《玉簪记》,李渔的《风筝误》,朱素臣的《十五贯》,孔尚任的《桃花扇》,洪昇的《长生殿》,另外还有一些著名的折子戏,如《游园惊梦》《阳关》《三醉》《秋江》《思凡》《断桥》等。

昆曲的音乐属于联曲体结构,简称"曲牌体"。它所使用的曲牌有1000种以上。南北曲牌的来源,其中不仅有古代的歌舞音乐,唐宋时代的大曲、词调,宋代的唱赚、诸宫调,还有民歌和少数民族歌曲等。它以南曲为基础,兼用北曲套数,并以"犯调""借宫""集曲"等手法进行创作。

昆曲的伴奏乐器,以曲笛为主,辅以笙、箫、唢呐、三弦、琵琶等(打击乐俱备)。

昆曲的表演也有它自成一体的体系、风格。它最大的特点是抒情性强、动作细腻,歌唱与舞蹈的身段结合得巧妙而谐和。

昆曲的文化价值主要表现在剧本、音乐和表演三个方面。它熔诗、乐、歌、舞、戏于一炉,在中国文学史、戏曲史、音乐史、舞蹈史上都占有重要的地位,对众多戏曲品种都产生过深远而直接的影响。有"国粹"之誉的京剧就曾从昆曲中汲取过营养。

深具艺术价值和学术价值的昆曲的兴盛,与当时士大夫的生活情趣、艺术趣味是一脉相承的。士大夫们为昆曲注入了独特的文化品位。清乾隆时期,士大夫们也开始务实,昆曲一度低迷。直到清朝乾隆以后,已开始衰落的昆曲在苏州却仍然兴盛。道光、光绪年间,苏州的集秀班、高天小班、聚福班都曾经名闻一时。至清末民初,则每况愈下,仅存全福班和四六班以及一部分业余爱好者所办的曲社。曲社中的成员,称之为曲友。他们虽是外行,但对于昆曲事业的发展却举足轻重。

●徽班进京图

>>> 京剧传统剧目

京剧继承了皮黄戏的艺术成就及其丰富的剧目。新中国成立后,经过整理修改,其中优秀的剧目被列入中国新文化艺术林苑而被保留下来。

这类剧目约200余出,如《宇宙锋》《玉堂春》《群英会》《打渔杀家》《打金枝》《三击掌》《六月雪》《秦香莲》《打严嵩》《挡马》《金玉奴》《樊江关》《野猪林》《八大锤》《空城计》《霸王别姬》等。

剧目的题材和表现形式多种多样,有文戏、武戏、唱功戏等,统称为传统戏。

拓展阅读:

四小名旦
中国四大国粹
京剧脸谱的起源
《沙家浜》(京剧)

◎ 关键词:地方戏 土戏 京剧 载歌载舞 文学

京剧的文学意味

在中国文学史上,戏曲占有一定的地位。自元、明两代开始,由戏曲而杂剧,而传奇,而至昆曲。昆曲起自明代,到清乾隆时已渐渐衰落,此后则产生了地方戏,也就是土戏。昆曲是雅的,土戏是俗的。乾隆以下到咸丰的一段时间内,土戏又渐渐演变而成京剧。起先地方戏很盛行,有徽调、川调等。到咸丰时,有四大戏班到北京,其中之一叫三庆班,其中最著名的伶人叫程长庚,擅长须生,京剧到此时才正式成立。京剧又名平剧,则因北京改名北平之故。

京剧的合成,其中十之八九是昆曲,此外也包括西皮、二黄及徽调。自程长庚后,著名伶人有扶闻、汪桂芬、孙菊仙等,皆为老生。昆曲以小生为主,京剧以老生为主。至今日,京剧又以旦角为主了。梅兰芳、程砚秋两大派皆为青衣。这是京剧演变之大概。据考,京剧包括500余出戏,而通常演出的仅100余本。若将中国各地全部戏本都收集来,则至少可有1000本以上。自咸同光宣至今,已有150年的历史,京剧在中国社会上,有很大的力量与影响,故京剧纵然不算是中国的文学,也的确成为一门中国的艺术了。

文学可分为两种:一为唱的说的,由唱与说的写下或演出,即成为小说与戏剧;另一种为写的,则是诗词和文章。中国文学也可分成两部分:一为写的文学,流行在上层社会,此当由全部中国文学史来讲;一为说与唱的文学,则普遍流传于平民社会中。若如此分法,则京剧的确不应当排除到文学范围以外去。

中国戏剧之特色,可用三句话总括:动作舞蹈化、语言音乐化、布景图案化。这就是说,中国戏剧乃是由舞蹈、音乐、绘画三者配合而成。此三者的配合,就是人生的艺术化,将人生搬上舞台,是中国戏剧之极大宗旨。所谓假戏真做,真戏假做;世界即舞台,人生即戏剧。京剧比真实的人生更有意义,因为它已把真实的人生艺术化。因此,中国戏剧有其特别精神,即脱离现实,把戏台与真实的人生之间隔开了一层。

中国的人生理想在中国戏剧尤其是京剧中已经完全表演出来了。能欣赏中国的文学与京剧,就可了解到中国的人生哲学。京剧将深厚的感情寄寓于有规律的严肃的表演中,它载歌载舞,亦庄亦谐,又使人轻松万分,这种艺术运用也即是中国人的人生哲学了。这里所讲的京剧,是以中国的文学、艺术、人生理论的三项背景为骨子的。正因为中国人的人生理论能用文学和艺术来表现完成,中国的戏剧才成为了雅俗共赏的最富教育意味的一项成就。

●秋山夕照图 清 吴石仙

>>> 前秦·苏蕙《璇玑图》

苏蕙,字若兰,会诗会画会抚琴会织锦,因丈夫宠爱偏室,夫妻反目。独居在家,思君心伤,用五彩丝线织成诗文《璇玑图》,长宽八寸,堪称千古绝唱。

《璇玑图》是回文诗中最长、最动人之作。全诗29行,每行29字,共841字,顺读、回读、横读、斜读、交互读、蛇行读、退一字读、重一字读、间一句读、左右旋读,皆成诗章。明朝经史学家康万民研究出12种读法,可得五言、六言、七言诗4206首,每一首诗均悱恻幽怨,一往情深,令人为之动颜。

拓展阅读:

《秋月》清·陈琼仙
《虞美人》清·朱杏孙
《四季回文诗》清·吴绛雪

◎ 关键词:修辞方式 回文诗 文字游戏

奇妙的回文诗

回文就是利用汉语的词序、语法、词义十分灵活的特点构成的一种修辞方式。回文诗词有"通体回文""就句回文""双句回文""本篇回文""环复回文"等多种形式。

"通体回文"指一首诗从末尾一字倒读至开头一字,另成一首诗。"就句回文"指一句内完成一个回复过程,每句的前半句与后半句互为回文。"双句回文"就是下一句为上一句的回读。"本篇回文"就是一首诗词本身完成一个回复,即后半篇是前半篇的回复。"环复回文"指先连读至尾,再从尾字开始环读至开头。

回文诗的创作难度很高,但运用得当,它所具有的艺术魅力是一般诗体所望尘莫及的。

清代的黄伯权(清代著名诗人黄遵宪之侄)创作过一首《茶壶回文诗》。此外,清代诗人陈琼仙曾以秋天的景物为名,创作了27首回文诗,总标题名为"秋宵吟"。

在回文茶诗中,清代张奕光的《梅》最为有名:"香暗绕窗纱,半帘疏影遮。霜枝一挺干,玉树几开花。傍水笼烟薄,隙墙穿月斜。芳梅喜淡雅,永日伴清茶。"其诗倒读为:"茶清伴日永,雅淡喜梅芳。斜月穿墙隙,薄烟笼水傍。花开几树玉,干挺一枝霜。遮影疏帘半,纱窗绕暗香。"

清代《春闺》诗云:

垂帘画阁画帘垂,谁系怀思怀系谁?影弄花枝花弄影,丝牵柳线柳牵丝。脸波横泪横波脸,眉黛浓愁浓黛眉。永夜寒灯寒夜永,期归梦还梦归期。

回文诗只不过是中国文人墨客卖弄文才的一种文字游戏,它并没有什么重大的艺术价值,但却是中华文化所独有的一朵奇葩。

●桃花白头图 清 朱称

●梅花图 清 吴昌硕

●《镜花缘》图册 清 陈继芳

>>> 洛阳牡丹

武则天《腊日宣诏幸上苑》诗云：

明朝游上苑，火急报春知。花须连夜发，莫待晓风吹。

这首诗后来流传为一个故事，说武则天于某年冬游上苑，令花神催开百花，花神奉旨，百花齐放，唯牡丹傲骨，独不奉诏。武后大怒，贬之洛阳。"故今言牡丹者，以西洛为冠首。"

《镜花缘》第四回、第五回都记此事。

拓展阅读：

《山海经·海外西经》

《山海经·大荒西经》

《受子谱》清·李汝珍

《李氏音鉴》清·李汝珍

◎ 关键词：闭关锁国 封建礼教 寻求自我

令人宿疾顿愈的《镜花缘》

《镜花缘》是清代小说家李汝珍的代表作品。这部花了李汝珍10年心血才完成的《镜花缘》旁征博引，学问涉及琴、棋、书、画、医、卜、星相、灯谜等。小说中"论学说艺，数典谈经"，同时还包含了新颖的思想和新奇的想象，在我国小说史上占据了一席之地。

《镜花缘》约成书于清朝嘉庆年间，那是中国闭关锁国最严重的时期。书中的唐敖，于作者笔下却是一位有勇气出洋周游，走遍海外诸多国家，敢于把眼光往外看的知识分子。同时，唐敖又是一位敢于同中国儒学所提倡的"非礼勿听""父母在，不远游"的孔孟之道决裂，敢于在小蓬莱找到自己的归宿并索性不归的开拓型的人物。他冲破了封建礼教的桎梏，摆脱了小农经济所形成的重本抑末状态，寻求自我，是一个寄托着作者理想的先进人物。

李汝珍还刻画了唐敖的好女儿唐闺臣。唐闺臣不但是这一方山水孕育出来的一位丽人，而且文采出众，在武则天主持的全国才女考试中，蟾宫折桂，拿了个金榜第一。只是因为她的名字不讨女皇的喜欢，才改排在第10名。18、19世纪的中国是一个极度轻视女性的时代，作者能够塑造出这位百花仙子转世的女主人公，实际上也是对那个男尊女卑、重男轻女的社会的一个彻底的否定。

然而，在那个时代里，理想就只能是理想而已。唐敖走出去了，唐闺臣寻父，也随之而去了。至此，这个故事也就接近尾声。这两人给读者留下来的，大概也就是河源这个既陌生又熟悉的地名了。一切都如镜中之花，水中之月，属于表象的东西，终究是要逝去的，而这方水土、这方人，却是生生不息地存在着、发展着。如今的河源，与《镜花缘》中的那个河源，已是不同时代不同天了。

●《镜花缘》图册 清 陈继芳

● 银累丝圆盒

>>> 评书体小说

(1) 扬弃了传统小说章回体的程式化框架，而汲取了讲究情节连贯性与完整性的特点；

(2) 将小说当通俗故事写，将情节描写及人物塑造融化在故事叙述中，保留口头性文体的特点，而又比一般传统小说明快、简约；

(3) 口语化，在艺术性与通俗性结合上达到很高的境界。

拓展阅读：

快板书
连阔如
《雍正剑侠图》（评书）

◎ 关键词：口头讲说 唱曲 长篇大书

评书的兴盛

评书是一种独立的说书品种，大约形成于清代初期，主要流行于中国北方地区。

评书虽然是口头讲说的表演形式，但其艺人来源却多为"唱曲"的转行。形成于北京的评书艺术，其第一代艺人王鸿兴，原来就是表演"弦子书"的"说唱"艺人。至20世纪初叶，又有许多北方乡村表演"西河大鼓"和"东北大鼓"的"说唱"艺人进入城市后，纷纷改说评书。这是中国曲艺艺术在流变过程中出现的一个十分有趣的现象。

以北方语音为基础、以北京语音为标准调音的普通话演说是评书的基本特点。因使用口头语言演说，所以在语言运用上多以第三人称的叙述和介绍为主，并在艺术上形成了一套自身独有的程式与规范。

评书的节目以长篇大书为主，所演说的内容多为历史朝代更迭及英雄征战和侠义故事。20世纪中叶以后，也有篇幅较小的中篇书和适于晚会组台演出的短篇书，但长篇大书仍为其主流。

茶馆里说的评书多为长枪袍带书，如《列国》《三国》《西汉》《东汉》《隋唐》《精忠》《明英烈》等。小八件书即所谓公案书、侠义书，像《大宋八义》《七侠五义》《善恶图》《永庆升平》《三侠剑》《彭公案》《施公案》《于公案》等。

早年，评书和现代的西河大鼓、乐亭大鼓一样，说与唱相辅相成。只因光绪年间听说的多为一班太监，因此，被宫中慈禧所闻，传其入宫。在禁地演唱诸多不便，于是改为"评讲"，仅以桌凳各一，醒木一块，去掉弦鼓，用评话演说。于是，说评书这种表演形式就被肯定下来了。清代，民间说评书的绝大多数是在街面的甬路两旁支棚立帐，摆上长板凳，围成长方形的场子，谓之"撂地"。只有少数评书艺人才上茶馆献艺。庚子事变（1900年）后，评书茶馆才盛行起来，民国初年是评书茶馆的鼎盛时期。

评书的南、北两支派都是明末清初柳敬亭传下来的。柳敬亭在清康熙元年（1662年）随漕运总都蔡士英北上，曾在北京说评书，而且收了王鸿兴为徒，因此在京师传下了一个支派。王鸿兴手下有何良臣、安良臣、邓光臣三徒弟，时人称为"三臣"。后来，他们成为评书权威，且自立门户，北京的评书演员也大都是这三个派传流下来的。

当年，说评书的这个门户，于清雍正十三年（1735年）曾在掌仪司立案，有皇家颁发的龙票。光绪年间，龙票却被评书界的一位后人遗失。

潮落潮起——

近代文学

— 神州古国，新旧社会交替，外夷侵入，内患又起。复杂激烈的变革时期，文学错综复杂，爱国诗文成主流。

— 龚自珍首开风气，抨击腐朽清王朝；王韬散文冲出古文辞的门径，走上社会化的道路。

— 改良呼声四起。"新诗"初露端倪。黄遵宪成为"诗界革命"的旌旗。传统诗文余波未息。词有"常州派"，诗有"同光体"。

— "文体革命"呼声又起，梁启超散文风靡一时，"学者竞效之，号新文体"。西方新学理输入。严复的《天演论》一石千漪。

— 商业都市兴起，新闻事业和文学期刊的兴盛，促进小说繁荣。戏曲发展，京剧取代昆腔成为全国性剧种。话剧已见雏形。

中国近代社会时期，发生了鸦片战争、太平天国革命、戊戌变法、辛亥革命等一系列重大事件。政治上风云突变使社会思潮纷然泛起，各种不同倾向的文学混杂在一起，呈现出千姿百态的局面。

杰出的思想家和文学家龚自珍首开风气，以敏锐的眼光和批判的态度，向腐朽的清王朝进行了大胆的揭露和抨击。龚自珍不愧为近代文学的开山作家。与龚自珍齐名的魏源，也是近代改良主义运动的前驱思想家。王韬是中国早期的新闻工作者，他的散文冲出了古文辞的门径，平易畅达，切实有用，开始成为群众性读物，走上社会化的道路。此外还有许多作家，虽没有萌发改良主义思想，不属于改良派，但也反对外国侵略，同情人民疾苦，表现爱国主义立场。他们的诗文同样不事模拟，反映了新的现实内容。总之，龚自珍、魏源等早期的改良主义人物，他们的诗文和许多爱国主义者的诗文构成了这个时期进步的文学潮流。

受改良运动的影响，近代文学发出了各种改良的呼声。梁启超、谭嗣同等在戊戌变法前一两年内，提出了"诗界革命"的口号，并试作"新诗"。黄遵宪则从理论到创作，迎接"诗界革命"的到来。他早年即提出"我手写我口"、反对模拟古人的主张。后来他要求"诗之外有事，诗之中有我"，进一步明确了诗歌创作的现实主义精神。他的诗"以旧风格含新意境"，成为"诗界革命"的导向。与此同时，传统诗文的余波并未平息。和"新派诗"发展的同时，出现了以陈三立、陈衍为代表的"同光体"。词在这个时期，出现了"常州派"，况周颐是其中较为杰出的代表。

戊戌变法前后，提出"文体革命"的梁启超主张写作实践应打破一切传统古文的格局，"务为平易畅达，时杂以俚语、韵语及外国语法，纵笔所至略不检束"。他的散文风靡一时，"学者竞效之，号新文体"。此时，西方资产阶级的社会科学和文学不断输入。严复、林纾成为当时著名的翻译家。严复的《天演论》产生了极其广泛的思想影响。

近代商业都市的兴起，新闻事业和文学期刊的兴盛，促进了小说的繁荣。新小说以"反帝反封建"为主题，且大多是为社会政治斗争服务。这一时期出现了李伯元的《官场现形记》、吴趼人的《二十年目睹之怪现状》、刘鹗的《老残游记》、曾朴的《孽海花》四大谴责小说。梁启超还提出"小说界革命"，创办《小说林》，推崇"小说为文学之最上乘"（《论小说与群治之关系》）。他肯定小说的社会作用，使鄙夷小说的传统观念为之一变。

近代戏曲特别是各种地方戏如汉剧、粤剧等得到发展，京剧取代昆腔成为全国性剧种，出现了《打渔杀家》《群英会》等传世剧目。近代话剧也开始形成，春柳社、春阳社等都演出了不少反映现实的作品，为"五四"以后的新话剧提供了借鉴。

作为古代文学向现代新文学过渡的重要阶段,近代文学既有对传统文化的批判总结,又有西方新学理的输入。它带来了文学内容和形式上的种种变化,并呈现出复杂的状态,是一种辞旧迎新的文学。

●清华学堂
清华学堂是清政府利用庚子赔款兴建的大学堂。庚子赔款支付后,中美双方经过协商,议定赔款用于中国学生赴美留学深造,并在北京西郊熙春园址扩建清华学堂。1911年4月初,清华学堂开学上课。

●宜兴窑陈曼生制紫砂壶 清

>>> 《己亥杂诗》

浩荡离愁白日斜，吟鞭东指即天涯。落红不是无情物，化作春泥更护花。

1839年，龚自珍辞官南归，后又北上接眷属，在南北往返途中，写下了短诗315首，题为"己亥杂诗"。本诗是第一首，写他被迫辞官，离开北京时所抒发的感想。

落花有情，死而不已，化作春泥也护花。诗人以落花有情自比，表达自己虽前途不畅也不忘报国的情怀。

拓展阅读：

火烧圆明园
《孽海花》清·曾朴
《寒月吟》清·龚自珍

◎ 关键词：今文学派 诗歌 爱国主义 先觉者

开一代新风的龚自珍

"九州生气恃风雷，万马齐喑究可哀！我劝天公重抖擞，不拘一格降人才"。这首气势磅礴、渴望变革、追求理想的诗作是龚自珍所写。他首开我国近代文学植根社会现实的风气。

龚自珍（1792—1841年），一名巩祚，字璱人，浙江杭州人。道光九年（1829年）进士，官至礼部主事。他少时师从外祖父、著名学者段玉裁学习文字学，28岁时转从刘逢禄学习春秋公羊学，并借它"讥切时政，诋排专制"（梁启超《清代学术概论》）。他目睹朝政腐败，时局艰难，积极主张政治和经济改革，建议加强战备以抵御侵略，但不为清政府所重视。他一生只做过一些没有实权的闲官。后来以侍奉老父为名，辞官回家，在杭州、丹阳讲学，两年后死于江苏丹阳书院。

博学多才的龚自珍精通经学、文字学和史地学，又是著名的数学家和杰出的诗人。他的诗饱含着丰富的社会内容，以其先进的思想，打破了清中叶以来传统文学腐朽、避时的局面，使他成为"今文学派"的重要人物。他的诗歌，一部分是直接针对腐朽的社会现实，具有极强的战斗性，如《咏史》《己亥杂诗》等。而更多的是一些内涵复杂的抒情诗，作者将"更法""改图"的强烈愿望，寄寓于铿锵有力的诗句之中，洋溢着爱国主义热情。龚自珍的诗想象奇异瑰丽，形式多样，风格各异，古体诗、近体诗都驾轻就熟，得心应手。龚自珍的思想和诗作，对近代文学有很大影响。

龚自珍位列下僚不忘关心天下大事，是清代第一个站在独立的学者立场上，以个人的思考为依据纵横议论时政的人物。这使他备受后人尊重。这类文字中，一部分是关于实际政务的建议，反映了他的政治远见。但更重要的，是那些表现他对社会问题的深入思考、揭露封建政治根本性弊端的作品，如《乙丙之际塾议》《壬癸之际胎观》《古史钩沉论》《明良论》《尊隐》《论私》等。

龚自珍吸引后人的地方，在于他的深刻思想和人格魅力。他是一个高傲的人，在当时衰腐而压抑的社会气氛中却偏偏表现出一股勃发的英锐之气。他激烈地追求个性解放，坚定地维护自己独立的人格。傲岸的精神和"我劝天公重抖擞，不拘一格降人才"（《己亥杂诗》）的激越追求，是支撑他的诗文创作的内在骨架。

龚自珍是一位思想家，又有诗人的气质。作为一个时代的先觉者和不甘遁世的志士，他的精神常是痛苦的。"箫和剑"是他反复使用的意象，代表着他的多情善感和豪放任侠。他的诗中充满了睥睨俗世的奇气和激越飞扬的人格精神。

● 《绘图荡寇记》插图

>>> 俞万春

清代人，字仲华，别号忽来道人，浙江山阴人。

尝随父官粤。猺民之变，从征有功议叙，性倜傥淡泊，不以功名得失为念。后行医于杭州。常以酒一壶，铁笛一支，分系牛角，游行于西湖之上，自号黄牛道人。

晚年乃奉道、释。弥留时，诵《金刚经》百遍而逝。

拓展阅读：

《荡寇志》（电影）
《七侠荡寇志》（电影）
《从百草园到三味书屋》鲁迅

◎ 关键词：英雄传奇 侠义小说 忠义思想

俞万春的《荡寇志》

《水浒传》的问世使通俗小说形成了一个描写民间英雄传奇的传统。随着封建道德意识在社会中不断深化，这一类故事的反抗色彩越来越淡薄，英雄人物越来越受到正统道德观念乃至官方力量的支配。

到了嘉庆年间，出现了《施公案》（旧说为道光年间作品），写康熙时"清官"施世纶（小说中作"施仕伦"）断案的故事，有绿林好汉黄天霸等为之效力。它开始把侠义小说与公案小说结合为一体。清后期侠义小说仍然沿承这一方向，以维护官方立场的态度写英雄传奇，《荡寇志》就是其中较具代表性的一部。

作于道光年间的《荡寇志》共70回，末附结子一回。因故事紧接在金圣叹腰斩的70回本《水浒传》之后，故又名《结水浒传》。作者俞万春，浙江山阴（今绍兴）人。作者是站在仇视水浒英雄的立场上写这部小说的。他对《水浒传》中让宋江等人受招安也深感不满。在《荡寇志》中，他让水浒一百单八将全都被雷神下凡的张叔夜、陈希真等所擒杀，表现了"尊王灭寇"的思想。在写作技巧上，这部小说也还有些长处，但在思想情趣上却反映了清代长期专制统治所培育出的奴化精神。

小说写陈希真父女落草于猿臂寨，专门与梁山英雄为敌，以剿灭梁山农民起义作为向封建统治者尽忠的大礼。后来由于他们在攻打梁山英雄方面建立了"功绩"，为朝廷录用，陈希真升官至都统制。最后他们又和云天彪一起，在张叔夜的统率下，消灭了梁山英雄。作品自始至终对宋江等农民起义英雄表现了一种刻骨的仇恨，把他们描绘成为杀人魔王，人民对他们恨之入骨，最后"无一能逃斧钺"。而张叔夜、云天彪、陈希真等刽子手，却被描写成为顶天立地的英雄，说他们是天上的雷神降生来扶助皇帝"治国安民"的。

对人民的忠义和对朝廷的忠义是《水浒传》包含的两方面的思想内容。《荡寇志》作者对前者深恶痛绝，而对后者也认为不可靠，以此宣扬"俾世之敢于跳梁，借水浒为词者，知忠义之不可伪托，而盗贼之终不可为"的反动观点。因此，该书深得反动统治者的欢迎，他们纷纷为它作序，甚至说作者"功德无量"。由于它在艺术上还有一定成就，它的害处就更大。但一切革命者对它的态度和封建统治者是全然不同的，所以太平军一进苏州，就焚毁了它的书版。

◎ 关键词：狎妓 同性恋 理想虚构 狎邪小说

狎邪小说《品花宝鉴》

● 金屋春深图 清 华岩

>>> 鲁迅评《品花宝鉴》

鲁迅《中国小说史略》：《品花宝鉴》者，刻于咸丰二年（1852年），以叙乾隆以来北京优伶为专职，而记载之内，时杂猥辞，自谓伶人有邪正，狎客亦有雅俗，并陈妍媸，固犹劝惩之意，其说与明人之凡为"世情书"者略同。至于叙事行文，则似欲以缠绵见长，风雅为主，而描摹儿女之书，昔又多有，遂复不能摆脱旧套，虽所谓上品，即作者之理想人物如梅子玉杜琴言辈，亦不外伶如佳人，客为才子，温情软语，累牍不休，独有佳人非女，则他书所未写者耳。

拓展阅读：

《青楼梦》俞达
中国古代十大禁书
《中国小说史略》鲁迅

关于文人狎妓生活的小说及笔记，自唐代以来就延续不断。到了清代后期，城市商业化的程度更高，娼妓业也随之更为发达。尤其像上海这样在半殖民地化的过程中高度繁荣的城市，会聚了大量的金钱和各式人物，也会聚了无数沦落的女子。一些经常出入于青楼的文人，把这里面所发生的种种所谓"艳情"，写成小说供市民阶层观看。"从前争说《红楼》艳，更比《红楼》艳十分"，说的就是一部写官僚富豪与伶人狎游的小说《品花宝鉴》。

成书于道光后期的《品花宝鉴》作者是落魄名士陈森。他是江苏常州人，屡试不第，久寓北京，出入戏曲界，后来采拾所闻所见而成《品花宝鉴》一书。小说的背景为乾隆时代，当时"京师狎优之风冠绝天下，朝贵名公，不相避忌，互成惯俗"（邱炜萲《菽园赘谈》）。小说描写彼时官绅名士与梨园童伶的浪漫关系，而以两对才子佳人——梅子玉和杜琴言、田春航与苏蕙芳——为这样一种关系的表率。它以名公子梅子玉与名旦杜琴言的同性恋故事为中心，描写王孙公子、巨商豪富的狎优风习，间及官场士林中的逸事，如第55回所写"侯石翁"的身上便有袁枚的影子。这部小说用才子佳人小说的笔调写同性恋故事，其中的伶人形象与妓女无多差异。书中所谓"邪正""雅俗"的分判，也是才子佳人小说惯用的伦理装饰。而叙事之中，尤多温软缠绵之笔。如第29回写杜琴言至梅子玉家探病，梅正在梦中与杜相会，口诵白居易《长恨歌》诗句，而杜则在病榻旁为之垂泪不已，这十足是一种男女痴情的场面。这种描写虽然显示了清代一部分士大夫无聊的人生和变态的心理，却不能反映出这种变态生活中人性的复杂情形。所以题材虽然特别，而小说一味模仿传统异性恋诗文辞章的模式，尤给人俗不可耐之感。

《品花宝鉴》共60章，主要人物数十人，是晚清颇具规模的长篇。两对主角中，梅子"玉"与杜琴"言"谐"寓言"二字，他们应是出自陈森的理想虚构，而田春航与苏蕙芳则是影射后来做到两湖总督的毕沅及其终身知己李桂官。这两对佳偶有情有义，正是陈森所谓的"知情守礼""洁身自爱"。杜与苏虽出身娼优，但一旦爱起来，可谓是轰轰烈烈。事实上他们与两位恩客的关系，基本上是柏拉图式的。"好色不淫"是爱到最高点的表现。小说中，他们历尽艰辛，矢志不移，最后有情人终成眷属——但却是等到爱人们先娶了老婆之后。

鲁迅在《中国小说史略》中认为《品花宝鉴》开创了清末"狎邪小说"的先河。

●郑珍像

>>> 陈衍

中国近代诗人。光绪八年（1882年）举人。光绪二十四年在京城参与维新活动，提倡变法。清亡后，与章太炎、金天翮倡办国学会，任无锡国学专修学校教授。

陈衍通经史训诂之学，长于作诗。他与郑孝胥同为闽派诗的领袖，提倡三元说。他一生宣扬同光体的成就，给近代旧诗坛以广泛的影响。他的诗，着重学王安石、杨万里，笔法曲折独特，骨力清健。著有《石遗室丛书》《石遗室诗话》《石遗室论文》《史汉文学研究法》等。又选有《近代诗钞》24册。

拓展阅读：

陈衍"三元说"
《春望》沈曾植
《遣兴二首》陈三立

◎ 关键词：宋诗派 同光体 宋诗运动 挣扎

专尚宋诗的"宋诗派"

改良运动虽然促使许多新派诗、新体文的出现和发展，但对封建的政治和思想文化的冲击力量明显不足，从而导致各种腐朽的拟古主义与形式主义的诗派、文派沉滓泛起。其中势力最大的是宋诗派，即所谓"同光体"诗派，代表作家有陈三立、陈衍等。

陈三立，字伯严，江西义宁（今修水）人。他是湖南巡抚陈宝箴的儿子，早年曾助其父在湖南创行新政，提倡新学，积极支持改良运动。戊戌变法失败后，他从新潮流中退出来，以诗自慰，"凭栏一片风云气，来作神州袖手人"。他的诗，最初学韩愈，后来学黄山谷。他代表所谓"生涩奥衍"一派，"避俗避熟，力求生涩"，反对"纱帽气""馆阁气"。"诗界革命"的倡导者如梁启超等对他的诗也都非常赞赏。陈三立的诗以生硬晦涩的造词遣意来表达对现实社会的感慨。

陈衍，字叔伊，号石遗，福建闽侯人。他曾多年参加两湖总督张之洞的幕府，是宋诗派诗论家和诗人。他宣称："时既非天宝，位复非拾遗，所以少感事，但作游览诗。"陈衍诗中诚然有很多枯燥无内容的游览诗，但并不是绝对不"感事"的："言和即小人，言战即君子，伏阙动万言，蹙国日百里。"这显然是对当时的改良运动的诬蔑和憎恨，暴露了他故意逃避现实，抗拒新潮流的反动实质。他的诗一般枯淡迂缓，毫无生气。

沈曾植的诗被陈衍推为"同光体"之魁杰，他后来被张之洞招至武昌，掌教两湖书院，与陈衍在一起，大作"险奥聱牙"的"同光体"。由于他是一个"博极群书，熟悉辽金元史学舆地"的考据家，"爱艰深，薄平易"，因而他的诗极力搬运典故，堆砌文字，使人望而生畏，不能卒读。他的诗脱离现实，是以故典材料作诗的典型。

当时提倡宋诗的人物多身居高位，郑珍则与之有别。郑珍，贵州遵义人，道光举人，曾任县学训导，一生穷困潦倒，有《巢经巢全集》。他的诗内容广泛，有些揭露时弊、反映民间疾苦之作写得很尖锐，如《经死哀》。他也善于描写自然景物，如《晚望》。

差不多同时的金和，是宋诗派以外一个比较著名的诗人。他的长篇如《兰陵女儿行》《烈女行纪黄婉梨事》，分别写两名女子反抗清军官兵的劫掠。他用散文化的句式、小说化的结构和细致描写来叙述故事，形式上有新的特点。

● 《儿女英雄传评话》插图

>>> 古典小说之最

最早的小说：《燕丹子》
最早的纪实小说：《晏子春秋》
最早的传奇小说：《古镜记》
最早的武侠小说：《红线传》
最早的神魔小说《三遂平妖传》
最早的历史小说：《三国演义》
最早的推理小说：《包公案》
最早的章回体侠义小说：《儿女英雄传》
最早的小说总集：《太平广记》
最早的志怪小说集：《搜神记》
最早的笔记小说集《西京杂记》
最早的小说丛集：《古今说海》
最长的古代小说：《榴花梦》
最大的公案小说：《施公案》

拓展阅读：

《儿女英雄传校释》松颐
《新儿女英雄传》孔厥/袁静
《儿女英雄传》王瑶卿（京剧）

◎ 关键词：才子佳人 英雄传奇 封建说教

文康的《儿女英雄传》

《儿女英雄传》本名《儿女英雄传评话》，是道光年间"燕北闲人"所著。作者真名文康，姓费莫氏，字铁仙，满洲镶红旗人，大学士勒保之次孙。

作者把才子佳人小说与英雄传奇小说彼此捏合而成所谓的"儿女英雄"，自言"儿女无非天性，英雄不外人情；最怜儿女英雄，才是人中龙凤"。《儿女英雄传》原有53回，今残存40回。文康在"缘起首"一回中，把"儿女"和"英雄"强揉在一起，说"有了英雄至性，才成就得儿女心肠；有了儿女真情，才做得出英雄事业"，并使"英雄事业"和"儿女心肠"都忠实地为封建统治阶级服务。

小说写安骥因父亲安学海被上司陷害入狱，于是变卖家产前往赎救，途中遇上歹徒，幸得侠女十三妹解救，同时被救的还有一位村女张金凤，两人经十三妹撮合，结为夫妇。后安学海访明十三妹就是其故交之女何玉凤，因父亲被大将军纪献唐所害，乃变姓埋名，志在报仇。安学海告诉她纪献唐已被天子处死。十三妹自念父仇已报，母亲又去世，无处可归，便欲出家，却被张金凤等人劝阻，最后也嫁给了安骥。安骥得两个妻子之助，考中探花，连连高升，位极人臣。张、何各生一子，全家享尽富贵荣华。

小说在一定程度上暴露了当时官吏们的贪赃枉法及统治阶级内部的相互倾轧，但综观全书却充满了封建说教。作品描绘了一个封建社会中五伦兼备的"全福家庭"，以此来美化封建制度，其中大小矛盾的解决，都是服从于封建秩序的。书中的主要人物安骥、张金凤、何玉凤等都是忠孝节义的化身。他们被作者描写成既有"儿女之情"又有"英雄至性"的"人中龙凤"，因而他们都能得到好的结果。而全书以安骥二妻一妾，探花及第，富贵荣华作为结局，集中地反映了作者庸俗的封建理想。《儿女英雄传》在艺术上也有相当成就，十三妹的形象前半部比较鲜明，富有侠义气息，加之作品运用了流畅的北京口语，使它在当时产生了不小的影响。

《儿女英雄传》是作者在特定的立场上所写出的一种梦想中的完美人生，其思想情趣是很平庸的。安家一家人，充分地实践了臣忠、父严、母慈、子孝、妻贤这些基本的封建伦理纲常，又主要在安学海身上体现了饱学、仁厚、恬淡等旧时文人所尊崇的一般美德。总之，这可以说是由一群在传统道德意义上而言十分完美的人，组成的一个完美家庭。他们最终得到完美的幸福。由此，小说也歌颂了"三纲五常"的"完美"价值。作者还有意识地与在当时已经很流行的《红楼梦》相对抗，但却更加彰显了他的封建主义立场。在第34回中，他把自己小说中的主要人物与《红楼梦》中的主要人物分别加以对照，认为后者在品格上各人都有严重的缺陷。

　　一般说来，观念性很强的小说容易写得迂腐枯燥，但《儿女英雄传》却还是颇能吸引人的。它在中国古代白话小说中，也占有一定的地位。这表明作者具有较高的才华，在宣扬封建伦理的同时，还具有把生活景象、人物故事描写得生动有趣的能力。他能在以前小说的陈套中翻新，获得一种较新鲜的故事韵味。作者还较好地学习了民间说书艺术的长处，把故事情节布置得波澜曲折，把细节描绘得很详尽。虽然全书整体上贯穿了封建纲常观念，但人物形象还显得比较鲜明，有一定的个性，人物的言行也比较有生气。小说的语言，是用"说话人"的口气来写的，常常能写出相当生动的语气、腔调。但由于小说观念性的框架造成了艺术上的缺陷，因此情节的开展、人物的行为常有完全不合理的表现。如十三妹在前半部分作为"侠女"出现时，性情刚烈，举止果敢，一旦恢复为何玉凤，嫁了安骥之后就变成了一个三从四德的少奶奶，如此一番描写极为虚假做作。

●惜花图 清 改琦　　　　　　　　　●秋风纨扇图 清 费丹旭

●《绘图花月因缘》插图

◎ 关键词：鸳鸯蝴蝶派 源头 历史动机 美学

狎妓风中的《花月痕》

《花月痕》也叫《花月痕全书》《花月因缘》《花月痕全传》，共52回，它成书于咸丰年间，流行于光绪中期。

作者魏秀仁，字子安，一字子敦，福建侯官人。道光丙午（1846年）举人，屡应进士不第。他曾游山西、陕西、四川，一度做官府幕僚，后主讲渭南、成都等地书院。同治元年（1862年），返居福建故里，从事教学和著述。他一生撰述丰富，有《石经考》《咄咄录》《蹇蹇录》《陔南山馆文录》《陔南山馆诗集》30余种，多未刊行。《花月痕》是作者旅居山西，在太原知府保眠琴家时所作，书首有咸丰戊午（1858年）自序，但他于同治初年才修改定稿。作者目睹鸦片战争与太平天国革命，"见时事多可危，手无尺寸，言不见异，而肮脏抑郁之气无所抒发，因遁为稗官小说，托于儿女之私，名其书曰《花月痕》"（《赌棋山庄文集》卷五《魏子安墓志铭》）。

《花月痕》写才子韦痴珠、韩荷生游幕并州，两人都有相好的妓女，韦的名秋痕，韩的名采秋。韦颇有文采，但怀才不遇，困顿而死，秋痕也殉情；韩先为达官贵人的上客，后因平寇有功升为兵科给事中，最后又立功封侯，采秋也做了一品夫人。作品通过韦、韩两人绝然不同的遭遇，反映了作者悲凉哀怨的情绪和他对功名富贵的向往。魏秀仁少有才名，自负风流文采，故借韦痴珠的形象寄寓牢骚，又借韩荷生的形象表达了他的人生梦想。这种双线交错、彼此对照的故事结构，本来也可以写得比较有趣，但由于作者过于自哀自怜和卖弄词采，使得小说缺乏活泼的生气和流动的韵致。

《花月痕》还是鸳鸯蝴蝶派文学的一大源头。《花月痕》以"卅六鸳鸯同命鸟，一双蝴蝶可怜虫"一语（31回），开创现代鸳蝶想象之一端。《花月痕》上承晚明才子佳人小说传统，而以"美人堕落，名士坎坷"的情境安排反此前言情小说的完美假设，不落俗套，另出机杼。魏子安身处乱世，对家国动荡，不能不有所感触，因而他的小说中蕴含了深刻的历史动机。而他延宕、因袭，乃至颠覆传统情色文学的特征，除体现鲁迅所谓的"溢美"倾向外，更发展出一种"衍生的美学"。这一衍生的美学，又处处显示出时不我予、力不从心的感伤和尴尬。小说所塑造的落魄名士，对现代文学的畸零人角色，提供了又一原型。

《花月痕》是中国第一部以妓女为主要人物的长篇小说。它内容题材虽属"狭邪"，但表现手法却颇似明末清初才子佳人类小说。它出现在《红楼梦》一个世纪之后，狭邪小说及鸳鸯蝴蝶派小说之前，是小说发展过程中的一个重要的过渡环节。

●曾国藩像

>>> 捻军起义

太平天国兴起之后，河南、安徽一带捻军群起响应。咸丰元年，南阳捻头乔建德聚众2000人在角子山起义；李大、李二在南召起义；凤阳、颍州等地捻军纷纷起事。

1852年，捻党大头目张乐行、龚得树等人在安徽发动反清大起义，从此捻军起义全面爆发。

捻军在反清的道路上，成为太平天国以外另一支强大的反清力量。

拓展阅读：

湘军
李鸿章
天国印刷
石达开智破曾国藩

◎ 关键词：湘乡派 新文体 儒教义理

曾国藩与桐城派中兴

清后期的散文以曾国藩所领导的承桐城派余绪的"湘乡派"和梁启超所提倡的"新文体"为主。前者在"古文"的传统上求变化，后者则是一种以浅俗的文言写成的纵横恣意的文章体式，带有向白话文靠拢的意味。但他们都看重文章的实用功能，所以这一时期单纯文艺性质的散文并不发达。

作为洋务派的领袖，曾国藩却力图通过发扬儒教义理来为清王朝重建稳定的秩序。他倡导宋诗和桐城派古文，均有这方面的意义。曾氏推崇姚鼐，称"国藩之粗解文章，由姚先生启之也"。

但桐城派的偏执迂腐，既受到一部分读书人（尤其汉学家）的厌弃，又不切时用，所以曾国藩对此做出一定的修正。一是在姚鼐所提出的义理、考证、文章三要素中，加入"经济"，谓"此四者阙一不可"。这是重视文章在政事上的实用性，以纠正桐城派古文的空疏迂阔。二是进一步调和汉学与宋学之争，以争取更多人的支持，扩大桐城派古文的影响范围。三是在强调以儒家义理为先的同时，也重视古文的文艺性质。曾氏对桐城派诸宗师均有批评，尤其对方苞散文的缺乏文采表示不满。他也不满于宋儒崇道贬文、"有德必有言"之说，主张讲求文采，追求"文境"，并把姚鼐提出的阳刚、阴柔再分为八。他还主张"古文之道与骈体相通"，他作文时也经常兼用骈偶句法。

曾国藩的观点视界较广，在不少地方克服了桐城派前人的褊狭，有较多的合理性。他本人的创作，也被梁启超赞为"桐城派之大成"。但他并没有放弃桐城古文以阐发儒家伦理为根本宗旨的立场。

在封建政治极度衰弱、西学日兴的形势中，"桐城派中兴"只是昙花一现，其生机却是有限的。到了曾氏嫡传弟子那里，就已不得不与时俱进了。

曾国藩门下曾会聚众多文士，不少人负一时文名，其中张裕钊、吴汝纶、薛福成、黎庶昌被称为"曾门四弟子"。

在曾国藩重振桐城派古文的前后，反对派的意见也并未消歇。如以古文著称的冯桂芬虽主张"文以载道"，却要求扩大"载道"的内涵，以为"道非必'天命'、'率性'之谓，举凡典章、制度、名物、象数，无一非道之所寄，即无不可著之于文"，同时要求打破"义法"的程式，以为"称心而言，不必有义法也；文成法立，不必无义法也"。

●老梅图 清 金农

>>> 刘熙载故居

刘熙载故居，位于兴化市小关帝庙巷3号。1990年至1991年依原貌稍作移位复建。坐北朝南，南北两进。

故居内陈列刘熙载石刻遗像，反映其生平业绩的漆制的组画，"性静情逸"匾额，清式家具及刘氏遗物，当代名家手迹，学术研究资料等。

刘熙载故居建筑面积38平方米，占地200平方米。为市级文物保护单位。

拓展阅读：

《论文》清·刘熙载
《书概》清·刘熙载
《历代书法》清·刘熙载

◎ 关键词：论文谈艺 汇编 艺术辩证法 反映现实

刘熙载和他的《艺概》

刘熙载，字伯简，号融斋，晚号寤崖子，江苏兴化人。他是道光二十四年进士，曾官至广东提学使，主讲上海龙门书院，于经学、音韵学、算学有深入的研究，并旁及文艺，著有《古桐书屋六种》《古桐书屋续刻三种》。

刘熙载晚年汇编平时的谈艺论文之作而成《艺概》一书。全书共六卷，分为《文概》《诗概》《赋概》《词曲概》《书概》《经义概》，分别论述文、诗、赋、词、书法及八股文等的体制流变、性质特征、表现技巧和重要作家作品评论等。作者自谓谈艺"好言其概（《自叙》），故以'概'名书"。"概"的含义是得其大意，言其概要，以简驭繁，"举少以概乎多"，使人明其指要，触类旁通。这是刘氏谈艺的宗旨和方法，也是《艺概》一书的特色。这部作品广综约取，不芜杂、不琐碎，发微阐妙，不玄虚，不抽象，精简切实。

《艺概》论文的基本方法是既注重文学本身的特点、艺术规律，又强调作品与人品、文学与现实的联系。他注意到文学创作有"按实肖象"和"凭虚构象"两种方法。他重视艺术形象和虚构，认为"能构象，象乃生生不穷矣"。所以对浪漫派作家往往能有较深刻的认识。他指出"文之为物，必有对也，然对必有主是对者矣"（《经义概》），又说"物一无文"，但"更当知物无一则无文。盖一乃文之真宰，必有一在其中，斯能用夫不一者也"（《文概》）。《艺概》对物我、情景、义法种种关系的论述揭示了它们的辩证统一，突出了我、情、义的主导作用。

刘氏考察创作问题、评价作家作品，往往深入一层，有精辟独到的见解。他强调作品是一个有机整体，论所谓"词眼""诗眼"，提出"通体之眼""全篇之眼"。他谈批判与继承的关系，指出"惟善用古者能变古，以无所不包，故能无所不扫"。他对不同旨趣、不同风格的作家作品，不"著于一偏"，而是将他们的长处与不足都如实指出。他论表现手法与技巧，指明"语语微妙，便不微妙"，"竟体求奇，转至不奇"，强调"交相为用""相济为功"，提出一系列相反相成的艺术范畴。

刘熙载认为文学"与时为消息"，重视反映现实、作用于现实的所谓"有关系"的作品。他还强调"诗品出于人品"，所以他论词不囿于传统见解。他推崇苏轼、辛弃疾，批评温庭筠、周邦彦词品低下，以晚唐、五代婉约派词为"变调"，而以苏轼开创的豪放派词为"正调"。他的词论，在清亡前后有一定影响。王国维的《人间词话》对《艺概》抽出作品中词句来概括作家风格特点的评论方式以及个别论点，都有所吸取。

●《五鼠闹东京鼓词》插图

>>> 无丝藕

俚语包公池里藕无丝。"无丝"与"无私"谐音，反映了人民对清正无私的包公（包拯）之赞颂与怀恋。

传说包拯晚年，宋仁宗将庐州一段护城河封给他，他无法拒绝，便做出规定：包河可种藕，只可济民，不许营利。加之此藕孔大节疏，质嫩无丝，从此合肥地区便留下一句歇后语"包河藕——无丝（私）"。

包拯后人恪守这一遗训，每到八月中秋这天，都要全族团聚，品尝包河藕加冰糖，以示"此藕无丝（私），冰心可鉴"。久而久之，流传乡里，便成了美德风俗。

拓展阅读：

狸猫换太子
五鼠闹东京
《龙图公案》（评书）

◎ 关键词：怀才不遇 七侠五义

民间艺人石玉昆

民间艺人石玉昆怀才不遇，沦落江湖，在天桥以弹词为生。当时的天桥盛况空前，布满了各种民俗技艺与杂耍。石玉昆眼见社会上充满了贪官污吏，于是开始召集一些志同道合的伙伴，展开打击黑暗的具体行动。第一个入伙的就是"空中飞人"展昭，石玉昆叫他"懒猫"。

擅长杂耍的姐妹花丁兆兰、丁兆蕙身世凄凉。她们的母亲丁秀莲本为参将艾达仁的原配，遭无子嗣的姨太太庞氏所嫉妒。丁秀莲生了两个女儿后又怀孕，临盆当晚，产下一名男婴。庞氏趁秀莲昏迷的时候，把男婴抱走，换了只死猫放在秀莲怀里，然后急报艾达仁说：秀莲生了个妖怪！艾达仁一气之下便把秀莲和两个女儿赶出家门，庞氏则将男婴据为己有。

石玉昆、展昭、欧阳春知道此事后，深感不平，几人联手，费尽周折，终于使得事情真相大白。石玉昆的声名则因这次事件不胫而走，不但听他弹词的客人越来越多，更陆续有奇才异能之士加入阵营，如会变戏法的智化、炸药高手韩彰等。

自白玉堂最后加入，成了石玉昆最得力的左右手后，石玉昆手下的人马正好有了七个侠客、五个义士。

当时，太监总管庞泰祸国殃民、权倾朝野，石玉昆和"七侠五义"欲为国除奸，于是定下了一个大胆至极的计谋——盗皇冠！庞大太监是四值库的总管，皇帝的皇冠由他照管。石玉昆等13人各展专长，终于偷得皇冠，然后把皇冠藏在庞大太监的家中，声称庞大太监有谋反篡位之心。皇帝龙颜震怒。庞大太监百口莫辩，被处凌迟碎刮！

为市井小民申冤的石玉昆与"七侠五义"不负众望，屡破奇案，声名扶摇直上。石玉昆也假托包拯为主角，把破案的真实过程写成了小说《七侠五义》，并将伙伴们统统都写了进去。书成之后，立刻赢得了百姓大众的赞赏与喝彩，并传诵千古而不朽……

●跳狮图 清 吴友如

●黄遵宪像

>>> 《樱花歌》黄遵宪

墨江泼绿水微波
万花掩映江之沱
倾城看花奈花何
人人同唱樱花歌
花光照海影如潮
游侠聚作萃渊薮
十日之游举国狂
岁岁欢虞朝复暮

拓展阅读：

《感事》清·黄遵宪
《双双燕》清·黄遵宪
人境庐——黄遵宪故居

◎ 关键词：诗歌革新 新诗派 "古文"之法

"我手写我口"的黄遵宪

黄遵宪，字公度，号人境庐主人，广东梅县人。光绪举人，曾任驻日、英使馆参赞及旧金山、新加坡总领事。回国后积极参加维新变法，变法失败后去职家居，老死乡里。他善于写诗，主张写诗"不拘一格，不专一体"，"我手写我口"，著有《人境庐诗草》《日本国志》《日本杂事诗》等。

黄遵宪有意革新诗歌，21岁所作的《杂感》对"俗儒好尊古"提出批评，宣称"我手写我口，古岂能拘牵"。戊戌变法前夕，他提出了"新派诗"的名目，《酬曾重伯编修并示兰史》云："废君一月官书力，读我连篇新派诗。"在此诗中，他是以"文章巨蟹横行日"（指横写的西洋文）和"世变群龙见首时"为其"新派诗"的背景。换言之，这是对西学日兴的形势的反映，并有欲为群龙之首、领风气之先的用意。后来在《人境庐诗草自序》中，他认为要最广泛地汲取古代文化和现实生活中的材料，打破一切拘禁，而终"不失乎为我之诗"。

黄遵宪诗的一大特点是多记时事，如《冯将军歌》《东沟行》《哀旅顺》《哭威海》《度辽将军歌》等均反映了中法、中日战争中的大事件，对国家的衰危表示了极大的忧虑和悲愤，显示了自己强烈的爱国之情。另外，《拔自贼中述所闻》《天津纪乱》《聂将军歌》等则记述了太平天国和义和团运动中的事件。在上述诗作中，黄遵宪也有求新的表现，如《冯将军歌》仿《史记·魏公子列传》笔法，叠用十六次"将军"，以表示对冯子材的敬重，这是以"古文"之法入诗的先例。但真正使人耳目一新的，还是那些与他的外交官经历有关的反映世界各地风土人情和包含着新的科学文化知识的作品。《樱花歌》描述了樱花开时日本全民欣喜的欢腾景象，《纪事》记述了美国总统竞选、两党哄争的情形，《番客篇》反映南洋华侨的生活。凡此种种，对于当时一般中国人而言，真是闻所未闻。他的诗在中国古典诗歌中，开拓了全新的题材。他的诗友丘逢甲称："茫茫诗海，手辟新洲，此诗世界之哥伦布也。"《今别离》四首写传统游子思妇题材，而以火车、轮船、电报、照相等新事物以及东、西半球昼夜相反的现象构成离别与相思的情景，写得极有新鲜感。下面是第四首：

汝魂将何之？欲与君追随。飘然渡沧海，不畏风波危。昨夕入君室，举手搴君帷。披帷不见人，想君就枕迟。君魂倘寻我，会面亦难期。恐君魂来日，是妾不寐时。妾睡君或醒，君睡妾岂知？彼此不相闻，安怪常参差。举头见明月，明月方入扉。此时想君身，侵晓刚拔衣。君在海之角，妾在天之涯。相去三万里，昼夜相背驰。眠起不同时，魂梦难相依。地长不能缩，翼

● 旅顺大屠杀旧照

日军占领旅顺后，兽性大发，制造了长达四天的骇人听闻的大屠杀，整个旅顺陷于血泊之中，死尸堆集如山，成为名副其实的人间地狱。

● 冯子材像

光绪十一年（1885年）二月七日至九日，广西军务帮办冯子材在镇南关率部下英勇抗击法军进攻，取得了具有历史意义的镇南关大捷。

短不能飞。只有恋君心，海枯终不移。海水深复深，难以量相思！

因为东、西半球昼夜相反，寝起各异，所以梦魂不得相见。在古诗的传统里，这种立意自然显得很新奇。

黄遵宪诗以五言、七言古体长篇最具代表性。五古善于铺陈，七古纵横变化，而均有笔力雄健、富于气势的特点。不过，他自视甚高，在给梁启超的信中自称五古"凌跨千古"，七古"不过比白香山、吴梅村略高一筹"。实际上，他的诗张扬外露，力求新异，但思想并不深刻，也缺乏能够表现独特人生感受的意象。他的时事诗篇叙述和议论过多，抒情则流于简单的夸张，反映国外风情的诗又偏重于介绍新事物，也就是说，他并没有把西方文化中深切的东西引入到诗歌中来。

●包公祠

>>> 开封府

北宋时天下首府，驰名天下。包龙图扶正祛邪、刚直不阿，美名传于古今。《包龙图打坐在开封府》，令人荡气回肠。

重建的"开封府"，位于开封包公湖东湖北岸，占地60余亩，建筑面积1.36万平方米，巍峨壮观，与包公西湖的包公祠相呼应，映衬三池湖水，形成了"东府西祠"，楼阁碧水的壮丽景观。

开封府依北宋营造法式建造，以正厅（大堂）、议事厅、梅花堂为中轴线，辅以天庆观、明礼院、潜龙宫等50余座大小殿堂，动静结合，雅俗共赏。

拓展阅读：

《包公赔情》（评剧）
平金绣散龙黑色蟒袍
《秦香莲》钱笑呆/陶干臣
《包龙图打坐在开封府》（京剧）

◎ 关键词：秦腔 梆子戏 流行 地域特色

秦腔名剧《秦香莲》

秦腔能够生动地反映出人民的悲欢喜乐，反映出他们的生活和斗争，所以在民间有着深厚的根基。产生于民间的秦腔艺术源远流长。相传，唐玄宗李隆基曾经专门设立了培养演唱子弟的梨园，既演唱宫廷乐曲也演唱民间歌曲。梨园的乐师李龟年就是陕西民间艺人，他所作的《秦王破阵乐》称为秦王腔，简称"秦腔"。这大概就是最早的秦腔乐曲。其后秦腔因宋词影响而日臻完美。明朝嘉靖年间，甘、陕一带的秦腔逐渐演变成为梆子戏。清乾隆时，秦腔名角魏长生自蜀入京，以动人的腔调、通俗的词句、精湛的演技轰动京城。如今京剧的西皮流水唱段就来自秦腔。《秦香莲》，又名《铡美案》，是戏曲舞台上最流行的秦腔剧目。它的原始版本是梆子戏《明公断》。此剧是梆子、皮黄剧种广泛上演的剧目。

其剧情讲述北宋年间，陈世美进京应试，其妻秦香莲依依送别，两人誓不相忘。世美高中状元，被招为驸马。时值荒旱，世美父母饿死，香莲携一子一女，千里寻夫至京。世美贪恋荣华，不认妻子及子女。香莲在丞相王延龄下朝之时，拦轿呼冤。王延龄于世美寿辰，令香莲在筵前唱述身世，盼陈回心认妻。陈世美坚决不相认，王延龄于是让香莲去开封府尹包拯衙中控告世美。而世美竟使家将韩琪追杀香莲及其子女。韩琪闻知香莲遭遇，不忍杀害，又怕无以复命，于是自刎而死。香莲往包拯衙门告世美，包拯愤恨世美狠毒，想要法办陈世美。皇姑、国太闻讯，先后赶到，欲阻挠行刑。包拯置己身利害于不顾，传令开铡，法处世美。

状元郎陈世美为了做皇帝的东床快婿，抛弃了结发的妻子与儿女，最后还要将她们赶尽杀绝，他私心歹毒，留下了千古骂名。然而，无权无势，仅凭信念的支撑而讨来了"说法"的秦香莲，为达义目标的实现所表现出的坚忍与执着，却也体现出芸芸众生行列里人格的力量。打坐开封府、铁面威严包龙图是人治社会清官政治的虚幻理想写照，可对弱势善良的呵护与对强势邪恶的抗争，却也折射出血性男儿的胸襟。青衣的声腔珠圆玉润、百转千回，黑头的曲调字字千钧，掷地有声。流派表演艺术的韵味，醇厚绵长。

秦腔《铡美案》风格高亢悲壮、慷慨激昂，其地域色彩极浓。

滇剧《秦香莲》以《闯宫》一折最为精彩，汉剧中的《讲宫》一折也历来受到推崇。

北路梆子（雁剧）的《杀庙》一折，杨仲义和贾粉桃联袂出演的版本尤其精彩绝伦，当年被专家同行誉为"天下第一杀"，两位主演也因此双双获得中国戏剧梅花奖。

● 《改良京调图考》中"铡美案"戏文插图
凭借信念的支撑，秦香莲不屈不挠，终于为自己找到了"说法"。她
为实现自己的道义目标所表现出的坚忍与执着，令人钦佩。

●王闿运像

>>> 王闿运 "软硬不吃"

袁世凯窃国之后，强行召王闿运入京为总统顾问和国史馆馆长，王不得已，顶戴补褂入都。

袁世凯的秘书以车恭迎，车过新华门（原为大清门）时，王故意问秘书："此何门耶？"秘书答道："新华门。"王闿运乃嘲曰："吾观之似新莽门也。"入国史馆，他即在门前贴出对联："民犹是也，国犹是也，何分南北；总而言之，统而言之，不是东西。"横批"旁观者清"。

这位"旁观者"对袁世凯来了个软硬不吃，最终挂冠而去。

拓展阅读：

湘绮楼

《八代诗选》清·王闿运

《哀江南赋》清·王闿运

◎ 关键词：爱国 经学 儒宗 精研经史

汉魏六朝派诗人王闿运

王闿运，字壬秋，号湘绮，清末文学家。原籍湖南湘潭，生于长沙，筑居室"湘绮楼"于长沙营盘街。

少年之时的王闿运，每天读书不及百字，又不能全部理解，后来受良师激励，才发愤苦学，每日读的书不能背诵就不吃饭，不得理解就不睡觉。后来终于学贯经史，成为一代经学宗师。王闿运于咸丰时中举人。中日甲午战争中，王闿运得知李鸿章畏缩不前，曾致信晓以大义，"语国之罪，谁执其咎"，表现出爱国的正义感。他关心民间疾苦，面对太平天国起义以来统治者误国殃民所造成的惨景，曾作《独行谣》《盐井歌》《圆明园词》，给予真实反映。宣统三年，特加翰林侍讲衔。王闿运引为荣耀，作诗以纪。民国元年，作《悲愤诗》二首。民国二年被举为湖南孔教会长。次年，应袁世凯之请，任国史馆馆长，后辞归，致书袁世凯，劝不必称帝。他逆时代潮流，终身不剪长辫，但反对外来侵略。

他治学主张经世致用，宗尚今文经学，所作笺注不多言义理和考据，以疏通文义为务，主张"学贵有本"，提倡在汲取前人研究成果的基础上，敢于独标新见。著有《礼经笺》《礼记笺》《周官笺》《春秋公羊何氏笺》《谷梁传笺》《今古文尚书笺》《尚书义》《尚书大传补注》《周易说》《诗经补笺》《论语集解训》《尔雅集解注》等书，被时人尊为"儒宗"。他曾慨然叹道："我非文人，乃学人也！"

王闿运的诗文以《诗》《礼》诸经为本，效法汉魏六朝体。他的文章以叙议见长，格调高古，文辞雅丽，诗有拟古倾向，以七言歌行成就最高。从诗作总体看，较少现实生活内容。著有《湘绮楼文集》26卷，《外集》2卷；《湘绮楼诗词集》18卷，《外集》2卷；《湘绮楼词钞》1卷等。

他精研经史，旁涉方志，讲学著书期间，修纂《湘军志》16篇、《桂阳州志》17篇、《衡阳县志》10篇、《安东县志》7篇、《湘潭县志》12篇等。《湘军志》诬蔑太平军为匪寇，溢美湘军战功，因此引起太平军将领不满，发生毁版风波，他的徒弟却将其刊印，流传至今。

他仕途失意，退而讲学，在教育事业上卓有成就。知名弟子有杨度、夏寿田、廖平、杨锐、刘光第、齐白石、张晃及女弟子杨庄。

他成名较早，自负非常但郁郁不得志，晚年自挽联云："《春秋表》未成，幸有佳儿传诗礼；纵横计不就，空留余咏满江山。"民国五年卒，葬杨嘉桥白鹿中，门人辑其著述为《湘绮楼全书》。

◎ 关键词：同光体 学古诗派 新政 消极抵抗

同光体诗人陈三立

● 向北京进犯的八国联军

>>> 陈寅恪经典语录

中国之哲学美术，远不如希腊。不特科学为逊泰西也。但中国人素擅长政治及时间伦理学，与罗马人最相似。其言道德，惟重实用，不究虚理。其长处短处均在此。长处即修齐治平之旨，观察过明，而乏精深远大之思。

——陈寅恪语《吴宓日记》

士之读书治学，盖将以脱心志于俗谛之桎梏，真理因得而以发扬。思想而不自由，毋宁死耳。斯古今仁圣所同殉之精义，夫岂庸鄙之敢望。先生以一死见其独立自由之意志，非所论于一人之恩怨，一姓之兴亡。

——陈寅恪《王观堂先生纪念碑铭》

拓展阅读：

《陈三立传略》吴宗慈
《晓抵九江作》陈三立
《湘绮楼论唐诗》清·王闿运

"同光体"是近代的学古诗派之一。同，即同治；光，即光绪。"同光体"的主要特点是学宋学唐，但主要以中唐的韩愈、孟郊、柳宗元为宗，至于同属中唐的大历十才子、白居易等则不学。

"同光体"诗人的首领陈三立，字伯严，号散原，江西修水县人。在陈衍曾经划分的两派近代宋派诗风格中，陈三立被列于"生涩奥衍"派。他写诗的特点是"为诗不肯作一习见语，于当代能诗钜公，尝云某也纱帽气，某也馆阁气，盖其恶俗恶熟者至矣，少时学昌黎学山谷，后则直逼薛浪语（季宣），并与其乡高伯足（心夔）极似。然其佳处，可以泣鬼神，诉真宰者，未尝不在文从字顺中也"。

光绪八年，他29岁，来到南昌参加乡试，中了举人。光绪十二年，他赴京参加会试，中试，但这年未应殿试，到乙丑年36岁时，他才成为进士。光绪二十年秋，诏授陈宝箴巡抚湖南。陈三立满腔兴奋，他踌躇满志地由武昌赶到长沙，辅佐他的父亲推行新政。这时他在政治上、学问上都已成熟。他交游广泛，在短短四年时间之中，结交和扶持了康有为、梁启超、谭嗣同、黄遵宪等一批具有维新思想的人物。戊戌年冬，他们父子两人一齐被革职。于是，他们只好离开湖南，回到南昌。

光绪二十六年四月，陈三立带着家眷迁移南京。父亲死后，他对政治灰心至极，遁入参禅礼佛的消极道路。不久，他又和杨仁山居士在金陵开展刻经事业，潜心研究佛教经典。他的诗风，也相应地转向隐晦深沉和悲愤幽怨的境界。这时正是光绪二十七年，八国联军直逼北京。清王朝为了挽救垂危的局势，不得不适当起用一些维新派的人物，陈三立此时被恢复原职。但他仍东山高卧，淡泊明志，以诗文自娱，做出一副根本无心国事的姿态。

陈三立自云"凭栏一片风云气，来作神州袖手人"，表现了从新潮流退出后，他胸中鼓荡着的愤激郁勃之情。"百忧千哀在家国，激荡骚雅思荒淫"即是他的自白。如《书感》《人日》，再如《短歌寄杨叔玖时杨为江西巡抚令入红十字会观日俄战局》，是他对日俄在我国进行战争的愤怒声讨；如《留别墅遭怀》则反映了北洋军阀攻入南京使人民遭殃的现实。

● "译界之王" 林纾

>>> 林纾文名带画名

2005年上海崇源的一场拍卖会上，林纾的《雁宕灵峰》四屏以50.6万元成交，创下林纾作品市场最高价。

林纾早年花鸟得师陈文召之传，晚年致力于山水创作。作品灵秀略似文徵明，浓厚处近戴熙。不过，林纾大多作品是工细渴笔一路，近似戴熙，传世作品有《山水》《理安山色图》《仿王椒畦山水图》《山水四屏》《香山龙老图》。

林纾是著名的文人和翻译家，画画只是一个爱好，但他的画单纯中透出一种古朴、厚重的书卷气，实属可贵。

拓展阅读：

西学东渐

林纾哭陵

《妖梦》林纾

《冤海灵光》林纾

◎关键词：翻译 刻苦攻读 古文论 译界之王

不懂外语的翻译家林纾

在我国近代文学史上，林纾是一位不懂外语，不能读原著，却翻译出200余种小说的奇人。

林纾，原名群玉、秉辉，字琴南，号畏庐、畏庐居士，别署冷红生、晚称蠡叟、践卓翁、六桥补柳翁、春觉斋主人，福建福州人。林纾小时候家里很穷，却爱书如命，买不起书，就只好向别人借来自己抄，按约定的时间归还。他曾在墙上画了一具棺材，旁边写着"读书则生，不则入棺"。他把这八个字作为座右铭来鼓励、鞭策自己，常常是起五更睡半夜地摘抄、苦读。他每天晚上坐在母亲做针线的清油灯前，捧着书津津有味地苦读，一定要读完一卷书才肯睡。由于家穷，加上读书的劳累，他18岁时患了肺病，此后连续10年经常咳血。但他卧在病床上还坚持刻苦攻读，到22岁时，他已读了古书2000多卷；30岁时，他读的书已达1万多卷了。

崇尚程、朱理学的林纾读程、朱二氏之书虽"笃嗜如饫粱肉"，但却能揭露其虚伪性，嘲笑"理学之人宗程朱，堂堂气节诛教徒。兵船一至理学慑，文移词语多模糊"。他维护封建礼教，指责青年人"欲废黜三纲，夷君臣，平父子，广其自由之途辙"，还说"荡子人含禽兽性，吾曹岂可与同群"，同时又敢把与封建礼教完全违背的《迦茵小传》整部译出。严复《甲辰出都呈同里诸公》诗云："孤山处士音琅琅，皂袍演说常登堂。可怜一卷茶花女，断尽支那荡子肠。"

林纾提倡桐城派的"义法"，并以之为核心，以左、马、班、韩之文为"天下文章之祖庭"，以为"取义于经，取材于史，多读儒先之书，留心天下之事，文字所出，自有不可磨灭之光气"。同时，为了纠正桐城派的种种弊病，林纾反对墨守成规，要求"守法度，有高出法度外之眼光；循法度，有超出法度外之道力"。他提醒人们，"盖姚文最严净。吾人喜其严净，一沉溺其中，便成薄弱"。他还专于桐城派古文中揣摩声调，"亦必无精气神味"。他认为学桐城不如学左、庄、班、马、韩、柳、欧、曾，并认为在学习中应知变化，做到能入能出，"入者，师法也；出者，变化也"。

林纾不懂外文，但他的文学功底深厚，所以采用的翻译方式也世所罕见。先经过十多个懂外文的人口述，他做出笔译，将英、美、法、俄、日等十几个国家的几十名作家的作品翻译成中文。他开创了中国翻译外国文学著作的先例，影响很大。法国小仲马的《茶花女》，就是他与别人合作翻译的第一部外国长篇小说。康有为把林纾与严复并列，称他们两个为当时最杰出的翻译家，并作诗道"译才并世数严林"。他一生著译甚丰，翻译小说达200余种，为中国近代译界所罕见，曾被人誉为"译界之王"。

◎关键词：爱国 清流 强学会 维新运动

"江南才子"文廷式

●文廷式像

>>> 戊戌六君子就义

1898年，直隶总督荣禄和慈禧密谋趁天津阅兵之时发动兵变，逼光绪交还权力。

慈禧控制光绪的人身自由。光绪自知处境危险，密信告知康有为等人立即离京。

谭嗣同找到掌握新式军队的袁世凯，和盘托出杀荣禄的计划，袁满口答应，转而却向荣禄和慈禧告密。光绪被囚禁，权力被剥夺，随后，维新派成员谭嗣同、林旭、刘光第、杨锐、康广仁、杨深秀以"大逆不道"的罪名，被斩首于北京宣武门外菜市口刑场。这就是近代史上著名"戊戌六君子"。

拓展阅读：

北洋水师

康有为变法改制

《蝶恋花》文廷式

文廷式，字道希，号芸阁（又号芴德、罗霄山人），晚年自称纯常子，江西萍乡人。

文廷式出生于官宦之家，祖父文成是清嘉庆二十四年举人。文成袭骑都尉世职。文廷式小时读书一目十行，记忆超群，由于他聪颖超常，人们都把他视为"神童"。他15岁学词，后参加科举，接连获胜。1889年，他考取内阁中书第一名，翌年，又获殿试第一甲第二名，赐进士及第，授职翰林院编修。1894年，大考翰詹，光绪帝亲擢文廷式一等第一名，升授翰林院侍读学士，兼日讲起居注官，并任命他为珍妃的业师。从此，文廷式"文誉噪京师，名公卿争欲与之纳交"，人称"才子"。他与盛昱、黄绍箕、王仁堪、王仁东等人同号"清流"，又与当时的社会显要名流福山王懿荣、南通张謇、常熟曾之撰合称为"四大公车"。

甲午战争失败后，签订了《马关条约》。文廷式带头呼吁严惩卖国贼李鸿章及战败失职的逃跑将领。他四处奔走，愤然上书，力主拒约、迁都、抗战。1895年8月，文廷式在北京发起组织"强学会"，欲与维新派相结合，变法图强，通过组织宣传，使维新运动走向高潮。

他欲拯救民族于危难，于是积极扶助光绪帝亲政，又与康有为、梁启超等同为"强学会"骨干，结果触怒了"主和派"。1896年2月17日，文廷式被西太后驱逐回籍，永不叙用。

文廷式罢官之后，俄国人重金相请，他拒而不受，旋即离京南归，途经上海，回到长沙。这时他写了《罗霄山人醉语》，阐明了他对文字改革和对当时积弊的主张。他对当时的当国者斥逐"贤臣"，表示了无限的愤慨，矛头直指封建统治阶级。

戊戌政变事发，谭嗣同等六君子遇难，西太后也在通缉搜捕文廷式。他被迫东渡日本避难。一直到1900年3月，他才从日本回到上海。这一年，他又参加了"自立会"，建立自立军。结果，自立军发难失败，其理想成为泡影。此后，他客居上海，日趋潦倒。1904年8月，文廷式在老家花庙前去世，终年49岁。

文廷式不仅是晚清具有爱国主义思想的维新派政治活动家，而且还是一名学者。他被誉为"晚清学者开派标宗者""江南才子"。他能诗工词，词学苏轼、辛弃疾，有慨叹时政之作。此外，哲学、政治、经济、语言和自然科学等，也无不涉及。遗著有《文道希先生遗诗》《云起轩词钞》《纯常子枝语》《补晋书艺文志》《闻尘偶记》等，所著约60种，达100余卷。

潮落潮起——近代文学

◎ 关键词：晚清四大家 词评 词学理论

况周颐与《蕙风词话》

●兰竹石图册 清 僧道济

>>> 秦观《桃园忆故人》

玉楼深锁薄情种，清夜悠悠谁共？

羞见枕衾鸳凤，闷则和衣拥。

无端画角严城动，惊破一番新梦。

窗外月华霜重，听彻梅花弄。

此首写困居高楼深院，与外界隔绝的妇女。长夜漫漫，谁与共处？唯见窗外月华霜重，又断续传来梅花三弄，令人愁不忍听。

这首词抒写了幽闺深锁，独居无聊的苦闷。情思缠绵，意境凄婉。

况周颐《蕙风词话》：若以少游词论，直是初日芙蓉，晓风杨柳，倩丽之桃李，容犹当之有愧色焉。

拓展阅读

《餐樱庑随笔》清·况周颐

《忆江南·春去也》唐·刘禹锡

近代词人况周颐原名周仪，因避宣统帝溥仪讳，改名周颐，他字夔笙，一字揆孙，别号玉梅词人，晚号蕙风词隐，广西桂林人，原籍湖南宝庆。光绪五年举人，后官内阁中书、会典馆纂修，以知府分发浙江，曾入两江总督张之洞、端方幕府。其间，他曾执教于武进龙城书院和南京师范学堂。辛亥革命后，以清遗老自居，寄迹上海，卖文为生。

况周颐致力于词的创作达50年，为晚清四大家之一。20岁前，词作主"性灵"，"好为侧艳语"，"固无所谓感事"（赵尊岳《蕙风词史》）。光绪十四年入京后，他与当时词坛名家同里前辈王鹏运同僚，以词学相请教，得所谓重、拙、大之说，词格为之一变。至此，他开始注意体格，词情也变得沉郁。中日甲午战争时，他痛恨外敌入侵，写下一些伤时感事、声情激越的作品。

辛亥革命后，况周颐与朱孝臧唱和，受朱影响，严于守律，于词益工，但大都是抒写封建遗老情绪，以遥寄"故国"之思。

况周颐精通词评，著有《蕙风词话》5卷，325则，是近代词坛上一部有较大影响的重要著作。1936年，《艺文》月刊又载《续编》2卷，凡136则，系辑自况氏各种杂著。

况周颐的词学理论在常州词派的基础上又有所发挥。他强调常州词派的"意内言外"之说，乃"词家之恒言"（《蕙风词话》卷四），指出"意内为先，言外为后，尤毋庸以小疵累大醇"（《蕙风词话》卷一），即词必须注重思想内容，讲究寄托。他又吸收王鹏运之说，标明"作词有三要，曰：重、拙、大"。他论词讲究性灵，认为作词应当"有万不得已者在"，即"词心"，"以吾言写吾心，即吾词"，"此万不得已者，由吾心酝酿而出，即吾词之真"，强调"真字是词骨，情真、景真，所以必佳"。但是，他又强调不废学力，讲求"性灵流露"与"书卷酝酿"。这些都是他自具特色的词论体系。此外，论词境、词笔、词与诗及曲之区别、词律、学词途径、读词之法、词之代变以及评论历代词人及其名篇警句，也都剖析入微，往往发前人所未发。朱孝臧曾称誉这部词话是"自有词话以来，无此有功词学之作"（龙榆生《词学讲义附记》引）。1911年，惜阴堂丛书有单行本《蕙风词话》。

况周颐著作，有词9种，合刊为《第一生修梅花馆词》，晚年删定为《蕙风词》2卷。又辑有《薇省词抄》11卷，《粤西词见》2卷，《联句和珠玉词》1卷。此外，他还著有《词学讲义》《蕙风口随笔》《卤底丛谈》《兰雪口梦楼笔记》等。

●清末新政气象
1901年，慈禧太后推行"新政"，在朝章国政、吏治民生、学校科举、军制财政方面进行改革，取得了一定的成效。

潮落潮起——近代文学

◎ 关键词：康有为 改良运动 公车上书 诗界革命

梁启超与新文体

●梁启超像

>>> 饮茶龙上水

一天，梁启超家来了一位客人，与父亲在厅里交谈。梁玩得满头大汗地从外面进来，斟了一大碗凉开水正想喝，却被客人叫住了，要考考他。

客人在纸上提笔狂草了一个"龙"字，让梁启超读读看。梁摇摇头。客人哈哈大笑。梁没理他，一口气喝了那碗凉开水。客人看了又哈哈大笑，道："饮茶龙上水。"梁用右衫袖抹一下嘴角，说："写字狗耙田。"梁启超的讥讽让父亲尴尬，正要惩罚他，客人说："令公子对答工整，才思敏捷，实在令人惊异。"

拓展阅读：

公车上书
明治维新
《少年中国说》梁启超

近代思想家、文学家、学者梁启超，字卓如，一字任甫，号任公、饮冰子，别署饮冰室主人，广东新会人。

梁启超幼年从师学习，"八岁学为文，九岁能缀千言"，17岁中举，后又从师于康有为，成为资产阶级改良运动的宣传家。戊戌变法前，与康有为一起联合各省举人，发动"公车上书"运动。此后先后领导北京和上海的强学会，又与黄遵宪一起办《时务报》，出任长沙时务学堂的主讲，并著《变法通议》。戊戌变法失败后，他与康有为一起流亡日本，政治思想上逐渐走向保守。但是他却是近代文学革命运动的理论倡导者。

梁启超与夏曾佑、谭嗣同等在戊戌变法的前两年，便开始提出"诗界革命"的口号，并试作新诗。但此时的新诗只不过是"挦扯新名词以表自异"的作品。逃亡日本后，梁启超在《饮冰室合集》《夏威夷游记》中继续推广"诗界革命"，批判了以往诗中运用新名词以表新意的做法，提出"以旧风格含新意境"的进步诗歌理论，对中国近代诗歌的发展起了指导作用。在他的理论影响下，以黄遵宪为代表的一大批新派诗人涌现出来。梁启超也努力实践新的诗歌理论。可惜他的诗作留存不多，多数创作于流亡日本时期。他的诗用语通俗自由，敢于运用新思想、新知识入诗，诗风流畅。《爱国歌四章》《志未酬》等诗感情真挚，语言平易，是其诗论的较好体现。梁启超在提出"诗界革命"口号后，又提出"小说界革命"的口号，并在创作上进行了积极的有意义的尝试。

梁启超在散文方面取得的成就完全超越了他的诗歌、小说和戏曲。以他于1896年在《时务报》到1906年在《新民丛报》10年内所发表的一组散文为标志，他完成了资产阶级改良派在散文领域的创举——新文体的确立（亦称"新民体"）。梁启超"夙不善桐城派古文"，在散文的内容与形式上都取得了重大突破。他在散文中，或批判黑暗丑恶的现实，或为祖国的现状忧心忡忡，或引进西方先进的思想与科技，积极呼吁变法自强。他已将散文作为其变法思想的宣传工具。他的散文议论纵横、气势磅礴，笔端常带感情，极富鼓动性，"对于读者，别具一种魔力"。散文语言半文半白，"务为平易畅达，时杂以俚语、韵语及外国语法，纵笔所至不拘束"。以梁启超散文为代表的新文体是对桐城派以来散文的一次解放。它的出现为中国古典散文向现代散文，尤其是"五四"时期的白话文转化，做了必要的准备。

值得注意的是，梁启超还是一位学者，他的《清代学术概论》，在清代学术史上占有一席之地。

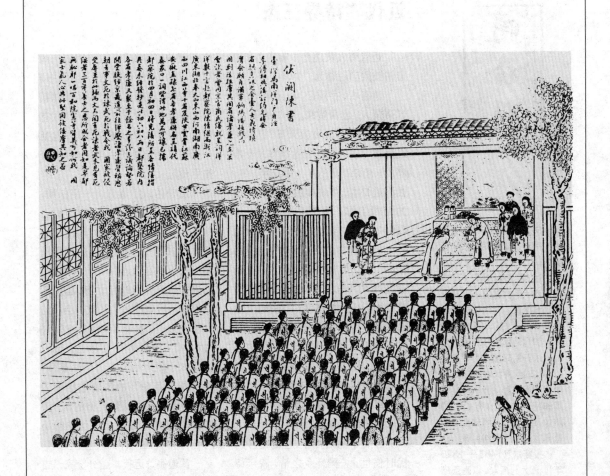

● 《点石斋画报》之"公车上书图"

1895年，清政府与日本签订《马关条约》后，中国被瓜分的危机迫在眉睫，当时在北京参加会试的康有为联合在京的各省举子，于同年的四月初八日联名上书光绪帝请求拒和、迁都、变法。这次上书冲破了清政府的"士人干政"禁令，提出了资产阶级维新改良的政治纲领。

◎关键词：诗界三杰 变革 孔教公会

近代"诗界三杰"

●黄遵宪等人创办的《时务报》

>>> 文艺复兴三杰

文艺复兴三杰分别是达·芬奇、米开朗琪罗和拉斐尔。

达·芬奇（1452—1519年），意大利文艺复兴时期画家、科学家，代表作有《最后的晚餐》《圣母子与圣安娜》和《蒙娜丽莎》等。

米开朗琪罗（1475—1564年），意大利文艺复兴时期的雕塑家、画家、建筑师和诗人，代表作有《大卫》雕像，巨型天顶画《创世纪》，壁画《最后的审判》等。

拉斐尔（1483—1520年），意大利画家。以画圣母像著称，其中最有名的是《西斯廷圣母》《带金莺的圣母》等。

拓展阅读

孔教公会
《天演论》严复
《晚晴簃诗汇》徐世昌

近代诗人黄遵宪、蒋智由和夏曾佑被梁启超称为"诗界三杰"。

蒋智由，字观云，号因明子，浙江诸暨人，出身贫寒。甲午战争后，他力言变法，"志欲救天下，起国家之衰敝"（《何蒙孙先生颂华六十寿序》）。光绪二十八年（1902年）冬，渡海赴日本，先是参加《新民丛报》的编辑工作，后于光绪三十三年（1907年）和梁启超发起组织政闻社，鼓吹君主立宪，反对同盟会的革命主张。晚年寓居上海，在文章中宣扬"国美之不可变者多"（《诸暨桌山汤氏六修谱序》），思想上愈趋保守。蒋智由早期诗歌抒发拯时济世的抱负，反对封建专制的束缚与压迫。他在诗中极力颂扬西方资产阶级民主、平等、自由的思想，呼吁变革，期望祖国的复兴强盛，诗句豪宕恣肆，富有朝气。

在日本的后几年，他的诗多写忧时伤世、去国怀乡之情，晚年诗作，则转向守旧，诗集有《居东集》《蒋观云先生遗诗》。《居东集》是在日本所作，《蒋观云先生遗诗》是作者女弟子吕美荪根据诗人晚年手定诗稿选辑而成。蒋氏晚年"自尤其少作，拉杂摧烧之以尽"（陈三立《蒋观云先生诗序》引述吕美荪语），因此《遗诗》内应该没有

他所谓的"少作"。他前期的一些有价值的诗歌，仍散见于《清议报》《新民丛报》《浙江潮》等报刊。《新古文辞类纂稿本》（蒋瑞藻编）收有蒋智由晚年文章10余篇，其中包括今人据以考定蒋氏生年的《潘雨辰先生传》。

夏曾佑，字遂卿，一字穗卿，号碎佛，笔名别士，浙江杭州人。曾任泗州知州、两江总督署文案。他大力宣传资产阶级文化，并积极参加戊戌变法运动。变法失败后，仍固守资产阶级改良立场，思想渐趋保守，后竟成为"孔教公会"的发起人之一。著有《中国历史教科书》，有一定影响。文学上，他积极探索小说理论，是"小说革命"和"诗界革命"的主要倡导者之一。早年所作的诗歌风格清新，颇富哲理，主要表现改良派忧虑时局的心怀和救亡图存的理想。

黄遵宪，近代卓越外交家、启蒙思想家、改革家、著名诗人。率先介绍西方先进思想与日本明治维新的成功经验于中国。随后创办《时务报》，宣扬变法改革，后来又雄心勃勃地于湖南协助巡抚陈宝箴雷厉风行地推广新政，传播民权思想，首倡民治于众，取得了一定的效果，产生了深远的影响。

●《糊涂委员》插图 清

>>> 拜匣

旧时用于送礼或递柬帖的长方形小木匣。也称"拜帖匣"。

古时社会等级森严，不同等级之间的交换行为规矩很多。所以请柬等须放在拜匣之中，以示郑重。为防止重要文件丢失，有时还需上锁。

拜匣是中国封建社会的产物。但由于拜匣的使用者一定是当时社会上的显贵者，拜匣的材质和装饰都如实地反映了他们的审美趣味。

《官场现形记》第四十六回："点完之后，用纸包了一个总包，仍旧放在那个拜匣之内。"

拓展阅读：

《活地狱》李伯元
《海天鸿雪记》李伯元
《大宋提刑官》（电视剧）

◎ 关键词：谴责小说 官僚群像 现形 珍本小说

《官场现形记》

清朝末年，清政府在镇压了戊戌变法、出卖了义和团运动后，国势衰危，民族危机愈加深重，广大群众对腐朽无能的清帝国已感到无望，具有改良思想的小说家报国无门，便纷纷通过小说来抨击政府和时弊，提出挽救国家的主张，人们把这一时期出现的小说称为"谴责小说"。而《官场现形记》《二十年目睹之怪现状》《老残游记》《孽海花》则代表了这类小说的最高成就，被后人誉为"清末四大谴责小说"。

《官场现形记》全书共60回，由许多相对独立的短篇蝉联而成。作品站在改良主义的立场上，抨击了封建社会末期的官僚制度，着力地描写他们贪污腐败和媚外卖国的丑态，以及他们对人民的残酷迫害。

李伯元，名宝嘉，号南亭亭长，江苏武进人。他是晚清著名的谴责小说家，擅长制艺和诗赋，曾以第一名入学，但屡试不第，引起他对社会的不满。他起初创办了一些小报，主要"为俳谐嘲骂之文"，"记注倡优起居"。这段报馆工作对他生活经验的积累和艺术技巧的锻炼有一定的作用，对他以后的小说创作也大有裨益。此后，在1901年到1906年之间，他先后写成了《官场现形记》《文明小史》《活地狱》《中国现在记》等长篇小说和不少弹词。

《官场现形记》中刻画了一批形形色色的官僚群像。书中写到的官，从最下级的典史到最高的军机大臣，虽然他们的地位有高低，权势有大小，手段有不同，但都是"见钱眼开，视钱如命"之徒。为了钱，他们卖官鬻爵、贪赃枉法、残害人民、出卖祖国甚至出卖自己的灵魂。

由于《官场现形记》反映现实、揭露抨击官场上的腐败之风，所以使得该小说在中国文学史上占有一席之地，被列为中国古典十大珍本小说之一。它流传至今，并以其现实主义的写作手法闪耀着不朽的艺术光彩。《官场现形记》主要以"结构"取胜。一部书中，写了几百个人、几百件事，换了平常作家，要么记成流水账，要么会以一件事、几个人物为中心，别的人、事围绕着这个主干，这是一种经典的小说写作结构。但是《官场现形记》却不一样，它是一种"线性"的结构，以一个人开始，然后像糖葫芦一样，一个串一个，叙述完一件事，自然地从其后引出下一事，然后再叙述。如此周而复始，整部小说中没有特别突出的人、事，而是使清朝官员的群体形象跃然纸上。不过同时，作者对情节处理的轻重极为到位，该浓笔的地方，多写几段，该抽象的地方，寥寥几笔。整部小说既做到了脉络清晰，又能张弛有序，显示了作者高超的写作技巧。

●刘鹗像

>>> 刘鹗研究甲骨文

　　光绪二十五年，刘鹗住在北京的朋友王懿荣家。王当时任国子监祭酒，对金石文字有深入的研究。王病了，看完病家人上街买回药来，刘鹗在一旁看到其中有一包药叫龟板，龟板上刻着的小字让他惊奇万分，王知其古老，乃派人到药店将有字的全部买下，共收 1000 余片。

　　王死后，家人为还债，将王收藏的甲骨卜辞，大部分转让给了刘鹗。刘氏此时共藏有近 5000 片。1903 年刘鹗将收藏的刻辞甲骨拓印了 1058 片，出版了我国第一部甲骨文书籍——《铁云藏龟》。

拓展阅读：

梨花大鼓
《铁云诗存》刘鹗

◎ 关键词：江湖医生　昏官酷吏　筹办洋务　小说文本

江湖游医老残——《老残游记》

　　《老残游记》全书 20 回，为刘鹗所著。小说记录了一个江湖医生老残四处行医途中的所见、所闻、所为，暴露了当时某些官吏的残暴昏庸，并着重抨击了那些名为"清官""能吏"实为昏官、酷吏的清朝大臣，反映了晚清的黑暗腐朽。但作者对清政府仍寄予希望，所以十分敌对资产阶级革命和义和团运动。

　　刘鹗小时候聪颖过人，过目成诵，但不喜八股文章。在强烈求知欲的支配下，他广泛地涉猎了治河、天算、乐律、辞章、医学、儒经、佛典、诸子百家以及基督教等。他既受过传统的儒家教育，又对"西学"甚感兴趣，懂得数学、水利、医学，当过医生和商人，但均不得意。后因在河南巡抚吴大澂门下协助治理黄河有功，官至知府。他的思想与洋务派接近，曾帮张之洞筹办洋务，自己也从事过铁路、矿藏、运输等洋务实业活动。八国联军侵占北京时，他用低价向俄军购买其所掠之太仓储粟以赈济饥民，后因此事被弹劾，谪徙新疆而死。

　　刘鹗是一个实业家，心中一直抱有实业救国的想法。他治理黄河，救黎民于水火，又建议清廷利用外资修京汉铁路，开山西煤矿，求富国之道。庚子之变，他赈粮平粜，民赖以安，又开烟草店、悬壶行医等不一而足。但诸多义举除治河一事比较成功外，其他都无果而终，还落得个"汉奸"的罪名，被清政府流放到新疆迪化（现在的乌鲁木齐），并于 1909 年阴历七月初八日因脑溢血死于新疆戍所。

　　刘鹗坚决反对孙中山所领导的革命，指斥"北拳（指义和团）南革（指革命党）"为国家之祸害，认为只有提倡科学、振兴实业，才能挽救危亡。

　　作者特地提出徐桐、李秉衡这两个与小说本身并无关系的清末顽固派代表人物来，用意是在揭露这些"清官"的真实面目。小说中写到的"清官"主要是玉贤、刚弼两人。曹州知府玉贤有辖地"路不拾遗"的政声，但靠的却是对民众的残暴虐杀，一年中被他用站笼站死的有 2000 多人。被人称为"瘟刚"的刚弼，自命不爱钱，恃此滥用酷刑，屈杀无辜。他误认魏氏父女为谋杀一家 13 条人命的重犯，魏家仆人行贿求免，他便以此为"确证"，用酷刑逼供坐实。《老残游记》指出这种"清官"实为酷吏，他借此揭露了封建政治中一种特殊的丑恶现象。

　　《老残游记》作为小说来看，结构显得松散，人物形象也比较单薄，但作者学养丰厚，小说中许多片段，都可以当作优秀的散文来读。如写大明湖的风景、桃花山的月夜、黄河的冰雪、黑妞和白妞的说书等，文字简洁流畅，描写鲜明生动，为同时代的小说所不及。这也增加了这部小说的艺术价值。

●清代报刊《巡防队大闹戏园》图

　　作为19世纪末20世纪初那一特殊时代的产物，刘鹗与《老残游记》代表着当时知识分子和小说界的转型。《老残游记》以形象的勾勒和连贯的故事情节，把"老残"的曲折经历与作者自己的坎坷人生进行比照，借"老残"的喜、怒、哀、怨表达自己对社会的愤怒和不平，折射出刘鹗的现实困境与悲惨遭遇，读来令人扼腕叹息！它被鲁迅先生誉为晚清四大谴责小说的代表作。

●《绣像洪秀全演义》插图

◎ 关键词：近代小说 杂志 新型小说

小说界革命中的"四大小说杂志"

清末民初，小说的主要载体和传播媒介开始变成报纸杂志，当时的"四大小说杂志"——《新小说》《绣像小说》《月月小说》《小说林》，代表了近代小说杂志的主要精神和倾向。而以《新小说》为发端的近代小说杂志开创了中国小说乃至于中国文学的现代化。

1902年10月9日，在日本横滨的梁启超主编的月刊《新小说》创刊，主要编辑者有韩文举、蒋智由、马君武等。该刊以发表小说为主，兼及诗歌、戏曲、笔记和文艺理论。创刊号上，梁启超发表了小说理论名作《论小说与群治之关系》。文章全面地论述了小说的社会作用、社会影响、在文学中的地位及艺术特点等问题，并第一次提出小说必须改革的主张。梁启超在该文中指出，"欲新一国之民，不可不先新一国之小说"，"欲新政治，必新小说"。他的这些论点对此后小说理论研究的展开、创作的繁荣产生了深刻的影响。在创刊号上，还发表了梁氏的小说《新中国未来记》，此后又连载了吴趼人的《二十年目睹之怪现状》等作品，开创了晚清小说发展的新阶段。可以说，《新小说》的创刊是近代中国初具规模的新型小说刊物的发端。

李伯元主编的《绣像小说》创刊于1903年5月，至1906年李伯元逝世之后停刊，共出72期。李伯元为了发挥小说的"化民"功能，便于人民阅读理解，努力使小说通俗化，并在所载小说每回正文之前，增加绣像，配合小说故事内容。其所刊小说，广泛地反映了当时中国社会的黑暗和腐朽现象，使人民群众脱离愚昧，了解并憎恶现实，有利于改革现状和救亡图存。李伯元的名著之一《文明小史》即分回载于此刊，同时它也刊载译文以及戏曲、笔记、杂文，内容丰富，为大众所欢迎。

创刊于1906年9月的《月月小说》由吴趼人任总撰述，停刊于1908年12月，共出24期。《月月小说》的宗旨是借小说"宣传教育之务改良社会，开通民智，佐群治之进化"。所载小说分撰著与译著两大类。撰著以吴趼人创作居多，译著以周桂笙译述较多。除小说作品外，月刊也载有小说理论文章。其中如《小说改良社会之关系》《中国历史小说论》等，对小说的历史发展及重要价值，有具体阐发。

黄人主编的《小说林》创刊于1907年1月，1908年停刊，共出12期。在创刊号上，首载"论说"两篇。其一为《小说林发刊辞》，对当时小说的繁荣发表新评价，既批判旧时对小说太轻视，又不满于当时对小说太重视。其二为徐念慈所撰的《小说林缘起》，持审美观念看小说。《小说林》所载小说有著有译，也有小说理论和批评，还载有戏曲。

●《增评补图石头记》清

>>> 红学的由来

红学是研究《红楼梦》及其作者的学问。脂批的作者脂砚斋等人可以说是最早的红学家。所以，红学的研究自《红楼梦》诞生就开始了。

"红学"的名称来源于清道光年间的一则笑话：松江士人朱昌鼎只喜欢看小说，对《红楼梦》特别着迷。有朋友问他："你为什么不研究经学？"朱答："我也研究经学，不过我研究的经学，比别人的少一画三折。"繁体的经字少一画三折就是红字（事见钧耀《慈竹居零墨》、李放《八旗画录注》）。

拓展阅读：
索隐派
土默热红学
《红楼梦新证》周汝昌

◎ 关键词：奇书 红学 新红学 旧红学 显学

趋于热闹的"红学"

所谓奇书是指那些具有创造性成就并富有特殊艺术魅力的作品。明代人就把《三国演义》、《水浒传》、《西游记》和《金瓶梅》四部小说称为"四大奇书"。它们分别是我国最早的长篇历史演义小说、英雄传奇小说、神魔小说和世情小说，影响很大，后人模仿的著作也很多，不下几十部。但前三部无人能超越，只有后来的《红楼梦》超越了第一部世情小说《金瓶梅》。

《红楼梦》产生于清代乾隆年间，它超越并发展了"四大奇书"。它对于学术界及广大读者来说，具有十分深远的影响。人们反复阅读，越发感到它是一部不朽的文学作品。于是学术界便出现了"红学"这一别开生面的学问。

"红学"在发展成为专门学问的过程中，有"旧红学"和"新红学"之分。自清代乾隆年间《红楼梦》产生以来到1919年"五四"以前这100多年间，称为"旧红学"时期。"五四"运动以后，胡适、俞平伯、顾颉刚开创了"新红学"，逐渐取代了"旧红学"。"旧红学"中以两派影响为最大，一为评点派，一为索隐派。两派的共同特点是用尽心机要在《红楼梦》中找出微言大义，探索出小说描写的所隐之事、所隐之人，把小说中的人物武断地影射为历史上的真人，显得极为牵强附会。但索隐派至今影响还很大。

到了"五四"运动以后，胡适在1921年发表了"红楼梦考证"，把《红楼梦》研究建筑在弄清作者家世生平以及版本发展的基础上，结论是——写曹雪芹的家史。这使《红楼梦》研究发生了革命性变化，新红学派逐渐代替了旧红学派。后来人称其后的研究就叫"新红学"。蔡元培是旧红学索隐派的代表，胡适则是新红学的代表，两位北大校长分别代表了新、旧红学。由此可以看出，《红楼梦》和北大的关系特别密切。

"新红学"破除了人们对"旧红学"的迷信，把红学研究推进到了一个新阶段。它有意识地对作者的家史、生平、交往做了考证，为更好地研究《红楼梦》的作者打下了基础。同时，它肯定了《红楼梦》前80回为曹雪芹的原著，后40回是高鹗续补的，并根据脂砚斋评语和其他材料，校勘出前80回的残缺情况，探索出80回以后的情节发展。它在《红楼梦》的研究上有很大的功劳。

新中国成立后，《红楼梦》研究更加深入、广泛，并且有了很大的发展。这门学问包括曹雪芹家史的研究、脂砚斋评语的研究、《红楼梦》续书的研究、《红楼梦》与其他小说的研究等。它不仅在国内成为一门显学，而且在国际上也成为一门独立的学问，并造成了巨大的影响。

●清代报刊《保民累民》图

>>> 三教九流

三教九流（也作九流三教）泛指古代中国的宗教与各种学术流派，是古代中国对人的地位和职业名称划分的等级。在古代白话小说中，往往含有贬义。

三教，中国三大传统宗教：儒（即儒教）、佛（即佛教）、道（即道教）。

九流，在《汉书·艺文志》中分别指：儒家、道家、阴阳家、法家、名家、墨家、纵横家、杂家、农家。

拓展阅读：

《九命奇冤》清·吴趼人
《新笑林广记》清·吴趼人
《曾芳四传奇》清·吴趼人

◎关键词：谴责 自传 改良主义

《二十年目睹之怪现状》

晚清另一位著名的谴责小说家吴趼人的《二十年目睹之怪现状》，是一部带有自传性质的作品。

吴趼人出生于没落的官僚家庭，20多岁去上海谋生，曾受雇于江南制造军械局，后客居山东，又远游日本。1904年在湖北任美国人办的《楚报》主编，后辞职返沪，参加反华工禁约运动。1906年又主编《月月小说》，后病死于上海。吴趼人的创作活动主要在20世纪最初10年，他的思想发展以1907年为界，明显地分为前后两个时期。他前期在改良主义思想基础上曾产生过进步的反帝反封建的意识。1907年发表的《上海游骖录》标志着他思想的退步，由前期不彻底的反帝反封建的意识转变为反对资产阶级的民主主义革命，并进而维护封建统治。

小说《二十年目睹之怪现状》通过主人公"九死一生"（是作者的影子）在20年中耳闻目睹的无数怪现状，给我们描绘了一幅帝国末世的社会图卷。它所反映的内容比《官场现形记》要广泛。它不仅写官场人物、洋场才子，而且旁及医卜星相、三教九流。但暴露官场的黑暗依然是本书的重点。作者笔下大大小小的文武官僚，都是肮脏龌龊、贪财无耻的家伙，其中有做贼的知县、盗银的臬台、命妻子为制台"按摩"的候补道……作

者在99回中借卜士仁的口说出了当时的官员们所奉行的官场哲学："至于官，是拿钱捐来的，钱多官就大点，钱少官就小点；至于说是做官的规矩，那不过是叩头、请安、站班，至于骨子里头，第一个秘诀是要巴结，只要人家巴结不到的，你巴结得到；人家做不出的，你做得出。"第50回中，九死一生又说道："这个官竟然不是人做的。头一件就要学会了卑污苟贱，才可以求得着差使；又要把良心搁过一边，放出那杀人不见血的手段，才能弄得着钱。"第14回写中法战争时，中国兵轮仅仅看到海上有一缕烟，就怀疑是法舰，于是赶忙放水沉船，事后还谎报仓促遇敌，致被击沉。

小说还着重贬斥了洋场才子和各方名士。他们胸无点墨，却到处卖弄才情，附庸风雅。他们把李商隐的号"玉溪生"送给杜牧，把杜牧之的别号"樊川"加在杜甫头上，更把少陵、杜甫说成是父子两人。

作品中还揭露和讽刺了封建道德的虚伪和社会风尚的败坏。九死一生的伯父，表面上道貌岸然，实际上却拐骗亡弟钱财、欺凌寡娣孤侄。开口就讲忠孝节义的符弥轩其实狼子野心，他百般虐待老祖父几至于死。莫可基不仅冒充弟弟顶替了他的官职，而且还霸占弟媳，又把她"公诸同好，作为谋差门路"。

黎景翼逼死弟弟，又把弟媳出卖为娼。通过描写这些衣冠禽兽的卑劣行径，反映了当时封建宗法制度和伦常关系已到了崩溃的边缘。

书中出现的蔡侣笙、九死一生、吴继之等几个正面人物形象身上，寄托了作者改良主义的理想。他们对现实不满，但又不敢触及当时的政治制度和官场中的根本问题。他们正直、贤良，有一定的才能，但又恪守封建道德。因此，他们在这个社会中不可能有出路。蔡侣笙任荥阳县令时，被老百姓称作"青天大老爷"，但他却因动用公款赈济蝗灾百姓而被革职严办。吴继之虽然人情练达，有应付险恶环境的能力，但也是到处碰壁，直至最后走投无路。通过这些描写，正反映了作者改良主义理想的幻灭。

吴趼人小说的结构比较完整，如《二十年目睹之怪现状》，全篇以"我"为线索，把20年耳闻目睹之事串联在一起。它比《官场现形记》显得集中一些，但由于题材庞杂，缺少剪裁，因此还不够谨严。吴趼人虽

● 《顺天画报》刊图

然大量运用讽刺手法，但只是轻描淡写地叙述一连串丑恶现象。鲁迅《中国小说史略》说："惜描写失之张皇，时或伤于溢恶，言违真实，则感人之力顿微，终不过连篇'话柄'，仅足供闲散者谈笑之资而已。"这种评价是相当中肯的。

●《海上花列传》插图

>>> 韩邦庆

韩邦庆（1856—1894年），曾用名寄，字子云，别署太仙、大一山人、花也怜侬、三庆。江苏华亭人。

科举不第。曾任地方官员的幕僚，后迁居上海。因嗜好鸦片烟，致家道中落。

担任过《申报》撰述，1892年初，开办中国第一份小说期刊《海上奇书》，为图文并茂的早期文学杂志。所刊大部为其个人作品，开创了报刊连载长篇章回小说且每回自成起讫的先例。鲁迅评价他的《海上花列传》："记载如实，绝少夸张。"他在该书出版后不久病逝，年仅39岁。

拓展阅读：

名妓赛金花
《九尾龟》张春帆
《海天鸿雪记》李伯元

◎ 关键词：狎妓 自我安慰 世俗趣味 妓女生活

过来人现身说法《海上花列传》

清代后期的狎妓小说，只是落魄文人自我安慰的幻想和对市俗趣味的投合。它既不能反映出妓女生活的真实情况，也缺乏在封建婚姻制度之外寻求爱情自由的意义，因此显得格调卑下。但同为写妓女生活的《海上花列传》，却别具一番风貌。

《海上花列传》共64回，曾以《青楼宝鉴》《海上青楼奇缘》《海上花》等名称刊行。书题"花也怜侬著"，作者真名韩邦庆。《海上花列传》于光绪十八年（1892年）二月开始在《海上奇书》创刊号上连载，每期2回，共刊15期30回。两年后，全书的石印本行世。作者在此书的《跋》中称还将续写下去，但因他的早逝而未着手。

《海上花列传》主要写清末上海租界的高级妓馆中的妓女及有着官僚富商身份的狎客的生活，同时也涉及一些低级妓女的情形。因而妓馆、官场、商界构成此书的三大场景。全书以赵朴斋、赵二宝兄妹两人的事迹为主要线索，前半部分写自乡间到上海投靠舅舅的赵朴斋因流连青楼而沦落至拉洋车为生；后半部分写赵母携二宝来上海寻赵朴斋，而二宝也被上海的繁华所诱，成为妓女。但赵氏兄妹之事在书中所占篇幅仅十分之一左右，它前后还串连组织了其他许多人物的故事，用作者自己的话说，这是一种"合传"的体式。

《海上花列传》经过了作者的精心构撰，在艺术上有着明确的追求。此书笔法据作者所言是"从《儒林外史》脱化出来"，但又强调"穿插藏闪之法"，追求"一波未平，一波又起"的连续性效果，使原本可以独立存在的人物故事相互纠结交错地发展，因而具备了较完整的长篇结构。对于人物形象的刻画，作者也很用力。他提出小说中的人物要"无雷同"，即"性情言语、面目行为"不能彼此相同；又要"无矛盾"，即同一人物前后出场时，应具有统一的性格；还要"无挂漏"，即保持人物与事件的完整。这些都反映了作者对小说创作的认真态度和清醒认识。

《海上花列传》的写作笔法对一些现代作家（如张爱玲）有明显的影响。鲁迅也称许《海上花列传》"平淡而近自然"，在同时代的小说中，这是很难得的了。

潮落潮起——近代文学

●雁荡观瀑 苏曼殊

>>> 苏曼殊焚画奠友人

苏曼殊同江苏的赵伯先是好友，两人交情甚笃。

一天，赵伯先请苏曼殊作一幅画，苏虽不肯轻易给人画画，但伯先是老友，于是一口应承。因苏当时正忙着收拾去日本的行装，没来得及马上作画。谁知分别不久，黄花岗之役爆发。赵伯先是个革命党人，黄花岗起义失败，他悲愤而死。苏得知后，异常哀痛，立刻画了《荒城饮马图》，托人带回国内，在赵伯先墓前焚化，以示哀悼之情。即使这样，他还觉得愧对朋友。从此以后，就不再作画，以示心中的歉疚之情。

拓展阅读：

苏曼殊拔牙换糖
《苏曼殊全集》柳亚子
《过若松町有感示仲兄》苏曼殊

◎ 关键词：情僧 诗僧 画僧 爱国

"情僧"苏曼殊

苏曼殊，以僧名闻他所处的时代，他才情天纵，胆识过人，但却袈裟披肩风雨一生。他16岁出家，多半是以一种无言的行为抗争其多舛的命运。他被世人称为奇人，或许，奇就奇在他落寞的面孔下蕴藏的多彩的人生。

苏曼殊的生母名叫若子，是一位日本女子。他的母亲是他父亲苏杰生的第四房妻子河合仙氏的妹妹。苏曼殊6岁随嫡母黄氏回广东老家，入私塾受启蒙教育。苏曼殊生长在一个"重宗法"的没落的封建家庭，而家人、族人把他视为"异类"，称作"杂种"。在这样的家庭里，幼小的他备受歧视和折磨，丝毫享受不到家庭的温暖和亲人的疼爱，婶娘的白眼，庶母的刻薄，兄弟姐妹的欺凌，甚至病危时不予治疗而抬入柴房待死……种种残忍的行为，使他幼小的心灵受到严重的摧残。

15岁时，苏曼殊随表兄去日本横滨求学，当他去养母河合仙氏的老家时，与日本姑娘菊子一见钟情。然而，家人的反对，迫使菊子投海而死，苏曼殊闻讯万念俱灰。回到广州后，他便去蒲涧寺出了家。从此，开始了他风雨漂泊的一生。

苏曼殊是情僧。面对关河萧索的衰世惨象，苏曼殊痛彻心扉。渡湘水时，他作赋吊屈原，对着滔滔江水长歌当哭。后来，他以自己与菊子的初恋为题材，创作了情爱小说《断鸿零雁记》，感慨幽冥永隔的爱恋之苦，引得不少痴情男女泪湿襟衫。苏曼殊因爱情不幸，也曾流连于青楼之中，但他却能洁身自好，与青楼女子保持适当的距离。他死后被葬于西泠桥，与江南名妓苏小小墓南北相对，令过往游人叹惜不已。

苏曼殊是诗僧。他为后世留下了不少令人叹绝的诗作。1909年，他在东京的一场小型音乐会上认识了弹筝女百助。因相似的遭遇，两人一见如故。但此时的苏曼殊已了却尘缘，断绝情欲，无奈之下只好垂泪挥毫，写诗相赠。

苏曼殊还是一位画僧。他的画格调不凡，意境深邃。他曾作《写忆翁诗意图》，配诗"花柳有愁春正苦，江山无主月自圆"，以抒发亡国之痛。

苏曼殊还是一个爱国的革命僧人。他在东京加入过兴中会、光复会等革命组织。1903年，他在日本参加了反对沙俄侵占我国东北的"抗俄义勇队"，同年他又在上海参加了由章士钊等人创办的《国民日报》的翻译工作，后又积极参加反对袁世凯的斗争。

情僧、诗僧、画僧、革命僧，如此一位集才、情、胆识于一身的苏曼殊，竟然半僧半俗地孤独一生。1918年，他经过35年的红尘孤旅，留下了8个字，"一切有情，都无挂碍"，然后静静地离开了人世。

◎ 关键词：学人　学术大师　自沉弃世　二重证据法

王国维自沉昆明湖

●学术大师王国维

>>> 王国维的三种境界

王国维在《人间词话》中说，古今之成大事业、大学问者，必经过三重境界：

第一境界：昨夜西风凋碧树，独上高楼，望尽天涯路。

第二境界：衣带渐宽终不悔，为伊消得人憔悴。

第三境界：众里寻他千百度，蓦然回首，那人却在灯火阑珊处。

没有登高望远，无以确定有价值的探索目标。

没有对目标的迫切愿望和自信，难以面对征程的漫长和艰辛。

没有千百度的上下求索，不会有瞬间的顿悟。

国学大师以三句词道破人生之路：起初的迷惘，继而的执着和最终的顿悟。

拓展阅读：

《宋元戏曲考》王国维
《鲁迅和王国维》郭沫若
《流沙坠简》罗振玉/王国维

1927年6月2日上午，一位身着中国服装、鼻梁上架着深度近视眼镜的老者搭乘洋车，从清华学校出发，一直到达颐和园。他购好门票入园，步行到排云殿西的鱼藻轩前，面对着昆明湖水，若有所思，但态度异常镇定，还从怀里掏出烟盒，取纸烟一支，吸之至尽，然后向湖内纵身一跃！园丁听见有人落水，便连忙跑去，把他救了出来。但上岸不到两分钟，他便已气绝身亡。这便是一代学人王国维先生的最后归宿。

入殓时，在他的里衣内，发现他写给第三个儿子贞明的一纸遗书，纸已湿透，但字迹完好。遗书的全文如下：

五十之年，只欠一死，经此世变，义无再辱。我死后，当草草棺殓，即行藁葬于清华茔地。汝等不能南归，亦可暂于城内居住。汝兄亦不必奔丧，因道路不通，渠又不曾出门故也。书籍可托陈、吴二先生处理。家人自有人料理，必不至不能南归。我虽无财产分文遗汝等，然苟谨慎勤俭，亦必不至饿死也。五月初二父字。

作为中国20世纪杰出的学术大师，王国维正值其学术生涯巅峰之际，却自沉弃世。消息一经传出，顿使海内外学界震惊不已。人们在痛惜他"中道而废"之时，更竞相揣度其无缘无故自沉的原因。70多年来，猜测、推论，诸见纷纭而难以定论，于是成了20世纪中国文化界的一大"公案"。王国维与陈寅恪并梁启超、赵元任等四人合称清华四大导师，是教授中的教授。故关于王的死因，最令人信服的是陈寅恪的观点。陈先生认为"王国维之殉，乃为文化"，"凡一种文化值衰落之时，为此文化所化之人，必感苦艰；其表现此文化之程度愈宏，则其所受之苦痛亦愈甚；迨既达极深之度，殆非出于自杀无以求一己之心安而义尽也"。

王国维将西方资产阶级的科学方法同清代乾嘉学派的传统考据方法成功地结合起来，创立和提倡著名的"二重证据法"。他强调要将地下的新材料与文献材料并重，古文字古器物之学要与经史之学相互表里，"不屈旧以就新，亦不绌新以从旧"。同时，他又以阙疑的态度，谨慎地对待学术问题，对甲骨文、金文所作考释，力求形、音、义都能说通，因而有较多的收获，取得了前辈学者和同辈学者所无法比拟的成就。

王国维早年进行文学研究即有相当的贡献，他著有《红楼梦评论》《人间词话》《宋元戏曲考》等书。转治经史金石之学以后，他的贡献主要是在甲骨文、金文、简牍及度量衡等考古学方面。

●《扬州十日记》内页

>>> 毛泽东与柳亚子

柳亚子是毛泽东在第一次国共合作时结识的老朋友。

1945年8月30日，毛泽东刚到重庆不久，就在重庆桂园寓所宴请柳亚子、沈钧儒等人。席间，柳亚子赠毛泽东七律一首。9月2日，《新华日报》以"赠毛润之老友"为题发表。9月6日，毛泽东在周恩来、王若飞的陪同下看望柳亚子。柳亚子向毛泽东索诗。10月7日，毛泽东将《沁园春·雪》题赠柳亚子。

柳亚子很快和词《沁园春次韵和毛润之咏雪之作，不尽依原题意也》。毛泽东词后在《新民晚报》发表，轰动重庆。

拓展阅读：
逆楼
《陆沉丛书》陈去病
《张协状元》（南宋古戏）

◎ 关键词：戏曲 改良运动 京剧 推动作用

《二十世纪大舞台》

1904年，陈去病与汪笑侬等在上海发起创办了《二十世纪大舞台》。它是我国第一种以戏曲为主的文艺期刊。这成为了中国近代文化史和戏曲史上的一件大事。

19世纪末20世纪初，资产阶级改良主义文化运动日益高涨。一批具有民主、爱国思想的知识分子，提出了"诗界革命""新文体运动""小说界革命"等口号，主张改革旧文体，崇尚白话文，强调文艺作品的政治意义和教化作用。在这样的时代背景下，一场戏曲改良运动（包括京剧改良）以上海为中心在全国范围内兴起了。

《二十世纪大舞台》是京剧改良运动兴起的必然产物，同时也成为京剧改良运动兴起的一个标志。《二十世纪大舞台》创刊于1904年10月，是京剧改良运动的积极支持者，但出版了两期，便被查禁。第一期发表了陈去病、汪笑侬等的文章，明确提出刊物的宗旨："本报以改恶俗，开通民智，提倡民族主义，唤起国家思想为唯一之目的。"柳亚子撰写了《发刊词》，他提醒人们重视戏曲的社会作用，并痛斥在民族危亡之际依然演唱《燕子笺》《春灯谜》等充满闲情逸致的戏文，要求编演如《扬州十日》《嘉定三屠》之类的以揭露清朝统治者的凶残暴虐、歌颂烈士遗民的忠诚为主的历史剧目。他把京剧改良与革命运动联系起来，将矛头直接指向清朝统治者。这篇《发刊词》实际上是辛亥革命后资产阶级革命派关于京剧改良运动的一篇宣言书。

陈去病以陈佩忍为署名，在《二十世纪大舞台》第一期发表了重要文章《论戏剧之有益》。文章从当时帝国主义侵略、清政府腐败、民族危亡的现状出发，认为救国乃是国人之要务，而戏剧是唤醒民众、推动民党革命活动的重要一环。作者把戏剧与救国联系起来，从而充分肯定了戏剧的社会功能。第二期又发表了白话体文章《告女优》一文。文章呼吁提高艺人的社会地位，勉励上海女艺人向汪笑侬学习。同时，他鼓吹了京剧改良运动，表现出资产阶级进步的戏剧观，有力地冲击了封建正统的文学思想。

《二十世纪大舞台》第一、第二期共刊登理论文章10篇，剧本8个。这些剧本或揭露慈禧太后的误国与阴谋，或抨击上海租界的民族歧视政策，或刻画汉奸的无耻嘴脸，具有进步的意义。

《二十世纪大舞台》出版后，引起强烈的反响。孙中山先生在香港所办的《中国日报》对此也给予了很高的评价。可以说，《二十世纪大舞台》对此后上海"新舞台"的建立和京剧改良运动的高涨起到了直接的推动作用。

●曾朴像

>>> 常熟曾园

又名虚廓园、虚廓居。位于常熟古城区西南隅。原为明万历年间御史钱岱所筑"小辋川"部分遗址。清同治光绪间刑部郎中曾之撰营为家园，取名"虚廓居"，亦为其子曾朴故居，习称曾家花园。

曾园以水面为中心，四周环亭榭假山，修竹古木，布置得宜，建筑别具匠心。它又借景虞山，水光山色融为一体。东、北二隅砌围廊，壁嵌《山庄课读图》《勉耘先生归耕图》两部石刻，有李鸿章、翁同龢、扬沂孙等书法石刻30余块，可谓处处风景，景景宜人。

拓展阅读：

《孽海花闲话》冒鹤亭
《孽海花侧记》范烟桥
《新法螺先生谭》徐念慈
《文艺阁先生年谱》曾朴/钱仲

◎关键词：小说林书社 《孽海花》 文学名著

"东亚病夫"曾朴

曾朴，近代小说家、出版家，笔名东亚病夫，出身于官僚地主家庭。曾朴自幼笃好文学，对文学充满了浓厚兴趣。他经在法国侨居多年的陈季同指点，三四年内集中阅读了大量法国文学作品和文学批评论著，自云"因此发了文学狂"。光绪三十年与徐念慈等在上海创立小说林书社，提倡译著小说，先后出版创作小说及翻译小说多种。同年，开始长篇小说《孽海花》的创作，1927年改写和续写《孽海花》，1931年病故。

长篇小说《孽海花》是曾朴的主要著作。此书初印本署"爱自由者发起，东亚病夫编述"，后者是曾朴的笔名，前者是其友人金松岑的笔名。小说开头六回是由金松岑撰写，而后曾朴接手，对前几回做了修改，并续写以后的部分。全书原计划写60回，金、曾两人已共同拟定了全部回目，但最后完成的只有35回。前25回作于1904年至1907年间，后10回作于1927年以后的一段时间。根据写作时间推断，《孽海花》已不完全是清末的小说。

在近代小说中，《孽海花》是思想和艺术成就都比较高的一部。小说中人物大多以现实人物为原型，如金雯青为洪钧、傅彩云为赛金花、威毅伯为李鸿章、唐犹辉为康有为、梁超如为梁启超等，还有一些则直接用原名。书中以主人公金雯青、傅彩云的经历为主线，串联一大批高级士子，通过叙述他们的活动，描写了从同治初年起到甲午战败为止的约30年间"文化的推移"和"政治的变动"。小说揭露了帝国主义的狼子野心、清政府的腐败无能和封建士大夫的昏庸堕落。全书从最高统治者慈禧、光绪，到官场文苑的达官名士，到下层社会的妓女、小厮，一共写了200多个人物，涉及朝廷宫闱、官僚客厅、名园文场、烟花妓院直至德国的交际场、俄国虚无党革命等，朝野备至，蔚为大观，其反映的社会生活面相当广阔。

《孽海花》的结构是以状元金雯青与名妓傅彩云的故事为全书线索，串联其他人物的活动。不过它的串联方法比较复杂，作者曾以穿珠为喻，比较《儒林外史》与《孽海花》的不同，说前者是"直穿的，拿着一根线，穿一颗算一颗，一直穿到底，是一根珠链"；后者则是"蟠曲回旋着穿的，时收时放，东西交错，不离中心，是一朵珠花"。

《孽海花》在中国小说史上是一部当之无愧的文学名著。它的出版，轰动了20世纪初期的文坛，在不长的时间里，先后再版10余次，"行销10万部左右，独创纪录"。翻译家林琴南，对之推崇备至，"叹为奇绝"。鲁迅更是对此书赞誉有加。

●来华游历的欧洲传教士所绘的《官员打牌图》

●草堂艺菊图

>>> 七被追捕，三入牢狱

章炳麟，号太炎，他一生经历了七次追捕，并三次进入牢狱。他第一次入狱是因为1903年的《苏报》案。当时，他在《苏报》上发表了驳斥康有为的文章，并直呼皇帝的名讳，因而遭到清廷的追捕，并入狱。第二次是因为1908年的《民报》案，他担任《民报》的主编，因发表抨击清政府的言论，而被逮捕。第三次则是因为宋教仁被袁世凯刺杀，章炳麟怒不可遏，直闯总统府，最后遭到了袁世凯的幽禁。

拓展阅读：

《邹容传》章炳麟
《革命军序》章炳麟
《驳康有为论革命书》章炳麟

◎ 关键词：革命元勋　国学泰斗　宗法魏晋

"国学泰斗"章炳麟

章炳麟，名绛，字枚叔，号太炎，浙江人。出身于书香世家的他，自幼便跟随他的外祖父学习经学，后来又得到了著名的经学大师俞樾的亲自指导，学问突飞猛进。甲午战争后，"遭世衰微，不忘经国，寻求政术，历览前史"，于是，他开始涉足西学，寻求"学理"，以挽救危亡。

他不但是近代杰出的思想家和革命家，也是一个非常有名的学者和文学家。在学术上，他继承了乾嘉学派的治学方法，于经学、哲学、文学、语言学、文字学、音韵学、逻辑学等方面都做出了很大的贡献。他一生著述颇丰，但是文字古奥，一般人难以理解。他的主要著作由后人编入《章氏丛书》《章氏丛书续编》和《章氏丛书三编》。

光绪二十一年（1895年），章炳麟26岁。这一年，清政府与日本签订了丧权辱国的《马关条约》，章炳麟耳闻目睹此事，思想受到了极大的震动。他开始参加维新变法运动，主张革新内政，变法图强。戊戌变法失败后，为了躲避清政府的追捕，他流亡日本。后来，又于光绪二十五年（1899年）回国。光绪二十九年（1903年），他又因为"《苏报》案"被逮捕入狱。三年之后出狱，受到了孙中山的邀请，远赴日本，并加入了同盟会，同时担任《民报》的主编，继续对腐败无能的清政府进行口诛笔伐。辛亥革命之后，他因为不满袁世凯刺杀宋教仁，而一度遭到袁世凯的软禁。1917年，章炳麟参加护法军政府，任秘书长。1924年，他脱离孙中山改组的国民党，"既离民众，渐入颓唐"。"九一八"事变后，已经六十多岁的章炳麟见日本人猖獗，国土沦丧，便积极奔走于京、沪等地，呼吁抗日。1935年，为"阐扬国故，复兴国学"，他在苏州举办"章氏国学讲习会"，以讲学为业。1936年，68岁的章炳麟病逝于苏州。他死后被人称为革命元勋、国学泰斗。当时的国民政府以国葬之礼，将他葬于杭州西湖畔张苍水墓侧。

学识渊博的章太炎推崇魏晋之文，他的文章继承了魏晋之文直面现实、抨击时政的斗争精神。他的文学成就也主要集中在政论文方面。他的政论文，主题突出，内容充实，论证有力，大多充满了强烈的反清思想。但是，他喜欢用古文字，使他的文章艰涩难读，这样一来，缩小了读者的范围，也削弱了文章的宣传力量。他也写过一些传记散文，如《邹容传》《徐锡麟陈伯平马宗汉传》《喻培伦传》等为资产阶级民主革命的烈士作传的散文。这些散文情感真挚，具有较强的艺术感染力。

●送报图

>>> 通俗文学之王

　　包天笑（1876—1973年），名公毅，字朗孙，笔名天笑。江苏人。

　　曾任上海《时报》编辑、主笔14年，1935年接编上海《立报》的《花果山》副刊。先后编辑《小说时报》《小说大观》等，培养了许多小说家，乃周瘦鹃的老师。周的第一个短篇小说《芙蓉帐里》，是由包编发的。

　　著有《上海春秋》等通俗小说，被称为"鸳鸯蝴蝶派"的开山者和领袖人物，也被誉为"通俗文学之王"。抗战胜利后去台湾，1949年后定居香港，完成了《钏影楼回忆录》等。

拓展阅读：

《花木丛中》周瘦鹃
《雪鸿泪史》徐枕亚
《沧州道中》包天笑

◎ 关键词：鸳鸯蝴蝶派　佳人和才子　旧派文学

言情的徐枕亚和周瘦鹃

　　今天听来颇有讥讽之味的鸳鸯蝴蝶派，在当年却创作了许多风行一时的畅销书。该派专门描写才子佳人的哀情、艳情、惨情和苦情，故事内容大多是讲"佳人和才子"像一对蝴蝶、一双鸳鸯一样相悦相恋，分拆不开。该派代表作之一是徐枕亚的《玉梨魂》。

　　1912年，徐枕亚的哥哥徐天啸推荐他进入上海《民权报》担任编辑。在做编辑的同时，他开始在《民权报》副刊上连载长篇小说《玉梨魂》。小说一刊登，就在读者中引起了很大的反响，许多读者追着每期连载的报纸阅读，成为轰动一时的文化现象。它创下了再版32次，销量数10万的纪录。

　　《玉梨魂》的主要故事情节来自徐枕亚的亲身经历。徐在无锡西仓镇鸿西小学教书时，特别喜欢班上一个名叫蔡如松的学生，对他悉心指导，其母陈佩芬因此深为感激，并对徐枕亚产生了爱慕之情，徐也暗恋着她。陈佩芬是个年轻的寡妇，迫于礼教，两人没有勇气结合。最后，陈佩芬竭力促成侄女蔡蕊珠与徐枕亚结婚。但徐枕亚总觉得"除却巫山不是云"，心中一直郁郁难解。据说，直到很久以后，朋友还在徐枕亚的卧室里看到陈佩芬的大幅照片。

　　周瘦鹃是言情小说家中的另一个风云人物。他的经历与徐枕亚有相似之处。辛亥革命那年，周瘦鹃提前毕业于上海西门民生中学，因成绩优异留校教书。后与一位叫周吟萍，英文名为"Violet"（紫罗兰）的姑娘相恋，感情甚笃，却因门第悬殊而被迫分开，周吟萍最后嫁与别人。

　　这段作为人生的缺失性体验的失恋史，长期影响周瘦鹃的创作。他也从不讳言："我之与紫罗兰，不用讳言，自有一段影事，刻骨铭心，达四十余年之久，还是忘不了……我往年所有的作品中，不论散文、小说或诗词，几乎有一半儿都嵌着紫罗兰的影子。"他将自己的论文集也命名为《紫罗兰集》《紫罗兰外集》《紫罗兰庵小品》《紫兰小谱》《紫兰花片》等，所编刊物命名为《紫罗兰》《紫罗兰言情丛刊》，他在苏州的家命名为"紫罗兰小筑"。30年代他还特地将张恨水请到"紫罗兰小筑"，取出他与周吟萍所有的信件，详细介绍自己的恋爱经过，请张恨水以此为原型创作一部小说。这就是后来发表在《申报》上的《换巢鸾凤》。

　　文学流派鸳鸯蝴蝶派又称"民国旧派文学"或"礼拜六派"。当时人们常引用"卅六鸳鸯同命鸟，一双蝴蝶可怜虫"这两句诗来概括当年流行的言情小说。渐渐地，人们就将这类言情小说的作者称为"鸳鸯蝴蝶派"。

风云激荡——

现代文学

—— 现代文学，发端于"五四"文学革命时期，是新民主主义革命时期现实土壤上的新产物。它适应新时代需要，汲取外来文化的养分，在新的基础上去完成先驱者未尽的历史任务。

—— 文学出现新的形式和内容——反对文言文，提倡白话文；反对旧道德，提倡新道德；揭露帝国主义本质，向往十月革命。

—— 左翼作家联盟成立，促进了无产阶级革命文学的发展。作品的现实性、战斗性显著加强。现实斗争再现纸端。长篇小说和戏剧创作获得较大发展。

—— 革命文学与反动文学、革命文艺思想与反动文艺思想矛盾斗争不断，解放区创作露娇颜。

—— 30年的现代革命文学，与人民革命事业休戚与共、血肉相连，新时期赋予革命文学的鲜明思想印记，是现代文学有别于近代文学的根本标志。

中国现代文学发端于"五四"文学革命时期，它是新民主主义革命时期现实土壤上的新产物，同时又是旧民主主义革命时期文学的一个新发展。它适应新的时代需要，同时又汲取外来文化的养分，在新的基础上去完成先驱者未能完成也不可能完成的历史性任务。

　　"五四"文学革命运动以来，文学以新的形式和内容——反对文言文，提倡白话文；反对旧道德，提倡新道德——跟人民接近了一大步。"桐城谬种、玄学妖孽""打倒孔家店"等口号的提出，以及一部分作品中对帝国主义本质的揭露和对十月革命的向往，都体现了新的历史时期里人民革命的战斗要求。而现代文学奠基人鲁迅的创作，则更是尊奉"革命的前驱者的命令"、彻底反封建并且充满民族觉醒精神的"遵命文学"。

　　中国左翼作家联盟的成立，促进了无产阶级革命文学的发展，使作品的现实性、战斗性显著加强。现实斗争，尤其是动荡着的农村中的阶级斗争，在这一时期的创作中也得到了较多真实的描绘。茅盾的《子夜》在较大规模上真实地描画出30年代中国的社会面貌，并揭示其未来动向。共产主义者鲁迅以杂文为主要武器，进行了笔扫千军的战斗。"左联"在创作理论上所做的许多摸索，以及对外国无产阶级文学理论的介绍，虽然其中不无弯路，但总地说来还是使左翼文学向着社会主义、现实主义前进了一大步。"左联"以外的进步作家，也都因为坚持现实主义，大胆揭露从旧家庭到社会各个角落的黑暗现实，而获得了不同的成就，其中还出现了《家》《雷雨》《日出》《骆驼祥子》等优秀作品。从文学样式方面看，长篇小说和戏剧创作在这个时期开始获得了较大的进展。

　　现代文学的发展过程是一个矛盾斗争的过程，其间充满了革命文学与反动文学、革命文艺思想与反动文艺思想的斗争。革命文学正是在抗击各种各样的反动文艺逆流的过程中发展壮大的。特别是随着左翼文学运动的蓬勃展开，在量和质方面，都有了很大的发展。毛泽东的《在延安文艺座谈会上的讲话》发表以后，革命文艺界有了粉碎一切反动文艺思想的锋利武器，革命文学得到了更多更坚实的发展，尤其是解放区的创作取得了可喜的成绩，出现了赵树理的小说以及《白毛女》《王贵与李香香》《太阳照在桑干河上》《暴风骤雨》等许多优秀作品。

　　在现代文学的长河中，大批作家不仅以各种形式、题材、风格的作品直接、间接地促进革命事业，而且还积极投身于实际斗争，甚至为革命献出鲜血和生命。还有许多实际革命者和工农群众用文艺创作来从事革命宣传，对革命和文学本身的发展都做出了积极的贡献。"为革命服务，为现实斗争服务，为劳动人民的根本利益服务"，这是中国现代文学史上一个最宝贵的传统。

　　整整30年的现代革命文学，始终与革命同命运、共呼吸，与人民革命事业血肉相连、休戚与共，对帝国主义、封建主义彻底揭露、坚决斗争，对社会主义前途衷心向往、热情追求。这就是无产阶级登上历史舞台的新时代所赋予革命文学的鲜明思想印记，也是现代文学之所以有别于近代文学的根本标志。

● "五四"运动是由学生先发起，由工人扩大的坚决的反帝运动，是无产阶级领导的新民主主义革命。图为《新申报》对"五四"运动的报道。

●胡适像

◎关键词：文学革命 白话新诗 新诗集 白化剧

新文学的开拓者胡适

胡适在开展文学革命和创建新文学方面，居功至伟，领跑当时。

他是"五四"文学革命最早的倡导者之一。他于1917年1月在《新青年》上发表的《文学改良刍议》一文，是发动文学革命的第一个信号。他是最早尝试创作白话新诗的诗人，他于1920年出版的诗集《尝试集》是中国现代文学史上第一本新诗集。而1918年发表的《终身大事》，则是中国现代最早的白话剧剧作。胡适无论是在理论主张还是在创作实践上，都做出了开拓性的贡献。

1917年2月，尚在美国的胡适在《新青年》上发表了他回国前就已写成的《文学改良刍议》一文，提出文学改良的"八事"。他认为写文章应该言之有物，不模仿古人，须讲求文法，不讲对仗，不避俗语俗字。他主张用白话代替"之乎者也"的文言文，真实地反映现实生活。稍后，他在《历史的文学观念论》中又提出，"一时代有一时代之文学"，"古人已造古人之文学，今人当造今人之文学"。

1918年，他在《建设的文学革命论》中又把所谓"八不主义"总结为四条。他反复强调他的"建设新文学论"的唯一宗旨："国语的文学，文学的国语。"他的以白话代替文言作为正式的文学语言的主旨，为新文学取代旧文学打开了缺口。这对于开展文学革命和创建新文学，都起了重要的倡导和推动作用。

胡适在"五四"文学革命前后，还陆续发表了《论短篇小说》《文学进化观念与戏剧改良》《谈新诗》等文。从创作理论的角度阐述新、旧文学的区别，提倡新文学。他为了给新文学提供借鉴，又率先从事白话文学的创作。1920年，他将早期发表的新诗结集出版，并取名为《尝试集》。

由于受实用主义哲学思想的影响，胡适对中国社会的前途认识不清。后来，他把主要活动转移到政治方面，开始担任国民党政府官员，从此走上了另一条道路。抗日战争初期，他出任国民党"国防参议会"参议员。他在1938年被任命为中国驻美国大使。抗战胜利后的1946年，他担任北京大学校长。1949年去美国，后去台湾。1954年，任台湾"光复大陆设计委员会"副主任委员。1957年，出任台湾"中央研究院"院长。1962年，在台湾的一个酒会上突发心脏病去世。

胡适著作很多，又经多次编选，比较重要的有《胡适文存》《胡适论学近著》《胡适学术文集》等。

>>> 胡适纪新婚

胡适14岁时，就由母命与江冬秀订婚了。他18岁时，母亲命他由上海回家结婚。他因家中没钱办婚事，自己也没钱养家，就以求学要紧，坚决拒绝了这桩喜事。直到他由美国回来出任北京大学教授，年已27岁时才完婚。并写诗说：

记得那年，你家办了嫁妆，我家备了新房，只不曾捉到我这个新郎。

这十年来，找了几朝帝王，看了多少世态炎凉。锈了你嫁妆剪刀，改了你多少嫁衣新样，更老了你和我人儿一双。只有那十年的陈爆竹，越陈便越响。

拓展阅读：

胡适公园
《蝴蝶》胡适
《师门五年记》罗尔纲
《胡适口述自传》唐德刚

◎ 关键词：毁誉参半 新文化 右倾投降主义 托派组织

文学革命的勇士陈独秀

●陈独秀像

>>> 五四运动

1919年5月4日，北京3000多名学生代表冲破军警阻挠，云集天安门，打出"还我青岛""收回山东权利""拒绝在巴黎和会上签字""废除二十一条"等口号，要求交通总长曹汝霖、货币局总裁陆宗舆、驻日公使章宗祥下台，学生痛打章宗祥，"火烧赵家楼"。军警逮捕学生代表32人。随后，全国22个省150多个城市纷纷响应。6月28日，中国代表没有在和约上签字。

五四运动是中国旧民主主义革命的结束和新民主主义革命的开端，中国革命从此进入了一个新的历史时期。

拓展阅读：

独秀山
五四广场
《悼陈独秀同志》郑超麟

"一代宗师，仲甫先生；科学民主，二旗高擎。南陈北李，建党丰功；晚年颓唐，浩叹由衷。"这是毛泽东对陈独秀的"七大"评价，功过分明。"五四运动总司令""创造了党"，两语重达千钧，可为墓铭。陈独秀这个毁誉参半的人物，是近代新文化运动的旗帜，被毛泽东称为"五四运动的总司令"。

陈独秀，原名庆同，字仲甫，1879年生于安徽安庆。他自幼丧父，跟随人称"白胡爹爹"的祖父学习四书五经，得到的评价是："这孩子长大后，不成龙，便成蛇。"1914年，以"独秀"为笔名写文章。陈独秀少年时便痛恨八股，为敷衍母亲而去应考，却高中第一名秀才。进入20世纪后，作为第一代赴日留学生，陈独秀于1901年自费进入东京专门学校。回国后，陈独秀在上海、安徽等地参加反清革命运动，并创办民俗报刊。他所创办的《新青年》杂志，标志着全国新文化运动的兴起。蔡元培特聘他任北京大学文科学长。陈独秀上任以后并不开课，而是专心致力于文科改革，他在箭杆胡同9号的寓所成立了新文化运动的指挥部。

1917年2月，陈独秀发表《文学革命论》一文，正式高举起文学革命军的大旗。他以激进的战斗姿态，从与社会革命思想的关系上阐述了文字革命的必然性，明确提出了文学革命"三大主义"，以反对封建文学为目标，反映了反对虚伪艰涩的封建旧文学和建设现实主义的新文学的历史要求。陈独秀在文章中还表示，愿同国内外文学界的豪杰之士，"不顾迂儒之毁誉"，而勇敢无畏地与"桐城派""骈体文者""江西诗派"等代表的"十八妖魔"宣战。陈独秀这篇富于战斗性的论文，是发难时期文学革命的纲领和宣言。

1918年，陈独秀和李大钊创办《每周评论》，提倡新文化，宣传马克思主义。作为五四新文化运动的主要领导人之一，他于1920年开始进行建党活动。1921年7月，他被选为中央局书记。由于犯了严重的右倾投降主义路线错误，使革命遭到失败。1927年，在中共"八七"会议上被撤销总书记职务。其后，他坚持错误，在党内进行分裂活动，组织托派组织。1929年11月，被开除出中国共产党。12月，与彭述之等81人发表《我们的政治意见书》，攻击中国共产党和红军。同时，又在上海建立托派组织"无产者社"，出版刊物《无产者》，宣传托派观点。1932年，被国民党政府逮捕。1937年8月出狱，与托派中央决裂，试图组织"不拥国、不阿共"的第三势力。1938年，与中共彻底决裂。1942年5月，于四川江津病逝。他的主要著作收入《独秀文存》《陈独秀文章选编》等。

●钱玄同像

>>> 刘半农之死

1934年6月下旬，刘半农偕历史学家白涤洲等人到归绥（今呼和浩特）考察方言，一路条件艰辛，夜宿于乡村草房。

其时，刘半农自备一架行军床，于舍中支架独卧，而其他人都睡在土坑上。他故意在行军床上做僵卧状，开玩笑说："我这是停柩中堂啊！"听者为之大笑。

这时归绥一带流行回归热，刘半农不幸感染，回北平后几日便去世了。刘半农病逝的消息和他在百灵庙考察的通讯是同一天在天津《大公报》上刊出的，他那句"停柩中堂"的戏言，竟成了自己的谶语。

拓展阅读：

语丝社
古史辨派
《呜呼三月十八》刘半农
《初期白话诗稿》刘半农

◎ 关键词：随感录 旧体小说 现代文学 双簧戏

刘半农与钱玄同的双簧戏

钱玄同，浙江吴兴人。19岁留学日本，第二年加入中国同盟会，曾从章太炎治"小学"。1913年始，先后任北京高等师范学校、北京大学教授。1917年在《新青年》上发表杂感，力主"文学革命"，成为"随感录"的重要作者。"五四"后，任北京师范大学国文系主任，参加语丝社，并致力于音韵学研究，从事文字改革工作。1928年任北平大学中文系主任。有音韵学和辞书等著述多种。

刘半农，江苏江阴人。1911年辛亥革命时，曾任革命军文书。后写过旧体小说。1917年成为《新青年》的重要撰稿人，并积极倡导新文化运动。1920年赴欧留学，研究音韵学。回国后任北京大学教授，同时继续从事杂文著作。主要著作有《半农杂文》《半农杂文二集》等，其中所辑作品大多自然洒脱、幽默风趣。

刘半农与钱玄同是中国新文学史上两位热闹的人物。1915年《新青年》杂志的创刊与新文学运动的兴起，拉开了中国现代文学的帷幕。《新青年》先后发表了胡适的《文学改良刍议》、陈独秀的《文学革命论》两篇新文学运动的开山之作。但一开始，在社会上并没有引起过多反响，赞成者少，反对的声音也不多。为了引起广泛的争论，

《新青年》4卷30号上，上演了一出双簧戏。由钱玄同化名"王敬轩"，写了一封给《新青年》编辑的信，列举种种理由反对文学革命，此信是钱玄同综合当时旧文人反对新文化运动的种种谬论写成的。然后，由刘半农撰写《答王敬轩》一文，对这些谬论做了酣畅淋漓的驳斥，给新文化运动的反对者以迎头痛击。这两封双簧信发表后，在当时的思想界和文学界引起了巨大震动。新文化运动方面的战鼓擂得更紧了，卫道者如林琴南等人也跳出来鼓噪，就是在革命文学阵营内部，也有不同意见。当时"双簧信"的战斗，给鲁迅留下了十分深刻的印象。他甚至认为，刘半农与王敬轩的战斗才导致了刘半农的声名鹊起。真刘半农骂倒假"王敬轩"，新文学才告成立。

钱玄同和刘半农都是性情中人，虽然都是散文大家，但是写文章只在他们的生命中占次要地位。钱玄同"述而不作"，深入思考，提供观点，鼓励别人写作，自己很少动手，甚至授课都不写讲义，只作图表。刘半农兴趣广泛，无所不能，写诗，翻译，搜集民谣，校点古籍，考古，谈音乐，还有摄影。可惜，两位都没有活到很大岁数，刘半农死时43岁，钱玄同死时52岁。

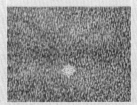

文学研究会评论资料选
·下·

●《文学研究会评论资料选》封面

>>> 郑振铎

郑振铎（1898—1958年），作家，文学史家。字西谛，笔名宾芬、郭源新。福建长乐人。1917年考入北京铁路管理学校。曾参加五四运动。文学研究会发起人之一。主编《小说月报》《世界文库》等。新中国成立后，历任中央人民政府文化部文物事业管理局局长，兼中国科学院考古研究所和文学研究所所长。1954年任文化部副部长。

主要著作有《中国文学研究》《俄国文学史略》《近百年古城古墓发掘史》等。译著有《新月集》《飞鸟集》等。另有《郑振铎文集》。

1958年出国访问途中因飞机失事殉职。

拓展阅读：

《晚祷》梁宗岱
《雪朝》朱自清等
《海滨故人》庐隐
《别了，我爱的中国》郑振铎

◎ 关键词：文学社团 现实主义 问题系统 为人生派

为人生而艺术的文学研究会

在"五四"新文学运动中，最早成立的文学社团文学研究会"以研究介绍世界文学、整理中国旧文学、创造新文学为宗旨"。他们的文学主张和创作实践均倾向于现实主义。

五四运动以后，一些受到新思潮影响并且怀着美好希望觉醒过来的小资产阶级知识分子，渴望通过文艺来表述自己的政治苦闷和人生理想。文学革命的发展也要求在创作实践上有所突破，新的文学社团于是应运而生。

1921年1月，沈雁冰、叶绍钧、郑振铎、王统照、周作人等12人，在北京成立文学研究会。他们以改革后的《小说月报》为主要阵地，同时又出版了《诗》月刊。他们要求文学表现人生、指导人生、对人生起作用，因而也被称为"为人生派"。后来，随着冰心、朱自清等著名作家的加入，文学研究会的人数达到170余人，成为中国20年代第一个大规模的文学社团。

文学研究会奉行的原则是："反对把文学作为消遣品，也反对把文学作为个人发泄牢骚的工具，主张文学为人生。"（沈雁冰《关于文学研究会》）他们主张"文学应该反映社会的现象，表现并且讨论一些有关人生一般的问题"，反对唯美派脱离人生的"以文学为纯艺术"的观点。他们大都以现实人生问题为题材，创作了一批所谓的"问题小说"。

文学研究会在反对封建主义、反对鸳鸯蝴蝶派的游戏文学方面态度一致，他们不仅反对旧礼教，也反对旧文学，对《礼拜六》《游戏杂志》一类刊物进行了有力斗争。但会员们在建设新文学的具体主张上，意见并不一致。

文学研究会继《新青年》之后，在创作方法上进一步高举现实主义的旗帜，强调"新文学上的写实主义，于材料上最注重精密严肃，描写一定要忠实"。由于当时的时代限制和理论局限，他们分不清现实主义和自然主义的界限，理论主张中常夹杂着自然主义的成分。

文学研究会十分重视外国文学的研究介绍，并着重翻译了很多现实主义名著。他们的目的，一半是为了介绍外国的文艺以促进中国新文学的发展，一半是为了介绍世界的现代思想。

带有著作工会色彩的文学研究会宣称，文学研究会的成立"是建立著作工会的基础"，是"著作同业的联合"，以谋"文学工作的发达与巩固"。由于主、客观方面的原因，再加上组织相当松散，他们后来的活动未能完全按计划进行。1932年初，《小说月报》停刊后，该会活动即基本停顿。

●鲁迅像

>>> 鲁迅踢鬼

　　鲁迅有一次走夜路，要经过一个坟场，当地人都说那里闹鬼，晚上都不敢从那儿过。鲁迅走着走着，忽然看见前面的墓地上，有一个影子向他走来。鲁迅不但不怕，还想看看这是什么鬼，于是就继续向前走。走到影子跟前时，鲁迅抬起脚就向那影子踢了一下。

　　"哎哟！"影子大叫一声，拔腿就跑掉了，原来那是个偷吃贡品的人假扮的。鲁迅就说："原来鬼是怕踢的，一踢他就变成了人。"

拓展阅读：

三味书屋
《华盖集》鲁迅
《二心集》鲁迅
鲁迅理发的故事

◎关键词：鲁迅 《新青年》《狂人日记》立人

民族魂——鲁迅

　　20世纪末，我国进行了第一次"国民阅读调查"，鲁迅在提名的170位现当代作家中高居榜首。1981年重新修订出版的16卷本《鲁迅全集》，至今已销售19万套，据此印行的单行本等，仅近10年来就发行了280多万册。新兴的互联网上，打上"鲁迅"二字查询一下，有关的网站、条目竟然数以千记，在网上讨论鲁迅的大有人在。新的世纪，鲁迅再次成为我们精神文化生活中的"热点"，恰如"说不尽的莎士比亚"一样，鲁迅也是让人"说不尽"。

　　鲁迅原名周树人，字豫才。1918年，他开始为《新青年》写稿，当时使用的笔名便是"鲁迅"。1919年，五四运动爆发。在这个时期里，《新青年》杂志成为鼓吹思想革命和文化革命的主要阵地。鲁迅于1918年起和李大钊等一起参加《新青年》的编辑活动，并陆续发表小说、论文和杂感。短篇小说《狂人日记》刊登于第4卷第5号（1918年5月），这是一份最激烈的向封建主义宣战的檄书，以文学的形式揭露"礼教吃人"的罪恶，在文学史上具有划时代的意义。鲁迅接着又发表了《孔乙己》《药》等短篇，开始从各个角度向封建传统进攻。这大大地激发了身处于革命浪潮中的热血青年，并引起社会的广泛注意。他在同一时期写的论文《我之节烈观》和《我们现在怎样做父亲》，对当时提出的妇女问题、青年问题、家庭问题做了深刻的分析，思想明澈，论证严密。这些表现时代思潮的小说和文章，不仅助长了如火如荼的运动声势，而且还深化了思想革命和文化革命。鲁迅是五四运动中斗争最彻底和影响最广大的作家。

　　除了杂感，鲁迅继《狂人日记》《孔乙己》《药》之后，又写了20几个短篇，先后结成《呐喊》《彷徨》两个小说集。这些小说，如他自己所说，是从"为人生"出发的。它们表现了"上流社会的堕落和下层社会的不幸"，成为中国社会从辛亥革命到第一次国内革命战争时期的一面镜子。他比较集中地描写了农民和知识分子两类人物。农民问题是鲁迅早期作品重要的主题，他以革命民主主义者的深厚感情关注着他们的命运。和当时许多所谓"乡土文学"里仅仅对农民表示同情不同，鲁迅写出了农民对革命的要求和不得不革命的境遇。在反对封建主义的同时，他也批判了农民本身的弱点（如阿Q和闰土），揭露了他们不切实际的幻想（如爱姑），在形象创造中蕴藏着为同类小说所没有的向历史控诉的深度。在他笔底的知识分子，也和许多作品里风行一时的所谓苦闷的青年不一样。鲁迅刻画了知识分子欲起又落的矛盾心情，赞扬了他们的斗争，鞭挞了他们的颓唐和动摇（《在酒楼上》《孤独者》）。

在《伤逝》里，描写了"五四"时期以个性解放为基础的争取婚姻自由的故事。他肯定涓生和子君的结合，同时又给那种建立在个人幸福上的过于天真的追求以幻灭的结局。

鲁迅认为个性解放需要和经济解放、社会解放结合起来，这就反映出他对个性主义看法的改变和进展。革命民主主义思想，本质上是被压迫人民的革命思想，和无产阶级思想存在着距离。由于鲁迅对时代的敏感，在五四运动三部分人所组成的统一战线中，坚决地"与前驱者取同一的步调"，听"革命的前驱者的命令"，因此他始终站在被压迫人民这一边，从他们的立场和角度观察一切，分析一切。这样，他的作品不但高出于一般作家的水平，而且符合人民大众和无产阶级在这一历史时期的革命要求，体现了他在无产阶级思想影响下作为文化革命主将和旗手的杰出的作用。

置身于内忧外患的历史条件下，鲁迅将"立人"作为变革中国的出发点，"人立而后凡事举"，只有发扬民魂，培养有明确的理想和具有深沉的勇气的国民，中国才能进步。他认为人性的堕落是由精神的委靡造成的。而新的国民性格，应该是沉着、勇猛、有辨别、不自私，有高尚的道德，广博，自由，能容纳新潮流的精神。正是为了"造成一个使新生命得以诞生的机运"，鲁迅甘愿充当了"扫荡一切旧物"的马前卒，也因此招致了来自身前身后甚至身边的明枪暗箭。但"为了大众和民族的未来"，他义无反顾。战士或革命者鲁迅，始终站在中国精神文化战线的最前沿，向着腐朽落后冲锋陷阵。也正是这种血与火的锤炼，使他成为"最伟大和最英勇的旗手"，引领了"中华民族新文化的方向"。

1936 年 10 月 19 日，鲁迅逝世于上海。他奋斗终生，把自己的全部精力献给了革命文学事业和中国人民的革命事业。鲁迅的一生，表现了中国人民临危不惧、挺身而起的崇高品质。

毛泽东在《新民主主义论》里对鲁迅做了最确切的评价："鲁迅是中国文化革命的主将，他不但是伟大的文学家，而且是伟大的思想家和伟大的革命家。鲁迅的骨头是最硬的，他没有丝毫的奴颜和媚骨，这是殖民地半殖民地人民最可宝贵的性格。鲁迅是在文化战线上，代表全民族的大多数，向着敌人冲锋陷阵的最正确、最勇敢、最坚决、最忠实、最热忱的空前的民族英雄。鲁迅的方向，就是中华民族新文化的方向。"

● 《张资平作品精选》封面

>>> 田汉

田汉（1898—1968年），字寿昌，曾用笔名伯鸿、陈瑜、漱人、汉仙等。

话剧作家，戏曲作家，电影剧本作家，小说家，诗人，歌词作家，文艺批评家，社会活动家，文艺工作领导者。湖南长沙人。创造社的创始人之一。中国现代戏剧的奠基人。多才多艺，著作等身。

早年留学日本，1920年代开始戏剧活动，写过多部著名话剧，成功地改编过一些传统戏曲。他还是中华人民共和国国歌《义勇军进行曲》词作者。"文革"中，被"左"的社会势力迫害致死。

拓展阅读：

《关汉卿》田汉
《英雄树》郭沫若
《创造月刊》创造社
《文化批判》创造社

◎ 关键词：创造社 为艺术派 自我表现 左翼作家联盟

为艺术而艺术的创造社

1921年7月，在日本留学的郭沫若、成仿吾、郁达夫、张资平、田汉、郑伯奇等人成立了创造社。1921年秋，他们在上海出版发行了《创造社丛书》，最初收录了郭沫若的诗作《女神》、郁达夫的小说集《沉沦》以及郭沫若翻译的德国歌德的《少年维特之烦恼》等。1922年5月，他们在国内出版了《创造季刊》，此后又出版了《创造周报》《创造月刊》等刊物。这些著译和刊物，以文艺思想和创作倾向的独特，吸引了大量读者。他们的主张多带有明显的为艺术而艺术的色彩，因而也被称为"为艺术派"。

创造社诸作家在创作上和文学研究会成员迥然不同。他们侧重自我表现，较少客观描绘。无论是诗歌、散文还是小说、戏剧，都带有浓重的主观抒情色彩。他们对于当时黑暗污浊的社会所怀的不满，并不是渗透于作品对现实本身的细密描绘和深入剖析之中，而是直接发出大胆的诅咒和强烈的抗议。因此，热烈的直抒胸臆、坦率的自我暴露、病态的心理描写成为创造社作家表示内心激愤和反抗的主要方式。这些艺术上的特点又是形成他们创作中的浪漫主义倾向的因素。

1926年3月，《创造月刊》创刊。在《创造月刊》上，创造社已表现出"转换方向"的态度，开始倡导和创作后期无产阶级革命文学。郭沫若在《创造月刊》第1卷第3期上发表了《革命与文学》一文，首倡"我们所要求的文学是无产阶级的社会主义的写实主义的文学"。成仿吾则在1928年2月1日出版的《创造月刊》第1卷第9期发表《从文学革命到革命文学》，号召"我们要努力获得阶级意识"，"努力把握唯物的辩证法的方法"。他们一度计划与鲁迅等人组成联合战线，恢复《创造周报》作为共同园地，以从事进步的文学活动。但由于刚从日本回国的创造社新成员李初梨、冯乃超、彭康、朱镜我等认为，这不足以代表一个"新的阶段"，于是又废除前议，另行创刊《文化批判》。冯乃超在1928年1月15日出版的该刊第一号上发表《艺术与社会生活》，李初梨在同年2月15日出版的该刊第2号上发表《怎样地建设革命文学》，提出作家"转换方向"和建设无产阶级文学的理论主张。他们在文中批评了叶圣陶、郁达夫、鲁迅、郭沫若、张资平等五个有影响的作家，从而引起了创造社、太阳社与鲁迅之间关于"革命文学"的论争。

创造社在前期活动中便反对当时文艺领域中的反动倾向，但他们也不赞成文学研究会提倡的自然主义和写实主义，对当时有影响的作家的作品，往往以"庸俗"为名进行批评。但他们也培养了大批后来成为不同流派的著名的青年作者。1923年11月和1924年1月，成仿吾和郭沫若都曾先后撰文批评了胡适以"整理国故"为名从新文化运动中倒退的行为。后期，创造社更是批判了"新月派"主要成员在"革命文学"论争中的资产阶级观点和态度。彭康和冯乃超等人都根据历史唯物主义的基本原理，撰文阐明了"革命与人性""天才是什么""文学的阶级性"以及革命文学等问题。后期的创造社，由于受当时国际国内"左倾"思潮的影响，理论倡导和文学活动不免带有教条主义、宗派主义倾向，在"革命文学"论争中对待鲁迅、茅盾等作家表现出了偏激的情绪。然而大部分成员在参加革命实践，介绍马克思主义文艺理论和苏联新兴无产阶级文艺方面，以及倡导革命文学和革命文学理论建设方面，都做出了较大的贡献。

1928年以后，郭沫若避居日本，从事中国古代社会的研究和对甲骨文、金文等古文字学的研究。成仿吾赴法留学，回国后到革命根据地从事教育工作。后期创造社的一部分成员，如李初梨、冯乃超、彭康、朱镜我等，先后参加了中国共产党。其中专门从事理论活动的彭康、朱镜我等，以后都转入"中国社会科学联盟"工作。而曾作为创造社当年发起人之一的田汉，早已另组南国社从事戏剧活动，张资平则另开书店，无形中脱离了创造社，以诗人出名的王独清则被清除出社。

1929年2月，国民党当局封闭了创造社。随后，创造社、太阳社的成员与包括鲁迅在内的进步作家合作，于1930年初在上海成立了中国左翼作家联盟，从而兴起了在中国整个30年代影响深远的左翼文艺运动。

●左联纪念馆　　　　　　　●郭沫若故居

●郭沫若像

>>> 郭沫若《虎符》

抗战期间，我国现代杰出的文学家、史学家和文字学家郭沫若先生，曾根据"信陵君窃符救赵"的故事，创作了五幕历史剧《虎符》，并于1943年首演于北京人民艺术剧院。

在这部剧作中，作者将信陵君夺取兵权，驰援救赵等行动推到幕后，而用浓墨重彩的笔触刻画了如姬的内心世界，揭示其行为动机，从而塑造了一个光彩照人的古代女性形象。

拓展阅读：

《炉中煤》郭沫若
《女神之时代精神》闻一多

◎ 关键词：郭沫若 新诗《女神》《凤凰涅槃》

《女神》的诞生

出身于中等地主兼商人的家庭的郭沫若早年留学日本，他先学医，后从文，并于1918年开始新诗创作。1921年出版的诗集《女神》，以强烈的革命精神、鲜明的时代色彩、浪漫主义的艺术风格和豪放、自由的语言开创了"一代诗风"。

《女神》是中国现代新诗的奠基之作，郭沫若也成为中国新诗的奠基人。

《女神》表达了"五四"狂飙突进时代，人们改造旧世界、冲击封建藩篱的要求。主人公以一个追求个性解放的叛逆者形象出现，要求打破一切封建枷锁，歌唱一切破坏者。诗中满怀着对祖国深情的热爱和对美好明天的憧憬。诗中歌唱太阳、光明、希望，处处洋溢着积极进取的欲望。由于在艺术上取得了新诗最辉煌的成就，《女神》成为"五四"时期浪漫主义的瑰丽奇峰。

出版于1921年8月的《女神》是郭沫若的第一部新诗集，也是我国现代文学史上一部具有突出成就和巨大影响的新诗集。《女神》除序诗外共收诗56首。其中最早的诗写在1918年初夏，除一小部分为1921年归国后所作外，其余均写于诗人留学日本期间，绝大部分完成在1919年和1920年两年中。这时，俄国十月革命的炮声震醒了古老的中国，五四运动的浪潮正席卷全国。人们在漫漫长夜中看到了新的希望。旧道德、旧礼教、专制政治和一切封建偶像受到猛烈的抨击和破坏；科学、民主、社会主义和一切新事物则受到了热烈追求。对于封建藩篱的勇猛冲击，改造社会的强烈要求，追求和赞颂美好理想的无比热力，《女神》都鲜明地反映了"五四"革命运动的特征，传达出"五四"时代精神的最强音。

这种破旧立新的精神贯穿在《女神》的绝大多数重要篇章中。它反映出郭沫若在"五四"时期所持有的彻底革命的、而非改良的态度。其中最有代表性的，是诗篇《凤凰涅槃》和《女神之再生》。

根据有关凤凰的传说为素材，《凤凰涅槃》借凤凰"集香木自焚，复从死灰中更生"的故事，象征旧中国以及诗人旧我的毁灭和新中国以及诗人新我的诞生。

和《凤凰涅槃》一样，根据古书中女娲炼石补天的记载而写成的《女神之再生》，也以神话题材进入"五四"革命现实的核心，揭示出反抗、破坏和创造的主题。郭沫若的宏伟诗篇丰富了我国诗歌创作的宝库，对后来的诗人产生了巨大的影响。

●李叔同像

>>> 李叔同《送别》

长亭外，古道边，芳草碧连天。晚风拂柳笛声残，夕阳山外山。天之涯，地之角，知交半零落。人生难得是欢聚，唯有别离多。

长亭外，古道边，芳草碧连天。问君此去几时还，来时莫徘徊。天之涯，地之角，知交半零落。一壶浊酒尽余欢，今宵别梦寒。

拓展阅读：

春柳剧社
左翼作家联盟
《晚晴集》李叔同
《一轮明月》（电影）

◎ 关键词：奇人 大师 佛门 一绝红尘

遁入佛门的弘一法师——李叔同

遁入佛门的弘一法师李叔同号称"奇人""大师"，他"二十文章惊海内"，集诗、词、书画、篆刻、音乐、戏剧、文学于一身，在多个领域，开中华文化艺术之先河，为世人留下了享用不尽的精神财富。

他把中国古代的书法艺术推向了极致，他的字"朴拙圆满，浑若天成"，鲁迅、郭沫若等现代文化名人以得到大师一幅字为荣。李叔同是第一个向中国传播西方音乐的先驱者，他所创作的经典名曲《送别》，历经几十年传唱不衰。同时，他又是中国第一个开创裸体写生的教师。卓越的艺术造诣使他先后培养出了名画家丰子恺、音乐家刘质平等一些文化名人。他苦心向佛，过午不食，精研律学，弘扬佛法，被佛门弟子奉为律宗第十一代世祖。他的一生充满了传奇色彩，是中国绚丽至极归于平淡的典型人物。赵朴初先生评价这位大师的一生道："无尽奇珍供世眼，一轮圆月耀天心。"

李叔同，祖籍浙江省平湖县，清光绪六年（1880年）生于天津。李叔同5岁那年，父亲去世了。他是在长兄文熙和母亲的教导、关怀下成长起来的。李叔同7岁就有日诵五百、过目不忘的本领。9岁开始学篆刻，就在这一年，他看到一个戏班演出，激起他对京剧的兴趣。当李叔同长成青年，他在诗词歌赋、金石书画方面已经有了广博的知识，被丰子恺称为"文艺的园地，差不多被他走遍了"。但1918年，他却遁入佛门，做了一个法名"演音"号"弘一"的僧人。

李叔同1918年以盛年出家，当时曾震惊整个知识界，也给后世留下了一个谜。24年后，距他63岁生日还差10天的时候，功德圆满的弘一法师安详圆寂于福建泉州不二祠温陵养老院。临终前，他写下"悲欣交集"四字，以为绝笔，且预作遗书、遗偈数通，于弥留之际分发示友。

李叔同的文化知识结构，大抵由三方面构成：一是儒文化，也就是传统文化；二是新学，或称民主文化；三是洋文化。文化铸造了他的人格，而成熟的人格又推进了他对深层文化底蕴的探求。他从儒到士到佛，在心路历程上始终跟随着传统文化的轨迹。他多才多艺，和蔼慈悲，克己谦恭，庄严肃穆，整洁宁静。中年以后，他顿悟前非，处处避世绝俗，又无处不近乎人情。他培养和造就了美术家丰子恺、音乐家刘质平，又和他们为师为友，体现了传统文人的典范。由于他性格内向，过分追求自我完善，所以在他生存的那个时代，自然不为世俗所见容。他的大彻大悟，就意味着对人生的大弃大毁，他在虎跑寺脱离红尘，恰如广陵绝响，充满了人世沧桑的悲凉意味。

●朱自清像

>>> 朱自清当衣买书

　　1920年，是朱自清在大学里的最后一年。一次，他在琉璃厂逛书店，在华洋书庄见到一部新版的《韦伯斯特大字典》，定价14元。朱自清思来想去，想到了自己的皮大氅。

　　这是父亲在朱自清结婚时为他做的，水獭领，紫貂皮。大氅虽是布面，样式有点土气，领子还是用两副"马蹄袖"拼凑起来的，可毕竟是皮衣，在制作的时候，父亲还很费了些心力。想着以后可以将大氅赎回来，朱自清毅然将它拿到了当铺。不料那件费了父亲许多心力的大氅，却始终没有赎回来。

拓展阅读：

《春》朱自清
《匆匆》朱自清
《荷塘月色》朱自清
《别了，司徒雷登》毛泽东

◎ 关键词：朱自清 散文 平淡 神奇

永远难忘的背影

　　"荷塘月色"是清华大学的一个著名景点，来到这里便会不由自主地想到朱自清和他那篇优美的文章《荷塘月色》。

　　紧跟时代步伐的朱自清，自从"五四"时期就开始文学创作，并以诗歌和散文光耀文坛。郁达夫曾说："朱自清虽则是一个诗人，可是他的散文仍能贮满着那一种诗意。文学研究会的散文作家中，除了冰心女士之外，文章之美，就算他了。"1925年，朱自清任清华大学中文系教授，开始从事文学研究，其创作以散文为主。1928年，第一本散文集《背影》出版，其中的作品都是个人真切的见闻和独到的感受，并以清新质朴、典雅秀丽的文笔独树一帜。其中最让人难忘的是《背影》。

　　艺术构思最能体现散文的艺术魅力。朱自清的散文在构思上缜密而严谨，新奇而精巧，结构合理，"设眼有致"，十分讲究。朱自清的散文十分注重"眼"的安设，他努力使之成为构思的"焦点"和将作品的思想与艺术辩证统一起来的"凝光点"。《背影》中篇首点明题旨："我和父亲不相见已有两年，我最不能忘记的是他的背影。"文章围绕"背影"对各种材料进行精心的构思布局。首先是由远及近，回叙父子奔丧时的相聚，细数父爱的种种表现，定下深情怀念的基调。接下来写父亲"终于不放心"，亲自"送我上车"的情景，初步揭示出父亲对儿子的挚爱之情。这些简练的叙述，为即将推到面前的"背影"做了必要的铺垫和蓄势。再接着作者又集中渲染父亲买橘子的"背影"，细写父亲行动的艰难，表现了父亲对儿子的深情关怀。同时，通过重点突出"我"的动情，也表现了儿子对父亲的感激思念。最后概述父亲晚景的凄凉颓唐及始终惦念儿孙的厚爱，并通过读信时的心境描写，让"背影"第四次出现，首尾呼应，感情回复激荡，余味悠长。

　　《背影》使朱自清誉满文坛，其中叙写的一些朴实而生动的感情细节，融进了作者真挚的情感。在通常情况下，要表现人物的感情，往往要写这个人的正面，写他的表情、眼神等，但在这篇作品里，作者却不写父亲正面的形象而写了父亲的背影。这切合人物特定的关系和场合，是他抒情真实的地方。

　　作者将自己的真挚情感与叙事结合起来，不是简单的凑合，而是"情"与"事"交融。他通过一系列的典型生活细节，抒写自己的衷情，真切自然而不空泛。其中的生活细节是最为感人的"抒情细节"。于是，《背影》也因之令人难以忘怀。

　　《背影》另一个令人难忘的是用词朴实及口语化的语言。这正如朱自清的

●朱自清故居

●《朱自清散文集》书影

为人，不虚伪、不浮华、不讲排场和客套。他曾说"用笔如舌"是文章的极境。他说富有"说话风"的作品"读了亲切有味"。《背影》中的叙述语言是口语化的，人物语言尤其如此。"父亲"的几句话，不仅简洁，甚至朴拙，但却格外生动传情。如"事已如此，不必难过。好在天无绝人之路"一句，把生活谚语揉进其中，将"父亲"的内心世界很好地表现了出来。"父亲"决定送儿子上车时，只说："不要紧，他们去不好！"告别时说"我走了，到那边来信"，"进去吧，里边没人"，话语极为简单，但却表现出了作为父亲的那种"爱子"之心。杨振声说："风华是从朴素出来，幽然是从忠厚出来，腴厚是从平淡出来。"（《朱自清与现代散文》）这正所谓平淡之中饱含着神奇。

◎ 关键词：冰心 社会内涵 冰心体 春水体

大海的女儿——冰心

●冰心像

>>> 老舍和冰心的家人

老舍和冰心的友谊可以追溯到 50 年前。

头一次，是郑振铎先生带老舍去冰心家和她相见。冰心忙着沏茶待客。由别的房间端着茶水走出来，发现客人不见了。仔细一瞧，不禁暗笑。只见老舍正在帮她的儿子找玩具小狗熊。据说，小狗熊是溜到桌子底下或者椅子底下"玩"去了，儿子求老舍帮忙。老舍慨然允诺，趴在地上找了起来。最后，老舍把玩具狗熊由椅子后面"捉拿归案"。儿子高兴得跳了起来，抱着老舍的脖子使劲地亲了一下。

从此，老舍成了冰心家最受欢迎的客人。

拓展阅读：

《小桔灯》冰心
冰心与吴文藻
《飞鸟集》泰戈尔
《咱们的五个孩子》冰心

冰心，原名谢婉莹，1900 年 10 月 5 日出生于福建省福州市。1903 年，冰心随全家到烟台，并在那里度过了朝夕与大海相依的童年。冰心曾多次写道："我的一生都与大海不可分割。""我一想到大海，我的心胸就开阔了起来，宁静了下去！""蓝色对于我，永远象征着阔大、深远、庄严……"

冰心是在"五四"革命浪潮的鼓舞下开始创作生活的。她 1921 年加入茅盾、郑振铎等人发起的"文学研究会"，努力实践"为人生"的艺术宗旨。在 1923 年以前，她写了《两个家庭》《斯人独憔悴》《超人》等十几个短篇小说。1923 年毕业于燕京大学文科后，赴美国威尔斯利女子大学学习英国文学。1926 年，冰心获文学硕士学位后回国，并执教于燕京大学和清华大学等校。此后，她著有散文《南归》、小说《冬儿姑娘》等，表现了更为深厚的社会内涵。抗日战争期间，她在昆明、重庆等地从事创作和文化救亡活动。1946 年赴日本，曾任东京大学教授。1951 年回国，先后出任《人民文学》编委、中国作家协会理事、中国文联副主席等职。

冰心早期最有特色、影响最大的是她的散文和诗歌。

冰心的散文《寄小读者》，是她去美国留学时，为国内的孩子们写的通讯，表达了她依依的离情和对小读者深情温柔的爱抚。作家细致地描写了孩子们感兴趣的事物，向他们谈外国的山川地理、风土人情，并介绍许多有益的知识。她的散文显示出婉约典雅、隽秀灵透、凝练流畅的特点，具有高度的艺术表现力，比小说和诗歌有着更高的成就。这种独特的风格曾被时人称为"冰心体"。她的作品如散文集《归来以后》《再寄小读者》《我们把春天吵醒了》《樱花赞》《拾穗小札》《晚晴集》《三寄小读者》等，都展示出了多彩的生活，并在艺术上仍保持着她自己的独特风格。

冰心受泰戈尔《飞鸟集》的影响，写出了 300 多首无标题的格言式自由体小诗，结集为《繁星》和《春水》，在"五四"新诗坛上别具一格，显示了女作家特有的思想感情和审美意识，很受读者欢迎。冰心使中国文坛出现了一个"小诗的流行时代"。从此以后，诗坛上涌现出一批被称为"春水体"的小诗。关于这两部诗集，冰心曾回忆说，在求知欲最旺盛的时候，冰心和弟弟们贪婪地在课外阅读一些书报，遇到有自己特别喜欢的句子，就赶紧抄在笔记本上。这样做惯了，她又把自己随时随地的感想和回忆，也都断断续续地写上去。由此长期积累，冰心不但养成了好的写作习惯，也创造出了受人欢迎的伟大作品。

◎ 关键词：新文化运动 代表人物 《雨丝》 平和冲淡

"闲适文人"——周作人

在现代作家中，周作人是一个颇有争议的人物。他是现代散文家、诗人、文学翻译家，而且还是鲁迅的二弟。

周作人，1901年入南京江南水师学堂，1906年东渡日本留学，1911年回国后在绍兴任中学英文教员，1917年任北京大学文科教授。"五四"时期，他任新潮社主任编辑，参加《新青年》的编辑工作，参与发起成立文学研究会，其间他发表了《人的文学》《平民文学》《思想革命》等重要理论文章，并从事散文、新诗创作和译介外国文学作品。他的理论主张和创作实践在社会上产生了很大影响，他因此成为新文化运动的重要代表人物之一。"五四"以后，周作人作为《语丝》周刊的主编和主要撰稿人之一，写了大量散文，风格平和冲淡，清隽幽雅。在他的影响下，20年代形成了包括俞平伯、废名等作家在内的散文创作流派。

抗日战争爆发后，周作人居留沦陷后的北平，出任南京国民政府委员、华北政务委员会常务委员兼教育总署督办等伪职。1945年，他以叛国罪被判刑入狱，1949年出狱，后定居北京，在人民文学出版社从事日本、希腊文学作品的翻译以及写作有关回忆鲁迅的文章。

周作人的主要文学成就表现在散文上，他为现代散文创造了一种平和冲淡的风格。他的散文感情隐蔽，态度恬适淡泊，即使是令人义愤填膺的事情，也使用不动声色、心平气和甚至超然物外的语调去叙述。作者的主观情绪往往深藏于平淡和闲静的字里行间，有时也会在结尾处用三言两语略略一点，并因而产生了其中有无穷意味的效果，造成幽隽淡远的意境。如《碰伤》《死法》等，都是对军阀镇压革命运动的抨击，或讽刺，或悲愤，都没有直接显露感情色彩。《前门遇马队记》一文，揭露北洋政府用马队冲散学生，说骑在马上的人是和善的，只是"马是无知的畜生"，"不知道什么是共和，什么是法律"。然而就在这平淡的话语中，明明包含着对军阀践踏法律的控诉。在风平浪静的表层文字下，感情的波涛却在汹涌澎湃。他的一些小品文也有写令人痛心之事的，但他的不平、感叹、悲愤、抗议，都不直接地言传，读者只能慢慢地意会。这也使他的文章比较含蓄耐咀嚼。

由于作者有广博的知识，对于各类事物也有浓厚的情趣，因而即使是平静淡泊的文章也能描写得有声色、有情致。如写《乌篷船》，固然也写船的种类、特征，但更重要的是写坐船时的心情，看两岸景色，听地方戏曲，听水声橹声鸡犬声，营造出一种逍遥自在的境界，并使读者产生共鸣，有身临其境之感。

● 周作人手迹

>>> 美文的由来

周作人最早从西方引入"美文"的概念，他于1921年发表《美文》，提倡"记述的""艺术的"叙事抒情散文，"给新文学开辟出一块新土地"。

王统照、傅斯年、胡适等曾撰文起而应和，冰心、朱自清、郁达夫、俞平伯、徐志摩和周作人等一大批作家富有成效的拓荒，彻底打破了美文不能用白话的传统。美文作为一种独立文体的地位才得以在文学史上确立。

拓展阅读：

水茵草
鲁迅与周作人失和
《故乡的野菜》周作人
《鲁迅与周作人》周建人

●叶圣陶像

>>> 文人与酒

　　叶圣陶先生一生喝了近80年的酒，但从不饮烈性白酒，且喜欢喝慢酒，以微醺为最大限度。

　　有一次，郑振铎请他喝酒。郑振铎性格豪爽，爱喝快酒，一口一杯，颇有梁山好汉的气概。他举杯邀叶老："圣陶干一杯，干一杯。"叶圣陶先生虽不赞同，说："慢慢喝，饮酒的趣味在于一小口一小口地品味。"但终于拗不过郑振铎的一再催促，干了几杯，喝得面红耳赤，几乎醉倒。

拓展阅读：

苏州园林
叶圣陶纪念馆
《校长》叶圣陶

◎ 关键词：教育文学 一丝不苟 为人生而艺术

小学教师出身的叶圣陶

　　辛亥革命后不久，因家境贫寒，正在中学读书的叶圣陶放弃了升学的想法，经一位校长的介绍，当了一名小学教员。从1912年起将近十年时间，叶圣陶一直在小学任教。1914年，叶圣陶的父亲因年老失业，叶圣陶也被学校排挤出去。由于巨大的经济压力逼迫，叶圣陶开始撰写文言小说，并投寄到当时行销很广的《礼拜六》上。他共写了十几篇，篇篇都被采用。叶圣陶说："这是他卖稿的开始。"因他长期从事小学教育，对旧中国的教育十分熟悉。因此，描写旧教育的内幕，表现少年时的生活就成为他创作的最重要的题材。据估计，在他写的近百个短篇中与教育有关的就占三分之二以上。这就构成了现代文学史上叶圣陶创作的独特领域——教育文学。叶圣陶也因此被称为"教育文学家"。他曾说过自己写文章"写了一节要重复诵读三四遍，多到19遍，其实也不过增减几个字或者一两句而已"。可见，他相当注重对语言的选择和推敲。正是这种一丝不苟的精神，成就了叶圣陶，使其成为我国现代著名的文学家、教育家、语言学家和编辑出版家。

　　本着"为人生而艺术"的主张，叶圣陶创作的许多作品真实地描绘了城镇小市民的灰色生活，对他们庸俗、无聊的生活习气和种种社会现象，给以无情的揭露和辛辣的讽刺。其中，他笔下的城镇小知识分子是最具有特色的人物形象。如《饭》里的小学教师吴先生为保住饭碗，在学务委员面前卑躬屈膝，还任凭学务委员无理克扣非常微薄的薪俸。《潘先生在难中》是这类作品的代表，它生动地刻画了潘先生这个利己主义者卑微的灵魂。潘先生一切行为的出发点，都是为了保存自己和他的小家庭。无论他在仓皇逃难之中，还是在为军阀歌功颂德之时，念念不忘的都是个人的得失。

　　叶圣陶唯一的一部长篇小说《倪焕之》是"五四"以后最早出现的现实主义优秀长篇之一。作品描写了主人公倪焕之的活动及他的思想发展，其中简洁地反映了中国现代史上的一系列重大事件，如辛亥革命、袁世凯称帝、张勋复辟、"五四"风暴、"五卅"运动、"四一二"事件等。

　　叶圣陶从1921年起，在上海、杭州、北京等地中学和大学任教。1923年起开始从事编辑出版工作，曾任商务印书馆、开明书店编辑，主编过《文学周报》《小说月报》《中学生》等多种重要刊物，发现、培养和举荐过巴金、丁玲、戴望舒等作家。他还出版了不少诗集、评论集和论著，编辑过几十种中小学语文教科书。中华人民共和国成立后，他致力于文化教育的领导工作，曾任人民教育出版社社长、教育部副部长、中央文史馆馆长、全国政协副主席等职。

●上海圣约翰大学旧照

>>> 象征主义

　　源于希腊文Symbolon，本意象征。是19世纪末和20世纪初流行于欧美的重要文艺流派之一。1886年诗人让·莫雷亚斯发表《象征主义宣言》，首先提出这个名称。

　　19世纪末产生于法国的文学艺术运动，在巴黎的知识界影响很大，对20世纪美学的发展，起到了推动作用。该运动主要在法国。

　　象征主义主要影响在诗歌、戏剧领域，认为现实世界是虚幻的、痛苦的，而内心的"另一个世界"是真的、美的，外界的事物与人的内心世界互相感应。

拓展阅读：

《手杖》李金发

《弃妇》李金发

《蔡元培像》（雕塑）李金发

◎ 关键词：怪异 诗怪 朦胧晦涩 象征主义

"诗坛怪杰"——李金发

　　20世纪二三十年代时，我国第一个象征主义诗人李金发因喜欢创作格调怪异的诗歌而被人称为"诗怪"。

　　李金发，早年就读于香港圣约瑟中学，后至上海入南洋中学留法预备班，1919年赴法勤工俭学，1921年就读于第戎美术专门学校和巴黎帝国美术学校。在巴黎美学院时期，李金发行走于艺术王国和诗歌王国之间，读了不少法国象征派特别是波德莱尔和魏尔伦的诗，而正是波德莱尔和魏尔仑把他引入了象征诗歌的殿堂，使他成了中国象征派诗歌的开创者。

　　在法国象征派诗歌特别是波德莱尔《恶之花》的影响下，李金发1920年在布鲁耶尔即已开始写诗，并出版了他的第一本诗集《微雨》。

　　《微雨》中的诗歌无关时代和国家民族的宏大主题，而只是李金发"个人灵感的记录表，是个人陶醉后的引吭高歌"。

　　《微雨》具有象征主义的特质。在诗歌审美对象的选择上，其中多数的诗都是面向生活中的丑恶面，带有明显的"以丑为美""从恶中发掘美"的美学倾向。另外，在艺术方法上，它受法国象征派重象征、暗示的影响，喜欢通过"客观对应物"来象征、暗示自己的内心世界。而其中的意象与被暗示的内容之间是一种捉摸不定的"远取臂"的关系，需要读者深入理解。这就给李金发的诗带来了一种朦胧晦涩的美学特征。

　　李金发诗歌的这些特点，对当时文坛的各派来说，完全是一种陌生古怪的东西，所以《微雨》出版后不久，他即被人冠以"诗怪"的称号。

　　1922年，李金发到柏林游学。作为"一战"的战败国，德国当时正处于经济濒于崩溃、马克暴跌的"凶年"，而他是一位去"享受低价马克之福"的"食客"。1923年5月，李金发出版了他的第二本诗集《食客与凶年》，题名即由此而来。

　　到柏林以后，李金发与一位擅长绘画的画家的女儿履妲相恋。这段他一生中最具浪漫色彩和幸福感的时光，给他的诗歌创作带来了新的灵感，使他写下了不少感情细腻温柔的爱情诗。两人婚后不久，李金发因经济原因准备回国任教。返国之前，他编定了他的第三本诗集《为幸福而歌》。这些诗歌的主调是爱情絮语和对幸福的憧憬。

　　至此，李金发在留欧期间创作的三本诗集，奠定了他在中国现代诗坛上的地位。他的诗集《微雨》的出版，是我国新诗中的象征主义真正诞生的标志。他的诗开创了中国新诗中的象征派，是整个20世纪中国现代主义诗歌潮流的一个源头。

●刘半农墓

>>> 老叟妙诗

一天，刘半农到赵元任家小坐饮茶，适逢不少青年学生也在赵家小聚。

在场的学生见到刘半农，简直难以相信眼前这个矮身躯、方头颅、憨态可掬的土老头子，竟然会是创作出《教我如何不想她》这样美妙歌词的作者！待刘半农离去后，青年学生们写下了这样一首打油诗：

教我如何不想他，请来共饮一杯茶。原来如此一老叟，教我如何再想他？

拓展阅读：

刘半农与朱惠
《半农影谈》刘半农
《父亲刘半农》刘小惠

◎ 关键词：刘半农 轰动 白话文 口语

《教我如何不想她》

1920年9月，刘半农在英国伦敦写了一首《教我如何不想她》的著名情诗。这是一首经典的情诗，刘半农还将首创的"她"字写入诗中。全诗如下：

天上飘着些微云，地上吹着些微风。啊！微风吹动了我头发，教我如何不想她？

月光恋爱着海洋，海洋恋爱着月光。啊！这般蜜也似的银夜，教我如何不想她？

水面落花慢慢流，水底鱼儿慢慢游。啊！燕子你说些什么话？教我如何不想她？

枯树在冷风里摇，野火在暮色中烧。啊！西天还有些儿残霞，教我如何不想她？

在早年的白话文中，用"他"做第三人称代词，通用于男性、女性及一切事物。1919年前后，"伊"开始出现在有些文学作品中，并被用来专指女性。鉴于用字混乱，刘半农创造了"她"字用来指代第三人称女性，而用"它"代称事物。开始时虽遭到一些守旧者的攻击，但很快流传开来，并广泛使用。这在当时的文化界，成为轰动一时的新闻。从"五四"的角度看，"她"字的出现，意味着女人有着独立的人格，而不是生活在男人"他"的阴影中不见阳光。这在汉字史上也是震古烁今的大事！而多年之后的今天，在一次被称为"世纪之字"的社会调查中，"她"字以绝对的优势成为20世纪最重要的一个字。

刘半农的新体诗《教我如何不想她》与当时依旧盛行的旧体诗形成的反差令人耳目一新，而"她"字的创造尤其表现出作者为女人争取平等的观念。全诗以春、夏、秋、冬的反复咏叹所表现出来的韵味，确立了它诗歌史上的独立地位。当时的大语言家、大作曲家赵元任为这首诗谱曲，使它插上了双翅，飞到千家万户，迷倒了无数痴男怨女。刘半农反对文言文，提倡白话文，是"五四"新文化运动的积极倡导者之一，他写过著名的《复王敬轩书》等文章。1917年开始用白话写诗，他重视群众口语，注重向民歌借鉴，对新诗的形式和章节多有探索，是早期新诗的提倡者、实践者。其诗风清新、朴素，一些作品以节奏旋律的和谐著称。他所写的《相隔一层纸》《学徒苦》等诗，揭露了贫富悬殊的社会现象，鲜明地体现了作者关心现实、同情人民的民主主义倾向，在"五四"时期产生了较大影响。

● 《徐志摩散文集》封面

>>> 徐志摩与泰戈尔

泰戈尔在上海入境，经南京、济南到北京，一路上会见各界著名人士，发表演讲，由诗人徐志摩翻译。

相同的志趣使他们成为无话不谈的忘年交。泰戈尔为他的中国知音起了一个印度名字苏萨玛，即意谓"雅士"。

泰戈尔访华结束，徐志摩又陪他访问日本，一直把他送到香港，才依依惜别。泰戈尔回到印度，将他在中国的演讲汇编成《在中国的讲话》，此书的扉页上写道：献给我的朋友苏萨玛，由于他的周到照料，我得以结识伟大的中国人民。

拓展阅读：

《偶然》徐志摩
徐志摩与陆小曼
《梁思成、林徽因与我》林洙
《你是人间的四月天》林徽因

◎ 关键词：康桥 转折美 精神之乡 康桥情事

徐志摩的康桥之恋

在中国现代文学史上，徐志摩是一个知名度甚高而又很不寻常的人物。他曾被人否认在文学史上的地位，而今他却获得了比同年代的作家更多的读者及认同。他的名诗《再别康桥》，许多中国人都能背诵：

轻轻的我走了，正如我轻轻的来；我轻轻的招手，作别西天的云彩。那河畔的金柳，是夕阳中的新娘，波光里的艳影，在我的心头荡漾。软泥上的青荇，油油的在水底招摇；在康河的柔波里，我甘心做一条水草。那榆荫下的一潭，不是清泉，是天上虹；揉碎在浮藻间，沉淀着彩虹似的梦。寻梦？撑一支长篙，向青草更青处漫溯，满载一船星辉，在星辉斑斓里放歌。但我不能放歌，悄悄是别离的笙箫；夏虫也为我沉默，沉默是今晚的康桥！悄悄的我走了，正如我悄悄的来；我挥一挥衣袖，不带走一片云彩。

康桥，即英国著名的剑桥大学所在地。1920年10月至1922年8月，诗人曾游学于此。康桥时期的生活是徐志摩一生的转折点。在《猛虎集·序文》中，他曾经自陈，在24岁以前，他对于诗的兴趣远不如对于相对论或民约论的兴趣。正是康河的水，开启了他诗人的性灵，唤醒了久蛰在他心中的诗人的天命。因此，他后来曾说："我的眼是康桥教我睁的，我的求知欲是康桥给我拨动的，我的自我意识是康桥给我胚胎的。"

徐志摩对康桥的非同一般的爱，实际上另有隐情。徐志摩初抵英国，在中国名流中，首先认识了陈源（西滢），然后又见到了林长民和他的女儿林徽因（音）。这个后来被他亲昵地称为"徽徽"的女子，不但才华横溢、聪明过人，而且年方二八、亭亭玉立，"宛如山中的梅花小鹿一般的美，一般的活泼"。她的出现，立刻搅乱了徐志摩的生活和心境，让他迷失爱河。徐志摩深陷其中不能自拔，而林徽因对他也是倾慕有加。然而，这段恋情却因使君有妇、徽因有婚约而注定不能圆满。矛盾、烦恼、忧郁、苦痛一时俱来，折磨着徐志摩。1922年8月，徐志摩辞别康桥起程回国，去寻求林徽因的踪迹，但终未成功。1928年，他又重游了康桥。想想自己当年游学康桥的种种过往，以及如今理想、情感、婚姻的起落，他感慨万千。所以，当他再次告别康桥时，心中盛满了离愁别绪。他不能不把康桥看作自己永远依恋的精神之乡。徐志摩深信，这样一个康桥，无论此去千里万里，无法不让人魂牵梦萦！11月6日，在归途的南中国海上，他吟成了这首传世之作。可以说，"康桥情结"贯穿在徐志摩一生的诗文创作中。

●闻一多像

>>> 闻一多《死水》

这是一沟绝望的死水，
清风吹不起半点漪沦。不如
多扔些破铜烂铁，爽性泼你
的剩菜残羹。

也许铜的要绿成翡翠，
铁罐上绣出几瓣桃花。再让
油腻织一层罗绮，霉菌给他
蒸出些云霞。

让死水酵成一沟绿酒，
飘满了珍珠似的白沫；小珠
们笑声变成大珠，又被偷酒
的花蚊咬破。

那么一沟绝望的死水，
也就夸得上几分鲜明。如果
青蛙耐不住寂寞，又算死水
叫出了歌声。

这是一沟绝望的死水，
这里断不是美的所在，不如
让给丑恶来开垦，看他造出
个什么世界。

拓展阅读：

《红烛》闻一多
《七子之歌》闻一多
《缪斯之子》梁晓声
《我的先生闻一多》臧克家

◎ 关键词：《诗的格律》艺术矫正 爱国主义 浪漫

"戴着脚镣跳舞"的闻一多

诗歌是一种"在自由和限制之间寻找平衡的艺术"。从早期白话诗运动兴起时胡适提倡的"诗体大解放"，到郭沫若的自由喷发式的反叛诗歌，新诗在其草创和发展初期大都趋向"自由"一路。它虽然从旧诗的"小脚"中解放了出来，但也在艺术上留下了粗糙杂乱、漫无节制的弊端。正是在这种背景下，出现了以闻一多、徐志摩等为代表的现代格律诗派。显然，这个注重理性、艺术提炼和格律形式的诗派，是对"五四"以来的"自由诗"和浪漫主义诗风的一种艺术矫正。

1926 年 5 月 13 日，闻一多为了给新诗以艺术的限制和规范，因而在《晨报·诗镌》上发表了著名的《诗的格律》，提出"戴着脚镣跳舞"，并以杜甫"老去渐于诗律细"为例，认定"越是有魄力越是要戴着脚镣跳舞"。他不仅首次论述了建立新格律诗的必要性和重要性，还系统地提出了新格律诗的建设方案，"诗的实力不独包括音乐的美（音节），绘画的美（辞藻），并且还有建筑的美（节的匀称和句的均齐）"。这就是新诗建设中著名的"三美"论。

闻一多通过自己的诗作，来实践他所提出的新诗建设中的"三美"理论。《死水》堪称是现代格律诗的典范之作。全诗 5 节，每节 4 行，每行 9 字，完全将丰富复杂的激情熔铸进严谨的形式规范之中，实现了"节的匀称，句的均齐"，在视觉上有一种整饬的"建筑美"。而在修辞状物即"辞藻"的运用上，又极富鲜明的色彩感和画面感，从而形成绮丽的"绘画美"。在音乐性上，不仅各节均押"abcb"二四脚韵，而且还运用"音尺"来形成诗的节奏。

作为一位浪漫的诗人，闻一多会把讲课变成一个充满诗意的过程。所以，他把上午的课换到了晚上。课上舒缓随意，有时讲得兴致盎然，闻一多会把时间延长下去，直到月光遍布校园之时，他才回到自己的新南院住宅。

闻一多是诗人、美术家、学者，也是一个充满了爱国主义激情的斗士。他在短暂的一生中，把"爱"看成是诗人的天赋。而一旦这种爱冲出了书斋，他就成了一位斗士，他的生命也就成了一篇真诚、刚烈的诗篇。闻一多的学生李晓说：他有句名言，说诗人主要的天赋是爱，爱他的祖国，爱他的人民。这是最能反映他思想感情的一句话，也是他终身实践的一句话。1946 年 7 月 15 日，在悼念李公朴先生的大会上，他怒斥国民党暗杀李公朴的罪行，发表了著名的《最后一次讲演》。当天下午，他不幸被国民党特务杀害。

●《朱湘集》书影

>>> 朱湘特立独行被开除

1919 年朱湘考入清华，他的中文和英文成绩十分突出，新诗更是颇具盛名，但他不是一个循规蹈矩的学生，经常为了读文学书籍而逃课。

当时学校制定了一个在早上学生吃早餐时点名的制度，朱湘非常厌恶，决心抵制，他经常故意不到，被记满三个大过而开除了学籍，这样被开除，在清华还是破天荒的第一次。这件事很快便轰动了全校，很多人都想认识认识这个奇人，朱湘自己却若无其事。因他的才气，有人劝他留校，学校也同意了，但朱湘却只身去了上海，写诗，做编辑，代课。

拓展阅读：

《少年歌》朱湘
《采莲曲》朱湘
《诗人朱湘》唐弢

◎ 关键词：清华文学社 自杀 《草莽集》

投水自尽的朱湘

才华横溢、英年早逝的朱湘，被鲁迅称为"中国的济慈"。朱湘于1919年考取清华大学，并参加梁实秋、闻一多组织的清华文学社。在清华大学学习期间，他是"清华四学子"之一，享有诗名。

朱湘为人，外冷内热，他性情孤傲、倔强，一生穷困潦倒，颠沛流离。留学美国回来后，他为谋职业到处奔走，家庭矛盾也日渐激化。他生活动荡，虽曾任教于安徽大学外文系，但又与校方不和。离开安大后，南北奔走，求职未果，渐渐心灰意冷。1933 年 12 月，他在从上海到南京的客轮上，纵身跃入清波，自杀身死。年纪轻轻的朱湘竟然投水自尽，其原因至今仍是个谜。

1925 年，朱湘出版第一本诗集《夏天》。1937 年第二本诗集《草莽》出版。《夏天》是一本极薄的诗集，里面的作品虽不成熟，但他秀丽清雅的诗笔已表现出一种奇特的风格。1927年出版的《草莽集》，比之《夏天》，有了惊人的进步。它在艺术上不但远胜"五四"前后的康白情、俞平伯、汪静之等人的诗集，即比之在新诗界负有盛名的郭沫若的《女神》也有过之而无不及，可惜并没有引起太多人的注意，颇让人不解。

《草莽集》技巧之熟练，表现之细腻，丰神之秀丽，气韵之娴雅，曾使它成为一本不平常的诗集。朱湘善于融化旧诗词，旧诗词的文辞、格调、意思，他都能随意取用而且安排得非常之好。如朱湘的《落日》："苍凉呀，大漠的落日，笔直的烟连着云，人死了战马悲鸣，北风起驱走着砂石。"一连化用了王维的"大漠孤烟直，长河落日圆"、汉乐府的"枭骑格斗死，怒马徘徊鸣"、岑参的"轮台九月风夜吼，一川碎石大如斗，随风满地石乱走"。朱湘还有许多触景生情、妙趣横生的插笔。如老猫正在训话之时，忽然听到老鼠叫声，立即跳去捉住吞下，对儿子道："孔子虽曾三月不知肉味，佛虽言杀生于人道有悖，但是西方的科学在最近证明了肉质富有维生素。"又说："我们于人类这般有功劳，不料广东人居然会吃猫……所以我主人如去广东，那时候你切记着要罢工。"后段更有趣味，老猫和他儿子到厨房吃饭，碰到一只狗：老猫不愧为大腹将军，狼吞虎咽之时特别有精神。他们的饭才吃了一半，一条狗毫不客气地将他们挤走，片刻间，鱼饭都卷进了口。老猫直气得两眼圆睁，他一边向狗呼叫，一边退身。小猫也跟着退出战阵外，他恭听老猫最后的告诫：有一句话终身受用不尽，便是老子说的大勇若怯！整个故事妙趣横生，讽刺无穷。

朱湘的《有一座坟墓》《葬我》《雉夜啼》《梦》《序诗》等，是其艺术性最高的作品。

●冯雪峰像

>>> 湖畔诗社

1922年成立于杭州。原指19世纪英国的华兹华斯、柯勒律治和骚塞三位浪漫主义诗人所形成的诗歌流派。除汪静之外，主要成员均系浙江人。

"我们歌笑在湖畔,我们歌哭在湖畔",表明他们诗社的来历,"树林里有晓阳,村野里有姑娘",表明他们诗歌的内容。他们性格不同,或者明快,或者凄楚,或者清淡,或者天真,但"都差不多可以说生活在诗里",是"真正专心致志作情诗"的"四个年轻人"。

该社1922年出版《湖畔》,1923年出版《春的歌集》。

拓展阅读:

刘延陵
《新柳》应修人
《没有被遗忘的欣慰》汪静之

◎ 关键词：湖畔诗社 《湖畔》诗集 爱情诗

率真的湖畔四诗人

在"五四"新文化运动浪潮的推动下，应修人、潘漠华、冯雪峰、汪静之创立了中国现代文学史上第一个新诗社——湖畔诗社。之后，他们漫步在西子湖畔，沉醉在如诗如画的美景中，喝茶听歌，赏花吟诗。1922年，他们出版了以抒情短诗为主的《湖畔》诗集，表现了刚刚挣脱封建礼教束缚的天真烂漫的青年人对幸福爱情的憧憬。他们得到了鲁迅、胡适、周作人等文学前辈的鼓励和称赞，湖畔诗社也因此闻名。湖畔诗社对新诗最大的贡献是爱情诗的创作。

毛泽东20世纪20年代在南方工作时，便已注意到了冯雪峰的诗文，还叫别人转告冯雪峰，说自己喜欢他的诗，希望他到南方来参加革命工作。1933年12月，冯雪峰奉党组织的指示来到江西中央苏区和毛泽东见面。两人一见如故，经常在一起谈论鲁迅和中国现代文学。冯雪峰后来被逮捕入狱，关押在上饶集中营。在毛泽东的关心和指示下，他被党组织营救出狱。冯雪峰出狱后就到重庆进行抗战和统战两方面的工作，并写下了不少杂文。1944年，他将自己的一部分杂文结集为《乡风与市风》出版，又将自己在集中营里写的新诗修改后题名为"真实之歌"出版。

汪静之，"五四"时期全国142位著名作家之一，湖畔诗社成员，1955年调入中国作协，其后，一直担任湖畔诗社社长。1922年出版诗集《蕙的风》，轰动全国。鲁迅很赏识他的诗作，曾亲自为他修改作品，并对其作品给予较高的评价："《蕙的风》的内容对于当时封建礼教具有更大的冲击力，它的出版，无疑是向旧社会旧道德投下了一颗猛烈无比的炸弹，在我国文艺界引起了一场'文艺与道德'的论战。"汪静之还发表过歌颂中国共产党诞生的一首新诗《天亮之前》。

潘漠华，中共党员。1932年12月到天津，任中共天津市委宣传部长，主持天津"左联"组织的工作。在此期间出版了《哒哒》《天津青年》《天津文化》诸刊物，1933年12月被捕，次年在狱中进行绝食斗争，不幸牺牲。

应修人，从1920年开始，即在《少年中国》《晨报副刊》《学灯》上发表新诗作品，成为新诗创作活动中出类拔萃的优秀青年之一。他以湖畔诗社的名义出版了《湖畔》《春的歌集》等诗集。应修人虽以革命为主，但却在业余时间创作了百余首新诗，其文学才能得到了文坛前辈郭沫若、郁达夫、叶圣陶等人的称赞。1933年5月14日，应修人到虹口昆山花园路丁玲的寓所联系工作。这时丁玲已因叛徒出卖而被捕，应修人被把守在楼梯口的特务发觉，在搏斗过程中不幸坠楼牺牲，时年34岁。

● 《沈从文精选集》封面

>>> 沈从文嗜书成性

"文革"期间，沈从文家住北京东城东堂子胡同一所古宅，他的万卷藏书已被红卫兵堆在院子里贴上封条，听候处理。可是他痴心不改，爱书成癖。

一次，他的学生携带一册别人托他代卖、要价50元的日文书——《支那古塔调查记》，路经沈从文家，顺道看望老师。一进屋，沈从文便问他拿的是什么书，学生如实回答。沈从文说：这书很有价值，我给你50元钱，卖我吧。明知"图书招祸"，见了好书还是忍不住要买，由此可见沈从文的文人心性。

拓展阅读：

湘西

沈从文与张兆和

《人生石板路》沈从文

◎ 关键词：文学大师 湘西 自信

来自湘西的乡下人

一个永远的来自湘西边城的顽强执着的"乡下人"沈从文，一生创造了许多奇迹，也给这个世界留下了很多传奇。他只读了几年私塾，却当上了大学教授，写出了《边城》《湘行散记》等作品。他更是一个以文学家的笔写出了《中国古代服饰研究》的文物学家。

20世纪20年代，沈从文从湘西凤凰小城来到北京，虽然水土气候不适应，但他对文学非常执着，即使流着鼻血，在房间里仍然坚持写作。他的作品刚一问世，就得到郁达夫的肯定。到1925年底，沈从文的作品又得到徐志摩的欣赏，被徐志摩称为天才少年。1928年，他的《阿里斯中国游记》由《新月》杂志连载，徐志摩在序言中说："这是中国小说界的大著作，是天才的显露，是手腕灵敏的体现。""新月派"的代表人物对沈从文既欣赏又佩服，因此，沈从文很快成为"新月派"的重要成员。

30年代经徐志摩的推荐，胡适聘请沈从文担任中国公学国文系教授。不久，沈从文成了"京派沙龙"的核心人物，走入了大学者的行列。后来，他又接手天津《大公报》文艺副刊。沈从文的天才自信与乡下人的性格的完美契合，使他走向成功之路。

充满自信的沈从文是一个不安分的乡下人，他以一种挑战者的姿态走向文坛，并很快赢得人们的广泛关注。

1928年，沈从文与丁玲、胡也频一起创办了一本取名为《红黑》的杂志。红黑是湘西的土话，意思是不管三七二十一都要干，这也体现了沈从文的性格。后来，丁玲、胡也频走向左翼文化运动，沈从文对他们的做法表示反对。30年代，沈从文在文坛上十分活跃，写作毫无顾虑。后来，在京派与海派的争论中，他对左翼和商业化的海派提出了自己的批评意见，这进一步加剧了京海之争。

1922年以后，沈从文先后出版了小说、散文、文论等文集近百种，作品富有极强的个性和湘西乡土气息，并充满了诗情画意，代表作有《边城》《长河》《柏子》等。中篇小说《边城》于1934年问世，标志着他的小说已经走向成熟。抗战爆发后，他写了散文《湘西》、长篇小说《长河》（第1卷）。1949年后，沈从文放弃了文学创作，在中国历史博物馆研究出土文物、工艺美术及物质文化史等。1978年后，他在中国社会科学院历史所任研究员，从事中国古代服饰及其他史学领域的研究，著有《唐宋铜镜》《龙凤艺术》《中国古代服饰研究》等。80年代以来，重返文坛的沈从文在中国文学界及海外文学界都产生了极大的影响。

●茅盾为商务印书馆题词

>>> 茅盾背《红楼梦》

1926年的一天下午,开明书店老板章锡琛请茅盾、郑振铎、夏丏尊及周予同等人吃饭。

酒至半酣,章锡琛说:"吃清酒乏味,请雁冰兄助兴。"沈雁冰酒兴正浓,便说:"好啊,以何助兴？"章锡琛说:"听说你会背《红楼梦》,来一段怎么样？"沈雁冰表示同意。于是郑振铎拿过书来点回目,沈雁冰随点随背,一口气竟背了半个多小时,一字不差。同席者无不为他的惊人记忆力所折服。

拓展阅读:

茅盾故居
茅盾文学奖
社会剖析派
"农村三部曲"茅盾

◎ 关键词：忧国忧民 评论家 "新兴"作家

社会剖析小说的代表——茅盾

1896年7月4日,茅盾生于浙江桐乡县乌镇。他的父亲沈永锡是清末秀才,通晓中医,思想开明,重视新学,除声、光、化、电和数学等自然科学外,也喜欢传播具有进步思潮的社会科学著作。他的母亲陈爱珠是一位通文理、有远见且性格坚强的妇女。茅盾10岁丧父,童年时代他就接受了母亲所教的文学、地理和历史知识。茅盾说："我的第一个启蒙老师是我母亲。"

茅盾小学前便读过家塾、私塾,启蒙教育开始较早。他8岁入乌镇立志小学读书,后转入植材高级小学,成为该校第一班学生。在这里,他不仅读到了国文、修身和算术教科书,并且对绘画产生了兴趣。开明的父母还让他看了《西游记》、《三国演义》、《水浒传》、《聊斋志异》和《儒林外史》等他爱读的书。茅盾小学时代留存的作文中,便已流露出忧国忧民、扶正祛邪的思想端绪。

茅盾曾先后就读于浙江的三所中学,落后的教学气氛,使他几乎把课余时间都消磨在看小说上。古典小说启迪了他的文思,使他的作文格调非凡。

从北京大学读完预科,他无力升学,于是进入上海商务印书馆工作,改革老牌的《小说月报》,并成为文学研究会的首席评论家。接着,他参与了上海共产主义小组,筹建中国共产党,下广州参加国民党第二次代表大会,任过国民党中央宣传部的秘书,当时宣传部的代部长是毛泽东。国共合作破裂之后,茅盾自武汉流亡上海、日本,并拿起小说家的笔,开始写作《幻灭》《动摇》《追求》和《虹》。这段上层政治斗争的经历,铸成了他的时代概括力,并使他具备了文学的全社会视野,他早期作品的题材也多取于此。"左联"期间,他写出了《子夜》《林家铺子》《春蚕》。抗战时期,发表了《腐蚀》和《霜叶红似二月花》《锻炼》等。 新中国成立之后,他历任文联副主席、文化部长、作协主席,并任全国政协副主席,他已很难分身创作。到了"文革"时期,他挨批靠边,稍稍平稳便秘密写作《霜叶红似二月花》的"续稿"和回忆录《我走过的道路》。

近年来,茅盾被文学史界公认为中国社会剖析派小说的坛主。茅盾代表了整整一代的小说,直至80年代现代派的先锋小说兴起,一种更偏于个人内心的新一代叙事小说风行于世,才完全盖过了社会剖析小说的锋芒。茅盾在本世纪绝大部分时间所充任的,也是这种"新兴"作家的角色。

●山东曲阜孔庙杏坛
孔子当初在土台上大杏树下给弟子们讲学。宋代(1018年),孔子第四十五代孙孔道辅监修孔庙时,将正殿后移扩建,在正殿旧址建亭,环植以杏,故称"杏坛"。

●郁达夫像

>>> 郁达夫的"快短命"

有一次，郁达夫应邀演讲文艺创作，他上台在黑板上写了"快短命"三个大字。

台下的听众都觉得很奇怪，他接着说："本人今天要讲的题目是《文艺创作的基本概念》，黑板上的三个字就是要诀，'快'就是痛快；'短'就是精简扼要；'命'就是不离命题。演讲和作文一样，也不可以说得天花乱坠，离题太远。完了。"

郁达夫从在黑板上写那三个字到说完话的时间，总共用了不到两分钟，正合乎他所说的三原则——"快短命"。

拓展阅读：

《论郁达夫》郭沫若
《故都的秋》郁达夫
《漫论郁达夫》刘海粟

◎ 关键词：传奇 个人魅力 《沉沦》

春风沉醉的晚上

郁达夫是一个有着丰富的情感世界和强烈的个人魅力的文人。他传奇的一生始终吸引着人们的极大关注。而他与王映霞女士的婚姻悲剧则是后世人所谈论的焦点。

1927年1月14日，郁达夫在上海邂逅了时年20岁的王映霞女士。他们两个一见钟情，郁达夫更是从此对王展开了热烈的追求。后来，两人共同度过了12年的风风雨雨。据郁达夫日记记载，在前后12年间他写给王映霞的信约有200封。这些信大都在战乱中遗失，保留下来的仅有94封。其中第一封信写于1927年1月28日，最后一封信写于1938年9月28日。这批信件是研究郁达夫1938年底离开中国，到南洋并客死南洋之前最后12年间的生活、思想和写作以及人事关系的重要资料。

这12年的信，记载着郁达夫对王映霞的长时期的感情表白，是一部自传，也是一部小说。从信中可以发现郁达夫先生的真性情，以及他的声音、品格与遭际。

1921年6月，郁达夫与郭沫若、成仿吾、张资平等人，酝酿成立了新文学团体创造社。7月，他的第一部短篇小说集《沉沦》问世，以其"惊人的取材、大胆的描写"震动了文坛。他很快又发表了一篇《春风沉醉的晚上》，再次引起轰动。这部作品虽然未能摆脱传统才子佳人的模式，但身份有了变化，男的成为一个流浪型的现代知识分子，女的则是一个上海香烟厂的女工。上海的经济繁荣吸引了无数外来体力劳动者，他们不再像《海上花列传》里赵朴斋兄妹那样沉溺于物质迷醉之中，而是靠出卖劳动力来换取生活资源，以艰苦的工作精神与朴素的生活方式直接参与了这个城市的经济建设，并成为这个城市里的新人类——最原始的工人阶级。在现代都市文化格局里，工人的位置不可能缺席。而一旦这种新人类出现在文学作品里，都市文化的性质将会发生一定的变化。郁达夫未必意识到他笔下人物所具有的新的阶级素质，但是他第一次以平等、尊重和美好的心理描述了这个女性，写出了知识分子与女工相濡以沫的友好情谊。

1938年12月，郁达夫在新加坡主编《星洲日报》等报刊副刊时候，写了大量政论、短评和诗词。1942年，日军进逼新加坡，他与胡愈之、王任叔等人撤退至苏门答腊，并化名赵廉。1945年日本投降后，郁达夫被日军宪兵杀害。

郁达夫的一生，胡愈之先生曾做这样的评价："在中国文学史上，将永远铭刻着郁达夫的名字；在中国人民法西斯战争的纪念碑上，也将永远铭刻着郁达夫烈士的名字。"

◎ 关键词：长篇小说 艺术高峰 《灭亡》《激流三部曲》

青春的赞歌——巴金的创作

●巴金工作照

>>>《家》给巴金带来家

巴金一直以"愿天下人都有饭吃"为己任，全身心地投入事业而无暇顾及儿女私情。

1936年，巴金以《家》而成为青年之心中偶像，追求他的人很多。有一个女高中生给他写的信最多，他们通信达半年之久，却从未见面。最后，还是女孩在信中提出："笔谈如此和谐，为什么就不能面谈呢？"女孩主动寄了张照片给巴金，然后他们约在一家咖啡馆见面。

经过八年的恋爱长跑，年届不惑的巴金与这个名叫萧珊的女孩结为连理，相守一生，成为文坛的楷模。

拓展阅读：

《怀念萧珊》巴金
《人间三部曲》巴金
《一双美丽的眼睛》巴金

1923年春天，一个烟雨蒙蒙的早上，巴金和他的三哥李尧林在大哥送行的眼泪中，登上木船，离开了生养他的家乡，扬帆驶向他憧憬的新生活。

1928年，巴金开始写作。在他约70年的创作生涯中，一共写了20多部中长篇小说、70多篇短篇小说以及大量的散文随笔，还有30多种外国文学译作。但影响最大的还是以《家》为代表的中长篇小说。中国现代长篇小说的成熟是在20世纪30年代，而巴金和茅盾、老舍的小说则构成了30年代长篇小说的艺术高峰。

1927年，巴金只身来到了法国巴黎。在景色优美的塞纳河畔开始了他新的探索，并写下了他的第一部小说《灭亡》。巴金的《灭亡》书稿送到了当时《小说月报》代理编辑叶圣陶的手中，叶圣陶读罢全文异常兴奋。于是，就在巴金从法国返回祖国的同时，他的处女作《灭亡》也在1929年1月号的《小说月报》上正式连载了。《灭亡》的发表引起了强烈的反响，远远超过了当时流行的"革命加恋爱"的公式化小说。它新的思想内容和艺术形式引起了人们的好奇和关注。

巴金的代表作《家》《春》《秋》（即《激流三部曲》）是在几代读者中最具影响的作品。这部书通过一个大家庭的没落和分化，描绘出封建宗法制度的崩溃和革命潮流在青年一代中掀起的改变旧生活的伟大力量。作者对题材的熟悉和感受的亲切，使作品获得了巨大的震撼力。在剧烈动荡的年代里，《家》《春》《秋》对青年进行反封建的启蒙教育方面起了很大的作用。《家》就是这方面写得最成功、影响最大的代表作，并奠定了巴金在中国现代文学史上的重要地位。巴金善于在娓娓动听的叙述和真挚朴实的描写中倾泻自己感情的激流，而且细腻独到，自有一种打动人的艺术力量。

巴金的激流三部曲是继《红楼梦》之后，描写封建旧家庭败落的最优秀的小说。这三部长篇也是巴金全部作品中成就最显著的作品，人物形象有血有肉，同一类人物也有很细微的差别。巴金不是凭客观冷静地描写取胜，而是靠无处不在的澎湃的激情折服人。他的小说，人物众多，头绪纷繁，却写得有条不紊，起伏有致。

巴金新时期的作品《随想录》则活画出了一位心地坦诚的作家的纯洁灵魂。《家》《春》《秋》和《寒夜》早已拍成电影，饮誉国内外。鲁迅曾经称赞说："巴金是一个有热情的有进步思想的作家，在屈指可数的好作家之列的作家。"

●《骆驼祥子》剧照

>>> 老舍"瞎凑"成经典

一次老舍家里来了许多青年人，请教怎样写诗。老舍说："我不会写诗，只是瞎凑而已。"有人提议，请老舍当场"瞎凑"一首。

"大雨洗星海，长虹万籁天，冰莹成舍我，碧野林风眠。"

老舍随口吟了这首别致的五言绝句。寥寥20个字把8位人们熟悉并称道的文艺家的名字孙大雨、冼星海、高长虹、万籁、冰莹、成舍我、碧野、林风眠"瞎凑"在一起，形象鲜明，意境开阔，余味无穷。青年们听了，无不赞叹叫绝。

拓展阅读：

《猫城记》老舍
《春华秋实》（话剧）
《爸爸的最后两天》舒乙
《老舍之死采访实录》傅光明

◎ 关键词：剧作 市民生活 民族色彩

老舍道不尽北京情

老舍，满族人。他出生于北京一个贫民家庭，从小就熟悉城市贫民的生活，自己的切身经历以及在这样的环境中耳闻目见的各种不合理现象，激起了他对社会恶势力的不满和对底层人民的同情。这些给他创作的选材和命意以深刻的影响。他曾因创作优秀话剧《龙须沟》而被授予"人民艺术家"称号，不幸的是，他在"文化大革命"初期因被迫害而弃世。

老舍的创作大多以长篇小说和剧作为主。他的作品大都取材于市民生活，并为中国现代文学开拓了重要的题材领域。优秀长篇小说《骆驼祥子》《四世同堂》便是描写北京市民生活的代表作。老舍是北京人，能说一口标准的普通话，他非常注重从人民群众的口头语言中汲取和提炼文学语言，避免了生造硬凑和过于欧化的学生腔的毛病，能够脱离粗糙的自然形态，克服了生搬滥用方言土语的弱点。他使用的是一种真正的艺术化的活的语言。老舍在语言方面做出了突出的贡献，超出了文学创作的范围。早在19世纪30年代，就有人主张以他的作品为"宣传纯正国语的教本"，他的文字一直是现代汉语教科书中经常引用的范例。他的短篇小说构思精致，取材较为宽广，其中的《柳家大院》《上任》《断魂枪》等篇各具特色，耐人寻味。他的作品已被译成20余种文字出版，以其独特的幽默风格和浓郁的民族色彩，以及从内容到形式的雅俗共赏赢得了广大的读者。

1936年至1937年，老舍先后发表了长篇小说《骆驼祥子》和中篇小说《我这一辈子》。前者以人力车夫为主，后者是巡警的自叙，写的都是他所熟悉的北京贫民生活。这两部作品是老舍描写北京市民生活的优秀代表作，也是老舍作品的代表作。

《骆驼祥子》通过真实地描绘北京一个人力车夫的悲惨命运，有力地揭露了旧社会把人变成鬼的罪行。祥子来自农村，在拉上租来的洋车以后，他立志买一辆车自己拉，做一个独立的劳动者。他身强力壮，又勤苦耐劳，费尽全力地去达到这一目的。他的愿望"像个鬼影，永远抓不牢，而空受那些辛苦与委屈"。在经过多次挫折以后，愿望终于完全破灭。虎妞的死，他所喜爱的小福子的自杀，使他对自己的未来充满了绝望。他丧失了对于生活的任何企求和信心，从上进好强而沦为自甘堕落。原来那个正直善良的祥子被生活的重压彻底地扭曲变形了。《骆驼祥子》译成多种外文后，得到了较高的国际声誉。

●杨柳青年画《士农工商》
此画作于清末光绪年间，画面中间布棚内为珠宝商人，旁有士子读书，农夫荷锄挑麦；左边一妇人携婴抱绢，意谓织布女工。画面上的题词则是晚清时维新图强思潮在年画上的表现。

● 《雷雨》剧照

>>> 曹禺真读书假洗澡

抗日战争期间，曹禺在四川江安国立剧专任教。

一年夏天，有一次曹禺的家属准备了澡盆和热水，要他去洗澡，此时曹禺正在看书，爱不释手，一推再推，最后在家属的再三催促下，他才一手拿着毛巾，一手拿着书步入内室。一个钟头过去了，未见人出来，房内不时传出稀落的水响声，又一个钟头过去了，情况依旧。曹禺的家属顿生疑惑，推门一看，原来曹禺坐在澡盆里，一手拿着书看，另一只手拿着毛巾在有意无意地拍水。

拓展阅读：

《原野》曹禺
《怀念曹禺》巴金
《生命从80岁开始》万方

◎ 关键词：话剧 《雷雨》《日出》 新局面

中国最伟大的话剧家——曹禺

在中国，只有剧作家曹禺先生的话剧才能久演不衰。20世纪30年代，它们甫一诞生就轰动了京津和上海，茅盾先生更有"当年海上惊雷雨"之赞。而在最艰苦的抗战时期，中国舞台上最受欢迎的依然是曹禺先生的戏。在解放战争年代，解放区还曾上演《雷雨》。新中国成立后，曹禺的戏在五六十年代，则成为中国舞台上最招人喜爱的保留剧目。"文革"之后，曹禺剧作的演出和改编达到了一个高潮，几乎他所有的戏都被排演了，几个主要的戏还被改编成电影、电视剧、戏曲，甚至芭蕾舞。

曹禺，原名万家宝，出身于天津一个没落的官僚家庭，原籍湖北潜江。在第二次国内革命战争时期，他是一个具有很大成就和广泛影响的剧作家。1934年发表的四幕剧《雷雨》和1936年写成的《日出》，反映了中国半殖民地半封建社会都市上层人民生活的腐烂与罪恶，作者对于走向没落和死亡的阶级给予了有力的揭露和抨击。

四幕剧《雷雨》在一天的时间（上午到午夜两点钟）、两个舞台背景（周家的客厅，鲁家的住房）内，集中地表现出两个家庭和它们的成员之间前后30年的错综复杂的纠葛，写出了由不合理的关系所造成的罪恶和悲剧。剧本写的主要是属于资产阶级的周家，同时又写了直接受到掠夺和侮辱的鲁家。

《雷雨》中主要人物的结局有的死，有的逃，有的变成了疯子。它的悲剧性深刻地暴露了资产阶级的罪恶和他们庸俗卑劣的精神面貌，引导观众和读者发自内心地想要追溯形成这种悲剧的社会原因。这正是《雷雨》这一名剧深刻的思想意义之所在。剧中的人物不多，但作家通过尖锐的戏剧冲突和富有性格特征的对话，对主要人物形象都做了深刻的心理描绘。他们都有鲜明的个性，每一个人物都显示了他作为社会人的丰富内容，并以各自的遭遇和命运震撼着人们的内心。

《日出》所写的是20世纪30年代初期受资本主义世界经济恐慌影响下的中国都市。《日出》中四幕表现了日出之前那种腐朽势力在黑暗中的活动。它四幕戏的时间分配是：黎明、黄昏、午夜、日出。这也说明了作家在黑暗中迫切期待东方红日的心情。

曹禺作品是"五四"以来话剧创作上的新成就，推动了话剧创作水平的提高和发展，而且在长期的舞台考验中得到了人们普遍的好评，并一直保持着巨大的魅力。他的《雷雨》《日出》等优秀作品，为现代文学剧本创作开创了一个崭新的局面。

●张恨水像

>>> 用笔写出全民抗战

当张恨水身处抗战后方后，他所看到的更多的是旧世界的黑暗现实和下层人民的苦难。于是他将镜头对准了生活在大后方的各类人群。

他的优秀作品层出不穷，《八十一梦》更是受到周恩来同志的较高评价。《秦淮世家》《丹凤街》《赵玉玲本纪》《大江东去》等一批作品在全民抗战的时代背景下，则刻画了一个个形象各异的人物。

抗战期间，张恨水正是以文人的视角和文墨谱写了一部"通俗的抗战史"，刻画出了一幕幕生动的"纸上战场"。

拓展阅读：

《似水流年》张恨水
《我的父亲张恨水》张伍
《走向新文学的张恨水》孔庆东

◎ 关键词：《金粉世家》《啼笑因缘》写情圣手

言情圣手张恨水

根据张恨水的同名长篇小说《金粉世家》改编的电视剧，受到人们的热烈欢迎。而这部小说最先是在张恨水主编的《世界日报》副刊上连载的，共历时五年。《金粉世家》行销之后，张恨水在通俗文学中的"大家"地位被牢牢地巩固了。

张恨水，原名张心远，1895年在江西出生。他酷爱李煜的词"胭脂泪，留人醉，几时重。只是人生长恨水长东"，于是，便取笔名"恨水"。

在现代言情小说中，故事曲折、独具韵味的《金粉世家》最令观众津津乐道。它通过清贫才女和豪门公子的恋爱、婚姻，演绎了上流社会家庭生活的众生相。它把两情相悦置于综合的人际环境中，通过世俗之爱来反窥人生。张恨水用一种世俗性的浪漫，发挥自己的叙事激情，从冷清秋、金燕西、白秀珠"三角"通俗层面，隐示了权力、金钱对自由的扼杀和欲望、贪婪对人性的摧残，使美丽、清婉的故事中蕴含了苍凉和哀怨。它是才子佳人式小说和社会性小说的综合，深化和拓展了小说类型。《金粉世家》于1927年2月连载时，读者来信雪片一样涌向报馆，关注人物命运和故事走向，掀起"张恨水热"，评论界更是将之誉为"民国《红楼梦》"。

1930年3月，长篇小说《啼笑因缘》开始在上海《新闻报》连载，并获得巨大成功。从《金粉世家》到《啼笑因缘》，张恨水进入了创作高峰，经常为六七家报刊写长篇连载。每天深夜，索稿人排队等候，他则坐在放满鲜花、盆景的书房中，铺好纸，几千字刹那而就。五六篇手稿同时交与来者，书中人物不会混杂、跳格，前后情节也不重叠或遗漏。有一次，他坐在麻将桌上赌瘾正酣，报馆催稿，于是便左手打牌，右手书稿，"手挥目送，文不加点"，从不出错。

张恨水不愧为写情圣手，其叙事徐缓有致，犹如清流的画舫曲曲弯弯，不走奇险，并以开阔的视角描绘出一种移步换景的境界。不同于苏青的大胆宣泄和张爱玲的精透雅致，张恨水的小说更具有真实感和亲和性。

终身从事新闻工作的张恨水，先后在京、津、沪、渝多家有影响的报社任编辑、记者或主编。1949年，他应邀参加第一次文代会，并被聘为文化部顾问。1959年，被聘为中央文史研究馆馆员。他的作品刻画入微，描写生动，文字浅显，用语自然，"老妪都解"。

他的一生共写了100多部小说，约计2000多万字，堪称现代章回小说大家。

●《张爱玲画传》封面

>>> 《摩登红楼梦》

13岁那一年的一天，张爱玲在书摊上读了一本张恨水的通俗小说，曲折多变的情节深深地吸引了她，她又专门找了几本读。随后她突发奇想，自己也要写。

有一天她开始动笔了，人物都是《红楼梦》中人，有贾宝玉，林黛玉，还有贾政，王夫人等，不过这些人穿的都是现代人的衣服，说现代人的话，做现代人的事。小说每写好一个章节，都要拿给父亲看，父亲往往欣然命笔，拟上回目。等小说写完了，订成上、下两册手抄本，赫然写上书名《摩登红楼梦》。

拓展阅读：

李鸿章
《金锁记》张爱玲
《半生缘》张爱玲
张爱玲与胡兰成

◎ 关键词：贵族 天才 亮烈难犯 苍凉

"止于苍凉"的张爱玲

聪慧、清高和孤傲的张爱玲有着名门贵族的血统（她是李鸿章的曾外孙女），她从小便被认为是天才。但童年的张爱玲却在父亲鸦片烟云的笼罩下，心情抑郁地生活在死气沉沉的张公馆。母亲的被迫出走，继母的飞扬跋扈，弱小弟弟的备受凌辱，父亲对她的残暴殴打和拘禁，都使她过早地成熟，并且形成一种"亮烈难犯"的性格。她身处在大家庭的繁乱复杂中，从小就学会洞察人间百态，通晓人情世故。因此，她的作品总是充满了细腻的洞察力和深刻的思想。1938年，张爱玲从父亲的囚房中逃出，在母亲的资助下开始了求学生涯，同年考入伦敦大学，最后在香港大学就读。张爱玲从名门闺秀沦为穷学生，开始了自食其力的生活，有时甚至以卖文为生。新中国成立后，她在美国过着"隐居"生活。1995年9月8日老死于美国洛杉矶的自家公寓。

从上海沦陷到抗战胜利的1943年至1945年间是张爱玲的成名期，沦陷期的上海一度形成了"张爱玲热"。她的一系列小说和散文在许多重要的刊物上发表，其代表作有《金锁记》《倾城之恋》《封锁》《心经》《琉璃瓦》《红玫瑰与白玫瑰》等。1944年小说集《传奇》出版。1945年初，散文集《流言》出版，共收散文30篇，几乎包括了她1944年12月前刊出的所有散文。这段时期，张爱玲声名鹊起，备受关注。她的作品多写"小人物"的故事，其中又多是男女情爱，因此深得市民阶层的喜爱。但由于张爱玲本人对人生的悲观感，她小说中的人物大多是悲剧结局。她的代表作《金锁记》被傅雷先生称为最成熟、最优秀的一篇，写女主人公曹七巧为了金钱葬送自己至亲至爱的故事。《怨女》中女主人公的变态心理被描绘得入木三分，结局苍凉无比。而这期间，张爱玲本人也经历了她的第一次恋爱、结婚，结局也"止于苍凉"。1945年到1952年张爱玲经历了抗战胜利和新中国的成立，她的创作进入平稳期。除小说外，她还写电影剧本，小说主要有《小艾》《十八春》，剧本有《太太万岁》《不了情》等。1952年，赴香港，在美国驻港新闻处工作，主要作品有《秧歌》《赤地之恋》，但被认为是不甚成功之作。这段时期成了她创作的低谷期。1955年，张爱玲移居美国并与作家赖雅结婚，开始整理旧作，并从事学术研究和翻译工作直到离世。

张爱玲平生爱用"苍凉"二字，她的童年、爱情、小说故事的结局，甚至她的去世都是"苍凉"的。由于她的作品多是写男女间的"小事情"，她曾被划入"鸳鸯蝴蝶派"，甚至不被承认是严肃的作家。由于不符合现代文学创作的主流，在教科书上对她也多是一笔带过，她在中国现代文学史上的地位更是长时期地被忽视。但她丰富的作品、成熟的风格、独特的技巧、深刻的思想，最终使她赢得了在中国现代文学史上尊贵的地位。她应是这个时期最独特、最优秀的作家之一，从这个意义上来说，张爱玲的一生又绝不是"止于苍凉"。

世俗的张爱玲，同时又是精致的、唯一的，没有第二个人能够和她相比。读她的作品会发现她对人生的乐趣体味至深，她的才情在于她发现了不为人觉察的东西，并诉诸笔端，但她绝不是在炫耀！

张爱玲是一个性格矛盾的才女，她善于将艺术生活化、生活艺术化，同时她又是一个对生活充满悲剧感的人。她是名门之后，贵府小姐，却骄傲地宣称自己是一个自食其力的小市民。悲天悯人的她一眼洞穿了芸芸众生"可笑"背后的"可怜"，但实际生活中却又显得冷漠寡情。她通达人情世故，但同时她又我行我素，独标孤高。她在文章里同读者拉家常，但却始终保持着距离，不让外人窥测她的内心。她在40年代的上海大红大紫，一时无二，然而几十年后，她又在美国深居简出，过着与世隔绝的生活，以至于有人说："只有张爱玲才可以同时承受灿烂夺目的喧闹与极度的孤寂。"

●张爱玲故居外观
●张爱玲故居
●张爱玲《半生缘》封面

●艾青像

>>> 爱情与艾青

艾青"文革"后从新疆回京，因房屋被占，只好暂住北纬饭店。饭店不远处有家新华书店。

一天，因事来京的老作家蹇先艾去饭店看艾青。经过书店时，他说："同志，请问有没有《艾青诗选》？"

两位打扮入时的售书小姐对他视若不见。蹇先艾又问了一遍，被两人不耐烦地顶了回去。

蹇先艾刚走几步，听见背后鄙夷地议论："这老家伙真是老不带彩，那么一大把年纪了，还来买什么'爱情诗选'。"

蹇先艾把这事讲给艾青。两个老人相对而坐，久久无言无语、无声无笑。

拓展阅读：

《我和艾青》高瑛
《煤的对话》艾青

◎ 关键词：诗人 美术青年 大堰河 黑暗现实

喝大堰河的奶长大的艾青

艾青，原名蒋海澄。初中毕业后，在杭州西湖艺术学院攻读了几个月的他于1929年去法国学习。一次，艾青到马赛的一家旅馆住宿，住宿登记的一听"蒋海澄"，误以为"蒋介石"，马上就嚷嚷开了。一气之下，艾青把"蒋"字在草字头底下打了个"×"，又取"澄"字的家乡谐音为"青"，在登记本上填上了"艾青"这个名字，这就是艾青笔名的由来。

艾青出版的诗集有《大堰河》（1936年）、《北方》（1939年）、《向太阳》（1940年）、《黎明的通知》（1943年）、《归来的歌》（1980年）、《雪莲》（1983年）等。抗战开始，艾青"从中国东部到中部，从中部到北部，从北部到南部，又从南部到西北部"，怀着满腔热情的他终于找到了光明的所在——延安。这几年中，他在努力的寻求中写下了大量诗歌。他的诗作，倾诉着民族的苦难，歌颂了祖国的战斗，深切地反映出抗战的时代精神，表现了他个人的风格特色和艺术才华。艾青也因此成为了抗战前期具有重大成就的一个最有代表性的诗人。

1932年，作为一个美术青年，艾青由于在上海从事进步绘画运动而被国民党上海当局关进了监狱。他失去了画具，只好进行比较简便的诗歌创作，并一发而不可收拾，写出了他个人也是新诗史上最感人的诗篇。在那批"狱中诗篇"中，最催人泪下的是《大堰河——我的保姆》。1933年1月14日，这是个数九寒天，大墙外雪花纷飞，艾青待在寒气彻骨的囚室里，以颤抖的手、颤抖的心，写下了这首100多行的长篇抒情诗。他充满激情地描写了对曾经哺育过自己的奶妈"大堰河"的感念之情，表达了对底层劳动者的同情与赞美，也表达了对为富不仁现象的仇恨和诅咒。此诗于1934年5月发表后，就引起了强烈的反响。

《大堰河》是作者对过往生活和感情的总结，它表现了对农村劳动人民的热爱，以及对于剥削阶级的憎恶和痛恨，对于资本主义社会的怀疑和批判等。可以说，它是诗人新的生活、思想和创作道路的起点。

如同生活道路是艰辛曲折的一样，作者并没有为自己的创作安排下平坦的途径。在那"芦笛也是禁物"的黑暗环境中，他的诗歌是"给予这不公道的世界的咒语"。几年后，作者曾这样谈起那些年代的诗歌创作："一些诗人英勇地投身到革命生活中去，在时代之阴暗的底层与艰苦的斗争中从事创作，他们的最高要求，就是如何能更真实地反映出今日中国的黑暗现实。"作者的诗集《大堰河》以及他日后的创作，也正是这样的。

● 《戴望舒作品精编》封面

>>> 戴望舒《印象》

是飘落到深谷去的
幽微的铃声吧
是航到烟水去的
小小的渔船吧
如果是青色的珍珠
它早已坠入古井的暗水中
林梢的颓唐的残阳
它轻轻地敛去了
跟着的浅浅的微笑
从一个寂寞的地方起来的
迢遥的，寂寞的呜咽
又徐徐地回到寂寞的地方。

拓展阅读：

《望舒诗论》杜衡
《书香门第》戴望舒
《我用残损的手掌》戴望舒

◎ 关键词：雨巷诗人 迷惘 音乐性 象征诗派

雨巷中走出的戴望舒

撑着油纸伞，独自彷徨在悠长，悠长又寂寥的雨巷。我希望逢着一个丁香一样地结着愁怨的姑娘。她是有丁香一样的颜色，丁香一样的芬芳，丁香一样的忧愁，在雨中哀怨，哀怨又彷徨；她彷徨在这寂寥的雨巷，撑着油纸伞像我一样，像我一样地默默行着，冷漠、凄清、又惆怅。她静默地走近走近，又投出太息一般的眼光，她飘过像梦一般地，像梦一般地凄婉迷茫。像梦中飘过一枝丁香地，像我身旁飘过这女郎，她静默地远了，远了，到了颓圮的篱墙，走尽这雨巷。在雨的哀曲里，消了她的颜色，散了她的芬芳，消散了，甚至她的太息般的眼光，丁香般的惆怅。撑着油纸伞，独自彷徨在悠长，悠长又寂寥的雨巷，我希望飘过一个丁香一样地结着愁怨的姑娘。

这首戴望舒前期的代表作《雨巷》，很多人都能熟读成诵，戴望舒也因此而赢得了"雨巷诗人"的雅号。这首诗写于1927年夏天，当时全国正处于白色恐怖之中，戴望舒因曾参加进步活动而不得不避居于松江的友人家中。他在孤寂中咀嚼着大革命失败后的幻灭与痛苦，心中充满了迷惘的情绪和朦胧的希望。《雨巷》一诗就体现了他的这种心情。诗中交织着失望和希望、幻灭和追求的双重情怀，在当时是有一定的普遍性的。《雨巷》运用了象征性的抒情手法。诗中在狭窄阴沉的雨巷中徘徊的独行者，以及那个像丁香一样结着愁怨的姑娘，都是象征性的意象。这些意象所共同构成的具有象征性的意境，含蓄地暗示出作者既迷惘感伤又有期待的情怀，并给人一种朦胧而又幽深的美感。富于音乐性的《雨巷》运用了复沓、叠句、重唱等手法，造成了回环往复的旋律和婉转悦耳的乐感。因此，叶圣陶先生称赞这首诗为中国新诗的音节开了一个"新纪元"。

在中国的新诗史上，戴望舒堪称是一位非常独特的诗人。他的一生著译甚丰，生前出版的论著和翻译作品多达30多部，而留下的诗却只有93首。作为中国现代文学的一个复杂存在，戴望舒是因为诗而为后人所熟知和传颂。他在中国新诗史上有着不可磨灭的贡献。他以自己的创作实绩提升了象征诗派的整体水平，而且也在一定程度上拉近了象征诗派与主流文学的距离，压缩了象征诗派与主流文学之间的边缘空间，改变了象征诗派在诗界的形象，对以后的诗歌创作产生了积极的影响。

●赵树理像

>>> 驴背上的状元

民间有个传说：赵树理出生后，爹娘为他举办"百日"庆典。

那天，他们特意在儿子面前摆了十几样好玩的东西，还有从邻居家借来的一块大洋，摆在孩子最容易触摸到的地方。可是，赵树理舍近求远，张开两只小手，一手抓过一支笔，一手拿起那根赶驴的鞭子。父亲见此长叹了一口气："这孩子长大，本应'金榜题名'，可惜错投在咱这寒门人家，只能做个'驴背上的状元'了。"

果真如此，赵自幼年起就和毛驴交上了朋友，识字后，就坐在驴背上背唱本，甚是惬意。

拓展阅读：

高平秧歌
《十里店》赵树理
《三里湾》赵树理
《李家庄的变迁》赵树理

◎ 关键词：山药蛋派 熟悉农村 热爱人民 革命文艺

赵树理与"山药蛋派"

山药蛋派的创始人赵树理一生创作了大量贴近老百姓生活的作品，他认为："把文学搬到民间寻常百姓的地摊上，设一个'文摊'，像农村集市上出售的日用杂品刀锤斧镰一样，可看可摸，喜闻乐见，真正为农民服务。"

赵树理是我国真正熟悉农村、热爱人民的少有的杰出作家之一，他的具有独特的民族形式和民族风格的作品，真实地再现了我国农村几十年来的巨大变革。在弘扬我国优秀民族文艺的传统、促进革命文艺的大众化方面，他做出了富有成果的贡献。作为"山药蛋派"的开创者，赵树理以其巨大的文学成就被称为现代小说的"铁笔""圣手"，在现代文学史上占有重要地位。他取得成功的一个重要的原因，就是他植根于晋东南这片家乡的土壤，大量描写了晋东南独特的区域民俗万象。其作品深厚的民俗文化背景，表现出了鲜明的民族特色。其中，最能代表赵树理风格的作品是中篇小说《小二黑结婚》和《李有才板话》。

《小二黑结婚》和《李有才板话》是新中国成立前赵树理小说的代表作。《小二黑结婚》描写的是敌后根据地一对青年男女小二黑和小芹，冲破封建传统和落后家长的重重束缚，终于结为美满夫妻的故事。赵树理通过成功地塑造二诸葛和三仙姑这两个农民中的落后人物形象，深刻地揭示了农村小生产者精神的落后、陈腐，说明了实行民主改革、移风易俗确实是势在必行。小二黑和小芹努力地争取婚姻的自由，是年轻的进步力量的代表。他们的斗争，展示了新生事物一定要战胜旧事物的历史大趋势。《小二黑结婚》热情地歌颂了民主政权的巨大力量，反映了解放区农村的重大变化，积极地扶持了新一代农民的成长。它的出现就像一朵报春花，预示着千百年来的中国文坛开始发生彻底的变化。

《小二黑结婚》是赵树理表现"小世界"的代表作，而《李有才板话》则是表现"大世界"的代表作。这部小说准确真实地描写了特定历史条件下农村"政治生活的横断面"，反映了农村各阶层人物的心理变动，是"反映农村斗争的最杰出的作品，也是解放区文艺的代表之作"。

赵树理在小说艺术的民族化、群众化方面，做出了重大的历史性贡献。他的许多优秀作品，在人物塑造、情节结构和语言驾驭上，都开辟了一个崭新的世界，并形成了独特的艺术风格。赵树理的风格，就是民族的、大众的风格。他所创造的老百姓喜闻乐见的、具有中国作风、中国气派的小说形式，开辟了新文学发展的又一条道路。

●白洋淀风光

>>> 荷花淀的由来

相传很久以前，一个中秋节的晚上，嫦娥偷吃了仙药后不由自主地往上飘，就在她离月宫还差一步的时候，随身佩带的宝镜却掉了下来，这块宝镜摔成了大大小小的99个碎片，于是地上便有了大大小小99个水淀。

荷花淀便是其中的一个淀泊，它属白洋淀水域，属河北省安新、伍丘、高阳、雄县、容城五县（市）所辖。面积为500平方公里，淀周堤埝环绕，淀内地形复杂，纵横交织着3700条沟壕，把淀面分割成43个淀泊，形成淀内有淀、淀间大小沟壕相通的水网泽国景观。

拓展阅读：

《荷花淀》（电影）
《白洋淀纪事》孙犁
《采蒲台的苇》孙犁

◎ 关键词：诗化小说 传承者 荷花淀派

孙犁的诗化小说

孙犁的小说语言自然真纯，可以当之无愧地称为"诗体小说"或者诗化小说。他与赵树理、周立波和柳青四位作家，被誉为描写农村生活的"四大名旦"和"四杆铁笔"。

中国是一个诗的国度，唐诗宋词更是代表了中国文学的辉煌。而小说在中国古代文学中，则是"别立一宗"地独立产生并发展起来的。它以"志怪传奇"为标志形成了迥异于诗歌的美学意蕴。在古代，小说与诗歌完全是沿着两条不同的道路发展演化的，体现了两者结合的或许只在于不少小说当中"有诗为证"的叙述方式，以及小说人物的吟诗赋词上。直到"五四"以后的现代小说里，小说与诗才有了更深层次的结合。"现代小说之父"鲁迅的小说作品大都呈现出诗化和散文化倾向。而鲁迅之后的沈从文、废名，以及萧红等小说家，更是以清新朴素的语言、细腻逼真的刻画和浓郁的抒情气息，在现代文坛上把"诗体小说"推向了新的高峰。而20世纪40年代的小说与当代中国文学中，孙犁无疑是"诗体小说"最主要的传承者之一。他与汪曾祺、高行健等当代作家一起，在探索20世纪中国小说的诗化艺术方面，做出了突出的贡献。

孙犁的小说大都为诗化小说，风格清新、雅丽。《荷花淀》是孙犁短篇小说的代表作。在《荷花淀》《芦花荡》《光荣》等小说中，作者着力追求一种诗一般的意境。他采取"武戏文唱"的手法，以白洋淀明媚如画的风光做背景，用飘飞的芦花、洁白如云如雪的芦苇、粉红色的荷花箭、荷花叶的清幽香气等，来衬托女主人公对正在进行浴血战斗的丈夫的一往情深，点染他们新生活的欢乐和昂扬乐观的战斗精神。作者的文笔婉约而流畅，感情的抒发同景物与人物的描绘自然地融合在一起，篇篇作品都具有浓郁的浪漫主义色彩和抒情诗的韵致。

孙犁的作品对青年作者影响很大。20世纪50年代，京、津等地区有一大批青年作者积极主动地学习孙犁的风格，效仿孙犁的路子写小说，即通过描写儿女情、家务事反映时代的变化。其中较为突出的有刘绍棠、从维熙、韩映山、房树民等，他们最终形成了一个很有实力的作家群体"荷花淀派"，也称"白洋淀派"，孙犁被视为领袖。

晚年的孙犁，更加追求一种平淡隽永、宁静致远的风格，他把中国传统文化里的知足常乐、把生活艺术化的人生哲学，运用到他的散文创作之中。他远离喧嚣和功名，以自娱自乐的写作方式笔耕不辍，写出了大量的散文精品。因此，孙犁先生可以说是屈指可数的当代散文大家之一。

●《丁玲散文》封面

>>> 丁玲爱花的故事

　　丁玲，生前爱花成癖，然而她最爱的还要数那生长在北大荒的野花——死不了。

　　1984年夏天，有位朋友用旧报纸给她带来一把状如野菜马齿苋的花，茎秆都蔫了，好像要死了。丁玲高兴地说，我认识这花，它叫"死不了"。这种花不娇气，有点土就能活。我和这花一样，也是"死不了"。说着赶紧把这些"死不了"栽在盆里，浇上水。果然，次日，它重抖精神，竟然开了小花，别有一番风韵。

　　尔后，丁玲常到阳台欣赏它，她往往伫立良久，若有所思。

拓展阅读：

沈从文和丁玲
《莎菲女士的日记》丁玲
《临江仙·给丁玲同志》毛泽东
《剪柳春风——丁玲的故事》
王增如

◎ 关键词：丁玲 斯大林文艺奖金 土地改革

太阳照在桑干河上

　　曾获斯大林文艺奖金的《太阳照在桑干河上》是丁玲的代表作品之一。小说以高度的艺术概括能力，描写了1946年华北农村的土地改革斗争，翔实细致地表现了社会各阶级在时代风暴面前错综复杂的关系。

　　我国现代著名的作家丁玲，字冰之。1904年10月22日，出生于湖南省临澧县的一个没落官僚地主家庭。她4岁丧父，童年、少年时代随母亲在常德舅父家生活，读中学时接受五四新文化运动的影响。1933年5月遭国民党特务绑架，拘禁在南京。1936年9月被共产党营救出狱，11月赴当时中共中央所在地陕北保安县，受到毛泽东、周恩来等欢迎。此后积极投身抗日救亡工作，创作了《一颗未出膛的枪弹》《我在霞村的时候》《彭德怀速写》等大量作品。其作品反映了抗日根据地的战斗与劳动生活，歌颂了八路军将领和英雄模范，也对革命阵营中存在的不良现象进行了批评，表现了小资产阶级知识分子在革命队伍中的进步。1955年和1957年被错误地定为"丁玲、陈企霞反党小集团"和"丁玲、冯雪峰右派反党集团"的主要成员。1958年又受到"再批判"，并被下放到北大荒劳动改造。"文化大革命"期间，深受迫害并被投入监狱。1979年平反后重返文坛，先后出任中国作家协会副主席等职，并多次出访欧美诸国。

　　《太阳照在桑干河上》主要写1946年《五四指示》发表后处于初期阶段的华北农村的土改斗争。小说原计划写三个部分：第一是斗争，第二是分地，第三是参军。现在看到的虽然只是其中的第一部分，但是结构有头有尾，人物生动活泼，主题清晰明确，并反映出了农村斗争的某些本质方面，它已经是一部独立完整的长篇了。

　　《太阳照在桑干河上》全书是从一个后来被错划成富农的富裕中农顾涌，在附近村子听到土改斗争的风声开始的。它以主要篇幅写了构成暖水屯基本矛盾的农民和地主两个方面的代表人物：张裕民、程仁以及钱文贵、李子俊等。他们在作品中被刻画得生动具体，有血有肉，鲜明突出。对于张裕民这个暖水屯的第一个共产党员，作品主要突出了他的沉着、老练、忠心耿耿。他虽然有过一些缺点，发动群众斗地主时有一段时间思想模糊，怕斗不倒钱文贵自己不好办，但他大公无私，冲锋在前，一旦思想明确，下了决心，便勇猛顽强，坚决果敢。正因为此，他在群众中有威信，在干部中有号召力，在村里处于举足轻重的地位。和张裕民一样从小受地主剥削的长工程仁，朴实憨厚，对地主阶级有本能的仇恨。因为和钱文忠的侄女黑妮的关系，他在斗争中总感到有什么东西"拉着他下垂"。但他最终还是站稳了自己的阶级立场，坚决和广大群众一道，向地主阶级进行了勇敢的斗争。至于恶霸地主钱文贵，如果作为一个丰富的典型形象来要求，他的个性显得还不够突出，然而比之一般作品中的反面人物，却自有其独到之处。从他的身上完全体现了地主阶级抗拒土改斗争之时的奸诈狡猾。作者突出了钱文贵的"谋略见识"：土改之前就让儿子钱义去参军，土改时又搞美人计逼迫侄女黑妮去找农会主任程仁；他伙同白娘娘、任国忠搞迷信，播谣言，利用女婿张正典欺压贫农，妄图转移斗争目标；就在被押上台斗争时，他故作镇静，想用"威严"的目光压制农民的控诉。他罪恶滔天，的确是几千年来统治中国农村的封建势力的代表人物。作者没有夸大他的能力，也没有低估他的淫威，分寸掌握得比较适当。除钱文贵外，作者还写了其他几个不同特点的地主：胆小绝望的李子俊，凶险厉害的江世荣，对农民恨得咬牙切齿的侯殿魁等。其中，李子俊的老婆更是写得惟妙惟肖，入木三分。开始她装得百依百顺，想以此软化和欺骗那些前来清算她家的贫雇农们。当这一招失灵时，她虽然表面上还要强装笑脸，内心却恶毒咒骂

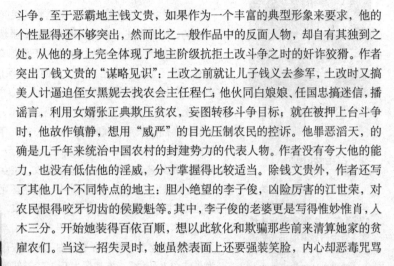

●通过土地制度改革，贫苦农民分到了属于自己的土地。
●苦大仇深的老大娘在控诉恶霸地主的罪行。
●1947年10月10日，中共中央公布《中国土地法大纲》。图为河北省阜平县易家庄的农民在墙上书写《中国土地法大纲》的全文。

斗争她的农民——特别是她在果树园中的心理活动，把一个地主婆在土改中的阴暗心理揭示得淋漓尽致，写出了一个具有鲜明阶级性和个性的人物。

作为一部反映土改斗争的优秀作品，《太阳照在桑干河上》在艺术上的成功，表明了延安文艺座谈会以后长篇小说创作所能达到的新高度。

●《白毛女》剧照

>>> 白毛女原型

据报道，艺术作品的原型"白毛女"名叫罗昌秀，1923 年出生在宜宾县凤仪乡，当地的恶霸地主先后逼死她爸爸，打死她哥哥。16 岁的罗昌秀被迫躲进四川云南交界处的深山老林，过了 17 年野人般的生活。1956 年，罗昌秀被救下山，年仅33 岁的她重返人间时已经是满头白发。

与世隔绝 17 年的罗昌秀凭着勤奋劳动，曾被选为宜宾县人大代表、政协委员和四川省人大代表。罗昌秀婚后生下一儿一女。

拓展阅读：

《半夜鸡叫》高玉宝
《白毛女》（芭蕾舞剧）
《新白毛女传奇》吴双

◎ 关键词：传奇色彩 民间传说 反霸斗争 土地改革

"白毛仙姑"的故事

《白毛女》是根据富有传奇色彩的民间传说"白毛仙姑"的故事改编而成的。故事讲述一个靠山的某村庄，虽然已经解放了好几年，但是工作一向很难开展，因为该村村民及村干部都有很深的迷信思想，再加上该村确有"白毛仙姑"的出现，使他们更加深信不疑。"白毛仙姑"常在夜间出来，在村头的奶奶庙寄居，曾向村人命令：每月初一、十五两日一定要给她上供。……区干部决定到奶奶庙捉鬼，一次深夜追寻到一个山洞，"白毛仙姑"痛哭失声，倾吐了一切：……九年前（抗战尚未爆发，八路军未到此之前），村中有一恶霸地主，他看上了一个老佃农聪明美丽的孤女，于是借讨租为名，逼死老农，抢走其女。该女到了地主家被地主奸污，身怀有孕。地主厌弃了她，续娶新人，阴谋害死该女。有一善良的老妈妈得知此信，在深夜中把她放走。她逃出地主家，来到一个山洞住下，生了小孩。她背负着仇恨、辛酸，在山洞里生活了几年。由于在山洞里少吃没穿，不见阳光，不吃盐，因而全身发白。她常去偷奶奶庙里的供品，被村人误认为是"白毛仙姑"。抗战爆发后，区干部把"白毛仙姑"救出山洞，她开始过上正常人的生活。1944 年，这个故事流传到陕甘宁边区的延安。当贺敬之等人听到了这个故事以后，被它深深感动，于是就把它改编为歌剧，后来它又被拍成了电影。

《白毛女》讲述佃户杨白劳与女儿喜儿相依为命，恶霸地主黄世仁想霸占喜儿，在除夕之夜强迫杨白劳卖女顶债，杨白劳喝卤水自杀。喜儿被抢进黄家，遭黄世仁奸污。喜儿与同村青年农民大春相爱，大春救喜儿不成，于是投奔红军。喜儿逃入深山，过着非人的生活，不久头发全白。两年后，大春随部队回乡，找到喜儿，申冤报仇。两人结婚，过着翻身后的幸福生活。

《白毛女》以主人公的命运高度概括了旧社会亿万农民备受压迫的苦难生活，表现了"旧社会把人变成鬼，新社会把鬼变成人"的主题。喜儿承受了旧社会的苦难压迫，是劳动人民反抗精神的集中体现者。后来，《白毛女》在延安公演。同其他观众一样，毛泽东一会儿热烈鼓掌，一会儿又泪流满面，已经完全沉浸在了剧情之中。演出结束后，毛泽东上台去和剧组人员见面并一一握手，轮到扮演黄世仁的演员时，毛泽东皱了一下眉，终于没有同这名演员握手。他仍然沉浸在刚才的剧情中。这个场景多少年来一直被传为佳话。《白毛女》在延安连续演出 30 多场后，又来到张家口等地演出，再次引起了巨大轰动。直至抗战胜利，《白毛女》的演出又掀起了一个新的高潮。它成为发动群众开展反霸斗争和土地改革运动的最生动的教材，"为白毛女报仇"甚至一度成为部队杀敌立功的口号之一。

● 电视剧《围城》剧照

>>> 钱钟书与杨绛

　　钱钟书毕业前一年，认识了小他一岁、刚考入清华研究生院的同乡杨绛。杨绛的父亲杨荫杭熟谙音韵学，一度为上海早报馆主笔。杨绛的三姑母则是曾任北京女子师范大学校长、被鲁迅先生打落入水的大名鼎鼎的杨荫榆。

　　两人一见钟情，钱为杨写了不少心醉肠断的情诗。1935年夏，钱钟书以总分第一的成绩，考取了公费留学生资格。杨绛不等毕业，与钱结婚，然后陪伴丈夫赴英留学。从此，夫唱妇随，妇唱夫随，恩爱有加，传为佳话。

拓展阅读：

《我们仨》杨绛／钱瑗
《一代才子钱钟书》汤晏

◎ 关键词：钱钟书 新《儒林外史》 贯通中西

冲不出的"围城"

　　"城里的人想冲出来，城外的人想冲进去，婚姻也罢，职业也罢，人生的愿望大抵如此。"钱钟书的这句名言出自他的被称为"新《儒林外史》"的《围城》一书，后来成为很多人对人生发出感慨时经常引用的至理名言。

　　钱钟书先生曾以数学零分英语满分的成绩被清华大学录取，并在毕业后到英、法等国留学。据杨绛回忆，当时她与钱钟书同去观看由她编写、黄佐临导演的话剧《称心如意》，回家后钱钟书说："我要写一部长篇小说。"她听了大为高兴，催他快写。于是，钱钟书每天写500字左右。写一段，杨绛看一段，读完后大笑，钱钟书陪着她大笑，承认她拆穿了他的"西洋镜"。钱钟书用两年时间完成了《围城》。1947年发表于《文艺复兴》期刊，获得很大成功，一年半内连续重版三次。

　　小说讲述了一个男女之间被爱情围困与逃脱的故事。以方鸿渐这个"不学无术"的留洋学生回国后的婚姻变化贯穿全书，写了他与多位小姐之间的一场又一场的"围城"战。作者通过方鸿渐的恋爱、结婚这一线索，向人们展示了当时国家危急，社会动荡，人心不定，统治当局腐败无能的社会现实。作者怀着忧世伤生的感情集中描写了文化教育界知识分子的生活，为各种各样的知识分子灵魂画像。通过这样一群文化人的生活，使人们看到了当时更广阔的生活画面和上层知识分子空虚、灰暗的精神生活。它给人以深深的启示，说明在当时的历史条件下，冲不破的不仅有爱情、婚姻围城，还有各式各样的其他围城。

　　钱钟书先生博学多能，兼通数国语言，在文学创作和学术研究两方面均做出了卓越的贡献。新中国成立前，他出版的著作有散文集《写在人生边上》，短篇小说集《人·兽·鬼》等。他的《谈艺录》融中西学于一体，见解精辟独到。新中国成立后，钱先生出版有《宋诗选》《七缀集》《槐聚诗存》等。钱先生还参与翻译《毛泽东选集》，主持编写《中国文学史》唐宋部分。他的《宋诗选注》在诗选与注释上都有高明识见，还对中外诗学中带规律性的一些问题做了精当的阐述。《管锥篇》则是论述《周易正义》《毛诗正义》《左传正义》《史记会注考证》《老子王弼注》《列子张湛传》《焦氏易林》《楚辞洪兴祖外传》《太平广记》《全上古三代秦汉三国六朝文》的学术巨著，体大思精，旁征博引，是数十年学术积累的力作，曾获第一届国家图书奖。钱先生主要以贯通中西、古今互见的方法来治学，同时又融会多种学科知识，探幽入微，钩玄提要，在当代学术界自成一家。因其多方面的成就，钱钟书被誉为文化大家。

No.10

异彩纷呈——

当代文学

—— 中华全国文学艺术工作者代表大会召开，新中国成立，军事胜利的鼓舞，讴歌时代精神的作品涌现。

—— 中共第八次全国代表大会召开，毛泽东"双百"方针适应和调整和平时期的文化建设。

—— 文化大革命，文学遭受空前的劫难。被剥夺写作权利的文人们，保留了一个时代弥足珍贵的文学声音。

—— "文革"结束，文学"复苏"，"伤痕文学"影响深远；心灵顿悟，反思小说成为贯穿现代文学中的一条血脉；从知青题材到寻根文学，创作趋向民间化。

—— 80年代，文学蓬勃发展；90年代后，多元化的文化格局在不自觉中逐渐形成。"新生代"应运而生。

—— 社会瞬息万变，时代动荡变迁，文学以新的姿态迈向精彩纷呈的明天。

带着前所未有的开放性的中国当代文学，反映着时代的变迁和人们对国家、个人命运的深思。这是一个没有终结的集体性的精神运动过程，跨过世纪之门后，正在以新的姿态迈向具有无限可能的未来世界。

　　1949 年 7 月，中华全国文学艺术工作者代表大会召开。"五四"新文学的战斗传统和战争中形成的解放区的文化传统在目标一致的前提下合流了。同时，大会还正式决定以毛泽东在《在延安文艺座谈会上的讲话》中所规定的中国文艺新方向为全国文艺工作的方向。这次大会被一般的文学史著作称为"当代文学的伟大开端"。

　　1949 年 10 月，中华人民共和国的成立标志着中国长达半个世纪的战争局面的结束。当时的大多数作家在军事胜利的鼓舞下，热情讴歌时代精神，自觉强调文学创作的政治目的性和政治功利性。这一时期有许多作家，特别是从解放区文学的传统下成长起来的作家，他们对中国农村的社会生活状况以及农民的文化心理有着深刻的理解，对中国民间文化形态的表现相当娴熟。他们在创作时，或自觉、或不自觉地运用了"民间隐形结构"的艺术手法，使作品在为主流意识形态服务的同时，曲折地传达出真实的社会信息，体现了富于生命力的艺术特色。

　　1956 年，中共第八次全国代表大会召开，公开宣布大规模的急风暴雨式的阶级斗争基本结束，发展生产力成为当今社会的主要任务。毛泽东的"百花齐放，百家争鸣"的"双百"方针，正是为适应和调整和平时期的文化建设而提出的。

　　可是，1966 年到 1976 年的文化大革命，使文学遭受了空前的劫难。虽然如此，那些被剥夺了写作权利的文人们，仍然在用笔表达内心的感情世界和理想之歌，如五六十年代绿原、曾卓、牛汉、穆旦等的诗歌、丰子恺的散文、沈从文和傅雷等人的家书等。他们保留了一个时代弥足珍贵的文学声音。

　　"文革"结束后，尤其是在"实践是检验真理的唯一标准"的大讨论中，文学开始"复苏"了，出现了影响深远的"伤痕文学"。1980 年，中共中央正式提出了"文艺为人民服务，为社会主义服务"的总方针，来取代毛泽东在《在延安文艺座谈会上的讲话》中倡导的"文艺为工农兵服务"和"文艺为政治服务"的口号。因此，80 年代的文学充满了生机勃勃的创新精神和活跃气氛。

　　经历了"文革"的磨难洗礼的知识分子终于醒悟过来，开始认真反思几十年来国家、民族和自己所走过的道路。他们心灵深处蛰伏已久的"五四"知识分子的现实战斗精神，又开始爆发出来。老作家巴金率先发表了反思"文革"和总结自我教训的《随想录》，鼓舞了一大批中青年作家和文艺理论家。

　　那些在"文革"中成长起来的作家，他们在青少年时代过早地经受了被虚伪的理想主义所欺骗和愚弄的惨痛体验。其中大多数人曾在"上山下乡"中感受了民间生活，并被民间文化所熏陶，所以当他们开始写作时，自然而然地从农村经验中汲取创作素材。由最初的知青题材到稍后的寻根文学，他们的作品反映出新的民间化的创作趋向。

90年代后，中国社会发生了急剧的转型，社会主义市场经济蓬勃发展并开始渗透到社会文化领域，人们的社会心理以及人生观、价值观的剧烈变化直接影响着文学创作，文人们开始用笔来反映人们心态浮躁和价值虚妄的缺陷。多元化的文化格局在不自觉中逐渐形成。一批"新生代"的青年作家应运而生，如王安忆、史铁生、张承志、张炜、余华、韩少功等，他们为中国当代文学长廊增添了无限光彩。

●新中国成立后，文学工作者创作的一批优秀作品，对于丰富人民的文化生活、培养社会主义新人起了重大作用。

●胡风像

>>> 七月诗派

抗战时期和解放战争时期国统区重要的现实主义诗歌流派，因胡风主编《七月》得名。代表诗人有艾青、田间和鲁藜、绿原、牛汉等。

他们以《七月》《希望》《泥土》为阵地，强调诗歌中主观与客观的统一，历史与个人的融合，多写自由诗，其中又以政治抒情诗为主。出版的《七月诗丛》《七月文丛》等。

该派在革命现实主义雄浑的总风格中，又显示出各诗人充满个性的特色。胡风的《为祖国而歌》，鲁藜的《泥土》等是七月诗派的代表作。

拓展阅读：

"胡风集团"案
《胡风传》梅志
《从源头到洪流》胡风

◎ 关键词：政治抒情 交响乐式 长诗

交响乐式的长诗——《时间开始了》

20世纪50年代初期，旧的文化规范已经不能适应新的形势，新的文化规范正在酝酿。在这个新旧交替时期，思想理论上的批评与自我批评成了一时的风气，文学创作反而相对寂静。这与整个轰轰烈烈的时代极为不协调。在这样的气氛下，胜利者的政治抒情诗的创作，成了唯一高昂的声音。诗人积蓄在心底的感情急于倾诉，语言上往往表现出"江河不择细流"的泛滥风格，散文式、口号式甚至语录式的叙事句比比皆是。他们的诗歌粉碎了一般抒情诗歌的规律和节奏，以宏大的叙事来重新创造诗歌的巨无霸形式，反映出诗人主观感情的大自由、大解放与"颂歌"体的英雄崇拜心理奇妙混合的矛盾。它构成了一个特定时代的诗歌特色。

1949年底到1951年初，胡风创作的大型交响乐式的长诗《时间开始了》将政治抒情诗的风格发挥得淋漓尽致。这部作品有五个乐章。第一部《欢乐颂》，以1949年9月中国人民政治协商会议开幕为缘起，极力夸张和渲染会场的热烈气氛和毛泽东的伟大形象；第二部《光荣颂》具体描写了中国劳动妇女的苦难历史以及她们在时代感召下奋起反抗的几个光荣典型；第三部《青春曲》里，诗人将主观抒情转换成一组感性的形

象，对小草、晨光、雪花、土地、阳光等新生事物的青春充满了纯真的感激。这是一组形象优美感人的抒情小诗，可惜诗人当时并未全部完成；第四部《安魂曲》，由天安门广场上举行人民英雄纪念碑的奠基典礼写起，诗人以浪漫主义的想象力，与相知的几个先烈进行灵魂的对话，非常深情、真挚地写出了先烈们的生活剪影与灵魂真实；最后一章为《又一个欢乐颂》，回到了开国大典的欢庆场面。全诗有3000多行，以欢乐起，以欢乐终，其中贯穿了政协会议、纪念碑奠基、开国大典三个历史时间，也贯穿了诗人个人寻求革命、追求理想的生活道路。全诗精心构思，设计了宏大的政治抒情体诗、凝重的叙事体诗和轻快的抒情体小诗相交替的诗体结构，以波澜壮阔的描写传递出那个欢乐时代的精神之魂。

胡风创作这部政治抒情诗的心情可能比较复杂，当时胡风的文艺理论已经受到中共具体领导有计划的批判，被认为是"以自己的小资产阶级观点去曲解无产阶级文艺思想的基本原则方针"。所以，在当时情况下最好的方法是用创作来证明他的理论是有利于新的政权建设的，知识分子的"主观战斗精神"是能够与新政权的要求达到一致的。《时间开始了》就是一个努力，他用夸张的

热情歌颂毛泽东,歌颂共产党领导下的革命实践,就是为了证明自己理论与时代的同一性。在诗中,他用饱满的激情大声歌唱:

> 海
> 沸腾着
> 它涌着一个最高峰
> 毛泽东
> 他屹然地站在那最高峰上
> 好像他微微俯着身躯
> 好像他右手握紧着拳头
> 放在前面
> 好像他双脚踩着一个
> 巨大的无形的舵盘
> 好像他在凝视着流到了这里的
> 各种各样的大小河流

语言里贯穿着个人视角的亲切感,又恰如其分地把毛泽东推上了历史巨人的高峰。这正是胡风诗歌理论的核心:诗人的声音是时代的声音,诗人的情绪是人民的情绪,诗人的感情因素必须与时代的精神特质紧紧地结合起来。

"七月派"诗人绿原曾经评价这部诗道:"当时歌颂人民共和国的诗篇实在不少,但从眼界的高度、内涵的深度、感情的浓度、表现的力度等几方面进行综合衡量,能同《时间开始了》相当的作品未必是很多的。"

◎ 关键词：托物寄情 物我交融 诗的境界

托物言志话杨朔

优秀散文家杨朔在中国当代文坛声名显赫，他的散文《荔枝蜜》《雪浪花》《茶花赋》等都曾被收录在中学的语文教科书里。因而几代人都普遍而彻底地阅读过他的散文，甚至能脱口而出，背诵出这些篇章。

杨朔善于从现实生活的激流中提取素材，因而作品具有鲜明的时代特色和强烈的战斗性。他的散文构思新颖，立意深刻，常常采用托物言志、借景抒情的表现手法，并着力于诗的意境的创造，因此使全文充满诗情画意。他的散文语言精美，含蓄新巧，音韵和谐，具有艺术魅力。如《樱花雨》《海市》《泰山极顶》等，都是脍炙人口的名篇。

《雪浪花》通过"我"叙述"老泰山"的故事，抒写了一个理想化、英雄化的人物，散文的主题思想也带有20世纪60年代的鲜明色彩。作品在蔚蓝的大海、洁白的浪花、火红的晚霞的背景上，勾画出"老泰山"兢兢业业为大伙儿服务，为社会主义建设添砖加瓦的美好形象，从中寄托着作者对千千万万普通劳动者的缕缕情思和深情礼赞。

作品为表现特定的意境效果而加以浪漫化地叙事，开篇描绘和渲染了雪浪花的壮观景象。面对一群纯真快乐的姑娘的发问，老泰山出语不凡，对雪浪花做了富有哲理的叙述；同时，老泰山形象"就像秋天的高空一样"，澄净辽远。关于老泰山以及他所处的那个时代的叙述，始终是乐观的、诗化的。全篇运用借景抒情、托物言志的手法，通过对老泰山及北戴河的秀丽景色的描述，表现出一种富有哲理性的思想。

"借物抒情，托物言志"是杨朔散文的一大特色。他善于将自己饱满而热烈的感情融入所要描写的景物、事物之中。他写荔枝蜜："吃着这样的好蜜，你会觉得生活都是甜的呢。"他写茶花："如果用最浓最艳的朱砂，画一大朵含露乍开的童子面茶花，岂不正可以象征着祖国的面貌？"杨朔创造性地继承了中国传统散文的长处，于托物寄情、物我交融之中达到了诗的境界。他营造意境时，常在谋取"情"的新意上做文章，如借蜜蜂的勤劳创造而无所求的特点，来歌颂社会主义建设者的高尚情操。

●《中华散文珍藏本——杨朔卷》书影

>>> 海市蜃楼

平静的海面、大江江面、湖面、雪原、沙漠或戈壁等地方，偶尔会在空中或"地下"出现高大楼台、城郭、树木等幻景，称海市蜃楼。我国山东蓬莱海面上常出现这种幻景，古人归因于蛟龙之属的蜃，吐气而成楼台城郭，因而得名。

海市蜃楼是近地面层气温变化大，空气密度随高度强烈变化，光线在铅直方向密度不同的气层中，经过折射进入观测者眼帘造成的结果。常分为上现、下现和侧现海市蜃楼。

海市蜃楼也经常发生在雨后，这时的空气湿度较大，也易形成透镜系统。

拓展阅读：

●志愿军战士欢庆胜利

>>> 妻子为魏巍而感动

　　朝鲜战争爆发后，魏巍惜别妻女，再一次亲历炮火，一去就是三个多月。

　　1952 年 4 月 19 日，《人民日报》刊发《谁是最可爱的人》。魏巍妻子刘秋华，也同普通读者一样，发表后才见到这篇文章。读后，她竟抑制不住地哭出声来。被"最可爱的人"感动的同时，她也为丈夫而感动……

　　那天晚上，刘秋华倾家所有做了几盘可口的菜肴，第一次郑重地敬了丈夫一杯酒。饭后，魏巍给她讲了许多《谁是最可爱的人》一文中未写进去的可歌可泣的战争故事。那天，她又抹了一夜的泪。

拓展阅读：

云山会战
莫力庙水库
《东方》魏巍
松骨峰阻击战

◎ 关键词：报告文学 魏巍 英雄心灵

《谁是最可爱的人》

　　在当代散文与报告文学发展史上，魏巍的报告文学《谁是最可爱的人》写下了重重的一笔。

　　1950 年和 1952 年，魏巍曾两次奔赴朝鲜，同中国人民志愿军生活战斗在一起，其间写下了大量感人的报告文学，最著名的要算《谁是最可爱的人》了。

　　在魏巍的优秀作品中，他用饱含深情和诗意的笔触，报道了抗美援朝战场上惊天动地的英雄事迹，揭示了中国人民志愿军光照日月的崇高心灵，歌颂了中朝两国人民的血肉情谊。这些作品在当时一经发表，立刻激起了强烈的反响。它激励了朝鲜前线广大指战员的斗志，鼓舞了祖国人民努力生产、支援前方的干劲。

　　魏巍的朝鲜通讯之所以感动了无数的读者取得了巨大的成就，是因为作者对生活的深刻感受。他在《我怎样写〈谁是最可爱的人〉》一文中写道："我能写出《谁是最可爱的人》，最基本的原因，是我们的战士的英雄气魄、英雄事迹，是这样的伟大，这样的感人。而这一切，把我完全感动了。"魏巍在部队生活的时间较长，对战士有较深的了解和感情。而在这次抗美援朝中，他又耳闻目睹了我们的战士在面对艰巨的任务和艰苦的环境时，所表现出的空前的英勇。他不仅感受到他们的英雄行为和品质，而且还深入到他们的内心世界，了解到这种行为和品质的根源。经过一番深切的感受和了解，他作品的思想深度才超出一般。

　　魏巍的散文犹如"壮丽的诗"。这的确概括了他那精湛的艺术技巧。他的散文，带有鲜明的诗的素质。他善于从浩繁的素材中提炼出典型形象，揭示出在战火硝烟里的英雄心灵。他还将深透的思想和激越的诗情熔为一炉，使思想感情的潮水从优美的笔端流出。他的这些思想和艺术特色，在其名篇《谁是最可爱的人》里表现尤为突出。

　　《谁是最可爱的人》最初发表于 1951 年 4 月 11 日的《人民日报》。"最可爱的人"这一称号，深刻地概括了我们军队的优秀品质和人民群众对我军的思想感情，因此，它能在广大人民心中激起强烈的共鸣。作者从长期的、深切的感受中，提炼出这一光辉主题，而又通过"书堂站"战斗、烈火中救出朝鲜儿童、防空洞里一段对话等三个典型的情节和场景，来表现这一主题。

　　总之，《谁是最可爱的人》不仅感情真挚，以情动人，而且又有着语言的优美、风格的独特，从而具有高度的文学审美价值。它作为报告文学的一座标志性的纪念碑，为后人所仰望。

●志愿军战士向敌人发起进攻。

●电影《红旗谱》剧照

>>> 梁斌三辞官

梁斌三次辞官不就。第一次坚辞，辞掉了《新武汉日报》社长之职；第二次婉辞，托朋友，动感情，辞掉了中央文学研究所机关支部书记之职；第三次则属于溜之乎也，天津市副市长，位不可谓不高，权不可谓不重，他却避之犹恐不及，远远地望见，便脚底抹油子。

革命成功，这位少小离家的年轻"老革命"，奔突沙场20年，颠沛流离20年，身边战友一个个倒下，而他得以幸免，按常理，也该封侯拜将，享受革命成果了，但他却毅然决然地辞官不就。为了《红旗谱》，他放弃了一个又一个机会。

拓展阅读：

《解读梁斌》宋安娜
《大地之子》（纪录片）

◎关键词：英雄谱系 斗争精神 民间生活 农民形象

农民革命的史诗——《红旗谱》

1957年，被中国文学史家誉为"一部描绘农民革命斗争的壮丽史诗"的长篇小说《红旗谱》发表了，一时间，好评如潮，其作者梁斌也随之名声大振。这部书影响深远，尤其是主人公朱老忠的艺术形象，评论家们认为是"一个兼有民族性、时代性和革命性的英雄人物的典型"，"不仅继承了古代劳动人民的优秀品质，古代英雄人物的光辉性格，而且还深刻地体现着新时代（无产阶级革命时代）的革命精神"。作品题名"红旗谱"，其意便在讴歌朱老忠等三代农民所构成的英雄谱系的斗争精神。

《红旗谱》描写的是冀中平原一个叫锁井镇的村庄上，两家三代农民同一家两代地主的斗争故事。这部小说主要描写了四场斗争。第一场是朱老巩"大闹柳树林"。作为全书的"楔子"，它揭开了朱、严两家农民与恶霸地主冯家的血海深仇，并为朱老忠被迫闯关东、25年后回乡复仇做了铺垫。第二场斗争是"脯红鸟事件"。运涛抓到一只珍奇的"脯红"鸟，冯老兰欲买不成，派账房先生李德才威逼利诱，最后鸟儿不明不白竟然"给猫吃了"。第三场"反割头税运动"。这是四场斗争中农民取得的唯一胜利，也是作品最为重要的部分，从江涛回乡发动群众，朱老忠和大贵在家门口安锅宰猪，刘二卯当街挑衅，冯老兰派儿子冯贵堂代表割头税包商向县衙门求救；反割头税大会召开并示威游行，朱老忠、严志和、大贵等举行入党仪式等，整个过程写得有声有色。第四场"保定二师学潮"，是作品的压轴戏。斗争重点从农村转向城市，描写了在共产党领导下的青年学潮，学生与国民党军队面对面的激烈斗争等。

《红旗谱》中描写的北方民间生活场景和农民形象相当真实精彩。作家说过："只要概括了民族的和人民的生活风习、精神面貌，即使不用章回体，也仍然会成为民族形式的东西。"作者之所以如此自信，是因为他对自己所要描写的农村生活和农民文化心理有了真正透彻的理解和把握。小说语言风格浑厚朴素，在看似自由散漫的叙事中，却描绘出了一幅幅乡间的人情风俗画。如"脯红鸟事件"，不仅写出了河北民间玩鸟的风俗文化，还轻松地写出冯老兰的"老夫聊发少年狂"以及运涛、大贵两个孩子的不同胸襟和性格，并引出朱、严两家第二代人的形象。朱老忠的英雄形象，慷慨、豪迈、讲义气、有远谋、急人所难等，通过点点滴滴的语言和细节表现得很是鲜明。还有些次要人物也写得相当精彩：无数次唠叨着自己的悲惨遭遇的严老奶奶最后怀着对走关东的丈夫的急切盼望死去；春兰则是当代文学创作中最优秀的农村闺女形象。她和运涛从两小无猜到以身相许再到忠贞不渝的相爱过程，都写得朴实无华，真挚

●早期闯关东照片
因东三省吉林、辽宁、黑龙江位于山海关以东，故称关东。清末民初闯关东的流民，以山东、河北居多。这一时期的移民，对中国人口地理、经济地理，都产生了巨大而深远的影响。

●关东农民种地场景

动人，表现出在北方保守的伦理环境下农村姑娘对新生活的向往。作品中写得最美的段落大多与春兰有关，在浓郁的村野气息中，饱含着作家对农村美好生活的眷恋。

● 老舍《断魂枪》书影

>>> 老舍和冰心的孩子们

老舍和冰心的友谊可以追溯到 50 年前。

老舍常给冰心的孩子们写信，这些信常常带着画。老舍本不善画，画的画儿和小孩子的画十分近似，一只手就是一根直线，下面分五个小岔。不过，这种画孩子们一看就懂。老舍的信，对孩子们来说是异常珍贵的。

冰心 10 岁的儿子接到老舍伯伯的一封"告急信"："我的烟快吸完了，但没有钱，你来这里的时候，别忘了，带香烟两吨！"

这种老舍式的玩笑，孩子们特别喜欢，老舍成了冰心家最受欢迎的客人。

拓展阅读：

◎ 关键词：首屈一指　浮世图　民间众生相

东方舞台上的奇迹——《茶馆》

中国当代戏剧舞台上名列第一的杰作《茶馆》，是老舍调动了丰富的生活资源所展现出来的一幅旧北平社会的浮世图。作品通过"茶馆"这样一个小小的角落，表现了 50 年来中国历史的变迁。1980 年 11 月，北京人民艺术剧院《茶馆》剧组在德国、法国、瑞士三国演出，他们先后到过 14 个城市，并取得了巨大的成功。这是有史以来中国话剧第一次走出国界在国际上亮相，《茶馆》更是被称赞为"东方舞台上的奇迹"。

《茶馆》三幕分别选取"戊戌变法"后、北洋军阀统治时期、抗战后国民党统治时代的三个社会生活场景，描绘了北平风俗的变迁，表现了三个旧时代共同表现出的政局混乱、是非不分、恶人得势、民不聊生的特点。

第一幕中，康梁变法失败后，裕泰茶馆中三教九流的人物登台表演，一方面是拉皮条的为太监娶老婆，暗探遍布社会，麻木的旗兵无所事事，寻衅打群架，另一方面是破产的农民卖儿鬻女，爱国的旗人常四爷因几句牢骚被捕，新兴的资本家企图"实业救国"，而裕泰茶馆老板则左右周旋，企图使生意兴隆。在第二、第三幕的剧情发展中，恶霸越来越肆无忌惮，黑暗势力蔓延，整个社会不断衰退。暗探宋恩子、吴祥子的后代了承父业，继续敲诈勒索；拉皮条的刘麻子的后代依托当局要员准备开女招待"拖拉斯"；庞太监的侄子、侄媳组成的会道门横行霸道，甚至做着"皇帝""娘娘"的美梦。然而，一些企图有所作为的良民百姓却走投无路。主张"实业救国"的民族资本家秦仲义在抗战中被日本人抢去资产，抗战后国民党当局将其当作"逆产"没收，从而使他陷入彻底破产的境地；做了一辈子顺民的茶馆老板王利发妄图通过"改良"来赶上时代，但生意却越来越坏，到最后连"茶馆"也被官僚与骗子联手抢去；在清朝"吃皇粮"、又旱涝保收的"铁杆庄稼"的旗人常四爷成为一个自食其力的小贩，过着朝不保夕的生活。剧本的结尾，三个老人在舞台上"撒纸钱""祭奠自己"，走投无路的王利发悬梁自尽。这是一个很有象征意味的结局，既是对旧时代的控诉，也是对这个时代的一曲"葬歌"。这是在 20 世纪 50 年代话剧舞台上很少出现的没有亮色的结局。

《茶馆》在结构上采取了三个横断面连缀式结构，同时，每一幕内部也以许多小小的戏剧冲突连缀。这样的结构本来容易变得松散，但老舍克服了这方面的困难，整个剧本以"人物带动故事"，"主要人物由壮到老，贯穿全剧"，"次要人物父子相承"，"无关紧要的人物招之即来，挥

●电影《茶馆》之镜头

●北京老舍茶馆

之即去"。同时，剧中人物的故事、命运又暗示着时代的发展，从而使得剧本暗线密布，形散神凝。作者以高超的艺术手法将貌似平淡散乱的人物、情节织成了一幅"清明上河图"式的从清末到民国末年的民间众生风情画。

◎关键词：手抄本 爱情故事 文学时代 解冻

以手抄本流传的《第二次握手》

●连环画《第二次握手》封面

>>> 知识分子"上山下乡"

指的是20世纪六七十年代我国文化大革命运动后期，中国共产党组织大量城市知识青年离开城市，在农村定居和劳动的政治运动。

1968年12月22日，《人民日报》文章引述了毛泽东指示："知识青年到农村去，接受贫下中农的再教育，很有必要。"

此后到1978年，为了消灭"三大差别"，有近2000万知青"上山下乡"。他们大多带有积极的理想主义色彩。邢燕子、侯隽等一大批优秀青年，便是他们的典型代表。因此，广义的知识青年"上山下乡"运动，从50年代中期到70年代末，历时25年。

拓展阅读：

《金箔》张扬

《第二次握手》文字狱 张扬

在"文革"期间曾广泛传阅于民间的手抄本小说《归来》即《第二次握手》，后被定为反动小说并立案追查，其作者张扬也因此锒铛入狱，还险些被判为死罪。

小说中的故事取材于作者舅舅的一段离奇的爱情故事。大学生苏冠兰偶遇落水的丁洁琼，奋然相救，后来奇遇发展为爱情。苏冠兰的父亲有意拆散这对恋人，他利用留学生考试主委的身份，送走了丁洁琼，留下了苏冠兰。后来，苏冠兰不得已与父亲的养女同时又是自己同学的叶玉菡结了婚。丁洁琼留学美国，获得博士学位，成为著名的物理学家。可是，当她冲破重重障碍回到日夜思念的祖国时，才发现她只能是苏、叶家庭的祝福者了。在欢迎归国科学家的大会上，苏、丁这对有情人第二次握手。因小说叙述了一个美好的爱情故事，使它的手抄本在民间流行了16年。同时，小说赞扬了知识分子们为国为民积极向上的人生追求，塑造了周恩来总理的形象，体现了它的时代精神。

20世纪60年代，人们主要是阅读以工农兵为主角的文学作品，而张扬的《第二次握手》却是一本描述知识分子曲折的事业和爱情生活的小说。它塑造了苏冠兰、丁洁琼、叶玉菡三个试图走科学救国道路的科学家形象。其中，小说主人公苏

冠兰的原型就是张扬的舅舅。

1963年初，19岁的张扬到北京去看望在中国医学科学院药物研究所从事药物研究工作的舅舅。临行之前，张扬的舅妈曾向张扬介绍过这位尚未谋面的舅舅。张扬的舅妈偶尔向张扬讲道："有一天，你舅舅下班回来，走到隔壁的书房里，脱皮鞋换拖鞋，我进去叫他吃饭，半天也不出来，还没有反应，我推开门往里头一看，他正弯着腰，一只脚已经换上拖鞋了，另一只脚上的鞋带还没解开。我冲他叫了几声，还是毫无反应，神色像凝固了一样，头往院子里张望。院子里究竟发生了什么事情？来了什么人？我赶快扭转身去，一看在门口站着一个很漂亮的女人，穿着却不像国内的。我很吃惊，当时反应不过来，你舅舅肯定是看到了院子里的这位女客人。但他为什么不出来？我当时想进去叫他，但又感觉有些冒失。他不出来肯定有他的理由。那么，这是一个什么样的女客人呢？是个从事科学工作的？但是在国内的科学界，我们来往的人里没有这个人，而且穿着打扮也不像国内的人。我让她进来，她说自己还有别的事，以后再说吧，便告辞了。可当她跨出门去要走的时候，又站了几秒钟，好像还在企盼什么，思考什么。突然，她扭过头来说，'请问你是他的夫人吗？'我当时特别奇

怪,我们都是爱人了,解放这么多年了,叫爱人,怎么叫'夫人'啊,资产阶级的说法。我说'是啊',她说,'你多幸福',然后就走了。后来我看着她的背影消失在胡同口。"

张扬听了很是感动,心中萌生了创作的想法,于是他在北京期间就开始积极构思故事,从舅舅那里收集素材。回到湖南,他立刻动手写了一部一万多字的短篇小说,故事的开头用的就是他舅妈讲的那个"神秘来客"的故事,小说的名字叫作《浪花》。

从初稿《浪花》到《香山叶正红》再到《归来》,小说三易其名,历经十几稿,而张扬也从一名中学生成长为一位知识青年。1965年,作为知青,张扬插队到湖南省浏阳县的中岳公社。下乡时他所拥有的全部财产就是亲戚朋友凑起来的14元人民币,穷得连稿纸都买不起的他,在乡村的土屋中怀着对文学的热情不断修改着小说,直到1970年入狱,才不得不停下来。

"文革"期间,《第二次握手》被定下四大罪状:一、利用小说反党;二、吹捧"臭老九";三、鼓吹科学救国;四、明明不准写爱情了,还非写不可。1976年8月31日,厚厚的"张扬案卷"交到了湖南省法院审判员李海初的手中。

1979年1月18日,33岁的张扬终获释放,长年的牢狱之苦使得他的体重不到40公斤,身体状况到了崩溃的边缘。不久,《第二次握手》再版,张扬在北京结核病医院的病床上支起了小书桌,短短的50多天,完成了25万字的定稿。1979年1月,胡耀邦从《中国青年报》上获悉此事,马上要求中国青年出版社给他写一个书面报告。1月20日,胡耀邦给中国青年出版社的报告做了批语,肯定了这部小说。于是,《中国青年报》在头版发布消息:"手抄本《第二次握手》是本好书。"7月25日,《人民日报》和全国各大报刊都登出这样的报道:"正义得到伸张,冤案得到平反,长篇小说《第二次握手》正式出版。"

后来,小说一版再版,陆续发行了430万册。张扬百感交集,他马上给胡耀邦寄去了一本,上面恭恭敬敬地写着"献给耀邦"。同时,这也意味着一个文学时代的解冻。

●舒婷像

>>> 《不要在那里踱步》

不要在那里踱步
天黑了
一小群星星悄悄散开
包围了巨大的枯树
不要在那里踱步
梦太深了
你没有羽毛
生命量不出死亡的深度
不要在那里踱步
下山吧
人生需要重复
重复是路
不要在那里踱步
告别绝望
告别风中的山谷
哭，是一种幸福
不要在那里踱步
灯光
和麦田边新鲜的花朵
正摇荡着黎明的帷幕

拓展阅读：

《回答》北岛
《致橡树》舒婷
《我是一个任性的孩子》顾城

◎ 关键词：朦胧诗 诗歌造反派 新诗潮 总体象征

不被理解的先行者——朦胧诗

　　"十年动乱"后的中国，广大的青年人群中出现了"探索的一代""彷徨的一代""求实的一代"。他们以自己的价值观念、审美取向为依据，来表达和宣泄他们的所思所想。对于他们这一代诗人的作品，国内出现过一场很大的争论。

　　20世纪80年代，朦胧诗的独树一帜使整个中国诗歌史都留下了浓重却又尴尬的一笔。从开始"气闷的朦胧"到后来的"美学的崛起"，人们逐渐承认了朦胧诗的地位。从此，打破了以往中国传统诗歌审美的形式和内容的朦胧诗登上了历史的舞台。但是由于朦胧诗先天的缺陷和社会形势的急转直下，再加上后朦胧诗一群"革命无罪，造反有理"的新一代诗歌造反派的颠覆，使朦胧诗的结局极为尴尬。

　　"朦胧诗"又称新诗潮诗歌，是新诗潮诗歌运动的产物，因其在艺术形式上多用总体象征的手法，具有模糊性和多义性，所以被称作"朦胧诗"。朦胧诗代表人物有顾城、北岛、舒婷、王小妮。

　　《回答》后来被作为第一首公开发表的"朦胧诗"，它刊载在1979年3月号《诗刊》上。《回答》是一首具有经典意义的作品，它鲜明地表达了诗人的抗争精神。但谢冕先生却认为这首诗的"经典意义"并不在于它的抗争精神，而在于它的"怀疑精神"。从60年代末直到1978年是"朦胧诗"发展的第一个时期，也是新诗潮诗歌运动的萌芽时期。由于当时的社会处于"极左"思潮的专制统治之下，历史条件也不允许人们公开倡导"朦胧诗"，因而这一时期新诗潮诗歌在理论上还处于空白阶段，新诗潮诗歌是首先以一批有力的作品而宣告其诞生的。

　　70年代末"思想解冻"以后直到80年代中期是"朦胧诗"的第二个时期，也是新诗潮诗歌运动逐渐进入高潮的时期。《回答》一诗的发表是这一时期开始的标志，并表明了"朦胧诗"开始由地下状态进入公开状态。新诗潮诗人很快就占领了各种文学报刊的主要版面，并创办了自己的民间诗歌刊物《今天》杂志，引发了诗歌界乃至整个文学界的一次历时数年的关于"朦胧诗"的论争。后来，人们对"朦胧诗"所持的两种不同的态度也正是这次论争的集中体现。随着这一时期的"思想解冻"，新诗潮诗人在思想、认识上也更加成熟了，他们已在其中注入了更多的对那段历史的反思，并最终使"朦胧诗"走到了作为"历史的见证"的位置上来。另外，这一时期的诗人也已经明确地认识到"朦胧诗"在文学史上所应该产生的作用和应有的地位。这标志着新诗潮的发展已由自发状态进入了自觉状态，同时也标志着新诗潮诗歌运动已进入了成熟阶

●朦胧诗主要代表人物顾城

段。创刊于 1978 年底的民间诗刊《今天》，集中体现了新诗潮诗歌进入
成熟阶段时诗人所追求的目标。因而，《今天》诗刊也成为了新诗潮诗歌
的主要阵地。

◎ 关键词：历史伤痕 潮流 伤痕文学 价值

噩梦结束后抹不去的"伤痕"

● 《连环画报》刊登的《伤痕》

>>> 刘心武

刘心武，1942年生于四川成都，中国当代著名作家。1977年发表的短篇小说《班主任》，成为伤痕文学的发轫之作。之后又陆续发表《爱情的位置》《醒来吧，弟弟》《我爱每一片绿叶》《秦可卿之死》《钟鼓楼》《风过耳》《四牌楼》等多部享誉文坛的作品。

1993年他开始涉足红学研究，十多年来坚持从秦可卿这一人物入手解读《红楼梦》，开创了红学中的秦学分支。

同年出版《刘心武文集》8卷，至2005年初在海内外出版的不同版本的个人专著计已逾130种。

拓展阅读：

《生活的路》竹林
《神圣的使命》王亚平
《飘逝的花头巾》陈建功
《被爱情遗忘的角落》张弦

1977年10月，《人民文学》编辑部召开的短篇小说创作问题座谈会，对当时沉闷的创作现状进行了分析，并表示了要突破公式化、概念化的创作倾向。在这样的倡导下，11月份的《人民文学》发表了刘心武的短篇小说《班主任》。

小说讲述了某中学教师张俊石尽力挽救一个在"四人帮"毒害下不学无术的中学生的故事。作者以"救救孩子"的呼声，震动了被"文革"麻木了心灵的人们，拉开了人们回顾苦难的序幕。这是新时期文学第一次揭露了"文革"中推行的蒙昧主义和愚民政策，对青少年纯洁心灵的危害。而这在前一阶段的创作中，一直被文人们视为畏途。以此为先导，之后便陆续有一些同样题材的作品出现。

《班主任》拉开了回顾历史伤痕的序幕，也使作家刘心武一举成名。

1978年8月，卢新华在《文汇报》上发表的短篇小说《伤痕》，使揭露"文革"苦难的文学作品成为一种潮流。这部小说以悲剧的艺术力量，震动了文坛。作品中对人性、人道主义的描写，突破了长期以来关于文艺的禁限，在当时引起了广泛的争论。到了这时，人们才真正理解到，他们确实经历了一场灾难，他们压抑了许久的愤懑便立时喷涌而出。当这种愤懑大量地以文学的形式表现出来的时候，便形成了新时期第一个文学思潮："伤痕文学"思潮。

"伤痕文学"大都是以真实、质朴甚至粗糙的形式，无所顾忌地揭开"文革"给人们造成的伤疤，从而宣泄十年来积郁在人们心头的大痛大恨。这恰恰契合了文学最原始的功能："宣泄"。另外几篇如张洁的《从森林里来的孩子》、宗璞的《弦上的梦》、陈世旭的《小镇上的将军》、从维熙的《大墙下的红玉兰》、郑义的《枫》等作为"伤痕文学"的代表作，艺术上显然更为成熟了。

"伤痕文学思潮"的创作最初大多是短篇小说，因为表现同一题材，长篇一般需要有较多的时间准备。一般认为，最早问世并产生了较大影响的长篇小说是莫应丰在1979年出版的《将军吟》。另外，周克芹描写农村的《许茂和他的女儿们》（发表于1979年）、古华描写小镇岁月的《芙蓉镇》（1981年发表）、叶辛展现知青命运的三部曲《我们这一代年轻人》《风凛冽》《蹉跎岁月》等，也都是此类主题的代表作。这些作品都先后被搬上银幕或改编成电视剧，在社会上产生了很大反响。

"伤痕文学"兴起于被"左倾"创作思潮压抑多年的文坛之上，因而

●周克芹《许茂和他的女儿们》书影　　　　●《宗璞精选集》封面

许多作品刚一问世，就马上引起了人们的争议。许多人提出了文学是应该"歌颂"还是"暴露"，是该写"光明"还是写"黑暗"的问题。当然，这场论战的结果不言而喻。伤痕文学是新时期发出的第一声真实的呐喊，它的价值是值得肯定的。

●《北方的河》书影

>>> 张弦《记忆》

一个天真、单纯、可爱的小姑娘，却因为在放映电影时几秒钟的偶一失误，颠倒了电影胶片中的领袖像，而导致自己人生的命运被颠倒了几十年。这是过去发生的悲剧。小说从一个做了这样错事的党的领导干部（市宣传部长）的角度进行反思："是的，记忆是一样好东西。它能使人们变得聪明起来。在我们共产党人的记忆中，不应保存自己的功劳、业绩，也不应留下个人的得失、恩怨。应该永远把自己对人民犯下的过错，造成的损失牢牢地铭刻在记忆里，千万不要忘记！……"

《记忆》获 1979 年全国优秀短篇小说奖。

拓展阅读：

《重逢》金河
《芙蓉镇》古华

◎ 关键词：反思文学 农村问题 人道主义 文学表现

反思浪潮下的小说

自"伤痕文学"后，人们又开始对造成历史悲剧的根源进行探寻。

茹志鹃的《剪辑错了的故事》首先反思了极"左"思想的危害。此外，高晓声的《李顺大造屋》、刘真的《黑旗》、张弦的《记忆》、鲁彦周的《天云山传奇》、王蒙的《蝴蝶》等，都是在对历史事实的深入回顾和思考之下而创作出来的作品，因此它们被称为"反思文学"。

"反思文学"的创作焦点是对"人"的反思。这种对"人"的"反思"有一个渐进的发展过程。它首先是主要针对政治层面的，关于新中国成立后的历史问题尤其是对农村问题的反思成为作家创作的一个重点。其中张一弓创作的中篇小说《犯人李铜钟的故事》，以一个为了群众生命而不惜触犯党纪国法的大队支书的形象，树立了新时期第一个成熟而完整的悲剧英雄形象。而高晓声的《李顺大造屋》则以一种幽默的笔法揭示了中国农民自身的性格弱点，指出这些"民族劣根性"对新中国成立后的"左倾"灾难所应当承担的责任。《记忆》则以某地宣传部部长秦慕平对曾经被自己错判为"现行反革命"的少女方丽茹的忏悔，反省了一个时期内不正常的"现代迷信"的危害及人们在这种现代迷信中所扮演的可悲角色。

以上作品对"文革"中种种事件所表现的深刻程度显然远远超过"伤痕小说"，但将人仅仅放在政治层面上思考仍是它们的局限性。这种情况随着"反思文学"的深入渐渐出现了变化，很多作家不久就开始转到对"人本身"，如"人性""人的价值""人的生命力量"等更深刻问题的思考上。这些作品或张扬被"左倾"思潮压制多年的"人道主义"，甚至歌颂某种永恒的、超阶级的人性，如表现"同情"的《离离原上草》、表现母子亲情的《女俘》、表现友情的《驼铃》和表现爱情的《如意》等，或探讨爱情婚姻方面的社会问题，如《爱，是不能忘记的》《春天的童话》《我们这个年纪的梦》等；或讴歌人的生命力量，如《北方的河》《迷人的海》等；或思考生存价值，如知青小说中对往日做写实性却富于诗意的回忆与描述。

总之，"反思小说"逐渐将文学表现的重点放在了对"人本身"的探索之上，这使文学渐渐摆脱了为政治服务的单纯功能。作者们在力图挖掘人的"本性"的同时，也开始注重文学本身的一些审美功能，开始在小说的形式上进行努力探索和勇敢实践，从而使小说的形态越来越丰富多彩。

●《高晓声精选集》书影

>>> 高晓声含泪写生活

高晓声曾有一位恋人，瘦弱文静。两人是同学，相恋多年但未结婚，因两人都有肺病，不宜结婚。大难降临之时，高晓声以闪电的方式确定关系，以期患难与共。

新婚的妻子辞掉了工作，到了高晓声的身边。谁知道红颜薄命，不到一年妻子便因肺病不治而死。

高晓声心中最后的一点亮光熄灭了，肺病也日益严重，幸亏当时苏州一位朋友帮助，才得以治疗。在拿掉了三根肋骨，切除了部分肺之后，他苟得活命。

有种幽默是含着眼泪的微笑，高晓声的作品，读者看到了微笑，作者却强忍着泪水。

拓展阅读：

《钱包》高晓声
《高晓声精选集》高晓声
《林斤澜说》程绍国

◎ 关键词：农民生活 陈奂生 喜剧风格 文学典型

"漏斗户主"陈奂生

作家高晓声专注于当代农民生活，他的陈奂生系列小说刻画了一个很精彩的人物形象——陈奂生。

陈奂生系列小说（包括《"漏斗户"主》《陈奂生上城》《陈奂生转业》《陈奂生包产》《陈奂生战术》《种田大户》《陈奂生出国》等）反映了农民陈奂生的人生历程。"上城"为其生活带来转机，"包产"使他找到归宿，"出国"则标志着他走向成熟。从这个人物的"人生三部曲"中，我们不难看出我国农村在经济体制改革中所发生的深刻变化和广大农民在通往新生活的道路上艰难行进的身影。

陈奂生是一个勤劳、憨实、质朴的农民，在《"漏斗户"主》中，并不懒惰的他长期被饥饿所纠缠着，无法摆脱困境，对现实失望却又并不放弃努力。到了《陈奂生上城》中，陈奂生这个形象又获得了特殊的艺术生命。

《陈奂生上城》发表于1980年，是这一"系列"中最为精彩的一篇。这时的陈奂生已不再为饥饿所累了。小说通过主人公进城卖油绳、买帽子、住招待所的经历及其微妙的心理变化，写出了背负历史重荷的农民，在跨入新时期变革门槛时的精神状态。

小说中，作者在一个层次的激发点上，发掘出了好几倍的心理内涵，并充分运用喜剧风格，使陈奂生的形象达到了作者以前的作品中从未达到的高度。每一个层次的挖掘，都体现了特定人物在特定情景中的特殊心理，都体现了现实主义典型塑造的独特性。同时，它又以其独特性展示了七八十年代之交改革开放初期中国农民所共有的心理倾向，即作为小农生产者性格心理的两个侧面的并存交错：善良与软弱、纯朴与无知、憨直与愚昧、诚实与轻信、追求生活的韧性和容易满足的浅薄、讲究实际和狭隘自私等。

陈奂生的精神，典型地表现了中国广大的农民阶层身上存在的复杂的精神现象。作为一个处于软弱地位的没有自主权的小生产者，他的形象包容着丰富的内容，具有现实感和历史感，是历史传统和现实变革相交融的社会现象的文学典型。作者对陈奂生既抱有同情，又对他的精神重荷予以善意的嘲讽，发出沉重的慨叹。这种对农民性格心理的辩证态度，颇具鲁迅对中国"国民性"的"哀其不幸，怒其不争"的精神传统。

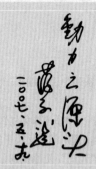

●蒋子龙手迹

>>> 蒋子龙解怪谜

　　1982年秋天，在美国洛杉矶召开的中美作家会议上，美国诗人艾伦·金斯伯格请中国作家蒋子龙解个怪谜："把一只五斤重的鸡放进一个只能装一斤水的瓶子里，您用什么办法把它拿出来？"

　　"您怎么放进去，我就怎么拿出来。"蒋子龙微笑道，"您显然是凭嘴一说就把鸡放进了瓶子，那么我就用语言这个工具再把鸡拿出来。"金斯伯格赞赏道："您是第一个猜中这个怪谜的人。"

拓展阅读：

乌托邦
《你是穷人还是富人》蒋子龙
《一个工厂秘书的日记》蒋子龙
《论蒋子龙的创作轨迹》李大鹏

◎ 关键词：乌托邦 改革文学 普遍情绪 代言人

奏响国企改革序曲的蒋子龙

　　1979年，"反思文学"的风潮还未消散，感觉敏锐、才华出众的蒋子龙却在另一个新的文学领域中树起了旗帜。他的短篇小说《乔厂长上任记》以其独特而先进的思想和艺术力量，为新时期文学开拓了一片新的天地——"改革文学"。

　　《乔厂长上任记》是一部典型的"乌托邦"作品。它叙述了某重型机器厂经历了"十年动乱"后，生产停顿，人心混乱，成了一个烂摊子。乔光朴奉命于危难之际，立下军令状当了厂长后，雷厉风行地整顿队伍。他建立新的生产秩序和奖惩制度，激发了职工的工作热情和主人公精神，很快改变了全厂的涣散状态，扭转了生产被动的局面。这是最早的一篇自觉地"写四化的阻力，写克服阻力的斗争"的文学作品。它写工厂却突破了以往"车间文学"的模式，把眼光从车间、工厂放大到社会，揭示改革的困难、斗争和已经出现的变革与转机。它还着力塑造了改革家乔光朴坚毅刚强的英雄形象，写出了他感情世界的波涛起伏和对待爱情的果敢态度，性格鲜明突出，有棱有角，这正好应和了变革时代的人们渴望"英雄"的社会心理，一时间引起了读者和批评家们的盛情赞扬。

　　《乔厂长上任记》的脱颖而出，拉开了"改革文学"的序幕。这一时期的作品大多揭示旧的经济体制、极"左"政治路线影响与改革家的改革事业的矛盾冲突，并且预言了一个"只要改革，生产就能搞上去"的神话。虽然蒋子龙后来还写了反映改革浪潮中城市青年和津郊农民生活的小说如《赤橙黄绿青蓝紫》《燕赵悲歌》等，但其成就都未达到《乔厂长上任记》的程度。"乔厂长"成了改革者的代名词，此后的改革小说中，便出现了一个与"乔厂长"有血缘关系的"开拓者家族"的人物系列，如《改革者》（张锲）、《跋涉者》（焦祖尧）、《祸起萧墙》（水运宪）、《三千万》（柯云路）等。

　　于是，"伤痕文学"之后，几乎在"反思文学"出现的同时，"改革文学"的思潮也勃然兴起。1983年至1984年间描写社会改革的作品大量涌现，形成了一个小小的创作高峰。"改革文学"与之前的"伤痕""反思"等文学思潮一样，都直接体现了知识分子的现实关怀和政治热情，但又因为它在文学的发生和演变上是依仗着强大的时代"共鸣"而产生的，所以，作品往往不自觉地充当了社会或民众普遍情绪的代言人。它常常提出相当尖锐的政治、伦理或现实主题，引起一阵又一阵的"轰动"效应。这表明了作家们的作品都是积极关注和贴近现实问题的结果，但有时也难免成为供人指责的把柄。

●路遥像

>>> 路遥率直解危急

有一次，省作协门外变压器坏了，直接影响夜间写作，第一天，作家们还能忍受，第二天，不见电来，情绪不稳，等到第三天，仍不见来人修理，大家就开始着急，不断给供电部门打电话，说一会儿来修，但就是不见动静。

大家正在门房抱怨，路遥从外面回来，知道这事，二话没说，就拿起电话，打进市长热线，"我是路遥，作家都是夜猫子，作家协会几天没电，也不见有人来修。"电话那头说10分钟之后，即派人来修。果然不出10分钟，维修工人来将变压器修好了。

拓展阅读：

《平凡的世界》路遥
《黄土的儿子》王安忆
《惊人动魄的一幕》路遥

◎ 关键词：农村变革 城乡交叉 爱情故事

路遥的"人生"

人生的道路虽然漫长，但紧要处常常只有几步，特别是当人年轻的时候。没有一个人的生活道路是笔直的，没有岔道的。有些岔道口，譬如政治上的岔道口，事业上的岔道口，个人生活上的岔道口，你走错一步，可以影响人生的一个时期，也可以影响一生。

路遥将作家柳青的这段话写入了他的小说《人生》。这句话对《人生》这篇小说是一个精确的注解。

路遥的中篇小说《人生》，将丰富的人生内容和社会生活变动的诸多信息凝集于一个曲折的爱情故事中，颇见功力。农村青年高加林高中毕业后，未能考上大学，便回到乡里当了一个民办教师。不久，又被人挤回家里当了农民。在他心灰意冷之时，农村姑娘巧珍炽热的爱情使他振作起来。一个偶然的机会，他来到县城广播站工作，当他抵挡不住城市姑娘黄亚萍的追求，断绝了与巧珍的爱情后不久，组织上查明他是通过不正当途径进城的，于是取消了公职，重新打发他回到农村。这时，即将迁居南方城市的黄亚萍也与他分手，而遭心灵打击的巧珍则早已嫁人。高加林失去了一切，孑然一身回到村里，扑倒在家乡的黄土地上，流下了痛苦、悔恨的泪水。

路遥说过，"城乡交叉地带"是他始终关注的焦点。其实，他所说的"乡"虽然是名副其实，但"城"却并非"城市"而只是"城镇"。但与乡村相比，两者的文化落差还是十分明显的。社会文明的发展变迁，总是先从"城市""城镇"开始而后波及乡村，所以，关注城乡地带变化，即便从反映80年代农村变革的角度，也是具有普遍意义的。

小说《人生》就是通过对城乡交叉地带的青年人的爱情故事的描写，呈现了现实生活中的美好与和谐，也尖锐地揭露出生活中的丑恶与庸俗，强烈地反映了变革时期的农村青年，在人生道路的选择中矛盾和痛苦的心理。

小说通过高加林和刘巧珍的爱情悲剧，多层次地展现了高加林悲剧性格的形成过程。但作者并没有回避高加林选择的合理因素，显然，作者已经超越了早期"改革文学"中对人物及其处境做二元对立的简单化处理方式。他深入到社会变化所引起的道德和心理层面，以城乡交叉地带作为瞭望社会人生的窗口，从一个年轻人的视角切入社会，既再现了时代变迁，真切地感受了生活中朴素深沉的美，又把对社会的观察融入个人人生选择中的矛盾和思考当中，在把矛盾和困惑交给读者的同时，也把启示给予了读者。

◎ 关键词：李存葆 当代军人

位卑未敢忘忧国——《高山下的花环》

● 《高山下的花环》书影

>>> 李存葆

李存葆，生于1946年，作家、诗人。一级文学创作，少将军衔。

曾用笔名茅山。山东人。1964年参军。1970年调济南部队政治部宣传队任创作员。后到济南部队前卫歌舞团工作至今。1984年入解放军艺术学院文学系，1997年任解放军艺术学院副院长。1994年任山东省作协副主席。现为全国政协委员，中国作家协会全委会委员，中国报告文学学会副会长。

新时期以来，发表了作品二百余万字，多次获全国、全军文学奖。

主要作品有《高山下的花环》《火中凤凰》《将门虎子》《大王魂》等。

拓展阅读：

《大河遗梦》李存葆
《飘逝的绝唱》李存葆

1982年，第6期的《十月》杂志首发了著名作家李存葆的成名作——中篇小说《高山下的花环》。该作品对当代军人形象美学价值的深刻把握和对军事文学悲剧内容的独到发现，在今天看来依旧是一座难以逾越的创作高峰。其中蕴含的炽热的情感、深沉的哲理、朴直的笔调和浓重的色彩已完全超越了一般作品，而寓爱国激情和善美柔情于悲壮史诗之中的雄壮的悲剧美和浓郁的诗情美更具永久的魅力。自小说问世以来，包括电影、电视、小说联播、广播剧等形式的改编不计其数，其中大多获得了意料中的成功和强烈的社会反响。

小说讲叙解放军某部宣传处干事、高干子弟赵蒙生，一心想调回城市。自卫反击战前夕，他凭借母亲吴爽的关系，怀着曲线调动的目的，临时下放到某部九连任副指导员。九连连长梁三喜已获准回家探亲，他的妻子玉秀即将分娩。赵蒙生不安其位，整日为调动之事奔波。梁三喜放心不下连里的工作，一再推迟归期。排长靳开来替连长买好车票，催他起程。可是，九连却接到开赴前线的命令。梁三喜失去了探亲的机会，赵蒙生却接到回城的调令。全连战士哗然，梁三喜严厉斥责了赵蒙生临阵脱逃的可耻行为。舆论的压力迫使赵蒙生上了前线。吴爽不顾军情紧急，竟动用前线专用电话，要求雷军长将赵蒙生调离前线，当即遭到雷军长的谴责。九连担任穿插任务，鏖战中，靳开来、梁三喜，以及雷军长的儿子"小北京"等人先后牺牲。赵蒙生在血与火的洗礼中，经受了考验。战后，在清理战友的遗物时，梁三喜留下的一张要家属归还620元的欠账单使赵蒙生震惊不已。烈士的家属纷纷来到驻地，梁三喜的母亲和玉秀用抚恤金及卖猪换来的钱，还清了梁三喜因家里困难向战友借的债。人们被梁三喜的高尚行为给彻底震撼了。赵蒙生和战友们含着热泪，列队向烈士的家属，举手致以最崇高的敬礼。

小说中的主要人物都有着各自的心理发展历程，都有自己的性格和感情，都不是"完人"。但他们都是"位卑未敢忘忧国"的英雄！

作家通过上述军人形象对英雄的战士进行了讴歌，而在梁大娘和韩玉秀身上则表达了对伟大人民的赞美。作家用他细致入微的笔墨准确而又形象地反映了中国农村劳动人民身上所具有的那种最美丽的思想品质，歌颂了中华民族的脊梁，并向人民揭示出，正因为有了这样的伟大的人民，才使中华民族能够不断抵御外来侵略，立于世界民族之林。

在当代军旅文学的发展中，这篇小说被誉为当代军旅文学的一座里程碑。

异彩纷呈——当代文学

●韩少功《山南水北》封面

>>> 电影《孩子王》

根据阿城同名小说改编，曾获法国第41届戛纳电影节教育贡献奖。

"十年动乱"时期，一所山区简陋的学校里，师资奇缺。队长把一个插队七年的知青叫去当"孩子王"，教初三。

学校的政治材料堆积如山，学生手里没有一本书，只好学大批判材料，但小学课本上的生字他们都不认得。家境贫寒的学生王福想得到字典，就在油灯下手抄。

"孩子王"的教学方法激起了学生的兴趣，却违反了教学内容，被退回队里。临走，他把唯一一本字典留给王福，并写道：王福，今后什么也不要抄了，字典不要抄……

拓展阅读：

《棋王》张系国
《遍地风流》阿城
《爸爸爸》韩少功

◎ 关键词：寻根文学 无为 有为 到家

文化寻根话"三王"

20世纪80年代中期，"文化寻根"热潮在文坛上渐渐兴起，作家们开始致力于对传统意识、民族文化心理的挖掘，他们的创作被称为"寻根文学"。而真正大规模打出"文化寻根"大旗的时间是1985年。当时的一批青年作家如阿城、郑义、韩少功、郑万隆等各自发表宣言，阐述自己的观点。韩少功率先在一篇纲领性的论文《文学的"根"》中声明："文学有根，文学之根应深植于民族传统的文化土壤中。"他提出，应该"在立足现实的同时又要对现实世界进行超越，去揭示一些决定民族发展和人类生存的谜"。这些作家在这些理论之下创作了大批作品，理论界便将他们称为"寻根派"。其中，青年作家阿城应该说是最具独特个性与高超艺术功力的一位。他的代表作"三王"即《棋王》《树王》《孩子王》在世界范围内造成了影响，并引起了汉学家们的热情关注。其作品中对道家境界和儒家风骨的表现，直到今天还有人在争议与探讨。

原本是画家的阿城于1984年首次发表文学作品，其处女作就是被誉为"寻根文学"扛鼎之作的中篇小说《棋王》。这部作品和阿城随后一气写下的《孩子王》《树王》皆取材于他本人亲历的知青生活。它们无论在主题意旨还是在表现形式上，都与通常的知青小说有很大不同。阿城完全淡化了悲剧性的历史遭遇和个人经验，也避免了当时流行的浪漫主义和理想主义的风格模式。他在日常化的平和叙说中，传达出了对中国传统文化精神的认同。

《棋王》的主人公王一生是一个在历史旋涡中具有独立生活方式和生命力的人物形象。他的整个人格中散发出一种深沉久远的、富有无限生机的文化精神，这使他以一己的单薄存在显现出无可比拟的顽强精神和文化魅力。小说中写天性柔弱的王一生在"文化大革命"这样的浩劫中，根本就不能主宰自己的命运，也不能从中获得意义和价值，他唯一的力量只能来自内心，只能从内心中寻求自身精神的平衡和充实。阿城在描写王一生无为的人生态度与有为的创造力时，力图表现古代道家的文化思想。

贯穿在小说里的是有为与无为、阴柔与阳刚的相互转化和生命归于自然、得宇宙之大而获得无限自由的所谓"道理"，并进而又与当代人生联系起来，赋予其进取的现代意义。但作家没有直接讲述这些"道理"，而是将其隐没于饶有风趣的故事和生动的艺术描写里。这正是《棋王》作为"寻根文学"作品的独特的价值取向。

●《王小波作品集》书影

>>>《一只特立独行的猪》

插队的时候，我喂过猪，也放过牛。假如没有人来管，这两种动物也完全知道该怎样生活。它们会自由自在地闲逛，饥则食渴则饮，春天来临时还要谈谈爱情；这样一来，它们的生活层次很低，完全乏善可陈。人来了以后，给它们的生活做出了安排：每一头牛和每一口猪的生活都有了主题。就它们中的大多数而言，这种生活主题是很悲惨的：前者的主题是干活，后者的主题是长肉。
……
（节选）
——王小波

拓展阅读：

《智者戏谑》戴锦华
《沉默的大多数》王小波

◎ 关键词：另类 王小波热 对话体叙述 文化意义

英年早逝的王小波

1997年4月10日，年仅45岁的王小波在北京死于心脏病突发。这个被称为20世纪90年代中国最"另类"的作家，曾以《黄金时代》和《未来世界》两次获联合报文学大奖。他一生唯一创作的电影剧本《东宫·西宫》获阿根廷国际电影节最佳编剧奖，并入围1997年戛纳国际电影节，成为在国际电影节上为中国拿到最佳编剧奖的第一人。但由于其作品本身的特质，"时代三部曲"在王小波生前经历了出版的重重困难。在他去世后由花城出版社出版，其作品在社会上引起强烈反响，掀起了全社会的"王小波热"。

王小波的文学创作富于想象力、幻想力，同时又不乏理性精神，特别是他的"时代三部曲"最为独特。"时代三部曲"是指《黄金时代》、《白银时代》和《青铜时代》。在三部曲系列中，他以喜剧精神和幽默口吻述说人类生存状况的荒谬，并透过故事描写了权力对创造欲望和人性需求的扭曲及压制。而故事背景则是跨越各种年代，展示中国知识分子的过去、现在和未来的命运。事实上，王小波最过人之处，是他穿梭古往今来的对话体叙述。他擅长变换多种视角，并用汪洋恣肆的笔触描绘男欢女爱，言说爱情的动人场景及势不可当的威力。

文学界对王小波的成名作《黄金时代》评誉甚高。中国社会科学出版社副编辑白桦更说："《黄金时代》把以前所有写性小说全枪毙了！"王小波去世后，被誉为中国的乔伊斯兼卡夫卡，他是唯一一位两次获得世界华语文学界的重要奖项"台湾联合报系文学奖中篇小说大奖"的中国内地作家。

王小波1952年出生于北京，他先后当过知青、民办教师、工人、工科大学生。其后，王小波在美国匹兹堡大学取得文学硕士学位，回国后在北京大学和中国人民大学任教。1980年，他与李银河结婚。1995年，有关部门查禁了《黄金时代》，并不准在国营的新华书店摆卖。可是，他的书却受到广大的读者和文学评论家赞赏。事实上，《黄金时代》在个体户书摊上已经售出六万多册，受到了广大读者和文学评论家的赞赏，而且还相继出版了台湾版和香港版。

王小波，一代著名作家，生前知者甚少，死后声名远扬。他去世后，作品几乎全部出版。评论、纪念文章大量涌现，出现了"王小波热"的文化现象。他的作品除了"时代三部曲"外，还有《我的精神家园》《沉默的大多数》《黑铁时代》《地久天长》；纪念、评论集有《浪漫骑士》《不再沉默》《王小波画传》等。一个严肃作家在死后两年

●王小波墓地
位于北京昌平佛山墓区第八区。在墓区的一块
天然石头上刻有"王小波之墓"五个字及生卒
年，下面即为墓穴。

●北京大学
1988年至1991年，王小波曾经在北京大学社
会系担任讲师。

时间里，如此地被人们阅读、关注、讨论，应该说是十分少有的，其中
蕴含了丰富的文化意义，而这也证明了王小波为许许多多的读者深深地
喜爱着。

●《长恨歌》书影

>>> 王安忆《长恨歌》

一个女人40年的情与爱，被一支细腻而绚烂的笔写得哀婉动人，跌宕起伏。

40年代，还是中学生的王琦瑶被选为"上海小姐"，从此开始命运多舛的一生。做了某大员的"金丝雀"，从少女变成了真正的女人。

上海解放，大员遇难，王琦瑶成了普通百姓。表面的日子平淡如水，内心的情感潮水却从未平息。与几个男人的复杂关系，想来都是命里注定。

80年代，已是知天命之年的王琦瑶难逃劫数，与女儿的男同学发生畸形恋，最终被失手杀死，命丧黄泉。

拓展阅读：

《百合花》茹志鹃
《桃之夭夭》王安忆
《荒山之恋》王安忆
《静静的产院》茹志鹃

◎ 关键词：茹志鹃 王安忆 著名作家 茅盾文学奖

茹志鹃最好的作品——王安忆

王安忆，中国当代著名作家，她的母亲就是中国文学史上著名的女作家茹志鹃。

茹志鹃生前接受记者采访时曾经坦诚地说："我没有想要把安忆培养成作家。我倒曾希望安忆长大以后做个医生，靠一技之长安分地治病救人。平心而论，经历了过去那么多风风雨雨，真不愿意让孩子们再去涉足是是非非的文学艺术。"可是，王安忆却最终选择了做一个作家。她成为茹志鹃最好的作品，并凭借《长恨歌》荣获第五届茅盾文学奖。

其实，早在20世纪80年代初期，王安忆便以《雨，沙沙沙》《阿跷传略》等系列作品，获得公众的注意。这些作品文笔平实细腻又充满伤感，主要描写大陆自"文革"后生活的转变。王安忆在20世纪90年代，先后推出的几个中篇和长篇，无一例外地引起文坛的关注。她的《叔叔的故事》以一种全新的叙事方式使人透视到当代知识分子的魂魄；她的《文工团》和《我爱比尔》，再次显示了她对历史和当下世事的思考；她的《长恨歌》则是她对上海近现代都市史的诠释。她出版的《妹头》和《富萍》，把目光和笔锋又转向了社会的普通百姓，如她自己所言："作品随着自己的成长而日渐成熟。"她的创作中快速的变化革新总是让习惯于寻求固定风格并分门别类的评论家们捉摸不透。毋庸置疑，王安忆的确是文坛上的一道言说不尽的风景。

王安忆小时候就喜欢写作，而且她各门功课都不错。"文革"开始后，重点中学也不能上了。不久，茹志鹃小心翼翼地包藏了十多年的秘密，被

●旧上海的一处花园弄堂

无情的造反派以大字报的形式展现在孩子们面前：他们的父亲王啸平曾经戴过"右派"帽子。姐姐安诺为此大哭起来，安忆也哭红了眼睛，感到了害怕。全家人都惶惶不安。此情此景后来在王安忆的小说《墙基》里做过生动的刻画。后来，王安忆的父母去了"五七干校"，姐姐安诺去安徽当了插队知青。王安忆也到了安徽宿县去插队，这是当年安徽省的"西伯利亚"，一个最穷困的地方，一个吃水要到远处去驮、天黑没有油灯的穷地方。那时，王安忆住在一个农民家中，与主人家的五个儿女同住一屋。这对沉默惯了的王安忆来说，连一个清清静静想父母、想上海、想其他许多有趣事的角落都没有了。白天繁重的体力劳动，对于这个上海小姑娘来讲更是不堪负担。下农村后不久，每逢收割黄豆时，她就拿着镰刀去割豆棵，每一根并不粗壮的豆棵都要花很大力气才能砍下来。割了不多一会儿，手掌中起水泡了，接着再砍，手也肿起来了，接着是腰酸背痛，再后来就连滚带爬把浑身力气全扑上去也不管事了。抬头看看，前面仍是那一大片站立着的黄豆棵在等着她呢！茹志鹃对女儿王安忆曾谈道，她的生活经历与她同龄人相比，不见得少也不见得多，但她对自己经历的、接触的生活，比较起来，有她自己的认识，有她自己的看法，并能够唤起她自己的感情，因此她也就能比较充分地运用这些生活。在她认识自己的生活的同时，她也找到了自己的感情，并且找到了适合表现这种感情的方式——写作。这些是从《雨，沙沙沙》开始的。在这篇作品里，她把自己的性格、气质，对人、对事，对社会、对世界的看法，都融合在作品的人物故事当中。这个作品也就有了自己的个性。

在王安忆开始创作的初期，妈妈茹志鹃经常给她写的初稿提意见。后来，王安忆去北京文学讲习所学习时，曾把她写的《幻影》寄给母亲看。妈妈看了以后，又在回信中详尽地提出了自己的意见。

上海陈思和教授把王安忆排列在他所评点的文学人物的首位。他认为她是最有持久力的作家，并对这位多产女作家推崇备至。说王安忆固然有很大的独立性，不与人结伙，但她一直跟着文学潮流走，从不落后。"寻根文学"兴盛，她写出了《小鲍庄》，后叙事小说露头，她又写了《叔叔的故事》，当人们追求繁华上海旧梦，她以《长恨歌》尽领风骚。她每一部这样的作品，总是把该流派的优点发挥得恰到好处。很少有人能够超过她，而且她很少重复自己，能快速干脆地把以前的风格甩掉，这一点尤为可贵。

● 陕西白鹿原标志性建筑

>>> 像水一样流淌

1962年，成绩很好的陈忠实高考落榜，满心苦痛。

父亲担心儿子的精神状态，问他："你知道水怎么流出大山的吗？"他茫然摇头。父亲道："水遇到大山，碰撞一次后，不能把它冲垮，不能越过它，就学会转弯，绕道而行，借势取径。记住，困难的旁边就是出路，是机遇，是希望！""即便流动过程中遇见了深潭，即便暂时遇到了困境，只要我们不忘流淌，不断积蓄活水，奔流，就一定能够找到出口，柳暗花明。"

以后有人问他如何面对挫折，老先生总是淡淡地说："像水一样流淌。"

拓展阅读：

《白鹿原》（话剧）
《告别白鸽》陈忠实
《康家小院》陈忠实

◎ 关键词：大气磅礴 史诗品位 生死悲欢

民族秘史《白鹿原》

一个生活在黄土地上的作家曾经立下了这样的一句誓言："如果50岁还写不出一部死后可以做枕头的书，这一辈子就白活了！"若干年后，当陈忠实为《白鹿原》画上最后一个句号时，恰好是50岁。他的《白鹿原》可以算得上是20世纪90年代中国长篇小说创作的巅峰之作。这是一部大气磅礴的、颇具史诗品位的作品，同时也是一个时代的小说创作的标志。它以白鹿原为近现代历史嬗变的舞台，以白鹿原上白、鹿两家三代人的各自命运发展和相互间的人生纠葛为主线，叙述了一个令人震撼的生死悲欢故事。

小说以白嘉轩与鹿子霖两户人物为主线，长工鹿三、圣人朱先生等人物为副线，以清朝瓦解、军阀混战、国共斗争直至新中国成立这一段历史为人物环境，以细腻的笔触勾画了白嘉轩、鹿子霖、鹿三、朱先生、黑娃、白孝文、鹿北海等一批普通而又具有代表性的人物。书中人物描写有血有肉、栩栩如生，情节叙述生动，引人入胜，让读者在客观的历史时期中领略一个个普通人的心理和命运走向。小说以白嘉轩一生娶过七个女人为开章，以与鹿子霖换地为转移，直至鹿子霖发疯死亡为结局。人间温情，世态炎凉，一一呈现，同时又夹杂着土地之争与权力之争。黑娃追求自由恋爱的举动，白孝文的起伏，鹿北海的奋斗，无一不具有个性色彩，纷繁复杂的历史仿佛从作者笔下重现。

白嘉轩作为一族之长，具有宗法家族制度所赋予的至高权力。小说展示出白嘉轩以一种超出常人的意志力与使命感坚守白家的社会地位。他换地迁坟、种植鸦片、兴办学堂并送子女进学堂读书，还不辞辛苦躬身劳作。他目光炯炯、智力超群，善行恶举莫不为白家生存着眼；神机妙算，也都是为了白家子嗣昌荣。我们不能简单地认为白嘉轩倾向于革命与共产党，确切一点说，作者试图通过这一形象以新的姿态摆脱二元对立的思维模式，使其具有更为丰富复杂的文化内涵。

鹿子霖是一个阴鸷、淫乱、孱弱的人。鹿家祖辈以定要出人头地的欲望与决心，经过了卧薪尝胆、艰难创业方才攒下可以炫耀于世的产业家财。存留于鹿家血脉传统之中的个人奋斗因素，也就成了鹿家在白鹿原得以生存的基石，并成为鹿子霖的家训信条。可惜，鹿家到鹿子霖这一辈开始败落。事实证明，鹿子霖由于复杂的客观环境和自身的人格力量方面的原因，使祖宗昔日忍辱含垢的韧性与毅力，在鹿子霖这里变化为凌驾于弱人之上的恣肆欺虐；产业家财的优越感则蜕变为维护权力欲望的奸诈狡黠。在与白氏家族的纠葛矛盾中，处心积虑地以阴毒手段与白家抗衡。最令人不齿的是唆使小

●陕北剪纸艺术

●陕北窑洞构成黄土高原上一道独特风景线

娥拉白孝文下水的阴谋以及俨然道长般的规谏。鹿子霖身上体现出的人格特征，显然代表着中国文化传统中的劣质因素：落井下石、背信弃义、"窝里斗"……作者将之与白嘉轩所具有的那种正直、刚毅以及多数情况下的磊落人格相映衬，以春秋笔法隐蔽地传达出自己对这一人物的贬斥与鄙夷。

长工鹿三是中国农民的典型代表，他一辈子为人种田求生，老老实实，别无他求。当农民运动开始时，他又是一名敢于投身革命的勇士；当儿子黑娃从外村引回一个被大户抛弃的小妾小娥时，他认为是伤风败俗，将黑娃驱逐出家门，最后不惜将小娥杀死。小农意识和封建伦理观念根深蒂固的鹿三，心中最美好的追求便是劳动，以劳动求取生存，以不劳动为可耻。

而朱先生则是封建知识分子的代表，为了学问，可以不做官；而当国家有难时，则放下书本，要求上前线抗日。他系国难和学识于己身，崇尚美德，倡导儒学，凡事有先见之明。

思维紧密，环环相扣的《白鹿原》，给人一种欲罢不能的美学感受。在阅读过程中，更引起了我们对当时社会的沉重反思！

●贾平凹《高兴》封面

>>> 《最后一个匈奴》

匈奴，一个崇拜狼的草原游牧民族，他们从草原上崛起，曾经游荡在西北坦荡的土地上。他们勇敢剽悍，骁勇善战，与强大的秦汉对抗，以铁骑征服了广大土地，他们的牛羊吃草到哪里，哪里就变成他们的土地……但这个人类历史上最强悍的、震撼了东西方世界的马背民族，却在自己最为辉煌的时候，没有留下任何文字，神秘地从历史舞台上突然消失了……

《最后一个匈奴》初版于1993年。行销超过100万册，与《废都》《白鹿原》并称"陕军东征"的"三驾马车"。

拓展阅读：

三毛

商洛文化

《秦腔》贾平凹

《吾曾鬼贾平凹》张敏

◎ 关键词：社会风俗史 心态史 世俗文化 批判

充满幻灭感的《废都》

1993年，贾平凹的《废都》风行书市，因其中性描写较多，惹来强烈争议，并很快遭禁。

时至今日，出版界已经旧貌换新颜，而人们也开始宽容地看待《废都》，《废都》得以重见天日。但是这本书仍然遭到了毁誉两极的争议，誉之者称为奇书，毁之者视为坏书。

《废都》以主人公庄之蝶为中心巧妙地组织人物关系，呈现给人们一部社会风俗史。小说中西京的"四大名人"，除作家庄之蝶之外，还有画家汪希眠、书法家龚靖元、戏剧家阮知非，他们和庄之蝶都有较深的感情和交往。这以外，还有一位和庄之蝶最要好的搞历史研究的孟云房，他们共同组成了一个文化界。围绕着庄之蝶的四位女性——牛月清、唐宛儿、柳月、阿灿——是小说中着墨最多的。她们分别是不同经历、不同层次的女性，而每个人的际遇、心理也都展示着社会文化的一个侧面。在庄之蝶的一场官司中，作者还用"趁窝和泥"的手法展现了广阔的社会生活，描写了众多的人物和错综复杂的关系，让我们看到了生活的各个角落。他们有官、商、民，有司法、佛事、职评，有气功、鬼市，有欺主、迷信和卖淫，还有离婚、相媒、偷情、抱养孩子等。可见，贾平凹就是要写出一部社会风俗史。汪希眠大量炮制赝品，龚靖元沉溺赌海，独生子吸毒自戕，庄之蝶偷情滥淫，孟云房神经兮兮，慧明以佛事己，黄厂长兜售假药害人，王主任倚权弄奸……这些人都利欲熏心，为了满足自己的私欲而不择手段，不顾廉耻。作者以幽微之笔，曲尽人情人性，把人物的心理揭示得隐秘细致。如果我们知道如何去阅读它，如何去解释它，那么，我们在作品中所找到的，会是各种人的心理，甚至就是一个时代的心理。

整个《废都》清晰地展示了作为一个知识分子的作家庄之蝶，从内心苦闷到寻求解脱到最终毁灭的全过程。在这个过程中，作者向我们描绘了一部社会剧变时期的风俗史和心态史，同时也实现了作者对世俗文化的批判和对人类文明的哲学思考。

一部《废都》警示给人们的，是在"废都"之上的重建。

●贾平凹先生学识广泛，不仅是文学方面的大手笔，也擅书画。他的画以简略有趣闻名天下，其将"简"发挥到了一种旁人难以企及的境界，并使画中呈现出一种意味悠长的极致感觉，让人在品评玩赏之余，爱不释手。此图即是《贾平凹语画》中的精品。

●王朔《玩的就是心跳》封面

>>> 王朔《我的千岁寒》

本书为王朔近年来的五部作品的合集，其中包括《我的千岁寒》、北京话版《金刚经》《唯物论史纲》《宫里的日子》以及剧本《梦想照进现实》的小说版、调侃性的影视评论《与孙甘露对话》。

新书中的《唯物论史纲》原来叫《论上帝是物质》，源自王朔给女儿考大学推荐的哲学提纲，后来他一"推"不可收拾，"发现物质后面还有人"，一路推演至今日。

拓展阅读：

《橡皮人》王朔
《动物凶猛》王朔
《我爱你》（电影）

◎ 关键词：炙手可热 反传统 躲避崇高 痞子

躲避崇高的王朔

20世纪80年代至90年代中叶，文坛上最吸引人们眼球的新闻人物是王朔，他从写小说、拍电影、拍电视剧到创办"海马影视创作室""好梦公司""北京时事文化咨询公司"等，创意层出不穷，步伐紧跟时尚，于是，王朔引起了人们的关注。

王朔1976年毕业于北京第四十四中，后进入中国人民海军北海舰队任卫生员，1980年退伍回京，进入北京医药公司药品批发商店任业务员，1983年辞职靠写作为生。他发表在《当代》的处女作《空中小姐》，是根据自己在部队的生活体验而写出的一部中篇小说。迄今为止，他已创作22部中篇小说、3部长篇小说，大约160万字，并编写了数十集电视剧。

在改革的年代中，王朔的小说走在反传统的前沿，但又处于秩序的边缘。小说的人物大都在没日没夜地奔忙，有的人穿梭于各种女人和牌桌之间，甚至还带着点儿"坑蒙拐骗偷，吃喝嫖赌抽"的恶习。但这些人有一个共同的特点：他们自认为心地坦率、真诚、自尊，憎恶"社会面具"，总是以新的价值重组自己的人生，体味自己的喜怒哀乐。王朔塑造的这些人物形象，首先赢得了个体户和青年人的厚爱，这些小说很快在社会上成了畅销读物。

王蒙曾经评价王朔作品的特点是躲避崇高。王朔的名言"青春好像一条河，流着流着成了浑汤子"，头半句文雅如诗，后半句却毫不客气地揶揄了"青春常在""青春万岁"的浪漫与自恋。当他一个人津津有味地表白自己"像我这样诡计多端的人……"的时候，他完全消解了"诡计多端"四个字的贬义，而变成了一种自我卖弄和咀嚼。他的小说题目《玩的就是心跳》《千万别把我当人》《过把瘾就死》《顽主》《我是你爸爸》以及电视剧题目《爱你没商量》，在严肃的作家们的眼中实在是像小流氓、小痞子的语言，与文学的崇高性不搭界，与主旋律不搭界，与任何一篇社论不搭界。王朔评价他小说中的人物："每个行当的人都有神化自己的本能冲动。"他宣称"其实一个元帅不过是一群平庸士兵的平庸的头儿"，他又明确指出："我一向反感信念过于执着的人。"

就是王朔这样的作品却受到了很多人的欢迎，他们评论王朔的作品："王朔作品的魅力，在于他玩味调侃一切所谓神圣的东西，于捉襟见肘中获得某种优越的感觉。""痞子语言自古有之，但王朔把痞子语言合法化，把痞子意识神圣化，在汉语屡遭强暴的躯体上，又狠狠地下了一手，我们多了一个王朔，汉语多了些不幸"。

● 余秋雨书法

>>> 马兰读书迷上余秋雨

著名黄梅戏演员马兰，自从和余秋雨结婚之后，渐渐淡出了舞台。

两人的相识，是从余秋雨的名著《艺术创造工程》开始的。1989年，马兰凭借着电视剧《严凤英》成为中国最知名的黄梅戏演员，而身为上海戏剧学院院长的余秋雨在民间的名气却远逊于马兰。

有一次，马兰的一位老师借给她一本《艺术创作工程》。她读过后，被作者的睿智和学识深深地吸引和折服了。不久，马兰去上海演出《遥指杏花村》，邀请余秋雨观看，两人第一次会面就播下了爱情的种子。

拓展阅读：

《行者无疆》余秋雨
《文化接轨的航程》楼肇明

◎ 关键词：历史散文 时髦 焦点人物 文学批评

众说纷纭的"余秋雨现象"

近年来，品读余秋雨的历史散文，在中国内地蔚然成风。他的散文集有《文化苦旅》、《文明的碎片》、《秋雨散文》、《山居笔记》、《霜冷长河》、《千禧日记》和《千年一叹》，尤其是《文化苦旅》和《山居笔记》在读者中产生了强烈而深刻的反响，颇受人们的欢迎和好评。而大众传媒的推波助澜，又使余秋雨成为新闻界和文化界的焦点人物和重磅明星，其影响日益扩大，并渐渐知名于国际。但是，就在余秋雨声誉日盛的同时，各种批评和非议也接踵而至，并有愈演愈烈之势。这种现象也已成为当今文坛一道独特的风景线。

文学批评因受制于批评者不同的个性教养、知识背景、阅读层次和年龄特征等，所以大多具有强烈的论辩色彩和主观倾向。在批评余秋雨散文的过程中，所有这些得到了充分的体现。学界批评余秋雨散文的声音大致可分为吹捧奉承型、驳斥诘难型、谩骂攻击型和评价研讨型。

在"吹捧奉承型"评论中，以冷成金、沙叶新、楼肇明等人的文章最为典型。他们认为余秋雨天下第一，《文化苦旅》是世间神品。

而余开伟、汤溢泽、朱国华、王永飚等人的评论文章则充满了驳斥和诘难。他们认为，《文》只停留在开垦中国古代文化的基点上，只是对中国古代文明的沉重吟唱，不但没有成为文化之峰，反而跌入了反胃的沟壑，是一本单调的散文集子。

在"谩骂攻击型"评论中，以王强、周泽雄、朱大可、黄敏等人的文章最为典型。王强认为：余秋雨这类散文的风行，正是中国文化沉沦的象征，值得深思。

在"评价研讨型"评论中以古耜、高恒文、张伯存、李咏吟等人最为著名。如张伯存在《余秋雨董桥合论》中对余秋雨和董桥两人的散文进行了深入浅出的比较，并得出了一些中肯的结论。他认为余秋雨的散文追求一种健全、完美的人格，并自觉承担社会责任和道义责任，弘扬人文精神，透露出一种强烈的精英文化意识与启蒙精神。但由于他是一个文化理想主义者，高贵的文化人心态成了他传播文化时的心理障碍，同时也因此疏远了读者。他还认为余文酣畅淋漓，激情无处不在，具有强烈的心理震撼力和艺术感染力，但其语言过于迷恋戏剧化效果甚至到了矫情的程度，因而与散文的自然之美产生了一定的背离。

诚所谓，"一千个读者就有一千个哈姆雷特"，每个人的心目中都有一个余秋雨的形象。

●金庸像

>>> 金庸作品

金庸曾把所创作的小说名称的首字联成一副对联：飞雪连天射白鹿，笑书神侠倚碧鸳。也是"金迷"的必读书目：

飞——《飞狐外传》
雪——《雪山飞狐》
连——《连城诀》
天——《天龙八部》
射——《射雕英雄传》
白——《白马啸西风》
鹿——《鹿鼎记》
笑——《笑傲江湖》
书——《书剑恩仇录》
神——《神雕侠侣》
侠——《侠客行》
倚——《倚天屠龙记》
碧——《碧血剑》
鸳——《鸳鸯刀》

拓展阅读：

梁羽生
《越女剑》金庸
《金庸侠语》孔庆东

◎ 关键词：雅俗共赏 传统文学 新文化 武侠小说

盛行不衰的金庸武侠小说

金庸，武侠小说作家中的宗师级人物。在全世界凡是有中国人的地方，都有人知道他的大名，读过他的小说。

金庸的小说，风靡了港、台、南洋、欧美，不知使多少人日思夜想，废寝忘食。他的小说，能吸引每一个人，真正做到了雅俗共赏的地步，堪称中国近代以来拥有读者最多的一位小说家。

金庸的作品，以中国传统文学为框架，同时借鉴了西方的一些艺术表现技法，情节曲折生动，丝丝入扣，人物性格复杂立体，具有深厚的文化内涵和思想深度。其艺术成就在通俗文学界无人能及，即使在纯文学界，也备受赞誉，甚至有人将金庸列入20世纪中国十大小说家之内。他的作品从初期"射雕三部曲"对"侠"与"义"的弘扬，到后期的《鹿鼎记》对"反武侠"的中国传统文化、国民性格的揭示，显示了一位作家对人生、社会日益深入的理解。中国学者严家炎认为，金庸小说对中国传统小说模式有很大的突破，其作品将武侠小说的"哥们义气"提高到"为国为民，侠之大者"的高度。金庸的作品继承了"五四"新文学的精神，成为现代中国新文化的一个组成部分。

金庸的小说创作生涯开始得相当晚，但是他的小说甫一问世，就石破天惊，轰动文坛。他的第一部武侠小说《书剑恩仇录》才发表到一半，武侠小说读者就已经惊诧不已。再接下来的《碧血剑》《雪山飞狐》，更是喝彩声大作，几乎人手一册。等到《射雕英雄传》一发表，真乃惊天动地。

《射雕英雄传》奠定了金庸武侠小说大宗师的地位，在无数读者中风靡流传。在《射雕英雄传》之后，金庸就脱离了大公报，和他中学时期的同学沈宝新先生合创了《明报》。《明报》草创之初，金庸在该报上撰写《神雕侠侣》，接下来的大部分小说也全在明报上发表，一直写到《鹿鼎记》。在《鹿鼎记》之后，他就未曾再撰写小说。

金庸小说最初发表在报纸上，就已拥有大量读者。自出版36册一套的单行本以来到1994年止，正式印行的已达4000万套以上。如果一册书有五人读过，那么读者就达两亿。

"金庸热"之所以构成一种奇异的、令人注目的阅读现象，不仅由于拥有的读者之多，还因为它具有持续时间长、覆盖地域广、读者文化跨度大和超越了政治思想的分野四个突出的特点。

《射雕英雄传》最初在报纸上连载时，许多人争相传阅，报纸发行量一下子增加了很多。从那个时候起，港澳地区就出现了"金庸热"。随着

《神雕侠侣》《天龙八部》《笑傲江湖》等作品出现，"金庸热"长盛不衰。

金庸的读者遍布海峡两岸和东亚地区，并且延伸到了北美、欧洲、大洋洲的华人社会。

他的小说不但广大市民、青年学生和有点文化的农民喜欢读，而且连许多文化程度很高的人都爱读。像中国已故的数学大师华罗庚，美国的著名科学家、诺贝尔奖获得者杨振宁、李政道，著名数学家陈省身，中国科学院院士甘子钊、王选等，都是"金庸迷"。

金庸迷中有各种政治观点的人物，甚至海峡两岸政治上对立得很厉害

●《续七侠五义》插图　上海大成书局石印本
《七侠五义》《续七侠五义》等中国古典侠义小说对金庸的武侠小说产生了深远的影响。金庸正是在这些小说的基础上才开辟了一个瑰丽神奇的武侠世界。

的国共两党人士，他们平时谈不拢，但对金庸小说的看法却很一致。领导中国改革开放的总设计师邓小平，可能是内地最早接触金庸作品的读者之一。他在70年代后期自江西返回北京，就托人从境外买到一套金庸小说，平时很喜欢读。1981年7月18日上午，邓小平接见金庸时，第一句话就是："你的小说我是读了的。"

●江南水乡

>>> 余光中《戏李白》

你曾是黄河之水天上来
阴山动
龙门开
而今反从你的句中来
惊涛与豪笑
万里涛涛入海
那轰动匡卢的大瀑布
无中生有
不止不休
黄河西来，大江东去
此外五千年都已沉寂
有一条黄河
你已够热闹的了
大江，就让给苏家那乡
弟吧
天下二分
都归了蜀人
你踞龙门
他领赤壁

拓展阅读：

蓝星诗社
《莲的联想》余光中
《舟子的悲歌》余光中

◎关键词：乡愁诗 深刻思考 忧患意识

隔不断的乡愁——余光中

　　小时候／乡愁是一枚小小的邮票／我在这头／母亲在那头／长大后／乡愁是一张窄窄的船票／我在这头／新娘在那头／后来啊／乡愁是一方矮矮的坟墓／我在外头／母亲在里头／而现在／乡愁是一湾浅浅的海峡／我在这头／大陆在那头。

　　余光中的这一首《乡愁》曾经传遍大江南北，在中国现代诗中也可算得上是一个高峰。2002年5月20日，在江苏9所高校百年联合庆典上，诗作者余光中先生满怀感情地朗诵了这首诗，博得了在场观众的热烈掌声。余光中作为中国当代著名的诗人、散文家、评论家和翻译家，文学创作成果丰硕，作品脍炙人口，其广为流传的以"乡愁"为主题的诗作，更是让海内外无数华夏儿女感动落泪。

　　余光中的乡愁诗基本上贯穿其整个创作历程，并主要集中在他去美国留学、讲学的那段日子。刚到美国的余光中，去乡万里，因人地生疏，带着失去母亲的哀痛、初为人父的责任和对娇妻的思念，带着与现代诗同仁激烈争论的惆怅，还有对气候、环境诸多的不适应，使感情丰沛的他患上了严重的"思乡病"。身在美国的他回望祖国，看到的是两岸军事对峙、政治隔绝、民族分裂的局面。大陆这边高喊"我们一定要解放台湾"；台湾那边叫嚣"我们一定要光复大陆"。跳出是非圈子来看是非的时候，感觉自然有所不同。所以，余光中的乡愁诗，不仅仅是对故乡、故人的思念，更有对国家统一、民族命运的深刻思考，同时，又有对中华民族传统文化在新的历史条件下如何继承和发展的忧患意识。因而，他的诗歌除了个人的情感宣泄之外，还有一种人文的、历史的、文化的、社会的乡愁。

　　动人心者，莫先乎情；情动于衷，莫贵乎真。正所谓"真情所至，金石为开"。余光中的乡愁诗发乎真意，止于真情，故有着感动人心的永久艺术魅力。

　　到了20世纪70年代，《乡愁》《乡愁四韵》和《民歌》等诗篇，把余氏风格更是表现得淋漓尽致。《乡愁》在不同的时空背景下，用"邮票"、"船票"、"坟墓"和"海湾"等不同的事物来描写乡愁，既出人意料之外，又在情理之中，特别是"而现在／乡愁是一湾浅浅的海峡／我在这头／大陆在那头"这一段，把"乡愁"进行了彻底的升华。《乡愁四韵》分别选取了"长江水""海棠红""雪花白"和"蜡梅香"等四个不同的意象，用"醉酒的滋味""沸血的烧痛""家信的等待"和"母亲的芬芳"等四种不同的感受，从味觉、触觉、嗅觉和心理感受等不同的角度来诠释余光中所理解和感受的"乡愁",语言极具张力、穿透力。在《民歌》中,他用"黄河的肺活量""长江最母性的鼻音"和"我呼啸的红海（比喻心脏）"等意象来描述"民歌",把民歌当作反射"乡愁"的烛照物来加以渲染。就是枫叶和雪这两种在北方十分平常的景观,在余光中笔下,也成了"乡愁"的寄托物:

想起这已是第十七个秋了／在大陆,该堆积十七层的枫叶／十七层的红泪,悯地,悲天／落在易水,落在吴江／落在我少年的梦想里／也落在宋,也落在唐／也落在岳飞的墓上／更无一张飘来这海岛／到冬天,更无一片雪落下／但我们在岛上并不温暖。

从小成长在亚热带海岛没有见过雪的女儿缠着诗人要看雪时,他只好无奈地说:"再过几年爸爸头上也要下雪了,不然,下次去美国,带你去看,虽然啊大陆就在对岸!"

好一个"虽然啊大陆就在对岸"! 一个不识乡愁滋味的小女孩因为要看雪,又勾起了诗人浓重的乡愁!

●台湾日月潭风光